別處另有世界在
——邁向開放的比較文學形象學

周雲龍　著

本成果受「開明慈善基金會」資助

第六輯
總序

　　庚子之歲，正值「露從今夜白」的秋季，福建師範大學文學院又邁出兩岸學術交流的堅執步伐，與臺北萬卷樓圖書公司繼續聯手，刊印了本院「百年學術論叢」第六輯。

　　學科隊伍的內外組合、旁通互聯，是高校學術發展的良好趨勢。我發現，本輯十部專書的十位作者，有八位屬於文學院的外聘博士生導師及特聘教授。他們或聘自本校其他學院，或來自省內外各高教、出版、科研部門，或是海峽彼岸遠孚眾望的學術名家。儘管他們履踐各殊，而齊心協力，切磋商量，共為本學院「百年學術」增光添彩的目標則無不一致。這種大學科團隊建設的新形態，充滿生機，令人欣悅。

　　泛觀本輯十種著作，其儻論之謹嚴，新見之卓犖，蓋與前五輯無異。茲就此十書，依次稱列如下：其一，劉登翰《中華文化與閩臺社會》，採用文化地理學和文化史學交叉的研究方法，提出閩臺文化是從內陸走向海洋的多元交匯的「海口型」文化重要觀點；其二，林玉山《漢語語法教程》，系統性地引證綜論漢語之語法學，以拓展語法研究者的學術窺探視野；其三，林繼中《王維——生命在寂靜裡躍動》，勾畫出唐代文藝天才王維的深廣藝術影響，揭示其詩藝風格之奧秘；其四，顏純鈞《中斷與連續——電影美學的一對基本範疇》，研討電影美學的核心理論問題，提出「中斷與連續」這一對新的美學範疇，稽論此新範疇與其他傳統範疇之間的關係；其五，林慶彰《圖書考辨與文獻整理》，辨析臺灣「戒嚴時期」出版大陸「違禁」著述的情實，兼涉經史研究、日本漢學、圖書文獻學之多方評識，用力廣

博周詳；其六，汪毅夫《閩臺區域社會研究》，從社會、文化和文學三個部分，分析閩臺文化的同一性和差異性，並及中華文化由中心向閩臺的瀦動情狀；其七，謝必震《明清中琉交往中的中國傳統涉外制度研究》，結合中琉交往中相關的中國涉外制度作多方梳理，揭明中國封建王朝的對外思想、對外政策的本質特徵，以及對世界格局的影響作用；其八，管寧《文藝創新與文化視域》，把脈世紀之交文學與消費社會及大眾傳播之間的關係，分析獨具視角，識見精審；其九，謝海林《清人宋詩選與清代文化論稿》，全面梳理有清一代宋詩選本，對於深化宋詩研究乃至清代詩學研究有一定的參考價值；其十，周雲龍《別處另有世界在──邁向開放的比較文學形象學》，在不同類型的文本中擷取有關異域形象的素材，以跨文化、跨學科的視角，對其中的話語構型進行解析，探究中西、歐亞在現代性話語中的遭遇。從學科領域觀之，這十種著作已廣泛涉及文學、歷史、語言、區域文化、電影美學等不同學科，其抒論角度、方法、觀點之新穎特出，尤使人於心往神馳的學術享受中獲得諸多啟迪。

　　晚清黃遵憲詩云：「大千世界共此月，今夕只照人兩三」（《人境廬詩草》卷一），句中透露著無奈的孤獨感。藉此比照今日兩岸學術文化溝通交流的情景，我們無疑已經遠離了孤獨，迎來了眾所共享的光風霽月。我校文學院「百年學術論叢」在臺灣印行到第六輯，持續受到歡迎稱道，兩岸學者相與研磨，便是切實的印證。我感受到，在清朗的月色下，海峽兩岸的學術合作之路，將散發出更加迷人的炫彩。

福建師範大學汪文頂

西元二○二○年歲在庚子仲夏序於福州

目次

壹　別處的世界

致謝

感謝我供職的福建師範大學文學院，為我提供了優厚的工作條件和安靜的學術環境。感謝臺灣萬卷樓圖書公司的工作人員為本書出版所付出的辛勞。本書的內容都曾在學術期刊發表過，此次收錄對部分篇章標題有所調整：

〈別處的世界：莎士比亞《考利歐雷諾斯》中與近代歐洲的環球秩序想像〉，刊於《文藝研究》2016年第11期。

〈比較研究的「後歐洲」困境：從錢林森《中外文學交流史：中國-法國卷》談起〉，刊於《文藝研究》2018年第2期。

〈亞洲景框與「世界圖像」時代的來臨：《曼德維爾遊記》中的「替補」邏輯〉，刊於《福建師範大學學報（哲學社會科學版）》2017年第6期。

〈開放的心靈：門多薩《大中華帝國史》的現代性世界觀念體系〉，刊於《僑易》，第2輯，北京市：社會科學文獻出版社，2015年。

〈西方的「中國崛起論」：話語傳統與表述脈絡〉，刊於《國外社會科學》2012年第6期。

〈東方文藝復興思潮中的梅蘭芳訪美演出〉，刊於《戲劇藝術》2013年第3期。

〈主體的眼睛：美國舞臺上的中國戲劇與中國形象〉，分為兩篇文章，分別刊於《中西文化研究》（澳門）2009年第2期、《福建師範大學學報（哲學社會科學版）》2011年第5期。

〈《木乃伊3》的中國顯影及其跨國消費〉，刊於《文藝爭鳴》2009年

第7期。

〈西方的中國形象：源點還是盲點？〉，刊於《學術月刊》2012年第6期。

〈寫意戲劇觀：西方的脈絡〉，刊於《跨文化對話》第29輯，北京市：生活・讀書・新知三聯書店，2012年。

〈「國劇運動」及其文化民族主義悖論〉，刊於《中華藝術論叢》第11輯，上海市：復旦大學出版社，2012年。

〈中國崛起與文化本真性：當代華語電影的國家形象構建〉，刊於《東南學術》2016年第5期。

〈普適性的建構：新、舊劇觀念論爭中的西方知識狀況〉，刊於《福建師範大學學報（哲學社會科學版）》2013年第6期。

〈娜拉在現代中國：一項知識的考掘〉，刊於《戲劇藝術》2014年第4期。

〈厭女與憂鬱：漫筆《傷逝》〉，刊於《細讀・2016夏之卷》，北京市：人民出版社，2016年。

〈視覺與認同：《太太萬歲》的時空轉譯及其文化政治〉，刊於《文藝研究》2010年第11期。

〈欲望香港：娛樂文化的北上與中國「後革命」轉型〉，繁體版刊於朱耀偉編《香港關鍵詞：想像新未來》，香港：中文大學出版社，2019年1月；簡體版刊於《文化研究》第34輯，北京市：社會科學文獻出版社，2018年12月。

　　感謝以上學術期刊、著作及其編輯、編者的認可和建議，使我從中獲益良多。

前言

一

　　任何一個學科／領域的學術範型與觀念方法都將隨著問題脈絡的改變而轉換，「比較文學形象學」（imagology）亦不例外。本書的工作所突顯的，正是「形象學」這一傳統的比較文學研究領域在當代的改變和轉換之一。

　　形象學在比較文學學科萌芽時就已經產生。早在一八九六年，路易-保爾・貝茨（Louis-Paul Betz）在其論文《關於比較文學史的性質、任務與意義的批評研究》中就指出，比較文學的主要任務之一就是研究不同國家和人民之間的相互評價問題。[1]從這一具有「本源」性的意義描述，就可以看出，形象學研究的真正命題是確立觀察的（民族）主體，即誰在觀察誰或誰被誰觀察；與此相應，其知識立場則是一種現代的、經驗的形象真偽區分。然而，這一飽含著民族國家熱情的歐洲中心主義在一九七〇年代前後，隨著後結構主義和多元文化批評理論的興起，受到了有力的挑戰，形象學的研究範式發生了轉換。這一知識脈絡中，形象學研究的知識立場從此前的現代的、經驗的形象真偽區分，轉向一種表徵（representation）分析，異域形象開始作為「文化他者」出現在研究者的視野中，此類研究不再關注形象真偽，而是思考在形象中投射了觀察者的何種文化心理。

1　〔德〕胡戈・狄澤林克著，方維規譯：《比較文學導論》（北京市：北京師範大學出版社，2009年），頁189。

二

　　中國的形象學研究，基本與西方同步。早在一九二〇年代，陳受
頤、鄭振鐸、錢鍾書、方重、范存忠等前輩學人的開拓性努力和建
樹，逐漸使形象學成為中國比較文學的一個重要研究領域。「形象」
研究作為當代中國諸人文研究領域的重要理論問題，正是人文研究對
時代命題的一種回應。一九九〇年代以來，因應中國的經濟崛起與中
國進入全球化國際秩序引發的文化焦慮，域外的中國形象研究遂成為
中國人文學界的學術熱點之一。在比較文學界，研究者們探討西方不
同國家文學的中國形象，樂黛雲、孟華、王寧、方維規、劉康、衛茂
平等學者，都對該研究領域做出了重要貢獻。周寧則從觀念史層面，
對西方的中國形象做出了全面而系統的研究，其專著《天朝遙遠：西
方的中國形象研究》[2]以及《跨文化研究：以中國形象為方法》[3]，不
僅分析西方和全球的中國形象生成演變的過程，還揭示其中普遍、穩
定的文化程式，成為當代中國形象學研究最重要的收穫之一。

　　儘管鮮有學者言明，對當代中國形象學研究構成實質性影響，並
且具有典範意義的學術著作，是愛德華・薩義德（Edward Waefie
Said）在一九七八年發表的《東方學》。該著的寫作被公認為後殖民
主義文化批判研究的一個學術範例，其方法路徑在一九九〇年代「旅
行」至中國以來，[4]在包括比較文學研究在內的諸多人文研究領域產

2　周寧：《天朝遙遠：西方的中國形象研究》上、下卷（北京市：北京大學出版社，
　　2006年12月）。

3　周寧：《跨文化研究：以中國形象為方法》（北京市：商務印書館，2011年10月）。

4　〔美〕愛德華・W. 薩義德的《東方學》曾被列入北京三聯書店的「學術前沿」叢書
　　系列，其簡體中文版由王宇根翻譯，第一版於一九九九年出版；同年，其繁體中文
　　版由王志弘、游美惠、莊雅仲合譯，以《東方主義》為題，在臺灣立緒文化事業公
　　司出版。薩義德在《東方學》「緒論」中所直言的「我的出發點乃下面這樣一種假
　　定：東方並非一種自然的存在」，對當代中國形象學的觀念與方法有著直接而深遠的

生了深遠而廣泛的爭議或追隨。然而，在歐美的問題脈絡中，《東方學》表達的卻是西方自由主義思想傳統的對立面，因此，得益於《東方學》啟迪的當代中國形象學在問題與方法上可能是錯位的。

為糾正這一困局，周寧在其研究中提出「另一種東方主義」，[5]試圖張揚西方在想像中國時，開放包容、自我否思的一面。由此，周寧藉助福柯（Michel Foucault）的話語理論、霍爾（Stuart Hall）的「表徵」、薩義德的「東方主義」、利科（Paul Ricoeur）的解釋學與卡爾·曼海姆（Karl Mannheim）的「知識社會學」作為理論工具，構建出千年西方中國形象的「烏托邦／意識形態」知識狀況。周寧的研究既解構西方的知識霸權，同時張揚西方思想文化中包容他者的精神。

不幸的是，近年來相當一部分異域形象研究，在誤解的基礎上沿用了周寧構建的「烏托邦／意識形態」分析框架。在周寧的研究中，西方的兩種中國形象，即「烏托邦／意識形態」並不是一個靜態的類別模型，而是一種動態的知識狀況。很多沿用該框架的研究者把二者視為兩種截然不同、絕無關係的分類體系。烏托邦與意識形態，在不同的歷史脈絡與邏輯結構中，都是一體兩面又相反相成的範疇。在周寧的具體研究中，烏托邦與意識形態具體指涉的就是西方的兩種「東方主義」和中國形象之間的對立、依存與轉化。如此，當代中國的「比較文學形象學」似乎剛剛走出真偽之辯，重又落入優劣之分，這等於改頭換面地折返了經驗主義的學術範型。

三

需要指出的是，周寧的西方中國形象研究方法和分析框架有其特

___

啟迪和影響。
5　周寧：〈另一種東方主義：超越後殖民主義文化批判〉，《廈門大學學報（哲學社會科學版）》2004年第6期。

定問題意識作為前提，[6]筆者在這裡對此不展開論述。筆者想強調的是，與其他人文研究領域一樣，比較文學形象學不能為了研究而研究，而是需要一個總體性的問題脈絡或問題意識的支撐。什麼是問題意識？這是一個很容易被誤解的指代。最常見的情形是把問題意識與研究對象混淆等同。也許，我們正好可以從這兩個常被混淆的概念的關係中大致界定什麼是「問題意識」。如果要對二者加以區分的話，研究對象就是研究的是什麼，而問題意識就是為什麼要研究，再往深一步說，就是如何以專業的方式回應時代性問題。如果說二者之間有什麼聯繫的話，問題意識就是具體研究對象背後的歷史關切。問題意識往往決定著研究對象、理論方法和史料剪裁的選擇尺度。沒有問題意識的異域形象研究，常常了然於要研究什麼，卻茫然於為什麼研究，缺乏從形象研究進而感受、回應時代命題能力。

多數情況下，一個學科／領域的觀念與方法長期地停滯不前，折射出來的往往是心靈的封閉。在問題意識的導引下，異域形象的研究可以非常自由而多元，而不必自我設限般地囿於某種既有的框架或模式。換句話說，開放的「比較文學形象學」應成為當代異域形象研究的方向。異域形象作為一種跨文化表徵（cross-cultural representation），它總是已經處在某種蟬聯不斷的指意實踐（signifying practice）過程中。因此，異域形象其實是一個現象學（phenomenology）意義上的跨文化空間，它本身就可以作為介入跨文化研究的有效方法之一。此即筆者寫作本書的唯一出發點。

四

本書題目中的「別處另有世界在」（There is a world elsewhere），

6　對此有興趣的讀者，可參看周寧、周雲龍：《他鄉是一面負向的鏡子：跨文化形象學的訪談》（北京市：北京大學出版社，2014年1月）。

來自莎士比亞（William Shakespeare）的《考利歐雷諾斯》（*The Tragedy of Coriolanus*）[7]，這是主人公凱耶斯‧馬爾舍斯（Caius Marcius）離家去國前獻給他的羅馬「同胞」的憤激之辭。遠走他鄉，其實是為了尋找回家的路。以這句話作本書的題目，實為其中暗隱的「批判的烏托邦」精神所蠱惑，對問題、對學科、對歷史……而無問它本身有多麼諷刺！

周雲龍

二〇一九年四月十六日，福州

7　「考利歐雷諾斯」係梁實秋的譯名，其他中譯本還有《科里奧蘭納斯》（朱生豪譯）、《大將軍寇流蘭》（英若誠譯）等。

壹
別處的世界

一

別處的世界：

莎士比亞《考利歐雷諾斯》中與近代歐洲的環球秩序想像

愛德利安的語言哲學

「別處另有世界在。」[1]

說完這句話，凱耶斯・馬爾舍斯去和母親道別，然後放逐了同胞，也放逐了自己。從此，馬爾舍斯成為一個身分漂浮的旅行者，其「世界」由單一變得多元。最初，馬爾舍斯似乎並不清楚自己此後的去向，只是想「到處流浪」。但在流浪途中，他找到了方向——敵國伏爾斯族的領地。莎士比亞寫作《考利歐雷諾斯》時所參照的《希臘羅馬名人傳》裡面，普魯塔克（Plutarchus）寫道：「他花了幾天的時間在鄰近的鄉村過著離群索居的生活，懷著憤怒和憂傷的心情不斷在思索各種問題，除了要報復羅馬人獲得滿足，其他一切他已經毫不在意。」[2]這段簡短的敘述是我們理解馬爾舍斯此後「投敵」行為的重要依據。可是，在莎士比亞對這個古羅馬歷史故事進行一番「文藝復興」後，這段過渡性的敘述消失了。雖然馬爾舍斯在安席姆與奧非地阿斯對話時，對自我動機做了說明，[3]但此刻的「投敵」行為既成事

1　〔英〕莎士比亞著，梁實秋譯：《考利歐雷諾斯》（北京市：中國廣播電視出版社，2001年），頁183。

2　〔古希臘〕普魯塔克著，席代岳譯：《希臘羅馬名人傳》（長春市：吉林出版集團公司，2011年），頁418。

3　〔英〕莎士比亞著，梁實秋譯：《考利歐雷諾斯》（北京市：中國廣播電視出版社，2001年），頁205-207。

實，這種說辭只能視為一種「後見之明」，不足以充分解釋此前的行為。而且，馬爾舍斯在離開羅馬前曾向母親承諾：「只消我尚在人間，你們會不時的得到我的消息；並且永遠不會得到任何與我平素為人不相符合的消息。」[4] 這顯然也與他後來的「投敵」行為相悖。意外的是，莎士比亞增加了另一場和主人公馬爾舍斯沒有直接關聯的戲，即《考利歐雷諾斯》第四幕第三景：在「羅馬與安席姆之間的公路」上，羅馬人奈凱諾爾與伏爾斯人愛德利安相遇、交談的情形。[5] 這一場景雖然簡單而短暫，但在《考利歐雷諾斯》的文本脈絡中，也許可以視為莎士比亞對馬爾舍斯思想轉折原因的提喻式解釋。換句話說，這一場景講述了馬爾舍斯生命中的「閾限區域」（liminal zone）——處於羅馬人與伏爾斯人之間的自我認知狀態。

　　《考利歐雷諾斯》第四幕第三景講述了一名叛國的羅馬人奈凱諾爾充當伏爾斯人的間諜，和前來接應的伏爾斯人愛德利安相遇後的交談。這場戲的對話內容可以分為兩個部分：一是兩個角色之間的互認互識，二是奈凱諾爾告知愛德利安羅馬國內的混亂狀況。談話的第二部分內容，即羅馬的內亂，正是該劇開場就已經呈示了的。此處奈凱諾爾只是為履行自己的職能，而對羅馬國內已經發生的事情做出的重述。真正對我們構成吸引力的，反而是兩人談話的前半部分中那段看似無關緊要的內容：

　　羅　我認識你，先生，你也認識我：你的名字大概是愛德利安。

　　伏　是的，先生：老實講，我忘記你了。

4　〔英〕莎士比亞著，梁實秋譯：《考利歐雷諾斯》（北京市：中國廣播電視出版社，2001年），頁187-189。

5　〔英〕莎士比亞著，梁實秋譯：《考利歐雷諾斯》（北京市：中國廣播電視出版社，2001年），頁195-197。

羅　我是羅馬人；可是我的職務是和你的一樣，反對羅馬人
　　的：你還不認識我麼？

伏　是奈凱諾爾？不是吧。

羅　正是，先生。

伏　我上次見到你的時候你的鬍鬚要多一點；但是你的聲音證
　　實你是他。羅馬有什麼消息？我得到伏爾斯政府的通知到
　　羅馬去找你：你使我省卻了一天的路程。[6]

該場景中出場的兩個角色，即羅馬人奈凱諾爾和伏爾斯人愛德利安，在亞里士多德（Aristotle）「情節整一」的視域中，給人一種平地而起的突兀感。儘管在《考利歐雷諾斯》第一幕第二景中，奧非地阿斯提及有密探告知他羅馬人的情況，[7]但在戰爭中派人刺探敵方軍情是司空見慣的事情，而且，此處奧非地阿斯並未透露這位密探的國族身分或特指其密探就是奈凱諾爾。所以，第四幕第三景中的奈凱諾爾和愛德利安的戲劇動作在整部劇作中可以說是既沒有鋪墊，亦不見下文。這無疑為我們理解這一場景帶來了較大的難度。

　　顯在的情節線索終點是暗隱的意義闡釋起點。我們先從兩個陌生且最令人困惑的名字開始。愛德利安（Adrian）是一個意義豐富的詞語，我們必須在《考利歐雷諾斯》文本脈絡提供的語義座標系中才可以界定它。奈凱諾爾（Nicanor）原本是《新約》「使徒行傳」第六章中七位執事之一，其含義是勝利者，神聖的勇士或征服者。在這一戲景的對稱結構中，與奈凱諾爾這一名字相對應的愛德利安，在文化意義上則指代一種黑暗的力量。當奈凱諾爾遇到愛德利安時，他的身體與靈魂發生了錯位，即作為政治族群共同體意義上的羅馬人，奈凱諾

6　〔英〕莎士比亞著，梁實秋譯：《考利歐雷諾斯》（北京市：中國廣播電視出版社，2001年），頁195。

7　〔英〕莎士比亞著，梁實秋譯：《考利歐雷諾斯》（北京市：中國廣播電視出版社，2001年），頁37。

爾此刻卻效忠於伏爾斯族。這一戲景令人想起《奧瑟羅》中的黑皮膚的摩爾人奧瑟羅在威尼斯白人基督徒中的認同困境。但不同的是，奈凱諾爾似乎不具備奧瑟羅的分裂與掙扎，他和愛德利安互認互識後，欣然與之一道前往伏爾斯人所在地。一個是神聖的勇士，一個是黑暗的力量，那麼，二人在一起又是什麼呢？這個組合頗耐人尋味，兩個「元素」既有相交之處（相互界定依賴），又彼此不同（價值尺度悖反）。其駁雜性暗示了對單一族群認同和身分政治的世界主義式的（暫時）超越。文本沒有提供任何一個可供我們判斷角色是忠誠抑或背叛的國族政治立場。從羅馬人的角度看，奈凱諾爾十惡不赦；從伏爾斯人的角度看，奈凱諾爾英明大義。這正是戲劇文體的非敘述性的魅力所在，即敘事視點的隱匿，當然這也是其意義闡釋的難度所在。因此，我們找不到任何可以作為支點的敘述視角，對這個組合做出一般意義上的政治或倫理判斷。如果非要從敘述體的角度來思考這場戲，那麼它只能是一種無人稱的敘述。如此，奈凱諾爾那種義無反顧的「投敵」行為／動作與他和愛德利安組成的「超越組合」就構成了相互牴牾的敘事。所以，奈凱諾爾的「我很高興和你一同回家去」[8]，就很可能是一種（暫時）成功的偽飾或表演——因為只有在伏爾斯族人的政治立場上，奈凱諾爾欣然前往的行為才是有價值的，才可能是義無反顧的。難道效忠於伏爾斯人的羅馬人奈凱諾爾真的不具備奧瑟羅式的分裂嗎？

值得注意的是，在愛德利安認出奈凱諾爾時，依賴的是「聽」對方的聲音，而非「看」對方的樣貌。事實上愛德利安一開始根本沒有認出奈凱諾爾，當奈凱諾爾說出「我是羅馬人，可是我的職務是和你的一樣，反對羅馬人的」時，愛德利安才憑藉陳述「職務」的聲音知道對方是奈凱諾爾。伏爾斯人愛德利安的行為，清晰地體現了他對西

8　〔英〕莎士比亞著，梁實秋譯：《考利歐雷諾斯》（北京市：中國廣播電視出版社，2001年），頁197。

方哲學的形而上學傳統的恪守。

在西方哲學的形而上學傳統中,「自前蘇格拉底到海德格爾,始終認定一般的真理源自邏各斯」,而邏各斯則與語音的原始本質相聯繫。[9]這種知識傳統認為,「言語,第一符號的創造者,與心靈有著本質的直接貼近的關係。作為第一能指的創造者,它不只是普普通通的簡單能指。它表達了『心境』,而心境本身則反映或映照出它與事物的自然相似性。在者與心靈之間,事物與情感之間,存在著表達或自然指稱關係;心靈與邏各斯之間存在著約定化的符號關係。最初的約定與自然的普遍的指稱秩序直接相關,這種約定成了言語。」[10]言語或聲音能夠無中介地直達意義的本源,根本原因在於它對能指的超越和對所指的「最接近」。言語的這一特性,是在與文字的比較中確立的:「所有能指都是派生的,文字能指由其如此。文字能指始終具有技術性和典型性。它沒有構造意義。這種派生過程正是『能指』概念的起源。」[11]換句話說,文字是「中介的中介,並陷於意義的外在性中」。[12]從「語音中心主義」的角度看,文字作為一種人為的符號,是派生的能指,與所指和本質之間有著不確定的關係。而聲音則可以拋卻能指,直達心靈、本源或意義,它就是所指本身。

愛德利安「看」到並通過「聽」聲音辨析出奈凱諾爾時,發覺他的「鬍鬚」比上次見面時少一些。這意味著,通過眼睛「看」到的對方的形象,是不可靠的,僅憑它無法直抵本質。正如可多可少的「鬍

9　〔法〕雅克・德里達著,汪堂家譯:《論文字學》(上海市:上海譯文出版社,1999年),頁4、13。

10　〔法〕雅克・德里達著,汪堂家譯:《論文字學》(上海市:上海譯文出版社,1999年),頁14。

11　〔法〕雅克・德里達著,汪堂家譯:《論文字學》(上海市:上海譯文出版社,1999年),頁15。

12　〔法〕雅克・德里達著,汪堂家譯:《論文字學》(上海市:上海譯文出版社,1999年),頁16。

鬚」，外在的形象可以變動不居，就像文字符號那樣，總是「陷於意義的外在性中」，是不穩定的。所以愛德利安不敢、也不能僅從外貌或憑「符號」辨識奈凱諾爾。聲音稍縱即逝的性質，使其物質性減到了最小，而它與本質之間的中介性也被壓縮到了最少。「聽」瞬間獲得了對「看」的優先性。愛德利安「聽」到奈凱諾爾的聲音時，才確定「你的聲音證實你是他」。愛德利安的邏輯可以簡化為：奈凱諾爾的聲音才是奈凱諾爾本身。

「確定性」與共同體

也許，我們會覺得伏爾斯人愛德利安操持的觀念似曾相識。事實上，在羅馬將領馬爾舍斯那裡，我們就已經見識過這種對直抵本質的「無中介」語言的執迷，因為他最重要的性格特徵就是極度厭惡任何具有偽飾色彩的言語修辭行為。可以說，正是這種對符指的「確定性」（certainty）的執迷，讓馬爾舍斯自我放逐，並最終把他召喚到了伏爾斯族人中間。

當馬爾舍斯在考利歐里以令人難以置信的英勇攻克伏爾斯人之後，不僅為自己贏得了「考利歐雷諾斯」的尊名，更被推舉為「執政」。但按照制度程序，他必須到市場上對人民講幾句話，以贏得其首肯。對此，馬爾舍斯十分抗拒：「扮演這樣的角色會使我臉紅的，大可不必在人們面前表演。」[13]馬爾舍斯真正厭惡的不是選舉執政的程序，而是這個程序中的表演或偽飾成分，也就是他痛恨的某種烏合之眾的素質——「游移不定」（uncertainty）。這顯然違背了馬爾舍斯信奉的符指意義的「確定性」。

---

13 〔英〕莎士比亞著，梁實秋譯：《考利歐雷諾斯》（北京市：中國廣播電視出版社，2001年），頁109。

　　整部戲中，馬爾舍斯有兩個對立面：一個是「外部的」對手奧非地阿斯，另一個是「內部的」羅馬民眾。馬爾舍斯的主體意識就是依賴這兩個「他者」而維持的：伏爾斯族將領奧非地阿斯是羅馬人同仇敵愾的敵人，他賦予馬爾舍斯以族群共同體意識；羅馬市場上的普通民眾是民族共同體內的底層，他們賦予馬爾舍斯以高貴、可靠的自我品性意識。族群共同體意識將因為伏爾斯族的顯在威脅，而具有相對的「不證自明」性，因此，在馬爾舍斯的自覺層面幾乎可以忽略。而他所痛恨的羅馬民眾的「游移不定」，從精神分析的角度，則可以視為他對「游移不定」的焦慮感在他者身上的「投射」（projection）[14]。換句話說，「游移不定」與其說是羅馬底層民眾的某種素質，不如說是馬爾舍斯自身無法克服的某種誘惑性力量或自己的性情之一，使他為之深感恐懼且自我憎恨。那麼，無比堅定地信奉「確定性」、無限忠誠於羅馬共同體，並甘心為其利益而捨生忘死的馬爾舍斯，在內心何以對「游移不定」如此焦慮不安？

　　《考利歐雷諾斯》劇作開始部分似乎已經初步為此提供了答案。一群因飢餓而叛變的羅馬民眾聚集在集市上，就是否要去殺死尚未獲得「考利歐雷諾斯」尊稱的馬爾舍斯而爭論不休。其中，「民甲」認為，馬爾舍斯「所作的聲名赫赫的事業，只是為了一個目的：存心忠厚的人說是為了他的國家，其實只是為了取悅他的母親，一部分也是為了自己藉此傲人」。[15]而「民乙」則從「本性」（nature）的角度對「民甲」的飽含戾氣和敵意的評價進行均衡與調和：「他本性如此，他自己也無能為力，你卻認為是他的罪過。你總不能說他貪財。」[16]

14　Jean Laplanche、Jean-Bertrand Pontalis, *The Language of Psycho-analysis*, New York: W. W. Norton & Company, 1973, p.351.

15　〔英〕莎士比亞著，梁實秋譯：《考利歐雷諾斯》（北京市：中國廣播電視出版社，2001年），頁19。

16　〔英〕莎士比亞著，梁實秋譯：《考利歐雷諾斯》（北京市：中國廣播電視出版社，2001年），頁19。

這兩種評價在一定程度上已經暗示了馬爾舍斯所置身的漩渦，這兩種評價在一定程度上已經突顯了馬爾舍斯所置身的漩渦，即他的個體意識、俄狄浦斯情結（Oedipus complex）和共同體意識之間的緊張撕扯。

《考利歐雷諾斯》寫於一六〇八年瘟疫肆虐的倫敦，[17]莎士比亞筆下的古羅馬歷史正是走向全球的英國內政的替代物。[18]我們若從「講述故事的年代」，而不是從「故事講述的年代」切入文本，就不能把該劇視為羅馬共和政體型成初期的政制反映，相反地，應該視為近代早期（early modern）歐洲知識型（episteme），即此時此地諸種知識所共享的特定結構[19]的表徵。近代早期正是「現代思想的一個關鍵性時刻」[20]，伴隨著此時期歐洲的海外拓殖，歐洲在發現「世界」的同時，也發現了自我。在「別處的世界」的參照下，現代民族共同體意識開始萌芽，而個體意識在其中的位置亦開始成為問題。馬爾舍斯的困境，正是現代共同體中的個體與自我漸趨分離的「極端的斷裂」經驗的寫照。這種「現代」的斷裂經驗體現為：「一方面是存在著的事物之總體——這個總體被當作絕對來看待，也就是說，與所有其他的『事物』相分離；另一方面則是存在（存在並不是『事物』），這些事物在總體上以它的名義或由於它而存在。」[21]順延該「斷裂」的視角，從內部看，作為「總體」的族群共同體的「絕對」邏輯首先要求其內部成員前仆後繼、獻祭生命，正如羅馬人為抵抗伏爾斯族所

17　裴克安：《莎士比亞年譜》（北京市：商務印書館，2006年4月），頁172。

18　Neil MacGregor, *Shakespeare's Restless World*, London: Penguin Books, 2014, p.166, pp.1-9.

19　〔法〕米歇爾・福柯著，莫偉民譯：《詞與物：人文科學考古學》（上海市：上海三聯書店，2012年3月），頁10-11。

20　〔法〕列維-斯特勞斯著，王志明譯：《憂鬱的熱帶》（北京市：生活・讀書・新知三聯書店，2000年），頁420。

21　〔法〕讓-呂克・南希著，郭建玲等譯：《解構的共通體》（上海市：上海人民出版社，2007年4月），頁18。

做出的巨大犧牲，伏爾斯族人亦如此。於是，共同體「成員不再與自身相同一，而是要結構性地服從一種趨勢，這個趨勢要求打破個體界限，並面對他們的『外圍』。」[22]借用巴塔耶（Georges Bataille）的表述，就是：「我們每一個人於是都被趕出其人格的局限，並盡可能地在其同類的共通體之中喪失自己」。[23]雖然馬爾舍斯也曾說「國家高於個人」[24]，但這句話是在戰場上進行士氣動員時所言，而且其前提是「愛我身上塗抹的這一層油彩，怕惡名有甚於怕遭生命危險，……」[25]這裡的「油彩」和「名譽」正是巴塔耶所謂的「個人人格的局限」的外在化身。馬爾舍斯的問題就在於此：「把國家的奴役與熠熠生輝的神聖榮耀混雜在一起。」[26]他把戰功視為自我實現的途徑，但這個見識過戰場上纍纍死屍的將軍，從未、也不可能實現自己的個體意識，他永遠都是以羅馬的名義而「存在」的。馬爾舍斯的母親服龍尼亞曾對兒媳說過一句「真心話」：「假使我有十二個兒子，……我寧願見十一個為國家光榮戰死，也不願見其中一個安逸而無所事事。」[27]馬爾舍斯對作為羅馬（共同體）象徵的「母親」那種俄狄浦斯式的愛戀，正是一個巨大的諷刺——他最初離開進而背叛羅馬，效忠伏爾斯族，原本是要恪守自我的秉性，但為了「母親」／共同體的訴求而放棄初

---

22 〔義〕埃斯波西多著，王行坤譯：〈共同體與虛無主義〉，汪民安主編：《生產》第9輯（南京市：江蘇人民出版社，2014年），頁66。

23 〔法〕讓-呂克‧南希著，郭建玲等譯：《解構的共通體》（上海市：上海人民出版社，2007年4月），頁31-32。

24 〔英〕莎士比亞著，梁實秋譯：《考利歐雷諾斯》（北京市：中國廣播電視出版社，2001年），頁63。

25 〔英〕莎士比亞著，梁實秋譯：《考利歐雷諾斯》（北京市：中國廣播電視出版社，2001年），頁63。

26 〔法〕讓-呂克‧南希著，郭建玲等譯：《解構的共通體》（上海市：上海人民出版社，2007年4月），頁35。

27 〔英〕莎士比亞著，梁實秋譯：《考利歐雷諾斯》（北京市：中國廣播電視出版社，2001年），頁41。

衷，其行為反而成為自己痛恨的「游移不定」的最佳註腳。在《考利歐雷諾斯》結尾處，馬爾舍斯正是在「母親」服龍尼亞——羅馬共和國的代言人的勸說下，放棄了繼續進攻羅馬的計劃，為伏爾斯族將領奧非地阿斯有機可乘，最終他背負著羅馬和伏爾斯族雙重的「叛徒」之名，含恨獻祭「母／國」。

　　族群與階級分別同時處在同一個連結內與外的「蹺蹺板」兩端。雖然如此，但前文已經提及，馬爾舍斯投靠伏爾斯族並非羅馬民眾驅逐他的直接結果。至於他為何轉投敵營，莎士比亞略去了普魯塔克的明晰「敘述」，給我們留下了一個莫大的馳騁想像力的空間。從共同體與個體關係的角度審讀文本，第一幕第一景中，馬爾舍斯上場後的第一句話就做出了暗示——民眾不「可靠」。馬爾舍斯的這一個性是威脅共同體內部和諧或「可靠」性的致命因素；與此同時，共同體也在威脅著馬爾舍斯的「確定性」——他沒有可能在自己的個體意識內生存。這就是馬爾舍斯對「游移不定」焦慮不安的根源。當這種個體意識不可能的時候，共同體就面臨著撕裂的命運。「共通體拒絕綻出，綻出撤出共同體。」[28]馬爾舍斯無法在羅馬追尋到他出生入死的「荒謬的意義」，「被迫去別的地方尋求這個在死亡的意義之外的意義，而不是在共通體中尋求」[29]。因此，就出現了本文開頭的那句臺詞——「別處另有世界在。」我們可以說，不是羅馬民眾放逐了馬爾舍斯，誠如他所言的「我放逐你們」[30]，事實上是他放逐了羅馬民眾。馬爾舍斯的行動展示了共同體／個體的必然命運。

　　馬爾舍斯念念不忘的「確定性」無法同時在共同體和個體兩個層

28　〔法〕讓-呂克·南希著，郭建玲等譯：《解構的共通體》（上海市：上海人民出版社，2007年4月），頁40。

29　〔法〕讓-呂克·南希著，郭建玲等譯：《解構的共通體》（上海市：上海人民出版社，2007年4月），頁29。

30　〔英〕莎士比亞著，梁實秋譯：《考利歐雷諾斯》（北京市：中國廣播電視出版社，2001年），頁181。

面同時實現。共同體不是個體的集合，而是個體的取消。共同體的
「確定性」的前提就是剝奪其成員的「自由」，[31]而個體的「確定性」
的實現則威脅共同體的「總體性」，正如朋友麥匿尼阿斯對馬爾舍斯
的評價那樣：「他性格太高傲，不適宜於這個世界。」[32]這暗示了共同
體中的個體「確定性」將把個體本身反彈到「另一世界」的可能性。
從外部看，共同體的「總體性」的「絕對」邏輯是自相矛盾的。「絕
對之邏輯侵犯了絕對。絕對的邏輯使絕對陷入它本質上拒絕並排除的
關係之中。而這個關係則強行打開和撕破——同時從裡面也從外面，
或者從外面，這個外面不過是對某種不可能的內向性的拒斥，——絕
對想要用來構成自己的那個『不帶關係』。」[33]《考利歐雷諾斯》中，
絕對的邏輯使羅馬共和國從未「絕對」過。羅馬共和國的「內在」的
非自足性體現在它與伏爾斯族的戰爭「關係」中——為了自足，必須
不自足；為排除他者，必須依賴他者。《考利歐雷諾斯》對該問題的
揭示，主要是從放逐了同胞的馬爾舍斯和奧非地阿斯的關係開始的。

　　作為羅馬人確立共同體意識的對立面的奧非地阿斯，則為我們進
一步解析馬爾舍斯的精神狀態提供了路徑。除了共同體意義上的他者，
在個體的意義層面，奧非地阿斯還可以視為馬爾舍斯的一面鏡子。我
們回到第一幕第八景，馬爾舍斯與奧非地阿斯第一次遭遇的瞬間：

馬　我只想和你對打，因為我恨你，比恨一個無信的人還要屬
　　害。

奧　我們彼此一樣的恨：非洲的毒蛇都不比你的美名與嫉恨更

31　〔英〕齊格蒙特・鮑曼著，歐陽景根譯：《共同體》（南京市：江蘇人民出版社，
　　2007年），頁21-22。
32　〔英〕莎士比亞著，梁實秋譯：《考利歐雷諾斯》（北京市：中國廣播電視出版社，
　　2001年），頁153。
33　〔法〕讓-呂克・南希著，郭建玲等譯：《解構的共通體》（上海市：上海人民出版
　　社，2007年4月），頁16。

　　　　使我憎惡。請站穩了吧。

馬　誰先逃躲，誰就算是敗死在對方手下，永世不得超生！

奧　如果我逃，馬爾舍斯，把我當作兔子一般的追喊。

馬　在過去的這三個小時內，特勒斯，我獨自在你們的考利歐
　　里城裡作戰，我為所欲為；你看我臉上塗抹的並不是我自
　　己的血；如果你要報仇，鼓起你最大的勇氣來吧。

奧　你縱然是你們的光榮的祖先中的英雄海克特他自己，你今
　　天也休想能逃得掉。──〔他們對打，一些伏爾斯人前來
　　支援奧非地阿斯。〕你們太多事，算不得勇敢，這樣的來
　　幫助我，反倒使我丟臉了。〔馬爾舍斯驅趕眾人，且戰且
　　下。〕[34]

　　這段對白表面上展示的是共同體的自足性，事實上是在暗示共同體的
自反性。馬爾舍斯所謂的「無信的人」大概可指代羅馬集市上「游移
不定」的同胞。遭遇奧非地阿斯的馬爾舍斯似乎可以為共同體放棄自
己的「確定性」，並隨時為之獻祭（「永世不得超生」）。當馬爾舍斯說
「我臉上塗抹的並不是我自己的血」，言外之意是奧非地阿斯同胞的
血，族群共同體的情感在此被突顯。但是，奧非斯阿斯的回應與其說
堅固了共同體間的壁壘，毋寧說是鬆動了個體「綻出」的邊界。雖然
「我們彼此一樣的恨」、「你們的光榮的祖先」這類表述同樣出自一種
共同體意識，但當伏爾斯人前來支援奧非地阿斯時，事情發生了不可
思議的扭轉。若僅從共同體利益出發，奧非地阿斯此刻應該趁機和支
援自己的同胞一起殺死對手，他卻羞於此道，轉而忿忿指責自己的同
胞。這一行為事實上已經撕裂了共同體──和馬爾舍斯一樣，奧非地
阿斯混雜了「奴役與榮譽」。這裡我們看到，共同體內部與外部的分

---

34 〔英〕莎士比亞著，梁實秋譯：《考利歐雷諾斯》（北京市：中國廣播電視出版社，
　　2001年），頁65-66。

野並非涇渭分明，既有的內部趨同與內外差異均不「可靠」。

　　第一幕第八景至此結束，馬爾舍斯心境如何，我們無從得知。但是，第三幕第一景告訴我們，馬爾舍斯是多麼依賴、在意這個既是對手、又是「自我」的雙重他者奧非地阿斯。當泰特斯・拉舍斯向馬爾舍斯匯報奧非地阿斯捲土重來的軍情時，馬爾舍斯的心中似乎只有奧非地阿斯。他一再問起屬下是否看到了對方，而且對方是否「說起」自己，「說了」什麼，對方現在身處何方；得知一切後，馬爾舍斯說「我願能得到機會到那裡去找他」[35]。而在第一幕第一景馬爾舍斯也曾表達過他對奧非地阿斯那種無法抑制的仰慕：「……我確是嫉妒他的高貴的品格，如果我不是我自己，我只願我是他。……如果這世界的一半和另一半衝突起來，而他在我這一面，那麼我就叛變，我只要和他作戰：他是一頭獅子，能獵取他這樣的一頭獅子我覺得足以自傲。」[36]只要恪守「確定性」的馬爾舍斯無法實現個體意識，從既有的羅馬共同體中「綻出」，那麼，他的理想方向就必定是走向另一個自我──奧非地阿斯。於馬爾舍斯而言，奧非地阿斯既是外部，亦是內部，既是壁壘，更是深淵。奧非地阿斯是馬爾舍斯個體生命中缺席的在場，又是具有排他性和壓抑性的族群共同體的缺口和誘惑所在。甚至可以說，只有借助奧非地阿斯，馬爾舍斯才能找到個體（在共同體中）的意義，前者是後者存在的依據和確證。至此我們可以解釋莎士比亞何以徹底略去普魯塔克對馬爾舍斯「背叛」同胞的心理動機敘述──《考利歐雷諾斯》意在借助古羅馬歷史故事對近代早期的共同體問題進行探究和演繹。

　　再回到本文開始論及的第四幕第三景，從戲劇動作發生的時間上

---

35 〔英〕莎士比亞著，梁實秋譯：《考利歐雷諾斯》（北京市：中國廣播電視出版社，2001年），第132-133。

36 〔英〕莎士比亞著，梁實秋譯：《考利歐雷諾斯》（北京市：中國廣播電視出版社，2001年），頁33。

推測，在奈凱諾爾和愛德利安交談、同行的時候，可能正是自我
（被）放逐的馬爾舍斯疲憊而憂傷地遊蕩在郊野的道路上，「懷著憤
怒和憂傷的心情不斷在思索各種問題」的時候。因為到第四幕第四
景，蓬頭垢面但高貴依然的馬爾舍斯已經赫然出現在奧非地阿斯位於
安席姆的府邸前了。在第四幕第一景，也就是馬爾舍斯在投靠伏爾斯
人之前，馬爾舍斯還向母親承諾了自己的「確定性」，但在第四幕第
四景，我們再看到馬爾舍斯時，一切竟毫無徵兆地發生了驚人的變
化。換句話說，莎士比亞把普魯塔克對馬爾舍斯背叛羅馬因由的交代
放在了第四幕第三景的幕後——馬爾舍斯正和奈凱諾爾一起背向祖
國，任由腳下的道路向伏爾斯族人的領地延伸。幕前與幕後在「語音
中心主義」或「確定性」的意義維度上，形成一種相互指涉、彼此註
解的「平行蒙太奇」關係。

偽「世界主義」

　　馬爾舍斯到達奧非地阿斯在安席姆的府邸門前時，上演了一場
「（偽）世界主義」式的戲劇。僕人問及衣衫襤褸的馬爾舍斯「住在
哪裡」時，後者回答說「在蒼穹之下」。[37]這一回答令人想起古希臘犬
儒派哲學家第歐根尼（Diogenēs）那句著名的「我是世界公民」。而
此前的馬爾舍斯在打聽到奧非地阿斯的住處時，曾感慨「啊世界！你
真是變化無常」，這種多元的世界觀念既呼應了他離開羅馬時所說的
「別處另有世界在」，也預示了他到達奧非地阿斯營帳後得到的慷慨
接納。可是，奧非地阿斯／伏爾斯族真的給馬爾舍斯提供棲居的空間
了嗎？
　　康德（Immanuel Kant）在論及「永久和平第三項正式條款」時

---

37 〔英〕莎士比亞著，梁實秋譯：《考利歐雷諾斯》（北京市：中國廣播電視出版社，
　　2001年），頁203。

指出，「友好（好客）就是指一個陌生者並不會由於自己來到另一個土地上而受到敵視的那種權利。」[38]但馬爾舍斯所感受到的「友好」的前提是他可以協助伏爾斯人攻打羅馬。換句話說，這一「友好」和康德的「友好」一樣是有條件的，馬爾舍斯在「另一世界」的「權利」是被某個共同體所賦予的。接納對手的行為背後悄然進行著共同體間的利益交換——這意味著「另一世界」並非馬爾舍斯想像的那樣，是容納「確定性」的烏托邦。

「永遠不會得到任何與我平素為人不相符合的消息」是馬爾舍斯對自我命運的嚴酷詛咒。「在綻出和共通體之間，⋯⋯通過互相非實在化，——它們也在彼此限制，而這就產生了另一種『非實在化』，對它們的連接所參與其中的內在性的懸擱。」[39]馬爾舍斯臨行前對「母親」的承諾，賦予其自我「放逐」以虛幻的「非實在」特質。對死亡和榮譽的重視，使馬爾舍斯的「母親」具有（羅馬）共同體的壓抑性素質。因為對「母親」——「羅馬的生命之源」[40]那種俄狄浦斯式的愛戀，馬爾舍斯對自我「確定性」的承諾變得荒誕無稽。也就是說，馬爾舍斯還沒有開始「綻出」共同體，他的「另一世界」就已經虛無縹緲了。

行走在羅馬與伏爾斯族之間的慢慢長路上，馬爾舍斯戴著一副面具。在現實層面，這是自我保護的必要偽裝；在美學層面，這是對古典演劇方式的「文藝復興」；在政治層面，這副面具則是「對內在存在的模擬」。站在奧非地阿斯面前，馬爾舍斯認為自己已經找到了「內在存在」的「確定性」，所以他在對奧非地阿斯說話前，第一個

---

38 〔德〕康德著，何兆武譯：〈永久和平論〉，《歷史理性批判文集》（北京市：商務印書館，2013年），頁118。

39 〔法〕讓-呂克・南希著，郭建玲等譯：《解構的共通體》（上海市：上海人民出版社，2007年4月），頁39。

40 〔英〕莎士比亞著，梁實秋譯：《考利歐雷諾斯》（北京市：中國廣播電視出版社，2001年），頁269。

動作就是「取下面幕」（unmuffling）。諷刺的是，馬爾舍斯把自己的「確定性」交付給了另一個「共同體」。馬爾舍斯遭遇同胞的惡意後背叛母國羅馬，源自他對「確定性」的絕望或執念。也就是說，他把伏爾斯族的領地視為伸展自我個體意識的可能空間，但馬爾舍斯沒有意識到的是，投奔伏爾斯族的自我同樣面臨著族群共同體的「總體化」邏輯和力量。在奧非地阿斯「擁抱」馬爾舍斯的瞬間，後者的悲劇性命運就被決定了。在這個意義上，我們也可以說馬爾舍斯並沒有背叛自己離開羅馬前對母親承諾的自我「確定性」，即他永遠不會做出與其「平素為人不相符合」的事情。根據奧非地阿斯後來對馬爾舍斯的定罪，即馬爾舍斯是「叛徒」，其理由正是因為馬爾舍斯太過於忠誠（自我）而同時成為（羅馬和伏爾斯族）共同體的背叛者。

　　「綻出」羅馬共同體的馬爾舍斯在「母親」的勸說下，促成一紙和平協議，致使同樣混雜了「奴役與榮譽」的奧非地阿斯以共同體名義而存在的個體意識落空。在討論是否要處死馬爾舍斯的問題時，奧非地阿斯同樣面臨著「態度不定的」（uncertain）民眾。奧非地阿斯最終以共同體的名義完成了他對馬爾舍斯的復仇，在其背後同樣是自我實現的訴求。然而，馬爾舍斯的死亡非但沒有給奧非地阿斯帶來期待中的自我實現，反而使他「深感悲哀」[41]——奧非地阿斯「擁抱」了馬爾舍斯之後，又徹底放逐了他。前者是從共同體的利益出發，後者是從個體的實現出發，但他卻是以伏爾斯族這一共同體的叛徒的罪名處死馬爾舍斯的。奧非地阿斯的行為本身就是對個體意識或「確定性」的否定與解構。奧非地阿斯和馬爾舍斯有著完全相同的悲劇命運。

　　世界主義理想並不否定共同體間的疆界，因為疆界是對話的必要前提和基礎，但疆界不能演變為區隔彼此、放棄對話的理由，否則世

41　〔英〕莎士比亞著，梁實秋譯：《考利歐雷諾斯》（北京市：中國廣播電視出版社，2001年），頁281。

界主義將淪為空談。「在蒼穹之下」的人們，諸如奧瑟羅、奈凱諾爾、馬爾舍斯……也許，還應該包括奧非地阿斯在內，在共同體間遊走，試圖以不同的主體性撕裂共同體的「絕對化」與同質性，但共同體的「總體性」邏輯或把他者自我化，或把自我他者化，致使世界主義式的開放與對話流於封閉和偽飾。同時，近代早期那些住「在蒼穹之下」的人們的主體位置本身也是可疑的。表面上這個主體的位置在不斷流動，但事實上它們總是以共同體為欲望對象，最終個體被壓抑、碾碎。正如馬爾舍斯在可能「綻出」共同體的一刻，對「母親」／祖國的承諾粉碎了可能的主體性建構。可以說「確定性」是共同體的詭計，是一種「世界主義」的偽裝，或者說是共同體意識的共謀。被壓抑的個體是一個隱喻，其獨一無二性被總體化的命運，在跨文化的意義維度上暗示著共同體的絕對化和排外性。

近代歐洲的知識型與世界觀念

　　莎士比亞寫作《考利歐雷諾斯》四年前，剛剛出獄的西班牙沒落貴族塞萬提斯出版了令其名垂千古的《堂吉訶德》第一部。三百多年後，法國傑出的思想家福柯從塞萬提斯（Miguel de Cervantes Saavedra）的小說中看出了文藝復興的知識型，即「相似性」的終結。從此，「同一性和差異性的嚴酷理性不停地輕視符號和相似性。」[42]而在莎士比亞完成《考利歐雷諾斯》十年後，其同胞弗朗西斯・培根（Francis Bacon）出版了他最重要的哲學著作《新工具》。這本書裡，培根總結了當時「圍困人們心靈」的四類「假象」，其中有一種「市場假象」：「它們是通過文字和名稱的聯盟而爬入理解力之中的。……有些是實

42　〔法〕米歇爾・福柯著，莫偉民譯：《詞與物：人文科學考古學》（上海市：上海三聯書店，2012年3月），頁64-65。

際並不存在的事物的名稱（……）；有些雖是存在著的事物的名稱，但卻是含義混亂，定義不當，又是急率而不合規則地從實在方面抽得的。」[43]塞萬提斯對「相似性」秩序的質疑，培根對十六到十七世紀人類理智謬誤的批判，都同時指向了符號和語言的曖昧與混沌。毫無疑問，馬爾舍斯糾結於「本性」與「謊言」[44]時，莎士比亞的《考利歐雷諾斯》同樣處於該思想序列中。馬爾舍斯對「確定性」的執迷和對「表演」及修辭的憎惡，同樣暗示了近代早期西方知識型從「相似秩序」向尊崇「同一性和差異性」的「表象秩序」轉換的軌跡。

　　西方這一知識型轉換直接對應著「地理大發現」的歷史脈絡。《考利歐雷諾斯》寫作的時代，正是「第一次全球化」[45]啟動的年代。伊比利亞人衰落後，英國和荷蘭很快接續了前者未竟的全球經濟、政治的擴張事業。莎士比亞的戲劇在「環球劇場」上演之際，也正是歐洲資產階級（「個人」）登上「全球舞臺」之時。需要強調的是，「地理大發現」的背後是「知識大發現」。新航路的發現和開闢使歐洲和「另一世界」實現了面對面的經濟、文化交流，[46]軍隊、官員、冒險家、商人、傳教士和旅行者在其中扮演了重要角色。這不僅使得全球性互動成為可能，而且歐洲開始真正地開始深入了解複數的「世界」，內容涉及地理、物產、風俗、制度、宗教、信仰等諸方面，全面而深刻。這一歷史進程不僅波及了歐洲的政治經濟（商業、航海、海外拓殖）領域，更導致了歐洲社會的知識觀念（文藝、學

43　〔英〕弗朗西斯・培根著，許寶騤譯：《新工具》（北京市：商務印書館，2010年），頁32-33。

44　〔英〕莎士比亞著，梁實秋譯：《考利歐雷諾斯》（北京市：中國廣播電視出版社，2001年），頁169。

45　Geoffrey C. Gunn, *First Globalization: The Eurasian Exchange, 1500-1800*, Lanham, Maryland: Rowman & Littlefield Publisher Inc., 2003.

46　Donald F. Lach, *Asia in the Making of EuropeVol.1——The Century of Discovery*, Book 1, Chicago and London: The University of Chicago Press, 1971.

術、思想）領域的變革。「地理大發現」帶來的重要知識後果之一
是：歐洲人開始從自我與歐洲以外的地方相關聯的視角認識世界，但
諷刺的是，歐洲人在認識他們「發現」的多元世界時，卻使用一元的
分類學體系整理出全球空間秩序。[47]這種新的知識型不僅可以在近代
早期最興盛的博物學（natural history）學科中看到，[48]它還左右了製
圖學和地理學學科的全球空間劃分，[49]並決定了幾個世紀以來人類的
空間無意識。從文藝復興到古典時代的知識型轉換，生產出了「歐洲
人全新的知識和自覺，歐洲人與異域接觸的新模式，以及編碼歐洲帝
國野心的新途徑」。[50]

　　馬爾舍斯對語言、意義的「確定性」執迷的「本性」中，銘刻著
上述歷史脈絡中知識型轉換的印痕。誠如福柯在批判近代早期自然史
的研究方法時所指出的：「在相同的個體面前，每個人都將能夠作出
相同的描述；並且，反之，從這樣一個描述出發，每個人都將能夠認
出這個與描述相符合的個體。在對可見物的這一基本的表述中，語言
與物的第一次相遇就能以排除所有的不確定性這樣一種方式而被確立
起來。」[51]馬爾舍斯試圖「旅行」到共同體之外的「另一世界」，踐行
他的「確定性」訴求，但他同時又以共同體為欲望對象，其中暗隱的

---

47 Mary Louise Pratt, *Imperial Eyes: Travel Writing and Transculturation*, Second edition, London and New York: Routledge, 2008, pp.23-25.

48 〔法〕米歇爾‧福柯著，莫偉民譯：《詞與物：人文科學考古學》（上海市：上海三聯書店，2012年3月），頁169-174。

49 Martin W. Lewis, Kären E. Wigen, *The Myth of Continents: A Critique of Metageography*, Berkeley and Los Angeles: University of California Press, 1997, p.1, p.26.；亦見〔美〕本尼迪克特‧安德森著，吳叡人譯：《想像的共同體：民族主義的起源與散布》（上海市：上海人民出版社，2011年），頁169。

50 Mary Louise Pratt, *Imperial Eyes: Travel Writing and Transculturation*, Second edition, London and New York: Routledge, 2008, p.23.

51 〔法〕米歇爾‧福柯著，莫偉民譯：《詞與物：人文科學考古學》（上海市：上海三聯書店，2012年3月），頁178。

絕對化邏輯早已排除了「另一世界」的可能性。近代早期歐洲關於世界的知識中，建立在分類學體系上的「確定性」認知，正是帝國（共同體）主義和殖民主義意識形態最隱蔽的共謀和主要構成部件。

　　奧非地阿斯在準備殺死馬爾舍斯前，一語洞穿了整部劇作的要害：「我所控訴的那個人，此際已經進了城門，準備在民眾面前露面，希望能用語言洗刷他自己（hoping to purge himself with words）……」[52] 馬爾舍斯注定要為他的「確定性」付出慘痛代價。全球化進程的開啟，使世界已變得多元而流動，登上「環球劇場」的馬爾舍斯卻執迷於一種純淨的（同時亦是排他的）意義本源。他還如何能夠用「語言」、「洗刷」（purge／純淨化）他自己？

　　《考利歐雷諾斯》是一齣歷史悲劇，更是一齣時代喜劇——莎士比亞以最嚴肅的方式嘲笑、諷刺、質疑了他置身其中的知識體系。臨近劇終時，奧非地阿斯像古希臘悲劇中的先知一樣，站在馬爾舍斯的屍體上（對著「我們」歷代觀眾）說道：「諸位大人，在目前他所惹起的這場紛擾當中你們是無法明白的，可是將來你們會了解，此人生存一日便要令你們冒很大的危險，你們將來會感覺欣慰今天能把他剷除。」[53]可是，將來「你們」會了解?!

---

52 〔英〕莎士比亞著，梁實秋譯：《考利歐雷諾斯》（北京市：中國廣播電視出版社，2001年），頁271。

53 〔英〕莎士比亞著，梁實秋譯：《考利歐雷諾斯》（北京市：中國廣播電視出版社，2001年），頁281。

二
比較研究的「後歐洲」困境：
從錢林森《中外文學交流史：中國-法國卷》談起

　　中外文學關係研究一向被視為最能體現中國比較文學學者實績的標誌性領域。自二十世紀初比較文學學科在中國發軔至今，經過若干代學者的持續努力，中外文學關係研究的觀念與方法得以不斷推進。二〇一五年，集海內外在該領域有深厚學術積累的專家學者合作撰稿的「中外文學交流史」叢書（錢林森、周寧主編，共十七卷），由山東教育出版社推出，是為學界年度盛事。在筆者看來，這套叢書的學術價值主要表現在貫穿其寫作始終的問題意識與方法論層面。叢書著重思考中國與他國文學、文化如何借助對方完成彼此的「世界性」參與和「現代性」轉化這一基本問題，著力嘗試突破既有的「影響研究」範式，展示了一種雙向交流、互看互釋的研究觀念與方法。在充分認識這套叢書的學術成績的同時，本文認為，其觀念與方法背後仍然存在著諸多問題，尚未達到一種學科意義上的自覺。筆者將以錢林森撰寫的《中外文學交流史：中國-法國卷》（以下引文凡出自該著者均只標註頁碼）為例，對其成績與缺憾逐步進行探討，以期引起對當代中國比較文學方法論的一般性反思。

問題意識與斷代呈現

　　在學科本質與學術傳統層面，中外文學交流史屬於史學範疇，史

料的發掘和梳理對其寫作尤為重要[1]。在《中外文學交流史：中國-法國卷》寫作、出版之前，錢林森的學術工作主要集中於中外文學、文化關係的史料梳理工作。這些前期學術工作為海內外國際文學關係研究奠定了基本的史料基礎，錢林森也因此成為該學術領域的重要代表人物。錢林森的《中外文學交流史：中國-法國卷》是一項厚積薄發的成果。其史料繁複、論述精當，使其成為當下中外文學關係研究的典範力作。與錢林森此前在中外文學關係研究領域的學術工作相比照，《中外文學交流史：中國-法國卷》在中法文學（文化）關係的歷史敘述觀念與結構方面均發生了明顯的變化，而且這些變化構成中外文學關係研究在當代的最新動向。中國文化參與構建歐洲現代性經驗的過程與方式（頁14），是該著的核心論題。此論題統攝下，該著在史述的觀念與結構方面有兩個特徵：斷代書寫以及「形象」作為文學交流個案的體系化方式。

　　學術研究的問題意識決定了文本個案和觀念方法的選擇。在對中法文學交流的推進過程有著充分的史料積累和扎實的研究基礎的前提下，論者完全有能力撰寫一部通史。然而，《中外文學交流史：中國-法國卷》卻把研究對象設定為十六至十八世紀的中法文學、文化互動。對歐洲自身而言，十六至十八世紀所對應的歷史時段事實上正是線性史觀中所謂的從文藝復興到啟蒙運動。漫長的歐亞關係史中，這個歷史時段是歐洲借助觀念上的文化他者和物質上的遠程貿易，從政治、精神危機中走出，實現自我更新並在全球崛起的關鍵時刻，現代性的基本原則也在這個時段得以形構和表達。從一種跨文化互動的全球史視野來看，這個早期近代（early modern）時段不僅誕生了現代世界的政治經濟體系，還形成了現代世界的文化觀念體系。此後全球

1　錢林森、周寧：〈走向學科自覺的中外文學關係史研究〉，《中國比較文學》2006年第4期。

權力格局的走向就是在這個現代性的世界觀念體系中孕育而成的，其中暗隱的屬於觀念形態的歷史觀和世界觀也深刻地形塑了觀看、接受、講述、闡釋他者的方式與視野。論者把中法文學、文化的交流放置在十六至十八世紀歐亞交通的「源點」性歷史脈絡中加以闡釋，顯然有意突顯中國文學與文化在參與現代世界觀念體系和歐洲自我身分的構築過程中無可替代的歷史貢獻。而「以漢語文學為立場，建構一個『文學想像的世界體系』」（頁12），正是該著的核心理論關懷。在此意義上，《中外文學交流史：中國-法國卷》不無意外的斷代呈現，事實上暗示了該項研究的問題意識和中國立場。

　　十六世紀的中歐文化交流是《中外文學交流史：中國-法國卷》一書展開論述的歷史起點和邏輯起點。這一起點是在中世紀晚期／蒙元世紀歐亞交流的參照背景中構建的。與此前聖徒柏朗嘉賓、魯布魯克以及馬可‧波羅（Marco Polo）遊記中所講述的「契丹追尋」和「大汗行紀」之類的零星故事相比較，十六世紀的歐洲獲得了關於中國的「整體性認識」，「形諸作者筆下的東方（中國）形象日趨清晰可辨，傳教士漢學也由此開始登場亮相」（頁2）。十六世紀作為中法文學交流史的起點，其意義還不僅體現於歐洲關於中國知識在量上的累積，更印證於歐洲的中國觀念在質上的飛躍。十六世紀是歐洲關於中國認知的第二種「認識型」，即「大中華帝國」形構與運作的階段。歐洲「大中華帝國」的「認識型」，暗隱的正是歐洲資本主義經濟體系創立之初，在觀念層面對東方的認識和表述模式，即從南亞、東南亞的財富和信仰轉向遠東（特別是中國）的制度與文明的過程。這一「認識型」決定著兩百多年來（約一四五〇至一六五〇年）歐洲關於中國知識的生產、控制和分配機制[2]。歐洲「大中華帝國」的「認識型」上承中世紀晚期的「大汗的大陸」，下啟啟蒙時代的「孔夫子的中國」。

2　周寧：《天朝遙遠：西方的中國形象研究》上卷（北京市：北京大學出版社，2006年12月），頁71-76。

　　《中外文學交流史：中國-法國卷》在敘述十七世紀法國「對中國的發現」時，主要從政治哲學和宗教方面，選擇具有標誌性的人物、思想和文本進行論析，以展示中國的思想文化和政治制度對歐洲和法國文化轉型的貢獻與意義。在論者的「轉折」視域中，十七世紀法國的中國知識狀況深入到了思想與文化的價值層面，以孔夫子形象為代表的儒家思想文化參與了席捲全歐的「東西之爭」、「古今之爭」和「禮儀之爭」，歐洲現代性精神的核心觀念得以形成。在一系列法國思想家的努力下，中國道德哲學和宗教寬容不僅參與了十七世紀歐洲的思想文化領域的一系列論爭，更為十八世紀的伏爾泰（François-Marie Arouet）、孟德斯鳩（Charles de Secondat, Baron de Montesquieu）和盧梭（Jean-Jacques Rousseau）等人提供了啟蒙主義批判的思想資源。

　　十八世紀法國的漢學、文學藝術和哲學，構成了《中外文學交流史：中國-法國卷》討論中法文化互動的三大領域。十八世紀中法文化、文學交流在「認識型」上是對十七世紀的延續。這個世紀，歐洲的中國認知依然落實在思想文化領域。論者特別強調了這個年代學意義上的「十八世紀」在中法文學交流史上的特殊性，即這個時期法國漢學發軔，並引導中法文學實現真正意義上的交流（頁132）。雖然《中外文學交流史：中國-法國卷》截取了中法（也是中歐）文化交流史中最具有象徵意義的三百年，但仍然突出了「文學本體」意義上的互視與互釋。文學是《中外文學交流史：中國-法國卷》為十八世紀設定的主角。其中，馬若瑟等傳教士的譯介與創作，為後來的勒薩日等人的「中國題材」提供了氛圍和基礎。在論者的敘述策略中，十八世紀的中國文學和文化事實上是歐洲邁向浪漫主義時代的知識動力的組成部分。十八世紀中期是西方「中國潮落」的時代。包括中國文學在內的中國風在西方「後洛可可」的審美趣味轉折中，變得令人厭惡，在西方延續了近五百年的美好中國認知開始走向其反面。《中外文學交流史：中國-法國卷》的歷史敘述在這個有關中國認知的臨界點上戛然而止。這本身就是一種批評的策略──論者把帝國主義和東

方主義時代的歐洲的中國認知阻斷在自己的歷史敘述之外，試圖在問題、觀念與方法上超越常見的後殖民主義文化批判範式。論者不再把重心放在對西方的東方主義話語的解構與反駁，轉而著力呈現中國文學、文化對文藝復興、宗教改革和啟蒙運動以來的歐洲，在政治思想文化的現代性轉型中的意義和貢獻，以及這個過程中西方知識界所表現出的開放、外向的文化心態。

跨學科與「形象」作為個案體系化的方式

史識出於史述，史述依賴體系。《中外文學交流史：中國-法國卷》一書在對其中的交流個案進行體系化時，在整體上把國族間的文學、文化認知作為某種形象，納入了當代跨文化形象學的分析框架。該著在濃墨重彩地討論十八世紀中法文學和文化交流時，孟德斯鳩的中國想像，伏爾泰歷史、哲學著作中的中國形象，阿爾讓和盧梭對中國社會、習俗的觀察、想像和描述，狄德羅（Diderot）對中國的想像和挪用，以及謝尼埃詩歌創作中展示的中國情調等，均借用了當代形象學研究的最新成果。這種把形象學作為整個論述架構的個案體系化方式的做法，在一般的中外文學關係史研究與寫作中相當罕見。

愛德華・薩義德在一九七八年發表的《東方學》於二十世紀九十年代被譯介到中國大陸後[3]，中國的形象學研究的理論前提發生了重要變化，即研究者賦予「形象」一種主體鏡像的性質，認為它總是投射著主體的身分意識。《東方學》提供的觀念與方法對當代中國形象學研究的意義自不待言。《中外文學交流史：中國-法國卷》一書則避

3　〔美〕薩義德的《東方學》被列入生活・讀書・新知三聯書店的「學術前沿」叢書系列，王宇根譯，初版於一九九九年。薩義德在該版「緒論」中直陳其「出發點乃下面這樣一種假定：東方並非一種自然的存在」，這對當代中國形象學的觀念與方法有著直接而深遠的啟迪和影響。

開對歐洲想像中國的後殖民解構分析，著力陳述十六至十八世紀歐洲
對中國的追慕和借鑑。這一論述側重體現了錢林森的「漢語文學」立
場與自覺。於是，「中國文學（文化）在漫長的東西方文化交流史上
是如何滋養、啟迪外國文學的；外國文學是如何激活、構建中國文學
的世界性與現代性的」（頁7）雙向互動模式，就成為根本的寫作策
略。《中外文學交流史：中國-法國卷》這種個案體系化的方式，其實
與其斷代（「中國潮起」）呈現的批評策略和旨歸是一致的──以跨學
科（形象、文學、漢學、歷史）的方法構建一個中法「文學想像的世
界體系」，進而審查彼此間如何互看互識、雙向交流。

　　《中外文學交流史：中國-法國卷》一書是在歐洲的中國知識深
化的脈絡中，鋪陳法國在構建自我現代文化觀念時，對中國思想的接
受和承認。孔夫子成為凝聚十七世紀法國的中國認知的核心意象。十
七世紀下半葉，來華傳教士中興起的「禮儀之爭」以及法國本土的
「東西之爭」中，一個正面的「思想文化」的中國形象漸次確立並清
晰，承載了諸如「仁義」、「慈愛」、「寬容」、「智慧」等現代性價值，
成為法國文人和思想家心嚮往之的烏托邦。比如拉莫特・勒瓦納在一
六四一年出版的《論異教徒的道德》中，竭力讚美以孔子思想為代表
的中國道德哲學，將孔子與蘇格拉底並列為智慧的象徵。十七世紀的
正面中國形象構建，一直延續到十八世紀的啟蒙思想文化運動中。

　　《中外文學交流史：中國-法國卷》在敘述十八世紀中法文學、
文化交流史，刻意突顯了回歸文學「本體」的意向，但仍然延續了敘
述十七世紀中法文化交流史的架構。十八世紀中法文學交流奠基於漢
學，「中國熱」是其背景，而「孔夫子」則是其依託。隨著「歐洲三
大漢學著作」在巴黎的相繼出版，全新的素材和構思在十七世紀既有
的形象表徵體系中次第登場，浪漫的中國故事和東方情調成就了此時
期法國文學的「世紀性諷喻」主題。中國形象作為一種知識體系，參
與了歐洲啟蒙思想的生產。無論是十七世紀的古典主義思想家費訥隆

（Francois Fenelon），還是十八世紀的啟蒙思想家伏爾泰，在《中外文學交流史：中國-法國卷》依託的當代形象學分析框架中，其著述中構建的或貶或褒的中國認知中，無不表徵著形象構述者的世俗與宗教理想和啟蒙批判意識。與此同時，思想個體也在歐洲的異域烏托邦衝動中感受他們與現實存在的想像關係，現代性的主體意識由此而生成。

　　《中外文學交流史：中國-法國卷》一書選定了「歐洲中心主義」神話最頑固的歷史時段，也就是所謂的「現代世界的誕生」的十六到十八世紀，從比較文學的專業領域，雄辯地介入了時代性的公共議題──啟蒙「是世界各地的人們共同創造的結果」[4]。《中外文學交流史：中國-法國卷》一書選定的學術領域是傳統的「國際文學關係」研究領域，但它不僅對既有的歷史敘述方式（如啟蒙思想的歐洲血統與「影響／傳播／回應」）提出了有力的挑戰，更彰顯了歐洲全球擴張的另一面，即包容他者的自我批判精神。《中外文學交流史：中國-法國卷》的歷史敘事既是一個解構歐洲中心主義的模式，亦從文化觀念層面省思了近代歐洲何以能夠在全球崛起的問題。

　　至此，我們可以梳理出《中外文學交流史：中國-法國卷》一書的雙重「反寫」（writing back）[5]策略。首先是歷史觀念上的擬仿以及敘述結構的倒裝。《中外文學交流史：中國-法國卷》一書按照傳統的「歐洲中心主義」史觀，斷代呈現了從中世紀晚期到文藝復興、啟蒙運動這段充斥著宏大敘事的歷史時期，並按照線性時段進行內容編排。一般而言，這種線性的歷史敘述，內隱了一個排斥他者、否棄往昔的時空意指結構（如黑格爾（Georg Wilhelm Friedrich Hegel）的《歷史哲學》以及該傳統中的其他史學著作所暗示的那樣）。但《中外文學交

4　〔德〕S. 康拉德著，熊鷹譯：〈全球史中的啟蒙〉，《區域》第1輯（北京市：社會科學文獻出版社，2014年），頁83。

5　錢林森強調「反寫」是「中外文學關係史」的研究範式之一。錢林森、周寧：〈走向學科自覺的中外文學關係史研究〉，《中國比較文學》2006年第4期。

流史：中國-法國卷》在模擬這一史觀的表象下，通過突顯中國文學、文化對早期近代歐洲現代性的貢獻，成功改寫了這一歷史觀念中暗隱的權力關係，並使這種傳統線性史觀的時空指涉意義得以重新配置。

其次，《中外文學交流史：中國-法國卷》一書對當代形象學最新研究成果進行選擇性吸納，摒棄了其中最顯理論深度的後殖民主義文化批評成分，轉而呈示十六到十八世紀的法國思想界對中國文化、文學的仰慕和接納。《中外文學交流史：中國-法國卷》在解析這一美好、浪漫、智慧的中國形象的生成過程時，擬仿了西方的「東方主義」話語構建。然而，與「東方主義」話語中那個「被用來作為顯示一種特殊形式的怪異性」[6]的東方形象不同，中國形象在早期近代的法國或歐洲是一個可以供自我傚法、自我批判的烏托邦。這一擬仿與倒裝的關係，通過中國形象構成了第二重「反寫」。

「反寫」的困境

《中外文學交流史：中國-法國卷》在史述方面採用的雙重「反寫」策略，有效地解構了既往國際文學關係研究中的歐洲中心主義，但是，該書在「反寫」傳統的文學關係史述的同時，又在另一個層面鞏固了國際文學關係史研究中的權力關係。這正是該著中一個不易察覺的思想困境，在很大程度上，該困境也折射出當下中外文學關係研究的普遍性缺憾。

我們首先注意到，《中外文學交流史：中國-法國卷》在安排敘述結構時，嚴格履行了「年代學的世紀」，而拋棄了「歷史學的世紀」[7]。無論是十六世紀，還是其他兩個世紀，均嚴格對應著一五○○到一五

6　〔美〕愛德華・W. 薩義德著，王宇根譯：《東方學》（北京市：生活・讀書・新知三聯書店，2013年），頁134。

7　〔美〕伊曼紐爾・沃勒斯坦著，尤來寅等譯：《現代世界體系　第一卷　十六世紀的資本主義農業與歐洲經濟體的起源》（北京市：高等教育出版社，2004年），頁80。

九九年等「百年」的自然時間劃分模式，這對國際文化交流史述而言，在學理上顯然是不嚴謹的。也正是因此，該著僵硬的歷史時段劃分對文學關係史研究幾乎沒有啟發性。比形式上表現出的僵硬更危險的是，這種歷史時段劃分模式的背後，隱藏了一個理解歐洲現代性起源的知識基礎或文化地理學。早期近代的遠程貿易和文化匯流所帶來的觀念的多元、流動，正是我們與傳統的比較文學研究的前提與方法進行協商的依據，現代性的世界觀念體系也正是在這個多元而流動的時代中形成的。因此，整齊劃一的僵硬歷史時段預設，事實上已經排除了與既存比較文學的學術政治展開真正協商的可能。物理時間的同質化將構成地理空間的階序化。這一作為敘述尺度的「年代學的世紀」的潛臺詞，其實就是「歐洲及其他者」的知識配置口令──歐洲總是已經「作為參照座標」[8]而存在的。

　　另一方面，《中外文學交流史：中國-法國卷》一書在借用當代形象學研究成果時，為了避開後殖民主義文化批判在當代中國學界構成的思想陷阱，刻意張揚另一種東方主義和歐洲的包容與自省精神。但與此同時，論者對這一論述架構中的權力關係是估計不足的。無論中國的形象多麼美好，中國仍然是歐洲的一個知識客體和自我確認的他者，或者說，《中外文學交流史：中國-法國卷》在整體上呈現為一個歐洲想像和利用他者的分析架構。這一分析架構顯然缺乏彈性，在「中國熱」盛行的若干世紀，仍然存在著諸多不符合我們主觀想像的不協和音，此時，論者就會陷入出左右失據的窘境。比如，在論及孟德斯鳩筆下的中國形象時，論者指出：「當孟德斯鳩……執著於從否定角度批判負面中國難免產生某種盲視與偏見，因之往往使他對中國的判斷帶有某種想像的成分，那麼，當他從肯定的角度讚揚正面中國就不能不顯現出一種真知灼見而使之對中國的觀照與描寫帶有一種睿智

8　Rey Chow, *The Age of the World Target: Self-Referentiality in War, Theory, and Comparative Work*, Durham: Duke University Press, 2006, p. 77.

的力量。」（頁357）這與其說是孟德斯鳩的矛盾，不如說是論者自身
的矛盾。樂觀的世界主義情懷和文化間的平等對話，在話語層面，僅
是一個理想的願景，但論者在《中外文學交流史：中國-法國卷》中
視其為現實，造成該著知識立場（在批判與經驗之間）的混亂與混
淆。為削足適履，論者竟不惜徹底扭轉當代形象學的理論前提——他
者形象即主體鏡像，重返形象與真實對應的反映論和真偽之辨。

　　《中外文學交流史：中國-法國卷》在史述上的這兩個偶然的後
果，事實上共享了一個必然的前提，即文化（文學）的邊界身分與人
為的國族政治區域劃分相一致的地理學預設。如此，任何一部中外文
學交流史的寫作，似乎都必須從這一地理政治學出發。該思想起點與
當代中國的總問題脈絡密不可分。

　　因應全球化進程的再次全面啟動而激發出的非西方世界身分意識
的自覺，中國及歐美地區以外的比較文學借助於殖民主義在全球消退
的歷史氛圍和後結構主義哲學思潮的興起，研究主題逐漸轉向探討殖
民歷史結束後，殖民地遺留的文化問題以及全球化進程帶來的後果。
根據樂黛雲的觀察，二十世紀末期以來，中國比較文學界的整體學術
風貌可以概括為：在繼承西方既有理論成果的基礎上，從自身歷史文
化境遇出發，反對文化霸權，尋求不同民族文化間的平等對話[9]。樂
黛雲對中國比較文學研究的精準描述，直接呼應了國際同行在同一時
期所倡導的「後歐洲的」（post-European）學術範式。

　　「後歐洲的」比較文學研究範式最早提出於二十世紀九十年代，
英國學者蘇珊・巴斯奈特（Susan Bassnett）和美國華裔學者周蕾都曾
先後使用過該表述，但具體內涵略有不同。在巴斯奈特的論述脈絡
中，「後歐洲的」比較文學研究範式指的是對「美國學派」研究對象和

9　樂黛雲：〈文化相對主義與「和而不同」的原則〉，《中國比較文學》1996年第1期。

方法的替代性方案，即對非歷史主義和形式主義方法的堅決反對[10]。周蕾則更進一步，把當前比較研究領域中聚焦本土文化研究的學術實踐均歸入「後歐洲文化與西方」的範式，並批判道：這種範式雖然對舊式比較文學研究有所反思，但是和舊式比較文學研究一樣，仍以歐洲作為基本的參照框架[11]。綜合二者並結合當代中國比較文學研究，我們不妨把「後歐洲的」比較文學研究範式視為非西方世界從比較研究領域對西方主導的全球化歷史進程，在意識形態層面的一種反彈。那麼，在此「後歐洲的」學術氛圍中，中外文學關係研究領域的觀念和方法有哪些缺憾？對此，我們有必要做出清理，如此才能促使該中外文學關係研究邁向學科、領域的理論自覺。

中外文學關係研究的思想資源與合法性

二十世紀七十年代，「法國理論」介入人文研究領域後，在巴特、德里達（Jacques Derrida）、福柯、克里斯蒂娃（Julia Kristeva）、拉康（Jacques Lacan）、德勒茲（Gilles Louis Rene Deleuze）等後結構主義思想家的啟發下，人文研究領域開始實現大規模的科際整合或跨越。比較文學是最先回應並踐行該學術動向的學科之一。諸如性別研究、大眾文化批判、新媒體技術批評、翻譯研究、後殖民研究、少數文學研究、「全球-南方國家」文學研究等，成為備受當代比較文學學者關注的新興領域或方法。但與此同時，比較文學的學科邊界也開始變得模糊。與早期「美國學派」所倡導的在以文學性為主體的前提下，文學與其他藝術形式、意識形態等之間的平行比較不同，比較文

---

10 〔英〕蘇珊・巴斯奈特著，查明建譯：《比較文學批評導論》（北京市：北京大學出版社，2015年1月），頁48。該書英文原著出版於1993年。

11 Rey Chow, *The Age of the World Target:Self-Referentiality in War, Theory, and Comparative Work*, Durham: Duke University Press, 2006, pp. 88-89.

學觀念與方法的此次變革有意識地強調研究的歷史性，並構成了真正意義上的跨學科研究。它「要求的是學科間的相互借鑑與挑戰，互相的對話甚至協作」，並藉此質疑、打破既有的學科疆界帶來的權力關係，釐清被傳統學科疆界中存在的盲點所掩蓋的內容[12]。在廣義的比較研究中，這些實踐固然有力反駁了早期「法國學派」思想中的歐洲中心主義或文化上的沙文主義傾向，但我們也可以看到，它們均仍未能真正脫離包括梵・第根（P. Van Tieghem）在內的「法國學派」學者們確立下的基本問題框架。二者間的主要區別體現為，前者暗示起源和派生，後者表示能動與反哺，但二元對立的哲學前提以及身分政治的問題預設則是為彼此所共享的。作為國際文學關係史分支的中外文學關係研究，雖然立足於自身的中國視野和方法，但在原理層面亦無法例外於該問題。

綜覽比較文學學科發展史，幾乎所有國家的比較文學建制都是從辨析不同國家或文明之間的文學（文化）關係開始的，中國亦是如此[13]。十九世紀末，中西文學的比較與交流構成了中國比較文學學科意識萌生的內因[14]。晚清中國留學生和西方傳教士的西去東來，為中外文化、文學之間的互看互釋提供了必要的條件和契機。「五四」時期的人文學術領域中，中外文學關係研究同樣參與了現代民族國家話語的規劃與構建，其中勾畫的交流圖式折射著現代中國知識界對現代中國的全球處境的定位與想像。自二十世紀二〇年代起始，中外文學關係研究的成果就不斷湧現[15]。值得注意的是，這個時期的中外文學

---

12 〔美〕鍾雪萍、蘿拉・羅斯克主編，康宏錦等譯：《越界的挑戰：跨學科女性主義研究》（上海市：上海社會科學院出版社，2002年），頁4。

13 詳見曹順慶主編：《比較文學學科史》（成都市：巴蜀書社，2010年1月）對於各國比較文學學科發展狀況的整理與描述。

14 徐揚尚：《中國比較文學源流》（鄭州市：中州古籍出版社，1998年），頁60。

15 詳見北京大學比較文學研究所編的《中國比較文學研究資料（1919-1949）》（北京市：北京大學出版社，1989年）中收入的相關學術論文。

關係研究與當下的情形迥異：二十世紀初的研究多為中外文學現象的
平行對照，其學術指歸在於引介外國文學，或者挪用西方既有的文學
現象為中國新文學運動的合法性進行辯護；最重要的一點也許是，此
時期的研究尚不具備學科自覺，更多地體現為一種方法或策略。「五
四」時期的中外文學關係研究有種清晰的西方主義（occidentalism）
價值取向，這主要表現於，論者往往以西方文學作為尺度來規劃中國
文學的「進化」路徑[16]。在這種文學發展圖式與前景想像中，中國文
學對應著文化的低級階段，而西方文學指涉著文化的高級階段，彼此
間存在著一個巨大的時間鴻溝。內在於二十世紀初的中外文學關係研
究中的國族主義訴求，正好需要這種文學地理的時空結構。作為一種
西方主義的文化批評策略，早期的中外文學關係研究客觀上協助了西
方文學在中國實踐其地理傳播方案。在此一學術實踐中，如果西方文
學是中國文學未來的唯一進路，那麼該文學圖式所暗隱的世界文學秩
序就是西方中心主義的。

　　然而，我們不能簡單地把二十世紀初的中外文學關係研究中的西
方主義學術實踐視為與強勢的西方文學話語的共謀。事實上，這一學
術實踐的背後是一種迂迴的民族主義——通過西方主義構建對抗本土
主流話語系統的「反話語」（比如中國現代文學的指意實踐），以實現
本土文化與西方現代文化分庭抗禮的期望，進而在話語層面實施現代
民族國家的規劃與想像。這就解釋了二十世紀初期中外文學關係的學
術研究與中國現代文學創作幾乎是相伴相生，而且彼此間可以相互支
撐調和（比如「文學研究會」同仁的工作）的根本原因——中國現代
文學本身就是中外文學互動的結果。

　　當代的中外文學關係研究是對二十世紀初的西方主義學術話語的

---

16 比如《中國比較文學研究資料（1919-1949）》（北京市：北京大學出版社，1989年）
　　中沈雁冰的〈托爾斯泰與今日之俄羅斯（節選）〉、周作人的〈文學上的俄國與中
　　國〉、何基的〈中西文藝復興之異同〉等文。

翻轉。如前所述，鑒於中外文學關係研究在起點處的時空拓撲結構，中國現當代文學在全球主義的問題脈絡中因襲了沉重的文化包袱，必須通過中外文學關係研究重申自身的民族文化主體性，走出早期學術話語構建的覆蓋性「影響」的陰霾。換句話說，當代的中外文學關係研究就是要努力把早期中國文學與世界（西方）文學之間的「時差」倒回來，把研究重心從早期的西方主義式的國族主義書寫轉換為對中國文學主體性的重新論證和追認。

如果說二十世紀初的中外文學關係研究中暗隱著一種迂迴的民族主義，那麼，當下的研究中則包含著一種直接的身分意識。這一學術實踐與多元理論的興起以及瀰漫全球的「中國崛起論」具有同步、同構性。由其是在「中國崛起」的氛圍中，中外文學關係研究似乎也謀得了前所未有的學科合法性——它可以從文學的角度論證中國的世界性意義並抗拒全球主義意識形態。中國文學在一個想像的主體位置上成為輻射或吸聚其他國家文學的中心。但是，這種研究實踐同樣借重了二十世紀初中外文學關係研究的文學地理學協調的權力結構。中外文學關係研究作為學科領域的合法性正是在上述問題脈絡中，逐漸得以確認，也可以說是遭到忘卻。

「後歐洲的」中外文學地理圖繪

歷史一定不會重複，但極有可能押韻。中外文學關係研究的歷史和現狀，似乎是早期比較文學「法國學派」的主流觀念在當代非西方世界的一闋迴響。但借助歷史的長鏡頭，我們也可以發現二者「押韻」的合理性。

我們常常在後見之明中簡單、粗暴地批評早期「法國學派」比較文學思想中的民族沙文主義傾向，但在早期近代的歐洲，這一學術實踐具有其正當性和解放性——通過文學的民族主義對抗拉丁文的支配

地位和羅馬教廷的權威姿態[17]。對二十世紀的非西方世界而言，國族主義在抗拒帝國主義、全球—後殖民主義時，常常承擔著不可替代的解放性意義。這一點和近代歐洲的「通俗語言革命」（本尼迪克特・安德森語）中的民族意識生成頗有類同之處。然而，「一切以民族劃分的文化中，都有一種想握有主權、有影響、想統治他人的願望」[18]。這就是國族主義話語的另一面，即排他性和限定性——與當代比較文學研究勢不兩立的歐洲中心主義即由此萌發。二十世紀五十年代，比較文學「法國學派」主流觀念的式微也與此密切相關。國族主義話語其實是一種知識狀況，它在不同的歷史情勢和問題脈絡中，完全可能有著迥異的性質和面貌。中外文學關係研究中的中國（文學）主體性構建，曾是反殖民主義意識形態的重要組成部分，但在當代問題脈絡中，因其身分尺度而面臨著尷尬的思想困境——悖謬地重蹈了自身正在解構的歐洲比較文學觀念的覆轍。

　　當代中外文學關係研究面臨的思想困境與學術政治，事實上正是非西方學術實踐在比較文學「後歐洲」階段的必然遭遇。比較文學從學科誕生到現在有兩種研究範式。一種是傳統的歐洲及其他者，該範式強調了歐洲在比較研究中作為參照座標的地域特徵，其他區域的文學是歐洲的補充。由此歐洲的他者的歷史、文化、語言被本質化為一個粗糙的整體，排除在西方正典之外[19]。該範式來自歐洲中心主義，又鞏固了歐洲中心主義。而「後歐洲的」比較研究範式是對歐洲及其他者範式的拒絕。該範式強調非西方「與西方遭遇後的結果——作為一種既定的歷史情勢，往往不是僅作為一次相遇、接觸或對話而被強

---

17 Pascale Casanova, *The World Republic of Letters,* trans. M.B. DeBevoise, Cambridge: Harvard University Press, 2004, pp. 48-62.

18 〔美〕愛德華・W. 薩義德著，李琨譯：《文化與帝國主義》（北京市：生活・讀書・新知三聯書店，2011年），頁17。

19 Rey Chow, *The Age of the World Target: Self-Referentiality in War, Theory, and Comparative Work*, Durham: Duke University Press, 2006, pp. 77-78.

化的，而是與強勢文化的一次遭遇……一個根本的矛盾是：意欲擺脫歐洲霸權，追求民族獨立身分，卻始終陷溺於歐洲的後啟蒙理性主義話語」[20]。《中外文學交流史：中國-法國卷》重繪世界文學圖景的實踐及其困境，就是「後歐洲的」比較研究範式隱含的根本矛盾的一種典型表徵。

　　從《中外文學交流史：中國-法國卷》一書的題目即可看出，「中」與「外」被假想為一組「對等的」／「可比較的」（comparative）文學地理範疇。我們可以設想，在該書的這種文學關係的拼圖中，可以無限制地填充任何一個其他的國族名稱，比如英國、美國、日本等。依據該邏輯，「世界文學」就等於「中國文學」加「外國文學」，但「外國文學」的內涵在上述拼圖中又是可以不斷變化的，那麼，「中國文學」如何才有可能始終等同於「非外國文學」？唯一可沿用的公式或可繼承的思想遺產，就是那個孕育並鞏固了歐洲中心主義的「歐洲／中國及其他者」範式。在這個意義上，當下的中外文學關係研究成為溝通、代換「歐洲及其他者」與「後歐洲的」比較研究範式之間的等量。中國文學藉此範式可以成為想像的世界文學中心，當然，中外文學關係研究也必將因此而債務纍纍。因此，無論在二十世紀初期，還是當下，國族主義話語事實上是林林總總的中外文學關係研究實踐的最大公約數。

　　在「後歐洲的」中外文學關係研究圖景中，中國文學的原初時空處境似乎已被轉換為向外國文學輻射其影響力的源點，但實質上仍然依附了西方文學「地理傳播主義」的知識框架。在其中，中國或東方仍然是西方的知識客體，它與西方的地理空間距離再次被置換為文學上的等級（時間）差異關係——一如中法文學在早期近代遭遇時所展示的情形：中國總是作為缺席的在場，成為歐洲現代性的補充。根據

---

20 Rey Chow, *The Age of the World Target:Self-Referentiality in War, Theory, and Comparative Work*, Durham: Duke University Press, 2006, p. 82.

德里達的「替／補」（supplementary）邏輯，中國外文學關係視野中的「中國文學」作為西方文學的代替或補充，固然可以質疑、擾亂西方文學的統攝性神話，但「中國文學」自身亦無法例外於這一邏輯，循此，「中國文學」自我主體性亦將面臨著消解的局面。關於這一點，我們只需指出一個簡單明晰卻常被忽略的文學史事實即可說明。在中外文學關係研究實踐中不難看到，能夠參與到交流關係中並且影響西方文學的中國文學，其實僅限於晚清以前的文學，而中國現當代文學卻只能作為被西方影響後的結果而存在。這種交流的情形中隱藏著一個假設，即真正的中國文學只能是一種死去的、與現代性無緣的古典文學，而所謂的「現當代文學」儼然已經是被西化了的。這一基本假設決定了在中外文學關係中，如果說中國文學影響了西方文學，那麼，中國文學（文化）必須付出其作為「非現代」的代價。《中外文學交流史：中國-法國卷》中涉及的文學關係個案就無一能夠倖免於此。

　　以西方為中心構建起來的世界地理的時空觀念秩序塑造了「世界文學」的時空觀念秩序，即西方文學的先進性與東方文學的滯後性。中外文學關係研究的問題意識即來自對這一「地理傳播主義」（J. M. 布勞特語）的回應，其中國文學主體的史述立場中總是潛隱著一種「後歐洲的」反寫結構。然而，這種歷史敘述早就被西方的「世界文學」時空觀念秩序所框定，因為「在五百年來歐洲人和『其他人』之間的有規律的交流中，⋯⋯有一個『我們』和『他們』⋯⋯這種關於身分認同的概念，⋯⋯已成為那些試圖抵禦歐洲蠶食的文化的特徵」[21]。中外文學關係研究借助的仍然是歐洲測繪「世界文學」時的構圖原則，在一種無意識的框架中構建了中外文學關係的二元空間結構，進而形成了有關中外文學的知識。這個二元結構中，中國文學作為中外文學關係研究的輻射或吸聚中心，得以突顯其主體立場的意識形態

---

21 〔美〕愛德華・W. 薩義德著，李琨譯：《文化與帝國主義》（北京市：生活・讀書・新知三聯書店，2011年），頁21。

基礎正是歐洲文學地理學知識所協調的權力關係。中外文學關係研究
對這種文學地理學極力掩飾的構圖原則的盲視，很可能致使中國文學
的主體立場步入反歐洲中心的歐洲中心主義的陷阱，這在邏輯上其實
是對歐洲中心主義的倒裝。中外文學關係研究應如何避免使文學關係
研究淪為文學間的拼圖遊戲，超越其倚重的「後歐洲的」文學地理空
間想像圖式？我們任重道遠。

三
亞洲景框與「世界圖像」時代的來臨：《曼德維爾遊記》中的「替補」邏輯

引言：《曼德維爾遊記》及其問題

文本縮印了世界，因為文本結構的方式隱喻著特定時代想像世界的圖式。

儘管作者身分與材料來源漫漶不清且充滿爭訟，但作為文本的《曼德維爾遊記》，卻深刻地暗示了中世紀晚期歐洲的歷史印跡與世界觀念。當然，這並非意味著，《曼德維爾遊記》就是一部講述中世紀晚期歐洲風物的旅行書寫。與此相反，它記敘的內容是關於非洲和亞洲的。但在批判的知識立場上，作者身分與材料來源並非重點所在。它們是一種關係體系般的結構，總是已經為讀者、摹本等因素所成就、所幹擾，或者是（德里達意義上的）「替補」（supplement）。換句話說，《曼德維爾遊記》中的歷史印跡，正是由其敘事的「替補」行為刻畫出來的，至於其作者身分與所敘內容的真偽，則無關緊要。

幾乎已屬常識，《曼德維爾遊記》是對此前歐洲的旅行、宗教、歷史等文獻的彙編、整理。這部遊記倚重的資料頗為繁複，常常和如下作者的著作或素材聯繫在一起，比如：普林尼（Pliny）、索利努斯（Solinus）、塞維利亞的伊西多爾（Isidore of Seville）、馬可·波羅、博韋的文森特（Vincent of Beauvais）、柏朗嘉賓（John of Plano Carpini）、海頓王子（Hayton）、波代諾內的鄂多立克（Friar Odoric of

Pordenone）、盧布魯克的威廉（William of Rubruquis）和蒙特克羅克斯的里克爾德（Ricold of Monte Croce），以及著名的偽造出來的長老約翰（Prester John）送往歐洲的信札、亞歷山大大帝的傳奇故事、早期的動物寓言集等。[1]辨析並細究《曼德維爾遊記》的作者在哪些部分借用了哪些文獻，不是本文的任務，但本文亦遵從既有的研究成果作為論述的起點。本文認為，《曼德維爾遊記》是對既有相關文獻資料的一次重讀與闡釋，而這種重釋又是某種認識範型和思想視野的「投射」（projection）。因此，要解析《曼德維爾遊記》中的世界觀念，我們至少需要思考並探討如下層面的問題：一，《曼德維爾遊記》的敘事如何與前文本對話並結構新文本？其中的「替補」邏輯如何？二，《曼德維爾遊記》以何種方式想像世界？三，這種世界觀念中潛藏著有關中世紀晚期歐洲怎樣的知識狀況？

　　在地理學知識衰退的背景中，想像的製圖學塑造了中世紀基督教歐洲的世界觀念。這一時期的世界圖景可在著名的 T-O 型地圖上得以印證。「所有可以居住的世界被以圓形所代表的海洋環繞。……陸地中央的地區是一個按照 T 字形排列的水體。T 字的豎線代表地中海（Mediterranean Sea）。T 字的橫的一端代表黑海（Black Sea）和愛琴海，另一端代表了尼羅河（Nile River）和紅海（Hani-Yi Autonomous Prefecture of Honghe）。……在可居住的世界的中心，也就是在 T 字的上邊一點點是耶路撒冷（Jerusalem）。在可居世界之外遙遠的東方是天堂。」[2]從中世紀到文藝復興時期，T-O 型地圖構成了劃分歐、亞、非大陸的依據。尼羅河是非洲和亞洲的地理分界線；[3]而在文明

1　Donald F. Lach, *Asia in the Making of EuropeVol.I——The Century of Discovery*, Book 1, Chicago: The University of Chicago Press, 1971, pp.78-79.

2　〔美〕傑弗里・馬丁著，成一農、王雪梅譯：《所有可能的世界：地理學思想史》（上海市：上海人民出版社，2008年），頁54。

3　Martin W. Lewis & Kären E. Wigen, *The Myth of Continents: A Critique of Metageography*, Berkeley: University of California Press, 1997, p.24.

與地理尺度上，隸屬於近東、西亞的地區，在宗教文化上與拉丁基督教歐洲又有著密切的關聯。基於這兩個理由，從記敘的地域，可以把《曼德維爾遊記》的內容分為兩部分，即埃及（The Arab Republic of Egypt）和「聖地」（巴勒斯坦（Palestine）、敘利亞（The Syrian Arab Republic）和阿拉伯地區），還有就是印度與中國。[4]不同於橫跨非洲和西亞的「聖地」，在 T-O 型地圖上，印度與中國距離基督教歐洲在物理距離上更為遙遠，在心理距離上則為不折不扣的「東方」。所以，儘管在篇幅上幾近平分秋色，但非洲和西亞之外的印度與中國，才真正構成了歐洲觀看異域的實際期待與想像世界的參照框架。

　　有研究者指出，在西歐想像「東方」的漫長歷史與海量文獻中，《曼德維爾遊記》之所以能夠占有一個不同尋常的突出位置，主要原因是，作者「盡可能充分地利用了旅行者和傳教士的描述，並且致力於最新的知識與更為傳統的材料的整合。因為曼德維爾的誠實直到十七世紀才受到普遍地質疑，所以他的作品顯著地促成了博學且流行的亞洲觀。甚至曼德維爾提及的怪物和奇聞也明顯地得到了接受，只要把它們放置到那些相對不太為人所知的地方即可。我們今天雖然知道了曼德維爾根本沒有到達他自稱去過的地方這一事實，但這絲毫沒有影響到他的著作的重要性，那就是該書整合了東方的知識，幫助文藝復興時期穆斯林以外的地域形成了他們的世界觀」。[5]但是，這一評價其實是基於《曼德維爾遊記》在外在形式上，對其他文獻中的旅行路線、地理板塊、人文風物的對接拼湊或疊加組合。如果依循此論調，無論這種對接何等地「嚴絲合縫」，事實上《曼德維爾遊記》對中世紀晚期的歐洲受眾而言，其價值仍然停留在知識系統的累積，而不是

4　本文使用的版本為E. C. Coleman (ed.). *The Travels of Sir John Mandeville*, Nonsuch Publishing Ltd., 2006。

5　Donald F. Lach, *Asia in the Making of EuropeVol.I——The Century of Discovery*, Book 1, Chicago: The University of Chicago Press, 1971, p.80.

知識結構的轉換。根據福柯的假設，「認識型」是某個時代共享的某種隱性的認知規則和表象結構。[6]在此尺度上重估《曼德維爾遊記》的意義，上述評價與解釋就顯得過於膚淺了，因為行旅地圖的繪製，真正依託的是心靈的地圖或知識的地圖。鑒於此，本文認為，任何一部文獻的意義並不體現於其對某個特定時代的「實用」價值，而在於它如何隱喻地表達了某個時代的認識範型。

同岑異苔：《曼德維爾遊記》與《鄂多立克東遊錄》

如果說《曼德維爾遊記》的重要性不在於其整合了其他文本，那麼，與此前的其他旅行書寫相比較，它提供了何種獨一無二的知識系統？該問題涉及了遊記敘事者結構異域空間的具體方法。我們需要在文本及其借用的重要原初資料之間加以比對、分析。《曼德維爾遊記》關於印度和中國的記敘，所採納的最重要的材料來自鄂多立克的東方記錄。[7]前文已經指出，印度和中國真正構成了歐洲觀看異域的實際期待與想像世界的參照框架，而文本的這個部分主要借鑑了《鄂多立克東遊錄》[8]的相關內容。接下來本文將在這兩個文本間往返穿行，在互文關係中確立《曼德維爾遊記》把「東方」作為「表象」[9]

6　〔法〕米歇爾・福柯著，莫偉民譯：《詞與物：人文科學考古學》（上海市：上海三聯書店，2012年3月），頁10-11。

7　Donald F. Lach, *Asia in the Making of Europe Vol.I——The Century of Discovery*, Book 1, Chicago: The University of Chicago Press, 1971, p.79.

8　本文使用的版本為The Travels of Friar Odoric of Pordenone (in Colonel Henry Yule〔trans. and ed.〕*Cathay and the Way Thither Vol.1*, London: The Hakluty Society, 1866)，其中的地名翻譯採用何高濟譯本。何高濟譯：《海屯行紀・鄂多立克東遊錄・沙哈魯遣使中國記》（北京市：中華書局，1981年）。

9　這裡的「表象」指的是「對存在者的對象化」的方式，其「目標是把每個存在者帶到自身面前來，從而使得計算的人能夠對存在者感到確實，也即確定」。〔德〕馬丁・海德格爾著，孫周興譯：〈世界圖像的時代〉，《林中路》（上海市：上海譯文出版社，2014年），頁81。

去把握的具體方法與範型。

　　《鄂多立克東遊錄》是中世紀到文藝復興時期向歐洲傳播亞洲知識的重要文獻，它受歡迎的程度「僅次於馬可‧波羅的遊記」。[10]傳統研究依然在經驗的知識立場上評估《鄂多立克東遊錄》的重要性，主要體現於兩個方面：首先，它是蒙元時代諸多歐洲傳教使團中唯一留下的完整記述；[11]其次，這些記述對後世研究中世紀中西交通意義重大。[12]在具體內容上，《曼德維爾遊記》走筆至「印度」時，對《鄂多立克東遊錄》幾乎是亦步亦趨。《曼德維爾遊記》成書與流通的時期，蒙古帝國已經進入外憂內患的衰退期，「蒙古和平」的終結也是歐亞陸上貿易的終結。成吉思汗的精銳鐵騎踩踏出來的跨越歐亞大陸的通衢或關閉，或改道。十四世紀的商隊與使團（包括鄂多立克及其隨行者）[13]前往亞洲時，多選擇經由君士坦丁堡[14]艱難地開闢歐亞交通，以維持其貿易活動。與此相應，《曼德維爾遊記》開篇講述了從英格蘭到君士坦丁堡的歷程，隨著敘事者離開「世界的西邊」[15]並漸行漸遠，終於「踏上」鄂多立克曾走過的路線。達到邊界模糊且印象

10　Donald F. Lach, *Asia in the Making of Europe Vol.I——The Century of Discovery*, Book 1, Chicago : The University of Chicago Press, 1971, p.41.

11　Donald F. Lach, *Asia in the Making of Europe Vol.I——The Century of Discovery*, Book 1, Chicago : The University of Chicago Press, 1971, p.40.

12　何高濟譯：《海屯行紀‧鄂多立克東遊錄‧沙哈魯遣使中國記》（北京市：中華書局，1981年），頁28。

13　根據亨利‧玉爾的說法，鄂多立克前往東方時，是「從君士坦丁堡到特列比松」。Colonel Henry Yule. "Friar Odoric of Pordenone: Biographical and Historical Notices," in Colonel Henry Yule (trans. and ed.). *Cathay and the Way Thither Vol.1*, London: The Hakluty Society,1866, p.6.

14　Donald F. Lach, *Asia in the Making of Europe Vol.I——The Century of Discovery*, Book 1, Chicago: The University of Chicago Press, 1971, p.47. 〔美〕布萊恩‧萊瓦克等著，陳恆等譯：《西方世界：碰撞與轉型》（上海市：格致出版社，2013年11月），頁196。

15　E. C. Coleman (ed.). *The Travels of Sir John Mandeville*, Nonsuch Publishing Ltd., 2006, p.21.

神祕的印度後，兩部遊記「同時」注意到胡椒的生產，當地人對牛的
崇拜，妻子自焚殉夫的習俗，聖多默的屍體，偶像教徒的獻祭儀式，
蘇門答臘島上的公妻制、食人族，爪哇島上的王宮，產出麵粉等食物
的怪樹，狗頭人等各種博物奇觀，然後是「蠻子」地區（《曼德維爾
遊記》裡面是「大印度」〔Greater India〕）的大城市如廣州、杭州
等，最後是大汗的宮廷和統治。這種大篇幅筆墨的重合，竟致使早期
的研究者認為二人在遊歷東方時是「結伴而行」[16]的。我們不妨在兩
部遊記內容所重複的部分，對其涉及的地域場景作以對比。

　　兩部遊記在盛產胡椒的梵答剌亦剌和僧急里[17]城邦開始重合。在
《鄂多立克東遊錄》裡面，相關的地理空間依次是：梵答剌亦剌和僧
急里—波朗布—馬八兒—南巫里—蘇門答臘—雷森科—爪哇—八丹
（塔納馬辛）—死海—占婆—尼科弗朗—錫蘭—朵丁—（上印度的）
蠻子（辛伽蘭—剌桐—福州—杭州—金陵府）—塔剌伊河—揚州—明
州—哈剌沐漣河—臨清—索家馬頭—汗八里（大都）[18]……作為旅行
書寫，沿途經歷的路線似乎必不可少。和《鄂多立克東遊錄》相同，
《曼德維爾遊記》也提示了地理空間的轉移。在《曼德維爾遊記》
中，相關地理空間依次是：梵答剌亦剌和僧急里—波朗布—馬八兒
（卡拉米〔Calamye〕）—南巫里—桑莫博爾（Sumobor）—比滕伽
（Betemga）—爪哇—八丹—死海—卡倫納（Calonak）—卡弗羅斯
（Caffolos）—另一個島—米爾克（Milke）—塔拉克達（Tracoda）—

---

16 Donald F. Lach, *Asia in the Making of Europe Vol.I——The Century of Discovery*, Book
　1, Chicago : The University of Chicago Press, 1971, p.78.

17 兩部遊記中地理位置所對應的英文地名拼寫略有不同，本文不再添加完全重合的地
　理位置的英文名稱。《曼德維爾遊記》中的相關空間名稱採用《海屯行紀·鄂多立
　克東遊錄·沙哈魯遣使中國記》（何高濟譯，北京市：中華書局，1981年）中出現
　的對應中譯。

18 "The Travels of Friar Odoric of Pordenone," in Colonel Henry Yule (trans. and ed.).
　Cathay and the Way Thither Vol.1, London: The Hakluty Society, 1866, pp.75-127.

尼科弗朗—錫蘭—朵丁—其他島嶼—（大印度的）蠻子（廣州
〔Latoryn〕—杭州—金陵府）—塔剌伊河—揚州—明州—哈剌沐漣
河—臨清—索家馬頭—大都[19]⋯⋯從涉及的異域空間名稱看，《曼德維
爾遊記》在印度和大印度之間的地方，多出了很多島嶼的記述，但更
關鍵的是，方位之間過渡、銜接的方式。相同的路線和內容，在《曼
德維爾遊記》中是完全不同的敘事與結構。

　　雖然現實的空間位置之間的地理間隔是一致的，但在想像的空間
位置之間的地理連結卻是兩樣的。從波郎布到馬八兒，《鄂多立克東
遊錄》如此銜接：「從這裡走出十日的旅程就到了另一個叫作馬八兒
的王國。」[20]關於這個間隔，在《曼德維爾遊記》中，敘事者則以第
二人稱強調了路途之遙和間距之大：「從這個國家到達馬八兒，您需
要十天的旅程，穿越許多的邊界。」[21]前往南巫里時，《鄂多立克東遊
錄》對兩地之隔依然輕描淡寫：「離開這裡向南穿過海洋，我用了五
十天到達一個叫作南巫里的國家。」[22]《曼德維爾遊記》則是另一幅
全然不同的筆墨，在受眾的接受心理上大大拉伸了兩地間的距離：
「從我前面述及的國家出發，您要走過五十二天的旅程，穿越大洋和
許許多多、形形色色的島嶼和國家，方才到達一塊大陸地南巫里。這
之間的旅程太過漫長，無以言表。」[23]我們暫時跳過兩部遊記略有偏
差的路線，繼續對比從爪哇到八丹的轉折敘述。《鄂多立克東遊錄》

---

19 E. C. Coleman (ed.). *The Travels of Sir John Mandeville*, Nonsuch Publishing Ltd., 2006, pp.161-201.

20 "The Travels of Friar Odoric of Pordenone," in Colonel Henry Yule (trans. and ed.). *Cathay and the Way Thither Vol.1*, London: The Hakluty Society,1866, p.80.

21 E. C. Coleman ed. *The Travels of Sir John Mandeville*, Nonsuch Publishing Ltd., 2006, p.165.

22 "The Travels of Friar Odoric of Pordenone," in Colonel Henry Yule (trans. and ed.). *Cathay and the Way Thither Vol.1*, London: The Hakluty Society,1866, p.84.

23 E. C. Coleman (ed.). *The Travels of Sir John Mandeville*, Nonsuch Publishing Ltd., 2006, p.171.

裡面告訴我們後者在前者「近旁」[24]，《曼德維爾遊記》卻取消了二者的毗鄰感：「從這座島嶼出發渡海，您將發現另一座叫作八丹的大島。」[25]離開印度，繼續向東，就進入了南中國，即「蠻子」地域。《鄂多立克東遊錄》這樣記述：「在海上向東航行多日後我來到高貴的蠻子省，我們稱之為上印度。」[26]《曼德維爾遊記》一如既往地強調漫漫旅程：「在海上航行了很多天，您將發現很大的國土和王國，那就是蠻子。」[27]在這裡，我們注意到《曼德維爾遊記》在路線「地標」上明顯出現了斷裂。兩部遊記都講述了廣州，但《曼德維爾遊記》並不像《鄂多立克東遊錄》那樣，依次把旅程向北推進，即由廣州到刺桐，再到福州、杭州，而是出現了很多模糊的描述。比如，敘事者展示了廣州的航船之多後，就不見了蹤跡，轉而含混地描寫蠻子地區風物之盛，等銜接到杭州城時，不得不說「從這座城走了許多的路程，是另一座城杭州，它是世界上最大的城市之一，它是天堂之城」。[28]這句話裡面的「這座城」應該是指代前面述及的廣州。

在蜻蜓點水般地掠過蠻子和契丹之間的幾個「驛站」之後，兩部遊記終於到達了它們濃墨重彩的大汗的國土。《鄂多立克東遊錄》一如既往地簡潔明快：「離開那裡，我向東穿過許多城鎮，就到了那座高貴的城市汗八里，它是契丹最著名的省分裡的一座古城。」[29]《曼

---

24 "The Travels of Friar Odoric of Pordenone," in Colonel Henry Yule (trans. and ed.). *Cathay and the Way Thither Vol.1*, London: The Hakluty Society,1866, p.90.

25 E. C. Coleman (ed.). *The Travels of Sir John Mandeville*, Nonsuch Publishing Ltd., 2006, p.171.

26 "The Travels of Friar Odoric of Pordenone," in Colonel Henry Yule (trans. and ed.). *Cathay and the Way Thither Vol.1*, London: The Hakluty Society,1866, p.103.

27 E. C. Coleman (ed.). *The Travels of Sir John Mandeville*, Nonsuch Publishing Ltd., 2006, p.193.

28 E. C. Coleman (ed.). *The Travels of Sir John Mandeville*, Nonsuch Publishing Ltd., 2006, p.195.

29 "The Travels of Friar Odoric of Pordenone," in Colonel Henry Yule (trans. and ed.). *Cathay and the Way Thither Vol.1*, London: The Hakluty Society,1866, p.127.

德維爾遊記》講述了臨清之後，先對契丹進行了概述：

> 契丹是一個偉大、高貴而富有的國家，那裡商賈遍布。商人們
> 到契丹尋找香料和比世界上任何地方都富足的各種商品。您應
> 該知道，來自熱那亞、威尼斯、羅馬尼亞、倫巴第的商人們，
> 經過陸路和海路要長途跋涉十一到十二個月，才能到達契丹省
> 各部分的核心區域，即大汗統治的契丹島嶼。
> 您若從契丹出發，向東走很遠的路程，您將發現一座極好的城
> 池索家馬頭。這座城市中貯存著全世界最好的生絲和其他商
> 品。然後，您繼續向東走，將到達契丹省內的另一座舊城大
> 都。……[30]

接著就是關於大汗奢華的宮廷及其威嚴的權力記述——兩部遊記在這
項內容上幾乎又是重合的。

亞洲景框與反思性主體的生成

　　雖然《鄂多立克東遊錄》是作者臨終前在病榻上口授其所在使團
的教友筆錄，旅行線路似乎茫無端緒，但該著的敘述策略卻是斑斑可
考。基於上文的梳理，我們發現，《鄂多立克東遊錄》在敘事上是一
個連續的整體。當敘事者引導歷代受眾跟隨其展開旅程時，提供了一
條貫通而流暢的線路。儘管從現實的地理常識判斷，這條旅行線路上
的若干地點的次序有些凌亂迂迴（比如刺桐城就出現兩次），但這絲
毫不影響這些地點從屬於同一個空間序列和敘事流程。《鄂多立克東
遊錄》的敘述從渡過黑海開始，前往特列比松城，進入大美尼亞到額

---

30 E. C. Coleman (ed.). *The Travels of Sir John Mandeville*, Nonsuch Publishing Ltd., 2006, p.201.

爾哲龍，接著來到薩爾比薩卡羅，再到討來思，前往孫丹尼牙，……
就這樣，文本中虛擬的時空模擬著記憶中真實的時空，其敘述中的行
程持續向前推進。在地理空間尚未變化的時候，敘事者會暫停下移動
的步伐，為預期中的中世紀晚期歐洲受眾勾勒該空間的自然或人文風
物與掌故；每當變換場景，敘事者就會清晰地把承前啟後的過程講述
出來。比如，鄂多立克述及他的使團從忽里模子到塔納時，其過程是
這樣的：「我到達的第一座城市是忽里模子，此城邊防堅固，盛產昂
貴的物品。……在這個國家，人們使用一種被稱為『亞斯』〔Jase〕
的船，它用麻線縫合以牢固船身。我登上其中一艘，發覺船上根本就
不用鐵。乘著這樣的船航行二十八天後，我來到了塔納，我們的四位
小修士因為信仰基督而光榮殉道。……」[31]接下來就是關於塔納物
產、風俗以及使團中四名傳教士殉教的過程，全部講述完畢之後，地
點就轉移到了波郎布港和刺桐……上文對其走筆至梵答剌亦剌和僧急
里城邦，直至契丹省的汗八里的旅程之間的地理轉換分析，提示了
《鄂多立克東遊錄》毫不黏滯的空間過渡敘述方式，整部遊記的敘事
整體上顯示出一種連續性與整一性。這種簡潔明快地突顯過渡性的地
理空間的敘事策略，使《鄂多立克東遊錄》的地理想像以相當嚴密的
方位空間組合而成，彷彿是一名畫師在受眾眼前繪製了一幅超長的捲
軸風景畫作。雖然被展示的諸多場景之間千差萬別，但它們卻被反覆
出現的過渡性空間轉換敘述，整合在同一個連續、平滑的敘事進程
中。不同的地理空間在綿延不絕、持續推進的敘事動力學上，彼此凝
結在一起，形成單一的有機敘述。

　　中世紀晚期的歐洲讀者們，被引人入勝的異域風物召喚在《鄂多
立克東遊錄》這一風俗長卷之中時，他們面對的將是一個無盡而完整
的敘述，而這種敘述反過來又將建構出一種集體性的「觀看」模式。

31 "The Travels of Friar Odoric of Pordenone," in Colonel Henry Yule (trans. and ed.).
　　Cathay and the Way Thither Vol.1, London: The Hakluty Society,1866, pp.56-57.

梅洛-龐蒂在討論觀看者與可見者之間的關係時指出：「看者只有被可見者擁有，只有它屬於它，看者根據目光和事物的關聯只是可見的之一，並能通過一種獨特的轉變而去觀看可見的，觀看他也是其中之一的可見的，他才能擁有可見的。」[32]「所有視覺中都有一種根本的自戀主義，」「因為看者被攝入了被他看之物中，所以他看到的仍是他自己。」[33]在這樣一種互為條件的雙向運作、建構過程中，被遊記展示的連續畫面和敘事所捕獲的中世紀晚期歐洲的「觀看者」就被反向地突顯出來了。但是，這個具有連續性和整體性的異域長卷中，並不存在某個可以被單獨孤立出來的敘事，以供讀者單獨孤立地閱讀、審視、思考。這就意味著，被遊記所「攝入」、建構的讀者或梅洛-龐蒂意義上的「他自己」必定是一個群體而非個體，是複數而非單數。於是，個體性的「觀看」無法存在，因為沒有可供個體「觀看」的單一敘事元素。任何人的「觀看」與凝視都無法獨立自足，而是消融於由自己與其他讀者共同的「觀看」／閱讀行為之中。如果說中世紀晚期歐洲的讀者被《鄂多立克東遊錄》中的異域空間畫面所攝入、誘導、同化，彼此互視並互釋，那麼，隸屬於讀者群體中的「個體」就沒有立錐之地——他們看不見、也意識不到獨立的、個體化的自己，只能集體性地與遊記的內容渾然一體。《鄂多立克東遊錄》的敘述策略與其所建構的讀者群體之間的關係，借用海德格爾論述「世界圖像」時的相關術語[34]，就是人尚未成為「存在者本身的關係中心」，「人在存在者範圍內」尚未成為主體，人與其外的其他「存在者」平起平坐、互為融徹，「世界」尚未成為圖像。

---

32 〔法〕莫里斯・梅洛-龐蒂著，羅國祥譯：《可見的與不可見的》（北京市：商務印書館，2008年4月），頁166-167。

33 〔法〕莫里斯・梅洛-龐蒂著，羅國祥譯：《可見的與不可見的》（北京市：商務印書館，2008年4月），頁166-172。

34 〔德〕馬丁・海德格爾，孫周興譯：〈世界圖像的時代〉，《林中路》（上海市：上海譯文出版社，2014年1月），頁86、88。

　　根據前文的比較，我們發現，與《鄂多立克東遊錄》簡潔明快地展示過渡性空間的方式不同，《曼德維爾遊記》中地理空間的轉移僅具有（其作為「旅行書寫」的）文體學意義，而不具有（其作為「旅行指南」的）地理學意義，是為了展示而展示。不妨做一個假設，我們如果按照鄂多立克講述的路線，基本上仍可以循環的方式原路返回，但《曼德維爾遊記》提供的路線卻相當模糊，在現實地理上完全是不可逆的。兩部遊記在在地理空間轉換時的所採用的不同敘事策略，提供給讀者的是完全迴異的接受效果。《曼德維爾遊記》提供了遠較《鄂多立克東遊錄》豐富得多的異域博物與風俗奇觀，後者清晰、連續和整體性的敘事，被轉換為一種模糊、中斷與片段性的記敘。《曼德維爾遊記》的這種轉換，是通過強調在不同異域場景之間的銜接階段的距離漫長、間隔繁複、曠日累時達成的，這一策略致使《鄂多立克東遊錄》提供的捲軸風景畫作割裂為單一、獨立的畫面組合。一旦快捷、簡約的場景轉換遭遇了延宕、阻隔，場景之間的持續性意義聯繫也就無可挽回地陷入了危機。如此，《鄂多立克東遊錄》中連續、整一的敘事流程，在《曼德維爾遊記》中出現了多次斷裂，每個場景之間不再有意義上的絕對關聯。當中世紀晚期的歐洲受眾在面對這部遊記時，顯然也將收穫一種與此前絕然不同的效果——群體性的「觀看」被單一的、沒有關聯的場景畫面無情地解散了。每一個場景都將偶然地揀選出某一個體，並且單獨地將其「攝入」。於是，個體性的畫面型構了個體性的意識，個體化的進程就此開始了。

　　大約在《曼德維爾遊記》出版後八十年，義大利學者L. B.阿爾貝蒂在佛羅倫斯用拉丁語完成了「第一篇現代繪畫理論的論文」[35]《論繪畫》。阿爾貝蒂在這篇論文中，借助數學知識首次系統地闡述了繪

35　〔美〕約翰·斯班瑟：〈英文譯註本導言〉，〔義〕阿爾貝蒂著，胡珺、辛塵譯註：《論繪畫》（杭州市：江蘇教育出版社，2012年12月），頁75。

畫中的「透視法」原則。在該文「第三卷」，阿爾貝蒂（Alberti）指出：「畫家的職責是：在畫板或牆壁上用線條和顏料畫出任何物體的可視面，讓畫面圖案從特定的觀看距離和角度顯得有立體感和質感，顯得逼真。」[36]在二維的畫板或牆壁上，「逼真」地呈現立體甚至（再把敘事時間考慮在內的話就是）四維的現實，這顯然是一組矛盾，那麼，如何可能？阿爾貝蒂在論文的不同部分不厭其煩地強調的技法[37]是，選擇一個固定的點，作為衡量被模仿事物的尺度。在論文中，這個點就是阿爾貝蒂所說的「中心點」。這既是現代畫家，也是現代觀看者的視覺的起點。如果一幅畫作是「逼真」的，那麼，從這幅畫作的「中心點」出發的視線將在其消失的地方遭遇一種「想像」的回應──在畫框裡面看不見的某處，某物也正在看這個「在看」的觀看者。英國藝術史家諾爾曼・布列森對此機制有過精當的總結：「在畫作的平面上，兩個阿爾貝蒂意義上的視覺圓錐彼此交叉；也就是說，單一的消失點標誌著畫作中激進的他異性（alterity）原則的組構，因為觀看者作為自身的客體在其凝視中回返了：某物在看我的看──有一個我從來都無法占據的凝視的位置，從這個位置上看到的景觀，我只能通過翻轉自身的位置和視角，並且把自己的凝視想像為水平線上全新的、折返的消失點來體會。」[38]在此過程中，反思性的自我就誕生了。如果把畫作引申為一般性的異域地理景觀，這一凝視的邏輯仍然適用。

　　對一種劃時代的觀念的形成而言，八十年也許僅僅算得上是俯仰之間。我們可以在《曼德維爾遊記》與《論繪畫》這兩個看似沒有任

---

36 〔義〕阿爾貝蒂著，胡珺、辛塵譯註：《論繪畫》（杭州市：江蘇教育出版社，2012年12月），頁62。

37 〔義〕阿爾貝蒂著，胡珺、辛塵譯註：《論繪畫》（杭州市：江蘇教育出版社，2012年12月），頁8、17、19、39。

38 Norman Bryson. *Vision and Painting: The Logic of Gaze*, New Haven: Yale University Press, 1997, p.106.

何關聯的文本之間發現某種隱微的「互文」關係。我們注意到,《曼德維爾遊記》述及沿途場景變化時,常常引人矚目地使用第二人稱「您」。這一做法,事實上正在有力地把《鄂多立克東遊錄》中的受眾從「存在者」／連續的異域場景中召喚了出來,把他／她放置在與遊記敘事者「我」相同的位置。正是這個位置,賦予《曼德維爾遊記》的受眾一個與敘事相一致的藉以「觀看」、想像亞洲的景框。這種情形在《鄂多立克東遊錄》裡面是不可想像的,因為其受眾群體性地被連續的、流動的敘述所推動並建構,他們看不見「自己」。《曼德維爾遊記》的受眾在與異域畫面的彼此凝視與互釋中,看到了「正在看自己的自己」[39]。受眾在意識層面就把自己從「存在者」中抽離,從而成為「存在者」的主體與中心,其他「存在者」／異域場景就此成為敘事者和受眾的(海德格爾意義上的)「表象」。《曼德維爾遊記》的敘事者與受眾成為異域景觀或「存在者」的主體和中心,與阿爾貝蒂在《論繪畫》中確立「中心點」其實是同一件事情的同一個過程。具有反思性的自我在《曼德維爾遊記》中的生成,依賴了其中中斷性的場景銜接策略的揀選與發明,與此同時,異域景觀的他異性也被揀選與發明出來了。也只有在此時,異域才真正成為「異域」,成為「我」的「表象」,因為「我」看到的自身和異域,借助了透視化的亞洲景框。

　　當然,《曼德維爾遊記》中透視化的亞洲景框,是視覺隱喻意義上的,其寫作並沒有直接化用繪畫的透視法原則。《曼德維爾遊記》中的基督教歐洲旅行者／敘事者在呈現基督教歐洲之外的異域空間

---

39 Jacques—Alain Miller (ed.). *The Seminar of Jacques Lacan, Book XI: The Four Fundamental Concepts of Psycho-analysis*. Trans. Alan Sheridan. New York: W. W. Norton & Company, 1998, p.82；Norman Bryson. *Vision and Painting: The Logic of Gaze*, New Haven: Yale University Press, 1997, p.106.〔法〕莫里斯‧梅洛-龐蒂著,羅國祥譯:《可見的與不可見的》(北京市:商務印書館,2008年4月),頁172。

時，設定的初始起點是「世界的西邊」，諸如英格蘭、愛爾蘭、威爾斯、蘇格蘭或挪威等。[40]這就意味著，整個文本中的每個異域場景，都是從基督教歐洲的視域和尺度為異域空間設定敘述框架的，而異域空間則是去現實化、概念化的，它們已經從其特定意義脈絡中被抽出。這一繪製異域的圖式，正如海德格爾所說的對「存在者的對象化」的表象系統：「這種表象的目標是把每個存在者帶到自身面前來，從而使得計算的人能夠對存在者感到確實，也即確定。」在這個過程中，「人成為那種存在者，一切存在者以其存在方式和真理方式把自身建立在這種存在者之上」。[41]異域空間作為基督教歐洲敘事者的「存在者」，其實在歐洲開始對東方進行政治、經濟拓殖之前，就被納入了歐洲自身的主體化進程中了。在這個意義上，作為「存在者」的異域是缺席的，在場的僅有其表象和被表象的方式。異域空間在《曼德維爾遊記》中是以概念和方案的性質而被呈現的，這一概念與方案的性質，正是海德格爾所謂的「存在者」／「世界」、「被把握為圖像」[42]。與此同時，異域其實作為在場的缺席被排除了。《曼德維爾遊記》的作者後來被認為根本沒有到過其談及的地方，其實這不是重點所在，問題的關鍵在於，文本提供了中世紀晚期歐洲對異域的觀看與思考方式，同時又暗示了亞洲或東方在型構中世紀晚期歐洲的反思性主體和世界觀念時的指意功能。然而，這部在經驗的知識立場上純屬虛構的遊記，不期然間強化了敘事的效力，因為一旦作者親歷了所提及的場所，其想像力也就沒有了可以恣意馳騁的空間。《曼德維爾遊記》中的基督教歐洲旅行者／敘事者飛揚的想像力，或中世紀晚期

---

40 E. C. Coleman (ed.). *The Travels of Sir John Mandeville*, Nonsuch Publishing Ltd., 2006, p.21.

41 〔德〕馬丁・海德格爾著，孫周興譯：〈世界圖像的時代〉，《林中路》（上海市：上海譯文出版社，2014年），頁81、82。

42 〔德〕馬丁・海德格爾著，孫周興譯：〈世界圖像的時代〉，《林中路》（上海市：上海譯文出版社，2014年），頁84。

歐洲的集體欲望，使異域空間的概念化更為徹底，其整體結構中包含
了基督教歐洲在中世紀晚期的主體化意識與方案（即把異域空間概念
化、表象化）。這就是暗隱在《曼德維爾遊記》中最重要認識範型之
一。

結語：「世界圖像」時代的來臨與「替補」邏輯

　　《曼德維爾遊記》與《鄂多立克東遊錄》的亞洲記述在表層內容
上高度相似的背後，是內在「框架」上的深度差異。本文始終在批判
的知識立場上解析兩部遊記之間的關聯，開篇部分曾用「替補」的概
念來描述作為「原本」的《鄂多立克東遊錄》與「摹本」《曼德維爾
遊記》之間的關係體系。在德里達看來，「替補」沒有本質，是本體
論無法思考的東西，但它可以擾亂「起源」的整一性幻覺，因為沒有
「替補」，也就沒有「起源」。[43]在這個意義上，我們可以說，《鄂多立
克東遊錄》中的敘事者「我」並不真正具有獨立意義，因為在後續文
本《曼德維爾遊記》的「替補」邏輯中，「我」的呈現依賴了對《曼
德維爾遊記》中的敘事者「我」與讀者「您」的壓抑和排除。在這層
「替補」關係中，正如前文所分析的，「我」不是具有自足自為意義
的現代反思性自我，而是持續推進的地理景觀的一部分。在對現代自
我／「替補」因素的排斥（也是依賴）中，《鄂多立克東遊錄》中的
「我」和地理景觀徹底融合，進入「存在者」的行列。用布列森的表
述，這個「我」、「看不見自身」，「我」的「身體是在上帝的凝視下，
而不是在他者反向投射的凝視下移動」。[44]但作為「替補」的《曼德維

43　〔法〕雅克・德里達著，汪堂家譯：《論文字學》（上海市：上海譯文出版社，2005
　　年），頁456-459。

44　Norman Bryson. *Vision and Painting: The Logic of Gaze*, New Haven: Yale University
　　Press, 1997, p.98.

爾遊記》中的敘事者「我」與讀者「您」的出現，消解了處於凝視地
位的「上帝」，反思性的自我「代替」上帝成為「存在者」的中心。
事實上，《曼德維爾遊記》的敘事者反覆以教宗的名義強調這部虛構
出來的遊記的真實性，並試圖以自己的言語喚起讀者對基督教的義
務，[45]這本身就是一種對基督神聖的欺騙、瓦解與諷刺。可以說《曼
德維爾遊記》中的「我」與「您」就是邁入即將邁入「現代」門檻，
不斷遭受腐敗、戰爭和瘟疫折磨的歐洲的代名詞。

　　然而，根據「替補」的邏輯，「替補」因素不僅可以擾亂、消解
「起源」的整一性，同時，它也使「替補」因素自身的自洽性、穩定
性面臨著自我解構的困境。那麼，《曼德維爾遊記》中突顯的歐洲的
現代反思性主體其實同樣依賴了它自身的「替補」因素，即被發明為
異域空間的亞洲。作為「存在者本身的關係中心」，歐洲的現代主體
意識的確立，離不開海德格爾（Martin Heidegger）所謂的「表象」活
動，即「世界被把握為圖像」。「世界之成為圖像，與人在存在者範圍
內成為主體，乃是同一個過程。」[46]作為異域空間的亞洲的「他異
性」在這個主體化過程中發揮了作用，這種「他異」的圖像，被敘事
者帶到中世紀晚期的歐洲讀者大眾面前，「並在自身面前」擁有它，
「使之關涉於自身，即關涉於表象者，並且把它強行納入到這種與作
為決定性領域的自身的關聯之中」。[47]可是，亞洲的「他異性」被敘事
者和讀者強行帶入或關聯於自身，在「替補」機制的運作中又擾亂了
現代歐洲的主體意識，因為「替補」因素雖然不能視為在場，但至少
也不能被完全作為缺席。這種困境體現在遊記文本的敘述裂隙中。敘

45 E. C. Coleman (ed.). *The Travels of Sir John Mandeville*, Nonsuch Publishing Ltd., 2006, p.285，p.11.

46 〔德〕馬丁・海德格爾著，孫周興譯：〈世界圖像的時代〉，《林中路》（上海市：上海譯文出版社，2014年），頁84、86。

47 〔德〕馬丁・海德格爾著，孫周興譯：〈世界圖像的時代〉，《林中路》（上海市：上海譯文出版社，2014年），頁84-85。

事者為了使異域場景在透視法原則下顯得更加「逼真」，不得不努力地引導讀者追隨其不斷行走的步履和眼睛，這其實已經在破壞其敘述或「表象」世界的完整性。當「您」從歐洲的真即時空被邀請至亞洲的想像時空時，其實是時時處處在與敘事者直接交流，此間的「表象」與「人」就發生了嚴重的混淆。換句話說，作為現代「人」，「您」在決定、支配並賦予「存在者」以框架時，這個現代「人」被焦慮的敘事者再度拉回了過去的時空，自身看似確定的在場也再度變得可疑。

四

開放的心靈：
門多薩《大中華帝國史》的現代性世界觀念體系

克婁巴特拉的鼻子

　　未能進入十六世紀在華傳教士名錄，可能是奧古斯丁會修士胡安・岡薩雷斯・德・門多薩（Mendoza）一生最大的遺憾。門多薩一生至少有兩次與他熱切嚮往的中華帝國失之交臂。

　　當歐洲其他地區尚面臨著政治、經濟諸方面的危機時，因應了地理洋流優勢、遠程貿易經驗、境外資金支持，還有更重要的一點，即相對穩定的內部政局，葡萄牙在十五世紀初就率先開始了其海外探險的事業。[1]等到十六世紀初期，葡萄牙人已捷足先登，涉足亞洲，以馬六甲為據點開啟了其在東印度的商業擴張，並努力探尋滲透中華帝國的各種可能途徑。當葡萄牙人得知，馬六甲的香料在中國市場可以賺取和在歐洲市場同樣多的利潤時，打開前往中國的海陸交通，實現和中國商人的直接貿易，就成為商人和冒險家們夢寐以求的事情。此時，明朝政府的大部分精力為北方的女真人所牽制，南部海防較為鬆懈，葡萄牙商人和傳教士實現了對中國的有限滲透。但自從亨利王子時代直至十六世紀中期，葡萄牙政府為了實現其在東方相對於歐洲競爭者的商業壟斷地位，就通過嚴格的審查制度和強制手段，控制其在

1　〔美〕伊曼紐爾・沃勒斯坦著，尤來寅等譯：《現代世界體系　第一卷　十六世紀的資本主義農業與歐洲世界經濟體的起源》（北京市：高等教育出版社，2004年），頁36-39；〔美〕斯塔夫里阿諾斯著，吳象嬰等譯：《全球通史：從史前到21世紀》下冊（北京市：北京大學出版社，2010年），頁407-409。

亞洲的航海、貿易、軍事以及政治機構的相關資料。因此，儘管葡萄牙在亞洲的貿易網路中扮演的角色並不像往常所誇張的那樣重要，但它的海外訊息保密政策卻有效地使中華帝國被屏蔽在歐洲其他地區的視線之外。[2]

　　同位於伊比利亞半島的西班牙，因為一四九三年五月四日的亞歷山大教皇那條著名的分界線，以及次年六月七日與葡萄牙達成的《托爾德西拉斯條約》，這時候主要忙於在哥倫布及其後繼者陸續發現的「新世界」開掘銀礦。與此同時，西班牙人也在積極尋找著介入遠東香料貿易事務的任何機會。葡萄牙人麥哲倫在查理一世的支持下，率領其船隊於一五一九年九月從塞維利亞揚帆出發，僅剩的「維多利亞號」滿載香料在一五二二年九月返回，成功開闢了向西航向亞洲的通道。地球是圓的！伊比利亞半島上的這兩個國家雖然依據條約分頭行動，但遲早要在某個點上相遇。果然，麥哲倫船隊偉大的航海事件引起了若昂王三世的抗議，焦點集中在馬魯古群島的擁有權問題──十五世紀對世界的模糊劃分似乎無從解決這一爭端。在拖延與葡萄牙達成協議期間，西班牙人再次於一五二五年遠航香料群島。這場爭端至到一五二九年才以《薩拉戈薩條約》達成協議：西班牙以三十五萬達克特為回報，承認葡萄牙對馬魯古群島的擁有權。促成該協議的一個重要原因是，西班牙和法國正在發生戰爭，急需財力支持，而不是把大量金錢投資在極費資財的海外探險事業上。在麥哲倫船隊開闢亞洲航路的同時，科爾斯特則征服了富裕的阿茲特克帝國。西印度豐富的金銀礦藏看上去遠比葡萄牙人已牢牢控制的香料群島更有吸引力。事實上，西班牙人在東方的探險事業尚未形成規模的時候，伊比利亞國家在海外的勢力角逐中就開始衰落了，它們一度試圖扮演的角色逐漸

2　Donald F. Lach, *Asia in the Making of Europe Vol.I*──*The Century of Discovery*, Book 2, Chicago and London: The University of Chicago Press, 1971, p.732.

已經為荷蘭人所替代。

　　在十六世紀的亞洲，西班牙人關注的焦點和征服的據點是菲律賓。一五六五年，米格爾・洛佩斯・德・萊加斯比的遠征隊歷盡艱辛，最終成功在菲律賓構建了西班牙的東方基地，這一壯舉畫出了美洲和遠東間的交通線。這一年，第一支由奧古斯丁會修士組成的傳教團也在此地創立。西班牙人的宗教事務一開始就與海外地域征服始終捆綁在一起，而且從事傳教工作的修士是清一色的西班牙出身，因此，和那些貿易探險者一樣，修士們的宗教事務也沾染了海外拓殖的色彩。[3]商業與政治分別構成了傳教團體在海外生存的基礎和發展的依託。[4]此時，一名二十歲的年輕人在墨西哥加入奧古斯丁會已經將近一年了，他就是門多薩。從時代情勢及個人際遇來看，年輕的門多薩修士無疑是非常幸運的——在一個千載難逢的歷史節點上，歷史似乎向他洞開了一扇可能前往東方並收穫靈魂的大門。

　　到十六世紀中後期，葡萄牙在東方的香料貿易事務中的壟斷地位逐步被其競爭對手和自身的危機所瓦解。特別是一五二二年麥哲倫船隊中的「維多利亞號」成功完成環球航行，返回塞維利亞的事件，既宣告了葡萄牙在東方海域霸權夢想的徹底破滅，也激活了歐洲其他地區在東方香料貿易中分一杯羹的強烈願望。與此同時，來到東方的耶穌會士書簡在歐洲的系統出版與傳播，也致使葡萄牙的亞洲訊息保密系統開始漸次崩潰。一度曾遮蔽了中華帝國的知識面紗在歐洲人面前被徐徐揭開。[5]伴隨著訊息渠道的開放，知識的地圖不斷展開，歐洲人的心靈世界逐步得以開放。想像力有多大，世界就有多大。新的知

3　Donald F. Lach, *Asia in the Making of Europe Vol.I——The Century of Discovery*, Book 1, Chicago and London: The University of Chicago Press, 1971, p.298.

4　周寧：《人間草木》（北京市：商務印書館，2009年），頁12。

5　Donald F. Lach, *Asia in the Making of Europe Vol.I——The Century of Discovery*, Book 1, Chicago and London: The University of Chicago Press, 1971, p.154.

識地圖將引領著歐洲人進一步繪製出新的空間地圖，現代世界的觀念
體系在這一過程中逐漸形成。一五七○年前後，香料在歐洲的價格開
始大幅下跌，此時，歐洲人在印度和東南亞的挫敗感越來越強，其在
亞洲的關注重心逐漸開始轉向中國和日本。當西班牙人在菲律賓與中
國人接觸的訊息傳到國內後，引起了宗教團體前往中國傳教的普遍熱
情。此時，構建了菲律賓據點的萊加斯比在給墨西哥總督的信件中清
楚地指出，菲律賓的意義就在於為長驅直入中國海岸作基地。[6]作為
試圖征服遠東並推進基督教傳播事業的頭號強國，西班牙人這時候似
乎已做好了充足的準備。門多薩的夢想似乎越來越變得現實。

　　一五七三年，奧古斯丁會修士迭戈・德・埃雷拉（Diego de Herrera）
帶著來自東方的禮物，風塵僕僕地從馬尼拉返回，急急前往菲利普二
世的宮廷。人在墨西哥城的門多薩受命陪同。菲利普二世欣然接受了
埃雷拉修士的禮物，及其提出的增加東方傳教力量的請求。兩年後，
埃雷拉帶著四十名修士啟程前往菲律賓。這一年，第一個前往中國的
西班牙傳教團由兩名奧古斯丁會修士馬丁・德・拉達（Martin de Lada）
和熱羅尼莫・馬林（Geronimo Marin）帶領，前往中國福建，但門多
薩卻留在西班牙。度過了有些「漫長」的兩年，一五七七年，馬林修
士率領著一個從中國返回的奧古斯丁會傳教團，帶著拉達修士撰寫的
中國報告來到了菲利普二世的宮廷，並提出了和埃雷拉修士五年前一
樣的請求，即增派去中國傳教的人手。又過了三年，門多薩的機會終
於來了。

　　一五八○年，菲利普二世授權馬林、門多薩、弗朗西斯科・德・
奧特加帶領一支傳教團前赴中國。這一年，菲利普二世的軍隊進入了
葡萄牙，而菲利普二世的命運也達到了巔峰。一五八一年，門多薩一
行已經動身，到達了「新西班牙」。當然，此行最終未能成功，根據

6　〔英〕C.R. 博舍克編註，何高濟譯：《十六世紀中國南部行紀》（北京市：中華書
　　局，1998年），頁19。

門多薩的記敘，主要原因是準備中國之行所需的事物時遇到了麻煩，菲利普二世同時也希望門多薩予以理解。[7]與其說門多薩的事與願違是來自屬於物質方面的原因，不如說是時局方面的後果。於門多薩而言，也許有些不幸的是，同年的托馬爾議會選舉菲利普二世為葡萄牙國王。菲利普二世當時接受了托馬爾聯盟會議上提出的二十五項條款，他承諾葡萄牙固有的地方法權不受侵犯，所有重要的，包括教會高級官員除了王室人選都應是葡萄牙人，西葡兩國政務各自分開，應存兩種幣制……[8]儘管後來未能真正履約，但這些策略性的承諾似乎間接波及了門多薩一行的傳教計畫的順利進展。除此之外，「尼德蘭革命」代表宣布廢除西班牙國王在諸省的統治權，此事得到了英國和法國的支持，這是西班牙衰落的開始。[9]

　　神聖既為世俗所益，也必將為世俗所累。從一開始，奧古斯丁會在東方的傳教事業的發展就分享了西班牙海外擴張的成果，那麼，它最終也就不可避免地要面對後者帶來的困境。儘管睿智自信、堅忍勤勉，但伊比利亞半島的混亂局面還是讓菲利普二世感到疲於應付，他不得不把主要精力從土耳其和遠東收回，投注在歐洲北部。在容忍英國對他長達近三十年的挑釁後，高傲孤獨、令人敬畏的菲利普二世此時清楚地意識到，要解決尼德蘭紛爭，與其支持者英國展開一場惡戰就在所難免。此時，菲利普二世基本上已無暇再顧及往中國派遣傳教團的事情了。基於這兩個主要因素，雄心勃勃的門多薩一行一五八一年被延擱在「新西班牙」。這一年，來自義大利的耶穌會士利瑪竇已

7　〔西班牙〕門多薩著，何高濟譯：《中華大帝國史》（北京市：中華書局，2004年），頁152。

8　〔美〕查・愛・諾埃爾著，南京師範學院教育系翻譯組譯：《葡萄牙史》下冊（南京市：江蘇人民出版社，1974年），頁229-230。

9　〔美〕伊曼紐爾・沃勒斯坦著，尤來寅等譯：《現代世界體系　第一卷　十六世紀的資本主義農業與歐洲世界經濟體的起源》（北京市：高等教育出版社，2004年），頁227-228。

經在果阿打點行裝，準備動身前往澳門，另一名耶穌會士羅明堅更在
廣州建造了一座天主教小教堂。而門多薩等人最終不得不重返西班
牙，籌劃已久的中國傳教之旅在這一年成為泡影。

被延擱的欲望

　　個體命運在恢弘的歷史巨輪下總是顯得那麼微不足道。然而，正
是那個粉碎了門多薩修士夢想的「克婁巴特拉的鼻子」，竟又意外地
成就了歐洲認識中國的另一段歷史。

　　一五八三年，門多薩到達羅馬，受命於教皇格里高利十三世，負
責編撰一部「關於中華帝國已知事物的歷史」。根據芝加哥大學歷史系
現代史專業教授唐納德・拉赫（Donald Lach）的研究整理，門多薩在
撰寫這部《中華大帝國史》時，至少使用了以下資料：克路士・拉達
（Chris Radha）和洛阿卡（Los Aqua）的著述，賴麥錫編輯出版的《航
海旅行記》中巴爾博薩（Barbosa）的著述，拉達和馬林關於中國的談
話，中國書籍和發自中國的耶穌會士書信，以及努力前往中國傳教的
西班牙修士們的記述等。除此之外，可能還使用了門多薩未加說明的
材料，比如埃斯卡蘭特（Escalante）、卡斯塔涅達和巴羅斯的相關著
述。[10]門多薩以其高超的組織剪裁和敘述表達技巧，把這些源頭紛雜、
彼此齟齬的材料梳理得井井有條，中華帝國在其搖曳清新的語言風格
中，顯得光彩奪目，令人心往神馳。一五八五年，該書由教皇特許，
在羅馬出了第一版。因其資料的豐富性、內容的可讀性，以及版本的
權威性，當然，更因為十六世紀後半葉歐洲基督教會汲汲於遠東傳教
事務的開拓，《中華大帝國史》甫一面世，就出現了「歐洲紙貴」的
盛況。《中華大帝國史》迅速成為十八世紀前歐洲人認識東亞的必備

10　Donald F. Lach, *Asia in the Making of Europe Vol.I——The Century of Discovery*, Book
　　2, Chicago and London: The University of Chicago Press, 1971, p.744, p.747.

知識指南。門多薩修士一六一八年長眠於美洲時，他編撰的這部時代性著作已經被譯作不少於七種的歐洲語言譯本，出版近五十次。這一貢獻與成就也許多少可以平復門多薩修士在一五八一年的遺憾。

　　無法想像，如果門多薩修士能夠踏上中國的土地，實現其對遠東傳教事業的抱負，《中華大帝國史》能否在這個歷史節點上完成並傳播。或許，歷史仍會假另一個「門多薩」的手筆來完成這部著作，亦未可知。事實上，即使一五八一年西班牙的國內外局勢允許門多薩成行，他進入中國開展傳教工作的機會亦很渺茫。「由於海盜行為的長期威脅，以及當時的人對於十六世紀中葉中國──日本的海盜（倭寇）的可怕入侵，尚記憶猶新，所以中國海岸受到了嚴密監視。具有好戰本性的葡萄牙人和卡斯蒂利亞人（Castillans），在那裡特別受人憎惡。」[11]因此，除了耶穌會士羅明堅、利瑪竇等少數傳教士，「耶穌會、方濟各會、奧古斯定會和多名我會等不同修會的多名傳教士，於十六世紀下半葉曾試圖自澳門進入廣東，但卻未能在那裡滯留數月以上。」[12]我們更不要忘記方濟各會的佩德羅・德・阿爾法羅在一五八○年那個沮喪萬分的言論：「無論有或是沒有軍隊的幫助，想進入中國都不亞於想伸手去盡力觸摸天空。」[13]但至少有一點是確定無疑的，如果一五八一年門多薩到了中國，他本人完成的中國記述必定不可能是《中華大帝國史》的面貌，因為，最有可能展現在門多薩眼前的一幕，將是菲利普二世那滿載著美洲白銀的大帆船，在馬尼拉附近的海域上回還往返。[14]事實上，就在門多薩所編撰並出版《中華大帝

---

11 〔法〕謝和耐著，耿昇譯：《中國與基督教──中西文化的首次撞擊》（北京市：商務印書館，2013年2月），頁1。

12 〔法〕謝和耐著，耿昇譯：《中國與基督教──中西文化的首次撞擊》（北京市：商務印書館，2013年2月），頁342。

13 Donald F. Lach, *Asia in the Making of Europe Vol.I──The Century of Discovery*, Book 1, Chicago and London: The University of Chicago Press, 1971, p.297.

14 因為一四九四年的《托爾的斯利亞斯》條約，「在馬尼拉設立基地以後，西班牙不

國史》的同一時期，因明王朝的木質宮殿毀於火災，政府連年舉朝野之力籌集巨額白銀用於勞民傷財的皇宮再造工程，為各個省分留下了難以負荷的財政重擔。此時，在遙遠的中國，一位心性敏感的文人正在孜孜撰寫一個山東藥材商「妻妾成群」的日常生活故事，其中已經隱隱透出那個時代精神衰變的訊息。這個關於中國家庭生活的長篇故事就是《金瓶梅》，在其無邊的風月中含蘊著時代的風雲。

　　如果說語言源自匱乏，那麼，成就了門多薩修士的可能正是其未竟的中國之行。想像的精神漫遊遠比真實的身體旅行迷人和美好。門多薩在羅馬編撰《中華大帝國史》的歷程，也正是他的思慮在「大中華帝國」自由穿越的過程，他依賴敘述所呈現的中國，正是他期望看到的中國。這本精彩的編著，其實是門多薩本人的欲望被延擱之後，一種更為強烈的自我心理補償。

　　除此之外，知識與身體之間，還存在著另一個關鍵的意義連結點，即個體所處的時代。在西方人想像中國的譜系中考察《中華大帝國史》，這個意義連結點才能清晰地突顯出來。「西方的中國形象史上，虛構的因素往往比真實的更有影響力。……人們的社會文化期望不關注那些『真實的內容』。或者說，地理大發現與文藝復興時代的歐洲文化，不需要這樣一個過於龐雜、斑駁不清的中國形象，更不需要中國形象的陰影，他們期待一個明白、確定、優越的東方帝國；或者說，他們與其需要一個真實的中國，不如說需要一個理想的中國，一個真實但又遙遠，很少有人能夠自己去證實的烏托邦。」[15]在作為文本的《中華大帝國史》裡面，不僅投射並釋放了大航海時代那些未

能直接與亞洲貿易，但是它招募中國商人參與中國——馬尼拉貿易，用白銀來交換生絲。」〔日〕濱下武志著，王玉茹、趙勁松、張瑋譯：《中國、東亞與全球經濟：區域與歷史的視角》（北京市：社會科學文獻出版社，2009年12月），頁97-98。

15 周寧：《天朝遙遠：西方的中國形象研究》上卷（北京市：北京大學出版社，2006年12月），頁62-63。

能親歷中國的歐洲人對遠東文明的欲望，而且，《中華大帝國史》的敘事還構成了連結個體歷史與時代脈絡之間想像關係的中介。在敘述者的立場上，這個時代脈絡的要點就在於，哈布斯堡王朝的帝國意志及其在歐洲利益格局中漸趨式微和邊緣化的具體情勢。總之，在《中華大帝國史》的編撰和虛構中，其實恰恰暗隱著十六世紀末期「區域歐洲」想像世界的不同層次，或者說《中華大帝國史》的編撰本身就是一個凝結了十六世紀末期歐洲的遠東知識狀況的核心意象。這一資本與知識流通的脈絡不僅對解釋《中華大帝國史》的廣泛傳播和知識後果有效，對評論該書的敘述結構安排更是有益。

浪漫的觀念旅行

《中華大帝國史》原名為《偉大而強盛的中華帝國歷史及其情形》（*The History of the Great and Mighty Kingdom of China and the Situation Thereof*），全書共分兩部分，第一部分是「中華大帝國的歷史」。該部分包括三卷四十四章，分別涉及中國的自然地理、行政區劃、人文景觀、宗教信仰、儀式風俗、政治制度、手工農業等內容。

《中華大帝國史》開篇交代了全書資料的來源，即居住在距離中國三百里格的菲律賓群島上的西班牙人十年來提供的報導。這暗示並奠定了該書的言說位置和敘述基調，以及某種由自我期許出來的敘述可靠性。

視線從西班牙的東方基地穿過煙波飄渺的大海，眺望位於幾千里外傳說中的龐大帝國，首先關注或想像到的可能就是其廣袤的幅員。「這個大帝國是在全部亞洲的極東部分，它西面的緊鄰是交趾支那（Quachinchina）國，當地人全都遵守中國風俗習慣。這個帝國大部與大東洋海（Great Orientall Ocean sea）相接，始自臨近交趾支那的海南島（Island Aynan），它在北緯十九度，並向南延伸，其路線是東北

方向。而在交趾支那另一邊的北面，有緬甸（Bragmanes）接境，……和該國相鄰的是巴坦人（Patanes）和莫臥兒（Mogores），……在西南方面是擔羅跋納（Trapobana），即蘇門答臘（Sumatra），一個盛產金子、寶石和珍珠的小王國；再向南是大小兩爪哇（Iauas）及琉球（Lechios）國，而相等距離是日本（Japones），仍然對這個帝國更無情的是韃靼人（Tartarians），他們也在同一陸地即大陸上，僅被一道牆分開來，……」[16]

在這片幅員遼闊且氣候溫和的疆域裡，一切都充滿了生機——該國滿是青年，婦女每月都在分娩，大地上的作物一年可達三熟甚至四熟。這些自然優勢，和這裡勤勞的居民，使中華帝國成為全世界最富饒的國家。糧食、水果、牲畜、香料、草木、金屬等在這片土地上應有盡有。關於這些財富，門多薩評論道：「而最早發現和居住在該國的人沒有受騙，因為他們發現這裡有一切人生所必需的東西，所以有正當理由說，這裡的居民可以認為他們占有全世界最好最肥沃的國土。」[17]對十五世紀末期的歐洲人來說，瘟疫、饑饉、戰爭以及來自奧斯曼土耳其帝國的威脅，「適彼樂土」無疑已成為集體無意識。想像一個富足而和平、遙遠且真實的國度就成為必須。門多薩的感慨中潛在地含有一個現實的歐洲在與中華帝國相比較的視野，由此，中華帝國成為超越歐洲的內在動力和欲望符號。

作為一種文化實現自身的超越的符號，在門多薩的敘述中，中華帝國的歷史呈現出一種完成的、靜態的、永恆的特徵。「這個國家是很古老的，據認為最早居住在該國的是挪亞的孫子。但已知中國史上的啟蒙時代，則始自黃帝（Vitey），他是他們的第一位國王，使他們

16　這裡使用的是何高濟先生的譯文，見〔西班牙〕門多薩著，何高濟譯：《中華大帝國史》（北京市：中華書局，2004年4月），頁2。

17　〔西班牙〕門多薩著，何高濟譯：《中華大帝國史》（北京市：中華書局，2004年4月），頁14。

的國家成為一個帝國，並且一直傳到現在統治的國王，……」[18]從行
政區劃上看，中國有十五個省，五九一座城和一五三九個市鎮。每座
城都有完美的城牆、街道和房舍，雄偉寬敞，堅不可摧，秩序井然。
房舍的建築風格引發了門多薩修士的懷古幽思，讓他想起了古羅馬的
裝飾樣式。這不僅意味著一種文化價值的潛在置換，還呼應了全書開
篇設定的言說位置。

　　在門多薩眼裡，中國人在生理上是健康、勻稱而漂亮的。他細心
地敘述了廣東人和內陸人在膚色上的區別，前者像摩爾人一樣是褐
色，而內地人更像歐洲人，白而紅。為了說明中國的氣候溫和，門多
薩一廂情願地認為中國人穿絲綢、亞麻類的衣服，就是最厚的。事實
上這一說法已明顯與中國人的膚色差別，以及廣袤的疆域相齟齬。關
於中國女性裹腳的習俗，門多薩委婉地評論道，這出自中國男人們的
一種實用主義企圖和發明：通過勸誘甚至是法律強制的手段，裹腳的
女性被致殘而不便行動，如此她們就無法外出，可以不停地工作。中
華帝國充滿了能工巧匠，其生產出來的布料絲綢、陶瓷草藥等製品均
物美價廉，廣銷亞歐市場。

　　與中華帝國廣袤的疆域和耀眼的財富形成對照的是數量龐大的異
教徒和愚氓荒謬的信仰。一旦談及中華帝國的居民們的宗教活動和偶
像崇拜，門多薩修士的口氣就變得嚴厲起來。他毫不客氣地指出，
「這些偶像崇拜者和盲目的人，雖然在公共福利的管理方面精明聰
慧，在各種技藝方面靈敏機巧，他們仍然對很多別的事物極端盲愚和
無知，以致使得他們不明白那確實重要的東西。但這不足奇，因為他
們缺乏基督教真理的明光，沒有它就會喪失敏銳的智力。」[19]門多薩
發現，除了崇拜神靈，中國人還向魔鬼獻祭，但同時又不尊敬自己所

18　〔西班牙〕門多薩著，何高濟譯：《中華大帝國史》（北京市：中華書局，2004年4
　　月），頁16。

19　〔西班牙〕門多薩著，何高濟譯：《中華大帝國史》（北京市：中華書局，2004年4
　　月），頁39。

拜的偶像，屈從於種種迷信和異端邪說；並且，在關於世界起源和人類的創生方面，中國人也有許多謬論。

如果說中國人在宗教信仰方面的愚盲和混亂，證明了在中國開展基督教歸化工作的急迫性和必要性，那麼，當門多薩發在中國人的宗教繪畫和塑像中發覺了用於自我印證的方面時，在遠東傳教的合理性與可能性就出現了。門多薩在中國人祭拜的偶像中，發現「有一尊奇特神異的偶像，很受他們崇敬，他們把它畫成一個身子三顆頭，相互不斷望著。並且他們說這意思是，三顆頭都有一顆良心和本質，凡使一個頭高興的，也使其他頭高興，反之，凡冒犯和觸怒一個頭，也冒犯和觸怒另兩個頭。用基督教義去解釋，這可以理解為聖三位一體的神祕，那是我們基督徒禮拜的，而且是我們信仰的一部分。這件事，連帶別的事，看來多少符合我們聖潔、神聖和基督的宗教，因此我們可以確實認為使徒聖多默在這個國家布道，……」[20]門多薩還引用聖多明我會的葡萄牙修士克路士的中國南部見聞：在「鋪著華麗布單的祭壇上看，發現其中有一尊極完美的婦女像，有一個孩子把手臂抱著她的脖子，前面點著一盞燈。……根據所說的這點，容易相信使徒聖多默曾在這個國家布道。因此可見那些百姓把這種風俗保持了許多年，並且還要保持下去，這是他們對真實上帝有所認識的跡象。」[21]門多薩確信，他在中國民間信仰的個別符號與基督教的相似性中看到了中國人皈依上帝的認知基礎和事業前景：「使徒聖多默在中國布道之事看來是真的，我們可以認為，我們所看到的東西，因他的教導已刻印在他們（中國人）的心上，和真理有類似的地方，符合我們天主

---

20 〔西班牙〕門多薩著，何高濟譯：《中華大帝國史》（北京市：中華書局，2004年4月），頁36。

21 〔西班牙〕門多薩著，何高濟譯：《中華大帝國史》（北京市：中華書局，2004年4月），頁37-38。

教的事。」[22]但這個看法可能隱含著一種不為門多薩意識到的自我欺騙性——他在這種比較中，真正認同的與其說是中國民間信仰中的「使徒聖多默」痕跡，不如說是天主教，因為中國民間信仰的符號在門多薩修士這裡是一個實現自我印證的他者。同時，門多薩的評價也洩露了他看待中國宗教的知識視野。

　　從門多薩修士對在中國傳教的樂觀態度，即可看出使徒聖多默的傳說對歐洲大眾的想像的形塑力量。自西元一世紀始，歐洲就流傳著使徒聖多默在「基督復活」後就啟程前往東方，後來在安息和印度布道的故事。據說，印度基督教會成立後，這位使徒就殉道了，其遺體被保存在東方一個信奉基督教的國度。聖多默在東方傳教的故事在十字軍東征的時代，又被長老約翰的帝國傳說所強化，且為歐洲人所深信不疑。在十二世紀到十四世紀的歐洲，有種無稽之談——在東方有一位信仰基督教的國王，統治者一個富有的國度（聖多默似乎就長眠於此），其帝國疆域包括從印度到遠東的大塊陸地，他曾大敗穆斯林，而且將協助十字軍征戰撒拉森人——相當流行。[23]在這個故事傳播和流轉中，歐洲人的東方想像逐漸有了原型並被定型。其實，長老約翰的王國究竟如何定位，是個聚訟紛紜的問題。這個基督王國十四世紀早期曾被定位在亞洲，但很快又轉移到了非洲。這一微妙的知識狀況當然與「東方」這個變動不居且曖昧含混的文化政治表述有關。在不同的歐洲脈絡中，「東方」可以是某個基督教區域，如東羅馬帝國或俄羅斯東正教區，也可以是「非歐洲」，如埃及、地中海以東，還可以是東亞、東南亞、中亞，甚至可以是二戰時期的德國和冷戰時

---

22 〔西班牙〕門多薩著，何高濟譯：《中華大帝國史》（北京市：中華書局，2004年4月），頁4-55。

23 Donald F. Lach, *Asia in the Making of Europe Vol.I——The Century of Discovery*, Book 1, Chicago and London: The University of Chicago Press, 1971, pp.25-27.

期的「共產主義陣營」……[24]門多薩修士在《中華大帝國史》的敘述
清晰地承續了十四世紀早期歐洲的亞洲論述傳統，同時也延續了這一
傳統本身對亞洲事務的浪漫態度。

文化大發現，或知識地圖的展開

　　早期伊比利亞人的海外宗教與世俗事務始終裏挾在一起。這一情
形在現實層面，體現為海外傳教士工作對政治和商業的倚重；在文本
層面，則體現於敘述海外事物時對二者的錯綜交叉。門多薩在《中華
大帝國史》第一部的第二卷似乎是專為中國宗教開闢的，但在臨近結
束時，還是不由自主地從宗教的討論反彈到了世俗的制度描述。這似
乎預示了關於中華帝國的社會治理制度將是第三卷甚至可以說是整部
著作的核心內容。

　　銜接二者的篇章是中國人的婚喪儀式。儀式作為社會行為，本身
就同時包含了具象與想像，處於世俗與宗教的閾限狀態。在討論中國
人的婚喪儀式的兩章中，已經包含了大量制度性的內容。比如，在談
及一夫多妻制、妻子與人通姦的處罰等內容時，就涉及了帝國的律
法。因為中國的婚俗在平民百姓和王公貴族中各有不同，門多薩最後
細述了皇帝為子女、親人做婚嫁的情形。似乎對皇室義務的討論意猶
未盡，在第二卷最後一章，突兀地出現了「在這個大國怎樣沒有窮人
在街上或廟裡行乞，及皇帝為無力工作者的供養所頒發的詔令」。對
這一不甚協調的內容組織方式，門多薩也不得不頗為饒舌地解釋道：
「有關大政府的許多事情，值得一談的，已經和將要在本史書中敘
述；但按我的意思，這絲毫沒有包含在本章內，本章記的是皇帝及其
朝廷頒發的詔令，禁止窮人在街道上，並在祭拜偶像的廟宇裡行

---

24 Lewis, Martin W. & Wigen, Kären E,. *The Myth of Continents: A Critique of Metageo-graphy*, Berkeley and Los Angeles: University of California Press, 1997, pp.56-57.

乞。」[25]解釋的結果是這一章敘述的內容由其令人矚目。

　　門多薩指出，皇帝下禁令，窮人行乞或向乞者施捨，均將被施以重罰。每個城鎮都有專司此職的官員「職掌」，該官員第一天任職就要求：「……父母把所有天生肢體有殘的孩子，或病殘的，或有其他病害的，交給官員審視，他好按皇帝及其朝廷的命令和意思，供給所有必須的事物。這就是，有缺陷的男孩或女孩被領到他面前看過，如果還不影響從事某種職業，就給父母一個期限，教會官員給規定的那種工作。這樣雖然有殘疾，卻不妨礙他們謀生；這照辦無誤，但如果傷殘嚴重到不能學習或從事任何職業，這名管窮人的官員就命令其父親在家裡供養他一輩子，如果父親有資財的話；如果父親沒有資財，或沒有父親，那麼另一個富有的近親必須供養他；如果他沒有這些，那麼他的所有親屬都捐助一份，或者資助他們家裡有的東西。但如沒有親屬，或者他們窮到不能捐助任何份子，那麼皇帝就用自己的費用在醫院裡充分供養他。醫院很氣派，皇帝在全國每座城市都設有這樣的醫院。這些醫院裡還供養那些在戰爭中度過青春、無力自謀生路的老人和窮人；所以這個那個都得到所需的供應，而且認真周到。為了辦好這件事，官員安排妥當，任命城鎮的一名首腦為管理人，無他的許可，醫院內的人不能走出界限，因為並不是任何人都可得到這種許可。他們也不要求它，原因是，只要他們活著，就供給一切所需的東西，諸如衣物和糧食。此外，醫院內的老人窮人養母雞小雞和豬，作為自己的保養利益，以此自娛。……在全國內採取這些法子，儘管它很大，人口無數，仍然沒有窮人在街頭死亡和行乞，這是奧古斯丁赤足修士及跟他們一起進入該國的人所眼見的。」[26]

---

25 〔西班牙〕門多薩著，何高濟譯：《中華大帝國史》（北京市：中華書局，2004年4月），頁36。

26 〔西班牙〕門多薩著，何高濟譯：《中華大帝國史》（北京市：中華書局，2004年4月），頁66-67。

　　《中華大帝國史》談及的管理方案和慈善制度，與其說是現實的描述，不如說是想像的表述。「中華帝國」這一整套治理社會的機構及其運作方式，正是十六到十七世紀逐漸遍及歐洲的一種被稱為「總醫院」的管理網絡的思想雛形。自文藝復興以來，歐洲很多國家為消滅失業、行乞，採取了諸如搜捕乞丐、驅逐農民、遣散的士兵、失業工人、窮苦學生和病人的措施，直至十六世紀末期。[27]但十七世紀初三十年戰爭再次破壞了經濟復興的成效，卻再次復興了行乞和遊手好閒。到十七世紀中期，捐稅增加，生產停滯，失業人口暴增。最終，以一六五六年法國國王敕令下創立的「總醫院」為標誌的「大禁閉」制度在歐洲成形。這個過程中，教會和王室之間是微妙的、既競爭亦合作的關係。「大禁閉」是一種符合君主制和資產階級聯合秩序的社會形態，福柯對此評論道：「無論如何，這是一個新的解決辦法。純粹消極的排斥手段第一次被禁閉手段所取代；失業者不再被驅逐、被懲辦；有人對他們負起責任了，國家承擔了負擔，但他們以付出個人自由為代價。」[28]門多薩對中華帝國的行乞者和殘疾人收容制度的想像性描述，真正突顯的是他對十六世紀「排斥手段」的憂思和某種理想管理方式的設計；更重要的是，門多薩修士對想像中的中華帝國制度的盛讚，暗示了宗教事務與世俗政治的深層共謀。

　　循著第二卷最後部分對中華帝國的世俗想像，第三卷順理成章地討論了中國曆代皇帝，以及大明王朝的都城、賦稅、軍事、法律、治理方式、政治制度、教育、火藥和印刷術、節日儀式、婦女、船隻和捕魚、皇室的禮儀，以及門多薩出使中國的背景和原因等。在談及中

27　〔法〕米歇爾·福柯著，劉北成、楊遠嬰譯：《瘋癲與文明》（北京市：生活·讀書·新知三聯書店，2007年4月），頁40-43；〔法〕米歇爾·波德著，鄭方磊、任軼譯：《資本主義的歷史：從1500年至2010年》（上海市：上海辭書出版社，2014年3月），頁9。

28　〔法〕米歇爾·福柯著，劉北成、楊遠嬰譯：《瘋癲與文明》（北京市：生活·讀書·新知三聯書店，2007年4月），頁38、44。

華帝國的私人財產問題時，門多薩想像道：「在整個這個國家，沒有一個人（像在土耳其那樣）擁有臣屬，也沒有私人審判權，而他世襲的東西和動產，或者國王因他們有政績所賞賜的，或其他某個方面的東西，隨他之死而了結，再歸還國王；除非國王把它賜給死者之子，作為世襲遺產而費盡義務，據說這是避免騷動和叛逆事件。如果有主子變得富有和擁有權力，那騷動和叛逆會增加，而並不是因貪心或別有意圖。國王任命的官員，不管是總督、長官或將官，或其他任何官員，都給予大筆薪俸，足以維持他們的工作，豐富到超過他們所需；因為這樣他們不致因需求去接受禮物或賄賂。——這種事蒙蔽了他們的眼睛，使他們不能公正執法，而任何受賄的人（哪怕賄賂很少），都要受到嚴懲。」[29]由這段文字，我們可以清晰地看出，門多薩其實是托馬斯・莫爾（Thomas Moore）的信徒。莫爾在一五一五至一五一六年寫作的《烏托邦》中就曾勾畫了一種沒有私有財產的美好制度。中華帝國在門多薩的想像中，正是一個世俗「烏托邦」般的存在。與其對照的是，伊比利亞人對海外財富的覬覦企圖。門多薩在此蘊含了一種委婉的批評。烏托邦不僅意味著反思，更暗示了欲望。門多薩總結道：「而本史書在多處談中國之大時，可證實它是世界上已知的最強大的國家。願上帝以他的憐憫使他們歸信主的律法，使他們從惡魔的蒙蔽下解脫出來。」[30]對世俗的反思與布道的雄心在此似乎並行不悖，這構成了整部著作的意義結構。

　　就在門多薩一行在「新西班牙」躑躅不前的時候，天分過人且雄心勃勃的西班牙耶穌會士阿隆佐・桑切斯帶著其他三名傳教士在一五八一年到達馬尼拉。次年，桑切斯被派往澳門，並努力進入了中國。

29　〔西班牙〕門多薩著，何高濟譯：《中華大帝國史》（北京市：中華書局，2004年4月），頁77-78。

30　〔西班牙〕門多薩著，何高濟譯：《中華大帝國史》（北京市：中華書局，2004年4月），頁79。

但一四九四年的簽訂的那份一紙條約，使桑切斯等人在一五八三年被
中國當局和葡萄牙人遣返回了馬尼拉。失望的桑切斯一回到馬尼拉就
和總督迭戈・奎隆羅商議派遣軍隊征服中國，為西班牙的傳教士掃清
道路。但桑切斯的想法無論在澳門、羅馬還是在西班牙，均遭遇了來
自宗教組織或世俗當局的大力反駁。一五八八年，桑切斯親自向菲利
普二世陳述了自己的想法，但菲利普二世的無敵艦隊正準備攻打英格
蘭，並最終失利。此事致使西班牙宮廷對派遣使團前往中國一事不再
熱心，桑切斯的計劃徹底落空。與此同時，利瑪竇的和平進入中國的
方案已取得初步成效。[31]

　　與桑切斯的想法完全不同，門多薩評述了中國的軍事力量後明
示：「我在這裡不談用什麼努力（靠上帝之助）去征服和戰勝這支民
族，因為這不是談它的地方；但我已對它作了應有的大量報導。再
者，我的職業更是作為和平的媒介，而不是去招惹任何戰爭；而若我
的願望可以實現，那就是靠上帝的命令，那就是深入人心的利劍，我
希望上帝去照顧它。」[32]門多薩與桑切斯的不同態度，印證了門多薩
對世俗當局海外軍事征服政策的反對。關於中國的軍力，利瑪竇的實
地考察結果是：「中國人都是不合格的戰士，⋯⋯總之，他們的威力
完全是因為人數。」[33]而門多薩在評估中國軍力時，雖然沒有對其絕
對肯定，但仍然給予很多讚譽：「他們在每省的首鎮或省會都有一個
軍事機構，有一個頭目和四個助理；他們都是從青年時經過戰爭鍛
鍊，熟習武器甲兵的使用，因此由他們守衛所在的省分。⋯⋯這些
人，如果論英勇，可以跟我們歐洲的民族相匹敵，他們足以征服全世

31 Donald F. Lach, *Asia in the Making of Europe Vol.I——The Century of Discovery*, Book
　　1, Chicago and London: The University of Chicago Press, 1971, pp.299-302.

32 〔西班牙〕門多薩著，何高濟譯：《中華大帝國史》（北京市：中華書局，2004年4
　　月），頁88。

33 Donald F. Lach, *Asia in the Making of Europe Vol.I——The Century of Discovery*, Book
　　2, Chicago and London: The University of Chicago Press, 1971, p.802.

界。」[34]這種對中華帝國軍事力量的想像式禮讚，無疑透露著門多薩對籠罩在西班牙帝國上無比璀璨絢麗的夕照的憂思——夕陽散去後可能就是沉沉暮靄。

　　門多薩第三卷對中華帝國世俗制度、習俗的不吝美詞，事實上折射出他本人所屬的歐洲文化的一種重要傾向：自我不是獨一無二、完美無缺的，而是一個更大世界的某個組成部分；面對這個全新的世界，才發現歐洲人並不真正了解自己，從新世界的鏡面中進行自我反思，應是在緊迫性上絲毫不亞於財富掠奪和地理征服的事情之一；否則，西班牙帝國將遭遇萬劫不復的災難。[35]門多薩寫作《中華大帝國史》的時候，菲利普二世正以其「救世式的世界觀」籌備「與伊莉莎白之間的史詩般的決鬥」[36]，門多薩似乎已經在舉國對戰爭的狂熱態度中嗅出了不祥的味道。很快，菲利普二世的無敵艦隊就在一五八八年的戰事中為對手擊潰。這場戰事給西班牙帶來了持久性的災難：

---

34 〔西班牙〕門多薩著，何高濟譯：《中華大帝國史》（北京市：中華書局，2004年4月），頁86、88。

35 這裡我借用了列維-斯特勞斯在其名著《憂鬱的熱帶》中表述的觀點。其原話是：「我當時就要重新體驗早期旅行者的經驗。透過這種經驗，重新經歷現代思想的一個關鍵性時刻；那時候，由於大發現時期的航行結果，一個相信自己是完整無缺並且是在最完美狀態的社會突然發現，好像經歷了一次一百八十度的大轉變（counterrevelation），它並非孤立的，發現自己原來只是一個更廣大的整體的一部分，而且，為了自我了解，必須先在這面新發現的鏡子上面思考自己那不易辨識的影像。……對於一片廣大的無辜的人類來說，歐洲文明等於是一個龐大無比的，也是無法理解的大災難。我們歐洲人如果忘記這件大災難乃是我們文明的第二個面貌的話，將是一個大錯誤，我們文明的這一面和我們熟知的第一個面貌同樣真實，同樣無法否認。」參〔法〕列維-斯特勞斯著，王志明譯：《憂鬱的熱帶》（北京市：生活‧讀書‧新知三聯書店，2000年），頁420-421。筆者引用中譯文時有一處做了改動。

36 〔英〕傑弗里‧帕克著，時殷弘、周桂銀譯：《腓力二世的大戰略》（北京市：商務印書館，2010年），頁265、340。

腓力二世[37]本人估算這流產了的事業耗掉了一千萬達克特，為
彌補虧空而表決通過的稅收在卡斯提爾的某些城鎮激起騷亂，
並且導致部分鄉村地區人口銳減。其他方面的損失證明更不容
易補救：西班牙的差不多所有經驗豐富的海軍指揮官要麼戰
死，要麼成為俘虜或蒙受恥辱（在一五八八年五月離開里斯本
的八位分艦隊司令官當中，到十二月僅有馬丁・德・貝爾騰多
納一人依然在職）；這一年結束以前，至少有一半遠航英國的
士兵和水手命喪黃泉，其總數或許為一萬五千人。甚至在醫院
裡，倖存者們也接連不斷死於航行期間染上的疾病，與此同時
失蹤者的家人悲慘無助地奔波於北方各港口之間打聽消息。按
照在埃斯科里亞爾的一名修道士的說法，「此乃六百餘年裡西
班牙橫遭的最大災難」，另一名修道士則認為它是一番厄運，
「值得永遠為之哭泣……因為它使我們喪失了我們慣常在尚武
的人們中間享有的尊重和英明……它在西班牙全境引起的悲傷
實屬空前：舉國上下人人哀悼……人們全不談論別的事情。」
對國王及其代價高昂的政策的批評自征服葡萄牙後已大體停
止，現在卻重新抬頭。有人指責他選擇了一種「永遠無法奏
效」的戰略；另一些人甚至將失敗歸咎於他的個人罪過。「里
斯本修女」開始懷有民族主義夢想，聲稱「葡萄牙國王不屬於
腓力二世而屬於布拉甘扎家族」，直到宗教裁判所逮捕她（並
且發現她的「聖痕」被肥皂水洗掉了）為止；與此同時在馬德
里，流傳廣泛的盧克蕾西婭・德・萊昂的夢想也轉向了政治，
批評腓力二世壓迫窮人，將稅收揮霍在埃斯科里亞爾宮，未能
維護西班牙的偉大，直到宗教裁判所逮捕她為止。[38]

---

37 即菲利普二世。——引者
38 〔英〕傑弗里・帕克著，時殷弘、周桂銀譯：《腓力二世的大戰略》（北京市：商務
　　印書館，2010年），頁341-342。

這段引文，清晰地映照出西班牙人在無敵艦隊失敗後表現出的淺薄、混亂和虛偽。他們的哀傷源自戰敗後尊嚴的喪失和一系列災難性後果。然後，他們把這種挫敗感帶來的怨恨和懊惱情緒壓倒性地發洩在菲利普二世失效的戰略上，卻從未意識到他們自己正是這一戰略的共謀和同盟——「對國王及其代價高昂的政策的批評自征服葡萄牙後已大體停止，現在卻重新抬頭」。自我憎恨被毫無反省能力地投射到「自我的他者」菲利普二世那裡而絲毫不覺得自疚，這種淺薄、混亂和虛偽不僅對失敗的西班牙沒有意義，它們其實是菲利普二世戰略的變相延續；更重要的是，它們暗示的文化性格對剛剛走出危機的歐洲亦是危險的。因為，即使在對手那裡，一種表面上和這種挫敗感相反，但實質上根本沒有二致的昂揚情緒同樣傷害了獲勝方英國：「英國又繼續打了十五年，將都鐸國家打入債務深潭。」[39]相對於膚淺的推諉和抱怨，門多薩無論是在時間的前瞻性，還是在思考的深刻性方面，均遠遠超越了其同胞。

　　門多薩的思考更值得珍視，他無比精準地抓住了歐洲文明和文化性格中的另一面。正如其西班牙同胞盲目喧囂的姿態所暗示的那樣，那個「另一面」不為人「熟知」，但「同樣真實」。這就是列維-斯特勞斯所說的那種自己遠非完整無缺，自己的社會也不是最完美的狀態，歐洲只是一個更廣大的整體的一部分，歐洲人並不真正了解自己。與同胞的就事論事相比較，門多薩的深刻性正體現在他的思考觸及了最難以察覺的文化性格層面，這種自我認識、自我反省的能力是歐洲「現代思想的一個關鍵性時刻」中的一個關鍵性品格，簡言之，就是一種開放的心靈。而在門多薩身上之所以能夠體現這一值得珍視的品質，其核心要素就在於他擁有一面可以自照的鏡子，那就是他從來就未能踏上其土地的、想像中的「中華帝國」。換句話說，在資本

39　〔英〕傑弗里·帕克著，時殷弘、周桂銀譯：《腓力二世的大戰略》（北京市：商務印書館，2010年4月），頁341。

流通和貿易網絡的推動下，門多薩的《中華大帝國史》的敘述策略勾
連起了一個現代性的世界觀念體系。是關於中華帝國的知識系統賦予
了門多薩，以及那個「關鍵性時刻」諸多像他一樣的人所具備的那種
超越性眼光和開放的心靈，這正是歐洲在近代走出自身危機的主要力
量之一。

開放的心靈

　　與第一部分敘述中華帝國各種情形時，體現出的包容態度和反思
意識相對應，第二部分展示了地理空間上的拓展與知識地圖的累積。
從意義關聯層面看，第一部分是第二部分的前提與尺度，前者解釋了
後者何以是其所是，並保證後者有節有度地如其所是；第二部分是第
一部分的後果與體現，後者彰顯了前者作為文化觀念和文明動力在知
識與現實層面的效果。

　　《中華大帝國史》第二部分共分三卷，第一卷記述奧古斯丁會的
兩名修士拉達和馬丁，以及若干西班牙軍人一五七七年從菲律賓島出
發，到達福建的泉州和福州，在沿途種種見聞。其中，奧古斯丁會修
士的傳教熱情，以及他們面對完全陌生的中國時，了解、汲取其知識
的高度熱忱和謙遜心態由其令人印象深刻。這一敘述，在第一章就定
下了基調：「……主教修士馬丁・德・拉達，一個有大勇氣和精通各
種科學的人，他發現中國人在所有事上都比群島的人更有才能或天
賦，而特別表現在他們的英勇、聰明和智慧上，因此他馬上產生極大
的願望和他的同伴前去，向那些有良好資質接受福音的人宣講；抱著
實現它的願望，他開始認真努力地學習其語言，不久，他已學會了這
種語言，並寫了一部關於漢語的書。然後他們對來自中國的商人殷勤
款待和饋贈，以求商人把他們帶去，還做了很多其他的工作，這表現
出他們的高尚熱忱；確實，他們把自己奉獻給商人當奴隸，認為可用

這種方法前去布道；⋯⋯」[40]面對一個面目模糊的龐大帝國，傳教士們表現出的積極和謙遜的態度，以及勤勉和奉獻的精神是驚人的。正是在這種態度和精神的引領和感召下，拉達修士一行可以在地理空間上逐步拓展：西班牙 ── 馬尼拉 ── 中左所（廈門）── 泉州 ── 福州 ──「世界」。循著這一物理空間的逐步展開，傳教士們的知識空間也在不斷擴大。傳教士們以歐洲知識為參照視野，以中世紀的東方傳說為期待視野，沿途觀察了中華帝國的居民、禮儀、習俗、服飾、食物、地理、城市和物產等。雖然傳教士們因行程受到限制，僅到福州就被遣返，而且所有的觀察都因走馬觀花而流於膚淺表面，但這個旅行的過程的真正意義既不在於深度理解中華帝國 ── 從一定意義，歐洲人不可能真正看到中華帝國，也不在於實現其布道的宏大計劃，而在於既印證自我，更反思自我，而歐洲始終是旅行、觀察的起點與歸宿。或者說是傳教士們在地理旅行中因知識旅行而形成的一種體現為反思意識的開放的心靈。

　　第二卷記述的旅行事件在時間上稍後於奧古斯丁會修士拉達和馬丁，發生在一五七八年，領隊者是聖方濟各會的神父奧法羅修士。此次遠航中國與一五七七年不同，具有一種「（半）民間」的性質 ──奧法羅修士在菲律賓總督不同意並不知情的情況下，與中國民間商人合作，進入中國境內。然而，這種具有「（半）民間」性質的亞歐／東西交通史事中，迸發出許多讓人意想不到且意義豐贍的有趣細節。

　　聖方濟各會的修士們之所以能夠找到機會，從險象環生的驚濤駭浪中前往中國內陸，就在於當時的遠東和歐洲貿易網絡中的中介，即民間商人的力量，他們同時也構成了知識流通的中介。而這些民間中介的存在，又時時提醒我們當時的整個世界經濟、觀念體系格局的在

40　〔西班牙〕門多薩著，何高濟譯：《中華大帝國史》（北京市：中華書局，2004年4月），頁158-159。

場——歐洲在亞洲的利益分割（如葡萄牙和西班牙關於海外貿易的盟約），以及遠東與歐洲的關係（比如中國的海防制度），為這些民間中介的活躍提供了基本的語境和依存的土壤。這些資本和知識的中介事實上構成了這一卷的主角。我們首先注意到奧法羅修士離開馬尼拉，依靠的是一名在此地經商的中國船長。這名中國船長在在距離馬尼拉二十里格[41]的民都洛港改變了最初的主意，「把原先接受的定錢退還給他們，聲稱世上任何東西都不能讓他去運送他們，因為他知道得很清楚，如果他這樣做了，那將喪失他的生命和財產。」[42]這名中國船長態度轉變的合理性，為奧法羅修士一行即將到達廣州時遇到的一名中國鹽商的表現所解釋。這名中國鹽商運載著鹽從漳州前往廣州售賣，儘管這名中國人願意為西班牙人帶路，但快到港口時就迅疾把船駛向大海，很快就不見蹤影，因為他擔心承擔引入異邦人的罪名和懲罰。在中國船長前後態度的轉變的細節中即暗含著整個現代性世界體系在個體那裡身體化（embodied）的烙印，它折射出中國與歐洲、葡萄牙與西班牙、中國與日本、基督教會與世俗當局、官方與民間、商業與宗教等錯綜複雜、互為犄角的關係。

到達廣州後，通過中間人介紹，有一名曾在澳門和葡萄牙人生活過且會講葡萄牙語的中國人擔任這些西班牙修士的翻譯。在翻譯的幫助下，奧法羅修士一行接受了官方的審詢和接待。但在這個過程中，誕生了一個有趣的細節，即翻譯者出於一己私利的考量，扮演了一個十足的「背叛者」角色。

因為誤判了奧法羅修士一行的財力，這名庸俗的中國翻譯首先想極力瞞過官方，留住這一行異域來客。在被問及來到中國的原因和過程時，西班牙修士們如實陳述了其傳教的意圖以及奇蹟般地到達中國

---

41 一里格約合三海里。

42 〔西班牙〕門多薩著，何高濟譯：《中華大帝國史》（北京市：中華書局，2004年4月），頁250。

的過程。但這一切實情無疑會立即招致中國官方的驅逐，翻譯極力編
造了一個悲慘的海上歷險故事以騙取官方的信任和同情：「他們是一
些教士，共同過著苦行生活，很像該國教士的樣子，他們從呂宋島去
伊羅戈群島，遇上大風暴，他們乘的船被打沉，船上的人都落水，只
有一些人盡力逃得性命，……於是經歷了海上的很多危難和風暴，按
照老天的意思，他們來到這個港口，迄今他們仍不知其名。」[43]關於
和修士們同行的中國人身分，以及為何修士們的行李沒有落海的痕
跡，這名中國翻譯絞盡腦汁地編造種種謊言，應付了官方的審查，暫
時留住了奧法羅一行。很快，中國翻譯就開始向奧法羅一行索取財
物，但後者貧窮的事實讓翻譯的盤算落空了。翻譯很快地以傳教團的
名義向澳門的葡萄牙人請求施捨，以獲得補償，並擅自為奧法羅修士
一行提交前去澳門的申請。但由於葡萄牙與西班牙在亞洲的利益競
爭，使澳門的大首領決意圖謀奧法羅一行。在澳門的一名葡萄牙人幫
助下，奧法羅修士一行意識到自己面臨的危險。此刻，翻譯與奧法羅
修士一行的利益衝突終於尖銳地彰顯，他們重新提交了返回菲律賓群
島的申請，翻譯的詭計敗露。

　　上述頗令人感到尷尬的跨文化「翻譯」事件除了其中折射的歐洲
在遠東的複雜利益格局，還提供了這一利益格局對文化、知識重新編
碼的案例。無疑，這一翻譯事件同樣由「原文」—「譯者」—「譯
文」—「受眾」的流通環節構成。但是，Traduttore, traditore, 中國
翻譯的利益衝動改寫了語言、文化、知識跨文化流動中的「真實性」
問題。劉禾建議，可以用客方語言（guest language）和主方語言
（host language）替換既往翻譯學中的本源語（source language）和譯
體語（target language）概念，因為，本源語和譯體語是以真實性為前

---

43 〔西班牙〕門多薩著，何高濟譯：《中華大帝國史》（北京市：中華書局，2004年4
　月），頁262。

提，它遮蔽了不同語言和文化之間的權力關係，但客方語言和主方語言的概念則有利於揭示原本隱而不彰的問題，「當概念從客方語言走向主方語言時，意義與其說是發生了『改變』，不如說是在主方語言的本土環境中發明創造出來的。」[44]這裡的「本土環境」更確切地說，應是「全球—本土」環境，其中的權力結構控制、分配著知識體系的構造。「從一種語言向另一種的翻譯是用一種語言中的訊息替代另一種語言中的整個訊息，而不是單個的符碼單位。這種翻譯是一種轉述（reported speech）：翻譯者對從另一語源接收來的訊息加以重新編碼和轉達。」[45]歐洲在遠東的複雜利益格局形塑了翻譯者的知識習性（habitus），反過來，這一知識習性又同時強化著這種權力格局。

唯利是圖、齷齪自私的中國翻譯同時也是門多薩的「文本」，它真正暗示的是可能是門多薩在「自我族類」中看到的己所不欲的品質在「非我族類」中的外化。中國翻譯的形象越糟糕，越清晰地暗示出門多薩強烈的自我恐懼和焦慮。這種焦慮和恐懼與門多薩對西班牙帝國的勃勃野心的憂思其實是一體兩面的。

嚴格地說，《中華大帝國史》第二部分第三卷已經有些偏離全書的主題，但是在整本書的意義結構中，第三卷的存在是合理的，也是全書深層思想的一個完結。它需要被放置在與第二部分前兩卷構成的意義集合中解釋。從各卷涉及的物理空間看，相對於第一卷奧古斯丁會修士拉達和馬丁的活動範圍和知識空間僅限於福建，第二卷中的奧法羅修士一行的旅行地點更為擴大、複雜，他們從菲律賓群島祕密出發，先後到達廣州，再到梧州，又分道分別前往澳門和漳州，最終返

---

44 劉禾著，宋偉傑等譯：《跨語際實踐：文學、民族文化與被譯介的現代性（中國1900-1937）》（北京市：生活・讀書・新知三聯書店，2002年），頁36。

45 〔俄〕羅曼・雅各布森著，陳永國譯：〈翻譯的語言方面〉，載陳永國主編：《翻譯與後現代性》（北京市：中國人民大學出版社，2005年9月），頁142。

回馬尼拉。而第三卷則暗示了歐洲人現代性「世界觀念」的形成。第三卷記述的旅行事件來自《中華大帝國史》出版前聖方濟各會修士和赤足修士的旅行報告。第三卷有將近三分之一的篇幅用於記述西班牙人在西印度群島和新墨西哥的旅行與發現，接著，物理和知識空間轉移到東方，先是菲律賓群島，再向中國南方推進，再到達日本、交趾支那，然後是東南亞的暹羅、馬六甲城，再到南亞的、科羅曼德爾，最後是環球航行中的世界。把第二部分的三卷進行比較，可以看到「中華帝國」的意義並不在於某個真實的國度本身，而在於一種自我超越的世界主義知識動力，因此，第二部分中的「中華帝國」更多的是作為一個具有象徵意義的意象而存在的。真實的中華帝國在第二部分顯得無足輕重，雖然該著的標題是「中華大帝國史」。第二部分真正的主角是現代性的「世界（觀念）體系」或「世界主義」視野。這種由地理空間和知識空間相輔相成的「世界整體／民族局部」視野，對近代西班牙（或歐洲）的自我認同和（融合了宗教信念的）世俗關懷的形成，具有重要意義：歐洲在發現世界、理解世界的同時，更重新發現、審視了自我。這個過程中，歐洲既看到世界，亦通過世界看到了自己。只有不斷發現「新世界」，歐洲才會覺得自我既與眾不同，亦非煢煢孑立。這種自我確認與反思的能力正是歐洲邁向「現代」關鍵一步。

　　從認知順序的角度，應該是先有地理空間的勘察，才有認知空間的擴充。但從整部著作的結構安排看，門多薩的敘述則刻意地把有關中華帝國的知識放在地理旅行的前面。擱置門多薩著作原題名《偉大而強盛的中華帝國歷史及其情形》不論，如果門多薩把兩個部分的內容加以調換，我們會看到整本書的意義結構將發生根本性的變化。

　　歐洲對遠東的認識，源自遠古的飄渺傳說和近古的地理旅行，從傳說到知識的轉變，其內在動力有兩個：一是傲慢的軍事、經濟征服，二是謙遜、開放的文化觀念。這種轉變發生始於中世紀晚期的歐

亞大旅行，到大航海時代，直至啟蒙運動前夜到達高潮。對歐洲自身
而言，這個歷史時段是其從精神危機中走出並實現自我更新的關鍵時
刻，現代性原則也在這個時段得以形構和表達。從一種全球的視野來
看，這個時段不僅誕生了現代世界的政治經濟體系，還形成了現代世
界的文化觀念體系。總之，這個時段基本確立了未來的全球權力格局
的走向，其中暗隱的屬於觀念形態的歷史觀和世界觀也深刻地形塑了
講述、聆聽這段歷史的「歐洲中心主義」方式與視野。門多薩《大中
華帝國史》如果按照這些方式和視野展開歐洲對中國的知識累積，那
麼，它將暗示出一種知識的掌控、累積、壟斷與分配的過程。這個過
程清晰地顯示出知識與權力的共謀，因為地理的征服與知識的形成一
體同構的局面。但門多薩把地理空間上的拓展放置在有關中華帝國知
識描述的後面，似乎意味著歐洲人的地理旅行動力是源自對異域他者
知識的仰慕。如此，門多薩的《中華大帝國史》便彰顯出地理大發現
時代歐洲文化的另一面特質：在文化上了解他者、並向他者學習的能
力和一種進取精神和自我批判反思的意識。門多薩寫作的年代作為
「關鍵的時刻」，是由那些為了到東方收穫靈魂的耶穌會士們勤奮、
克己、謙遜、勞碌，還有未能來到東方的歐洲讀者們對於異域知識的
渴望、學習、吸收、轉化，更有為了到東方收穫財富的商船、軍隊的
進取、勇敢、強硬、蠻橫……共同成就的，但這些表層因素的核心則
是一顆開放的心靈。正是這種被遮蔽在可見的物質財富索取中的看不
見的包容精神，幫助歐洲走出了自身的危機，並實現了富強和文明的
雙重崛起。因此，理解門多薩的《中華大帝國史》第二部分的地理旅
行和觀察書寫，需要以第一部分的瑣碎記述和高度禮讚為潛文本或前
文本。那麼，第二部分記述的地理拓展，在全書的意義結構中，就是
一種精神空間的物質對應和隱喻性寫照，而不是一種純粹意義的擴張
與征服。

貳

西方的中國形象

五

西方的「中國崛起論」：
話語傳統與表述脈絡

基本問題與知識立場

　　中國改革開放三十年來所取得的經濟成就令人矚目，在西方世界引發了版本各異的「中國崛起」的故事與想像。特別是從二〇〇四年五月，美國《時代》週刊高級編輯喬舒亞・庫珀・雷默（Joshua Cooper Ramo）的《北京共識》（*The Beijing Consensus*）發表以來，無論是贊同還是反對，「中國崛起」或「中國模式」都成為了關注中國現實的人們津津樂道的話題。中國對於二〇〇八年全球經濟危機的成功應對，以及二〇〇八年北京奧運會和二〇一〇年上海世博會的成功舉辦，似乎又進一步在世界範圍內強化著一個「崛起」的中國形象。儘管聚訟紛紜，但不可否認的是，「中國崛起」已經成為近十多年來最為引人矚目的事件之一，並且逐漸成為思考中國當下問題時無法迴避的基本參照框架。換句話說，「中國崛起論」重構了中國文化軟實力的國際語境。不了解西方「中國崛起論」的深層含義，就無法真正理解當下中國文化軟實力所面臨的諸多困境。

　　在「崛起」的中國形象被不斷塑造並強化的同時，西方世界關於中國「崩潰」的預言也幾乎在同一時間以同樣的熱度不斷蔓延。[1]也許，「中國崩潰論」正是「中國崛起」的說法在世界範圍內尚具有爭議性的一個表徵。但從另一個角度看，「崛起」也必定辯證地暗含著

1　〔英〕馬丁・雅克著，張莉等譯：《當中國統治世界：中國的崛起和西方世界的衰落》（北京市：中信出版社，2010年1月），頁329。

其對立面「崩潰」，沒有「崩潰」的前提或背景，就無從討論「崛起」。換句話說，「中國崩潰論」是「中國崛起論」的一個重要組成部分。如果在西方國家經典的「進攻性現實主義」[2]邏輯中思考其「中國崛起論」，與之並行不悖的另一話題將是「中國威脅論」。「中國威脅論」總是與「中國崛起論」攜手而至，在更多時候二者常常是以同源互補、一體兩面的姿態出現。因此，西方所謂的「中國崛起論」，事實上內在地包含了「崩潰」與「威脅」的論調。

　　一般情況下，探討「中國崛起論」有兩種尺度：一種是經驗的，一種是批判的。二者在研究對象、知識立場和基本觀念上都有著根本的區別。經驗尺度的探討對象是經濟發展意義上的「中國崛起」本身，批判尺度的探討對象是西方「中國崛起論」的整體知識系統。經濟發展意義上的「中國崛起」首先必須是一個可能對世界歷史的未來走向產生重大影響的、「確定無疑」的新近事件。「中國崛起」作為一個「真實」的描述性短語，之所以能夠被廣泛接受並採納使用，主要源自急於找到擺脫經濟危機的出路的西方國家和本土的「發展主義」（developmentalism）者以及民族主義者的協力合作，其中的努力主要包括對中國近幾十年來在全球化進程中經濟、政治、軍事及科技等方面的實力增長的實證數據的羅列、對比與分析，進而回答「中國崛起」體現在哪裡，中國為何能夠「崛起」，以及「中國崛起」的世界性影響何在。因此，它更多是經驗層面的，它可能認為「中國崛起論」與「中國崩潰論」是一組水火不容的矛盾。而對於西方「中國崛起論」的探討，則是一種文化社會層面的關照。從這個角度看，經驗層面的數據可能只是一個宏觀的、相對的、甚至是空洞的指標，它極不穩定，而且並非對所有人都有實際意義。其中的「中國」是缺席

2　「進攻性現實主義」引自約翰・米爾斯海默。這一概念的詳細論述見〔美〕約翰・米爾斯海默著，王義桅等譯：《大國政治的悲劇》（上海市：上海人民出版社，2008年1月），頁3-11。

的，而該表述的主體則是在場的。所謂的「中國崛起論」，就不再僅僅是一種實證數據的描述與分析，而是一個權力話語的運作場域，是一個意識形態論爭的中心。與其說「中國崛起」是一種關於中國現實情況的客觀描述，不如說它是一面關於表述主體的文化鏡像和他者想像，其中映現著西方言說者自身的問題。不同於經驗主義的研究立場，本文對西方的「中國崛起論」的探討採取的是一種文化批判的知識立場。

　　本文將立足於這一文化批判的知識立場，在長時段的歷史縱深中，從歷史根源和古老的話語傳統上解析西方「中國崛起論」的意義結構及其在不同的歷史脈絡中的衍生方式，思考「中國崛起」是如何被用於描述中國的某些特定歷史階段的，以及這一表述脈絡背後的歷史性所蘊含的意識形態意義如何。

　　當下是活著的歷史。在一種文化批判的立場上探討上述問題，首先要思考的就是，西方的中國崛起論的是如何生成的？它的歷史起點在哪裡？經驗尺度上的「中國崛起論」可能僅有二十年，而批判尺度上的「中國崛起論」則可能長達二百年。西方的「中國崛起論」乍看上去似乎有著一副年輕的面孔，實則不然。當下西方的「中國崛起論」中迴盪著兩百多年前被囚禁於聖赫勒拿島的拿破崙皇帝那句著名的世紀咒語——「中國一旦醒來，世界將為之震動。」而作為其另一面的「中國崩潰論」，則至少可以追溯到十八世紀末期，馬嘎爾尼出使中國時對「中華帝國」的形象描述——一艘衰敗瘋狂、朝不保夕的戰艦。[3]然而，無論是「崛起」還是「崩潰」，其話語源頭就暗含著「威脅」的意味：前者因其覺醒而「震動」世界，後者因其衰敗將充滿危險。我們需要在一個更長的歷史時段縱深中、一種更廣的世界觀念體系中，從歷史根源和古老的話語傳統上解析西方「中國崛起論」

3　J.L. Cranmer Byne (ed.), *An Embassy to China: Lord Macartney's Journal 1793-1794*, London: Longmans, Green and Co. Ltd., 1962, p.212.

的意義結構，以及該傳統如何在不同的歷史脈絡中得以延續、衍生，並在此基礎上思考其介入中國文化軟實力的國際語境的方式。

西方「中國崛起論」的歷史節點與時間架構

歷史的動力與構成離不開契機性的事件。在一個長時段中考察並分析當下西方的「中國崛起論」的話語傳統，需要從時間架構的維度敲定其中的若干關鍵歷史節點。

馬嘎爾尼使團返回英國後，十九世紀就「悄然而至」，嚴格地說應該是在距今二百多年的十九世紀早期，中國在令人迷醉的淡藍色煙霧中進入了現代世界體系。這淡藍色的煙霧來自鴉片的大量吸食，[4] 而鴉片的輸入者則主要是英國人。鴉片使人羸弱，羸弱被人輕慢──此時的中國在西方人眼裡是一個道德墮落、政治腐敗、社會停滯的行將崩潰的「鴉片帝國」。值得注意的是，這個行將「崩潰」的中國形象已經有了將近一個世紀的醞釀：

> 停滯的中國形象出現的語境是啟蒙主義以歐洲的進步為核心的世界史觀。在這一語境中，他們確定中國文明停滯的形象，探討停滯的原因，既可以證明西方文化的價值與優勝，又可以警戒西方文化不斷進取，並為西方擴張與征服提供意識形態根據。停滯的文明的中國形象，出現於啟蒙運動後期的法國與英國，到十九世紀初在德國古典哲學中獲得最完備的解釋，從而

4　根據〈中國百年風雨飄搖，將古老的帝國推入現代世界體系，由此開始毛動盪不安的紅色統治〉一文提供的數據：「到一八三六年，鴉片以每年兩千噸的速度傾入中國。……十九世紀五十年代，每年湧進中國的鴉片已達四千噸。」參見 *Life*, September 23, 29, October 6, 1966. 本文採用的是汪曉雲的中譯文，載周寧著、編註：《歷史的沉船》（北京市：學苑出版社，2004年），頁400-424。

作為標準話語定型。它既表現為一種具有教條與規訓意義的知識，又表現為具有現實效力的權力。在理論上說明中國的停滯，進可以為殖民擴張提供正義的理由，退可以讓西方文明認同自身，引以為戒。永遠停滯的民族，自身是沒有意義的。它只能成為其他民族的一面鏡子。永遠停滯的民族，自身也不能拯救自身，只有靠其他民族的衝擊。進步是人類歷史的法則，停滯是取得共識的「中國事實」。一旦這些問題都確定了，西方人入侵中國就可能成為正義之舉在觀念中唯一的障礙，只剩下人道主義在歷史中設置的道德同情。[5]

　　於是，首先是「拯救者」英國人滿載鴉片的貿易商船在行將「崩潰」的中國海岸上頻頻出沒，接著就是滿載英印士兵的武裝戰船對「鴉片帝國」的廣州城公然入侵——鴉片貿易是鴉片戰爭的有力支撐。在英國人到來之前，早在十六世紀末期和十七世紀初期，伊比利亞人和荷蘭人就試圖借助商業和軍事進入中國，但歷史告訴我們，這一切最終還是由英國人在前者努力的基礎上完成了。值得注意的是，「西方擴張五百年歷史，以一七五〇年為界，可以分為兩個階段。對西方而言，前二五〇年最大的問題是東西方貿易的不平衡與政治軍事力量的相對平衡。」[6]此時的中國形象依然是美好、強大、富足的。但是，「從一七六〇年或一七七〇年前後起，鴉片貿易開始影響歐洲在亞洲擴張的經濟、政治、文化各個方面扭轉了局面。」[7]在西方人看來，具有著典型的黑暗「東方性」的中國由此逐漸步入了行將「崩潰」的境地。

5　周寧著、編註：《中國形象：西方的學說與傳說（1）契丹傳奇》（北京市：學苑出版社，2004年5月），頁36。

6　周寧著、編註：《鴉片帝國》（北京市：學苑出版社，2004年），頁58。

7　周寧著、編註：《鴉片帝國》（北京市：學苑出版社，2004年），頁61。

　　美國傳教士丁韙良（W. A. P. Martin）一語成讖，「崩潰」的中國
在西方人的連續摧毀中「覺醒」了，中國開始「對整個文明世界」進
行反抗。[8]經由馬嘎爾尼使團訪華、第一次鴉片戰爭、太平天國運
動、二次鴉片戰爭、中法戰爭、中日戰爭等一系列意味著中國「崩
潰」的事件作為前提和背景，練神拳、燒洋樓、殺洋人、反洋教的義
和團運動及其失敗成為西方人眼中的中國「覺醒」與「威脅」的一個
重要標誌；它同時也是西方「中國崛起論」的表述譜系的第一個節點
的關鍵標誌。其對應的歷史時段長達三十年：在這個歷史區間內，西
方的中國「覺醒」、「威脅」論述寄居在義和團事件及其引發的「黃
禍」傳說和恐懼、辛亥革命在西方引發的期望和失望、「五四」和
「五卅」運動在中國本土的社會動員效應等事件中。

　　其中，二十世紀初的義和團運動從羸弱不堪、行將「崩潰」的
「鴉片帝國」腹地不可思議地突然爆發，它在精神層面對西方人構成
的打擊似乎遠遠超過了現實層面。丁韙良講得再清楚不過：「北京之
圍，無疑是歷史上最著名的圍困之一。其他圍困持續時間更長，大部
分情況下被圍困的人數很多，經受的苦難常常更嚴重，但這次圍困卻
具有其獨特性，是一個大國對整個文明世界的反抗。」[9]義和團事件
在西方社會引發了恐怖的中國本土的「黃禍」（Yellow Peril）傳說，
並與西方社會對「黃禍」[10]的渲染互為印證。雖然是虛驚一場，義和
團運動最終遭遇「慘敗而名譽掃地」，但這一事件似乎讓拿破崙的預
言成為現實：中國「覺醒」了！一九一一年的辛亥革命曾經一度讓西
方人對中國充滿信心，但後來的袁世凱稱帝、軍閥混戰很快就證明了

8　〔美〕丁韙良著，鄭玉琪譯，載周寧著、編註：〈北京之困〉《鴉片帝國》（北京
　　市：學苑出版社，2004年），頁579-597。

9　〔美〕丁韙良著，鄭玉琪譯，載周寧著、編註：〈北京之困〉《鴉片帝國》（北京
　　市：學苑出版社，2004年），頁579。

10　在西方人的想像中有兩種「黃禍」：一種在中國本土，對應義和團事件，一種在西
　　方，對應十九世紀中期移民美國的華人。

中國「困難依舊」，再次迅速墮入「崩潰」的深淵。一九一九年的「五四」運動在中國民眾中掀起接二連三的反殖民高潮，而一九二五年的五卅運動則被西方人認為是義和團運動的延續……西方人在這三十年裡對中國的認知，開啟了中國「崩潰」／「崛起」／「威脅」的論述源頭，這一話語原型及其意識形態功能和表述方式為下一個重要歷史時段提供了基礎。

　　需要特別指出的是，發生於一九一四年到一九一八年間的第一次世界大戰為西方的中國形象增添了「崩潰」／「覺醒」／「威脅」論調之外的複雜因素。一戰的殘酷和氾濫於資本主義工業社會的物質主義，導致西方最具有批判意識的知識菁英對於資產階級的核心價值發起了激烈的批判，並以「反現代主義的現代性」對抗社會現代性。這種「反現代主義的現代性」、「試圖脫離現代社會，因為它抨擊這個社會或者至少與之保持距離，它要去尋找另一個世界」，[11]於是包括中國在內的「東方」就再次以新的形象和意義出現在西方人的想像中。這股重新發現／發明中國的社會思潮的源頭在古希臘，其原型則穿越了不同的歷史時空和文本：從古希臘到文藝復興，再到啟蒙運動，一直延伸到了一九四〇年代末期。在浪漫化中國的思潮中，中國的形象是質樸、貧窮、苦難、光明、溫和的。這一思潮在西方想像中國的歷史脈絡中的意義在於，為西方「中國崛起論」的表述譜系的第二個關鍵節點鋪襯一個色調鮮明的對照背景。於是，第二個「中國崛起／威脅」時段的到來，就讓西方人更加覺得措手不及，無法接受。

　　在西方人在長達二十年美化中國的歷程中，關於「黃禍」的記憶似乎被田園牧歌的想像徹底覆蓋了。直到一九四九年中華人民共和國成立，西方（由其是美國）人才從美夢中驚醒，他們發現：在西方帝國辛苦經營了大半個世紀的殖民地沒有了，半個世紀前的「黃禍」在

---

11 〔法〕伊夫・瓦岱著，田慶生譯：《文學與現代性》（北京市：北京大學出版社，2001年），頁83。

中國本土以「紅禍」的面目再次復活，同時，那個古老、龐大、極權的「中央帝國」也再次「覺醒」了。以中華人民共和國成立、朝鮮戰爭、文化大革命等事件為標誌，這個歷史區間構成了西方「中國崛起論」的話語譜系的第二個關鍵節點。其對應的歷史時段同樣長達三十年。就這個時段的中國形象內涵與表述方式而言，在第一個歷史時段中已經定型：「黃禍」雖然變成「紅禍」，但經濟「崩潰」、黑暗專制、野心勃勃等「東方性」帶來的恐怖「威脅」依然如故。比第一個歷史時段複雜的是，在一九六○年代的西方部分知識菁英中，出現了烏托邦化紅色中國的論述。這次美化中國的內涵與一九三○、四○年代的同情弱者式地自戀想像不同，在這些烏托邦化中國的諸多論述中，西方菁英不遺餘力地從物質成就和社會道德層面，極力塑造一個逐漸甦醒、崛起、強大的「美好新世界」。這是另一種意義上的中國「覺醒」，其中「威脅」的意義似乎不見了，中國成為西方人眼中的紅色烏托邦，它呼應著兩個世紀前的「孔教烏托邦」。[12]

　　整個一九八○年代，中國在西方眼中陰晴不定，「是個搖擺過渡的時代，一方面它籠罩在文化大革命的陰影中，另一方面又顯現出某種在西方人看來的『資本主義的曙光』。」[13]中國形象最終「搖擺過渡」到了另一個歷史節點，它開啟的時間點是一九九一年冷戰結束。在這個時段內，「中國威脅論」是主導聲音，其中的含義包括對於中國經濟成就的肯定（「中國崛起」）以及經濟發展背景下的政治道德的擔憂和恐懼。「後冷戰」語境賦予這個歷史時段的西方中國形象特別的意識形態內涵：中國作為唯一一個現存的社會主義大國，它在「對整個文明世界」進行反抗。歷史似乎重演了，丁韙良在二十世紀初的判斷在二十世紀末以不同的面目再次出現。最後一個歷史時段持續延伸到了當下，西方長達一百五十多年的中國論述在近二十年來再度變

12　周寧著、編註：《孔教烏托邦》（北京市：學苑出版社，2004年5月），頁216-237。

13　周寧著、編註：《龍的幻象（上）》（北京市：學苑出版社，2004年），頁287。

奏為內涵豐富的「中國崛起論」。面對中國的經濟成就和國力，西方一方面謙卑地探討「中國模式」，另一方面指責中國的經濟發展對於生態、環境的破壞，並且預言中國將「統治世界」或者走向「崩潰」。

　　這三個關鍵的歷史節點是本文解析西方「中國崛起論」的基本時間架構。在每一個歷史時段都有標誌性的歷史事件構成了西方想像中國的契機。

西方「中國崛起論」的意義結構

　　大約在二百多年前，中國在進入現代世界體系的同時，也進入了觀念的世界體系，西方的「中國崛起論」就是該觀念體系的產物。因此，本文在一個長時段中觀察、解析西方的「中國崛起論」的話語傳統，還必須同時擁有一個空間維度，即在一種橫向的意義結構中探討西方的中國形象的意識形態內涵。

　　再回到費正清等人一九六六年在美國《生活》週刊上連載的長文〈中國百年風雨飄搖，將古老的帝國推入現代世界體系，由此開始毛動盪不安的紅色統治〉。該文是這樣開篇的：

> 幾個世紀以來，北京的長城一直是中國古代文化亙古不變的象徵，它驕傲自信地蜿蜒盤旋在赤裸裸的大地上。然而，就在那城牆之內，共產黨狂熱的年輕紅衛兵們上週在攻擊、破壞一切可以稱之為「外國的」或「封建的」東西──使館、教堂、義和拳起義中死者的墳墓、中國自身的藝術瑰寶。……

這段開篇的文字旨在引出即將討論的問題與方法，即中國當下的大破壞何以發生及其發生的百年觀察視角，其中最吸引作者的似乎是一九

六〇年代中國本土的「西方主義」政治和自我與「傳統」決裂的姿
態。稍後,該文似乎是在為開篇的文字進行註解,它再次指出:

> 毛主席的革命一直存在著一種奇異的矛盾:他越是尋求使中國
> 新生的東西,中國似乎就越往舊中國的老路上倒退。三分之二
> 個世紀前,瘋狂的一九〇〇年仲夏,被朝廷支持在中國北方要
> 消滅所有外國人的義和拳團夥大部分是青年農民——今天,毛
> 澤東支持的「紅衛兵」,正步當年義和團的後塵,在攻擊所有
> 外國東西方面表現了同樣的熱情。但義和拳只是想掃除西方對
> 中國的影響,而紅衛兵卻表達了雙重目標:既要掃除西方對中
> 國的影響,又要掃除中國自身的「舊思想、舊風俗、舊習
> 慣」。

顯然,西方知識菁英在文化大革命的破壞中看到了義和團運動的幽靈
再現,同時也看到了中國已經深陷自身歷史的漩渦,成為一個「為自
身歷史束縛的民族」。〈中國百年風雨飄搖,將古老的帝國推入現代世
界體系,由此開始毛動盪不安的紅色統治〉對於當年中國的這兩層認
知,一方面對應著西方「中國崛起論」生成、演變的兩個不同歷史時
段,另方面則描述出了中國停滯的歷史:百年的「風雨飄搖」就是一
場兒戲,隨著中國的第二次「覺醒」,一切都又塵埃落定,像「北京
的長城」那樣「驕傲自信」、封閉排外、「亙古不變」。該文作者對於
連連遭受西方打擊的中國未來,充滿了絕望。

　　〈中國百年風雨飄搖,將古老的帝國推入現代世界體系,由此開
始毛動盪不安的紅色統治〉一文旨在百年歷史中解釋中國文化大革命
的合理性,但它描述的歷史時段則終結於「一九四八年底」。事實

上，該文幾乎沒有提供任何新穎的論述。「停滯的帝國」[14]這一中國形象及其表述策略早在十八世紀就經由笛福（Daniel Defoe）、孟德斯鳩等人的努力而基本成型了。「對於西方現代文化而言，重要的不是經營一個『停滯的帝國』的中國形象，而是西方現代性自我確認需要一個『停滯的帝國』，作為進步大敘事的『他者』。」[15]西方「停滯的帝國」論述的出現，從時間維度看，為稍後的西方「中國崩潰論」的出現做了知識上的準備；從空間維度看，是西方現代性自我確證的世界版圖，意在停滯的「他者」身上印證自我的優越（或進步）。

脈絡決定意義。討論西方「中國崛起論」的意義結構，離不開其表述脈絡。比如，伏爾泰曾在《風俗論》中這樣評價中國：「這個國家已有四千多年光輝燦爛的歷史，其法律、風尚、語言乃至服飾都一直沒有明顯的變化。」[16]這是一個模稜兩可又無比深刻的論斷：歷史悠久與停滯落後是一體兩面，關鍵在於言說者的立場與視野。上文已經指出，衰退、停滯的「鴉片帝國」是中國第一次「覺醒」，即中國「對整個文明世界的反抗」的背景與前提。這個行將「崩潰」的古老東方帝國形象產生的前提是歐洲以進步為核心觀念的啟蒙主義思潮，停滯的中國形象為進步的西方國家「打破」中國的「停滯」準備了觀念體系和意識形態基礎。

停滯作為一個時間（歷史）狀態的描述性詞語，其最終的意義指涉坐實在空間層面。構建一個停滯的中國形象，就可以確證一個進步的西方形象。時間上的停滯，意味著空間文化程序上的低級、幼稚和野蠻。在一種二元對立的世界想像圖式中，西方借助一個停滯的中國

---

14 〔法〕阿蘭‧佩雷菲特著，王國卿等譯：《停滯的帝國——兩個世界的撞擊》（北京市：讀書‧生活‧新知三聯書店，1993年）。

15 周寧：《天朝遙遠：西方的中國形象研究》下卷（北京市：北京大學出版社，2006年12月），頁417。

16 〔法〕伏爾泰著，梁守鏘譯：《風俗論》上冊（北京市：商務印書館，2000年），頁239。

形象，實現了時間的空間化：中國是反價值的象徵，它需要文明、進步、現代的西方的拯救才能走向開化，於是殖民擴張就有了正義的藉口。具體到西方的「中國崛起論」的三個生成、演化的歷史時段，其中的西方中國形象建構在不同的歷史脈絡中，均擁有各自在空間維度上的不同意義結構。

　　在衰敗崩潰的中國知識背景上，「覺醒」的中國第一次開始朝野聯合，「對抗世界」，這給自信樂觀的「拯救者」帶來的精神「威脅」可想而知：義和團事件不僅印證了西方人既有的「黃禍」想像和恐慌，也在軟弱、停滯的中國形象中增加了黑暗、恐怖、地獄般的威脅性因素，還為此後的「中國崛起論」準備了話語模式。這一黑暗、恐怖、地獄般的威脅性的中國形象與想像需要放置在此前衰敗、軟弱、崩潰的中國形象與想像中才能解釋，因為後者是前者的結果。

　　觀念的世界體系與現實的世界體系相互成就。大約半個多世紀前，行將崩潰、停滯衰退的「鴉片帝國」形象的建構，有力地支持了英國人的帝國版圖想像和殖民擴張行為。英國人在鴉片貿易的依託下發起鴉片戰爭，中國被兒戲般地征服。但是，衰敗、軟弱、崩潰的中國形象在西方的殖民擴張完成後，其曾經履行的意識形態職能的語境就發生了變化。套用丁韙良的敘述，中國被征服以後，中國就不再是「中國」了，它是世界或西方的一部分。那麼，此時西方的殖民體系需要建構的中國形象就不能是衰敗、軟弱、崩潰的，而是一個需要防範的、對其殖民體系和東西方權力格局構成威脅的危險、恐怖、殘暴的顛覆者形象。早在十九世紀中葉流行於西方的「黃禍」傳說為二十世紀初的新的中國形象準備了基礎，因此，義和團運動在西方的中國形象史上具有轉折性的意義——它把西方流行的「黃禍」傳說和恐懼轉變成了「現實」；另一方面，西方殖民擴張的另一重意義在於「拯救」中國，如果說「覺醒」的中國是殖民行為的結果，那麼此時西方對於進入現代世界體系的中國可能對其「施救者」構成威脅的焦慮就

不難理解。義和團事件在西方人中間的象徵意義和恐怖效應正源於此——它是一個被「喚醒」的古老帝國對於西方文明的狂暴復仇。因此，稍後的辛亥革命、五四運動和五卅運動中的反殖民因素與民族主義情緒都讓西方人感到不寒而慄，在這些事件中，「北京之困」的恐怖記憶一再地被喚起。黑暗、恐怖、地獄般的威脅性中國形象的生成語境和意識形態基礎就是西方人對自己的全球殖民體系和帝國版圖穩固性的隱憂。這個新的中國形象是一面鏡子，其中映照著世界殖民體系基本完成的西方人內心的恐懼與焦慮。

　　義和團運動給西方人造成巨大精神打擊並帶來中國「覺醒」的威脅性想像還有深刻的歷史文化和宗教背景：

> 義和團是阿提拉手下的匈奴人與拔都率領的蒙古騎兵的後代，同一類野蠻人，同一種野蠻行動。他們以海沙般的人數圍攻基督徒的蒙愛之城，東方魔鬼部落的降臨，就是末日。義和團不僅印證了他們的黃禍預感，也印證了他們內心深處的千禧末日的預感。義和團形象在某種程度上，是他們關於世界末日的原型的表現。[17]

當下的隱憂、歷史的記憶與文化的原型共同激發了第一個歷史時段的中國「覺醒」／「威脅」論述，而這個「覺醒」／「威脅」的中國論述也在空間維度上履行了鞏固西方殖民主義意識形態的文化職能。

　　一戰之後，西方知識菁英復活了一七五〇年之前的「中國潮」，以審美現代性批判啟蒙現代性及其進步的世界史觀，在「西方沒落」[18]

---

17 周寧：《天朝遙遠：西方的中國形象研究》下卷（北京市：北京大學出版社，2006年12月），頁358。

18 〔德〕奧·斯賓格勒著，陳曉林譯：《西方的沒落》（哈爾濱市：黑龍江教育出版社，1988年）。

的想像中重新發現中國，一個浪漫美好的、歷史悠久的文化古國形象
再次被確立起來。與此同時，美國取代英國，成為全球霸權的主體，
「一九二九至一九三一年，十九世紀的世界秩序最終崩潰，……新秩
序以美國為中心，並由它來組織。到二戰結束之時，新秩序的輪廓已
經出現。」[19]在這一新的世界秩序裡面，新的中國世界觀念秩序也隨
之確立。

　　因為兩次世界大戰的消耗，歐洲國家無暇自顧，「整個二十世紀
前半葉，似乎只有美國文化，對中國抱著某種濃厚的興趣，而且美國
的中國形象，也影響到歐洲，就像《大地》的電影與小說同樣風靡歐
洲一樣。」[20]美國在「西方沒落」的想像背景上構築的中國形象的色
調頗為駁雜：其中既蕩漾著百年「中國潮」的餘波，亦包含著行將崩
潰的「鴉片帝國」的衰弱，還迴盪著「北京之困」的尖叫。因此，在
第一次覺醒到第二次覺醒之間，西方（主要是美國）的中國形象也是
矛盾複雜的，「經常是愛恨交加，恩威並施。一方面是黃禍恐慌，使
他們懼怕、仇視、打擊中國；另一方面又是『恩撫主義』
（Paternalism），使他們關心、愛護、援助中國，把中國看成一個不
成熟、多少有些弱智低能，也多少有些善良人性的半文明或半野蠻國
家。在中國身上，美國感到自己的責任，也從這種自以為是的責任
中，感覺到自己的重要與尊嚴。」[21]

　　如果說中國「覺醒」的第一個歷史時段，西方殘暴、恐怖、黑暗
的中國想像是一種自虐的話，那麼，在中國「覺醒」的第一個歷史時
段和第二個歷史時段之間，西方柔弱、浪漫、光明的中國想像則是一

19　〔美〕喬萬尼・阿瑞吉等著，王宇潔譯：《現代世界體系的混沌與治理》（北京市：
　　讀書・生活・新知，2006年7月），頁89-91。

20　周寧著、編註：《中國形象：西方的學說與傳說（8）龍的幻象（上）》（北京市：學
　　苑出版社，2004年5月），頁135、136。

21　周寧著、編註：《中國形象：西方的學說與傳說（8）龍的幻象（上）》（北京市：學
　　苑出版社，2004年5月），頁138。

種自戀。美國取代英國成為「全球治理」的主體後，其美好的中國形
象「是美國文化為自身的『中央帝國』意識構築的『他者』。中國是
一個與美國同樣大的『前中央帝國』，不管是征服對立還是恩撫友
誼，中國都是最理想的他者。『她』可以最大限度地證明美國的強大
與愛、自尊與自信等美國價值。」[22]作為文化鏡像的中國是不在場
的，它是美國（西方）自身文化心理的折射。因此，一旦主體的言說
語境發生變化，中國形象的內涵就會輕易地滑向另一個極端。很快，
西方人就再次體味到了中國「覺醒」的恐怖。

　　像伏爾泰在《風俗論》中對中國的評價一樣，從延安回到西方的
斯諾在他的《西行漫記》[23]一書的最後，也表述了一種模稜兩可但又
頗為深刻的觀點：「中國社會革命運動可能遭受挫折，……這種勝利
一旦實現，將是極其有力的，它所釋放出來的分散代謝的能量將是無
法抗拒的，必然會把目前奴役東方世界的帝國主義的最後野蠻暴政投
入歷史的深淵。」[24]這句對中國共產黨的革命運動的正面褒揚中暗隱
著另一重可怕的預言。一九四九年，中華人民共和國成立，斯諾的預
言成為西方社會眼中的現實，而且在情感色彩上完全相反：中國又一
次「覺醒」了！義和團時代的「黃禍」記憶在冷戰背景下轉變成了
「紅禍」恐慌。朝鮮戰爭和文化大革命使西方的中國形象再次跌落到
黑暗殘暴、極權專制的深淵，「今天的中國是其自身歷史的奴隸」，
「停滯的帝國」再次在西方人眼裡復活了。「五十年代的主要特點之
一無疑是其道德主義，……這種道德主義表現在將具體的政治問題轉
換成抽象的道德問題。五十年代的道德主義者把注意力指向全人類的

22　周寧著、編註：《中國形象：西方的學說與傳說（8）龍的幻象（上）》（北京市：學
　　苑出版社，2004年5月），頁130。
23　「西行漫記」是該著的中譯名，英文原題是Red Star Over China，中譯為「紅星照耀
　　中國」。
24　〔美〕埃德加・斯諾著，董樂山譯：《西行漫記》（北京市：讀書・生活・新知三聯
　　書店，1979年12月），頁406。

處境，幾乎無法把高傲的目光向下轉而觀察社會中的個人命運。」[25]
冷戰的意識形態和「道德主義」的視野使中國成為邪惡的威脅。無論
是在話語模式、形象原型，還是文化職能上，第二個歷史時段的中國
「覺醒」論述與第一次均無二致。在作為「紅禍」的中國形象中，映
現著美國（西方世界）對於社會主義中國的仇視，及其可能成為世界
威脅性力量的恐懼。

　　在中國「覺醒」的第二個歷史時段中間，穿插了歐洲知識菁英表
述的另一種意義上的中國「覺醒」：「紅禍」的中國瞬間轉變為物質成
就和道德政治皆為西方楷模的「美好新世界」和紅色烏托邦。這個時
段西方知識菁英對於中國的美化除了與一七五〇年之前的「中國潮」
和一九二〇年代的審美現代性有著思想上的親緣性之外，其中還映現
著一九五〇年代後期的國際以及西方主流社會政治、文化語境的轉
變：

　　　　五十年代後期，文化領域中冷戰輿論的衰落與冷戰本身的逐步
　　　　結束是同時發生的。美國麥卡錫主義的高峰與朝鮮戰爭和蘇聯
　　　　斯大林主義最後的精神失常階段恰好重合。但是斯大林於一九
　　　　五三年死去，戰爭於一九五四年結束，同年十二月，麥卡錫受
　　　　到其參議院同僚們的譴責。艾森豪這位將軍出身的總統一再
　　　　衰[26]示他希望作為一名和平人士而載入史冊。他在一系列最高
　　　　會議中的第一次會議上與斯大林的接班人的會晤，這些會議標
　　　　誌著為實現軍事和政治緩和而小心翼翼地邁出的最初幾步。[27]

---

25 〔美〕Morris Dickstein著，方曉光譯：《伊甸園之門——六十年代美國文化》（上海
　　市：上海外語教育出版社，1985年），頁52。

26 原文如此，疑為「表」的誤植。——引者

27 〔美〕Morris Dickstein著，方曉光譯：《伊甸園之門——六十年代美國文化》（上海
　　市：上海外語教育出版社，1985年），頁55-56。

　　一九六○年代，東亞國家在經濟上的疾速發展，似乎意味著全球
經濟中心將再次轉移；同時第三世界紛紛崛起，反殖民主義的浪潮不
斷湧現。西方社會在政治經濟和社會文化方面均逐漸出現了遲滯、動
盪的態勢，一種激進的後現代主義文化思潮開始湧現。「『六○年代』
是美國人權、新左運動的同義詞。」[28]重新返回「伊甸園」的衝動，
需要尋找「烏托邦」，紅色社會主義中國形象的逐漸增值，正好與西
方的「集體精神崩潰症」[29]同步出現，或者說紅色「烏托邦」中正映
現著西方的「集體精神崩潰症」。

　　「後現代主義是現代主義的一部分，」它並非現代主義的「窮途
末路」，而是其「新生狀態」，而且這一狀態將一再出現。[30]西方知識
菁英重新從物質成就和道德政治上定義中國的「覺醒」，事實上這種
美化與此前的貶斥沒有根本的區別，二者背後的意義結構和哲學前提
是完全一致的：烏托邦化的紅色中國形象和「停滯的帝國」形象一
樣，依託的都是啟蒙主義的進步史觀，只有在西方的發展、進步尺度
下，中國才能夠成為解決西方社會文化痼疾的他者。因此，在西方烏
托邦化了的紅色中國形象中，我們真正看到的仍然是西方文明的核心
價值。

　　整個一九八○年代，中國形象在西方人的眼中乍明乍暗，搖擺不
定。一九九一年，冷戰結束，但其思維方式在後冷戰的時空中依然得
到了延續。「歷史的終結」為「文明衝突論」的出現創造了基本條
件。亨廷頓的「文明衝突論」仍然在二元對立的思維框架中測繪冷戰

---

28 〔法〕安其樓・夸特羅其、湯姆・奈仁著，趙剛譯：《法國1968：終結的開始》（北
　京市：讀書・生活・新知三聯書店，2001年7月），頁2。

29 這是諾曼・梅勒在其著作《白種黑人》中使用的詞語，見〔美〕Morris Dickstein
　著，方曉光譯：《伊甸園之門──六十年代美國文化》（上海市：上海外語教育出版
　社，1985年），頁53。

30 包亞明主編，談瀛洲譯：《後現代性與公正遊戲──利奧塔訪談、書信錄》（上海
　市：上海人民出版社，1997年），頁138-140。

後的全球文明圖景，它重續了帝國主義的話語譜系。用亨廷頓自己的
話說就是：「我們只有在了解我們不是誰、並常常只有在了解我們反
對誰時，才了解我們是誰。」[31]亨廷頓認為：「當西方試圖伸張它的價
值並保護它的利益時，……其他儒教社會和伊斯蘭社會則試圖擴大自
己的經濟和軍事力量以抵制和『用均勢來平衡』西方。」[32]中國經濟
發展意義上的「崛起」在「文明衝突論」中演變為今天的「中國威脅
論」。

　　美國前國務卿基辛格（Henry Alfred Kissinger）認為，亨廷頓為
我們理解二十一世紀的全球政治提供了一個極具挑戰性的分析框架。
在「文明衝突」的框架下，西方出現了一系列把中國塑造為威脅世界
的邪惡帝國的論述。[33]二○○九年六月，倫敦政治經濟學院IDEAS中
心高級客座研究員馬丁・雅克（Martin Jacques）的《當中國統治世
界：中央帝國的崛起與西方世界的沒落》[34]在倫敦出版。短短三個月
後，該著又迅速在紐約推出其美國版本，值得注意的是，美國版本的
副標題變成了「西方世界的沒落與全球新秩序的開啟」（*The End of
the Western World and the Birth of a New Global Order*）。[35]國際左翼核
心刊物《新左派評論》（*New Left Review*）的主編佩里・安德森
（Perry Anderson）就該書的內容批評道，它實際上對應著十九世紀

---

31 〔美〕塞繆爾・亨廷頓著，周琪等譯：《文明的衝突與世界秩序的重建》（北京市：
　　新華出版社，2011年），頁5。

32 〔美〕塞繆爾・亨廷頓著，周琪等譯：《文明的衝突與世界秩序的重建》（北京市：
　　新華出版社，2011年），頁7。

33 比如《即將到來的美中衝突》、《東方與西方》、《當中國統治世界》等。

34 Martin Jacques, *When China Rules the World: The Rise of the Middle Kingdom and the
　　End of the Western World*, London：Allen Lane，2009. 該書的中譯本為〔英〕馬丁・
　　雅克著，張莉等譯：《當中國統治世界：中國的崛起和西方世界的衰落》（北京市：
　　中信出版社，2010年1月）。

35 Martin Jacques, *When China Rules the World: The End of the Western World and the
　　Birth of a New Global Order*, New York: Penguin Press, 2009.

以前西方世界對於遠東地區的「敬畏與羨慕」或者是不無荒誕意味的「中國熱」（Sinomania），因此，該書可以定性為一本「大眾讀物」（popular work）。[36]安德森僅看到了該書對「中國崛起」大力美化的一面，而忽視了其中的危險因素和話語陷阱。《當中國統治世界》依據中國經濟發展的規模和速度推測中國「將日漸強大，半個世紀後崛起為世界領袖」，而且其價值觀念也將「確立全球霸權」。[37]這些「中國崛起」的美辭，勢必在西方喚起有關「黃禍」的恐怖記憶，並引發「中國威脅」世界的可怕想像。在馬丁‧雅克激情澎湃的敘述中，我們看到的是兩個世紀以來西方人想像中國的傳統和模式。

馬丁‧雅克（Martin. Jacques）的《當中國統治世界》的美國版本發行兩年後，年輕才俊的好萊塢導演史蒂文‧索德伯格（Steven Soderbergh）在九一一事件十週年紀念的週末前夜，即二〇一一年九月九日攜帶其預算高達六千萬美元的影片《傳染病》（Contagion）[38]在美國觀眾面前亮相。和馬丁‧雅克一樣，索德伯格對影片的命名非常講究；與馬丁‧雅克不同，索德伯格的作品「名副其實」。Contagion這樣的片名顯然是一語雙關，它既可以指代因接觸傳染的疾病，也可以隱喻具有感染功能的情緒，還能夠暗示四處蔓延的金融危機。影片中一名到香港出差公幹的職業女性回到美國後，在兩天內便被一種奇怪的病症奪去了生命，而她接觸過的人們也迅速染病。於是，疾病與恐懼一起在全球蔓延。然後，美國的疫苗研究專家前往首例病症感染的澳門和香港尋找病原體，開始了世界末日來臨前的大拯救過程。

---

36 Perry Anderson, "Sinomania," *London Review of Books*, Vol.32, No.2, January 28, 2010.

37 〔英〕馬丁‧雅克著，張莉等譯：《當中國統治世界：中國的崛起和西方世界的衰落》（北京市：中信出版社，2010年1月），頁287、325。

38 《傳染病》，臺譯片名為《全境擴散》，史蒂文‧索德伯格導演，斯科特‧Z. 本恩斯（Scott Z. Burns）編劇，馬特‧達蒙（Matt Damon）、凱特‧溫絲萊特（Kate Winslet）主演，美國Double Feature Films、Participant Media、Regency Enterprises、Warner Bros. Pictures Co.、Imagenation Abu Dhabi FZ，2011年製作。

　　在影片《傳染病》俗不可耐的老套故事背後，真正主角正是「恐懼」。索德伯格和他的編劇坦陳：「事實上，我們並不希望它是傳統的災難類型，也不願製作一部直觀展示恐怖疾病的影片。《傳染病》應該表達背後更真實的恐懼。」[39]但是就影片「主角」的面具MEV-1病毒而言，編劇說創作靈感來自SARS的新聞，也許這就可以在最淺顯的層面上解釋影片何以把染病的源頭設置在澳門的一家賭場，甚至影片中還出現了「汕頭汽車站」這樣中國元素的特寫鏡頭的原因。這種處理方式令人想起關於成功地控制了十四世紀歐洲人口暴漲，並有力地重組了歐洲社會結構的黑死病的起源說。[40]也許，關於黑死病的恐懼一直都沉潛在西方人的記憶裡，一旦有新的「疫情」發生，被攪動的記憶沉渣便會迅速再度泛起。為了營造驚悚的效果和恐懼的情緒，影片盡量把「機位」降低到日常生活的層面，比如一名男性在公車上咳嗽，一名旅行者把信用卡遞到服務人員的手中，人們在商務會議上彼此握手……這些細節似乎暗示了「全球化」的兩面性：疾病與恐懼

39　〈特別報導：《傳染病》〉，載《看電影》2011年第18期。

40　關於十四世紀在歐洲蔓延的黑死病的起源，似乎還沒有定論，但一般都認為它源自東方，再具體地說就是中國的蒙元帝國。比如，Donald F. Lach, *Asia in the Making of Europe Vol.I——The Century of Discovery*, Book One, Chicago and London: The University of Chicago Press, 1971, p.47.；〔美〕洛伊斯・N. 瑪格納著，劉學禮主譯：《醫學史》第2版（上海市：上海人民出版社，2009年10月），頁139；〔美〕威廉・H. 麥克尼爾著，于新忠、畢會成譯：《瘟疫與人》（北京市：中國環境科學出版社，2010年），頁98；〔美〕丹尼斯・謝爾曼、喬伊斯・索爾茲伯里著，陳恆、洪慶明、錢克錦等譯：《全球視野下的西方文明史：從古代城邦到現代都市》第2版，中冊（上海市：上海三聯書店，2011年5月），頁431；〔美〕賈雷德・戴蒙德著，謝延光譯：《槍炮、病菌與鋼鐵：人類社會的命運》（上海市：上海譯文出版社，2012年），頁352。

値得注意的是，法國年鑑學派歷史學家費爾南・布羅代爾指出，「黑死病並非如過去所說的那樣在十三世紀傳入中歐，它最遲於十一世紀已經出現。」〔法〕費爾南・布羅代爾著，顧良、施康強譯：《15至18世紀的物質文明、經濟和資本主義卷一　日常生活的結構：可能和不可能》（北京市：生活・讀書・新知三聯書店，2002年），頁93。

的全球化，以及美國拯救力量的全球化。顯然，從影片來看，全球化作為一個動態的進程，其負面的源頭在中國，而正面的源頭則在美國，美國在影片中的角色似乎是「全球治理」的主體。

在上述意義上，我們完全可以把影片《傳染病》視為一個關於「疾病的隱喻」（illness as metaphor）[41]。這個隱喻是雙重的：「傳染病」遠指疾病和恐懼的源頭與西方的中國「刻板印象」（stereotype），遙遠而古老的中國可能是一塊骯髒、神祕、恐怖的異域；「傳染病」近涉美國的經濟難題及其全球性的傳染效應，與之相對的則是中國「正在崛起」的恐怖想像。美國華納公司把《傳染病》安排在九月九日上映，無疑是想把影片的恐懼與公眾的恐懼對接，以保證高票房的回報。如今，醫療技術的發達已經使記憶中的瘟疫相當程度地得到了有效控制，可是內心對他者的「恐懼」的瘟疫該如何控制？麥克白如何才能不再聽到夜半的敲門聲？這就不是任何先進的醫療技術所能解決的問題了。

馬丁・雅克在嚴肅的學理探討中「敬慕」中國，而索德伯格在想像的光影世界裡「恐懼」中國。索德伯格的影片同樣履行了雅克「當中國統治世界」的「驚悚」功能。投射著大眾想像的好萊塢影片與嚴肅學者殫精竭慮的學術著作一道，並行不悖地編織出了恐懼與敬慕、威脅與崛起的中國想像圖景。在新的歷史脈絡中，「崛起的中國」、「崩潰的中國」和「威脅的中國」仍然以最古老的方式糾纏在一起，其中映現的是西方自身對他者的敬慕、欲望和恐懼，而現實的中國在這一表述脈絡中則始終是缺席的。

---

41 這一表述來自Susan Sontag。See Susan Sontag, *Illness as Metaphor*, New York: Farrar, Straus and Giroux, 1988.

六
東方文藝復興思潮中的梅蘭芳訪美演出

　　發生於一九一八年的那場「新、舊劇」觀念論爭中，作為「西式新劇」的倡導者之一的傅斯年，在和其主要論爭對手，即「梅黨」中堅人物張厚載進行辯論時，曾經以梅蘭芳的「幾齣新做的舊式戲」作為支持其「舊戲改良」觀點的正面例證[1]。這一情形在今天看來顯得頗為意味深長。這一年，魯迅並沒有介入這場論爭，而是發出了「救救孩子」的「吶喊」。[2]

　　時至一九二二年十月，魯迅在他的一篇體裁頗為曖昧的散文體小說〈社戲〉裡面，寫下了這樣一句話：「……在戲臺下不適於生存了」，稍後，再度重複道：「……使我省悟到在這裡不適於生存了」。[3]兩次不啻災難性的看戲經驗，使敘事者「對於中國戲告了別」，然而，「一本日本文的書」卻牽引出敘事者的另一種截然不同的看戲經驗。於是，曖昧的體裁優勢得以充分發揮，一個被追憶出來的「遠哉遙遙」的中國鄉村戲劇演出情境，在作者那優美的散文筆致中徐徐展開。

　　在〈社戲〉的文本內部，包含著兩個敘述時空，一是敘事者追憶往事的當下，另一個就是被追憶的往昔。與此同時，在被追憶的往昔

1　傅斯年：〈戲劇改良各面觀〉，載《新青年》第5卷第4號，1918年10月15日。
2　魯迅：〈狂人日記〉，載《新青年》第4卷第5號，1918年5月15日。收入《魯迅全集》，第1卷（北京市：人民文學出版社，1981年），頁422-432。
3　魯迅：《吶喊》〈社戲〉，《魯迅全集》第1卷（北京市：人民文學出版社，1981年），頁559-569。以下出自該篇的引文，不再另註。

裡面，又具有兩個層次，即在北京戲園看戲的情形和童年在平橋村看社戲的情形。如果說前者是一個危機四伏的成人空間，那麼後者顯然是一個溫馨淳樸的孩童（鄉民）世界，二者在同時作為被追憶的敘述時空中的並置，令人想起魯迅在五年前發表的〈狂人日記〉的結尾發出的「吶喊」：「救救孩子！」「孩子」在〈社戲〉裡面是一個極為重要的意義符碼——敘事者在散文／小說的結尾這樣暗示讀者：「但我吃了豆，卻並沒有昨夜的豆那麼好」，最後再次強調，「真的，一直到現在，我實在再沒有吃到那夜似的好豆，——也不再看到那夜似的好戲了」。同樣是六一公公種的羅漢豆，前後的味道在敘事者看來竟有著不可思議的差別，同樣，所謂的「好戲」，按照文本的呈述，似乎亦十分無趣。一切必須與記憶中的「孩子」發生了意義關聯，才有可能為敘事者所認同。一個十分有趣的段落是，熟讀儒家經典的童年的「我」，近乎敷衍地正面評價了六一公公種的羅漢豆，竟引起了這位目不識丁的鄉民那絕對真誠的恭維：「這真是大市鎮裡出來的讀過書的人才識貨！我的豆種是粒粒挑選過的，鄉下人不識好歹，還說我的豆比不上別人的呢。……」然而，敘事者竟然對此「無動於衷」，在內心依然固執地傾向於認同昨夜和「孩子」們在一起所吃的豆子和看的「好戲」。這種敘事的固執暗示了這段追憶實際上是一種建構，它所表徵的是身處當下的這位中國敘事者的某種與「孩子」有關的文化想像。

在這個意義上，〈社戲〉的寫作可以被視為與中國戲劇相關聯的中國現代思想觀念的表述方式的一個象徵，而「孩子」則是這一象徵中的核心意象。或者說，魯迅在〈社戲〉中的「懷舊」敘事提示我們，「孩子」可能是我們在全球語境中盱衡中國戲劇文化時不能忽略的一個重要意義符碼。

作為「後世確認京劇的一個方式」⁴，梅蘭芳的相關跨文化戲劇實踐中所蘊涵的文化密碼的豐沛性及其意義的典型性是毋庸置疑的。若以此作為考量中西戲劇文化關係的文本，其繁複的意義密度和強度將會對我們的研究視野提出極大的挑戰。就在魯迅的〈社戲〉發表的前一年，即一九二一年，正是公認的梅蘭芳的「成名之年」，⁵因此，〈社戲〉中的「孩子」似乎可以作為我們探討梅蘭芳的跨文化戲劇實踐的有效切入角度之一。本文試圖從對「孩子」的象徵性意義的探討著手，通過分析由梅蘭芳的跨文化戲劇實踐促生的跨文化公共空間的動態關係結構，破解與其相關聯的文化密碼，進而解析由其承載的中西戲劇文化關係的隱喻意義。

「孩子」的歷史（哲學）隱喻

在與中國戲劇相關聯的現代性觀念的表述體系中，「孩子」意味著一個年齡階段。在歷史哲學意義上，「孩子」則可能是一個全球化進程中的時間性概念。

十八世紀法國傑出的哲學家、文學家伏爾泰曾經把《趙氏孤兒》改編成《中國孤兒》，以伏爾泰為代表的文學家們一致認為：「中國文化在其他方面有很高的成就，然而在戲劇的領域裡，只停留在它的嬰兒幼稚時期。」某些西方學者比較了中西劇場後，亦得出這樣的結論：「中國劇場依然停留於它的嬰兒時期，它太早就定型成為一種極僵硬的形式，而無法從中解放自己。」就在梅蘭芳訪美演出的前一年，即一九二九年，美國戲劇家謝爾頓・詹尼（Sheldon Cheney）也

4　師永剛：〈序：稀世之人〉，王慧：《梅蘭芳畫傳》（北京市：作家出版社，2004年），頁5。

5　徐成北：《梅蘭芳三部曲・之一・梅蘭芳與二十世紀》（北京市：中國社會科學出版社，2000年），頁35-48。

曾經這樣評述中國戲劇：「它雖然有兒童似的神仙故事的清新，卻又是種四不像的詩的劇場。中國戲劇內容太過簡單，缺乏深度，表現了中國人無知的天真，這種天真只能使西方人視之為可笑的幽默。」[6]與西方自十八世紀以來的「嬰幼兒」、「兒童」比擬相映成趣的是「五四」時期新文化倡導者對於中國戲劇的相關論述。周作人曾經指出：「我們從世界戲曲發達上看來，不能不說中國戲是野蠻。但先要說明，這野蠻兩個字，並非罵人的話；不過是文化程序上的一個區別詞，還不含著惡意。……野蠻是尚未文明的民族，正同尚未成長的小孩一般；文明國的古代，就同少壯的人經過的兒時一般，也是野蠻社會時代：中國的戲，因此也免不得一個野蠻的名稱」。[7]錢玄同在與周作人就「中國舊戲之應廢」的問題的通信中，這樣譏諷支持「中國舊戲」的人：「至於有一班人，已到成年還在那裡騎竹馬，帶鬼臉，或簡直還要『打哇哇』、『鬥鬥蟲』；我們固然可以睨之而笑，聽其自由。但他們如其裝出小兒樣子，向著別的成年人的面孔唾唾沫，拿筆在書上亂畫亂塗，這是不能不訓斥他、管教他、開導他的。你道我這話對不對？」[8]在中國本土的「新劇」倡導者的言論中亦頻頻使用與「成年人」相對應的「小孩」、「小兒」這樣的意義符碼來指涉中國戲劇，使「孩子」成為中西方表述中國戲劇的一個意義交叉點，而梅蘭芳正是通過這一「兒戲」般的載體開始其跨文化戲劇實踐的。如果說「孩子」在一定意義層面意味著某種文化程序的低級階段，那麼中西方在這種語彙選擇及其修辭策略上的近似性就絕對不是一個偶然。

　　如果僅從十九世紀中後期以來西方文化伴隨著殖民掠奪強勢介入

6　施叔青：《西方人看中國戲劇》（北京市：人民文學出版社，1988年），頁7、9、23。

7　周作人：〈論中國舊戲之應廢〉，載《新青年》第5卷第5號，1918年11月15日。

8　錢玄同回覆周作人的信，見「通信欄」〈論中國舊戲之應廢〉，載《新青年》第5卷第5號，1918年11月15日。

並宰制了中國本土的文化格局的角度，對中西方描述中國戲劇時在修辭上的近似性加以解釋，[9]雖然有其合理性，但無法解釋：這種西方的否定性表述，何以能夠在中國本土的知識分子的心智結構中如此地根深葉茂？以及其內在的生成機制如何？如果檢視這一觀點的立論依據，可以看到，宰制與服從、外部與內在、西方與中國等之間一系列二元對立正是其論證的邏輯前提；同時，來自西方的後殖民主義文化批判思路則是其理論資源。在這個二元框架中探討中西方對於中國戲劇的評價，就會把中國現代知識分子的本土批判反思中彰顯出來的文化主體性，一筆抹殺在西方的理論體系中。如此，不僅極大地簡化了問題的複雜性，實際上也潛在地承認了中國的現代性表述完全來自於那個被建構出來的面目模糊的「西方」，從而把自己的研究立場置於一個十分可疑的境地。

印度新德里發展中心學者阿什斯‧南迪（Ashis Nandy）在其論著《親密的敵人：自我在殖民主義下的失去與復得》（*The Intimate Enemy: Loss and Recovery of Self Under Colonialism*）中，分別以性別（sex）和年齡（age）作為分析範疇探討了西方文化與印度本土文化在殖民情境中遭遇後的互動關係。在這裡，本文首先簡要地梳理一下南迪對於作為年齡階段描述的「孩童時期」（childhood）與被殖民狀況之間的相似性，以及這種相似性何以能夠為現代殖民體系一再使用且屢試不爽等問題的相關論述。南迪認為，孩子在西方的文化秩序中不僅僅被用來描述一個成年人幼小階段，如今它更是一個比成年人低劣的階段的指稱，因而不得不通過成年人的教育來實現其進一步的發

9　比如有研究者認為「五四」新文化運動對於中國的傳統文化（包括中國戲劇）的否定，來自於中國知識分子在近代中國歷史教訓中完全接受了西方的「進化」學說，而新文化倡導者對於梅蘭芳的相關否定性評價則是一種「從中西文化比較角度滿懷自卑」的「文化心態或者文化交流時精神造像的集體表述」。這一觀點有一定合理性，但筆者不完全同意此說。吳戈：《中美戲劇交流的文化解讀》（昆明市：雲南大學出版社，2006年8月），頁144-156。

展。孩童時期作為一個新的概念，它生產出一種與統治著西方社會的
進步學說直接關聯的關係。孩童時期不再僅僅是一個幸福、快樂的天
使雛形，因為它僅僅出現在一個多世紀前的歐洲農業文化裡面，它日
益成為成年人必須在其上銘記道德符碼的空白記事本──一個比成年
人低級的，缺乏生產能力，不道德的，為人性中那些玩世不恭、不負
責任和盲目衝動的方面所嚴重戕害的一個成長階段。因此，在英國工
業革命的早期階段，以增強生產能力的名義剝削兒童就是孩童時期這
一概念的使用所導致的必然結果。殖民主義運用成長和發展的觀念在
原初主義和孩童時期之間製造出一種新的相似性。這一社會進步理論
不僅深入了歐洲的個人生命週期，也進入了殖民地世界的異質文化
中。更重要的是，南迪還指出了孩子的天真無邪和成年人不成熟的孩
子氣如今也分別用於指代被統治社會的原始性的可愛和令人憎惡的野
蠻。南迪以印度殖民地為例區分了「孩子般的」（childlike）和「孩子
氣的」（childish）這兩個概念的差異：孩子般的印度是天真的、無知
的，但是願意學習，願意變得有男子氣而且忠誠，因此是可以拯救
的，拯救這種孩子般的印度將通過西化、現代化和基督化的途徑；孩
子氣的印度無知卻不願學習，邪惡野蠻，暴力且不忠誠，因此不可救
藥，要壓制這種孩子氣的印度，則需要控制叛亂以確保內部和平，提
供嚴格的管理和統治律令。──二者將在一個完全勻質的文化、政治
和經濟環境中殊途同歸於自由的實用主義和激進的烏托邦。[10]

　　南迪在論及殖民地文化在與強勢的西方文化遭遇的過程中，其內
在結構發生位移的文化心理依據時指出，「如果說一種殖民情境可以
生產一套帝國主義理論並證明其正當性，從而使得政治與文化的分割
成為可能，那麼這僅僅在某些方面說得通。殖民主義同時還是一種心
理狀態，它植根於殖民者和被殖民者以前的社會意識形式中。它表述

10　Ashis Nandy, *The Intimate Enemy: Loss and Recovery of Self Under Colonialism*, Delhi:
　　Oxford University Press, Bombay Calcutta Madras, 1983, pp.11-16.

了一種特定的文化連續性，並背負著一種特定的文化包袱。首先它包括了統治者和被統治者可以共同分享的符碼。這些符碼的主要功能就在於可以改變雙方原有的文化優先性，並將兩種相遇的文化中此前處於潛隱的或次要的亞文化（subcultures）帶到殖民文化的中心。同時，這些符碼也將兩種文化中前此處於突出位置的亞文化從中心移開。正是這些新的文化優先性解釋了為什麼最令人難忘的殖民體系，總是通過在意識形態上開放的政治體系，自由主義，和知識多元主義的社會建立起來的。……它還可以解釋為什麼殖民主義從未隨著形式上的政治自由而結束。作為一種心智狀況，殖民主義是由外來力量促生，而釋放出來的一個本土的過程。其根源深植於統治者和被統治者的心智中。也許，這種起源於人的心智的東西也必須結束於人的心智」。[11]南迪在其論述框架中通過肯定印度本土資源中固有的文化因子，質疑了西方現代性的單向影響及其普遍意義。也就是說，伴隨著殖民主義而來的現代觀念在本土語境中的發生，內在地具有「一種特定的文化連續性，並背負著一種特定的文化包袱」，真正被改變的可能僅僅在於本土的文化等級結構。南迪的論證為我們解析與「孩子」緊緊捆綁在一起的中國戲劇的中西方論述之間的邏輯關聯，以及裹挾其中的梅蘭芳再現提供了一個富於啟示的方法論視野。

　　事實上，在「五四」時期的新文化倡導者對於中國戲劇的論述裡面，同樣存在著兩種與孩子相關的比喻，即孩子般的與孩子氣的。從一種喜愛、迷戀的情感色彩出發的論述往往描述的是「孩子般的」本土客體，比如在魯迅的〈社戲〉裡面，只有與阿發等天真無邪的漁村孩童聯繫在一起的「中國戲劇」在作為現代知識分子的敘事者的往事追憶裡面，才是「好戲」。囿於那散文般的筆致，〈社戲〉中的價值表述的內在邏輯較為隱晦，我們可以借助胡適在他作於一九一八年的

---

11 Ashis Nandy, *The Intimate Enemy: Loss and Recovery of Self Under Colonialism*, Delhi: Oxford University Press, Bombay Calcutta Madras, 1983, pp.2-3.

〈文學進化觀念與戲劇改良〉一文的結尾的國族主義表述，來探尋〈社戲〉的情感表達的著力點。胡適指出，「大凡一國的文化最忌的就是『老性』，『老性』便是『暮氣』。一犯了這種死症，幾乎無藥可醫。百死之中，止有一條生路：趕快用打針法，打一些新鮮的『少年血性』進去，或者還可望卻老還童的功效。現在的中國文學已到了暮氣攻心、奄奄斷氣的時候！趕緊灌下西方的『少年血性湯』，還恐怕已經太遲了。不料這位病人家中的不肖子孫還要禁止醫生，不許他下藥，說道：『中國人何必吃外國藥！』……哼！」[12]現代歐洲的新型意識形態通過確立成年男性作為人類的完美形態，完成了其想像中的世界圖景，在這一圖景中不僅孩子和女人，還包括社會生產力衰微的老年人都被排除在這一現代秩序之外。[13]我們不妨回顧一下魯迅在一九一九年十月寫下了〈我們現在怎樣做父親〉一文，在該文中，魯迅明確表示：「但中國的老年，中了舊習慣舊思想的毒太深了，決定悟不過來。譬如早晨聽到烏鴉叫，少年毫不介意，迷信的老人，卻總須頹唐半天。雖然很可憐，然而也無法可救。沒有法，便只能先從覺醒的人開手，各自解放了自己的孩子。自己背著因襲的重擔，肩住了黑暗的閘門，放他們到寬闊光明的地方去；此後幸福的度日，合理的做人」。[14]胡適的論述中被極力呼喚的「少年血性」事實上正是〈社戲〉的敘事者在中國鄉村所發現的那種「孩子般的」天真無邪與勃勃生機，無疑，「他們」在知識分子的想像層面已經被委以使暮氣沉沉的中國在未來復興之重任。但前提是這些「一塵不染」的孩子需要被「拯救」／啟蒙，否則他們遲早會成為「孩子氣的」六一公公之類。

12　胡適：〈文學進化觀念與戲劇改良〉，載《新青年》第5卷第4號，1918年10月15日。

13　Ashis Nandy, *The Intimate Enemy: Loss and Recovery of Self Under Colonialism*, Delhi: Oxford University Press, Bombay Calcutta Madras, 1983, pp.16-17.

14　魯迅：〈墳‧我們現在怎樣做父親〉，《魯迅全集》第1卷（北京市：人民文學出版社，1981年），頁130。

因此，「孩子」既是充滿希望的，同時又是危機重重的，既富於生命，但又極易「生病」——在「孩子」的身上折射著中國現代知識分子對於中國的焦慮、迷戀和期望，以及潛隱在這一啟蒙敘事中的自戀。

在〈社戲〉裡面，雖然這種來自於無知「民眾」對於知識的折服正是敘事者所極為渴慕的，但六一公公對於敘事者的真誠恭維似乎並未引起「我」的多少好感，因為敘事者明確地意識到六一公公所崇拜的知識在當下的無力與壓抑。既然這一追憶所表徵的是敘事者當下的文化想像，那麼六一公公正是令人生厭的「孩子氣的」成人的一個象徵，頑固、老朽、無知，——「不可救藥」！這裡的「孩子氣的」與「暮氣」實際上是同一種文化特質的不同指代。在〈社戲〉中，兩種與中國戲劇緊密關聯的「孩子」表述，事實上已經密切地呼應了「新、舊劇」觀念論爭中被譏刺為「兒戲」的「中國舊戲」。因此，我們可以發現，在「孩子般的」、「孩子氣的」與中國戲劇之間存在著兩種對應關係：「救救孩子」中的「孩子」，既可以指代中國現代知識分子想像中的有待於被啟蒙的民眾，還可以指代具有「孩子氣的」、「老大中國」，同時亦可指代「孩子般的」和「孩子氣的」中國「社戲」和亟待改良的「舊戲」。

雖然胡適在〈文學進化觀念與戲劇改良〉中強調中國文化欲「返老還童」，得「趕緊灌下西方的『少年血性湯』」，但我們不能把與中國戲劇的密切相關的「孩子」論述完全視為西方現代觀念中的年齡區隔邏輯的話語宰制。中國現代知識分子的跨文化戲劇實踐中，其本土建構與西方想像是互動共生的，在他們以邊緣的姿態對抗本土壓抑性力量的同時，其西方想像的介入可能在這一實踐中促生一種意想不到的本土資源，從而參與到他們的現代國族話語建構中去，重新轉化為一種壓抑性力量。根據南迪的思路，可以說中國現代知識分子在論述中國戲劇的「孩子」特性時，可能同時複製了西方與本土兩種具有壓抑性的意識形態，或者說是西方的相關論述復活或突顯了中國傳統文

化中的父權秩序，進而被本土知識分子整合在其啟蒙敘事裡面。在這個意義上，可以說魯迅後來被譽為「中國現代文學之父」[15]絕不僅僅是一個隱喻。這將是本文探討中西方對於梅蘭芳訪美演出的不同再現方式及其關係的邏輯起點。在中國現代知識分子對於中國戲劇的「孩子」論述中，我們隱隱約約可以從中辨析出他們極力對抗的儒家父權意識形態可能正是其啟蒙敘事的意識形態基礎的一個重要組成部分，而西方的年齡論述則是外來的催生力量之一，它幫助中國知識分子以新的面目釋放出了本土的某種壓抑性資源，從而「孩子」成為本土的「他者」浮現在相關文本中。本文將在後面結合梅蘭芳的跨文化戲劇實踐對這一繁複的運作過程詳加論述。可以說，在中國現代知識分子對於中國戲劇的論述中，與「孩子」的形象相對應的，就是一個被建構出來的既隱且顯的體力充沛、充滿智慧的成年男性「父親」或「導師」的形象，而梅蘭芳的跨文化戲劇實踐就是在這一高大形象所投射的影子中漸次展開的。

梅蘭芳的戲劇實踐所依託的載體正是這種「孩子氣的」（或「暮氣」的）「中國舊戲」，這意味著梅蘭芳拒絕承認由這種二元的年齡論述（即「孩子」與「成人」），以及由其組構的本質主義闡釋框架。可能在梅蘭芳看來，它無法解釋中國戲劇和西洋戲劇之間的複雜關係。

陳凱歌指出，「梅蘭芳的確是一個應運而生的人物。他為什麼出現在這樣一個時代？在時間上好像有一個密碼：生在清末，成於民國。他成長的時期與中華民國是同步的。要是晚十年，他不是梅蘭芳；早十年，他也成不了梅蘭芳」。[16]在晚清以降的中國，西方的文明伴隨著其堅船利炮，衝破了中國固有的封閉與寧靜，加速了中國傳統文化形式的內在裂變。當時的有識之士，普遍意識到文化啟蒙對於民族自強的重要意義，採取了一系列改良活動，中國戲曲亦在此列。於

---

15 這一稱謂可見於大部分「中國現代文學史」教材。

16 陳凱歌：《梅飛色舞》（北京市：鳳凰出版社，2009年1月），頁133。

是，產生了一些不同於傳統戲曲的改良新戲，並且在一定程度上起到了啟迪民智的作用。宣統元年，梅蘭芳在北京已經看到了王鐘聲演出的「改良新戲」，一九一三年梅蘭芳跟隨馳名鬚生王鳳卿去上海演出，又觀摩了歐陽予倩等人組織的春柳社的戲劇演出，梅蘭芳頗受震動。[17]在一篇回憶文章裡面，梅蘭芳寫道：「一九一三年我從上海回來以後，就有了一點新的理解，覺得我們唱的老戲，都是取材於古代的史實。雖然有些戲的內容是有教育意義的，觀眾看了，也能多少起一點作用。可是，如果直接採取現代的時事，編寫新劇，看的人豈不更親切有味？收效或許比老戲更大。這一種思潮在我的腦子裡轉了半年」。[18]梅蘭芳自一九一四年開始，改編了大量的以社會時事為題材的「時裝新戲」，如《孽海波瀾》、《宦海潮》、《一縷麻》、《鄧霞姑》和《童女斬蛇》等，用以抨擊壓迫婦女，包辦婚姻，以及愚昧迷信等社會「問題」。[19]梅蘭芳的這段心路歷程以及其後對於「時裝新戲」的成功實踐，事實上已經潛在地支持了稍後的西式新劇倡導者對於中國戲劇文化的合法性的否定性論述，比如傅斯年就以梅蘭芳的「時裝新戲」證明中國戲劇將由戲曲進化到西式新劇的必然性。就在梅蘭芳的「時裝新戲」取得巨大成功的時刻，他突然發覺自己可能是在懸崖邊上舞蹈，他清醒地意識到：「時裝戲表演的是現代故事，演員在臺上的動作，應該盡量接近我們日常生活裡的形態，這就不可能像歌舞劇那樣處處地把它舞蹈化了。在這個條件下，京戲演員從小練成功的和經常在臺上用的那些舞蹈動作，全都學非所用，大有『英雄無用武之

---

17 梅紹武：〈一代宗師梅蘭芳（代序）〉，梅蘭芳著，梅紹武編：《移步不換形》（天津市：百花文藝出版社，2008年1月），頁2。

18 梅蘭芳：〈時裝新戲的初試〉，梅蘭芳著，梅紹武編：《移步不換形》（天津市：百花文藝出版社，2008年1月），頁50。

19 梅紹武：〈一代宗師梅蘭芳（代序）〉，梅蘭芳著，梅紹武編：《移步不換形》（天津市：百花文藝出版社，2008年1月），頁2。

地』之勢」，[20]也就是說，這些「新戲」根本就「不是京劇」。[21]梅蘭
芳毅然放棄了這一時尚的戲劇樣式，回到了京劇舞臺，他認為，「中
國有那麼多劇種，積累的遺產是豐富多彩的，但長於此，絀於彼，各
有不同，應該按照自己的風格，保持自己的特點，各抒所長的擔負起
歷史任務，努力向前發展！」[22]這一樸素的表述暗示了表現時事並非
京戲所長，那麼梅蘭芳就面臨著一個較諸改編「時裝新戲」更大的挑
戰，即如何為這種已被時代定性為「兒戲」般的中國「舊戲」尋找其
在西方戲劇文化規範之外的合法性依據的問題。雖然放棄了「時裝新
戲」，但「戲劇前途的趨勢是跟著觀眾的需要和時代而變化的」[23]這一
認識則愈加清晰。中國傳統戲劇及其舞臺實踐被裹挾在一個頗具衝擊
力的「孩子」論述激流中，那麼在這種傳統的戲劇樣式中發掘其時代
意義和價值就成為必須，梅蘭芳就是在這一基本語境和前提下開始其
跨文化戲劇實踐的。

　　在放棄了「時裝新戲」的嘗試以後，梅蘭芳「致力於古裝新戲的
創造和傳統劇目的整理加工。」[24]在這個階段，梅蘭芳的創造性工作
主要包括：對京劇旦角表演藝術上的重大革新，成功地突破了傳統正
工青衣專重唱功、不很講究身段表情的局限；他還編排了一些歌舞成
分較重的新劇目，並在其中創作了數量甚多的與劇目內容相適應的舞
蹈；在舞臺美術方面，基於其歌舞劇的實驗，對於京劇旦腳的化妝方
法做了改進，並被後人遵循沿用；他還在歌舞劇中採用了傳統戲曲舞

---

20 梅蘭芳：〈時裝新戲的初試〉，梅蘭芳著，梅紹武編：《移步不換形》（天津市：百花
　文藝出版社，2008年1月），頁64-65。

21 陳凱歌：《梅飛色舞》（北京市：鳳凰出版社，2009年1月），頁143。

22 梅蘭芳：〈時裝新戲的初試〉，梅蘭芳著，梅紹武編：《移步不換形》（天津市：百花
　文藝出版社，2008年1月），頁65。

23 梅蘭芳：〈時裝新戲的初試〉，梅蘭芳著，梅紹武編：《移步不換形》（天津市：百花
　文藝出版社，2008年1月），頁51。

24 中國大百科全書總編輯委員會、《戲曲曲藝》編輯委員會編：《中國大百科全書·戲
　曲曲藝》（北京市：中國大百科全書出版社，1983年），頁246。

臺所沒有的布景，增添了舞臺的美感；梅蘭芳還在繼承京劇傳統唱腔
的基礎上，創作了新的唱腔，廣為流行；對於京劇的樂隊伴奏，梅蘭
芳也做過大膽革新。[25]梅蘭芳面對時代的嚴峻的選擇，以其扎實的藝
術功底、高度的藝術責任感和創新精神，力除當時盛行於戲曲舞臺的
庸俗惡趣，從京劇藝術傳統中挖掘其典雅與優美的成分，對題材、音
樂、美術、舞蹈等諸方面進行了反思和革新，努力為這種傳統的戲劇
藝術重新贏得生機和尊嚴。值得注意的是，梅蘭芳對於京劇的革新同
時融入了「話劇」的舞臺因素。在與柯靈的一次對談中，梅蘭芳曾經
直言，「我覺得從話劇學到了許多，對我很有用處」。[26]事實上，梅蘭
芳的京劇藝術實踐是把西式戲劇藝術的某些元素借用到了中國的京
劇，在這裡，中國戲曲與西式戲劇之間的非此即彼的嚴酷選擇被轉化
為一個非本質主義的互補並列的關係格局。梅蘭芳走出了西方以及
「五四」新文化倡導者的論述框架，在戲曲這一傳統的本土資源中，
整合進了西方戲劇的因子，使中國戲曲在西方的「現代」戲劇樣式的
規範之外也享有其合法性和普遍性，而那種以西方戲劇形式規範中國
戲曲的單向審判思維也不攻自破。梅蘭芳的跨文化戲劇實踐透露出這
樣一個訊息：中國戲劇不是世界戲劇藝術進化程序中的「孩童時
期」，與「孩子」相關聯的年齡／時間表述亦非中國傳統戲劇的本質
特徵，相反，這一中國傳統戲劇樣式亦可以是「現代」的。梅蘭芳的
革新把遮蔽在「孩子」論述中的戲曲從一個過去的時間和黑暗的空間
中拯救了出來。如果說前此中西方的「孩子」論述賦予了中國戲劇以
落後的本質性時間意義的話，那麼梅蘭芳則顛覆了這一用於區隔中西
方戲劇形式的二元框架，他把意味著贏弱無知的「孩子」拉回當下，

---

25 中國大百科全書總編輯委員會、《戲曲曲藝》編輯委員會編：《中國大百科全書‧戲
　曲曲藝》（北京市：中國大百科全書出版社，1983年），頁246。
26 柯靈：〈梅蘭芳的一席談〉，梅蘭芳著，梅紹武編：《移步不換形》（天津市：百花文
　藝出版社，2008年1月），頁355。

祛除了戲曲身上被虛構出來的時間痕跡，與西方戲劇分享了一個同屬於「現代」的全球共時性空間。上述梅蘭芳在中國戲劇領域內的一系列跨文化實踐，實質上隱喻著一個挪用全球時間解構被發明出來的中國戲曲的時間性（即「孩子」）的過程。它意味著「孩子」在「父親」的陰影下用一盞燈點亮了另一盞燈，使自己身處的「黑暗區域」[27]不復存在，用於區隔「光明」與「黑暗」的分界線也遁跡潛形。

另方面，「從二十世紀開始，到臨近二十年代之際，京劇當中的『戲』，因為先後經歷過內廷供奉、堂會戲和義務戲這三者的推動，確實比以前要『好看』多了」。[28]這裡的「好看」意味著京劇在日趨走近民眾，而梅蘭芳的革新則使京劇藝術在另一個意義上「比以前要『好看』多了」──京劇開始注重表演和舞美，在「好聽」的同時亦是一種「好看」的視覺藝術。京劇的這種「視覺性」在梅蘭芳的跨文化戲劇實踐中的漸次突顯，為其一九二九年冬的赴美演出的成功做了重要準備，亦為一種不無浪漫化的「梅蘭芳」和東方戲劇再現埋下了伏筆。

同一演出，兩般效應

梅蘭芳首次為美國人演出，可以上溯到一九一五年秋季。在當時的交通部路政司司長劉竹君的推薦下，梅蘭芳應北京政府外交部邀請，在外交部宴會廳為美國人在華北創辦的幾所學校的俱樂部委員會演出了一場新編的歌舞劇《嫦娥奔月》。梅蘭芳以其細膩動人的表演

---

27 「黑暗區域」這一表述借用自福柯，詳見包亞明主編，嚴鋒譯：《權力的眼睛──福柯訪談錄》（上海市：上海人民出版社，1997年1月），頁157。

28 徐成北：《梅蘭芳三部曲‧之一‧梅蘭芳與二十世紀》（北京市：中國社會科學出版社，2000年），頁22。

贏得了三百多名美國男女教職員的讚賞。[29]此後，梅蘭芳的演出成為招待外賓不可缺少的節目，而觀看梅蘭芳的京劇表演也成為來華遊歷的外國人心嚮往之的事情之一，而其他的同等必要的游程則包括「故宮」、「天壇」、「長城」等。[30]西方人這種置身事外的旅遊觀光式心理將是我們解讀梅蘭芳訪美演出的中西方再現的一個重要意義維度。

最初建議梅蘭芳赴美演出的是美國駐華公使保爾‧芮恩施（Paul Reinsch）。在為其卸任回國前舉行的餞別宴會上，他說：「若欲中美國民感情益加親善，最好是請梅蘭芳往美國去一次，並且表演他的藝術，讓美國人看看，必得良好的結果。」[31]雖然芮恩施此言的政治目的表露無遺，但他的確是見識到了梅蘭芳的表演藝術的魅力的人。早在一九一五年秋季的《嫦娥奔月》的演出中，芮恩施當時就是座上客，而且對梅蘭芳的表演極為讚賞，第二天還到梅宅親自拜訪，後來又看過幾次梅蘭芳的表演。當時在座的人對芮恩施的建議不以為然，認為有誇張之嫌，對此，芮恩施再度補充道：「這話並非無稽之談，我深信用毫無國際思想的藝術來溝通兩國的友誼，是最容易的；並且最近有實例可證：從前美義兩國人民有十分不融洽的地方，後來義國有一大藝術家到美國演劇，竟博得全美人士的同情，因此兩國國民的感情親善了許多。所以我感覺到以藝術來融會感情是最好的一個方法。何況中美國民的感情本來就好，再用藝術來常常溝通，必更加親善無疑。」芮恩施的話獨引起了當時的交通總長葉玉虎的重視，並轉告了梅蘭芳的好友齊如山。梅蘭芳當時亦有此意願，但不願貿然行事，經齊如山的鼓動，最終堅定了決心。[32]

從表面來看，在外交政治的推動下，「毫無國際思想的藝術」這

---

29 梅紹武：《我的父親梅蘭芳》上冊（北京市：中華書局，2006年3月），頁51。

30 齊如山：《梅蘭芳遊美記》（瀋陽市：遼寧教育出版社，2005年10月），頁6。

31 齊如山：《梅蘭芳遊美記》（瀋陽市：遼寧教育出版社，2005年10月），頁2。

32 齊如山：《梅蘭芳遊美記》（瀋陽市：遼寧教育出版社，2005年10月），頁2-3。

次似乎扮演了一個具有「國際思想」的角色，成為梅蘭芳訪美演出的主要動因；然而，我們把梅蘭芳訪美演出的事件放置到那個時代的歷史語境裡面看，就會發現其中還有著更深層的文化背景和心理動因，而芮恩施的提議不過是一個外在的促發因素而已。正如上文所述，「五四」時期的新文化倡導者以極端的方式對中國傳統戲曲進行否定，並大力引介西方戲劇形式，但這種否定本身也潛在地為「傳統」戲曲參與「現代」文化建設製造了重要契機。不妨在「五四」新文化倡導者的文化選擇中所內涵的思維方式上做一個反向思考，可以發現：中國戲曲只有在西方戲劇的參照、對立中才能確認自身並獲得意義。換句話說，中國戲曲的「中國性」只有在外來的劇烈衝擊和內在的危機意識中，才能夠被建構出來並且被反思重估。中國戲劇急需一個文化他者紓解其合法性危機。危機往往同時由危險和機會組成。所以，對於中國傳統戲曲在近代以來的文化遭遇，從另一個角度看，也未嘗不是一次文化機遇，因為它獲得了一個可以借鏡並確證自我的文化他者，即西方戲劇。

在訪美演出之前，梅蘭芳曾經於一九一九年和一九二四年成功地訪問了日本，但是日本和中國同屬文化地理意義上的東亞，在文化上具有親緣性，對於中國京劇的接受相對比較容易；而美國與中國的文化背景相去甚遠，京劇藝術能否在這個屬於異質文化的國土上引起反響，對梅蘭芳本人及其同行的人而言完全是一個未知之數。雖然梅蘭芳此前在國內為歐美人士的演出都得到了極高的評價，但在這些正面評價裡面同時也包含著大量的可疑之處。

在齊如山的回憶文章裡面，曾詳細描述了「西洋人」對「中國戲劇」態度的轉變。「在前清時代，西洋人差不多都以進中國戲院為恥」。遺憾之餘，齊如山與梅蘭芳在一九一五年共同編製了一齣《嫦娥奔月》，「這戲的前半齣仍用舊格式，後半齣就用極乾淨華美的場子，設法創製古裝，並代為參酌古舞，安置了幾種舞的姿勢。梅君把

種種舞式，做得異常裊娜美觀，出演以後，極博與論界的讚美。」齊如山的朋友吳震修君曾感慨道：『以後有給外國人看的戲了！』」、「後來又編了幾齣，如《天女散花》、《霸王別姬》、《上元夫人》等戲，把古時綬舞、散花舞、劍舞、拂舞等安在裡面，也極博得中外人士的歡迎」。[33]齊如山在這裡所談及的「外國人士」主要有美國駐華公使芮恩施、法國安南總督、美國駐斐利濱總督、瑞典皇子，以及印度文豪泰戈爾等。[34]我們姑且擱置來華的西方人對梅蘭芳的痴迷不論，先對來自東亞國家印度的泰戈爾（Rabindranath Tagore）對於「梅君的藝術」的「異常傾佩」的文化心理加以探討。泰戈爾在二十世紀初的訪華，事實上伴隨著一個文化上的「東方文藝復興」[35]思潮，即一種通過重新發現東亞國家的古老文明以拯救西方的物質主義的文化衝動。[36]這一思潮依然在東方與西方的二元對立框架中確證東方的意義，而「梅君的藝術」以及來華的西方人的「歡迎」正好為這一文化衝動的合理性準備了證據和材料，此刻的梅蘭芳無意中已被捲入了東西方同時將東方浪漫化的漩渦之中。除此之外，來華的西方人期望看到的是「梅劇」，而不一定是中國戲曲，即使他們不恥於觀看幼稚野蠻的中國戲劇，其旅遊觀光者的身分中暗含的獵奇心理和凝視意味也不可忽視。這些要求看「梅劇」的西方人究竟在多大意義上能夠代表「美國」（或「西方」）主流觀眾，也是一個未知之數。這些問題使赴美的航

---

33 齊如山：《梅蘭芳遊美記》（瀋陽市：遼寧教育出版社，2005年10月），頁5。

34 齊如山：《梅蘭芳遊美記》（瀋陽市：遼寧教育出版社，2005年10月），頁5-6。

35 「東方文藝復興」借用自雷蒙‧施瓦布（Raymond Schwab），Raymond Schwab, *The Oriental Renaissance: Europe's Rediscovery of India and the East, 1680-1880*, trans. by Gene Patterson-Black and Victor Reinking (New York: Columbia University Press, 1984.

36 孫宜學：〈序　一次不歡而散的文化聚會〉，孫宜學編：《不歡而散的文化聚會——泰戈爾來華演講及論爭》（合肥市：安徽教育出版社，2007年6月），頁7-23。關於泰戈爾訪華事件的「自我東方化」問題的研究，可參見周寧：〈前言〉，周寧編著：《世界之中國：域外中國形象研究》（南京市：南京大學出版社，2007年9月），頁30-31。

路似乎有些雲遮霧罩，從這個角度看，梅蘭芳當初的猶豫並非沒有道理。而梅蘭芳最初的猶豫和謹慎也從一個側面反映出他對此次訪美演出的重視——梅蘭芳是擔負著一種對於京劇藝術的價值確認的責任意識來思考此次出行的意義的。當然也不能忽略為了此次訪美演出做出了重要貢獻的、學貫中西的齊如山，他根據自己對於世界戲劇走向的認識，進行了認真的考察，做出有根據的判斷，在此基礎上鼓勵梅蘭芳堅定信念，並且動用各種人際關係，主要負責了籌款、宣傳和接洽等必不可少的複雜事務。[37] 而梅蘭芳到美國後遇到的另一位戲劇家張彭春同樣功不可沒。如果說梅蘭芳是促成這次中美戲劇交流的實踐者的話，那麼齊如山和張彭春等就是這次交流得以實現的幕後「推手」。

外在的條件成熟以後，作為中國戲曲藝術界楷模的梅蘭芳，在中國戲劇文化承受著西方文明的劇烈衝擊、其合法性受到來自本土和西方的雙重質疑的當口，就理所當然地擔負起了把中國戲曲藝術放在世界文明的參照系中橫向地加以重新考量其意義的重任。經過長期的精心準備，梅蘭芳帶著其梅劇團，於一九三〇年一月踏上了赴美演出的征途，而此時的美國正處於經濟大蕭條的時期。梅蘭芳的赴美演出將面臨著個人在經濟和名譽上雙重失敗的危險。

梅劇團在美國訪問了包括紐約（New York）、華盛頓（Washington）、西雅圖（Seattle）、芝加哥（Chicago）、舊金山（San Francisco）、洛杉磯（Los Angeles）、聖地牙哥（San Diego）和檀香山等在內的主要城市，總共用了半年的時間，演出長達七十二天。梅劇團所到之處，都受到了各個城市以市長為首的各界知名人士和市民的盛情接待。劇團

---

37 齊如山：《梅蘭芳遊美記》（瀋陽市：遼寧教育出版社，2005年10月），第一卷各章的相關內容。當然，齊如山的文字裡面未免有自我誇大之嫌，如曹聚仁就曾經在他的《聽濤室劇話》（北京市：中國戲劇出版社，1985年，頁90）中指出：「在齊如山先生的回憶錄中，當然不免過於誇張他自己對梅氏的助力。」但是，最起碼在梅蘭芳到達美國、遇到張彭春之前，齊如山做出的大量工作的實際性意義是不容漠視的。

到達舊金山時，數萬群眾聞訊趕到車站歡迎，市長小盧爾夫親自前去
迎接，並且在站臺外面的廣場上發表了熱情洋溢的歡迎詞，全場掌聲
雷動，氣氛熱烈。市長還陪同梅蘭芳乘車前往當地的大中華戲院參加
「歡迎大藝術家梅蘭芳大會」。梅蘭芳還應邀在華盛頓為政界人士演
出，除了總統胡佛因當時不在而未能到場外，其他包括副總統在內的
官員和政要共五百多人出席觀看，一致高度評價梅蘭芳的表演藝術。
美國前財政部長麥克杜還贈給梅蘭芳一套美國各屆總統的銅製紀念章
作為留念。文藝界人士對於梅劇團的到來，更是表達了熱烈的歡迎。
梅蘭芳在美國同貝拉斯科、斯達克・楊（Stark Yang）等戲劇家，卓別
林（Chaplin）、范朋克和瑪麗・壁克福等電影演員，露絲・聖丹尼斯
（Ruth. St. Denis）和泰德・蕭恩（Ted Shayen）等舞蹈家都有過愉快的
交往。一些畫家和雕塑家紛紛要求為梅蘭芳畫像或塑像。紐約劇界總
會邀請梅劇團全體成員加入作為會員。學術界也高度評價了梅劇團的
演出。很多大學校長和教授前往劇場觀看演出，並且給予充分的肯定，
哥倫比亞大學、芝加哥大學和舊金山大學舉行座談會，邀請梅蘭芳前
去演講。南加利福尼亞大學和波摩拿學院還授予梅蘭芳文學博士榮譽
學位，對於其表演藝術給予很高的評價，並感謝他為介紹東方藝術，
聯絡中美兩國人民情感、溝通世界文化所做出的貢獻。美國觀眾也十
分熱情。每一場演出結束都連續叫簾至少十五次，在紐約最後一場演
出閉幕後，觀眾久久捨不得離開，要求排隊一一與梅蘭芳握手。紐約
有家商店甚至在一個「鮮花展覽會」上以「梅蘭芳花」命名一種新
花。檀香山的土著用其語言編製一首「歡迎梅君蘭芳成功歌」，在梅劇
團乘船回國時，在碼頭上唱了另一首新編的《梅蘭芳歌》表示惜別。旅
美僑胞也為梅劇團的成功演出做了很多協助工作，並為之感到驕傲。[38]

　　梅劇團在美國不僅受到各界的歡迎，而且媒體和評論界也給予梅

---

38 梅紹武：《我的父親梅蘭芳》上冊（北京市：中華書局，2006年3月），頁117-119。

劇團的演出以高度的評價。其中《紐約世界報》的評論員認為：
「……梅蘭芳是迄今我所見到的一位最卓越的演員。紐約以前從沒見
過這樣傑出的表演。」《郵報》劇評家指出：「梅蘭芳是繼尼任斯基之
後出現在紐約舞臺上表演得最優美的一位演員。他那敏捷靈巧的演技
是別人無法比擬的。」《紐約時報》的評論員讚揚道：「梅蘭芳身穿華
麗的戲裝在舞劇中的表演，猶如中國古瓷瓶或掛毯那樣優美雅緻，使
觀眾覺得自己在跟一個歷史悠久而成熟的奇妙成果相接觸。」《紐約
太陽報》的評論員說：「人們不無驚奇地發現，數百年來中國演員在
舞臺上創造出一整套示意動作，使你感覺做得完全合情合理，這倒並
非由於你理解中國人的示意，而是因為你明白美國人也會那樣表達所
致。我傾向於相信正是這種示意動作的普遍性使我們感到梅蘭芳的表
演涵義深邃。當然正是由於這一點，而無須乎講解，我們也完全可以
理解他的表演。」《世界報》的評論員從京劇舞臺的簡潔性出發，讚
揚中國人「在不採用實體布景和道具方面遠遠超前了我們好幾個世
紀。我們花費成千上萬的錢財使舞臺上呈現實景，布滿總起來足有半
噸重的沙發啦，餐具櫃啦，桌椅啦，門框啦，書櫃啦等等實物，而中
國人卻用一些常規的示意動作代替了這些笨重的累贅；數百年來，他
們的觀眾對此已經習慣，頓時憑想像力把他們轉換為適當的場景和行
動。一名中國演員登場，並不需要推開一扇花費四十五美元而挺費勁
才製成的、塗了漆的人造纖維門板，再砰地一聲把它關上，弄得那個
仿製的房間帆布牆鼓脹起來，懸乎乎地顫動不已。沒有，他只消把腿
微微一抬就邁過了想像中的門檻。中國的觀眾，經過具有藝術修養的
幾代人認為這是理所當然的事，都熟悉這類眾多的規範動作而立刻予
以理解，他們並不因為舞臺上沒有一扇真實的房門而感到上當受騙。
相比之下，我們則要求演員登場下場時，臺上得有鑲板、鉸鏈和門上
的球形控手，真是多麼原始而幼稚啊！」[39]

---

39 梅紹武：《我的父親梅蘭芳》上冊（北京市：中華書局，2006年3月），頁226-227。

　　劇評家和演藝界更多地從西方表演藝術傳統與梅劇團演出的橫向比較和對西方戲劇表演的反思中，肯定梅蘭芳的表演藝術成就。劇評家羅勃特・里特爾說對於梅蘭芳表演的京劇藝術「我也許只懂得其中的百分之五，而不了解其他大部分，但這足以使我為我們的舞臺和一般西方的舞臺上的表演感到惶恐謙卑，因為這是一種以令人迷惑而撩人的方式使之臻於完美的、古老而正規的藝術，相比之下我們的表演似乎沒有傳統，根本沒有舊有的根基。」鑒於京劇藝術的戲劇和舞蹈的完美結合，E.V. 威耶特感嘆道：「我們的演員，很可惜沒有像德國和中國演員那樣受過最高形式的舞蹈訓練。」發現了京劇裡面的「旁白」後，一九三〇年五月一日的《洛杉磯審查報》發表了以「中國早在幾百年前就已聽見『旁白』」為題的文章，文章指出：「尤金・奧奈兒在《奇妙的插曲》裡運用了『旁白』這一新穎手法，在當代戲劇中掀起一陣爭先仿效的時髦的狂熱。中國偉大的演員梅蘭芳解釋道，這種闡明情節的手法，作為京劇的主要組成要素之一，早已存在幾百年的歷史了……」知名文藝評論家斯達克・楊則敏銳地指出：「令人感興趣的是我們注意到希臘古劇和伊利莎白時代的戲劇同京劇頗為相似……京劇對希臘古劇作了一種深刻的詮釋，因為那些使人聯想到希臘的特徵，以一種自然的思考方式，一種深刻的內在精神，體現在中國戲劇裡。兩者之間不僅有顯著的相似之處，諸如男人扮演女性角色，中國演員常常勾畫的具有傳統風格和定規涵義的臉譜，同雅典戲劇中實在的面具幾乎沒有多大的區別，布景都是很簡樸的，而且在思想和精神深處的特徵方面也有相似的地方……」，他還從京劇的情節場面、道具、定場詩、男扮女角和韻散轉換等方面的比較，看出「伊利莎白時代的戲劇和京劇也十分明顯地相似，外表或多或少相像。」而包括卓別林在內的好萊塢電影界則表示梅蘭芳的表演給予他們很大的影響和啟發，視京劇表演藝術為「寶貴的參考品」。[40]

---

40 梅紹武：《我的父親梅蘭芳》上冊（北京市：中華書局，2006年3月），頁120-145。

　　不同於美國各界的讚譽，在中國除了戲曲界以外，對於梅蘭芳訪美演出一事，反應相當冷淡。[41]事實上這一冷淡的反應並不令人感到意外，因為自「五四」時期，部分新文化倡導者就主張「舊劇應廢」，對於梅蘭芳等人的戲劇實踐頗不以為然。魯迅在一九二四年冬寫的一篇雜文裡面諷刺道：「我們中國的最偉大最永久，而且最普遍的藝術也就是男人扮女人」，「因為從兩性看來，都近於異性，男人看見『扮女人』，女人看見『男人扮』，所以這就永遠掛在照相館的玻璃窗裡，掛在國民的心中」。[42]梅蘭芳訪美演出成功之後，魯迅在作於一九三四年夏的〈拿來主義〉裡面批評道：「聽說不遠還要送梅蘭芳博士到蘇聯去，以催進『象徵主義』，此後是順便到歐洲傳道。我在這裡不想討論梅博士演藝和象徵主義的關係，總之，活人替代了古董，我敢說，也可以算得顯出一點進步了。」[43]該年冬魯迅又連續寫下兩篇〈略論梅蘭芳及其他〉，指出「名聲的起滅，也如光的起滅一樣，起的時候，從近到遠，滅的時候，遠處倒還留著餘光。梅蘭芳的遊日，遊美，其實已不是光的發揚，而則是光在中國的收斂，他竟沒有想到從玻璃罩裡跳出，所以這樣的搬出去，還是這樣的搬回來」。[44]魯迅在中國現代思想史上的位置，使他的批評別具象徵意義。如果說梅蘭芳的演出在美國人看來不啻一道來自東方的精神光芒，那麼與此對照的，在中國本土的主流知識分子的相關表述中，這則意味著這道光芒的「收斂」。

41 吳戈：《中美戲劇交流的文化解讀》（昆明市：雲南大學出版社，2006年8月），頁144-155。亦可參見陳凱歌：《梅飛色舞》（北京市：鳳凰出版社，2009年1月），頁43-45。

42 魯迅：〈墳．論照相之類〉，《魯迅全集》第1卷（北京市：人民文學出版社，1981年），頁187。

43 魯迅：《且介亭雜文》〈拿來主義〉，《魯迅全集》第6卷（北京市：人民文學出版社，1981年），頁38。

44 魯迅：《花邊文學》〈略論梅蘭芳及其他（上）〉，《魯迅全集》第5卷（北京市：人民文學出版社，1981年），頁580。

　　有研究者指出，中國主流知識分子的冷淡反應源於「對梅蘭芳的評價中顯現出來的西方標準，而且是我們自己的知識分子菁英人才們當作『真經』取回來的西方標準，歷史性地遮蔽了中國知識界在中美戲劇交流中出現的反觀自己文化的良好角度，在『冷淡』梅蘭芳的時候與反觀自己戲劇文化的本質特徵和普遍價值的觀察點擦肩而過」。[45]在這一過程中，「通過梅蘭芳反映折射出來的中國人的價值判斷『失準』，反映的是『殖民語境』下的文化心態的『變形』，在文化自卑與價值自棄中，看自己『自輕自賤』，看別人『敬若神明』，聽意見『誠惶誠恐』，以至於『幻視幻聽』，……」[46]在本文看來，這一結論的得來過於草率和簡單，完全把其言說的中國語境拋諸腦後。如果說在這一觀點中彰顯了一種「健康」的文化心態，那麼，本文在這裡要追問的是：梅蘭芳訪美演出的成功的評判尺度是什麼？這一潛在的尺度是由誰設定的？而且，假如梅蘭芳的訪美演出失敗了，那麼按照論者的邏輯，是否諸如魯迅等中國主流知識分子的批評就是正確的呢？這一不得要領的論證途徑的根本誤區在於把本土完全視為一個沉默、被動的話語宰制客體，不加反思地挪用西方的後殖民理論資源，把中國與西方放置於一個二元對立的論述框架內加以考量，似乎是在有力地解構西方的殖民話語，事實上已經再度落入了同一個邏輯陷阱。

　　在陳凱歌記述梅蘭芳的相關文章中，他客觀且敏銳地發現了梅蘭芳能夠「魅惑」中西方觀眾的一個極為重要的因素，即梅蘭芳的表演對男女性別藩籬的成功踰越。陳凱歌曾以感性優美的文筆寫道：「『他』從戲臺的燈影中走出來，穿著天女的衣裳，向虛空中撒出一簇花來。『他』不悲不喜或又悲又喜的眼睛慢慢低下去，又抬起來，

45 吳戈：《中美戲劇交流的文化解讀》（昆明市：雲南大學出版社，2006年8月），頁155。

46 吳戈：《中美戲劇交流的文化解讀》（昆明市：雲南大學出版社，2006年8月），頁314。

凝視著臺下目瞪口呆的芸芸眾生。於是張著嘴的老爺就在此時被小偷割去了半幅皮袍裡子。姨太太們大小姐們錦囊繡袋又何止萬千，裝著珍珠寶鑽雨點般的投到臺上，在金玉聲中，連西洋的公使們也曖昧地向夫人解釋似地說『她』竟是個男人?!『王豆腐』——wonderful！」在美國紐約的第一場演出結束時，美國男士「非要把這位『蜜絲梅』看個端詳不可」，而女觀眾則非要把這位「蜜絲特」、「看個徹底不可」。[47]這令人想起魯迅當年所譏刺的「男人看見『扮女人』，女人看見『男人扮』」。梅蘭芳在戲裡戲外的不同性別之間的遊走，在中西方不同的文化語境中有著不同的隱喻意義。因此，「性別」將成為本文論述梅蘭芳的跨文化戲劇實踐的另一個重要範疇。接下來本文將把梅蘭芳訪美演出的中西方再現放置在跨文化公共空間的動態關係結構中加以考量，通過論證梅蘭芳的再現中的「時間／孩子」與「性別」之間的接合（articulation）策略，對中西方兩種不同的梅蘭芳再現中的權力因素加以檢討，並在此基礎上重新思考梅蘭芳跨文化戲劇實踐的現代性意義。

梅蘭芳作為文化鏡像

　　一九一八年七月，一位默默無聞的德國中學教員發表了名為《西方的沒落》一書，在這本引起強烈反響的作品中，作者奧・斯賓格勒預言了西歐文化的衰亡前景，並且否定了世界史的統一發展線索。[48]這本書的出版似乎是西方一個標誌性的文化事件，它的背後是一個在歐洲知識菁英中悄然興起並不斷蔓延的「西方沒落」的思潮。特別是第一次世界大戰造成的巨大破壞，令全人類感到震驚，歐洲的現代文

---

47 陳凱歌：《梅飛色舞》（北京市：鳳凰出版社，2009年1月），頁4-5、35。

48 〔德〕奧・斯賓格勒著，陳曉林譯：《西方的沒落》（哈爾濱市：黑龍江教育出版社，1988年12月），頁1-3、12-36。

明的普遍性意義逐漸開始在東西方同時受到質疑。在這一思潮興起的同時，「東方」文明也被重新發現。[49]中國戲劇作為東方藝術精神的一種載體，亦開始煥發出其光彩奪目的一面。

中國戲劇開始進入西方人的視野，目前可以追溯到西元一七三一年耶穌會士馬若瑟對《趙氏孤兒》的翻譯。[50]一直以來，西方人對於中國戲曲有兩種截然相反卻並行不悖的態度：一是反感厭惡，認為中國戲劇是一種低劣粗俗、幼稚可笑的戲劇形式；還有就是欣賞痴迷，認為中國戲劇精彩神祕、婀娜多姿。借用卓別林表述：「中國戲劇是珠玉與泥沙混雜。」[51]然而，正是這種矛盾的態度，為我們思考梅蘭芳的美國影響洞開了一扇門戶。

在西方戲劇文化中一直存在著兩大傳統，即表演劇場傳統和文學劇場傳統。在易卜生（Henrik Johan Ibsen）之前，這兩種傳統在西方戲劇裡面都有所體現。易卜生的劇作不僅如左拉（Zora）所追求的那樣描寫真實，語言生活化，提供逼真的人物活動環境，而且對於「佳構劇」的技巧運用到了爐火純青的地步，同時在裡面注入了現代精神。此後，西方戲劇對於文學劇場的追求大大超過了表演劇場，幾乎遺忘了表演劇場裡面的獨白、面具等手段，轉而訴諸於新發現的透視規律等科技手法，追求一種高度的幻覺模式。但是現代生活不可能滿足於戲劇一味地展示生活細節，文學劇場的發展日益走向僵化的時候，必然要尋求新的戲劇審美資源，以另一種戲劇形態對其進行挑戰

---

49 周寧先生對這一思潮的興起過程有過詳細、深入的論述。周寧：《天朝遙遠：西方的中國形象研究》上卷（北京市：北京大學出版社，2006年12月），頁365-366。

50 范存忠：〈《趙氏孤兒》雜劇在啟蒙時期的英國〉，載張隆溪、溫儒敏編選：《比較文學論文集》（北京市：北京大學出版社，1984年），頁84。施淑青認為，「西元一七三六年，波摩神父翻譯的《趙氏孤兒》，這是西方人對於中國戲劇介紹的開始。」（施叔青：《西方人看中國戲劇》北京市：人民文學出版社，1988年，頁12）本文採用范存忠的觀點。

51 施叔青：《西方人看中國戲劇》（北京市：人民文學出版社，1988年），頁29。

和顛覆。[52]這種新的戲劇形態的共同本質就是向表演劇場傳統回歸，這種回歸從十九世紀後期就開始了，一直持續下來。伴隨著「西方沒落」的幻滅情緒，西方藝術家們開始從古典戲劇和東方戲劇裡面尋找資源，中國戲曲也開始被西方重新發現。在這樣的戲劇文化傳統互動交替中反觀西方人對中國戲曲的矛盾態度，就可以發現其內在的必然性：西方人在看到中國戲曲時，一方面因為中國傳統戲曲固有的慣例使其審美習慣遇到了巨大的挑戰，出於一種傲慢的沙文主義心態，極盡醜化、詆毀之能事；另方面，中國戲曲本身的魅力和他們深層文化心理中的「鄉愁」，對於這種陌生卻似曾相識的戲劇形式產生了本能上的親近感。正是在這樣的文化背景和前提下，齊如山、梅蘭芳等人以這個跨文化空間作為中介，在中國戲曲中發掘了其包含的現代性資源（並同時在西方現代戲劇中觀察其「傳統」的因子），並致力於顛覆中國戲曲／西方戲劇、傳統／現代等一系列的二元區隔，從而獲得了中國戲曲的現代價值確認。

　　梅蘭芳訪美演出期間，遇到了正在美國講學的張彭春[53]，梅蘭芳懇請張彭春協助梅劇團的演出事宜。張彭春應梅蘭芳的邀請，以梅劇團的總導演、總顧問和發言人的身分，用談話、文字的形式，在各種招待會和首演等重要社交場合，向媒體、藝術界、學術界發表大量演說，介紹中國京劇的特點，為梅劇團的演出大力宣傳、造勢，這些鋪墊對於梅劇團的成功演出是很必要的。其實，「大多數美國人對中國

---

52 周寧：〈導言〉，周寧主編：《西方戲劇理論史》上冊（廈門市：廈門大學出版社，2008年6月），頁93-94、110-111。

53 張彭春（1892-1957）早年就愛好京劇，十八歲時與胡適、趙元任等同船赴美留學，在美國飽受西方戲劇藝術薰陶。從一九一六年起，張彭春就來往於中美兩國之間，在南開和清華開設西方戲劇課，同時還在美國講授中國戲曲。在梅蘭芳赴美之前，張彭春就曾建議「華美協進社」邀請梅蘭芳赴美演出。黃殿祺編：《話劇在北方的奠基人之一──張彭春》（北京市：中國戲劇出版社，1995年），頁250-291、327-375、379-387。

戲劇的偏見確實根深柢固」，「……從梅蘭芳在百老匯首次演出的前一兩天，對大多數美國觀眾有影響力的紐約著名劇評人，在關於梅蘭芳的評論裡還不掩飾輕視中國戲劇的心態，甚至預言紐約觀眾難以接受中國戲劇。」[54]除了為梅劇團宣傳造勢，張彭春「為了京劇能夠走向世界，力求以綜合藝術和二度創作的觀念，他對一些有影響的京劇劇目重新整理，在壓縮純交代性場次使之精煉集中的基礎上，要求演員按照導演構思塑造藝術典型，以及廢除檢場飲場陳規等等為梅蘭芳欣然接受的觀念與方法。」[55]這同時也彰顯出梅蘭芳本人決心消弭中國戲曲與西方戲劇之間的二元區分的努力——他以一種開放、謙遜的心態汲取西方戲劇養料，在異質文化裡面尋找「現代」與「傳統」互補互滲的因素，進而激活中國戲曲內涵的現代性審美資源。對於張彭春建議的並為梅蘭芳所採納的為適應美國人的審美習慣而進行的表演上的調整，在學術界一直受到質疑。當年斯達克・楊在和梅蘭芳會談時就指出，「我對梅君所唱的女聲，覺得毫無隔膜，我感到梅君的小嗓與女子真嗓相比較還是協調的，戲中的身段和平常人的動作也是美術化了的，聽了看了非常舒服，但我覺得梅君的嗓子很好，似乎不敢用力唱，你怕美國觀眾不能領略中國歌唱的妙處，其實這種顧慮是不必要的，美國人既然公認中國戲是世界藝術，就應該極力發揮固有長處，因為許多人不是為取樂，而是抱著研究東方藝術而來的。」他還說：「我想，梅君在中國演戲，一定比在美國好。在這裡演出，我看出有遷就美國人眼光心理的跡象，我奉勸不要這樣，致損及中國戲的價值。」[56]臺灣學者施叔青也曾經對於梅蘭芳訪美演出時，有意地削弱音樂、突出舞蹈的做法提出的質疑：「至於出國演出劇目的安排，

---

54 馬明：〈論張彭春與梅蘭芳的合作及其影響〉，載《戲劇藝術》1988年第3期。

55 馬明：〈論張彭春與梅蘭芳的合作及其影響〉，載《戲劇藝術》1988年第3期。

56 許姬傳、許源來：《憶藝術大師梅蘭芳》（北京市：中國戲劇出版社，1986年），頁28。

處處以遷就外國觀眾為原則。最明顯的是把演出時間縮短為兩個小時，因為怕洋人不耐久坐。再者劇情戲怕他們不易了解，於是選擇了以動作、特技、歌舞為主的劇目來取悅外國觀眾。集錦式的劇目也許讓洋人感到熱鬧、多變化，卻是支離破碎的，無法表達出完整的思想。」[57]施叔青的質疑產生於她對尊重中西文化差異的訴求，但是其中暗含著步入文化相對論的陷阱的危險。[58]來自中美這兩種批評，事實上分享著同一個前提，即對中國戲曲的審美系統進行了一個本質化的想像和處理，其中中國戲劇與西方戲劇之間的二元區分是這一表述的基本預設。這種觀念潛在地進一步強化了中國戲曲所面臨的由中西戲劇文化匯流促生的內在不均衡結構，即中國戲曲是一種本質意義上的傳統的、古老的東方戲劇形式，它應該在西方人面前保持、展示其固有的「中國性」／「東方性」。正如美國文藝評論家斯達克‧楊所指出的那樣，「許多人……是抱著研究東方藝術而來的」。斯達克‧楊的遺憾與期待十分精確地洩露出西方人在其文化語境中，痴迷於「梅蘭芳」的文化心理動因。這是我們進一步解析和反思梅蘭芳訪美演出的意義的邏輯起點。

　　我們回顧上述美國文藝評論家和戲劇家的評價就可以看到，這些評論中有幾個出現頻率頗高的詞語：「古老」、「舞蹈」、「表演」，顯然這幾個詞語根本代表不了京劇藝術的所有特質。而斯達克‧楊的評論則更具代表性，他看到京劇，聯想到的是希臘戲劇和伊莉莎白時代的戲劇。值得注意的是，以斯達克‧楊為代表的評論家們真正認同的，與其說是京劇，不如說是京劇的演出方式——在梅蘭芳的表演中，他們聯想到的是西方的古老戲劇傳統。美國的劇評家們，正是由這種相似性出發，在文化認同中發現了與京劇相似的東西，從而賦予了「京

---

57 施叔青：《西方人看中國戲劇》（北京市：人民文學出版社，1988年），頁29。

58 孫柏：〈19世紀的西方人怎樣看中國戲〉，載《戲曲研究》第68輯（北京市：文化藝術出版社，2005年），頁185。

劇」或「梅蘭芳」以文化「他者」的意義。這中間隱藏了一個文化價
值轉換的運作過程。同時，我們還要注意到，真正受到梅蘭芳的表演
影響的，可能僅限於一些為數不多的先鋒戲劇家。正如鄭樹森所指出
的，「中國傳統戲曲的象徵性，在梅蘭芳一九三〇年頗為轟動的訪美
演出後，雖曾廣受注意，但對美國劇壇主流並沒有什麼影響。倒是三
十年代初期美國工人劇運所倡導的『活動報紙劇場』（The Living
Newspaper；改變時事新聞的諷刺批評短劇），基於省略布景道具的經
濟理由及時空轉換的便利，曾向梅蘭芳演出的京劇借鑑。」[59]因為這
種非主流的、先鋒性的戲劇實驗，不僅是對既往的美學傳統的顛覆，
還是對資本主義工業文明的批判，根本上是西方知識菁英的一種邊緣
性文化實踐。這就是梅蘭芳的表演手法何以能夠為政治色彩極為濃厚
的美國工人「活報劇」所吸收的主要原因。

　　從梅蘭芳在美國交往的演藝界朋友來看，受其表演影響的基本局
限於默片明星、舞蹈家或單人劇表演者。[60]以梅蘭芳與當時的好萊塢
電影界的關係為例，很難說梅蘭芳對當時的美國電影就有多少影響。
當時美國電影正處於從默片到有聲片的過渡階段，歌舞片這一影片
類型就是這個過渡階段的典型產物，它反映的是這個過渡期的焦慮
感，[61]不同於今天的歌舞片的製作是出於一種藝術自覺。把梅蘭芳的
演出放在有聲片對世界電影文化的巨大影響的背景下思考，就很容易
發現美國電影界正是在京劇表演中發現了他們異域「知音」，發現京
劇中有舞蹈、歌唱和說白等因素，與有聲片的發展趨勢有著不謀而合
的相似之處。京劇或「梅蘭芳」對於當時的好萊塢電影圈而言，正是
一個可以紓解其焦慮感的文化鏡像。對於受到有聲片衝擊，導致演藝
事業遭遇瓶頸的默片明星而言，更是如此。

59　鄭樹森：《文學地球村》（上海市：上海三聯書店，1999年10月），頁37。
60　梅紹武：《我的父親梅蘭芳》上冊（北京市：中華書局，2006年3月），頁142-195。
61　鄭樹森：《電影類型與類型電影》（南京市：江蘇教育出版社，2006年6月），頁133。

　　從這些分析可以看出，除了京劇表演所負載的外在東方情調，[62] 西方人對中國戲劇的痴迷是由其深層的文化心理在起著決定性的作用——京劇藝術暗合了西方古老的戲劇精神，並為先鋒戲劇家和知識菁英們提供了可以借鑑的「東方文明」的精神資源。

　　梅蘭芳的跨文化戲劇實踐促生了一個中西戲劇文化發生匯流的公共空間，同時，其訪美演出也成為該跨文化公共空間內的一次戲劇實踐，該實踐涵括著兩種共生的指向，即西方想像與本土建構。這兩種共生的實踐指向在梅蘭芳的異域演出中，被整合為一種立足本土的現代性的美學話語，實現了中國戲劇的現代轉化。不同於「五四」新文化倡導者對於中國戲劇的「孩子氣的」論述，中國戲劇在梅蘭芳的一系列跨文化實踐中，被賦予了西方現代性之外的合法性和普遍性，「西方戲劇」所承載的「現代」意義同樣可以為中國戲劇所分享。梅蘭芳對於中國戲曲的態度既非否棄，亦不踟躕，而是在與西方戲劇這個文化他者的接觸中發現了一個潛在的對話空間，在這個空間裡面兩種異質的戲劇文化被整合為一種具有現代意義的審美資源。在梅蘭芳那裡，與其說中國戲曲在本質上是一種低級幼稚的藝術形式，不如說它是一種包含了西方現代性因子的東方藝術，在其身上並非天然地銘刻著過去式間的印痕。梅蘭芳借用西方戲劇文化作為一個參照體系，重新發現了中國戲劇的現代性意義，並藉此建構出中國戲劇在西方戲劇形式和本土的「西式新劇」的實踐之外的文化位置，從而使中國戲曲／西方戲劇、傳統／現代之間的二元對等關係不復存在，相反，卻彰顯出一種彼此互滲合作的對話關係。前此的西方和本土對於中國戲劇的本質化表述在這一戲劇文化的匯流中，被衝擊得無影無蹤，連同其銘刻的時間「疤痕」以及隱喻的中國／西方的地緣政治區隔亦被悄

---

62 齊如山曾琢磨了「美國人士對於中劇和梅君歡迎之點」，其中的「中國式」情調和梅蘭芳的美貌是主要因素。齊如山：《梅蘭芳遊美記》（瀋陽市：遼寧教育出版社，2005年10月），頁67-73。

悄撫平，似乎將永遠成為一種遙遠而難堪的記憶。如果在與「五四」的啟蒙話語的關係格局中重新審視梅蘭芳的跨文化戲劇實踐的意義，可以看出隱喻在其中的從本土發掘現代性想像資源的努力，這一努力使「世界戲劇史」的書寫權力不再為西方戲劇所獨享，在由戲劇藝術承載的審美現代性想像中，中國戲劇亦是一種不可或缺的資源。但是，作為中西戲劇文化匯流的象徵性跨文化公共空間，它在賦予本土的戲劇實踐以文化主體性和話語制衡性的意義的同時，其內在的不均衡結構亦無可避免地代言著其作為權力運作中介的性質。梅蘭芳的跨文化戲劇實踐在為中國戲劇卸下其負載的沉重時間包袱，使其從進化的世界戲劇史論述中成功突圍的同時，卻未能真正走出西方的現代性的參照體系。

東方文藝復興思潮中的「梅蘭芳」

在美國人給予梅蘭芳及其表演的美辭和讚譽中，寄託了他們深深的文化「鄉愁」和自省意識。一戰的殘酷和氾濫於資本主義工業社會的物質主義，導致西方的知識菁英對於資產階級的核心價值發起了激烈的批判，並以「反現代主義的現代性」對抗社會現代性。這種「反現代主義的現代性」、「試圖脫離現代社會，因為它抨擊這個社會或者至少與之保持距離，它要去尋找另一個世界」，[63]於是「東方」就再次以新的形象和意義出現在西方人的想像中。[64]在西方人「看」中國戲

63　〔法〕伊夫・瓦岱著，田慶生譯：《文學與現代性》（北京市：北京大學出版社，2001年），頁83。

64　比如，美國戲劇家尤金・奧尼爾在一九二〇年代創作的一系列具有神祕主義色彩的實驗戲劇（如《大神布朗》、《拉撒路笑了》、《馬可百萬》、《奇異的插曲》等），以及桑頓・懷爾德在其名作《我們的小鎮》裡面的形式革新，正反映著這一社會思潮。而這一時期在西方社會翻捲的那股關注東方文化的大潮亦為這些戲劇實驗製造了相應的受眾。

劇／梅蘭芳時，中國戲劇正是反映西方文化系統的一面模糊不清的鏡子，他們真正關注的是西方自身的問題，中國戲劇／梅蘭芳僅僅是作為一個具有參照意義的他者出現的。可以說梅蘭芳以及中國戲劇在太平洋彼岸的出現適逢其時，正是這一（對西方而言）不無精神救贖意義的「積極」時間抵消了中國戲劇內涵的（被西方賦予的）「消極」時間，但中國戲劇／梅蘭芳作為西方現代性的知識客體的意義則沒有被取消，中國和西方之間的二元對立亦絲毫沒有得到鬆動，因為在這次中西戲劇文化交流中，中國戲劇的價值仲裁權以及評判尺度的設定始終由西方掌握，而中國戲劇的意義確證似乎只能一俟西方的檢驗。西方人在梅蘭芳的表演中看到的是他們自己的古老傳統，這種產生於西方文化語境的讚譽，對於西方人而言，反映出的是一種強烈的自我否定激情。在西方人以「中產階級建立的勝利文明」為「核心價值觀念」[65]的現代性的體驗中，他們發覺自己身處一個「模稜兩可與痛苦的大漩渦」之中，「這種感受產生了數不清的痛失前現代樂園的懷舊性神話」，[66]而此刻的中國戲劇在一定程度上正好充當了這一「懷舊性神話」的材料。如果我們陶醉於來自西方的另一種「東方主義」[67]想像中折射出來的榮耀，在一種虛幻的意識形態光芒中盲目誇大東方文明的優越性和拯救意義，就正好與西方的「東方主義」敘事達成了共謀，進而陷入一種以「伊甸之東」自居的懷舊性神話與「自我東方

65　〔美〕馬泰·卡林內斯庫著，顧愛彬、李瑞華譯：《現代性的五副面孔：現代主義、先鋒派、頹廢、媚俗藝術、後現代主義》（北京市：商務印書館，2003年），頁48。

66　〔美〕馬歇爾·伯曼著，徐大建、張輯譯：《一切堅固的東西都煙消雲散了──現代性體驗》（北京市：商務印書館，2003年10月），頁15。

67　周寧先生指出，後殖民主義文化批判意義上的東方主義構築低劣、被動、邪惡的東方形象，這種東方形象參與了西方帝國主義意識形態的策劃，但它同時也遮蔽了另一種東方主義，即一種肯定的、烏托邦式的東方主義，後者成為批判和超越西方不同時期的意識形態的烏托邦。周寧：〈另一種東方主義：超越後殖民主義文化批判〉，載《廈門大學學報（哲學社會科學版）》2004年第6期。

化」的陷阱之中，就與阿 Q 的「我們先前──比你闊得多啦」[68]的心態無異，也從根本上消解了梅蘭芳訪美演出的文化實踐意義。不幸的是，當西方的這種文化自省思潮波及到中國本土時，很快轉變為一種附帶著民族主義情緒的東方文化優越論調[69]，雖然其中不無以東方文化反向評估西方文化的積極意義，但這些論調的立論前提與「新文化」倡導者的啟蒙話語毫無二致，在同一個二元對立的論述框架中反向地延續了西方殖民話語的邏輯。這正如在西方人的評判尺度下的梅蘭芳的成功，卻被部分本土知識分子不加消化地吞嚥，或用作爭奪話語資源的理論武器，或作為「東方文藝復興」的證據。[70]當然，我們也不能忽視梅蘭芳的跨文化戲劇實踐在對於世界戲劇的成功參與上的價值，以及中國戲劇對於西方先鋒戲劇實驗的啟示意義。真正值得我們重視和借鑑的是西方人的文化自省意識（而不是其熱情的讚譽），在這一基本前提下，從中國戲劇對於世界戲劇格局的參與制衡以及中國傳統戲曲的現代轉型的雙重意義上，去理解梅蘭芳此次訪美演出的價值，才能夠讓梅蘭芳真正地不虛此行。如果說在西方人對梅蘭芳的痴迷中寄託著他們的文化鄉愁，那麼與此相對應的問題是，魯迅在〈社戲〉裡面的「懷舊」敘事與梅蘭芳的戲劇實踐之間又有著怎樣的

---

68 魯迅：《吶喊》〈阿Q正傳〉，《魯迅全集》第1卷（北京市：人民文學出版社，1981年），頁490。

69 詳見「五四」時期關於「東西方文化問題」的相關論戰文章。作為一場文化論戰，在一九二七年就基本結束，但作為一種文化觀念，它一直延續了下來，今天依然富於極強的生命力，而魯迅在一九三〇年代所批評的「發揚國光」絕非無的放矢。陳崧編：《五四前後東西文化問題論戰文選》（北京市：中國社會科學出版社，1989年）。特別是收入「第三部分關於第一次世界大戰後，中國採用何種文化、走什麼道路的爭論」的相關文章。

70 梅蘭芳訪美演出成功後，中國戲曲界人士大為振奮，在一九三一年，梅蘭芳、余叔岩、齊如山等人在北平創立了國劇學會，集學術研究、文物蒐集、辦出版物、國劇傳習、辭典編纂等活動於一體。齊如山：〈創立國劇學會〉，《齊如山回憶錄》（瀋陽市：遼寧教育出版社，2005年10月），頁162-193。

邏輯關聯？還有，我們如何考量魯迅等中國現代知識分子對於梅蘭芳的冷淡反應？我們依然需要回到跨文化公共空間的動態結構關係中探討這些問題。

在魯迅的〈社戲〉裡面，被追憶出來的中國戲劇必須與「孩子」發生意義關聯的時候，才能為有著現代知識分子身分的敘事者所認同。「孩子」作為一個時間性的概念，在〈社戲〉這一文本裡面有兩種意義：首先它是一個不成熟的成長階段，同時它身上卻又承載著未來的無限可能性，似乎是一張有待於「父親」在上面填寫其啟蒙現代性規劃的空白表格。二者間是相輔相成的關係。〈社戲〉的成年敘事者在遠離故鄉的都市，回憶童年時在漁村的「看戲」經驗，既是對不可逆的時間的一種拒斥，亦是對未來的一種召喚。正如韓少功所指出的，「我們無須誇張故鄉的意義，無須對文化的地域性積累過分地固定。我們在不可逆的時間裡遠行，正在捲入越來越範圍廣闊的文化融匯，但我們無論走出多麼遠，故鄉也在我們血液裡悄悄潛流，直到有一天突然湧上我們的心頭，使我們忍不住回頭眺望。回望故鄉，是每一個人自我辨認的需要，也是遠行的證明」。[71]在〈社戲〉的敘事者的「自我辨認」和「遠行的證明」中，「孩子」是作為一個「他者」出現的，而且這一沉默的他者對於身處當下的敘事者而言，其意義就在於建構懷舊主體的文化想像：回望過去，立足當下，指向未來。作為懷舊的客體的「孩子」既是線性時間觀念的隱喻，同時還寄託著懷舊主體對於這一線性時間進程的潛在質疑——其中滲透著魯迅強烈的民族認同感和文化主體意識，在二者的張力結構中形成了魯迅對於中國戲劇的基本觀念。但是，無論追憶的「社戲」多麼美好，它都是在當下想像未來的構件——是一種有待於現代民族國家話語的構築工程收編的本土資源和原初材料，「社戲」在與「孩子」的意義關聯中，被

---

71 韓少功：《靈魂的聲音》（長春市：吉林人民出版社，1996年），頁78。

中國現代知識分子的啟蒙敘事引向了話語渠道。在發生於「五四」時期的「新、舊劇」觀念論爭中，「西式新劇」倡導者在論述中國戲劇時，運用了幾乎同樣的「文法」和「修辭」，不同的是，後者基於一種論辯的氛圍，使「中國舊戲」完全為「孩子氣」和「老氣」等時間性的論述所淹沒。在中西戲劇得以接觸的跨文化公共空間中，中國戲劇處於一個結構性的次級文化位置，在西方知識界的表述中被視為西方戲劇的幼年階段。這一表述與黑格爾式的歷史哲學體系密切地交織在一起，轉化為一種地緣政治上的隱喻，即中國／東方文明仍處於一個野蠻低級的階段，需要西方文明的拯救，從而為殖民主義掠奪縫製了一件廉價又華美的正義外衣。借用前述南迪的思路，中國現代知識分子對於「孩子」的迷戀可以視為是西方殖民話語對本土固有資源的一種釋放，即父權意識形態在新的文化格局中的再度復活。當然，中國現代知識分子的文化想像所憑藉的這種思想資源的混雜性是需要加以反思檢討的，因為他們的思想資源的交互作用在不斷地強化著中西文化匯流的權力結構。身處其中的中國知識分子既非完全被動地承受其權力話語的宰制，亦非絕對獨立於這一權力運作的空間，而是在與來自西方和本土的雙重壓抑性力量的對抗與合謀中，在與殖民話語和主導意識形態的繁複糾結中，突顯著其文化的主體性。

中國現代知識分子通過西方想像和本土建構兩種共生的跨文化戲劇實踐，對抗來自本土的主流意識形態和西方的強勢文化的雙重壓抑，使自我處於一個邊緣的文化位置。在其跨文化戲劇實踐的背後，有著自近代以來命運多舛的民族歷史以及本土經驗作為依據，其實踐中裏挾的與西方殖民話語共謀的成分（如「自我東方化」）自有其本土非語言性經驗的滲透，並非完全意義上的殖民話語宰制。與這一本土情形相對應的是，來華的西方人觀看中國戲劇表演時，秉持的是一種置身事外的旅遊心態，在其凝視中，中國戲劇的意義生成基本上完全抽離了中國語境，轉化為一種異國情調。正如齊如山所觀察到的，

在西方人的眼裡，中國的「梅蘭芳」是與「長城」、「天壇」等古老建築／文化景觀相提並論的。梅蘭芳的一系列戲劇改革，使京劇的「視覺性」增強，在其訪美演出時，歌唱成分也被大量地壓縮，在一定程度上已不完全是中國的京劇表演。這種視覺性喚起的西方受眾的文化懷舊情緒與〈社戲〉中的敘事者的「懷舊」雖然在方向上背道而馳，但在路徑上則有著深層次的邏輯關聯。如前所述，西方的評論界對於梅蘭芳的表演的評價依然繞不開「古老」與「傳統」的時間性描述，借用馬歇爾・伯曼（Marshall Berman）的說法，這是對「前現代樂園」的一種想像方式——黑格爾哲學的暗示在這裡依稀可辨。「認同他者卻又否定他者與自己的『同時期性』，這種同情是把他者『東方化』的關鍵」，[72]因此，西方文藝家對於中國戲劇的評價事實上亦在製造著一個浪漫化的東方，其輝煌的傳統文明正是可以療治西方現代性的痼疾的一劑良藥，東西方的二元劃分是這一話語的基本前提。〈社戲〉的懷舊基於一個黑暗無聊、危機四伏的當下，身心疲憊的敘事者對故鄉投出了深情的一瞥，於是，一個風俗淳樸、潑剌剛健的鄉土世界浮現在眼前，其中寄寓著敘事者的啟蒙熱望和「父親」情結。正如魯迅本人在三年前的自我剖白：「我現在心以為然的道理，極其簡單。便是依據生物界的現象，一，要保存生命；二，要延續這生命；三，要發展這生命（就是進化）。生物都這樣做，父親也就是這樣做」。[73]兩種懷舊都是立足於一種「時間空間化」的表述策略，發明出一個想像中的他者，以紓解懷舊主體當下的危機意識。這一由線性時間觀念建構出來的他者，令人想起荷蘭人類學家約翰尼斯・費邊（Johannes Fabian）所批評的西方人類學意義上的時間功用，即製造

---

72 〔美〕阿里夫・德里克著，王寧等譯：《後革命氛圍》（北京市：中國社會科學出版社，1999年），頁195。

73 魯迅：〈墳・我們現在怎樣做父親〉，《魯迅全集》第1卷（北京市：人民文學出版社，1981年），頁130。

自己的知識客體。[74]在〈社戲〉的敘事者的懷舊中，被併置的兩種截然相反的「看」中國戲劇的經驗的表述，正是「在一個糾纏於『第一世界』帝國主義和『第三世界』民族主義力量之間的文化，……原初性正是矛盾所在，是兩種指涉樣式即『文化』和『自然』的混合。如果中國文化的『原初』在與西方比較時帶有貶低的『落後』之意（身陷於『文化』的早期階段，因而更接近『自然』），那麼該『原初』就好的一面而言乃是古老的文化（它出現在許多西方國家之前）。因此，一種原初的、鄉村的強烈根基感與另一種同樣不容置疑的確信並聯在一起，這一確信肯定中國的原初性，肯定中國有成為具有耀眼文明的現代首要國家的潛力。這種視中國為受害者同時又是帝國的原初主義悖論正是現代中國知識分子朝向其所稱的迷戀中國的原因」。[75]魯迅在〈社戲〉中借助中國戲劇呈示的懷舊敘事正是這種「原初的激情」浮現的表徵，其中暗含著一種知識分子與其建構出來的本土民眾的話語關係。在「文化」（如中國戲劇）與「自然」（如鄉村孩童）的混合中，本土始終處於歷史的「原初」／孩子階段，而這一敘事本身的民族主義訴求又會把鄉村、孩子等發明出來的本土「他者」視為民族的未來福祉所在。但是，考慮到第三世界國家自近代以來被西方列強殖民的歷史，以及中西文化匯流的不均衡結構，身處其中的中國知識分子的民族主義書寫訴求（如魯迅的「懷舊」）就不能完全視為與西方的殖民話語的共謀，正如上文所論證的，其間亦滲透著作者的文化主體意識，這種情形正昭示著中國知識分子身處西方殖民話語和本土主導價值系統之間的悖論與困境。這種文化主體性在魯迅對於梅蘭芳的批評性文字中，有著更為明確的體現。

---

74 Johannes Fabian, *Time and the Other: How Anthropology Makes its Object*, New York: Columbia University Press, 2002, pp.107-108.

75 周蕾著，孫紹誼譯：《原初的激情：視覺、性慾、民族誌與中國當代電影》（臺北市：遠流出版事業公司，2001年），頁43。

嚴格地說，在魯迅涉及到梅蘭芳的文章中，亦體現出其「沒有私敵，只有公仇」的批判傾向——魯迅針對的是因梅蘭芳而興起的「東方文藝復興」的思潮，而不是梅蘭芳本人。在〈論照相之類〉裡面，魯迅不無諷刺地指出，「印度的詩聖泰戈爾先生光臨中國之際，像一大瓶好香水似地很薰上了幾位先生們以文氣和玄氣，然而夠到陪坐祝壽的程度的卻只有一位梅蘭芳君：兩國的藝術家的握手。待到這位老詩人改姓換名，化為『竺震旦』，離開了近於他的理想境的這震旦之後，震旦詩賢頭上的印度帽也不大看見了，報章上也很少記他的消息，而裝飾這近於理想境的震旦者，也仍舊只有那巍然地掛在照相館玻璃窗裡的一張『天女散花圖』或『黛玉葬花圖』」。[76] 上文已經指出泰戈爾訪華的思想背景，即存在於部分亞洲知識分子中的復興東方文明以拯救西方於物質主義的泥淖的文化衝動。但是，這一思潮發生的歷史依據正是一戰之後在西方流行的幻滅情緒，在這一情緒中西方重新發現了「東方」這一他者，以期拯救自身於西方的現代性困境。[77] 也就是說，在亞洲的部分知識分子中興起的「東方文藝復興」思潮的文化自信依然是由西方賦予的，而且這一思潮從根本上看正是一種「自我東方化」的表徵。魯迅對中國這一「自我東方化」做法極為反

---

76 魯迅：〈墳・論照相之類〉，《魯迅全集》第1卷（北京市：人民文學出版社，1981年），頁186。

77 比如，梁啟超在其《歐遊心影錄》裡面曾記下這樣一件事情：「記得一位美國有名的新聞記者賽蒙氏和我閒談，（他做的戰史公認是第一部好的）他問我：『你回到中國幹什麼事？是否要把西洋文明帶些回去？』我說：『這個自然。』他嘆一口氣說：『唉，可憐，西洋文明已經破產了。』我問他：『你回到美國卻幹什麼？』他說：『我回去就關起大門老等，等你們把中國文明輸進來救我們。』我初初聽見這種話，還當他是有心奚落我，後來到處聽慣了，才知道他們許多先覺之士，著實懷抱無限憂危，總覺得他們那些物質文明，是製造社會險象的種子，倒不如這世外桃源的中國，還有辦法。這就是歐洲多數人心理的一般了」。梁啟超著，陳崧編：〈歐遊心影錄（節錄）〉，《五四前後東西文化問題論戰文選》（北京市：中國社會科學出版社，1989年），頁365-366。

感，他曾犀利地批評了國人的「送去主義」:「中國一向是所謂『閉關主義』，自己不去，別人也不許來。自從給槍炮打破了大門之後，又碰了一串釘子，到現在，成了什麼都是『送去主義』了。別的且不說罷，單是學藝上的東西，近來就先送一批古董到巴黎去展覽，但終『不知後事如何』；還有幾位『大師』們捧著幾張古畫和新畫，在歐洲各國一路的掛過去，叫作『發揚國光』。聽說不遠還要送梅蘭芳博士到蘇聯去，以催進『象徵主義』，此後是順便歐洲傳道。我在這裡不想討論梅博士演藝和象徵主義的關係，總之，活人替代了古董，我敢說，也可以就算得顯出一點進步了。」[78]魯迅還認為梅蘭芳的遊日、遊美「其實已不是光的發揚，而則是光在中國的收斂」。——魯迅是清醒的，因為這道「國光」是從西方反射回來的。在西方的精神鼓勵下，對於自我的「東方情調」和文化優越感的強調和強化，「表面上看是一種超越西方中心主義世界觀念秩序的衝動，實際上也是西方中心主義的產物」，它「仍是在東西方二元對立的世界格局觀念中構建的，而且東方人關於東方的熱情，最終也是西方的東方主義想像的折射」。[79]西方的懷舊神話恰似一道橫跨在太平洋上空的絢麗奪目卻短暫易逝的彩虹，一端連結著西方的現代性困境，另一端連結著東方的「文藝復興」。正是在這個意義上，魯迅在一九三四年發出的「誰在沒落」的詰問就別具寓意，[80]它不僅僅是一個學術辨析的問題，更

---

78 魯迅:〈且介亭雜文・拿來主義〉,《魯迅全集》第6卷（北京市：人民文學出版社，1981年），頁38。

79 周寧編著:〈前言〉:《世界之中國：域外中國形象研究》（南京市：南京大學出版社，2007年9月），頁30。

80 魯迅在一九三四年五月寫下的〈誰在沒落？〉裡面，對《大晚報》上的文藝新聞提出質疑。這則新聞指出蘇俄寫實主義已漸沒落，象徵主義欣欣向榮，因中國書畫以及戲曲等採取象徵主義，劉海粟、徐悲鴻、梅蘭芳等人被邀請前往歐洲「發揚國光」。魯迅認為，「這樣的新聞倒令人覺得是『象徵主義』作品，它象徵著他們的藝術的消亡。」魯迅:《花邊文學》〈誰在沒落？〉,《魯迅全集》第5卷（北京市：人民文學出版社，1981年），頁487。

是一束意在驅散由懷舊神話架構的彩虹的「國光」。

　　我們把魯迅在〈社戲〉中的懷舊敘事與中國的「東方文藝復興」並置在一起進行考察，可以看出二者在意識形態基礎上的接近與共享，當然還應該把「五四」新文化倡導者對於中國戲劇的「孩子」論述涵括在內。中國的「東方文藝復興」思潮亦可視為一種「懷舊」，但這一思潮並不排外，相反他們正是從西方的另一種現代性，即審美現代性（或「反現代主義的現代性」）找到了賦予傳統以現代性意義的思想資源，他們對於西方現代性的認同絲毫不輸於新文化倡導者。而新文化倡導者的啟蒙敘事則挪用了另一種西方資源，兩種「懷舊」同時與西方的現代性框架體系發生著有機關聯，他們的外在差異僅體現在對待「中國傳統」的態度上。基於兩種不同的西方想像而產生的兩種「懷舊」，大體上往往表徵出兩類「自我東方化」的傾向：新文化倡導者建構一個野蠻專制、黑暗腐朽的本土，「發揚國光」者則建構出一個古老輝煌、歷史悠久的中國；前者對應著一種政治民族主義，適合於民族危機時刻的集體激情動員（比如一種轉向鄉村／童年的敘事傾向），而後者則對應著一種文化民族主義，這在中國本土往往擁有著天然的、深遠的社會基礎。這種意識形態基礎的交叉與共享最容易遮蔽的並不是二者的危險性，即雙重地與西方的東方主義論述的共謀，而是雙方的歷史合理性及其在本土語境中的意義，以及在共謀與對抗的張力結構中體現出來的若隱若現的文化主體性。正如在前面我們通過對跨文化公共空間的動態結構關係的分析所看到的，不能把魯迅的「懷舊」完全視為在西方殖民話語的宰制下的文化主體性的喪失一樣，我們同樣不能否認裏挾在「東方文藝復興」思潮中的梅蘭芳的跨文化戲劇實踐所突顯出來的另類現代性實踐的話語制衡意義，否則，我們的研究就會再次複製那個支持著後殖民主義理論的二元對立的前提。梅蘭芳作為一個戲劇演員，他沒有用文字回應來自新文化倡導者的批評，而是借助自己的京劇美學化轉換的跨文化實踐，參與

到這場關於中西方現代性的對話中的。梅蘭芳通過整合中西方兩種戲劇文化的審美資源，在一定程度上抹去了中國戲劇被銘刻的時間印痕，它雖然沒能真正走出西方現代性的運作框架，但中國戲劇藉此成功參與到了世界戲劇的格局中去並實現了自身的現代轉型。上文已經指出，梅蘭芳的戲劇實踐在關於男女兩性的倫理意義上的區隔間的游移，在中西方的不同語境中亦有著不同的指涉，接下來本文將繼續在跨文化公共空間中探討梅蘭芳跨性別的戲劇實踐與時間這一概念之間的意義關聯與邏輯疊合。

「扮女人」與「男人扮」：國族／性別認同的危機

在〈論照相之類〉裡面，魯迅對目之所及的「梅蘭芳」的曖昧性別提出了相當嚴厲的批判：「異性大抵相愛。太監只能使別人放心，決沒有人愛他，因為他是無性了，——假使我用了這『無』字還不算什麼語病。然而也就可見雖然最難放心，但是最可貴的是男人扮女人了，因為從兩性看來，都近於異性，男人看見『扮女人』，女人看見『男人扮』，所以這就永遠掛在照相館的玻璃窗裡，掛在國民的心中。外國沒有這樣的完全的藝術家，所以只好任憑那些捏鎚鑿，調彩色，弄墨水的人們跋扈。」文末魯迅再度不無諷刺地強調：「我們中國的最偉大最永久，而且最普遍的藝術也就是男人扮女人」。[81]京劇在晚清民初的「大眾化」和「視覺性」轉換，使其在雙重意義上成為一種「好看」的戲劇形式。戲曲對於傳統中國社會的文化功能，首先體現在組織公共生活，同時亦組織觀眾的意識形態。在這個意義上，戲曲構成了普通觀眾對於整個外部世界的認知與想像，並且在傳統社會的意識結構上，「超越了個人化的日常生活經驗，進入一種集體的意

---

81 魯迅：〈墳・論照相之類〉，《魯迅全集》第1卷（北京市：人民文學出版社，1981年），頁187。

識形態，其中有關於共同歷史與超驗世界的知識，有道德生活的是非觀念」，戲曲「不僅賦予歷史以具體可感的形式，……而且還擴展了外部世界。這個世界有真有幻，真幻不分」。[82]因此，我們從梅蘭芳的性別反串的人類學意義的角度，可以看到魯迅的諷刺事實上表達了他對這一性別曖昧的社會表演對於國民性別的形塑意義的憂思。在民族文化發生危機的時刻，這種徘徊於男女兩性之間的性別反串演出，無疑可以在觀眾面前造成真幻不分的性別想像，即「男人看見『扮女人』，女人看見『男人扮』」。這種國民性別認同的危機對於民族文化認同的危機而言，無異於雪上加霜，魯迅對這種性別表演的反感，總體上從屬於其一以貫之的國民性批判敘事，其中滲透著中國知識分子對於現代民族國家的明晰主體的期盼和熱望。

　　魯迅對於梅蘭芳的性別反串表演的批評立場與指歸，令人想起「中國話劇的三個奠基人」[83]之一的洪深對於這種男女反串的強烈憎惡。在發表於一九二五年的文章〈我的打鼓時期已經過了麼？〉裡面，洪深回憶了他在一九二二年從美國留學回國的船上，遇到的一位「蔡老先生」對他說的話：「一向中國的優伶，都是用『妾婦之道』，取悅於人的」。洪深對此深有感觸，他寫道：「『妾婦之道』，在做人方面，我們這種人是決計不會的；……我當永遠記住蔡先生這個警告」。由於洪深「對於男子扮演女子，是感到十二分的厭惡的」，洪深說他「每次看見男人扮成女人」，「感到渾身的肉，都麻起來」。但在當時的中國「尋不到肯於登臺演劇的女性」，洪深寧可「去寫一齣完全不需要女角的戲了」，就「決意借用奧尼爾寫《瓊斯王（皇）》的方

82　周寧：《想像與權力：戲劇意識形態研究》（廈門市：廈門大學出版社，2003年12月），頁11-15。

83　夏衍指出，歐陽予倩、田漢、洪深他們三個人「是中國話劇的奠基人、創始者」。夏衍：〈悼念田漢同志〉，載《收穫》1979年第4期。

式」創作了《趙閻王》。[84]一九二○年代洪深在復旦大學英文系任教的時候，愛好戲劇的男生自組「復旦新劇社」，多次邀請洪深去排戲，洪深一直推託未去，直至一九二六年學校招收女生，洪深才同意加入該演劇團體並將其更名為「復旦劇社」，主張男女同臺演出。[85]洪深「願做一個易卜生」[86]的決心潛在地使其對於性別表演的表述與現代民族國家話語緊緊地膠著在一起，[87]這一膠著使得魯迅與洪深對於中國戲曲的性別反串表演的批評本身的性別政治被遮蔽了。中國現代知識分子對於這一性別曖昧的表演及其潛在社會效果的批評，在本土語境中具有其歷史的合理性，因為這一性別表演的意義一旦溢出其戲劇美學的層面，下一步就是一個關涉到民族的性別認同的問題。根據我們上文的論述，梅蘭芳的跨文化戲劇實踐在一定程度上已經被納入了一個製造浪漫化的東方的「懷舊性神話」中。梅蘭芳的訪美演出，其曖昧的性別表演的「視覺性」在西方人面前的展示，可能無意中已經強化了西方對於東方的神祕、多變、陰柔的刻板印象。在這個意義上，我們可以看到魯迅等本土現代知識分子的敏銳與先鋒性，但是其批評中所包含的性別政治也被安全地嵌藏在這種民族文化的主體性中。這種與民族主義話語緊緊捆綁在一起的性別政治，使其民族認同悖謬地與西方的殖民話語和本土的主導意識形態雙重地進行著一場親密的協作和共謀。

南迪在論述發生在印度殖民地的「前甘地」（pre-Gandhian）時期

---

84 洪深：〈我的打鼓時期已經過了麼？〉，孫青紋編：《洪深研究專輯》（杭州市：浙江文藝出版社，1986年），頁237-238。

85 韓斌生：《大哉，洪深——洪深評傳》（北京市：中央文獻出版社，2000年），頁50。

86 洪深：〈我的打鼓時期已經過了麼？〉，孫青紋編：《洪深研究專輯》（杭州市：浙江文藝出版社，1986年），頁237。

87 周慧玲：《表演中國：女明星，表演文化，視覺政治，1910-1945》（臺北市：麥田出版公司，2004年），頁241-244、272-278。

的反殖運動時曾指出,「西方的殖民主義在亞、非、拉殖民地總是樂此不疲地借用性別與政治之間的相似性來實現其殖民統治,這種情形並非殖民歷史的一個偶然的副產品」。[88]接著,南迪進一步闡明其觀點並組構起他的論述框架。南迪認為,主流西方文化通過在男人中否定心理上的雌雄同體,使性別與政治之間的相似性有效地為歐洲的統治、剝削和殘忍的後中古模式找到了合法化的依據,並使其變得透明和有效。在印度本土文化中,原本並存著三種性別概念,即男性氣質、女性氣質和雌雄同體,在印度的神話中也有好的及壞的、有價值的和卑鄙的雌雄同體人。然而,在殖民文化與印度本土文化的匯流中,本土的性別文化結構被改變,雌雄同體被認為是對男性的政治身分的否定,它是一種比女性氣質更危險的病態性別。許多「前甘地」時期的反殖運動與這種性別文化結構的變化基本合拍,他們期望通過戰勝英國來重新確認印度的男性氣質,並將它從因既往的失敗所造成的羞恥的歷史記憶中解放出來。這就賦予了殖民文化中居於核心位置的男性氣質的特徵,諸如攻擊性、進取性、控制性和競爭力以及權力等一種二級的(second-order)合法性。如果選擇了這一來自西方的參考框架,殖民主義將不再被視為一種絕對意義上的邪惡,在被殖民者看來,它是合法權力政治中自我閹割和失敗的產物,而對殖民者而言,殖民剝削不過是與優越的政治經濟形勢一致的生活哲學所附帶的一個次要的令人不快的副產品而已。但是,如果被殖民者發現了一個另類(alternative)的參考框架,即不認為被壓制者是弱勢的、低級的和歪曲的,而放棄追逐屬於殖民者的本質化的男性特質,此刻的殖民者將與恐懼伴隨,因為被殖民者將在這一另類的參考框架中看到殖民者在道德與文化上原來是低劣的。由此,上述文化共識將不復存

---

88 Ashis Nandy, *The Intimate Enemy: Loss and Recovery of Self Under Colonialism*, Delhi: Oxford University Press, Bombay Calcutta Madras, 1983, pp.4.

在，殖民統治亦將搖搖欲墜。甘地就是完全放棄了殖民者的現代性別文化框架，在印度本土的傳統秩序中覓得不合作的文化資源。[89]

在啟蒙的視野下，魯迅與洪深等現代知識分子對於中國戲曲的性別表演的批評與民族國家話語之間有著繁複的邏輯交織，這一邏輯與南迪論述的印度本土的性別文化結構變化不盡相同。但南迪的論述對於我們解析其中的性別政治的發生機制和運作過程依然具有方法與視野上的啟迪意義。

陳凱歌曾通過影片《梅蘭芳》[90]探討過梅蘭芳的性別反串表演，在其著作《梅飛色舞》中，陳凱歌表示，「他最有趣的是臺上弱女子，臺下偉丈夫。這兩個東西怎麼在一個人身上統一和結合起來的？我不明白。到現在，我覺得電影是一不是二。它不是一個可以做出分支，可以直指什麼，直指哪個，最後變成一體的東西。有時我就感覺當他沉默對抗的時候，這人幾乎有些像聖雄甘地的感覺，非暴力的反抗」。[91]陳凱歌從「中國人之所以為中國人的心靈史」[92]的探討視角出發，把梅蘭芳比作「聖雄甘地」，在外在形式上雖然具有某種近似性，但依據前文我們對梅蘭芳的跨文化戲劇實踐與西方現代性的關係的論述，可以看出，在兩種文化實踐的內在邏輯上，梅蘭芳與甘地事實上有著天壤之別。不同於甘地從往昔的印度文化中尋求對抗現代文明的資源，梅蘭芳並不排斥現代的價值系統，其跨文化戲劇實踐始終

89　Ashis Nandy, *The Intimate Enemy: Loss and Recovery of Self Under Colonialism*, Delhi: Oxford University Press, Bombay Calcutta Madras, 1983, pp.4-11.

90　嚴歌苓、陳國富、張家魯編劇，陳凱歌導演：《梅蘭芳》（北京市：中國電影集團北京電影製片廠、中環國際娛樂事業公司、英皇電影（國際）公司出品，2008年）。

91　陳凱歌：《梅飛色舞》（北京市：鳳凰出版社，2009年1月），頁144。

92　陳凱歌《梅飛色舞》一書附贈的電影海報上的相關文字說明。陳凱歌在另一場合也有過意義近似的表述：「中國能在過去150年間所經受的苦難中堅持下來，是因為中國人品格中的堅韌，而這個堅韌在梅蘭芳先生身上得到了驗證」，〈新院線：《梅蘭芳》〉，載《電影頻道》2008年12月號，總第12期。

與現代性框架發生著密切的關聯，他與新文化倡導者的差異僅僅在於對待傳統的態度上。梅蘭芳的性別反串表演雖然製造出一片曖昧的、邊緣的性別認同區域，但在民族危機深重的特定歷史時段，亦會被自覺地納入到民族國家的話語脈絡中去。

我們無需辨析和論證，在中國和西方是否、如何存在著雌雄同體的性別文化傳統，因為男女兩性的性別氣質本身就是一個動態歷史文化的建構與發明。如果去追蹤中西方的雌雄同體的文化脈絡，事實上已經潛在地設置了一個男女兩性的二元框架作為待分析的雌雄同體的對立面和比較尺度，也就是以承認男女兩性的性別氣質的規定與區隔的必然性作為前提。真正的問題在於：這一性別區隔的動態建構進程如何在中西方戲劇文化匯流中，通過跨文化戲劇實踐得以在衝突中共生和運作的？

「以女性作為敵手與異己而建立的一整套防範系統乃是父系秩序大廈的隱秘精髓，正是從男性統治者與女性敗北者這對隱秘形象中，引申出這一秩序的所有統治者／被統治者的對抗性二項關係」。[93]因此，男性與女性的二元區分的歷史成為男性統治的秩序得以延續的祕密。正是在這個意義上，布爾迪厄指出，「自從有男人和女人以來，男性統治就固定不變了，男性秩序通過男性統治世世代代延續下去」。[94]京劇的性別反串表演的社會效應使得傳統的性別區隔在舞臺上下、真幻之間變得蕩然無存，演員與觀眾共享著這一不無僭越意味的第三種性別想像與認同，父權秩序的統治根基就面臨著潛在的危機。「京劇審美往往帶有男性的色彩」，[95]這一論斷只有在演員刻意迎合觀

---

93 孟悅、戴錦華：《浮出歷史地表：現代婦女文學研究緒論》（鄭州市：河南人民出版社，1989年），頁3。

94 〔法〕皮埃爾·布爾迪厄著，劉暉譯：《男性統治》（深圳市：海天出版社，2002年），頁115。

95 徐成北：《京戲之謎》（北京市：時事出版社，2002年1月），頁38。

眾的「女性想像」並將其本質化於舞臺之上時才能成立，但考慮到演員本身的性別所賦予的這一表演的整體隱喻意義而言，它是對父權意識形態的潛在顛覆。這種情形彰顯了性別反串表演的複雜且矛盾的意義面向。值得注意的是，對新文化的倡導不遺餘力的傅斯年、洪深等人在意欲拯救「優伶」在傳統中國社會的低賤位置時，不約而同地抨擊了傳統社會將「優伶」與「倡妓」並置的做法。[96]中國現代知識分子借助西方知識權威並且通過他們在戲劇舞臺上的身體力行使「優伶」得以正名，轉而成為具有男性氣質的「培植社會的導師」，引領著無數如影隨形的知識女性離家去國，那麼「倡妓」和戲曲演員則依然被隔離在「下等人」的等級結構中。「考察歷史，我們發現，當現代化邁向進步的國族主體呼召著男女平權時，各種階序體系其實同時構築了許許多多的身分標記，使得許多的女體既不是形，也不是影，而是影外的微陰眾罔兩，眾罔兩在邁向進步的論述中，已然因著被進步論述標記為『落後』或『變態』，而先行排除於進步的『男女平等』的女性主體可能之外」。[97]因此，可以說「五四」婦女解放仍然是在一個由男女兩性組構的二元框架中操作的，所有的悖論均由這一性別結構所衍生，而這一性別結構又是與中西文化匯流的結構的不均衡性完全疊合的。

　　借助南迪的論述框架，我們可以解析中西文化匯流的不均衡結構生產這一性別區隔的內在機制。由西方的殖民事業帶來的男性職業是生產男性氣質的一個重要因素，特別是軍事和經濟活動中的暴力征服有賴於男性的體力，並由此生產出與征服相伴隨的男性氣質的道德倫

---

96 傅斯年：〈戲劇改良各面觀〉，載《新青年》第5卷第4號，1918年10月15日。洪深：〈我的打鼓時期已經過了麼？〉，孫青紋編：《洪深研究專輯》（杭州市：浙江文藝出版社，1986年），頁237。

97 劉人鵬：《近代中國女權論述——國族、翻譯與性別政治》（臺北市：臺灣學生書局，2000年2月），頁210-211。

理秩序。[98]在中西方戲劇文化的接觸中，強勢的西方戲劇文化為中西文化匯流過程中的中國知識分子挪用，並藉此對抗傳統父權文化秩序的壓抑。在這一挪用過程中，西方文化中的話語殖民因素借助中西文化匯流這一權力運作中介潛在地滲透到了本土知識分子的不無男性氣質的國族話語構築之中。西方戲劇知識作為一個規範、一種尺度，以權威的姿態轉化為一種文化資本，在賦予本土知識分子力量的同時，也賦予了他們發明本土的他者的資格。於是，悖謬的情形由此而生——他們借助西方的戲劇知識的權威性復活了他們所要對抗的本土父權意識形態，唯一不同的是，本土知識分子親自扮演了「父親」的角色，並且與他們意欲對抗的殖民話語達成了最好的合作。借用南迪的說法，那就是「殖民主義是由外來力量促生，而釋放出來的一個本土的過程」。對西方價值觀的內化，使本土知識分子成為自己最「親密的敵人」。在這個意義上，洪深為了避免舞臺上的性別反串，而「借用奧尼爾寫《瓊斯王（皇）》的方式」創作《趙閻王》，似乎成為了西方性別文化介入中國性別文化結構過程的一個隱喻。法國女性主義學者朱莉亞・克里斯多娃在其著名的論文《婦女的時間》裡面指出，「至於時間，女性主體（female subjectivity）似乎提供了一種具體的尺度，本質上維持著文明史所共知的多種時間中的重複和永恆」，「如果女性主體置身於『男性』價值的構建之中，那麼，就某一時間概念來說，女性主體就成了問題。這一時間概念是：計劃的、有目的的時間，呈線性預期展開：分離、進展和到達的時間；換句話說，歷史的時間。這種時間內在於任何給定文明的邏輯的及本體的價值之中，清晰地顯示其他時間試圖隱匿的破裂、期待或者痛苦」。[99]在

98　〔美〕R.W. 康奈爾著，柳莉等譯：《男性氣質》（北京市：社會科學文獻出版社，2003年），頁261-262。

99　〔法〕朱莉亞・克里斯多娃著，程巍譯：〈婦女的時間〉張京媛主編：《當代女性主義文學批評》（北京市：北京大學出版社，1992年1月），頁350-351。

中國本土知識分子的啟蒙敘事中，一種體現為歷史進步觀念的線性時間政治將「女性主體置身於『男性』價值的構建之中」，西方文化語境中的男性氣質亦被複製在這一本土的現代性話語中，並且重新釋放出了本土文化結構中固有的父權意識形態。如此，時間與性別的政治就接合在一起，並在本土語境中發生了邏輯關聯，魯迅等現代知識分子對於梅蘭芳的性別反串表演的批評藉此與西方殖民話語和本土的壓抑性父權意識形態之間產生了共謀。在時間與性別政治的疊合邏輯中，重新審視梅蘭芳的性別表演，可以發現其曖昧性既踰越了傳統性別觀念的藩籬，也潛在地形塑著知識分子視野中的未來國族主體的性別想像，它在一定程度上解構著中國的啟蒙現代性話語，在性別與時間這兩個邏輯互滲的範疇中孕育出一種本土現代性的另類層次。無論梅蘭芳本人對自我的男性身分認同有多麼自覺，[100] 但其性別反串的表演文化實踐在新文化倡導者看來無疑是極端危險的。自近現代以來，不斷遭受殖民侵略的中國的確需要呼喚一個剛健的國族主體，這正是新文化倡導者批評梅蘭芳性別表演的文化主體性依據，但這種批評本身所暗含的性別政治，又使這一文化主體性在突顯的同時，必須以其與殖民話語的合作為代價。因此，「新、舊劇」觀念的論爭在一定程度上可視為是兩種不同的戲劇形式的性別氣質的一次辨析，而梅蘭芳的性別反串表演的歧義性亦是全球語境下的現代中國性別認同危機的一個表徵。

　　在中西方表述中國戲劇以及梅蘭芳的戲劇演出時，無論是魯迅在〈社戲〉裡面通過敘事者的「懷舊」展開（過去與未來）的雙重時間運作，還是西方借助梅蘭芳的表演所紓解的「文化鄉愁」，都同時含蘊著時間與性別的雙重文化密碼，而且這兩種文化密碼也同時為中西

---

100 梅蘭芳本人對自己的男性身分有著明確的認知和極力的維護，他「一輩子沒坐過膝蓋頭」，「始終保持完整的尊嚴和風度」。陳凱歌：《梅飛色舞》（北京市：鳳凰出版社，2009年1月），頁45、129。

方的現代性話語所分享，成就或重構著其中的父權秩序。「父權制的合法化通常依賴於這樣一種說法：男人是更完全的人類，比女人經歷著更高度的發展。因此不足為奇的是，男性氣質的概念最終將落腳於女人與兒童地位的同等化上。對於父權意識形態來說，女人必須被宣告為永遠的嬰兒」。[101]「孩子」和「女人」就是在這一邏輯關聯中，被整合併編織進中西方關於中國戲劇和梅蘭芳的「懷舊性神話」中去的。

餘論

　　一九四一年，日軍攻陷香港，退避在此的梅蘭芳為有效地拒絕給日軍演出，開始「蓄鬚明志」。[102]梅蘭芳在國難時期，暫別了其舞臺上寄寓於男旦角色中的假鳳虛凰身分，以男性的生理標誌──鬍鬚作為新的「戲劇」語言開始了其身體政治的表演，與帝國主義意識形態展開了艱難的對抗與周旋。「鬍鬚」作為男性身體的一個組成部分，被梅蘭芳從性別的角度賦予了政治隱喻的意義，成為國族話語與個體身體連結的符號標識和前沿場域。梅蘭芳的「鬍鬚」既是一種特殊背景下對國族男性氣質的張揚，亦是遭受蹂躪的民族主體對異族征服中的身體規訓的潛在抵抗，更是帝國主義意識形態對於中國性別認同的強制性篡改與內化的身體表徵；同時，在這種對既往的性別實踐與認同的自我否定和揚棄的決絕姿態中，梅蘭芳的「鬍鬚」銘刻著政治機器對個體身體的壓抑和自我放逐於故有文化後情感層面的巨大創傷。

101　〔英〕約翰・麥克因斯著，黃菡、周麗華譯：《男性的終結》（南京市：江蘇人民出版社，2002年1月），頁25。阿什斯・南迪（Ashis Nandy）也有過同樣的表述。Ashis Nandy, *The Intimate Enemy: Loss and Recovery of Self Under Colonialism*, Delhi: Oxford University Press, Bombay Calcutta Madras, 1983, pp.16-17.

102　李伶伶：《梅蘭芳全傳》（北京市：中國青年出版社，2001年12月），頁464-497。

七
主體的眼睛：
美國舞臺上的中國戲劇與中國形象

　　中國戲劇第一次真正在美國出現，是和十九世紀中期登陸美國的華工一起的。伴隨著大批華工的「淘金夢」出現在美國的中國戲劇演出，作為一種社區文化活動，基本功能在於緩解離恨鄉愁和構建族群認同，但是，它們在客觀上也促成了最初的中美戲劇交流。這些華人社區的戲劇活動的波及面雖然極為有限，但畢竟讓美國人看到了真正的中國戲劇。這些早期的中國戲劇表演，對於後來出現在美國舞臺上的「準中國戲劇」和借鑑戲曲手法的實驗戲劇的形成，提供了部分重要的靈感。

　　「中國」因素在美國舞臺上出現，可以追溯到一七六七年一月十六日，亞瑟‧墨菲（Arthur Murphy）翻譯自伏爾泰（Voltaire, 1694-1778）的《中國孤兒》的英文版本在費城（Philadelphia）的索斯沃劇院（Southwark Theatre）上演，其中含混的「東方」異域風情，此後便以各種不同的形式在涉及到中國題材的美國戲劇中承續下來。早期美國舞臺上搬演的綜藝節目對「中國性」的展示，成為美國人認知「中國」的重要途徑。這種認知途徑使美國人在遠早於他們親眼看到真實的中國人之前，對所謂的「中國情調」就相當地熟悉了，並且在美國人關於「中國」的「知識和想像的地圖」上一再地被複印。

劇場：他鄉中的故鄉

　　在中國戲劇真正登陸美國之前的十八世紀最後幾十年裡，中國的皮影、雜技等表演就已經在美國舞臺上頻頻出現，而且頗為流行。到了十九世紀中期，準確地說是在一八四八年，美國在加利福尼亞州發現了金礦，許多國家的移民來到美國「淘金」。其中也有成批的華工身處其中，最初被視為開發美國西部的有價值的勞動力。伴隨著大批華工進入美國的，是中國戲院和中國戲劇演出。[1]在美國國土上中國戲劇的演出是隨著華人社區的出現而出現的，並且和華人群體的社區生活緊密相連，或者可以這麼說，華人聚居的社區為中國戲劇提供了生存的基本土壤和產生意義的主要語境，而在美國的中國戲劇活動也成為了這些背井離鄉的華人重要的精神慰藉。

　　「戲劇作為表演，有模仿與儀式雙重功能。模仿功能強調的是戲劇表演模仿一段故事，臺上所有的人與物都是指涉性符號，指向舞臺之外想像之中的故事空間。儀式功能強調的是戲劇表演作為一個公共事件的社會效果，猶如巫術、體育比賽，表演是自指涉的，指向表演空間本身。」[2]美國華人社區的中國戲劇表演活動，也同樣具有這樣的雙重功能。這些流散海外的華人，在結束每天繁重的體力勞動之後，成群結隊地湧入戲院，聽一聽熟悉的故鄉小調，不僅可以緩解身體的疲憊，更重要的是，他們可以在戲院這個別樣的空間裡緩解家國之思，並尋找到「自我」的歸屬感。於是，那種難以排遣的鄉愁在戲劇舞臺所搬演的熟悉場景／空間中，得以「想像性」地滿足。雖然這個時期到美國演出的中國劇團的根本動機是要贏利，具有非官方的特

1　吳戈先生在其著作《中美戲劇交流的文化解讀》裡面，對於作為「移民文化」的中國戲劇早期在美國的情形有著詳細、深入的論述。吳戈：《中美戲劇交流的文化解讀》（昆明市：雲南人民出版社，2006年8月），頁31-68。

2　周寧：《想像與權力：戲劇意識形態研究》（廈門市：廈門大學出版社，2003年），頁177。

質，而且想像中預設的受眾也不僅限於華人，但這畢竟是一種「跨種族」、「跨語種」演出行為，一旦進入由少數華人建立的社區這樣一個接受語境，毫無意識卻又不可避免地就具有了意識形態意義。華人群落在劇院裡觀看戲劇演出的同時，能夠體驗到族群的歸屬感和同胞之愛。此時，華人社區成為連結戲劇演出與社區意識形態的中介。從這個意義上看，當時美國的中國戲劇演出可以視為一種族群認同的儀式。在接踵而至的排華浪潮中，中國戲劇演出遭到毀滅性的禁止；而美國具有反叛意識的先鋒藝術家在進行戲劇實驗時，則會轉向中國戲曲尋找思想資源。這兩種截然相反的態度，其深層的文化心理可能都同樣源自美國華人社區中的戲劇演出的這種「儀式」性質。不同的是，前者在中國戲院裡面感到莫名的恐懼，而後者則發覺了反叛的靈感。

　　本奈迪克・安德森（Benedict Anderson）在《想像的共同體：對民族主義的起源與分布的反思》（*Imagined Communities: Reflections on the Origin and Spread of Nationalism*）中指出：「民族國家可以定義為一個想像的政治共同體——本質上是一種有限的、自主的想像。」[3]他進一步解釋到，「之所以說它想像的，是因為即使在最小的民族國家裡面，其大多數成員之間也不可能認識、相遇，甚至從未聽說過對方，但是每個人都想像著他們同屬一個共同體」，「而它被想像成為共同體，是因為儘管在每個民族國家內部可能存在著不公平和剝削，但它總是被看成是複雜的關係締結體。正是這種親緣關係，使在過去的兩個多世紀裡，成千上萬的人為了這種有限的想像做出犧牲成為可能。」[4]在安德森的著作裡面，十六世紀以後的歐洲的民族國家「想像」來自於紙質媒體，即小說和報紙。正是在一群人閱讀的過程中，

3　Benedict Anderson: *Imagined Communities: Reflections on the Origin and Spread of Nationalism*, London. New York: Verso, 1991, p.6.

4　Benedict Anderson: *Imagined Communities: Reflections on the Origin and Spread of Nationalism*, London. New York: Verso, 1991, pp.6-7.

感受到一種抽象的共時性，以及共時性下的共同生活，從而形成了共同的社群，也就是民族的想像共同體的胚胎。儘管研究對象具有很大的差異，但是安德森的思路對我們思考此時的中國戲劇演出，仍然有著一定的啟發性。雖然這個時期到美國演出的中國劇團具有非官方的性質，但中國劇團在美國華人社區的戲劇演出活動，具有公開化、社群化的特徵，此時的戲劇演出也成為一個重要的媒介——美國華人通過共同觀看戲劇演出，促成了對於「共同體」的抽象想像，產生了根植於中國戲劇文化的民族凝聚力。這個「想像的共同體」可能是後來的「華裔美國」（Chinese America）的前身。當然，看戲的受眾也不可能是僅僅被動地接受，他們的反應也會對這些戲劇演出形成一種「形塑」作用，使演出進行相應的調適。但是，從現有的資料只能看到這些劇團為適應美國觀眾所做的改變，這個「雙向互動」的問題將在下面探討；至於這些劇團的演出受到華人社區的「形塑」的情況，無從知道。當然，這個時期的中國劇團的演出活動的純贏利動機和民間性，可能或多或少地遮蔽了其毫無自覺的意識形態意味。

美國華工的隱忍、勤勞，贏得了最初的禮遇和尊敬。但是，好景不長，到了十九世紀七十年代，伴隨著美國經濟的蕭條，華工成為稀有的工作機會的競爭者。「於是從一八七一年開始，反華白人開始了針對華人的瘋狂暴力行動，他們搗毀財產，殺人放火，無所不用其極。」[5]自一八九五年，德國皇帝威廉二世提出「黃禍」（die gelbe Gefahr）的說法，並命令宮廷畫家赫爾曼·奈克法斯（Herman Knackfuss）畫了一幅名為《黃禍》的版畫以來，伴隨著這幅畫在歐洲的流傳，「黃禍」恐慌也開始像瘟疫一樣在西方的知識與想像中蔓延。「黃禍」恐慌大致可以分為兩種：一是對中國曾經的軍事侵略與經濟掠奪的隱憂和恐懼，二是移民海外的華人不聲不響地流溢於西方世界，引起西方

5　姜智芹：《傅滿洲與陳查理：美國大眾文化中的中國形象》（南京市：南京大學出版社，2007年6月），頁25。

人對於自身安全的幻滅感。其實「黃禍」恐慌根本來自於西方人對他
者的憂慮、對異族的緊張與恐懼。[6]從這個意義上看，美國自十九世
紀七十年代開始的排華浪潮並不是偶然的，其經濟蕭條不過是根導火
線，根本的文化心理上的原因在於美國／西方對於他性的恐懼，而最
初的禮遇，也不過是現實性需求把內心的恐懼給暫時地轉嫁了而已。
當時在美華工的處境和遭遇，從阿英編的《反美華工禁約文學集‧中
國近代反侵略文學集之五》[7]所收入的作品中，可見一斑。

　　隨著排華浪潮的洶湧，美國華人的各種權力被剝奪、生存受到威
脅的同時，美國的中國戲劇演出也遭到極大的破壞。──不難想像，
當美國人看到華人成群地聚集在黑暗的角落裡面，為怪誕的「戲劇」
齊聲叫好時，內心所感受到的震動與威脅，美國人在想像中會把中國
戲劇演出變為敗壞基督徒心智與寧靜的「異教徒儀式」。但這還不是
問題的全部。其實，就在排華聲浪很高的時期，一些觀看中國戲劇的
白人政府官員及其他白人名流，也會流露出對中國戲劇的讚美。當
然，這種「讚美」不無對「異域情調」的好奇，但也洩露了美國人破
壞中國戲劇演出的真實動機──美國人很明顯地看到戲劇演出對於華
人社區的凝聚意義，破壞中國戲劇演出無疑是驅逐華人的最好辦法。
破壞活動開始後，白人社區與政府聯合，限制、關閉、逮捕中國戲院
經理，甚至是暴力砸場，在許多城市的中國戲院都時有發生。[8]與此
同時，華人也被暴力騷擾、屠殺或者驅逐。但是，中國戲劇並沒有絕

6　周寧：《天朝遙遠：西方的中國形象研究》上卷（北京市：北京大學出版社，2006
　　年12月），頁354-359。

7　參見阿英編：《反美華工禁約文學集‧中國近代反侵略文學集之五》（北京市：中華
　　書局，1962年）。該書共包括詩歌、小說、戲曲、事略、散文五卷，「補編」部分包
　　括詩歌、講唱、戲曲和散文四個部分。這本書的編輯和出版雖然帶著冷戰時期的意
　　識形態目的，但其中收入的作品為我們了解當時華工的遭遇留下了珍貴的資料。

8　這個時期的美國白人對於中國戲劇的曖昧態度，吳戈先生在其著作《中美戲劇交流
　　的文化解讀》裡面有曾過精彩的論述。參見吳戈：《中美戲劇交流的文化解讀》（昆
　　明市：雲南人民出版社，2006年8月），頁44。

跡，其頑強的生命力來自於其作為一種族群認同儀式的強大的凝聚功能。美國的中國戲劇演出的盛衰與華人在美國的命運是緊密相連的，越是在華人遭受歧視、排擠的時候，中國戲劇演出的意識形態功能就越明顯，華人社區對它的需求也就更加強烈。

　　隨著時代的變遷，美國的中國戲劇的生存語境也發生了重大的變化。早期的美國華人，精神生活十分匱乏，而且落葉歸根的鄉土觀念很強，觀看戲劇演出在各個層面上都是他們的迫切需要，由其是中國戲劇給他們提供了一個類似於本雅明（Walter Benjamin）所說的「空洞的共時性」（empty time），使他們通過戲劇獲得了強烈的歸屬感和認同感。進入二十世紀以後，華人社區漸趨穩定，現代傳媒也開始介入其中，華人「想像的共同體」賴以產生的媒介也多了起來，比如一些華人知識分子主辦的以廣東方言為主的中文報紙，還有傳教士辦的中英文雙語報紙，華人作家的文藝創作，還有電影、電視等。值得注意的是，美國媒體介入華人社區的日常生活後，對於華人的價值觀的形塑作用不可小覷，使這個時期以後的華人的文化身分逐漸具有了混雜性（hybridity）的特徵，甚至在文化認同的範疇內已經無法對某些問題做出有效的闡釋。這樣的文化語境中的中國戲劇的存在方式與功能自然會有所變化。以舊金山的粵劇演出為例，「一九四〇年以來，舊金山職業粵劇演出不再經常舉行，唐人街（Chinatown）轉向內部尋找其音樂創造力和娛樂活動的來源」，「戰後粵劇社活動的逐漸減少，在某種程度上是由於一九四五、四六年間移民法的鬆動，數千名中國婦女因此作為作為移民進入美國。戲曲社的會員結婚並有了家庭生活，對樂社這種聚會場所的需求減弱了，會員的妻子和孩子在樂社中的存在也改變了樂社的特點。」[9]這些鬆散的、業餘的華人劇社，是這個

9　〔美〕羅納德‧里德爾：〈美國舊金山華人社會中的業餘戲曲團體〉（海震節譯自《飛龍與流水──舊金山華人生活中的音樂》，美國：綠林出版社，1983年），載《戲曲研究》第38輯（北京市：文化藝術出版社，1991年），頁207、212。

時代中的典型產物。在這些劇社的戲劇演出活動，只對本社的會員開
放，其主要的功能在於社交。很多時候，戲劇演出常常處於半停止的
狀態，劇社主要是作為一個消遣和談話的非正式場所而存在的。這些
劇社具有社會融合的一面，同時也具有明顯的封閉性，社會融合的程
度非常有限。影視等娛樂方式的衝擊使這些劇社的發展前途十分渺
茫，更主要的問題在於，在美國出生的華人認同的是美國的主流價值
觀，與美國社會同化的速度越來越快，有的人根本就不懂漢語或其他
中國方言，這樣的劇社演出對他們沒有任何吸引力。[10]美國華人的後
裔（甚至包括長期生活在美國的華人）的想像中的「共同體」與他們
的先輩具有很大的差異，不再是族群和文化身分的構述，而是對多元
文化的美國的建構，或者說是對華裔美國的國家身分的建構。從這個
意義上說，他們的「想像的共同體」倒是更接近安德森的本意。[11]

　　在今天的全球化時代，在美國上演的中國戲劇又被賦予了新的意
義，具有了跨國生產與消費的特徵。以二○○六年春季在厄灣
（Irvine）上演的《壯麗的長城》（The Splendor of the Great Wall）和秋
季在伯克利（Berkeley）、厄灣、洛杉磯（Los Angeles）、聖·芭芭拉
（Santa Barbara）等地巡演的《牡丹亭》為例，都是由加州、香港、
臺灣的華人投資，中國大陸的劇團演出。這些戲劇演出都具有一種
「懷舊」（nostalgia）的色彩，它激起了流散在海外的華人中原本比較
淡漠的民族主義和愛國主義情感。這種對於「懷舊」和民族主義的生
產和消費可以視為對於全球化和國家疆界消失的一種強烈反應。《壯
麗的長城》的背景是日本侵略下的中國，裡面穿插了很多那個時期的

---

10 〔美〕羅納德·里德爾：〈美國舊金山華人社會中的業餘戲曲團體〉（海震節譯自
　　《飛龍與流水——舊金山華人生活中的音樂》，美國：綠林出版社，1983年），載
　　《戲曲研究》第38輯（北京市：文化藝術出版社，1991年），頁207-217。

11 安德森在Imagined Communities: Reflections on the Origin and Spread of Nationallism
　　（London, New York: Verso, 1991）一書中沒有涉及到少數族裔對於國家身分的認
　　同，本文是在延伸意義上使用「想像的共同體」這個概念的。

愛國歌曲，歌詞都是戰爭中流浪在外的中國人的悲哀心理寫照，這些歌曲在華人中喚起一種「懷舊」情愫——對於在場觀看演出的中國人來說，對於異族侵略和失去家園的痛苦都是非常明顯的。這種對於想像的「家」、「國」的渴望，滿足了在每天的平淡生活中所沒有的浪漫情感。而《牡丹亭》則把觀眾拉回到更遙遠的時代，它通過展示中國的精緻的古典文化、經典詩詞和浪漫的愛情——與當下的政治形成鮮明的對照——這個古典劇目喚起了華人的文化國家主義情感。這種對於國家文化的自豪展示面向的不僅是海外華人，也是展示給美國觀眾和戲劇機構的。這種匯集華人的人力、物力的跨國戲劇生產和消費，在美國的戲劇和學術機構中，為自己掙得了政治資本和文化資本。在這個全球化的時代，這種華人跨國戲劇使自身成為了美國當地戲劇的一部分。這些演出也希望能夠通過學術，對於操縱著教育機構和符號領域的「東方主義」話語進行一次反轉，同時，這種世俗的距離也有助於創造一個在當前的政治氣候和全球文化中不可能存在的國家空間。[12]

中國戲劇最初登陸美國時，預設的觀眾群體不僅僅局限於華人。劇團贏利的動機必然會使其表演對於觀眾市場有一個價值預期。中國戲劇表演能夠取得多大的價值，將取決於美國接受市場的審美形塑法則。為了實現劇團演出的利益最大化，中國戲劇的演出必定要與接受市場發生有效的互動，要受到接受市場的審美法則的形塑。中國戲劇表演在美國這樣一個異質文化氛圍中發生，將引起一種「雙向互滲」的戲劇文化交流的最初局面——儘管這種交流還沒有文化上的自覺，更多是出於一種圖存的策略。早期中國戲劇在接受市場的形塑下，所發生的變化是多方面的。

---

12 Daphne Lei, *Transnational Production and Consumption of Chinese "National" Nostalgia*, Abstract for the MRG Paper, University of California, Irvine, 2007.

　　中國戲劇最初在美國演出時，還沒有自己的劇場，演出要在租用
的西式劇場進行。最初要面對的演出場地難題反而成了後來改造、豐
富傳統中國戲院的契機。中國戲劇在美國演出時，從劇場格局、設
備、燈光、音樂到女演員的啟用等方面的革新成為了近現代中國戲曲
開始向現代轉型的先聲。[13]梅蘭芳在一九三〇年訪美演出的時候，也
曾根據西方觀眾的審美趣味對自己的表演進行了調適，而且一九三六
年在國內排演《生死恨》時，運用燈光加強舞臺效果，這可能是受到
了西方舞臺美術的啟發。[14]

戲曲作為意識形態反叛的美學資源

　　自十九世紀中期真正的中國戲劇在美國演出以來，中國戲劇演出
引起了相當一部分非華人觀眾的注意，其中也不乏熱烈的讚譽，中國
戲劇對於美國人的吸引力在一九三〇年梅蘭芳訪美演出時，達到了一
個高峰。但是，中國戲曲對美國／西方戲劇的影響，是微乎其微的，
遠不像在近代以來在中國社會劇烈轉型中扮演了一定角色的中國戲劇
那樣，受到了西方戲劇文化的覆蓋性衝擊。中國戲曲在美國／西方的
影響，主要體現於旨在顛覆現代價值的先鋒戲劇試驗上。就其戲劇主
流而言，很難看到中國戲劇的影響。在美國主流文化中，中國戲劇仍
然是一種少數族裔的邊緣藝術形式，在好奇與欣賞的同時，也不無誤
解和偏見。

　　在二十世紀初，最早登陸美國的粵劇演出就引起了一些評論家的
注目，並在報刊上做了評論。有資料顯示，在一九〇三年，一個名叫

---

13 這個時期在美國上演的中國戲劇對於西方戲劇藝術的借鑑和轉化，吳戈先生曾有過
　　詳盡的論述。參見吳戈：《中美戲劇交流的文化解讀》（昆明市：雲南人民出版社，
　　2006年8月），頁58-59。

14 梅紹武：《我的父親梅蘭芳》上冊（北京市：中華書局，2006年3月），頁176。

亨利‧蒂瑞爾（Henry Tyrrell）在《戲劇雜誌》（*The Theatre Maga-zine*）上撰文，評述紐約華人社區的中國戲劇。他的評論涉及到中國戲劇的題材來源、舞臺和表現手法，蒂瑞爾認為：「至今為止，中國戲劇實際的標準劇目包括元朝期間或早於莎士比亞兩百多年前創作的約五五〇齣劇作。據說，如今杜瓦耶爾街上的外來戲班還經常從中挑選節目。」關於中國戲劇的舞臺，蒂瑞爾指出：「舞臺是小型的，沒有腳燈、前臺、幕布、側門，除了可由道具員在演出過程中搬上搬下的道具外，沒有任何布景。舞臺後部被騰空成凹形，以安置包括鑼、鼓、琴、笛、號、喇叭的樂隊。這一凹壁的兩邊是門，分別用於演員上、下場，有時它們的使用順序會有所調整。」對於中國戲劇的表演，蒂瑞爾的描述中似乎也帶有些困惑：「一個即將上路的角色會做出上馬或踏上船跳板的動作。酒後的幾個典型動作或姿勢就代表了醉酒的場面。害羞的新娘要回房時，會有兩個道劇[15]員抬上一個帳篷狀帶有絲綢門簾的道具。觀眾們目睹女演員穿過這道簾子，若無其事地退場，隨後道具也被抬下場。」[16]

　　蒂瑞爾的評述顯然可以代表大多數美國人對於中國戲曲的最初打量。——在對中國戲劇表層特徵的描述中不無新鮮、好奇與困惑。隨著時間的推移，美國人對中國戲劇的觀察和認識也逐漸有所深化，能夠深入到中國戲劇深層的美學原理的分析。在一九二一年四月十日的《紐約時報書評雜誌》上，發表了署名威爾‧歐文（Will Irwin）的〈曾在唐人街的戲劇〉（"The Drama That Was in Chinatown"）。歐文從觀眾接受心理的角度，對中國戲劇的特徵做了這樣的分析：「你見到的只是表面現象。要發現並理解中國觀眾的態度，還需要長時間的研

---

15 疑為「道具」。——引者

16 引文資料出自〔英〕亨利‧蒂瑞爾：〈紐約唐人街的戲劇〉，《戲劇雜誌》1903年第3期，頁171，轉引自都文偉：《百老匯的中國題材與中國戲曲》（上海市：上海三聯書店，2002年），頁141。

究。你必須發揮想像，一旦你做到了這一點，那些在舞臺上的觀眾，腳下的孩童，道具管理員都變得看不見了。隱形的道具管理員在桌上鋪上一塊黃色檯布，那黃色就代表著皇帝。你的想像力立刻就可以建造出一座帝王的宮殿，遠比貝拉斯科（Belasco）或萊因哈德特（Rhinehardt）在畫布上能畫出的要宏偉得多。兩張椅子堆在桌子上就成了山：演員登高，遮陽，目光越過平原，注視著遠方的戰鬥。沒有哪一位布景畫師能像我們的想像力那樣，用遠處幾根蜿蜒如蛇的藍黃線條就構建出高而遠的空間感。」歐文認為中國戲劇的基本原則是「中國戲劇家不受舞臺的一般限制，在時間和空間的架構上，他們可以隨心所欲。」[17]歐文頻繁出入唐人街的中國戲院，經過長期的觀摩，他對中國戲劇的表演、舞臺布置、服飾、化妝等評價很高，認為「中國戲劇表演是一門比我們通常在美國舞臺上所見到的更為完美的藝術。」[18]後來，他與西德尼・霍華德（Sidney Howard）合作，把中國的《琵琶記》改編後搬上了百老匯的舞臺。[19]像歐文這樣早期的美國戲劇工作者，對於中國戲劇的美學原則的深層次研究和評論，以及他們的舞臺實踐，成為隨後的美國實驗戲劇借鑑中國戲劇的良好開端。

　　「美國現代戲劇之父」尤金・奧尼爾（Eugene O'Neill, 1888-1953）在他創作生涯的第二個階段，大膽嘗試各種藝術技巧，他的戲劇實驗了包括面具、獨白、舞臺分割等在內的處理手法，其中某些手法可能就是來自於中國戲劇的啟示。比如，在創作於一九二六年的四

---

17 〔美〕威爾・歐文：「曾經的唐人街戲劇」，《紐約時報書評雜誌》，1921年4月10日，頁3、17，轉引自都文偉：《百老匯的中國題材與中國戲曲》（上海市：上海三聯書店，2002年），頁142。

18 〔美〕威爾・歐文：「曾經的唐人街戲劇」，《紐約時報書評雜誌》，1921年4月10日，頁17，轉引自都文偉：《百老匯的中國題材與中國戲曲》（上海市：上海三聯書店，2002年），頁142。

19 都文偉：《百老匯的中國題材與中國戲曲》（上海市：上海三聯書店，2002年），頁142。

幕劇《拉撒路笑了》裡面，四個主要人物米莉亞姆、蒂比羅、卡利古拉和龐培阿都帶著半個面具，來表現他們的雙重性格，令人想到中國京劇的臉譜。一九二七年的九幕劇《奇異的插曲》，於一九二八年在百老匯上演，時間長達五個小時以上，演出的中間有一段長長的間歇，讓觀眾去吃過晚餐後再返回劇場看下半部分的演出。這部劇作的形式可能來自於中國戲劇的啟發。而後期創作的《作為訃告》和《一個放棄占有的占有者們的故事》中的插曲和循環的形式，在結構模式上與傳統的中國戲曲也有很大的相似之處。

　　另一位從中國戲劇中汲取了大量養分的美國戲劇家是桑頓・懷爾德（Thornton Wilder, 1897-1975）。懷爾德是美國最早向「幻覺劇場」質疑並發難的劇作家之一，這些劇作家在自己的創作實踐中，紛紛轉向東西方的古老戲劇傳統中尋找思想資源。懷爾德在他的一九五七年出版的《三部劇集：《小鎮風光》、《九死一生》、《媒人》》（*Three Plays: Our Town, The Skin of Our Teeth, The Matchmaker*）的前言裡，談到了自己早年對舞臺上的擬真廂型布景的批評：「到二十年代末我開始失去了看戲的樂趣。我不再相信我看到的故事……我感到在我那個年代裡戲劇出了點問題，它只發揮出了很小一部分的潛能……這種不滿困擾著我……富於想像力的敘述是在舞臺上變得不真實的。最後，我的不滿發展成一種怨恨。我開始感覺到戲劇不僅存在不足，而且還在逃避；它並不想挖掘它自己的深層潛力……我不能再聽信這樣幼稚的求『真』。我著手寫一些獨幕劇試圖捕捉真實而不是逼真。」[20]正是有了這種追求，懷爾德在他的劇作裡面致力於「消滅舞臺劇的第四堵牆，從而將觀眾溶進表演中去，並且使人們意識到『日常生活中

20　〔美〕桑頓・懷爾德：〈前言〉，《三部劇集：《小鎮風光》、《九死一生》、《媒人》》
　　（紐約：哈珀與羅出版公司，1957年），頁VII-XII，轉引自都文偉：《百老匯的中國
　　題材與中國戲曲》（上海市：上海三聯書店，2002年），頁174。

最微不足道的事件的價值』」。[21]

　　與其他美國劇作家相比，在接觸中國傳統文化、文學、戲劇方面，懷爾德有著得天獨厚的優勢。懷爾德的父親阿莫斯·帕克·懷爾德是西奧多·羅斯福執政期間的外交官，在一九〇六到一九〇九年間，任香港總領事，懷爾德隨父母在中國度過了他的少年時代，曾經在香港教會學校和山東曲阜僑民學校讀小學。辛亥革命發生後，懷爾德的父親轉任美國駐上海總領事，並攜全家到上海居住，懷爾德又跟隨父親來到上海生活了一段時期。少年時期為時不長的中國文化薰陶，對他後來的思想卻有著顯著的影響，正如懷爾德的哥哥阿莫斯·尼文·懷爾德所言，懷爾德本人把他的作品「一貫偏愛描寫大眾的生死世情」歸因於他小時候在中國的經歷。[22]懷爾德的中國生活經驗不僅為他的文學藝術創作提供了素材，還直接給予了他戲劇實驗的靈感。一九三〇年，梅蘭芳到美國訪問演出，懷爾德觀看後深受啟發，找到了革新風靡西方舞臺的寫實戲劇的出口。

　　一九三一年，懷爾德寫下了《到特倫頓和卡姆登的愉快旅行》（*The Happy Journey to Trenton and Camden*）、《漫長的聖誕晚餐》（*The Long Christmas Dinner*）和《海華沙號普爾曼客車》（*In Pullman Car Hiawatha*）等幾部獨幕劇，在這些早期劇作裡面，懷爾德就借鑑了中國戲劇、日本能劇和莎士比亞劇作中的一些手法和程式。懷爾德本人曾經坦言他的早期作品與東西方古老的戲劇傳統的淵源：「在《到特倫頓和卡姆登的愉快旅行》中，四張餐椅代表汽車，一家人在二十分鐘裡旅行了七十里路。《漫長的聖誕晚餐》一劇中時間跨度達九十

---

21 阿莫斯·尼文·懷爾德（Amos Niven Wilder）：《桑頓·懷爾德和他的大眾》（*Thornton Wilder and His Public*）（費城：堡壘出版公司，1980年），頁70，轉引自都文偉：《百老匯的中國題材與中國戲曲》（上海市：上海三聯書店，2002年），頁174。

22 都文偉：《百老匯的中國題材與中國戲曲》（上海市：上海三聯書店，2002年），頁174。

年。在《海華沙號普爾曼客車》中，一些更簡單的椅子充當臥鋪，我
們聽到了關於沿途城鎮鄉村最重要的消息；我們聽到了他們的思想；
我們甚至聽到了他們頭頂上宇宙行星的運行。在中國戲曲中，人物跨
坐在一根竹竿上就表明他在騎馬。幾乎在所有的日本能劇中，如果演
員在臺上繞一圈，我們就明白他正在做一次長途旅行。想想莎士比亞
在《尤利烏斯・愷撒》（*Julius Caesar*）和《安東尼和克婁巴特拉》
（*Antony and Cleopatra*）劇尾獨創的戰爭場面吧。」[23]這些早期的實
驗性劇作對於中國戲劇元素的借鑑，為他一九三八年獲得普利茲獎的
代表作《小鎮風光》（*Our Town*）對中國戲劇手法的創造性吸收奠定
了基礎。

　　《小鎮風光》的故事背景是新罕布夏州（New Hampshire）的一
個名為格洛弗斯・考尼斯的小鎮，劇作運用白描手法展現了小鎮的生
活風貌，以及醫生傑布斯和報館編輯韋伯兩家人的日常生活。流行戲
劇的生動的情節和激烈的衝突全沒有了，劇作中代之而來的是平淡無
奇、田園牧歌式的小鎮生活。劇作表現人們的生活節奏、人際關係，
甚至是婚喪嫁娶，都體現出一種平靜、溫馨、舒緩的風格和筆致。
「小鎮」猶如遠離塵囂的世外桃源，而又不拒絕現代文明的介入，這
暗示了懷爾德對於功利、浮躁的美國現代都市生活的反思和溫婉的批
評。懷爾德在這部劇作裡面融入了一個哲學主題：讓人們意識到「生
活中最不重要的事情的價值」[24]。

　　一九三八年二月四日，《小鎮風光》首演於百老匯的亨利・米勒
劇院（Henry Miller Theatre），傑德・哈里斯（Jed Harris）任導演和

23　〔美〕桑頓・懷爾德：〈前言〉，《三部劇集：《小鎮風光》、《九死一生》、《媒人》》
　　（紐約市：哈珀與羅出版公司，1957年），頁XII，轉引自都文偉：《百老匯的中國題
　　材與中國戲曲》（上海市：上海三聯書店，2002年），頁177。
24　都文偉：《百老匯的中國題材與中國戲曲》（上海市：上海三聯書店，2002年），頁
　　180。

監製。展示在觀眾面前的舞臺在當時是令人吃驚的：沒有幕布和布景，一張桌子、一個小凳和幾把椅子。演出時，利用桌椅的移動，來製造想像中的民房、教堂、商店、馬路和公墓。這齣戲還設置了一個舞臺監督，他是貫穿全劇的敘述人，不僅要介紹小鎮的基本情況和出場人物的性格、職業及其最後的歸宿，還要對戲劇中的人事進行評說，其實是作者發表其思想的代言人。除了這些重要的敘述功能，他還負責整個劇場人物的調度，甚至可以隨時轉換身分，扮演劇中的角色。這些令當時的觀眾耳目一新的表現手法，不僅實現了懷爾德「劇中要有像傳統的中國戲曲那樣程式化的布景和道具」[25]的設想，而且和劇作的主題相得益彰。

　　但是，《小鎮風光》最初在普林斯頓（Princeton）和波士頓（Boston）試演時，相當一部分觀眾和評論家對於這種陌生的舞臺效果並不能接受，甚至認為舞臺沒有布景和燈光是因為製片人太吝嗇而不肯提供布景。[26]對於觀眾的審美習慣的巨大挑戰，正顯示出這齣戲的先鋒性質，正如評論家約瑟夫·伍德·克魯奇（Joseph Wood Krutch）在為《國家》（*Nation*）雜誌撰文時，對《小鎮風光》的評價：這齣戲的手法「放在任何地方都是極端地反傳統的」。[27]

　　另一位受益於中國戲劇的表現手法的美國劇作家是亞瑟·米勒（Arthur Miller, 1915-2005）。他曾自言讀了很多中國古典戲曲劇本，

25 〔英〕瑪麗·亨德森：《美國戲劇》（紐約：哈利·亞伯拉罕出版公司，1986年），頁112，轉引自都文偉：《百老匯的中國題材與中國戲曲》（上海市：上海三聯書店，2002年），頁180。

26 〔美〕喬治·科諾德爾、〔美〕波西婭·科諾德爾：《戲劇入門》第2版（紐約：哈考特·布雷斯·卓瓦諾維奇出版公司，1978年），頁12，轉引自都文偉：《百老匯的中國題材與中國戲曲》（上海市：上海三聯書店，2002年），頁181。

27 〔美〕約瑟夫·伍德·克魯奇：〈戲劇〉，《國家》，1938年2月19日，頁224-225，轉引自都文偉：《百老匯的中國題材與中國戲曲》（上海市：上海三聯書店，2002年），頁181。

發覺中國古典戲劇的許多表現手法與當代歐美文學現代派的寫作技巧相似。他說他寫於一九四九年的《推銷員之死》中的表現手法，中國劇作家在三、四百年前就用過了。他對於中國戲曲中的時空觀念非常推崇，並在此啟發下，寫出了《時間的彎曲》一書。[28]

　　懷爾德在一九七九年的《小鎮風光》「前言」裡面說道：「戲劇渴望表現的是事物的象徵，而不是事物本身……戲劇要求傳統最大限度地介入。所謂傳統就是一種得到承認的虛假，一種被接受了的謊言。如果戲劇假裝要用帆布，木頭和金屬的道具來創造真實，那麼它就失去了某些它應該創造的更真實的東西。」[29]這句話正說明了以他的創作為代表的美國現代戲劇實驗的基本觀念：主流的幻覺戲劇製造幻覺，其中的資產階級意識形態作為劇場幻覺，在不受質疑的情況下被大眾接受、強化；而先鋒戲劇實驗則以美學革命的方式質疑了幻覺劇場從不被質疑的「真理」。在《小鎮風光》裡面，懷爾德設計了坐在觀眾席上的人物，向劇中的舞臺監督／敘述人發問，其中，有一位男士問了一個現實指涉性非常強的敏感話題：「小鎮上沒有意識到社會的不公平和工業的不平均嗎？」懷爾德的戲劇實驗的意識形態批判意義在此彰顯無遺。同樣，奧尼爾借鑑東方思想諷刺西方的物質主義，米勒則尖銳地揭露「美國神話」的欺騙性……美國這些嚴肅的劇作家借鑑中國戲劇的美學原則，不是為了在創作中展示一種「異域色彩」，而是要借助中國戲劇表現手法，反思西方文化自身，完成西方現代性文化的自我建構。但是，當西方的知識菁英在東方文化中找到了反思西

28　鄭懷興：〈從太平洋彼岸帶回的焦慮〉，載《戲曲研究》第26輯（北京市：文化藝術出版社，1988年），頁165-166。

29　〔美〕桑頓·懷爾德：〈《小鎮風光》前言〉（"A Preface for *Our Town*"），文見〔美〕唐納德·蓋洛普（Donald Gallup）編的懷爾德的文集《美國特色和其他文章》（*American Character-istics and Other Essays*）（紐約：哈珀與羅出版公司，1979年），頁102，轉引自都文偉：《百老匯的中國題材與中國戲曲》（上海市：上海三聯書店，2002年），頁176。

方現代性的靈感，這些靈感再被現代傳媒給放大、美化之後，就會演變成為一種庸俗化了的「美好想像」。這種西方社會的想像，對於中國（包括其他非西方）知識界來說，是需要警惕的，因為它可能是一個思想陷阱──似乎東方的意義要等待西方的折射才能彰顯。

　　與這類睿智的美學思想借鑑不同，在中國戲劇非常有限的影響下，美國還出現了另一種「準中國戲劇」。這類戲劇往往會用涉及「中國」的人事作為題材，在其帶有「傲慢與偏見」的敘事中，有意無意地展示出一種含混駁雜的「中國情調」，來迎合大眾貪婪的「凝視」。

主體的眼睛：美國戲劇中的中國形象

　　在十九世紀後期的西方文藝創作中，資產階級的帝國夢幻是一個為大多數作家所熱衷表達的主題。這種向外擴張的野心，通過當時的文化生產和消費，披上了一層不受質疑的、理所當然的合法外衣，徹底地滲透在西方人的心智中。在這樣的背景下，「人類學」應運而生，通過這門「知識」，在白色人種裡面掀起了一股風氣──到世界的其他地方去觀察、研究有色人種。[30]正如亞里士多德所言，那能夠脫離城邦生活的，不是神祇就是野獸，顯然，這些越出了西方人認知範圍的種族不是神祇，那麼就只能成為野獸。在這裡，把「城邦」（state）置換為西方，也是完全適用的。因為，以西方為中心，以進步、自由、文明為價值尺度的東西方二元對立的世界觀念秩序，是一種知識秩序，也是一種價值等級秩序，還是一種權力秩序。這種觀念秩序的確立，為西方資本主義經濟政治擴張準備了意識形態基礎，血腥的劫掠和野蠻的入侵反而成為幫助野蠻、停滯的民族進入文明、進

---

30 James S. Moy, *Marginal Sights──Staging the Chinese in America*, Iowa City: University of Iowa Press, 1993, p.7.

步的「正義」工具。[31]這種對其他種族的人類學式的「凝視」，常常通
過種種有效的生產方式（如博物館展覽、文學藝術創作等）得以實
現，使普通人也能夠輕而易舉地參與到構築帝國的夢幻中來。曾經是
英屬北美殖民地的美國繼承了西歐的這種擴張心態和統治傳統。十九
世紀後期，其內部日益嚴重的種族問題最終訴諸於戰爭的手段加以解
決。戰爭過後，美國社會出現了嚴重的勞動力短缺，於是大量的移民
相繼登陸，也包括大量的華人在內。作為一個年輕的移民國家，美國
極力地需要確認其國家身分，在這個動機的驅使下，有相當一部分美
國作家常常在作品中大力渲染移民的異域特徵，和美國的白人進行對
比，從而表達他們對於美國的認同感；而美國對其他種族的表述方
式，與其從歐洲殖民者那裡繼承來的擴張心態之間也存在著不可忽視
的聯繫。這個文化心理傳統，為美國戲劇表述中國形象提供了根本的
意義和動機，也為我們思考此種表述提供了一個基本的文化語境。

　　十九世紀中期以後，大批華工到達美國西部，同時攜帶去了作為
他們主要的公共生活方式的中國戲劇[32]，這為美國戲劇表述中國形象
提供了重要的素材和靈感。然而，在真正的華人出現在美國之前，
「中國性」已經提前了一個世紀被展示並建構起了美國公眾對於「真
實」的中國的想像和認知。繼一七六七年一月十六日英譯自伏爾泰的
《中國孤兒》在費城上演，一七八一年、一七八九年，美國舞臺上出
現了所謂的「中國皮影戲」表演，從其宣傳廣告就可以看出，其中展
示的「奇觀」與混亂的「東方情調」與《中國孤兒》是一脈相承的。
這個時期的「中國性」展示所依賴的手段主要是博物館展覽、綜藝節

---

31 周寧：《天朝遙遠：西方的中國形象研究》上卷（北京市：北京大學出版社，2006
　年12月），頁341。

32 關於中國戲劇在中國前現代社會的鄉民的日常生活中的重要性，可參見周寧先生在
　其著作《想像與權力：戲劇意識形態研究》（廈門市：廈門大學出版社，2003年）
　的第一、二章裡面的相關論述。本文的「中國戲劇作為十九世紀到達美國的華工的
　一種主要的公共生活方式」的觀點，亦是受到了周寧先生的著作啟發。

目、馬戲團和旅行見聞錄等，其基本功能在於取悅大眾，而其種族表述功能則是潛在的，也是重要的。其潛在意義的生產方式是通過把表述對象進行真實可信的組織包裝，然後展示在公眾的面前，這種以博物館展覽的方式出現的展示，披著「科學」、「真實」和「權威」的外衣，能夠巧妙地濾去敘述時間，提供給觀眾一種上帝般的視角和優越感。而被表述的「他者」則是不在場的，瘖啞的，是被「文物化」的，永遠被釘死在某個停滯的時間點上，有效地把「空間」（中國／東方）給「時間化」（落後、停滯），從而使這些作為無需親自出門的遊客／觀眾對其野蠻、低劣、邊緣與停滯的「事實」深信不疑，最終成功地鞏固了其帝國擴張的意識形態基礎。

一七九六年七月十三日，紐約的一家名為利克茨（Ricketts's Circus）的馬戲團在其宣傳中說，在終場時，將有六個演員扮演中國人，為觀眾奉獻上一臺「大中華神殿」（Grand Chinese Temple）的節目。而實際上，這六個演員沒有一個是亞洲籍的。一八〇八年，紐約另一家名為佩賓與布萊斯查德的馬戲團（the Pepin and Breschard circus troupe）宣稱將有「中國青年」（the Chinese Youth）在飛速向前的馬背上表演種種高難度的滑稽動作。值得注意的是，這個所謂的「中國青年」的表演者實際上是一個「非裔青年」。非亞裔演員製造出來的混亂的中國「奇觀」成為美國大眾娛樂的重要內容之一。為了更好地製造帝國夢幻，這類雜耍性質的表述逐漸為博物館展覽所替代，後者往往被認為是經過認真研究而得出的科學知識，對於觀眾的吸引力和迷惑性更大。一八三四到一八三七年，一位名叫阿芳妹（Afong Moy）的「中國夫人」穿著中國的本土服裝，分別在美國博物館（American Museum）、皮爾氏博物館（Peal's Museum）、一個位於「第八停車場」（8 Park Place）的無名場所、布魯克林研究院（Brooklyn Istitute）和莎倫城（the Saloon City）巡迴展示其「中國性」。一八五〇年在紐約市博物館又展出了「中國家庭」（A Chinese

Family）。[33]通過這種展示，讓觀眾領略了其新奇的「異域性」，這種由博物館提供的「戀物」式展示，意味著對於中國的種族表述開始體制化。因為博物館展示假設立足於一種人類學的「科學」立場，不同於「看」馬戲團的雜耍，觀眾來到這裡，還要進一步研究、認知，並參與到對於這些精心組織起來的「真實」物件的知識的交流中。在此過程中，觀眾成為居高臨下的上帝，而被表述的對象則是原始的、沉默的「他者」。在一八八四年，一個名為巴南與倫敦的娛樂機構（Barnum and London Shows）宣傳其將展示「一個叫張（Chang）的中國巨人」，伴隨著「張」一併展覽的，還包括「四十頭訓練過的大象，五十籠稀有動物，十六欄野獸……」。鑒於巴南與倫敦娛樂機構展示了「中國巨人」，另外一個名叫羅賓森‧曼莫斯‧丁的博物館（Robinson's Mammoth Dim Museum）和新奧林斯劇院（Theater of New Orleans）則要展示「一個名叫柴馬（Che-Mah）的中國小矮人」，將伴隨「柴馬」在博物館部門一起展示的也有各種稀奇古怪的動物和蠻族。[34]這種「人類學」式的凝視，刻意地誇大種族的差異，使得居高臨下的觀眾在「真實」與「科學」的幻象中，把自我（人）與觀看對象（非人／野蠻人／野獸）區分開來，竭力控制在想像中的「他者」的野蠻特質，從而建構起自己的優越身分。這種博物館展覽提供的對於「中國性」的視覺表述（包括對其他種族的視覺表述），根本目的在於讓觀眾認同自身並把帝國的擴張美化成「開化野蠻」的神聖使命。而被表述的「中國」，則是一種視覺編碼和權力運作的結果，是被抽空了實體的幻象，觀眾在「觀看」的同時，他們自身也被作為機構和裝置的符號化了的「博物館」所建構，他們對於「中國」

33　James S. Moy, *Marginal Sights——Staging the Chinese in America*, Iowa City: University of Iowa Press, 1993, pp.10-14.

34　James S. Moy, *Marginal Sights——Staging the Chinese in America*, Iowa City: University of Iowa Press, 1993, pp.14-15.

的認知與想像建立在誤識的基礎上。

除了這類博物館式的展示，在十九世紀後期，提供給美國觀眾的關於對「中國性」的表述開始在戲劇創作中出現，逐漸大行其道並最終取代了前者，而此時華人和中國戲劇的登陸也為之提供了「真實」的素材。這類戲劇往往通過對敘述的控制，設置一個近乎中性的、滑稽可笑的中國男子，在筆端對「他」進行漫畫化，在表演中對「他」進行醜化，以產生「喜劇」效果，進而取悅並引導觀眾。雖然與「博物館展覽」的生產方式不同，但在對其生產的中國形象的「真實性」的強調、其傳播與大眾消費的互動共享和最終的文化功能指歸等方面，二者異曲同工。值得注意的是，雖然博物館式的展示逐漸被取代，但是「博物館」的運作策略在後來興起的戲劇創作中再次借屍還魂，被很多劇作家一再地採用，形成了一種可以稱之為「博物館美學」的創作模式。一八七七年，馬克·吐溫（Mark Twain, 1835-1910）和布萊·哈特（Bret Hart）合作完成的劇作《阿信》（Ah Sin）就是這種創作的典型代表。

一八七七年五月七日，《阿信》首演於華盛頓，七月三十一日在紐約的戴利第五大街劇院（Daly's Fifth Avenue Theatre）再次公演。這齣戲是典型的通俗劇，迎合這個時期的美國觀眾的口味的傾向十分明顯。

從劇作的的題目看，中國人「阿信」應該是這齣戲的主角，但實際上在整齣戲裡，他出場的時間相當短暫，在整個敘述中，他是缺席的，其出場僅僅是作為一個情節推動因素而已。在《阿信》中，其「博物館美學」體現在劇作對這個「不在場」的中國人的「異域特徵」的列舉與展示中，在展示與對照的同時，突顯了「中國人」與「美國人」的巨大差異。當然，「中國人」代表的是一種反價值。其實，「阿信」是美國人想像中的「他者」——中國文化的化身，這個劇作最終要表述的是「低劣、幼稚、陰柔」的中國／東方文化，從而

實現對於「文明、發達、強大」的美國／西方文化的自我認同。在這
齣戲裡面，我們可以不斷地聽到阿信遭受的侮辱，在男主人公的眼
裡，阿信是這樣一個可怕的怪物：「你這個患黃疸病者的斜眼兒
子……你這個口吃的傻瓜……你這個道德的毒瘤，你這個未解決的政
治麻煩」。[35]阿信那「像裝茶葉的箱子一樣令人費解」的東方面孔使劇
中另一位男主人公感受到這個洗衣工人的潛在威脅，劇作通過這個情
景突出了「中國佬」神祕、費解的一面。其實，布萊‧哈特對阿信
「不可理解」的一面的塑造，可以追溯到他早期的小說《中國佬約
翰》（*John Chinaman*）中的一段描述：「持久的卑微意識——一種在
嘴和眼睛的線條中隱藏著的自卑和痛苦……他們很少微笑，他們的大
笑帶有超乎尋常的、嘲笑的性質——純粹是一種機械性的痙攣，毫無
任何歡樂的成分——以至於到今天為止，我還懷疑自己是否曾經見到
過一個中國人笑。」[36]阿信的怪異與不可理解，是詭祕的「中國佬約
翰」套話能量的再釋放。而女主人公則用一種描述惹人喜歡的小寵物
的口氣那樣描述阿信：「別管他——不必擔心……可憐的阿信沒有任
何攻擊性——不過有些無知和可笑而已，」、「這個讓人憐惜的小動
物，他的尾巴長在頭頂，而不是長在該長的地方」。阿信在女主人眼
裡，除了會像猴子一樣模仿外，完全是一個思想真空：「按我說，中
國佬整個就是智力真空——除了能像猴子一樣地模仿別人」。劇中專
門設置了一個鬧劇情景，來為這個評價作註腳，證明中國人不具備美
國人的思維能力：一次鄧配斯特夫人（Mrs. Tempest）布置桌子時不
小心弄掉一個盤子，阿信竟以此為榜樣，打碎了整套餐具。而阿信對
於美國英語的錯誤理解，也製造了一個滑稽的戲劇情景：一次阿信看

---

35 本文描述「阿信」形象的材料均引自James S. Moy: *Marginal Sights——Staging the Chinese in America*（Iowa City: University of Iowa Press, 1993），不再另註。

36 〔美〕哈羅德‧伊羅生著，于殿利、陸日宇譯：《美國的中國形象》（北京市：中華書局，2006年），頁99-100。

戲回來，被人問起看了戲學到（pick up）了什麼東西，阿信把他從戲院地板上撿到（pick up）的小飾物拿出來給人看。不熟練的英語一直是美國人取笑中國人的主要內容之一，並被廣泛地徵用在各種文本裡面，對於滿口「洋涇濱」英語發音的華人形象的描述則成為一種「套話」。

　　出現在戲劇舞臺上的「阿信」是這樣的：身穿一個寬大的、不合身的袍子，頭戴一個圓錐形的帽子，頭髮按照劇本描述的樣子，梳成「一條長在頭頂的尾巴」。這種展示在觀眾眼前的形象既迎合了觀眾的期待，也突出了中國人的「異域特徵」——滑稽、無知、神祕、柔弱。這種關於「中國人」的形象描述與展示，把文化之間的差異突顯在觀眾面前。這種差異的產生，來自於把不在場的「阿信」作為一個不協調的「零件」，嵌入整個敘述「機器」，在多重的二元對立中對比「中國性」與「美國性」。哲學家雅克・德里達認為，幾乎不存在中性的二元對立組，二元中的一極通常處於支配地位，是把另一極納入自己操作領域中的一極，二元對立的各極中始終存在著一種權力關係。[37]在劇作的多重二元對立之間，不在場的阿信始終處於被支配的一極，在整個敘述中幾乎是沒有任何聲音的，而劇中的美國人，則處在支配的一極，掌握著所有的話語權。比如，阿信在劇中人眼裡，完全代表著一種反價值，愚蠢、柔弱、詭祕。特別是白皮膚的「女」主人把阿信「寵物化」的描述，可以看作是對中國男性的刻意「去勢」，中國男性是溫順、柔弱、沒有任何威脅性的。而出現在舞臺上的阿信那寬大的袍子更是中和其男性特徵的巧妙設計。劇作徵用「博物館美學」策略展示的「中國性」不僅僅是低劣與愚蠢，「女」主人對阿信「寵物」般的愛戀態度，還體現出一種帶有人文色彩的「同

---

37 Stuart Hall, "The Spectacle of the Other," Stuart Hall(ed.), *Representation: Cultural Representations and Signifying Practices*, London. Thousand Oaks. New Delhi: Sage Publications ＆ Open University, 1997, p.235.

情」、「愛撫」和「保護」，暗示著美國「幫助」中國走向「文明、開
化」的強烈欲望。在整齣戲裡面，阿信是一個「被看」的客體，當觀
眾看到戲劇場景時，他們就會認同其中「看」的主體的一極。在這種
雙重「凝視」中，「阿信」完全是消極被動、女性化的，「他」既是野
蠻的動物，又是由種種碎片組合而成的「戀物」，既是威脅，又是欲
望。「意義借助於對立者的差異而產生」[38]，在整齣戲設置的美國／中
國、白／黃、陽剛／陰柔、聰慧／愚蠢等對立組的差異中，觀眾實現
了自我認同和對「中國人」在文化和種族上的的優越感。整個文本建
構起來的、類似種族「標籤」似的「阿信」／中國形象，洩露了美國
／西方對「他者」的焦慮、恐懼和隱秘欲望。

　　馬克·吐溫和布萊·哈特的創作一向以嚴肅、忠實地描繪美國西
部邊境的生活而著稱，而且馬克·吐溫和布萊·哈特一再地宣稱他們
創作的「阿信」將和人們在舊金山看到的「中國佬」完全一致，是非
常真實的，甚至可以作為公眾獲得相關知識的「舞臺教科書」。但不
幸的是，他們塑造的「阿信」的形象仍然是一個迎合大眾消費的關於
中國人的「套話」組合，所謂的「真實」不過是在強化美國人關於
「中國性」的集體記憶而已。

　　文藝創作領域是非常缺乏自足性的，戲劇創作更是如此，因為其
生產需要經濟的支持，與觀眾的消費是緊密聯繫的，也就是說，它的
生產要受制於政治和商業邏輯。而政治權力和經濟權力把自己的邏輯
往創作領域滲透時，依靠的是意識形態宣傳和傳媒的評論這個中介，
培養起大眾的審美趣味，從而把自己的需求變成創作領域的遊戲規
則。劇作家和他的觀眾及評論家都生活在特定的文化語境中，都有其
特定的文化儲存，而用於表述某個具象的「套話」就是其中的一種。

---

38 Stuart Hall, "The Spectacle of the Other," Stuart Hall(ed.), *Representation: Cultural Representations and Signifying Practices*, London. Thousand Oaks. New Delhi: Sage Publications & Open University, 1997, p.236.

「套話」能夠「滲透進一個民族的深層心理結構中，並不斷釋放能量，潛移默化地影響著後人對他者的看法」[39]。那麼，「套話」也就會成為劇作家、觀眾和評論家的文化習性的一部分。同時，為了延續自己的創作生命，劇作家必須獲得觀眾和評論界的認可，只有這樣，劇作家才能獲得名譽、地位和金錢等社會、經濟、文化資本，以及被社會認可了的符號資本，以便在創作領域的競爭中立於不敗之地，於是對於創作領域的遊戲規則的認可和追逐則成為劇作家的文化習性的另一重要組成部分。當劇作家的創作受制於社會需求支配的時候，為了在整個創作領域占據中心位置，指導其創作實踐的，可能就是一種保守的策略，服從於觀眾和評論家的口味，對主流不構成任何挑戰或顛覆。從這個意義上說，觀眾不僅是接受者，同時又是創造者，在和觀眾的互動中，劇作家和觀眾一道，主動地通過作品，為帝國夢幻的構築增磚添瓦。馬克·吐溫和布萊·哈特當時所處的戲劇領域「伴隨著資本主義工商業和社會文化的發展，開始走向規模經營和娛樂商業化的道路。戲劇辛迪加或劇院托拉斯出現了，劇作家、導演、演員和其他戲劇工作者的聯誼會、工會組織也相應成立。以迎合觀眾口味，以票房價值決定劇目優劣的商業化戲劇成為十九世紀後期美國舞臺的主要特點」。[40]同時，這個時段也正是大量中國移民大批登陸美國的時期，對一些美國白人而言，中國人遍布他們掌控下的西部，是一件令人不快的事情，因為中國人被證明為一群頗具競爭力的勞動群體，很快，種種白人社會問題的出現都被歸結為中國人的侵入。這時候，那些用於描述中國人形象的套話，如愚蠢、狡詐、骯髒、野蠻等，就大行其道，成為社會的共識。在這樣的社會文化背景和創作機制下，馬

---

39 孟華著：〈試論他者「套話」的即時間性〉，載孟華主編：《比較文學形象學》（北京市：北京大學出版社，2001年7月），頁190。

40 周維培：《現代美國戲劇史，1900-1950》（南京市：江蘇文藝出版社，1997年），頁5。

克‧吐溫和布萊‧哈特筆端的「阿信」形象，再次落入「真實」的套
話陷阱，就是必然的了。而馬克‧吐溫和布萊‧哈特對於「阿信」形
象的「真實」的強調，則沒有任何不真誠或勉強的成分，因為他們
（包括觀眾、評論界）確信，「中國人」的「真實」形象就是如此。從
這個分析，我們可以看出，美國的中國形象的幻象性質，它根本上是
在創作者和受眾共同誤識的基礎上，彼此互動合作、共享強化的一種
「想像物」。從《阿信》的例子，不難看出美國戲劇中的中國形象生
產的全部祕密──在政治、經濟權力的成功干預下，美國戲劇不僅有
效地生產了中國形象，還生產了再生產中國形象的方式。稍後於《阿
信》，亨利‧格林（Henry Grimm）寫於一八七九年的四幕劇《中國人
必須滾蛋》（*The Chinese Must Go*）也是這種情形下的產物。「這齣戲
把中國人刻劃成為狡詐、欺騙、腐敗和意欲排擠白人勞動者的形象。
這齣劇作說明了美國白人是如何變得開始依賴於那些從正在衰落的白
人家庭身上詐取錢財的中國勞動力的。中國人的形象往往是或者抽鴉
片，說著蹩腳的英語，或者積極地從事販賣奴隸和妓女，服務於『中
華帝國的圖謀』。這齣戲反映了那個時代美國對中國移民的敵對情緒，
成為了一八八三年頒布的『排華法案』的先聲……」。[41]重大的社會抉
擇不是某個（些）人可以作出的。就連迷戀「中國」文化的奧尼爾也
未能完全脫離表述中國的套話的影響，其劇作中的中國形象依然是矛
盾混亂的，像桑頓‧懷爾德在《小鎮風光》[42]中的實驗也只能出現在
他的筆下和他生活的那個年代──美國的中國形象的改善和梅蘭芳的
訪美演出，以及他本人的中國生活經驗都是不可或缺的重要因素。

---

41 劉海平：〈中國文化與美國：戲劇篇〉，劉海平編：《中美文化的互動與互聯》（上海
　　市：上海外語教育出版社，1997年），頁72。本文用英文寫就，引文為引者所譯，
　　後面不再另作說明。

42 〔美〕桑頓‧懷爾德的《小鎮風光》是美國題材，僅僅借鑑了中國戲劇的表現手
　　法，即便如此，這齣戲在首演中，仍然被觀眾誤解為製作方過於寒酸吝嗇，而採取
　　了偷工減料的做法。後經專業評論的引導，才逐漸為觀眾認可。

　　真正的中國戲劇在十九世紀中期開始在美國出現，其演出和影響間接地促生了一種美國戲劇類型：以中國戲劇的部分樣式搬演中國題材。實際上，這種準中國戲劇也是美國人想像中國的一種方式，其傳達的形象訊息，則是美國的中國形象的一個組成部分。

　　「回溯美國戲劇史這一獨特枝脈，在紐約舞臺公演的以中國為布景的第一齣戲，從英國輸入的音樂喜劇《三多》（*San Toy*），時間為一九〇〇年秋天，兩年後的夏季有《中國蜜月》（*A Chinese Honey Moon*）」。[43]其實，早在一七六七年一月十六日，譯自伏爾泰的《中國孤兒》的英文版本就在費城上演過，但具體演出情況無從知道。一九一二年春，從法文翻譯的《漢宮秋》在紐約上演，反響很一般。該年秋，英譯自法文的《上天的女兒》（*The Daughter of Heaven*）公演，獲得了商業上的成功。

　　《上天的女兒》背景設置在社會動盪的明末清初，男女主人公分別是清朝的皇帝和明朝皇后，二人之間演繹了一場亂世悲情，劇中混合了中國戲劇和從古希臘到莎士比亞時期的悲劇元素。實際上，《上天的女兒》與中國戲劇的美學精神相去甚遠，因為其舞臺完全是按照流行於歐美的幻覺劇場的模式設計的。「劇場的豪華或者說是『現實性』遠遠超出了中國劇場的情形，更多地體現出一種歐美的氣息。這齣戲的舞臺費用高達十萬美元，對於戲劇製作而言，這是一筆龐大的數目。為了給戲中壯觀的場景增添地方色彩，紐約的舞臺經理特地到這齣戲的發生地南京和北京旅遊了一趟，並為他的華麗的舞臺帶回了一些細節的東西。這齣戲共八場，開幕時，有一艘奢華的小船在舞臺上划動，上面掛著點亮的燈籠，為這曲戀歌創造了一個浪漫的氛圍。第二場發生在滿族皇帝的北京的宮殿裡面，第三場發生在明朝皇后南京的花園裡面。為了製造現實效果，也或者為了讓戲中的場景符合大

---

43 宋偉傑：《中國‧文學‧美國──美國小說戲劇中的中國形象》（廣州市：花城出版社，2003年），頁438。

多西方人想像中的中國，成群的活白鶴和孔雀在舞臺上自由地走來走去。第四場讓觀眾看到了南京明王室的豪華場景，第五場則是發生在南京的一個昏暗的戰場上，這一場中，舞臺經理運用了所有的現代藝術手段，製造出激動人心的戰爭場景。第七場發生在北京的城門外，在這裡戰俘被處死，而且當地的每天的生活狀況被展示出來了，使觀眾沉迷於其真實的效果中。」[44]

　　在這裡我們似乎再次看到了「博物館」策略的幽靈。為了取得「真實」、「科學」的效果，除了投入巨資在細節上下功夫外，製作經理甚至不遠萬里來到中國進行了「田野調查」，並把中國細小的枝枝葉葉「銜」回美國，像晾衣服一樣，把「中國」展示給那些飢餓的「眼睛」。「博物館美學」的徵用，只是為了展示神祕、荒誕、華麗、富足、精緻、陰柔的老中華帝國的「異域情調」，而被表述的「中國」仍然是不在場的，這些展示本身是在整個戲劇的敘述之外的。《上天的女兒》中被展示的「中國」，是西方想像中的「中國」。劇中最荒誕的場面，就是滿族皇帝公開地吻皇后，顯然這是西方人的禮儀。完全在意料之中，「博物館美學」的功能的極致發揮，迷倒了美國觀眾，使投資巨大的《上天的女兒》在美國上演時，取得了巨額的票房回報。

　　不同於《上天的女兒》，另一齣大獲成功的準中國戲劇《黃馬褂》（*The Yellow Jacket*）[45]，不再著力展示「中國」元素，而是極力模仿中國戲劇：「無論舞臺設計，人物服裝，還是故事情節，演員的臺詞

---

44 劉海平：〈中國文化與美國：戲劇篇〉，載劉海平編：《中美文化的互動與互聯》（上海市：上海外語教育出版社，1997年），頁75-76。

45 一九一二年十一月四日，《黃馬褂》在紐約百老匯的富爾通（Fulton）劇院上演時，獲得了很大的成功。在連續十六年裡，這齣戲分別被譯成法文、日文、德文、匈牙利文、俄文、捷克斯洛伐克文、波蘭文、西班牙文、挪威文、瑞典文、丹麥文、荷蘭文、佛蘭德文，甚至中文，幾乎在全世界上演過。在美國，它一再地被搬上舞臺，一直演到一九四〇年代。

和表演，都模仿中國古典戲劇的表現形式。」[46]這齣戲的作者喬治・科奇雷恩・赫茲爾頓（George Cochrane Hazelton, Jr.）和J.哈利・本林默（J. Harry Benrimo）決心要超越「把一齣情節劇安插在異域土地上」的做法，把劇本的副標題定為「具有中國風格的中國戲劇」。哥倫比亞大學教授布蘭德・馬修斯（Brander Matthews）教授在為劇本寫的導言裡面，也稱讚這是「一齣中國戲，它以中國風格處理中國人的情感」。[47]

　　這齣戲的基本情節可以概括為：在中國古代某個朝代，皇帝有一后一妃。皇后及其兒子被妃子母子迫害，皇后飲恨而死，太子流落民間。等太子長大成人，明白身世，經過和妃子母子惡鬥，最終奪得黃袍，成為皇帝的繼承人。從情節中，不難看出《趙氏孤兒》、《狸貓換太子》等中國傳統故事的影子。但是，其中誇張和造作的「中國風格」與中國戲劇的實質有著很大的差異，特別是劇作對「愛情」與「復仇」的關係的處理（對「愛情」的渲染高於一切），也不符合中國傳統文化精神。「因此從主題內涵來看，《黃馬褂》是中美文化混合的產物，美國文化的成分又多於中國文化」。[48]

　　值得注意的是，《黃馬褂》在戲劇舞臺處理方式上極力地與中國戲劇的靠攏的傾向。最早登陸美國的中國戲劇主要是粵劇，可能受其影響，《黃馬褂》中人物的名字全部採用粵語的諧音，比如皇帝叫武心音（Wu Sin Yin）、王后叫慈母（Chee Moo）、王妃叫杜鵑花（Due Jung Fah）、太子叫武豪傑（Wu Hoo Git）等。劇中人物的出場全部採

---

46 宋偉傑：《中國・文學・美國——美國小說戲劇中的中國形象》（廣州市：花城出版社，2003年），頁439。

47 Hazelton, George C. & Benrimo:*The Yellow Jacket*, New York: Samuel French,1912.p.9. 轉引自劉海平：〈中國文化與美國：戲劇篇〉，載劉海平編：《中美文化的互動與互聯》（上海市：上海外語教育出版社，1997年），頁77。

48 都文偉：《百老匯的中國題材與中國戲曲》（上海市：上海三聯書店，2002年），頁77。

用「自報家門」的方式，直接對觀眾講述劇情，而且，一些哲理也通過對話直接表達給觀眾。最重要的是，該劇利用了根本不存在的門窗、花園等想像的空間，管理道具的人可以隨時走上舞臺做搬運的工作。

　　但是，與後來桑頓・懷爾德通過對中國戲劇的借鑑，進行戲劇實驗不同，《黃馬褂》的作者模仿中國戲劇的舞臺手法的根本動機在於製造刺激觀眾發笑的噱頭。本林默曾坦白道：「我們自己坐在中國劇場裡覺得開心，並認為那種氛圍值得移介。對我們來說，真正中國戲房裡的搬運道具者十分可笑。我們對自己說，如果說服美國演員也能以同樣的嚴肅性旁若無人地走過場景，那麼某個西方觀眾不能像我們當初那樣興高采烈，就沒有什麼理由。」[49]本林默所說的「那種氛圍」顯然指的是西方人眼中的中國劇場的幼稚可笑與荒誕不經的原始「他性」，這種極力給中國戲劇貼低等「標籤」的行為，顯示出美國人的審美習慣遇到挑戰時，表現出的對於異己的傲慢的排斥心態。不同於以往那種把中國元素羅列在舞臺上的做法，《黃馬褂》通過極力模仿中國戲劇的表現方式，把這種「仿造品」本身作為一種不可理喻的「真實奇觀」加以展示，可以視為「博物館美學」的升級版本。

　　中國，包括東方，在奧尼爾的個人生活和戲劇創作中，都占據著舉足輕重的地位。在對中國歷史、風俗、宗教、藝術等方面的資料進行大量的研讀後，奧尼爾於一九二七年創作了以中國元朝為背景的《馬可百萬》(Marco Millions)。在劇作中，奧尼爾設置了兩個具有強烈對比意味的主要人物，馬可・波羅和闊闊真，「奧尼爾分別賦予馬可・波羅和闊闊真『陽』與『陰』的不同特點。馬可・波羅是一個追求物質利益的男人，闊闊真則是一個美麗純潔、精神化的女性；馬可渴求財富，闊闊真卻不屑一顧；馬可注重實際利益而忽略了人的美

49 宋偉傑：《中國・文學・美國——美國小說戲劇中的中國形象》（廣州市：花城出版社，2003年1月），頁440-441。

好情感，闊闊真卻向所愛的人奉獻自己的摯情；馬可因過於理性而失去對事物的判斷力，闊闊真卻充滿活力和激情，滿懷寬厚的友愛之心。一個是西方的商人，一位是東方的公主，奧尼爾以他們之間的矛盾衝突和愛情結合為基礎，寄託了自己對東西方文化衝突的思考。他以馬可象徵積極進取、注重行動、物欲橫流的西方社會，以闊闊真象徵著忍耐等待、三思而行、感性智慧的東方文明。但劇本的結局卻是智慧化的東方文明不敵物質化的西方文明，為其摧殘和破壞」[50]。

在闊闊真和馬可的對比中，奧尼爾筆下的中國／東方是恬靜、純潔、脆弱的，而西方則是雄強、理性、貪婪的。《馬可百萬》的創作意旨在於通過東西方的對比，反思西方的物質主義。劇作中被想像、美化了的「中國」形象，是一種烏托邦化的文化他者，仍然是用於自我認同的。很明顯，奧尼爾在劇作中極力美化他想像中的中國的時候，他筆下的中國形象仍部分地重複了以往的套話，比如神祕、富足、陰柔等。對此，我們不能視而不見，但是也不可以用靜止的眼光來看待這些再度浮現的語彙。奧尼爾筆下出現的用以描述中國形象的套話，說明了「套話具有極強的滲透力和繼承性」[51]，很明顯，奧尼爾在想像中國形象時，顯示出「對精神和推理的驚人的省略」[52]，不由自主地就沿用了用以界定美國文化的凝固成分。但是，中美文化的不同源性，會使美國人描述中國形象的套話不似描述其他西方國家那樣持久，會隨著國家、權力關係及心態史等因素的變化而具有時間性。[53]也就是說，在套話的「能指」不變的情況下，其「所指」的情

---

50 張弘等著：《跨越太平洋的雨虹──美國作家與中國文化》（銀川市：寧夏人民出版社，2002年），頁189。

51 孟華：〈試論他者「套話」的即時間性〉，載孟華主編：《比較文學形象學》（北京市：北京大學出版社，2001年），頁191。

52 〔法〕達尼埃爾-亨利・巴柔著，孟華譯：〈形象〉，載孟華主編：《比較文學形象學》（北京市：北京大學出版社，2001年7月），頁161。

53 參見孟華：〈試論他者「套話」的即時間性〉一文的相關論述，載孟華主編：《比較文學形象學》（北京市：北京大學出版社，2001年）。

感色彩與內涵會發生微妙的變遷。奧尼爾對中國／東方文化的嚮往與渴慕，產生在第一次世界大戰摧毀了西方人對於資本主義意識形態的自信的年代，此時的西方知識菁英普遍開始以東方文化為參照，反思、批判西方文化，體現出一種睿智的懷疑精神和危機意識。[54]此時西方人的想像中的中國形象，是寧靜、淳樸、智慧的鄉土田園，奧尼爾的創作正是這個時代的社會心態的反映。其筆下浮現的關於中國形象的套話，其內涵與感情色彩與以往的不同，更多的是一種正面的、褒義的表述。當然，正因為奧尼爾筆下的「中國」是想像的他者，他的創作無意中又複寫了「旅行見聞錄」的模式——那群義大利「旅行者」，來到東方，看到了他們夢想的「中國」。這種模式，也是在追求一種「真實」，當《馬可百萬》出現在西方的觀眾眼前的時候，他們認同的是那群「旅行者」，將和「旅行者」們一起到「中國」觀光，一起凝視「中國」。——奧尼爾在表述一種積極、正面的中國形象的同時，其中也混雜著一種文化優越感，無意識地就和現實政治中的殖民擴張心態達成了「共謀」。

　　華裔戲劇創作是美國戲劇史上的重要一脈。在美國出生、成長起來的華人後裔，後天接受的教育和文化薰陶使他們認同美國主流文化，其創作建構的也是華裔美國人的國家身分。但是，因為他們文化身分的混雜性，這種認同又會與意識深處的中國文化記憶相衝突。除此之外，他們筆端的中國形象與美國主流文化的表述之間複雜的「互文」關係，往往使他們的創作在受眾市場和文化記憶之間迴旋、協商、拉扯。無論他們的出發點多麼叛逆，最終體現的仍然是一種美國屬性，無法超越其身處的文化語境。華裔作家黃哲倫（David Henry Hwang, 1957-）創作於一九八八年的《蝴蝶君》（*M. Butterfly*）[55]中的

---

54 周寧：《天朝遙遠：西方的中國形象研究》上卷（北京市：北京大學出版社，2006年12月）。特別是第四章的論述。

55 《蝴蝶君》，參見〔美〕黃哲倫著，張生譯：《蝴蝶君》（上海市：上海譯文出版

宋麗玲（Song Li Ling）的形象就很具有代表性。

《蝴蝶君》是對義大利作曲家普契尼（Giacomo Puccini, 1858-1924）的歌劇《蝴蝶夫人》（*Madame Butterfly*）[56]的模擬與解構。該劇的主要內容是，法國外交官加利馬（René Gallimard）愛上了富於東方氣息的中國京劇「女」演員宋麗玲。加利馬的任務是為法國政府蒐集中國情報，而宋麗玲則是中國男扮女裝的間諜。兩人「深愛」二十年。當他們再次見面是在法庭上，加利馬被指控洩露情報，而指控他的正是他深愛的宋麗玲。此時，他才發覺宋麗玲是一個男子，加利馬在明白一切後，絕望地自盡了。

《蝴蝶君》狠狠地搧了自大自戀、一廂情願的西方（白人男子）一記耳光，有力地印證了薩義德的著名論斷，即東方主義並不是原本就存在的現實，而是人們創造出來的現實。《蝴蝶君》成功地消解了西方關於「蝴蝶夫人」的神話，並讓沉默、溫順的「屬下」（subaltern）發出了自己的聲音。但是，我們對於《蝴蝶君》中的「西方主義」傾向也不能視而不見——這齣戲遠沒有超越「苦大仇深」的層次，再度製造了新的「東-西」二元對立，在另一個層面上又強化了東方／中國人（如宋麗玲）詭異、狡詐、陰柔的定型形象。

社，2010年）於一九八八年在紐約百老匯上演，並在同年獲得美國主流喜劇大獎托尼（Toni）獎。一九三三年，加拿大導演大衛・柯南伯格（David Cronenberg）將其拍成同名影片，編劇仍然是黃哲倫，其中，宋麗玲由華裔美國演員尊龍（John Lone）飾演。

56　《蝴蝶夫人》，參見普契尼著，丁毅譯著：〈蝴蝶夫人〉，載《西洋著名歌劇劇作集》下冊（北京市：國際文化出版公司，1995年），頁1687-1770，首演於一九〇四年，至今仍為西方觀眾著迷，成為世界十大歌劇之一。其基本內容是，美國海軍軍官平克爾頓在日本和一位藝伎巧巧桑（又名「蝴蝶夫人」）結婚。巧巧桑懷孕時，平克爾頓離開日本並承諾知更鳥下次築巢時歸來。巧巧桑等了三年，平克爾頓卻帶著他的白人妻子回來了，並要妻子向巧巧桑要回他和巧巧桑生的孩子，巧巧桑絕望自殺。《蝴蝶夫人》表現出西方自戀和傲慢的種族主義態度，它建構了東方對於西方在文化、種族、性別上的弱者形象，「蝴蝶夫人」成為西方人（白人男性）想像東方（女性）時的刻板印象。

從死去的「蝴蝶夫人」蛻變成「男性間諜」,《蝴蝶君》在進行「視覺造反」的同時,又為觀眾的眼睛提供了他們渴望中的「中國形象」,暗示了東方／中國的意義只有在成為西方／美國的「他者」時才能得以實現。具有著混雜的文化身分的華裔戲劇家(如黃哲倫)的戲劇創作實踐,「處在觀眾的需求、作家本人對於表述『真正』的中國形象的渴望及其對市場的預期之間,體現出一種令人尷尬的緊張狀態。當他們有意識地對抗主流文化中那些表述中國形象的套話時,為了取得社會的認可,他們的創作最終只不過是在複寫那些表述而已。受制於市場的需求,他們創作中的對抗不僅顯得軟弱無力,反而被證明是在為那些套話增磚添瓦」[57]。這些持有著第三世界和第一世界的雙重視角的華裔作家的戲劇創作,與西方的大多數後殖民主義文化批評一樣,往往帶著一種反抗壓迫的情結。就像《蝴蝶君》,雖然「批判東方主義的文化霸權,卻同時又在同一的東西方二元對立的框架內思考問題,不僅認同了這個框架,也認同了這個框架內所包含的對立與敵意」[58]。

　　自十八世紀中期,「中國」因素就開始在美國舞臺上出現。美國戲劇中出現的中國形象是多面、駁雜的,但總體上看,一直徘徊在低劣或美好的兩極之間。美國戲劇中的中國形象都在不同的尺度上強調其「真實」,但它們與現實的中國沒有直接的必然聯繫,是美國文化對於他者的想像和表述,是「美國之中國」。在觀眾的參與、選擇、共享與創造中,美國戲劇通過表述、展示有關中國形象的種種「奇觀」,並突顯與美國的差異,履行了對美國文化主體自身認同的功能,也暗示了西方對於中國的焦慮和欲望。

　　因此,主控了形象的不是客體本身,而是主體的眼睛。

---

57 James S. Moy, *Marginal Sights──Staging the Chinese in America*, Iowa City: University of Iowa Press, 1993, pp.21-22.

58 周寧:〈「文本與文化:跨語際研究」叢書總序〉,載周寧:《異想天開:西洋鏡裡看中國》(南京市:南京大學出版社,2007年6月),頁8。

八
《木乃伊3》的中國顯影及其跨國消費

　　在全球進程開啟的原點，人類跨文化交流的歷史也就同時開啟了，由其是隨著冷戰的終結以及全球進程的全面啟動，各個領域間的越界滲透無論在深度還是在廣度上，每時每刻都在以一種勢不可當的姿態不斷延展。就電影的生產與消費而言，亦是如此。一部影片從投資、製作到發行等任何一個環節，都可能同時糅合了相異文化傳統的因子，從而使影片從生產到消費的整個過程顯得不再那麼「純粹」，成為了一次徹頭徹尾的跨文化（cross-culture）之旅。在這樣的全球氛圍中，討論一部身分和意義均頗為混雜的影片，既往的後殖民主義論述所提供的批判性思想資源在許多方面都顯得捉襟見肘。本文將以在中國內地熱映的好萊塢影片《木乃伊 3：龍帝之墓》[1]為個案，解析其中的中國元素設置及其意義如何在中國受眾的參與下得以生成，從而嘗試一種另類的批評視野。

　　《木乃伊 3：龍帝之墓》在中國內地首映以來，各界反應不一，總體來說是「雞蛋」多於「鮮花」。檢視其中的否定性意見，可以看到其主要問題在於，大多數中國觀眾並不買影片中的「中國」帳，認為其中存在大量的硬傷：歷史知識混亂，李連杰飾演的龍帝在影片中幾度易身，由其是變成一隻三頭火龍令中國觀眾大惑不解，還有「兵馬俑」何以被稱作「木乃伊」……[2]但這部影片在中國內地的票房卻

1　《木乃伊 3：龍帝之墓》（*The Mummy: Tomb of the Dragon Emperor*）為2008年的美國冒險電影，臺灣譯作《神鬼傳奇3》。

2　http://ent.sina.com.cn/f/m/mummy3/中的「新聞列表」與「精彩評論」欄目。

是一路飆升，公映約兩週後，該影片在中國內地票房已經過億。[3]就影片本身的質量而言，這部耗資一億五千萬美元的大片乏善可陳——劇情老套，表演生硬，有明顯拼湊堆砌的痕跡。值得一看的也許是其中炫目的特效場面，但在這個「大片」已司空見慣的時代，《木乃伊3》中的特效並不具備可以勝出其他影片的絕對優勢。因此，中國觀眾在無限憋屈地擲「雞蛋」的同時，又心甘情願地擲鈔票的根本原因，筆者認為除了該影片有廣為中國觀眾熟知喜愛的李連杰（飾龍帝）、楊紫瓊（飾紫媛）等參演外，故事的中國背景（或者說其中大量的中國元素）亦是吸引中國觀眾的重要因素。如果把李連杰、楊紫瓊這樣的功夫明星也視為一種「中國元素」，那麼該影片真正吸引中國觀眾的，就是好萊塢特效下的「中國」奇觀了，如中華帝國、功夫、老上海，以及隱藏於雪域高原中的香格里拉……從這個意義上看，《木乃伊3》的中國顯影就遠非薩義德意義上的「東方主義」[4]論述框架所能夠闡釋。在這裡至少有兩個層面上的新問題需要提出：《木乃伊3》的中國顯影除了呈述一個魔域般的專制、邪惡的中華帝國之外，又何以提供了一個桃源般的聖潔、美好的香格里拉？中國觀眾在對《木乃伊3》的中國顯影的跨國消費中，如何參與了其意義的生成？

中國顯影

從知識的角度去審視這部影片，就像大多數觀眾所指出的那樣，的確是硬傷纍纍，荒誕無稽。根據後結構主義的觀點，歷史亦是一種

3　http://ent.sina.com.cn/f/m/mummy3/ 中的「《木乃伊3》質疑聲中票房強勢奪冠」、「《木乃伊3》上映叫座不叫好」等報導。

4　〔美〕愛德華‧W. 薩義德著，王宇根譯：《東方學》（北京市：生活‧讀書‧新知三聯書店，1999年）。

敘事，而作為影片的《木乃伊 3》既非歷史更無意描述歷史。正如主演李連杰在接受新浪網專訪時所言：「導演把能夠賣錢的東西都拼湊在一起拍成商業大片，希望大家開開心心去看，很多人說元素、背景，其實都是想像出來的，我跟歐洲記者這麼說，中國從來沒有木乃伊，都是創作出來的世界，跟歷史、真實完全沒關係」。[5]從影片的荒誕本質看，中國觀眾的本土知識優越感及其前理解把他們帶進了一個觀影誤區，即錯以為想像[6]就是知識。因此，我們需要擱置對於《木乃伊 3》的中國顯影，或者說中國想像的真偽判斷，因為想像無所謂正誤，相反，應該探討其中的中國元素作為一種文化隱喻的意義所在。

影片開頭設置了一位西方女性作為敘事者，用英文娓娓道來一個古老帝國從誕生到終結的故事：很久以前，傳說在古代中國，一個殘暴且野心勃勃的君王用武力統一了中國，並以無數人的生命為代價修築了萬里長城，因此民怨沸騰。為求長生不老之秘方，皇帝派大將郭明找到美麗的女巫紫媛，並企圖占有她，紫媛暗中對皇帝及其士兵施以詛咒。紫媛與郭明相愛，郭明被皇帝分屍，就在皇帝要殺紫媛時，詛咒生效，皇帝及其士兵全部變成陶俑，紫媛得以逃脫。故事結尾處，敘事者警示「我們」：如果詛咒被解除，皇帝及其帝國將捲土重來，奴役整個世界，那時，我們將萬劫不復。這種曖昧的敘事姿態使這個關於中華帝國的傳說給所有聽故事的人內心都投射下一片陰影，即龍帝的潛在威脅無時不在。片頭的畫面色調與情感基調都是極為陰鬱的，戰爭的陰雲、遍野的死屍、鬼魅的皇宮、殘暴的皇帝，刻劃出這位西方女敘事者想像中魔域般的中華帝國。而敘事者最後的警示，則暗示著古老的帝國完全可以再生，自然時間觀念的邏輯在影片中全

5　「李連杰專訪：《木乃伊 3》純屬商業片與歷史無關」，見http://ent.sina.com.cn/m/f/2008-08-27/23022147489.shtml。

6　「想像」的概念來自路易・阿爾都塞。〔法〕路易・阿爾都塞著，李迅譯：〈意識形態和意識形態國家機器〉（續），載《當代電影》1987年第4期。

線崩潰，帝國可能在中國的任何時代復活，或者說，帝國的威脅是永恆的。很不幸，被敘事者言中了，一九四六年，皇帝在一個叫楊的中國軍閥的幫助下，獲得了再生，影片由此展開了一個在好萊塢早已被沿用過無數次的探險／奪寶／「獲美」故事套路。

　　影片照例有一個孤膽英雄式的白種男人擔任探險家和救世主的角色，他就是在「木乃伊」影片系列的前兩集裡面，曾在埃及大戰木乃伊的男主角里克。如今和妻子伊夫琳在英國牛津郡過著悠閒舒適卻又不安於現狀的隱居生活，一天受外交部委託，歸還在一九四○年被偷走的中國寶物「香格里拉之眼」。而里克夫婦的兒子阿歷克斯，原本是一個在讀的學生，卻對考古有著強烈的興趣，此刻他正在中國寧夏挖掘龍帝之墓。這裡，兩位白種男性都擔當了富於象徵意味的任務，里克前往中國的動力來自政府，政府官員告訴里克，如今的中國形勢險峻，多方勢力對於「香格里拉之眼」都虎視眈眈，萬一落到他們手裡對於世界就是一個威脅。里克即將護送的寶物原本是中性的，無所謂正義與邪惡，但是其價值將由其占有者仲裁。影片在這裡閃爍其詞，始終未能告訴觀眾寶物該歸還到中國的誰人手中，最終還是被伊夫琳的哥哥喬納森帶走了。而中國，在影片的修辭中，始終是曖昧不明，神祕鬼魅，險象環生，於是，里克的中國之行就被賦予了探險和拯救世界的雙重意義。影片有一個鏡頭段落最能彰顯里克的「光輝業績」：當伊夫琳帶著自己寫作的木乃伊故事與讀者見面時，先是伊夫琳朗讀時的特寫，然後是一個過肩反打鏡頭，一束強烈的陽光透過玻璃窗，照射在伊夫琳手中的書本上，那描寫戰勝木乃伊的書頁，頓時耀眼奪目，而遠景則是一群青少年讀者崇拜、神往的表情——無疑是對里克夫婦的事業的最高褒揚，同時，影片似乎也暗示著片頭的敘事者可能和伊夫琳是重合的。而有著儒雅氣質的阿歷克斯，同時也是里克事業的繼承人，則到野蠻荒蕪的中國西北進行其考古工作，並獲得了成功——他挖掘了龍帝之墓並得到了其陶俑，將之帶到了上海。於

是里克一家人團聚在喬納森開的酒吧「仙樂都」裡，而看管龍帝陵墓的紫媛的女兒林也跟蹤陶俑到了上海。值得注意的是，里克一家的探險工作雖然不在上海，但是上海在影片的修辭中仍然是一個被凝視的客體。在上海開酒吧的喬納森擔任了一個類似「導遊」的中介性角色，各種中國元素以一種博物館美學的方式，在銀幕上被次第展出：除了老上海的某些符號如教堂、酒吧、舞廳、人力車等街景，還有中國的春節、燈籠、春聯、炮竹、戲曲、青島啤酒和雜技等。如果說上海的顯影是以里克一家人及喬納森／西方的視角展開的，那麼根據影像語言暗示，上海完全是一個道德墮落的欲望之都。上海在影片中全是夜景，高樓林立，燈紅酒綠，華洋雜處。當鏡頭進入「仙樂都」酒吧，用一連串的特寫鏡頭展示了一個個舞女裸露的背部和大腿，當然這些被展示的舞女都是黃種人；而中國軍閥楊賄賂威爾森教授，奪取「香格里拉之眼」也是發生在夜幕下的上海。正是在這個欲望叢生的罪惡之地，龍帝再生了，一場寶物的爭奪戰也由此開始。

　　由於「香格里拉之眼」能夠指明通往永生池之路，龍帝為了獲得永生，就前往香格里拉，獲取永生之水，並企圖喚醒其軍隊，統治世界。為了阻止事情的發生，里克一家在紫媛的女兒林的提醒下，乘坐飛機來到了位於中國西部高原的茫茫雪域中。在和軍閥楊的軍隊辛苦周旋後，里克一家在林的引導下，終於看到了傳說中的香格里拉，那是一個夢境般的空間：連綿的青山、潺潺的流水、無垠的草地、豐饒的綠野，山水間是上下翩飛的白鷺。至此，影片通過呈示桃源般的香格里拉，在與魔域般的帝國以及墮落的上海對照中，基本完成了對於中國的顯影。當然，《木乃伊3》的中國顯影絕不僅限於兩類空間的對照，而是由大量的象徵性符碼經過化合而組成的形象系列。從這些形象系列中，我們可以發現《木乃伊3》是如何在編織種族與性別的神話的同時，又隱喻了西方對於東方的焦慮和欲望。

　　在影片的所有主要角色中，除了紫媛母女，邪惡的一方基本上都

是中國人，如龍帝、軍閥楊及其女侍從，而威爾森教授的通敵行為也是在上海這個欲望之都，在軍閥楊的誘惑下發生的。龍帝和軍閥楊的帝國夢想，以及他們的殘暴愚蠢是和魔域聯繫在一起，組成了一個負面的意義序列。與此相對照的，是上文已分析過的白種人里克一家的英雄形象。至於喬納森這個庸俗的市儈，其插科打諢的丑角形象的意義稍後再論。從這種對照可以看出影片的寓意所在：東方的魔域，正是由龍帝及軍閥楊這樣的邪惡、殘暴之徒所造成的，而白色人種（由其是白人男性）則是拯救東方於魔域的唯一希望。這正如影片最後所呈示的，在一場正義與邪惡的殊死較量中，不是紫媛母女，而是里克父子成功地殺死了龍帝，而軍閥楊（中國男性）則間接地死於伊夫琳（白人女性）之手，臨死前還有其女侍從心甘情願地陪葬。當里克為兒子擋住龍帝的刀，生命垂危之時，是紫媛（中國女性）救了里克（白人男性），而里克的行為也感化了多少有些叛逆的兒子阿歷克斯，父權的威信也由此再度得以確立。最後紫媛幾乎是自殺式地不自量力地前往戰場與龍帝決鬥，慘死於龍帝的刀下。

據說兩位功夫巨星沙漠對決的段落是為中西觀眾期待已久的，那麼紫媛這個不理智的行為，與其說是製作方的商業考慮，毋寧說是一種「去勢」修辭──紫媛此前救了白人男子里克一命，所以紫媛必須被邪惡之徒殺死。楊紫瓊是西方觀眾熟悉的中國功夫演員，一九九八年她在和皮爾斯‧布魯斯南（Pierce Brosnan）主演的《○○七之明日帝國》以一身過硬的中國功夫，改寫了既往「邦女郎（龐德女郎）」的「花瓶」宿命，在二○○○年的《臥虎藏龍》中，她飾演的俞秀蓮更是鞏固了她在西方觀眾心目中的東方功夫女星形象。紫媛其實也可以放進這個形象序列，在片頭那段敘述中，紫媛作為一個美麗的女巫，她一出場就成為郭明及龍帝的欲望對象。當她被招進宮殿時，攝影機俯視著紫媛，然後仰拍注視著紫媛的龍帝，龍帝的視點對於畫面的控制，既象徵著其無所不在的權力，也突顯出其邪惡的本質，而攝

影機／龍帝凝視下的紫媛，同時也成為了觀眾的欲望對象。紫媛的女兒林有著一張東方少女的清秀甜美的臉龐，當她與里克一家初次遭遇時，便介入了阿歷克斯及其母親伊夫琳的尷尬關係中。伊夫琳看到兒子和林在一起時，她憑一種母親的直覺，知道兒子對這個神祕的東方少女已經情愫暗生。伊夫琳對林很不信任，因為害怕兒子受到傷害，一再提醒兒子多了解林。從精神分析的角度看，伊夫琳是一個有著強烈的護犢情結的母親，對兒子有著強烈的占有欲，在她心目中，阿歷克斯永遠是個長不大的孩子。在前往香格里拉的途中，作為嚮導的林，同時也是里克一家跟蹤／觀察／凝視的對象，在這種看與被看的二元對立項中，林再度被轉換為欲望的對象。至於伊夫琳對於兒子阿歷克斯的母權壓抑，在一個夜晚，遭遇了兒子的有力反擊：阿歷克斯直接告訴母親，他已經有過多次異性經驗了，伊夫琳的母權徹底潰敗，倉皇而走。當林被龍帝化身的火龍帶走後，阿歷克斯不顧父母的阻止，前往敵方拯救林，這一行為既是兒子對於母權的徹底背叛，也是對白人男性拯救東方女性的經典模式的重溫。影片最後告訴我們，林和阿歷克斯終成眷屬，林在「仙樂都」酒吧裡面，換上了旗袍，和阿歷克斯翩翩起舞。至此，寶物與女人都在正義和浪漫的包裝下為白人男子所獲得、占有。影片通過一系列修辭方式，成功地編織了一套關於性別與種族的符碼系統，在相互衝突、彼此涵化的過程中，隱喻了西方對於東方的文化想像。

魔域桃源之外

　　《木乃伊 3》的中國顯影體現為兩類截然不同的性質：一類是魔域，邪惡、殘暴；一類是桃源，聖潔、美好。正如前文所言，影片的荒誕本質使這兩類顯影與中國的現實都沒有關係，是西方對中國的文化想像。無論是魔域，還是桃源，都不過是西方自身投射的他者空間

而已。如果把《木乃伊3》的中國顯影放置在西方想像中國的譜系中加以審視，就可以發現截然相對的魔域和桃源自有各自的傳統。與邪惡、暴虐、專制的東方魔域相連結的是西方以進步、自由、文明為價值尺度的東西方二元對立的世界觀念秩序。這既是一種知識秩序，也是一種價值等級秩序，還是一種權力秩序。這種觀念秩序的確立，為西方資本主義經濟政治擴張準備了意識形態基礎，血腥的劫掠和野蠻的入侵反而成為幫助野蠻、停滯的民族進入文明、進步的「正義」工具。而聖潔、美好、富饒的東方桃源則連結著西方對現代理性的自我懷疑、自我批判和自我超越，反映出一種深刻的自我反思精神。[7]好萊塢作為美國國家意識形態的一個有效部件，其對於中國的想像無疑與美國主流社會的東方想像同聲同氣。影片曾借里克之口，將其殖民掠奪的霸主心態表露無遺：當喬納森問及里克的戰鬥計劃時，里克胸有成竹地回答，打碎它，像打碎明朝花瓶一樣打碎它！其中充滿了對於西方掠奪東方的殖民歷史的自豪回憶。龍帝化身的火龍，正是西方文化無意識深處對於東方的恐懼，即「黃禍」幻境。[8]影片中喬納森那小丑般的角色設置，主要體現為他金錢至上的庸俗作風，特別是他看到桃源般的香格里拉時，甚至想在那裡開一家賭場，這正是影片在東方烏托邦想像對照下，對於西方物質主義的溫婉嘲諷和有限度的批評。桃源般的香格里拉，在影片中對於西方的物質主義幾乎沒有提供

7　周寧：《天朝遙遠：西方的中國形象研究》上卷（北京市：北京大學出版社，2006年12月），頁342-344。

8　一八九五年，德國皇帝威廉二世提出「黃禍」（die gelbe Gefahr）的說法，並命令宮廷畫家赫爾曼‧奈克法斯畫了一幅名為《黃禍》的版畫，版畫的背景是一團火焰，其中有一個騎在一條惡龍身上的佛陀。伴隨著這幅畫在歐洲的流傳，「黃禍」恐慌也開始像瘟疫一樣在西方的知識與想像中蔓延。「黃禍」恐慌大致可以分為兩種：一是對中國曾經的軍事侵略與經濟掠奪的隱憂和恐懼，二是移民海外的華人不聲不響地流溢於西方世界，引起西方人對於自身安全的幻滅感。其實「黃禍」恐慌根本來自於西方人對他者的憂慮、對異族的緊張與恐懼。周寧：《天朝遙遠：西方的中國形象研究》上卷（北京市：北京大學出版社，2006年12月），頁354-359。

任何的救贖或啟示，相反，「她」是白人男性英雄從東方魔域中拯救出來的欲望客體。《木乃伊3》的中國兩類顯影最終統一於西方文化主體的自身認同功能，也暗示了西方對於中國的焦慮和欲望。然而，由於影片本身生產與消費的跨文化性，其中的中國顯影的意義生成就不能只考慮西方觀眾，而忽略其他文化圈的觀眾的參與。限於能力與題旨，本文僅討論中國觀眾在觀影過程中，對於《木乃伊3》的中國顯影的意義生成的參與、選擇、共享與創造。

正如前文所描述的，中國觀眾在抱怨《木乃伊3》對於中國元素的簡單、粗暴地挪用的同時，又對其中的中國元素以及高科技奇觀無限迷戀，結果造成了《木乃伊3》在一片質疑聲中票房依然強勢奪冠的現象。中國觀眾這種集兩種截然相反的態度於一體的文化心態耐人尋味。姑且擱置中國觀眾相對於美國影片的中國顯影的知識優越感所帶來的觀影誤區，即把影片當作歷史知識的載體不論，當中國觀眾在對影片的中國元素的荒唐挪用忿忿不平時，其背後必然有另一個「中國」在做參照。這個「中國」就是中國觀眾心目中的更真實的「中國」，這其實是一種建構和發明。從這個角度而言，中國觀眾的內心經歷了一個「自我本質化」的過程，其中忽略的是中國文化本身的多樣性與複雜性。如果說西方人無法正確地呈示中國，那麼中國人就能夠表述一個「真正」的中國嗎？中國觀眾對於影片的否定性反應，在一定程度上有助於抵制影片的意識形態滲透，但同時也吸納或複製了影片的中國顯影的內在邏輯前提，反向地鞏固了影片的意識形態；同時，中國觀眾的否定性反應也粗暴地否定了中國自身的內在差異。而中國觀眾對於影片展示的中國奇觀的欣賞和迷戀，在觀影過程中會無意識地與攝影機的視點認同，從而獲得一種視覺上的饜足感，最終被作為編碼機器的電影的符號指令所建構，其中的價值觀就被無形地內化於觀影者。中國觀眾對於《木乃伊3》的中國顯影的複雜態度實際上是從正反向對於西方文化霸權的潛在認同，從根本上說是在一種

「自我本質化」的優越幻覺中，參與了《木乃伊 3》的中國顯影的意義生成，即西方文化霸權意識形態的構築。因此，作為跨國消費的中國觀眾，在面對這樣一部含有中國文化因子的好萊塢影片時，應採取一種批判反思的立場，既能夠看到其中的意識形態霸權因素，更有意識地借鑑西方文化中那種開放與包容性，以及自我反思與批判的活力，也許將是邁向全球時代文明間對話的第一步。

九
西方的中國形象：
源點還是盲點？

　　自一九九〇年代中後期以來，周寧先生在「跨文化形象學」領域連續發表了一系列著述，[1]並引起了學界的廣泛關注。學術的意義在於它的未完成性，啟發新的後續性思考。周寧先生的系列研究已經遠遠地超越了形象學領域，對從不同的專業途徑思考中國百年思想問題，都有著深刻的啟迪意義。但其中也存在著需要進一步探討的問題，比如其研究對於西方的中國形象宰制意義的過分強調，對於本土批判立場的忽視等。過分強調西方的思想宰制意義，而忽視本土傳統的創造性轉化過程，就等於承認了西方對於思想能力的壟斷；把批判的鋒芒壓倒性地集中於西方的文化霸權，而忽視本土的共謀因素，就為權力結構本身留下了莫大的滋長空間。這種研究現狀距離我們「文化自覺」的命題和訴求似乎越來越遠。上述問題在其他相關領域的研究中也大量地存在，具有一定的普遍性。本文擬從周寧先生系列研究的學理依據解析入手，就「跨文化形象學」研究的理論前提、研究對象和觀念方法提出質疑，並在此基礎上探討跨文化研究的基本觀念問題。

1　代表性的專著包括八卷本的《中國形象：西方的學說與傳說》（北京市：學苑出版社，2004年）、兩卷本的《天朝遙遠：西方的中國形象研究》（北京市：北京大學出版社，2006年12月），以及《跨文化研究：以中國形象為方法》（北京市：商務印書館，2011年）等。就筆者所知，周寧先生發表的最早的形象學研究論文是《跨文化的文本形象研究》（載《江蘇社會科學》1999年第1期）。

推導式論述結構中的邏輯陷阱

　　周寧先生的系列研究為知識界提供了一個層次分明的思想歷程。
這一思想歷程包含三個層次：首先是在西方現代性觀念的縱深處研究
西方的中國形象及其文化功能；然後是在現代化與全球化進程中，思
考中國形象的「跨文化流動」及其世界觀念體系；最後是對「跨文化
形象學」觀念與方法的清理、總結、深化，嘗試構建其研究的理論方
法與學科範型。

　　結構本身即意義。周寧先生的系列研究所呈現的三個層次是一個
步步推進、邏輯嚴密的敘事鏈條。誠如周寧先生所言，西方的中國形
象研究「是跨文化形象學中國問題的起點。在全球化進程中，世界範
圍內西方現代性文化霸權滲透到各個領域，其中西方的中國形象也隨
著西方現代性思想擴張，或多或少地控制著世界不同國家或文化區的
中國敘事。」[2]在這個意義上，中國形象的譜系學是西方（歐美）中
心論的。那麼，「中國形象在全球化時代的跨文化流動中構成的中國
形象網路」研究，就必然要導向「世界的中國形象如何成為西方的中
國形象話語的再生產形式問題」。這種嚴謹的推導式結構提醒我們，
不妨把周寧先生系列研究的結構中的連結點作為展開對話或繼續思考
的起點。

　　周寧先生在其系列研究中結構了一個中國形象的世界觀念體系，
其連結關係是這樣的：西方的中國形象處於其觀念體系的核心位置，
非西方在進入對於中國形象的認知時，就已經開始偏執地捕捉西方既
有的中國形象，藉此界定自我的主體位置。顯然，這個位置已經是為
全球化意識形態所建構、賦予並內化了的，非西方在對中國形象的誤
識中，鞏固了西方中心主義的世界秩序。這一論述有效地銜接了西方

2　周寧：《跨文化研究：以中國形象為方法》（北京市：商務印書館，2011年），頁5-
　6。

的中國形象與世界的中國形象之間的敘事鏈條，但同時又構建了一個
以西方為中心的中國形象恣意輻射的平滑空間。

　　周寧先生的觀點來自於西方與非西方國家或地區之間文化權力對
比懸殊的前提預設：在西方文化占據著絕對優勢的現代世界觀念體系
中，顯影中國形象的視覺結構呈金字塔形，在頂端是西方（歐美）的
中國形象及其觀看方式，然後是非西方國家或地區的中國形象及其觀
看方式；西方在這一視覺結構中居高臨下，不僅向非西方國家或地區
分配有關中國形象的知識，而且給後者指派觀看中國的位置和方式。
這一論述思路由其體現在其系列研究的第二個層次，即對諸如俄羅
斯、印度與日本等非西方國家的中國形象的跨文化探討上。

　　關於俄羅斯的中國形象，周寧先生認為，「中國形象與西方形象
始終構成俄羅斯現代性想像中的雙重他者，離開了西方形象的對照，
中國形象在俄羅斯思想中就失去了意義。」[3]因為「中國形象的表現
並不取決於俄羅斯對中國的態度，而取決於俄羅斯對西方的態度。俄
羅斯的中國形象不僅是俄羅斯的西方形象的對應物，也是西方的中國
形象的派生物。俄羅斯的中國形象是西方的中國形象的折射，是中國
映現在西方現代性精神結構中的他者形象。」[4]印度的中國形象與俄
羅斯的近似，「印度現代『發現』中國的意義，必須『迂迴』到西
方。印度的中國形象的明暗冷熱，往往取決於印度的西方形象與西方
的中國形象。印度的西方形象處於否定狀態時，印度不僅在西方的中
國形象的反面想像中國，也刻意拒絕西方的中國形象的影響；反之，
如果印度的西方形象處於肯定狀態時，他們不僅複製西方的中國形
象，而且將自我想像為中國形象的對立面。」[5]而日本的中國形象同

3　周寧：《跨文化研究：以中國形象為方法》（北京市：商務印書館，2011年），頁5-
　　6。
4　周寧：《跨文化研究：以中國形象為方法》（北京市：商務印書館，2011年），頁8。
5　周寧：《跨文化研究：以中國形象為方法》（北京市：商務印書館，2011年），頁9。

樣陷溺於這一視覺結構設定的觀看位置:「現代日本的中國形象,始終難以超越『脫亞入歐』的思想傳統以及該傳統中日本現代性身分認同的問題。日本要認同現代,就得認同西方;現代化越徹底,西化也就越徹底,於是,日本現代性身分本身就出現了危機。當時為了表現認同西方現代性的方向與決意,日本否定亞洲貶抑中國,將亞洲或東方以及代表亞洲或東方的中國,當作西方現代性否定的對立面,中國形象被不斷『污名化』。」[6]

　　周寧先生通過對上述三個與中國鄰近、關係密切的國家的中國形象的解析,提出了中國形象在現代性世界觀念體系中的跨文化流動圖式及其構成的穩固權力結構。中國形象在世界上散播的結構性聯繫,昭示著西方(的中國形象)的宰制性力量和跨文化霸權的過程與方式。因為西方與非西方間的文化權力對比懸殊的前提預設,周寧先生的跨文化形象學研究迴避了中國形象在非西方世界中被重新組裝利用、因地制「義」的可能,同時也排除了非西方國家或地區,特別是前現代時期與中國有頻繁互動的臨近國家、地區自身的中國想像傳統與西方的中國形象之間的關係。

研究對象的錯置

　　雖然「跨文化形象學」的研究對象是世界現代性想像中的中國形象,但任何一個國家或地區的現代性與自身的傳統都有著不可忽略的親緣關係。西方的現代思想也是西方的傳統文化在與非西方的文化互動中形成的。現代性雖然源自西方,但這並不意味著非西方的現代性想像永遠都是「西方」血統的。在從西方的中國形象研究轉向世界的中國形象研究時,作為研究對象的中國形象的想像主體的也隨之變化

6　周寧:《跨文化研究:以中國形象為方法》(北京市:商務印書館,2011年),頁279。

了。因此，雖然周寧先生的研究對象看上去仍然是「中國形象」，但事實上它早已發生了實質性地轉變，即從西方轉向了非西方。

在現代性的世界觀念體系中，觀看中國的方式是從西方向非西方、由金字塔頂向底端無阻力地轉移與宰制，這一預設使周寧先生的論述步伐似乎未能與研究對象的轉變保持一致：當西方的中國形象進入非西方的視野並介入其文化結構時，周寧先生卻沒有隨之緊緊跟進非西方的文化歷史之中，而是對非西方世界進行了整體化地處理。周寧先生此時真正關注的是進入非西方的西方中國形象，而不是西方中國形象如何進入了非西方。換句話說，研究對象應該轉變為非西方國家或地區時，周寧先生卻無意識地仍在研究西方的中國形象（或西方），論述邏輯與研究對象之間發生了錯位。於是，無重力的西方中國形象在非西方世界所向披靡，自由自在地飛了一圈之後仍然是西方的中國形象，似乎從未與本土接觸，沒有變異，也沒有互動。借用周寧先生的說法，「西方的中國形象，似乎既是起點又是終點。」

周寧先生的系列研究所體現出來的環環相扣的論述結構本身就暗示了西方中國形象的跨文化傳播線路圖，在這條線路圖中，既可以隱約看到黑格爾式的歷史因果鏈，也能夠感受到研究主體與研究客體／對象之間那種無意識的共謀。從這個意義上說，周寧先生的跨文化形象學研究的學理依據仍然是西方中心主義的，在方法論上則體現出一種民族主義式的歷史地理學傾向。

這裡以周寧先生的新著《跨文化研究：以中國形象為方法》的第四部分《「巨大的他者」——日本現代性自我想像中的「中國」》為例，對研究對象錯置的問題加以討論。在該文中，周寧先生關注的是「日本現代想像中的『中國』」。其中的「現代」很重要，正是這個「現代」，周寧先生可以接著子安宣邦的論述把「西方」這個「巨大的他者」提出來討論，同時，「脫亞入歐」也構成了該文討論日本的中國形象的開端，因為這一思想中暗含著日本現代性身分認同的深層

危機。鑒於日本與中國在歷史地理政治上的親緣性，討論「脫亞入
歐」思想中的中國形象，不僅要面對西方的中國形象，同時還必須留
意此前的日本中國形象。

　　周寧先生對這個問題，特別是「脫華」與「脫亞」的關係也很敏
感，在其論述中，我們可以清晰地看到從「脫華」到「脫亞」的過程
描述：「適逢西方文化傳入，日本終於落實了『脫華』之後的去處，
那就是『入歐』。從伊比利亞擴張到鴉片戰爭，動搖了日本的中國中
心主義的文化觀念，從『蘭學』到『西學』，逐漸樹立起西方中心主
義的文化觀念。現代日本在中西文化之間權衡，最終確立去中就西的
文化取向。」[7]「脫亞」的意義在於為「脫華」提供了現代意義和暫
時的去向，即現代化／西化和「入歐」。但這是一個結論，或者說是
一個預設，而不是論證。因為在周寧先生所描述的日本對於西方的接
納過程中，帶有「照單全收」的意味，那麼在這個轉變過程中，日本
的中國形象將自然而然地「複製西方的中國形象」。沿著這一前提預
設引導出的推論方向，「『脫亞』之後『入歐』，現代日本選擇放棄華
夏中心的東亞文化圈，開始自覺地歸附西方中心的現代世界體系。從
此，日本不論看待自身，還是自身的他者——中華帝國，都自覺地以
西方為尺度。」[8]

　　由此，現代日本的中國形象完全可以與西方的中國形象進行等量
代換。在接下去的研究中，我們看到的仍然是西方或西方的中國形
象，而日本則一直是透明、沉默的。如果說「『脫亞』是明治時代的
新提法，而『脫華』思想卻由來已久，可以追溯到江戶時代，」那
麼，「脫亞」與「脫華」遭遇的過程是怎樣的呢？如果說現代日本在

7　周寧：《跨文化研究：以中國形象為方法》（北京市：商務印書館，2011年），頁
　　229。

8　周寧：《跨文化研究：以中國形象為方法》（北京市：商務印書館，2011年），頁
　　230。

「脫亞入歐」的思想中接受了西方的中國形象，那麼「脫華」思想中的中國形象是如何與西方的中國形象發生關係的？二者在日本的現代性自我認同過程中是如何對接的呢？日本的現代性想像資源來自西方是毋庸置疑的，但是，它的傳統是如何被轉變為「現代」的？我們甚至還可以進一步追問：是否存在著一個可以作整體化處理的「西方」與「日本（或非西方）」呢？事實上，這些問題才是研究「日本現代的中國形象」的關鍵所在。

作為盲點的中國形象「源點」

周寧先生「跨文化形象學」的系列研究中暗含著一個縝密的推導式論述結構，它與西方中國形象進入非西方世界的無阻力方式相輔相成。在此基礎上，筆者試圖提出另一種不同的詮釋脈絡，把論述的側重點放置在對中國形象的跨文化翻譯上。這樣既可以補充又可能深化跨文化形象學研究的相關的理論思考。

本雅明在討論「翻譯者的任務」時指出，在翻譯過程中，翻譯者將面臨著「信」與「自由」的兩難處境，「即忠實地再生產意義的自由，並在再生產的過程中忠實於原義」，只有如此才能同時給予翻譯者和原義發聲的空間，因此，原文與譯文的差異就成為必須，而原文也只有通過翻譯才能被「更充足地照耀」。[9]如果是西方的中國形象本身源自西方與中國文化的碰撞、混雜，如今已然構成了西方現代性思想的一個組成部分，那麼我們也有理由相信，這部分具有混雜性的西方思想（中國形象）與非西方[10]文化傳統的遭遇，必定會因為本土的

9　〔德〕瓦爾特・本雅明著，陳永國譯，陳永國、馬海良編：〈翻譯者的任務〉《本雅明文選》（北京市：中國社會科學出版社，1999年8月），頁286-289。

10　這裡的「非西方」只是一種表述上的便利，在本文的立場上，不存在一個可以作整體化處理的「非西方」。

引力而被因地制「義」，導致其再混雜，這樣的跨文化實踐必定對西方的中國形象的「原文」及其附帶的權力格局帶來意義上的爆破，而不僅僅是西方中國形象的單向宰制（當雖然這是其中一個重要的方面）。

這裡仍然以中國形象的世界性散播為例，就跨文化研究的觀念與方法問題在兩個層面上加以延伸和討論。

首先，西方的中國形象在進入非西方世界時，它作為一種新的思想資源或理論觀念，其中的跨文化翻譯過程由其重要。該過程需要調動翻譯者／非西方世界既有的思想資源和文化傳統，對西方的中國形象做出本土化的詮釋，而不會是任其在既有的知識語境中自由馳騁。這個過程事實上帶出了一個過渡性的、動態的、雙向的跨文化對話空間，當西方的中國形象進入這一空間，再走出這一空間時，就已經不再是西方的中國形象，而是非西方的中國形象與西方的中國形象對話後的產物了。

西方的中國形象，無論是邪惡的、還是美好的，這「兩種東方主義」[11]話語在非西方國家或地區的不同歷史情勢下，都有可能被運用為一種具有積極意義的批判性資源。比如，在中國「五四」時期，新文化倡導者借用西方的中國論述建構本土「西方主義」話語，對抗具有壓抑性的傳統文化符碼系統時，西方的中國形象作為一種批判性思想資源就暗含著解放性意義。其中對於中國形象的跨文化挪用和自我批判使中國與西方的關係既非完全的宰制與被宰制、亦非絕無關聯。相反，這種西方中國形象的本土化帶出了一個中西方文化的交叉地帶，西方的中國形象在此間就失去了平滑散播的可能，所謂的「宰制／被宰制」關係也會失去其確定性，西方與非西方的二元論述框架也

---

11 「兩種東方主義」的討論，詳見周寧：〈另一種東方主義：超越後殖民主義文化批判〉，載《廈門大學學報（哲學社會科學版）》2004年第6期。

會隨之鬆動，混雜、重疊、並置、關聯與流動就成為文化間對話的基本風貌。按照這樣的詮釋脈絡，西方的中國形象、非西方的中國形象（包括中國自身的現代性想像），或者說是中國形象的跨文化流動網絡的論述就不應該是一個層層推進的推導式結構，而應該是一種充滿了種種迴旋猶疑、協商對話的鬆散場域。這一場域才真正構成了跨文化操作的空間和該項研究的對象。在這個場域中、在這個過渡性的混雜空間中，周寧先生的系列研究的三個論述層次，完全可以不分先後、鬆散並置地加以論述。換句話說，在三個層次上分別討論的問題事實上是同一個問題，可以在任何一個層次上開啟並介入另一個層次的討論。

周寧先生在其「跨文化形象學」的系列研究中所預設的中國形象及其生產方式跨文化流動的因果圖式，使跨文化研究原本應該關注的混雜性空間被忽略了。接下來，本文將進一步討論這個前提預設是如何得來的。

周寧先生在假設西方的中國形象無阻力地進入非西方世界，並構築了非西方世界再生產中國形象的方式時，必定同時也假設了中國形象跨文化流動的線路的源點就是西方，然而這個假設是需要進行重新審視的。「西方的中國形象」這一概念本身就暗含著中國與西方現代性思想之間的混雜關係。西方的中國形象的形成經歷了一個中國與西方思想碰撞融合、彼此滋養的過程，那麼，西方的中國形象的跨文化流動的「西方」源點預設就站不住腳。西方的中國形象作為一種觀念，它既承續了西方想像中國的傳統，也隱喻般地回應了當下西方面臨的問題。事實上，認為西方的中國形象的「源點」就是西方是一個不可靠的假設——漫長的中西方觀念互動的歷史就是西方想像中國的歷史，彼此的想像互塑都離不開中西方觀念的相互滋養、碰撞與協商。沒有「中國」的參與，何來西方的中國形象？

與前一個問題密切相關，西方的中國形象的跨文化傳播圖式是線

型的嗎？「源點」不存在了，線型的觀念跨文化傳播圖式就站不住腳。自中世紀晚期，西方世界「發現中國」以來，中國也同時發現了西方。[12]自此，中西方都開始了注視對方的歷史，同時也開啟了利用對方註釋自我的歷史。因此，中西方都無法擁有任何關於對方的純粹的知識和想像，彼此間的觀念流通過程充滿了混雜、中斷、迂迴、互補。與其說西方（或世界）的中國形象的跨文化傳播圖式是線型的，不如說是網狀的。所以，西方的中國形象的散播根本不存在這樣一個從西方到非西方的線性的清晰流動軌跡，其出發的源點當然不能簡單地指認為「中國」，但也絕對不是「西方」。西方的中國形象已然是西方現代性思想的組成部分，如果不加反思地假設西方的中國形象跨文化流動的源點就是「西方」，這不但是一種學理上的簡化，也是與全球主義意識形態的無意識共謀。可以說西方的中國形象不僅僅是西方的一個話語建構，而是包括中國在內的非西方世界與西方合作的結果。

　　西方的中國形象跨文化流動的源點定位本身就是一個偽問題。在跨文化研究的立場上，那個想像的「源點」從來就不存在。觀念的源點一旦存在，必定構成研究的盲點。周寧先生跨文化形象學的系列研究中就暗隱著一個西方中國形象在全球散播的「西方」源點，這一未經反思的假設不但干擾了周寧先生對跨文化研究的核心問題的追蹤，而且進一步誘導出了西方中國形象在非西方世界自由流通的因果圖式。跨文化研究的核心問題拒絕對「源點」進行追問，它關注的是一

---

12 根據中西方交往的歷史，緊隨一二五〇年前後柏郎嘉賓和魯布魯克出使蒙古，在一二七五年前後，當馬可‧波羅一家人來到汗八里的時候，景教僧侶列班‧掃馬也帶著他的徒弟列班‧馬古斯正準備前去耶路撒冷朝聖，他最終到達了巴黎。詳見周寧：《世界是一座橋：中西文化的交流與建構》（桂林市：廣西師範大學出版社，2007年4月），頁1-10；Also see Donald F. Lach, *Asia in the Making of Europe Vol.I——The Century of Discovery*, Book One, Chicago and London: The University of Chicago Press, 1971, p.39.

個動態的互動性結構，它應該反過來思考這個被假設的源點是如何被西方和非西方的知識菁英們共同協作、合力建構出來的。西方的中國形象在形成過程中，由於中國傳統文化的介入與操作，而使其跨文化流動的源點充滿了歧異和含混，西方的中國形象的跨文化流動不存在一個清晰簡單的因果圖式；在質疑該「源點」假設的基礎上，非西方世界的文化傳統與西方中國形象之間的互塑，構成了跨文化研究的另一重要問題。

祛魅／再魅：本土批判立場的缺失

周寧先生在其「跨文化形象學」系列研究中暗示出來的論述結構，很容易讓人想起愛德華‧W. 薩義德（Edward W. Said）在其著名的論文《旅行的理論》（*Traveling Theory*）中的觀點。薩義德指出，「觀念與理論從一種文化進入另一種文化時，存在著一些特別有意味的情形，正如東方所謂的先驗觀念在十九世紀早期被移植到歐洲，或者是某些歐洲的社會觀念在十九世紀晚期傳到東方的傳統社會中去那樣。但觀念傳播到一個新的語境中的路途從來都不是暢通無阻的。它必定包括一些與觀念在源點處有所不同的表述和制度化程序。這一事實致使任何關於理論與觀念的移植、遷移、傳播和流通的解釋都變得複雜化了。」薩義德同樣為這種理論與觀念的「旅行」繪製了一種有規律可循的圖式（pattern）：「首先，存在著一個源點，或者近似源點的一系列初始情境，觀念藉此可以生成或者進入話語程序。接著，存在著一個觀念移植的距離，這就是觀念從一個先前的起點到達另一個可以讓自身獲得新的意義光輝的時空中時，要經歷的來自種種語境的壓力的通道。然後，存在著一種情境——可以稱之為接受語境，或者是作為接受不可避免的組成部分的抵制的語境——這種情境遭遇了被移植的理論或觀念，使之引進或接受成為可能，無論彼此間是多麼地

不相容。最後，如今完全（或部分）被相容（或合併）的觀念在一定程度上被其新的用法及其所在的新時空中的位置給轉變了。」[13]

　　薩義德對於觀念和理論在不同文化語境中「旅行」的程序與圖式的論述，很有可能把非西方的跨文化研究導向兩個誤區和危險。第一，這種做法將大大簡化觀念在不同語境中流動的複雜性，把西方的某種觀念單純地視為一種所向披靡的權力話語，它將支配並形塑其他非西方世界的思想圖式。如此，非西方世界就成為被西方的文化霸權主宰的沉默地帶，非西方世界的自我表述傳統與「能動性」（agency）則被屏蔽在批判的激情之外。以非西方代言人的身分致力於解構、批判西方的文化霸權，事實上顛倒地複製了「東方主義」式的霸權思維方式，並與其批判的對象達成了深刻的共謀。第二，這種做法將會在不自覺的狀態下放棄對包括中國在內的非西方世界的自我批判立場，轉而美化對西方的對抗。

　　在周寧先生「跨文化形象學」的知識立場上，如果說西方的中國形象是一個與中國現實無關的想像性表述，那麼，作為表述主體的「西方」，包括「西方」的中國形象在內，在與非西方世界發生意義關聯時，很可能也是一種缺席的在場。在假設「中國」是西方的文化他者的同時，忽視「西方（的中國形象）」對於非西方世界的自我認同的鏡像意義，就無法把文化批判的知識立場在研究中一以貫之，在學理上就顯得不夠嚴謹。在筆者看來，反思抽象的「西方文化霸權」對於思考中國當下最迫切的問題有多大的有效性，要比解構西方的文化霸權本身有意義得多。事實上，這是一個後殖民主義文化批判理論「旅行」到中國本土後所面臨的「合法性」問題。「主人只有當奴隸允許他作主人的時候，才是一個主人。」[14]西方文化霸權往往與本土

13　Edward W. Said, *The World, the Text, and the Critic*, Cambridge, MA: Harvard University Press, 1983, pp.226-227.

14　〔德〕貝·布萊希特：〈戲劇小工具篇〉，張黎譯：《布萊希特論戲劇》（北京市：中

的權力話語同源同構，在更多的時候，所謂的「西方文化霸權」必須
借助本土才能發揮效力，它不過是本土不同的話語集團爭奪符號資本
的一個意識形態中心而已，它在這一表述中顯影的往往是本土自身的
問題。因此，放棄對本土的「西方主義」話語的批判，要比所謂的
「東方主義」或「西方文化霸權」危險得多。後殖民主義文化批判理
論背後的問題不屬於中國，它對中國語境而言也不完全具有適切性，
這是我們在探討西方的中國形象的跨文化傳播時必須加以反思的。只
有在一種本土批判的立場上，探討西方的中國形象才能成為我們深入
思考中國問題的有效媒介。

　　需要指出的是，周寧先生對於後殖民文化批判的局限性以及西方
的中國形象研究中暗含的西方中心主義和「文化勢利」也有清醒、自
覺的認識與反思，[15]並在此基礎上提出了「兩種東方主義」，[16]以及跨
文化的中國形象研究也要關注其他國家的中國形象問題的必要性。但
在筆者看來，研究對象的增補而不是研究觀念的更新，似乎無益於後
殖民文化批判局限性以及西方中心主義（或「文化勢力」）的真正克
服和超越：周寧先生雖然指出西方現代性精神中肯定的、烏托邦式的
東方主義及其體現出來的現代理性深刻的懷疑、批判精神，但這種批
判精神似乎未能在其研究中體現出來；另方面，由於周寧先生對非西
方的中國形象的自我想像的知識傳統的忽略，而過於強調，或僅談西
方的中國形象對於非西方的中國形象生產機制的宰制和影響，這本身
就已經是一種更為深刻的「文化勢利」。

　　樂鋼先生曾在「祛魅—再魅」的框架中探討周寧先生的思想轉

　　國戲劇出版社，1990年3月），頁30。

15 周寧：《跨文化研究：以中國形象為方法》（北京市：商務印書館，2011年），頁289-
　　339。

16 周寧：《跨文化研究：以中國形象為方法》（北京市：商務印書館，2011年），頁373-
　　389。

向，[17]如對該框架做出進一步的延伸，用於思考周寧先生的「跨文化形象學」系列研究同樣有效。當周寧先生在後現代的、批判的知識立場上質疑西方把「中國」作為主體之外的認識客體的「祛魅」做法時，他在兩個層面上對西方的中國形象進行「再魅」：首先是在「烏托邦與意識形態」的分析框架中指出了西方的中國知識的不確定性；其次是在不同的歷史脈絡中論證作為主體的西方的在場和作為客體的中國的缺席，因此，可以說西方的中國知識協調著權力，具有主體鏡像的特徵。然而，在周寧先生的系列研究中看不到他對自己的思考本身的「再魅」，或者說是把自己的研究進行「對象化」，進而反躬自問。因此，關於「跨文化形象學」的研究，需要進一步反思的問題還包括：作為一名中國學者，自我的思想進程如何能夠避開被西方的中國形象形塑的陷阱？如何在當下的中國現實語境中思考西方的中國形象，才能夠避免使自己的研究與本土的某種權力結構達成無意識的共謀？面對不在場的「西方」，如何才能夠真正走出一種對抗或臣服的非此即彼的思想困境，實現自我（本土）的「能動性」與文化自覺？

---

17 詳見〔美〕樂鋼：〈神交南迦巴瓦：周寧的北人作南人之旅〉，載《跨文化對話》第27輯（北京市：生活・讀書・新知三聯書店，2011年），頁304-308。

參

表演中國

十
寫意戲劇觀：
西方的脈絡

　　一九六二年三月二日至二十六日，全國話劇、歌劇、兒童劇創作座談會議在廣州召開，黃佐臨在會上作了題為〈漫談「戲劇觀」〉的講話，這篇講話於同年四月二十五日在《人民日報》發表。在這篇文章裡面，黃佐臨以梅蘭芳、斯坦尼斯拉夫斯基（Stanislavski）和布萊希特（Bertolt Brecht）的戲劇實踐與幻覺的關係為例，提出了寫實的戲劇觀、寫意的戲劇觀以及寫實寫意混合的戲劇觀。[1]考慮到「十七年」戲劇創作中「社會主義現實主義」原則，〈漫談「戲劇觀」〉一文真正突顯的實際上正是「寫意」。黃佐臨在一九六二年提出的寫意的戲劇觀在一定程度上可以視為開始於一九五六年的「話劇民族化」思考的一個結果，寫意的戲劇觀與「話劇民族化」的背後糾纏著一個繁複的歷史語境。在「話劇民族化」的論述框架中，寫意的戲劇觀中的「寫意」被賦予了民族屬性的意義。因此，在「十七年」的歷史情勢下，「寫意」被作為一個與民族主義密切相連的現代性想像和「寫實」進行區分，進而構成了表述主體自我確認的文化實踐策略。

　　然而，從世界戲劇歷史的視角衡量，「十七年」期間的「寫意」戲劇觀與「話劇民族化」論述所提供可能正是一種與其初衷相悖的文化方案，因為它們並非中國的戲劇觀念，其提出倚重和借助的是近代以來旅行至中國的西方戲劇思想的脈絡以及其提供的視覺結構。從根本上看，它們是西方的現代戲劇（文化）觀念在中國語境中的衍生性命題。

1　黃佐臨：〈漫談「戲劇觀」〉，載《人民日報》，1962年4月25日。

「寫意」的知識譜系

　　「寫意」原本是中國畫的一種表現手法，根據目前的資料，最早把「寫意」引入戲劇論述的是馮叔鸞，他在〈論戲答客難〉中指出，「舊劇之演事實在傳其神，如畫家之有寫意。」[2]在「五四」時期的新、舊劇觀念論爭中，張厚載曾這樣描述戲曲：「中國舊戲第一樣好處就是把一切事情和物件都用抽象的方法表現出來。抽象是對於具體而言的。中國舊戲向來是抽象的，不是具體的。六書有會意的一種，會意是『指而可識』的。中國舊戲描寫一切事情和物件，也就是用『指而可識』的方法。譬如一拿馬鞭子，一跨腿，就是上馬。這種地方人都說是中國舊戲的壞處，其實這也是中國舊戲的好處。用這種假象會意的方法，非常便利。……現在上海戲館裡往往用真刀真槍真車真馬真山真水。要曉得真的東西，世界上多著呢。那裡能都搬到戲臺上去，而且也何必要搬到戲臺上去呢。」[3]齊如山也認為，「舊劇向來不講究布景，一切的事情都是摸空，就是平常說的大寫意。」[4]對於中國戲曲「寫意」特性進行系統論述的是「國劇運動」的發起人之一的余上沅，他在〈舊戲評價〉裡面指出，「在藝術史上有一件極可注意的事，就是一種藝術起了變化時，其他藝術也不約而同的起了相似的變化。要標識這一個時期的變化，遂勉強用某某派或某某主義一類的符號去概括它。所以寫實派在西洋藝術裡便占了一個重要的位置；與之反抗的非寫實或寫意派，也是一樣。近代的藝術，無論是在西洋或是在東方，內部已經漸漸破裂，兩派互相衝突。就西洋和東方全體而論，又彷彿一個是重寫實，一個是重寫意。」、「寫實派偏重內容，

2　馬二先生：〈論戲答客難〉，載周劍雲主編：《鞠部叢刊・劇學論壇》（上海市：上海交通印書館，1918年），頁70。

3　張厚載：〈我的中國舊戲觀〉，載《新青年》第5卷第4號，1918年10月15日。

4　齊如山：〈新舊劇難易之比較〉，載《春柳》1918年第2期。

偏重理性；寫意派偏重外形，偏重情感。只要寫意派的戲劇在內容上，能夠用詩歌從想像方面達到我們理性的深邃處，而這個作品在外形上又是純粹的藝術，我們應該承認這個戲劇是最高的戲劇，有最高的價值」。[5]「國劇運動」的另一位主要發起人趙太侔也表達了相近的觀點：「西方的藝術偏重寫實，直描人生，所以容易隨時變化，卻難得有超脫的格調。它的極弊，至於只有現實，沒了藝術。東方的藝術，注重形意，義法甚嚴，容易泥守前規，因襲不變；然而藝術的成分，卻較為顯豁。不過模擬既久，結果脫卻了生活，只餘了藝術的死殼。中國現在的戲劇到了這等地步。」[6]「十七年」期間的「話劇民族化」與「寫意」戲劇觀顯然隸屬於這一表述譜系，並延續了其中的話語策略。

在此，我們有必要首先對「寫意」戲劇表述譜系的話語策略和內涵進行解析。如果不那麼容易健忘的話，不難想起晚清知識界在批評中國戲曲現狀時，曾以西方戲劇的「寫實」性批評戲曲的「戰爭」場面「中國劇界演戰爭也，尚用舊日古法，以一人與一人，刀槍對戰，其戰爭猶若兒戲，不能養成人民近世戰爭之觀念」，[7]而戲曲的表現手法將導致「後人而為他國之所笑」[8]的自卑心理。從前文述及「寫意」的生成脈絡來看，它的突顯來自於民族文化步入危機的那一刻，特別是「五四」新文化運動倡導者對於「舊劇」進行毫不留情的批判否棄之時。此時的中國戲曲成為阻礙「老大中國」邁向現代之前景的

5　余上沅：〈舊戲評價〉，載余上沅編：《國劇運動》（上海市：上海書店，1992年9月），頁193。

6　趙太侔：〈國劇〉，載余上沅編：《國劇運動》（上海市：上海書店，1992年9月），頁10。

7　蔣觀雲：〈中國之演劇界〉，載阿英編：《晚清文學叢鈔‧小說戲曲研究卷》（北京市：中華書局，1960年），頁50。

8　蔣觀雲：〈中國之演劇界〉，載阿英編：《晚清文學叢鈔‧小說戲曲研究卷》（北京市：中華書局，1960年），頁51。

沉重負擔的「舊」文化的載體和象徵物，它不僅在西方戲劇（文化）的衝擊下失卻了存在的信心，更在近現代中國知識分子的唾棄中顯得腐朽老邁。在這樣的情勢下，「寫意」被引入中國戲曲大加褒揚之時，無疑已經預設了西方的「寫實」，或者說「寫意」在邏輯起點上就依賴於西方戲劇的「寫實」性論述。然而這個「寫意-寫實」的二元對立項並非中性的，「寫意」自始至終都深陷在「寫實」的操作領域中。此時的「寫意」固然被突顯了，可是其代價是「寫意」的論述必須依賴於那個不在場的在場者「寫實」。

與馮叔鸞、張厚載、齊如山等人的論述一樣，余上沅等倡導「國劇運動」者仍然在這種二元對立的結構中思考中國戲曲的「寫意」性。「國劇運動」源自一種「中華文化的國家主義（Cultural Nationalism）」的文化衝動。[9]作為想像的「國劇」的理論合法性的前

9　一九二四年冬，留學美國的聞一多在給友人梁實秋的信中，憂心忡忡地說：「我國前途之危險不獨政治，經濟有被人征服之虞，且有文化被人征服之禍患。文化之征服甚於其他方面之征服百千倍之。杜漸防微之責，舍我輩其誰堪任之！」正是出於這一危機意識和使命感，聞一多在信中論證了他的「中華文化的國家主義」激情與規劃：「紐城同人皆同意於中華文化的國家主義（Cultural Nationalism），故於印度則將表彰印度之愛國女詩人奈托夫人，及恢復印度美術之波士（Nandalal Bose）及太果爾（Abanindranath Tagore）（詩翁之弟）等。於日本則將表彰一恢復舊派日本美術之畫家，同時復道及鑑賞日本文化之小泉八雲及芬勒摟札，及受過日本美術影響之畢痴來。從一方面看來，我輩不宜恭維日本，然在藝術上恭維日本正所以恭維他的老祖宗——中國。我決意歸國後研究中國畫，並提倡恢復國畫以推尊我國文化」。這封信的主旨是聞一多就中華戲劇改進社同人刊物的創辦事宜向梁實秋徵求意見，此前，聞一多與余上沅、趙太侔、熊佛西等人在紐約自編自演了一齣英文劇《楊貴妃》，「成績超過了」他們的預料，於是四人深受鼓舞，「彼此告語，決定回國」，「國劇運動」就是他們「回國的口號」。聞一多所謂的「中華文化的國家主義」正是內在於「國劇運動」的基本命題以及這一口號背後的思想支點。一九二五年五月，余上沅、聞一多和趙太侔結伴回國，在北京發起了為時短暫的「國劇運動」。分別參見聞一多給梁實秋的信件，見《聞一多全集》第3卷（北京市：生活‧讀書‧新知三聯書店，1982年），頁617；余上沅：〈余上沅致張嘉鑄書〉（載余上沅編：《國劇運動》，影印新月書店，1927年（上海市：上海書店，1992年9月），頁274。

提論述，「寫實」（西方戲劇）與「寫意」（東方／中國戲劇）的區分
成為了「國劇」論述的意義指涉框架，這種文化轉喻的表述方式暗含
著中國和西方兩種文化體系的對立與比較。按照趙太侔在〈國劇〉裡
面的論述，[10]中西方藝術作為對立的兩極，「西方／寫實／現實／理
性」與「東方／形意／藝術／情感」構成了中西戲劇藝術的基本差異
格局。在這一格局中，藝術的本質化特徵可以被置換為某種空間（如
中國／西方）關係的轉喻。[11]當「國劇運動」的「中華文化的國家主
義」實踐指向預設了「寫意」／「中國」與「寫實」／「西方」的區
分關係，其中的「中國」訴求就無法走出西方現代性的知識體系所劃
定的範圍。

　　一九五〇年代中期，冷戰格局中的「社會主義陣營」內部發生了
分化，中蘇關係日益惡化，在各個層面對既往向蘇聯的「一邊倒」開
始進行反思，「民族化」也在文化領域也被重新激活，於是「話劇民
族化」再次成為戲劇理論批評的核心命題，直至黃佐臨在一九六二年
提出「寫意」戲劇觀。需要指出的是，此次的「話劇民族化」與張庚
在一九三九年提出的「民族化」倡導不屬於同一個話語脈絡，二者關
注的並非同一個問題。

　　張庚在一九三九年提出的「話劇民族化」是中國現代知識分子在
民族危機時刻，將啟蒙話語延伸到想像的「民間」，構築現代民族國
家話語的一種實踐方案，從思想淵源上看，它承續的是「五四-左

---

10 趙太侔認為，「西方的藝術偏重寫實，直描人生，所以容易隨時變化，卻難得有超
　　脫的格調。它的極弊，至於只有現實，沒了藝術。東方的藝術，注重形意，義法甚
　　嚴，容易泥守前規，因襲不變；然而藝術的成分，卻較為顯豁。不過模擬既久，結
　　果脫卻了生活，只餘了藝術的死殼。」趙太侔：〈國劇〉，載余上沅編：《國劇運動》
　　（上海市：上海書店，1992年9月），頁10。

11 關於該問題的詳細論述，可參閱拙文〈中西戲劇交流的誤區與困境：「國劇運動」
　　及其文化民族主義悖論〉，載《中華藝術論叢》第11輯（上海市：復旦大學出版
　　社，2012年）。

翼」的實踐方式。如果說一九三〇年代末期的「話劇民族化」的構想是對「民間」的發明,其實施必須同時依附一個「舊劇現代化」的策略,那麼,在最淺顯的意義層面上,可以說一九五〇年代中後期至一九六〇年代初期的「話劇民族化」借用的資源與前者相反,它是要從「舊劇」(戲曲)的「寫意」性中突顯中國話劇的民族性。然而,與張厚載、余上沅等人的「寫意」論述一樣,中國戲曲的「寫意」性只是與西方戲劇思想的歷史同步的文化密碼,正如這個時期的「話劇民族化」論述中的「寫實」一樣,它不是、也不可能是一個可以用來客觀分析的藝術特性。

西方的脈絡

根據黃佐臨的論述,他選擇梅蘭芳、斯坦尼斯拉夫斯基和布萊希特各自代表的三種「絕然不同」的戲劇觀進行比較,「目的是想找出他們的共同點和根本差別,探索一下三者之間的相互影響,相互借鑑、推陳出新的作用,以便打開我們目前話劇創作只認定一種戲劇觀的狹隘局面。」[12]三人的同與異在於「都是現實主義大師,但三位藝人所運用的戲劇手段卻各有巧妙不同。」[13]由此可以看出黃佐臨在論述其「寫意」戲劇觀時,「推陳出新」與「現實主義」的宗旨與大前提並未改變。〈漫談「戲劇觀」〉一文著重介紹的是布萊希特的戲劇觀。在黃佐臨的論述中,「布萊希特的戲劇觀是針對第一次世界大戰後西歐資產階級腐朽話劇而形成的。當時的話劇和當時所有文藝一樣,都是頹廢的、逃避現實的。布萊希特的戲劇觀是和這些針鋒相對的。……總之,當時資產階級流行的反動的戲劇觀企圖麻痺人們的戲劇思想、削弱人們的鬥志;而布萊希特的戲劇觀卻要求觀眾開動腦

---

12 黃佐臨:〈漫談「戲劇觀」〉,載《人民日報》,1962年4月25日。

13 黃佐臨:〈漫談「戲劇觀」〉,載《人民日報》,1962年4月25日。

筋、激動理智、認識現實、改變現實。」[14]布萊希特戲劇觀的「反資產階級」性質在「十七年」的冷戰語境中可謂具有相當的政治適切性，在這種情況下，布萊希特的戲劇觀就獲得了超越冷戰陣營的階級內涵，即立足冷戰又超越冷戰，其「西方」屬性在此可以忽略不計。然而，正是這一修辭策略把「寫意」戲劇觀和「話劇民族化」納入了西方戲劇思想脈絡之中，且不為論者所覺察。

　　布萊希特戲劇觀的這種定性描述，為評述斯坦尼斯拉夫斯基和梅蘭芳的戲劇觀提供了參照視野。與布萊希特的戲劇觀比較，斯坦尼拉夫斯基的戲劇觀和梅蘭芳的戲劇觀的差異體現於對待「第四堵牆」的態度上：「斯坦尼斯拉夫斯基相信第四堵牆，布萊希特要推翻這第四堵牆，而對於梅蘭芳，這堵牆根本不存在，用不著推翻因為我國戲曲傳統從來就是程式化的不主張在觀眾面前造成生活幻覺。」而中國話劇的問題就在於對「幻覺」的過分追求造成的創作觀念的封閉，布萊希特破除幻覺的方法即「間離效果」。[15]關於布萊希特戲劇觀的思想資源，黃佐臨指出，「一九三五年梅先生第一次到蘇聯訪問演出。布萊希特那時受希特勒迫害，正好在莫斯科避政治難。他看見了梅蘭芳的表演藝術，不由分說，當然深深著了迷，於一九三六年寫了一篇〈論中國戲曲與間離效果〉的文章，狂讚梅蘭芳和我國戲曲藝術，興奮地指出他多年來所朦朧追求而尚未達到的、在梅蘭芳卻已經發展到極高度的藝術境界。可以說梅先生的精湛表演深深影響了布萊希特戲劇觀的形成，至少它起了畫龍點睛的作用。他最欣賞的是梅先生的〈打漁殺家〉。在他的文章裡作了細緻的描繪，對梅的身段，特別是對樂的運用尤為驚嘆不已。」[16]在這種比較的基礎上，黃佐臨提出了三種戲劇觀，即寫實、寫意以及寫實寫意的混合，它們在文中對應的例子分

14　黃佐臨：〈漫談「戲劇觀」〉，載《人民日報》，1962年4月25日。

15　黃佐臨：〈漫談「戲劇觀」〉，載《人民日報》，1962年4月25日。

16　黃佐臨：〈漫談「戲劇觀」〉，載《人民日報》，1962年4月25日。

別是斯坦尼斯拉夫斯基、梅蘭芳、布萊希特。黃佐臨的表述謹慎且含
蓄，他並不輕易褒貶三種戲劇觀的優劣，而是說「梅、斯、布三位大
師既一致又對立的辯證關係，事實上即是藝術觀上的一致，戲劇觀上
的對立。」[17]接著，黃佐臨批評了那種無視戲劇觀，把話劇的戲劇觀
強加於戲曲的做法，並進一步指出「純寫實的戲劇觀只有七十五年歷
史而產生這戲劇觀的自然主義戲劇可以說早已完成了它的歷史的任
務，壽終正寢，但我們中國話劇創作好像還受這個戲劇觀的殘餘所約
束，認為這是話劇唯一的表現方法。突破一下我們狹隘的戲劇觀，從
我們祖國『江山如此多嬌』的澎湃氣勢出發，放膽嘗試多種多樣的戲
劇手段，創造民族的演劇體系，該是繁榮話劇創作的一個重要課
題。」[18]黃佐臨雖然沒有明確說明「創造民族的演劇體系」的路徑，
但從其對不同戲劇觀的評述上看，「寫意」顯然是不二之選。黃佐臨
對於話劇的戲劇觀強加於戲曲的做法的批評很明顯指涉著一九四九年
後的「戲曲改革」，反過來，中國話劇的「民族化」卻要借助戲曲
「寫意」的手法，突破「寫實」的藩籬，這種思考其實是對當時「斯
坦尼」一統天下的局面的含蓄挑戰。考慮到黃佐臨「推陳出新」的書
寫意旨，以及他對一九四九年後「戲曲改革」的含蓄批評，可以說黃
的論述巧妙地挪用政治話語聲援了梅蘭芳在一九四九年提出的「移步
而不換形」[19]。當然，黃佐臨的論述有一個中蘇關係破裂的時代背景

---

17 黃佐臨：〈漫談「戲劇觀」〉，載《人民日報》，1962年4月25日。

18 黃佐臨：〈漫談「戲劇觀」〉，載《人民日報》，1962年4月25日。

19 一九四九年十一月二日，梅蘭芳對《進步日報》的記者說道：「我想京劇的思想改
革和技術改革最好不必混為一談，後者在原則上應該讓它保留下來，而前者也要經
過充分的準備和慎重的考慮，再行修改，才不會發生錯誤。因為京劇是一種古典藝
術，有它幾千年的傳統，因此我們修改起來也就更要謹慎，改要改得天衣無縫，讓
大家看不出一點痕跡來，不然的話，就一定會生硬、勉強，這樣，它所得到的效果
也就變小了。俗語說：『移步換形』，今天的戲劇改革工作卻要做到『移步』而不
『換形』。」張頌甲：〈「移步」而不「換形」：梅蘭芳談舊劇改革〉，載《進步日
報》，1949年11月3日。

作為依託。如何能夠清楚地表述自己的戲劇觀念，又保證「政治正確」，黃佐臨可謂煞費了苦心。布萊希特的「階級身分」與戲劇實踐正好為黃佐臨背離「斯坦尼」，走向「梅蘭芳」提供了一個話語表述的中介物。

　　然而，黃佐臨根據處理「幻覺」的方式界定出來的「寫意」戲劇觀正暗示出「寫意」的衍生性質。「幻覺與反幻覺，代表著西方戲劇傳統關於劇場經驗的認識的兩個極端。任何對傳統的否定，都是從傳統中產生的，任何一個肯定都同時意識著一個否定。亞里士多德的體系是西方的，反亞里士多德體系的布萊希特的體系，也是西方的。」[20]布萊希特對梅蘭芳和中國戲曲的觀察和思考，依據的思想資源正是西方戲劇知識，因此，他對中國戲曲的論述與其說是在討論戲曲，毋寧說是中西方戲劇文化匯流的權力結構的產物。要進一步探討布萊希特作為黃佐臨「寫意」戲劇觀論述中介物的性質，就不能迴避布萊希特眼中的中國戲曲和梅蘭芳所從屬的話語譜系。

中國戲曲：珠玉抑或泥沙

　　由於中西文化的巨大差異，早期很多西方人接觸中國戲曲首先是從一些幾近成為「刻板印象」的片面文字介紹開始的，還有的也不過僅僅讀了幾個不高明的節譯劇本，對於中國戲曲及其表演完全停留在一種混亂的「想像」狀態。中國戲劇開始進入西方人的視野，目前可以追溯到西元一七三一年耶穌會士馬若瑟（Notitia Linguae Sinicae）對《趙氏孤兒》的翻譯。[21]當法國人讀到馬若瑟神父在其「《趙氏孤

20 周寧：〈中西戲劇的時空與劇場經驗〉，載周雲龍編選：《天地大舞臺：周寧戲劇研究文選》（廈門市：廈門大學出版社，2011年3月），頁118。

21 范存忠：〈《趙氏孤兒》雜劇在啟蒙時期的英國〉，載張隆溪、溫儒敏編選：《比較文學論文集》（北京市：北京大學出版社，1984年），頁84。另，臺灣學者、作家施叔

兒》的譯本的唱詞部分寫下：『他們起唱了』，讀者的直接反應是以他們所熟悉的西方唱的觀念套入中國戲劇裡。如是憑著歐洲人的臆想，創造了好些稀奇古怪的東、西混合體。」[22]十八世紀法國傑出的哲學家、文學家伏爾泰曾經把《趙氏孤兒》改編成不忠實於原著的《中國孤兒》，以伏爾泰為代表的文學家們一致認為：「中國文化在其他方面有很高的成就，然而在戲劇的領域裡，只停留在它的嬰兒幼稚時期。」認為中國的所謂「悲劇」，「其實只不過是堆砌一大堆不合理的情節罷了。」[23]在十九世紀末，真正看過中國戲曲的西方人仍然批評道：「所有演員的吐字都是單音節的，我從未聽到他們發一個音而不從肺部掙扎吐出的，人們真要以為他們是遭遇慘殺時所發出的痛苦尖叫。其中一個演法官的演員在舞臺上走著十分奇怪的臺步，他首先將他的腳跟放在地上，然後慢慢放下鞋底，最後才是腳尖。相反的，另一個演員，卻像瘋子似的走來走去，手臂與腿誇張地伸動，比起我們小丑劇的表演，仍然顯得太過火了。……」關於戲曲唱腔，有西方人形容道：「高到刺耳以至無以忍受的程度，那尖銳的聲音讓人想到一隻壞了喉嚨的貓叫聲一樣的難聽。」有的西方學者比較了中西劇場後，得出這樣的結論：「中國劇場依然停留於它的嬰兒時期，它太早就定型成為一種極僵硬的形式，而無法從中解放自己。」[24]美國戲劇《黃馬褂》（*The Yellow Jacket*）[25]極力模仿中國戲劇：「無論舞臺設計，人

青指出，「西元一七三六年，波摩神父翻譯的《趙氏孤兒》，這是西方人對於中國戲劇介紹的開始」，而中國人對於西方戲劇的接觸則始於晚清。參見施叔青：《西方人看中國戲劇》（北京市：人民文學出版社，1988年），頁12。筆者在馬若瑟翻譯《趙氏孤兒》的時間上，採用范存忠先生的觀點。

22 施叔青：《西方人看中國戲劇》（北京市：人民文學出版社，1988年），頁6。

23 施叔青：《西方人看中國戲劇》（北京市：人民文學出版社，1988年），頁7。

24 施叔青：《西方人看中國戲劇》（北京市：人民文學出版社，1988年），頁9。

25 一九一二年十一月四日，《黃馬褂》在紐約百老匯的弗爾敦（Fulton）劇院上演時，獲得了很大的成功。在連續十六年裡，這齣戲分別被譯成法文、日文、德文、匈牙利文、俄文、捷克斯洛伐克文、波蘭文、西班牙文、挪威文、瑞典文、丹麥文、荷

物服裝，還是故事情節，演員的臺詞和表演，都模仿中國古典戲劇的表現形式。」[26]這齣戲的作者喬治・科奇雷恩・赫茲爾頓（George Cochrane Hazelton, Jr.）和J.哈利・本林默（J. Harry Benrimo）決心要超越「把一齣情節劇安插在異域土地上」的做法，把劇本的副標題定為「具有中國風格的中國戲劇」。哥倫比亞大學教授布蘭德・馬修斯（Brander Matthews）教授在為劇本寫的導言裡面，也稱讚這是「一齣中國戲，它以中國風格處理中國人的情感」。[27]然而《黃馬褂》的作者模仿中國戲劇的舞臺手法的根本動機在於製造刺激觀眾發笑的噱頭，本林默曾坦白道：「我們自己坐在中國劇場裡覺得開心，並認為那種氛圍值得移介。對我們來說，真正中國戲房裡的搬運道具者十分可笑。我們對自己說，如果說服美國演員也能以同樣的嚴肅性旁若無人地走過場景，那麼某個西方觀眾不能像我們當初那樣興高采烈，就沒有什麼理由。」[28]本林默所說的「那種氛圍」顯然指的是西方人眼中的中國劇場的幼稚可笑與荒誕不經的原始「他性」，這種極力給中國戲劇貼低等「標籤」的行為，顯示出西方人的審美習慣遇到挑戰時，表現出的對於異己的傲慢的排斥心態。而在梅蘭芳訪美演出引起轟動的前一年，即一九二九年，美國戲劇家Sheldon Cheney還這樣批評中國戲曲：「它雖然有兒童似的神仙故事的清新，卻又是種四不像的詩的劇場。中國戲劇內容太過簡單，缺乏深度，表現了中國人無知的天

蘭文、佛蘭德文，甚至中文，幾乎在全世界上演過。在美國，它一再地被搬上舞臺，一直演到一九四〇年代。

26 宋偉傑：《中國文學美國——美國小說戲劇中的中國形象》（廣州市：花城出版社，2003年），頁439。

27 Hazelton, George C. & Benrimo:*The Yellow Jacket*, New York: Samuel French,1912. p.9. 轉引自劉海平：〈中國文化與美國：戲劇篇〉，載劉海平編：《中美文化的互動與互聯》（上海市：上海外語教育出版社，1997年），頁77。本文用英文寫就，引文為引者所譯。

28 宋偉傑：《中國文學美國——美國小說戲劇中的中國形象》（廣州市：花城出版社，2003年），頁440-441。

真，這種天真只能使西方人視之為可笑的幽默。」[29]

　　但與這種無法欣賞中國戲曲，轉而詆毀的態度相反，還存在著另一種對於中國戲曲無限神往、著迷而不吝美辭的觀點。有時候甚至在同一個人身上同時出現兩種截然不同的矛盾態度。美國作家馬克·吐溫曾在舊金山看了十幾套粵劇，他認為「精彩極了」，「很像義大利歌劇加上馬戲班的雜耍、中國功夫、奇特的服裝和狂野的外來音樂。」對於《牡丹亭》的《驚夢》的感受是「感到太有意思了」。[30]美國傳教士丁韙良在其回憶錄裡面同時表達了他對於中國戲曲的欣賞和困惑：「觀眾是指站著看戲的，因為寺廟裡幾乎沒有什麼座椅。因此他們是否能夠一直這麼站著聽下去，不僅有賴於劇團的吸引力，也有賴於觀眾自身肌肉的耐久力。無論酷似歌劇的花腔女高音，還是用怪異的方言來說的大段念白，如果沒有戲裝和演技的幫助，都是晦澀難懂的。儘管如此，中國的戲曲仍具有一種奇異的魅力，而且戲曲所表現的大多是歷史題材，所以它也被用於傳授歷史和灌輸美德，就像在古希臘那樣。」他還困惑地說：「在中國的戲院裡，甚至是那些最好的戲院裡，幾乎不注重任何背景效果。對於觀眾想像力的唯一外部輔助就是演員的換裝，這往往是在觀眾的眼皮底下進行的。演員每次出場都要自報身分，而且一個剛扮演了反面人物的演員轉身換上一套華麗的戲裝，就大搖大擺地上臺來宣布：『下官皇帝是也。』——這難免給人以一種怪異的感覺。」[31]而俄國人葉·科瓦列夫斯基則一方面醜化中國戲曲的演唱「像是某種動物的咆哮」，另方面又認為「中國戲劇表演還是有它所獨到的、婀娜多姿的一面。」[32]卓別林也曾認為：「中國

29 施叔青：《西方人看中國戲劇》（北京市：人民文學出版社，1988年），頁23。

30 〔美〕多米尼克·士風·李著，李士風譯：《晚清華洋錄：美國傳教士、滿大人和李家的故事》（上海市：上海人民出版社，2004年6月），頁123-124。

31 〔美〕丁韙良著，沈弘、惲文捷、郝田虎譯：《花甲記憶——一位美國傳教士眼中的晚清帝國》（桂林市：廣西師範大學出版社，2004年5月），頁42-43。

32 〔俄〕葉·科瓦列夫斯基著，閻國棟等譯：《窺視紫禁城》（北京市：北京圖書館出版社，2004年1月），頁176-177。

戲劇是珠玉與泥沙混雜。」[33]

　　從以上的粗略梳理，我們可以看到西方人對於中國戲曲往往表現出兩種截然相反卻並行不悖的態度：一是反感厭惡，認為中國戲劇是一種低劣粗俗、幼稚可笑的戲劇形式；還有就是欣賞痴迷，認為中國戲劇精彩神祕、婀娜多姿。在西方人「看」中國戲曲時，中國戲曲正是反映西方文化系統的一面模糊不清的鏡子，他們真正關注的是西方自身的問題，中國戲曲僅僅是作為一個具有參照意義的他者出現的。在這樣的戲劇文化傳統互動交替中反觀西方人對中國戲曲的矛盾態度，就可以發現其內在的必然性：西方人在看到中國戲曲時，一方面因為中國傳統戲曲固有的慣例使其審美習慣遇到了巨大的挑戰，出於一種傲慢的沙文主義心態，極盡醜化、詆毀之能事；另方面，中國戲曲本身的魅力和他們深層文化心理中的「鄉愁」，對於這種陌生卻似曾相識的戲劇形式產生了本能上的親近感。[34]

西方主義

　　事實上，在中國戲曲表演中，布萊希特聯想到的正是西方的戲劇思想傳統。[35]布萊希特的戲劇觀並非來自梅蘭芳的影響，「布萊希特不是在觀看梅蘭芳表演之後，才使用『陌生化或間離效果』這個術語，而是在此之前就試運用它了；不是布萊希特從梅蘭芳那裡借過了『陌生化』表演方式，而是他已經在用『陌生化』理論來解釋梅蘭芳的表演藝術了。」[36]正是由這種相似性出發，布萊希特在文化認同中發現

---

33 施叔青：《西方人看中國戲劇》（北京市：人民文學出版社，1988年），頁29。

34 關於該內容的詳細論述，可參閱本書〈東方文藝復興思潮中的梅蘭芳訪美演出〉部分。

35 〔德〕貝・布萊希特著，丁揚忠譯：〈中國戲劇表演中的陌生化效果〉，載《布萊希特論戲劇》（北京市：中國戲劇出版社，1990年3月），頁191、192。

36 梁展：〈也談布萊希特與梅蘭芳〉，載《讀書》1997年第9期。

了可以與戲曲相印證的東西，從而賦予了「梅蘭芳」以文化「他者」的意義。[37]這中間潛隱了一個文化價值轉換的運作過程。從這個意義上說，黃佐臨以布萊希特的戲劇觀念作為中介，提出的「寫意」戲劇觀自身就包含著許多複雜、彼此矛盾的特徵：一方面，「寫意」戲劇觀提出的初衷在於建構民族的戲劇編演體系，對抗既往單一的蘇聯和想像的「西方」（「寫實」）戲劇模式，另方面它本身卻又是西方戲劇思想脈絡中的產物。

　　田漢在說明一九五〇年代中後期的「話劇民族化」理論批評浪潮興起的原因時，曾提及：在一九五六年春天舉行的話劇會演上，歐洲社會主義國家同行對中國話劇「民族傳統」的匱乏進行了批評。[38]如果把這些來自歐洲社會主義國家的同行置換為「布萊希特」，就可以看到這一批評中暗含的「西方」眼光。「階級」的大標題並不能完全遮蔽文化交流的辯證法。如果按照余上沅所說的，「寫實派偏重內容，偏重理性；寫意派偏重外形，偏重情感」，那麼，「十七年」期間的「話劇民族化」和「寫意」戲劇觀正是在「西方」的話語形塑中追尋一種以「情感」（審美主義）為取向的國族文化構建方案。換句話說，「話劇民族化」和「寫意」戲劇觀正是在一種「幻覺」中，試圖對中國戲劇文化進行提純，其目的在於借助純粹的中國戲劇美學克服西方的資產階級和蘇聯的修正主義，只是這一提純的過程依賴了「西方」的眼睛，並將其凝視的目光內在化了。它與張庚的「話劇民族化」雖然不屬於同一個話語脈絡，但在邏輯前提上二者並無二致，它們都依附於西方的現代性框架，區別僅在於彼此間的思想資源不同而

---

37 無獨有偶，一九三二年，程硯秋以南京戲曲研究院副院長的身分赴蘇聯、德國、法國等歐洲國家進行訪問考察，最終寫成《赴歐考察戲曲音樂報告書》。在該書中他也曾借用一法國戲劇家之口指出，中國戲曲「是可珍貴的寫意的演劇術」。

38 田漢：〈看話劇《萬水千山》後的談話〉，載《田漢全集》第16卷（石家莊市：花山文藝出版社，2000年），頁460。

已，其實質是借助西方的戲劇思想資源對抗「西方」／資本主義和蘇
聯／修正主義。「話劇民族化」和「寫意」戲劇觀顯然繼承了張厚
載、余上沅等人的思想遺產，當然也包攬了他們留下的文化債務。在
這裡，戲劇思想傳統的生產、跨文化散播、流動、挪用的時間過程被
轉化為東方主義和西方主義的空間關係。

十一

「國劇運動」及其文化民族主義悖論

問題：「中華文化的國家主義」

　　一九二四年冬，留學美國的聞一多在給友人梁實秋的信中，憂心忡忡地說：「我國前途之危險不獨政治，經濟有被人征服之慮，且有文化被人征服之禍患。文化之征服甚於其他方面之征服百千倍之。杜漸防微之責，舍我輩其誰堪任之！」正是出於這一危機意識和使命感，聞一多在信中論證了他的「中華文化的國家主義」規劃：「紐城同人皆同意於中華文化的國家主義（Cultural Nationalism），故於印度則將表彰印度之愛國女詩人奈托夫人，及恢復印度美術之波士（Nandalal Bose）及太果爾（Abanindranath Tagore）（詩翁之弟）等。於日本則將表彰一恢復舊派日本美術之畫家，同時復道及鑑賞日本文化之小泉八雲及芬勒摟札，及受過日本美術影響之畢痴來。從一方面看來，我輩不宜恭維日本，然在藝術上恭維日本正所以恭維他的老祖宗——中國。」並提出「我決意歸國後研究中國畫，並提倡恢復國畫以推尊我國文化」。[1]這封信的主旨是聞一多就中華戲劇改進社同人刊物的創辦事宜向梁實秋徵求意見，此前，聞一多與余上沅、趙太侔、熊佛西等人在紐約自編自演了一齣英文劇《楊貴妃》，「成績超過了」他們的預料，於是四人深受鼓舞，「彼此告語，決定回國」，「國劇運動」就是他們「回國的口號」。[2]聞一多所謂的「中華文化的國家

1　聞一多給梁實秋的信件，見《聞一多全集》第3卷（北京市：生活・讀書・新知三　　聯書店，1982年），頁617。

2　余上沅：〈余上沅致張嘉鑄書〉，載余上沅編：《國劇運動》（上海市：新月書店，

主義」正是內在於「國劇運動」的基本命題以及這一口號背後的思想支點。一九二五年五月，余上沅、聞一多和趙太侔結伴回國，在北京發起了為時短暫的「國劇運動」。

　　在既往的討論中，「國劇運動」往往為兩種固定的評價模式所困擾。一九三五年洪深在為其主編的《中國新文學大系・戲劇集》寫「導言」時，大量引用了余上沅等人的文章，指出「這樣運動過一陣，並沒有什麼成績，因為戲劇是『純為娛樂的』這個見解，早已不為時代所許可的了」。[3]洪深的觀點直接啟發了後來的相關研究，「『國劇運動』的指導思想是脫離時代和現實的」[4]基本成為定論。與這一結論並行不悖的看法是，「國劇運動」的意義在於「指出『五四』話劇直露地在現實問題的揭示中宣言社會意識的不足後，強調中國話劇必須在思想內涵上要具有民族精神和民族靈魂，這種觀點仍不失其深刻的一面」，而且其「話劇民族化理論」直接影響了一九四〇年代的戲劇民族形式論爭中的某些觀點，還有一九四九年以後的「寫意話劇」探索。[5]這些觀點看似沒有問題，實則暗含著一系列未受檢討的話語區域，比如「時代和現實」、「民族精神和民族靈魂」等究竟是什麼，其解釋尺度是什麼，這一尺度又是由誰來設定等。這些討論毫不猶豫地採納了研究對象的自我表述，使自己的描述（而不是闡釋）與研究對象的表述互相增援，遮蔽了那片話語區域中的曖昧層次。最近的研究開始注意到「國劇運動」的理論靈感主要來自一戰後西方的社會、文藝思潮的啟迪，但遺憾的是，這些討論同樣複製了諸如「現

　　1927年9月），頁274。

3　洪深：〈導言〉，載《中國新文學大系・戲劇集》（上海市：上海文藝出版社，1981年），頁79。

4　陳白塵、董健主編：《中國現代戲劇史稿》（北京市：中國戲劇出版社，1996年），頁107。還有田本相先生主編的《中國現代比較戲劇史》亦持此觀點，見《中國現代比較戲劇史》（北京市：文化藝術出版社，1993年），頁281-282。

5　胡星亮：《中國話劇與中國戲曲》（上海市：學林出版社，2000年），頁88-95。

實」、「民族」等歧義叢生的表述，把「國劇運動」的失敗歸結為移植的西方理論在本土不合時宜。[6]這種思路使其剛剛開啟的洞察力隨即消泯在這些閃爍其辭的概念之中，仍未能走出前述的兩種評價模式。

　　根據聞一多給梁實秋的信件，我們可以看出「國劇運動」事實上是中國赴美留學的「紐城同人」的「中華文化的國家主義」話語的一個主要組構部件，[7]同時「國劇運動」還潛在地表述了一種創傷性的歷史記憶和飽含民族悲情的文化想像。所以，我們意欲考量「國劇運動」就不能將其抽離出這一思想脈絡。結合「國劇運動」的主要發起人之一，曾經也是激情熾烈的「五四青年」的余上沅前後的思想轉變，[8]我們首先可以籠統地辨識出留學經驗可能是喚醒這一歷史記憶的主要力量，同時，留學生的身分也幫助他們在戲劇領域重構了「中華文化的國家主義」的敘事。如果說「國劇運動」是部分留美學生的文化民族主義激情的一次迸發和搬演，那麼深寓其中的真正問題就是（相對於「五四」新文化倡導者）如何處理戲劇藝術與虛構的民族文化邊界的關係，才能進一步確認自我的文化身分認同。

　　「國劇運動」的真正問題來自於其倡導者的「跨越邊界」的姿態——「國劇運動」的理念與議程既是一種政治地理上的越界，亦是一種文化地理上的越界。這種雙重意義上的「越界」使「國劇運動」的跨文化實踐意義顯得頗為混雜曖昧：既然留美的經驗是「國劇運動」發生的知識動力，那麼，這種「越界」的戲劇實踐的思想資源毫

6　比如，張同鑄：〈探索戲劇的先驅：國劇運動之反思〉，載《藝術百家》2004年第6期；胡疊：〈論「國劇運動」的文化保守主義立場〉，載《戲劇（中央戲劇學院學報）》2005年第2期等。

7　見聞一多給梁實秋的信件，見《聞一多全集》第3卷（北京市：生活・讀書・新知三聯書店，1982年），頁612-620。

8　見陳衡粹：〈余上沅小傳〉和周牧：〈戲劇家余上沅先生〉，均載上海藝術研究所話劇室、國立劇專上海校友會、沙市文化局、沙市方志辦主編：《余上沅研究專集》（上海市：上海交通大學出版社，1992年），頁5、10-11。

無疑問地就有些「來路不明」，作為其背後的思想支點的「中華文化的國家主義」很可能就是一個充滿了衝突和悖論的話語區域。因此，研究重點就要落實在對這一戲劇實踐的「越界」可能導致的戲劇思想脈絡的斷裂、錯位，以及由此而來的悖論及其文化隱喻意義的解析上。

　　前述未經檢討就被承續下來的論述模式，事實上正立足於這一前提：承認西方戲劇理論的本質特徵，不會隨著語境的變化而生發新的意義，本土被視為一個完全沉默、被動的實體。這一前提把中西戲劇藝術互動視之為自西向東一成不變的射線式的單向理論移植，把其中的具有主體性意義的文化選擇、創造及其反向運作屏蔽在視野之外。如果說「國劇運動」的知識動力與「易卜生運動」一樣來自西方，那麼，在這個前提下指出前者較之於後者更體現了某種「民族精神」在邏輯上就站不住腳。與此相反，本文認為「國劇運動」的意義正在於其對於另一種西方戲劇（文化）思路的跨文化挪用，當然，本文亦不否認這一挪用本身也充滿了悖論——它不可避免地複製了西方殖民話語在繪製世界秩序版圖時所依附的東西方二元區分邏輯。

「寫實」與「寫意」的文化轉喻

　　余上沅等人發起的「國劇運動」顯然存在一個參照性背景，即新文化運動對於西方戲劇的引介。余上沅指出，「新文化運動期的黎明，易卜生給旗鼓喧闐的介紹到中國來了。固然，西洋戲劇的復興，最得力處仍是易卜生的介紹；可是在中國又迷人了歧途。我們只見他在小處下手，卻不見他在大處著眼。……從好處方面說，即令有些作品也能媲美易卜生，這種運動，仍然是『易卜生運動』，絕不是『國劇運動』。我們所希望的是愛爾蘭文藝復興運動中的辛額，絕不是和

辛額輩先合後分的馬丁」。[9]余上沅對於「國劇運動」目標的提出是和對於「五四」時期的「問題劇」的批評同時進行的。余上沅對於「國劇」曾下過這樣一個定義：「如果我們從來不願意各國的繪畫一律，各家的作品一致；那末，又為什麼希圖中國的戲劇定要和西洋的相同呢？中國人對於戲劇，根本上就要由中國人用中國材料去演給中國人看的中國戲。這樣的戲劇，我們名之曰『國劇』」。[10]顯而易見，余上沅的「國劇」理念是建立在與「西洋戲劇」區分的基礎之上的，然而這一區分就潛在地決定著「國劇」實踐必須在中國戲劇／西方戲劇這樣的二元框架內操作，西方戲劇在「國劇運動」的構想中就成為一個不在場的在場者。也就是說，沒有了想像中的「西方戲劇」，也就沒有了「國劇」。余上沅刻意地強調「中國材料」、「中國演員」和中國觀眾等屬於「國劇」的「中國」性質，使「中國」成為「國劇」構想的核心內容和基本訴求，亦是區別於西洋戲劇並劃分民族文化邊界的基本思路，同時「中國」還是批評「易卜生運動」的依據。然而，建立在中西方差異關係之上的「國劇運動」對於不在場的「西方戲劇」的極度依賴，以及對於「愛爾蘭文藝復興運動」模式的極力照搬使其概念中的「中國」訴求顯得十分可疑，同時使其對於「五四」時期的「易卜生運動」的批評也毫無力度，二者的關係被尷尬地呈示為「五十步」與「一百步」的區別。究竟什麼是「中國」？「中國」如何在想像的「國劇」的生產與消費中呈述？這些棘手的問題都沒有引起余上沅的進一步追問，最終導致了他的「國劇」構想陷入一個混亂盲目、自我消解的局面。

　　余上沅在〈舊戲評價〉裡面指出，「近代的藝術，無論是在西洋

9　余上沅：《國劇運動》〈序〉，載余上沅編：《國劇運動》（上海市：新月書店，1927
　　年9月），頁3。

10　余上沅：《國劇運動》〈序〉，載余上沅編：《國劇運動》（上海市：新月書店，1927
　　年9月），頁1。

或是在東方，內部已經漸漸破裂，兩派互相衝突。就西洋和東方全體而論，又彷彿一個是重寫實，一個是重寫意」。[11]「國劇運動」的另一位主要發起人趙太侔也表達了相近的觀點：「西方的藝術偏重寫實，直描人生，所以容易隨時變化，卻難得有超脫的格調。它的極弊，至於只有現實，沒了藝術。東方的藝術，注重形意，義法甚嚴，容易泥守前規，因襲不變；然而藝術的成分，卻較為顯豁。不過模擬既久，結果脫卻了生活，只餘了藝術的死殼。中國現在的戲劇到了這等地步。」[12]這兩段文字在戲劇知識的視野與戲劇藝術的發展走向判斷上，不失為開闊和精準，但是，作為想像的「國劇」的理論合法性的前提論述，「寫實」（西方戲劇）與「寫意」（東方／中國戲劇）的區分成為了「國劇」論述的意義指涉框架，這種轉喻性的表述方式暗含著中國和西方兩種文化體系的對立與比較。戲劇形式的疆界在這裡令人不安地與文化身分的疆界悄悄地畫上了等號。於是，無休無止的麻煩也接踵而至——當「國劇運動」的構想認定「寫實」與「寫意」是劃分民族文化邊界的客觀的、超越的文化屬性時，那麼這個被劃分出來的「邊界」就為西方的殖民話語提供了一個相當寬敞的操演場地，——這裡隱約可以聽到「東方主義」論述的曖昧回音。

　　本文指出「國劇運動」把文化轉喻意義上的「寫實」與「寫意」作為劃分民族文化邊界的客觀屬性，並非就是認為「國劇」理論完全拒絕二者的可通約性。事實上，二者間的互補、融合，乃至雙向拯救一直是「國劇」的最終夢想和努力方向，然而，這一夢想與努力並沒有真正鬆動「國劇」構想本身所依附的二元對立的哲學前提。余上沅曾經假設性地批評了某些人對於「國劇」可能的誤解：「彷彿提倡國

---

11 余上沅：〈舊戲評價〉，載余上沅編：《國劇運動》（上海市：新月書店，1927年9月），頁193。

12 趙太侔：〈國劇〉，載余上沅編：《國劇運動》（上海市：新月書店，1927年9月），頁10。

貨就非得抵制外貨，國劇也許可以惹出極滑稽的誤解。……舉凡犯有舶來品之嫌疑的，一概予以擯斥，不如此不足以言國劇。……可是，近年以來，中外的交通是多麼便利，生活的變遷是多麼劇烈；要在戲劇藝術上表現，我們那能不走一條新路！」[13]「寫實」與「寫意」、「這兩派各有特長，各有流弊；如何使之溝通，如何使之完美，全靠將來藝術家的創造，藝術批評家的督責」[14]。余上沅的後續性論證使他此前對「國劇」下的定義，即「由中國人用中國材料去演給中國人看的中國戲」中的暗含的難題部分地得以解決，或者說他成功地迴避了對類似於「什麼是『中國』」的追問可能的本質主義解答陷阱。但是，「國劇」論述的立場轉換及其理論實踐的多重面向並沒有真正彌合此間的裂隙，該「運動」的「中華文化的國家主義」指歸早已假設了「國劇」理論生產的差異原則，那麼建基於此的二元文化區分和身分認同必然無法真正在「『寫意的』和『寫實的』兩峰間，架起一座橋樑」[15]。這構成了「國劇」構想最致命的悖論，致使「國劇」的理念在創作上成為舉步維艱的蹈空之論，只能在理論的虛構中把「國劇」搬演成為一種文化衝動。過度苛責歷史是淺薄無知的。也許，我們不應該緊盯著余上沅等人理論上的笨拙與僭妄不放，相反地，應該在具體語境中追尋其悖論的生成機制與必然性。

13　余上沅：《國劇運動》〈序〉，載余上沅編：《國劇運動》（上海市：新月書店，1927年9月），頁1-2。

14　余上沅：〈舊戲評價〉，載余上沅編：《國劇運動》（上海市：新月書店，1927年9月），頁193。

15　余上沅：〈國劇〉，載上海藝術研究所話劇室、國立劇專上海校友會、沙市文化局、沙市方志辦主編：《余上沅研究專集》（上海市：上海交通大學出版社，1992年），頁77。

「國劇」作為理論激情

　　近代以來不均衡的全球格局下的中西方權力級差，生產出了中西方戲劇文化間不對稱的話語逆差。這一基本情形導致了該「運動」的理論構想不得不潛在地依附著由「國劇」和一個不在場的在場者，即「西方戲劇」共同組構的二元框架這一基本事實。接下來，本文將在此基礎上進一步論證「西方戲劇」不僅僅轉喻性地構成了「國劇」的對應物，它更是生產「國劇運動」的重要母體。在全球化進程中，「西方」對於中國的衝擊是覆蓋性的，如果說「西方」無法拒絕，那麼我們面對的真正問題就是如何對待「西方」。具體到「國劇運動」，我們則需要辨析其理論資源的構成及其處理方式，以及隱含在其中的文化動機與實踐指向。

　　關於「國劇運動」的生成語境及理論資源，該「運動」的倡導者不但毫不迴避，而且極為詳盡地加以論述以作為組構其觀念的基石，藉此與「易卜生運動」展開有效的對話。「國劇運動」的動力事實上來自西方的壓抑與鼓勵的交互作用。趙太侔在〈國劇〉一文中指出，「現在的藝術世界，是反寫實運動瀰漫的時候。西方的藝術家正在那裡拚命解脫自然的桎梏，四面八方求救兵。中國的繪畫確供給了他們一支生力軍。在戲劇方面，他們也在眼巴巴的向東方望著」。[16]「向東方望著」是從十九世紀末就開始的，特別是一戰之後迅速蔓延於西方的一股激進的文化思潮的典型姿態，其基本表徵是對於西方的社會現代性經驗的強烈質疑和否定激情。一戰的巨大破壞與殘酷使東西方同時意識到了西方凌駕於世界的現代性經驗的合法性危機，在這種內省思潮下，西方某些知識分子開始轉向「東方」尋求療治「西方」痼疾的良方。需要指出的是，這一激進的思潮依然建構在東方／西方二元

16 趙太侔：〈國劇〉，載余上沅編：《國劇運動》（上海市：新月書店，1927年9月），頁10。

對立的前提之上，「東方」依然是作為西方的知識客體出現在西方的審美現代性視野中的，這一重新生產「東方」的浪漫化工程同樣屬於世界現代性規劃的一道程序，不對稱的世界等級秩序依然並夷然。這是「國劇運動」的構想萌生的基本語境，這一語境促使中國留學生固有的屈辱與信心交織成為一種強烈的「雪恥」情結，即「中華文化的國家主義」情緒，它直接鼓勵了該「運動」的發起人對於「東方」／「中國」的重新發現、解讀和表述。結合這一語境，我們就不難理解「國劇運動」為何總是無法邁出走向「古今所同夢的完美戲劇」[17]的哪怕是一小步——「國劇」怎能在二元對立的格局中超越二元對立？

　　然而，「國劇運動」的發起人並沒能意識到真正問題的所在，而是迫不及待地提前透支了這一借來的激情，並理直氣壯地在這一虛幻的激情中發明了「國劇運動」的標籤。

　　余上沅等人在美國獲得的開闊的戲劇視野和豐富的戲劇知識構成了「國劇運動」的理論靈感和知識基礎。「國劇運動」的理論資源的構成頗為駁雜，總體上包括愛爾蘭文藝復興運動中的戲劇創作、德國萊因赫特的戲劇表演以及美國馬修士的戲劇理論等，[18]該「運動」事實上是在挪用當時西方的戲劇理論的基礎上，釋放出來的一種在本土重新建構「中國戲劇」的理論熱情，其鋒芒所向正是裹挾在「五四」啟蒙敘事中的「易卜生運動」。

　　「國劇運動」的發起人的留學生身分既賦予了他們強烈的文化民族主義情緒，也使他們獲得了戲劇知識上的優越，即把握「世界」戲

---

17 余上沅：《中國戲劇的途徑》，載上海藝術研究所話劇室、國立劇專上海校友會、沙市文化局、沙市方志辦主編：《余上沅研究專集》（上海市：上海交通大學出版社，1992年），頁54。

18 見《國劇運動》一書收入的相關論文，載余上沅編：《國劇運動》（上海市：新月書店，1927年9月）。亦可參見彭耀春：《試論新月派的國劇理論》，載上海藝術研究所話劇室、國立劇專上海校友會、沙市文化局、沙市方志辦主編：《余上沅研究專集》（上海市：上海交通大學出版社，1992年），頁239-246。

劇潮流的眼光與「跨越邊界」的能力（或文化資本）。他們需要借助挪用西方戲劇知識在本土重新建構中國戲劇的現代性意義及其對於西方戲劇的整合潛力，並在與「五四」新文化思潮中的「易卜生運動」對話的基礎上展開話語競爭，這一實踐最終指向一種文化民族主義理論訴求。本雅明在討論「翻譯者的任務」時指出，在翻譯過程中，翻譯者將面臨著「信」與「自由」的兩難處境，「即忠實地再生產意義的自由，並在再生產的過程中忠實於原義」，只有如此才能同時給予翻譯者和原義發聲的空間，因此，原文與譯文的差異就成為必須，而原文也只有通過翻譯才能被「更充足地照耀」。[19]我們把「國劇運動」的發起人對於西方戲劇理論的跨文化挪用過程看作一種文化「翻譯」的話，就可以看到該「運動」中的「翻譯」主體事實上亦處於兩難之中。如果「中國戲劇」的意義需要在強勢的西方戲劇走向中得以確認，那麼對於西方戲劇思想的「翻譯」過程，既爆破了西方戲劇話語的權力結構，進而突顯了「翻譯者」的文化主體性；同時，亦使該「翻譯」過程中的「譯文」，即被重新發現、重新建構的「中國戲劇」，反過來增強了作為「原文」的西方戲劇知識的意識形態光芒，中國戲劇作為西方的文化他者的位置就被再度強化。正如余上沅所言：「在西洋方面，自從歐戰以後，寫實主義已經打得粉碎了。寫實的舞臺，……因為有了第四堵牆，反把觀眾和優伶隔離起來，把整個劇場分為兩段，如果世界是個大舞臺，我們也都是戲子：倒不如把觀眾和優伶，通成一氣還好。中國非寫實的舞臺，就有這種好處」。[20]在「國劇運動」的文化構想中，對於「中國戲劇」重新發現必須透過「西方」的眼睛，「中國」被用以印證「西方」。

---

19 〔德〕瓦爾特‧本雅明著，陳永國譯：〈翻譯者的任務〉，載陳永國、馬海良編：《本雅明文選》（北京市：中國社會科學出版社，1999年8月），頁286-289。

20 余上沅：〈國劇〉，載上海藝術研究所話劇室、國立劇專上海校友會、沙市文化局、沙市方志辦主編：《余上沅研究專集》（上海市：上海交通大學出版社，1992年），頁75-76。

　　「國劇運動」背後的「中華文化的國家主義」規劃其實是一個充
滿著悖論的話語實踐場域。文化民族主義訴求使「國劇」的構想服務
於一種文化抵抗，因此愛爾蘭文藝復興運動特別容易引起倡導者的共
鳴，「國劇運動」對於愛爾蘭民族戲劇實踐模式的「翻譯」與意義再
生產就不是一個偶然。在十九世紀到二十世紀二十年代，愛爾蘭的民
族意識高漲，在政治上要求獨立，與此相呼應，復興愛爾蘭民族文學
藝術的運動也同時得以展開。[21]代表人物格里高利夫人（Lady
Gregory）、葉芝（W. B. Yeats）、沁孤（J. M. Synge）等創辦了阿貝劇
院，編演大量具有愛爾蘭民族特色的戲劇作品，與政治獨立運動相得
益彰。愛爾蘭民族戲劇運動的成功實踐給「國劇運動」的發起者們很
大的鼓舞與啟迪，所以他們在「國劇」概念萌生的那一刻就以「沁
孤」、「葉芝」等自命。

　　另一方面，根據前文對於「國劇運動」發生的西方語境論述，可
以看出《楊貴妃》在美國的成功，與這個階段西方的戲劇文化選擇傾
向不無關係。進入二十世紀初期，西方具有先鋒意識的戲劇家就意識
到幻覺劇場的模式趨向僵化的事實，開始轉向古希臘戲劇和東方戲劇
尋求突破的理論資源。[22]余上沅在一九二九年的一篇文章裡面曾經討
論了「中國戲劇的途徑」之一：「那就是去掉唱的部分，只取白，是
說也好，是誦也好，加上一點極簡單的音樂，仍然保持舞臺上整個的
抽象，象徵，非寫實。……這個在希臘悲劇全盛時代實驗過，現在還
是不妨再試。」[23]這似乎正好就是西方先鋒戲劇實驗所夢寐以求的戲

21　葉崇智：〈辛額〉，載余上沅編：《國劇運動》（上海市：新月書店，1927年9月），頁
　　183-184。

22　陳世雄、周寧：《20世紀西方戲劇思潮》（北京市：中國戲劇出版社，2000年），頁
　　126-154。

23　余上沅：《中國戲劇的途徑》，載上海藝術研究所話劇室、國立劇專上海校友會、沙
　　市文化局、沙市方志辦主編：《余上沅研究專集》（上海市：上海交通大學出版社，
　　1992年），頁55-56。

劇形態。諷刺的是，余上沅的這篇論文題目是《中國戲劇的途徑》，其實它講的恰恰是「西方戲劇的途徑」，這已經為西方的先鋒戲劇實踐所證明。「國劇運動」的實踐指向在於「中華文化的國家主義」，偏偏其動力來自於西方的評判尺度對於其戲劇演出的肯定，而其操作則移植了「愛爾蘭民族文藝復興運動」的模式。我們由此可以看出「國劇運動」的促生語境是西方的，其實踐方案也挪用自西方。雖然這批激情飛揚的留美學生有著非常熾烈的民族情感和身分危機意識，但是他們不經意間陷入了動機與操作、意圖與效果嚴重斷裂的局面。問題是，正因為他們的「國劇」標籤中有著明確的文化民族主義指向，反而使他們更加不易覺察他們的跨文化戲劇實踐所嵌藏的深層對立，並對其生產的語境進行批判性的反思。最終，這批留美青年完全忽略了他們根本沒有倒回來的「時差」，其戲劇實踐根本不具備真正的可操作性。

「國劇運動」的衍生性

　　「國劇運動」的基本思路並不排斥西方戲劇的「寫實」，期望在「『寫意的』和『寫實的』兩峰間，架起一座橋樑」，這種戲劇的民族主義與世界主義想像，隱喻著中國文化能夠與西方分庭抗禮的期望與信心。但是，正如上文所論證的，這種混雜的理論構想始終在與西方的現代性話語構築發生著密切的關聯，而且吸納了其中的二元對立，「國劇」的構想在苦心孤詣中呈述「中國」時，似乎必須付出「自我東方化」[24]的代價。因此，當「國劇運動」的「中華文化的國家主義」實踐指向預設了「寫意」／「中國」與「寫實」／「西方」的區

---

24 關於「自我東方化」的相關論述，可參見〔美〕阿里夫・德里克著，王寧等譯：《後革命氛圍》（北京市：中國社會科學出版社，1999年），頁289-297。

分關係，其中的「中國」訴求就無法走出西方現代性的知識體系所劃定的範圍。在這種二元關係格局中，「中國」只能是「西方」的影子。可以說，「國劇」與中國本身並沒有真正的意義關聯，在這一命題上投射的是近代以來本土知識分子面對「西方」時的那種由焦慮與信心交織而成的文化心態。從這個意義上看，「國劇」的概念本身就十分空洞。「國劇運動」最終在極度寂寥中不了了之，余上沅等人對於該「運動」無法兌現的教訓檢討亦語焉不詳，[25]這一情形正是「國劇」理論構想微妙、曖昧的文化姿態的最佳註腳。因為殖民主義和民族主義從來就是一對共生的實踐，[26]「國劇運動」在轉喻式地採用「寫意」與「寫實」來劃分中西方的民族文化邊界時，借用的尺度正是西方的殖民話語生產出來的，那麼這一邊界對於其中的「中國」訴求而言就分外地虛幻，而「國劇」理論本身也悖謬地具有一種衍生性。

如果說「國劇運動」的發起人為了劃分民族文化邊界而採用的文化轉喻的方式具有「衍生性」，那麼這一發明出來的文化邊界勢必將為該「運動」提供一個與「西方」戲劇談判的虛構場所。根據上文的論證，不難看出這一談判場所事實上是由西方提供的，而且其仲裁尺度亦來自西方。特別是「國劇運動」作為一種借來的激情，其迅疾消褪意味著這麼一個事實：近代以來西方列強的殖民入侵以及由此而來的「文化震驚」，致使「中國」文化的價值辨識只能在「西方」尋找支持——「西方」作為一種價值尺度，已經介入了中國的文化結構。因此，「國劇運動」與「五四」時期的「易卜生運動」所進行的對話

---

25 「寂寞」是余上沅在《國劇運動》〈序〉結尾部分反覆使用的一個詞語。見余上沅：《國劇運動》〈序〉，載余上沅編：《國劇運動》（上海市：新月書店，1927年9月），頁7-8。

26 本奈迪克特・安德森（Benedict Anderson）指出，「十九世紀的殖民國家（以及由之促生的政治集團）辯證地生產出了最終抵抗它的民族主義文法」。See Benedict Anderson, *Imagined Communities: Reflections on the Origin and Spread of Nationalism*, London. New York: Verso, 1991, pp.XIV.

與磋商，在根本上就是兩種「西方」思想資源在本土的挪用和角力。「寫實」與「寫意」之間的分界線原本就是不存在的，而企圖在「兩峰間架起一座橋樑」根本就是不著邊際的奢談，「寫實」與「寫意」的區分實際上並不構成中西戲劇的差異關係，甚至可以說這種區分本身就是「寫意」的，其構想指涉著一種文化民族主義和世界主義的辯證法。「國劇運動」的主要發起人正是要通過這種虛幻的區分，把中國戲劇的「通性和個性」[27]的辯證關係納入其對於世界文化版圖的想像邏輯之中，並藉此有效地生產出一種與文化身分相關聯的情感記憶。

　　從另一角度著眼，可以看到「國劇運動」的理論構想具有明顯的邊緣性：它事實上同時應對著西方戲劇和本土主流戲劇（即「五四」時期已初具規模的「易卜生運動」）的雙重壓抑。此刻，發生在由「寫實」與「寫意」劃分的文化邊界上的磋商，必將運用「寫實」這一極為空洞的描述作為「五四」的「易卜生運動」與「西方戲劇」之間等量代換的代碼。換言之，當「寫實」與「寫意」被用來描述中西方戲劇的差異關係時，具有「寫實」傾向的「五四」主流戲劇創作在「國劇」倡導者看來，就成為「西方戲劇」的「中國」翻版。正如余上沅所詰問的那樣：「為什麼希圖中國的戲劇和西洋相同呢？」這一質疑已經潛在地表明他在觀念上把「五四」戲劇創作與「西洋戲劇」等同了。為了突顯戲劇實踐的「中國」訴求，必須生產一種可以與「寫實」模式相對應的戲劇與之展開競爭，於是「國劇」就成為一個從話語場域的邊緣向中心移動的標籤。這種意在將「國劇」實踐的邊緣性改寫為中心的話語運作，最終更為全面、徹底地強化了自身的邊緣文化位置，因為該實踐的前提就是否定邊緣、肯定中心的。「國劇運動」作為一個標籤，並不否認其所依附的邏輯前提，即中西方的二

---

27 見余上沅：《國劇運動》〈序〉，趙太侔：〈國劇〉，均載余上沅編：《國劇運動》（上海市：新月書店，1927年9月），頁1、7。

元對立,「國劇運動」借助文化轉喻的方式虛構的那個文化邊界就是最好的說明。

回到「往昔」？或發明傳統

　　「國劇運動」的主要發起人對於「五四」時期的主流戲劇實踐的異議主要體現在後者對於文學的重視方面。[28]聞一多在〈戲劇的歧途〉裡面探討了戲劇文學與戲劇藝術的消長關係。他說:「從歷史上看來,劇本是最後補上的一樣東西,是演過了的戲的一種記錄。……老實說,誰知道戲劇同文學拉攏了,不就是戲劇的退化呢？藝術最高的目的,是要達到『純形』pure form的境地,可是文學離這種境地遠著了。……文學,特別是戲劇文學之容易招惹哲理和教訓一類的東西,如同腥羶的東西之招惹螞蟻一樣」。[29]按照趙太侔在〈國劇〉裡面的論述,[30]中西方藝術作為對立的兩極,「西方/寫實/現實」與「東方/形意/藝術」構成了中西戲劇藝術的基本差異格局。在這一格局中,藝術的本質化特徵可以被置換為空間的隱喻。從這個前提審視「五四」時期的主流戲劇創作,其「問題」、「文學」領先,「寫實」的手法,「不是藝術」的傾向以及對於「舊劇」的潛在否定,在「國劇運動」主要發起人看來,完全是對「西方」的拙劣模仿。但「國劇運動」的理論表述對於戲劇「藝術」的強調和重新界定,並非表面看上去的那樣「純粹」。「國劇」作為一種實踐,本身就是滲透著權力意味的話語標籤。「國劇」構想的提出,事實上誕生了一個新的問題,即什

28　見余上沅編的《國劇運動》中的相關文章,特別是余上沅的《國劇運動》〈序〉、趙太侔的〈國劇〉和聞一多的〈戲劇的歧途〉等。

29　聞一多:〈戲劇的歧途〉,載余上沅編:《國劇運動》(上海市:新月書店,1927年9月),頁56-57。

30　趙太侔:〈國劇〉,余上沅編:《國劇運動》(上海市:新月書店,1927年9月),頁10。

麼是「戲劇（藝術）」？同時，它也在試圖通過否認「五四」主流戲
劇的「藝術性」[31]，進而顛覆了其存在的合法性，從而為自我開創實
踐的天地。余上沅把「國劇」定義為「由中國人用中國材料去演給中
國人看的中國戲」，具有明顯的排他意味，「國劇」儼然以權威自尊，
取消了中國戲劇的多樣複雜及其互動關係，即只有「國劇」才能指代
「中國戲劇」，其他的任何戲劇樣式都缺乏「中國性」。此時的「中國
戲劇」已成為一個具有文化區隔意味的爭奪場域。從這裡可以看出文
化民族主義敘事與空間建構是如何在具有越界能力的本土知識分子的
實踐中，聯合起來發明並重構「中國」的集體記憶和民族身分的。

　　洪深曾經敏銳地指出，「國劇」「是希望建築在舊劇上面的」[32]這
一評價除卻其中延續了「五四」的啟蒙視野下的戲劇實踐文法之外，
倒也非常精確地提取出了「國劇」構想的精神實質。余上沅本人在一
九二九年還強調說：「我以為，寫實是西洋人已經開墾過的田，盡可
以讓西洋人去耕耘；象徵是擺在我們面前的一塊荒蕪的田，似乎應該
我們自己就近開墾。……所以我每每主張建設中國新劇，不能不從整
理並利用舊戲入手」[33]留美的經驗使這批中國青年切身體驗了那種為
全球化進程的極速步伐所重新揭開歷史傷疤而帶來的劇烈刺痛，同時
又使他們看到了治癒這一創傷的希望和契機。於是，回到「中華民
族」的既有輝煌文化中，考掘屬於自己的具有超越意義的文化精魂和
血脈，創制一個具有連續性的民族敘事就成為獨具吸引力的實踐路
徑。這個過程事實上是一次對於傳統的重新發現和再生產。聞一多在

31 余上沅：《國劇運動》〈序〉，載余上沅編：《國劇運動》（上海市：新月書店，1927
　年9月），頁3-4。

32 洪深：〈導言〉，載《中國新文學大系‧戲劇集》（上海市：上海文藝出版社，1981
　年），頁76。

33 余上沅：《中國戲劇的途徑》，載上海藝術研究所話劇室、國立劇專上海校友會、沙
　市文化局、沙市方志辦主編：《余上沅研究專集》（上海市：上海交通大學出版社，
　1992年），頁58。

給梁實秋的信件中，詳細列舉了他們在美國擬辦的同人刊物的前四期目錄，其中「舊劇」、「中國繪畫」、「古典詩歌」、「中國瓷器」、「拓碑」、「中國婦女服裝」、「考古」、「中國建築」、「中國名勝」，以及印度、日本等東方國家的傳統藝術是為該刊有待於編碼的核心內容。[34]這些被重新「出土」的文化符碼本身並無太多的意義，它們的被突顯指涉著一個古老民族的情感記憶，從而營造出一種共同的身分感。

　　「國劇運動」的理論倡導對於「戲劇文學」被過於強調則不以為然，認為它似乎正是導致「戲劇藝術」淪為說教之淵藪。[35]但是，「國劇」作為一個話語標籤，以及背後的文化民族主義指向，使其發起人所極力彰顯的「藝術」並不像其倡導者標榜的那樣純正。所謂「戲劇藝術」或「純形」，只能是從話語場域的邊緣向中心移動的承載物，在一定程度上，這裡的「藝術」與「五四」新文化倡導者強調的文字符號具有同樣的實踐意義，而其中的（藝術）符號效力正是西方的先鋒戲劇運動思潮所授予的。前文已經分析了「國劇運動」的理論資源的混雜性，在這個基礎上，不難斷定「國劇」定義中的「中國性」表述與西方的東方想像之間的關係。當「國劇」作為一個話語標籤，從邊緣向中心移動的時候，它依賴的知識權威亦是那個不戰而勝的「西方」。雖然「國劇運動」通過挪用不同於「五四」的西方資源，在本土建構起對抗「西方」的「國劇」，亦突顯出某種文化主體性，但在另一個層面，「國劇」論述對於「中國」的迷戀和追尋，又複製並強化了其反抗的邏輯，亦使其中西方戲劇藝術融合的構想始終處於懸置狀態。

　　「國劇運動」的理論實踐借助「西方」授權的認知結構和文化資

---

34 聞一多給梁實秋的信件，見《聞一多全集》第3卷（北京市：生活・讀書・新知三聯書店，1982年），頁613-616。

35 余上沅：《國劇運動》〈序〉，載余上沅編：《國劇運動》（上海市：新月書店，1927年9月），頁3-4。

本對於傳統中國（戲劇）文化進行了重新闡釋，並且界定出了「戲劇
藝術」的基本預設，使其盲目地把「五四」的主流戲劇創作視為「非
中國」的戲劇，霸氣十足地把它排除在所謂的「中國戲劇」實踐之
外。完全無視具有「跨文化性」的「易卜生運動」突顯的文化主體
性，也完全沒有意識到自己的實踐不過是把本質化了的「中國傳統」
放置在西方現代性的框架中，進行了一次再生產而已。

在「中華戲劇改進社」同仁的「中華文化的國家主義」規劃中，
中國的傳統文化符碼，諸如繪畫、書法、雕刻、瓷器、戲劇等被枝枝
葉葉地安插在一個借來的現代性「花瓶」中展覽，用以尋找並建構關
於民族的情感記憶，意在與想像的「中國」空間相疊合。這種實踐策
略恰似弗朗茲・法農（Frantz Fanon）所批評的那種被殖民知識分子
轉向被殖民前的「往昔」的熱情。[36]當「民族」的概念被偷換為「傳
統」的時候，「中國」（空間）就會與「古代」（時間）之間發生必然
的意義關聯和邏輯互滲。「國劇運動」對於「五四」主流戲劇實踐的
批評及其本質主義的文化訴求，已經把「中國」博物館化了，近代以
來中國知識分子的文化努力完全被一筆抹殺，作為空間的「中國」在
時間上被推回遠古，成為一種原初歷史的象徵，從而徹底否定了中國
與西方的共時性。詭異的是，「國劇運動」在這個虛幻的前提／文化
邊界上找到了「中國」文化／「中國」戲劇的信心與希望，正如余上
沅所言：「早晚我們也理出幾條方法來。有了基本的方法，融會貫
通，神明變化，將來不愁沒有簇新的作品出來」。[37]與這段極度迂闊的
豪言壯語形成鮮明對照的是，余上沅最終卻不得不連續把兩個「寂
寞」用在同篇文章的結尾，藉以描述「國劇運動」的慘澹收場。

---

36 〔法〕弗朗茲・法農著，萬冰譯：《全世界受苦的人》（南京市：譯林出版社，2005
　　年5月），頁152-153。
37 余上沅：《國劇運動》〈序〉，載余上沅編：《國劇運動》（上海市：新月書店，1927
　　年9月），頁6。

　　不同於「五四」主流戲劇創作對於「舊劇」的全面否定,「國劇運動」從重新發現中國傳統戲劇文化著手,試圖在傳統中找到一種民族身分的連續性。這一實踐通過努力創制一個民族文化的邊界,並在這一邊界上大規模地生產一種可以激發民族情感的文化記憶,藉此與強勢的「西方」戲劇文化抗衡;但同時,也毫無例外地把「中國」時間化為「原初」,再度有力地支援了黑格爾的歷史哲學框架所測繪出來的世界秩序版圖。

形式的難題

　　「國劇」的外在依託形式究竟是什麼?是戲曲,還是其發起人所謂的「寫實」的戲劇?不得而知。按照梁實秋晚年的追憶,余上沅、聞一多、趙太侔等人當年所提倡的「國劇」,「不是我們現在所指的『京劇』或『皮黃戲』,也不是當時一般的話劇,他們想不完全撇開中國傳統的戲曲,但要採納西洋戲劇藝術手段」,[38]我們似乎可以斷言「國劇」的基本載體應該是「話劇」。後來,「國立劇專上海校友會」的成員也認為,雖然余上沅「由中學而大學長期接受歐美教育,但是他追求的一種完美的新戲劇(話劇),不是當時西方流行的自然主義的所謂『逾量寫實』,而是從中國戲劇舞臺傳統的『非寫實』方法,去糟粕取精華而發揚出來的著重『寫意』的戲」。[39]顯然,後者亦明確了「國劇」就是某種「話劇」。但是,這些「後見之明」的得出全部省略了不可或缺的論證步驟,缺乏學理上的支持,具有臆測性質。有

---

38 梁實秋:《悼念余上沅》,載上海藝術研究所話劇室、國立劇專上海校友會、沙市文化局、沙市方志辦主編:《余上沅研究專集》(上海市:上海交通大學出版社,1992年),頁43。

39 國立劇專上海校友會:〈上沅先生的角色與自我〉,載上海藝術研究所話劇室、國立劇專上海校友會、沙市文化局、沙市方志辦主編:《余上沅研究專集》(上海市:上海交通大學出版社,1992年),頁27。

趣的是，一九二八年徐志摩和陸小曼合作了一齣戲劇《卞崑岡》，在余上沅為之作的〈序〉裡面寫道：「新戲劇的成功早晚就要到的，《卞崑岡》正好做一個起點。」[40]余上沅的評價很容易使人驚喜地聯想到《卞崑岡》莫非就是前此的「國劇」夢想的某種胚胎。但是余上沅又在該序文的前半部分一再地強調《卞崑岡》的「義大利氣息」，[41]這未免令人感到洩氣，《卞崑岡》的「義大利氣息」距離余上沅為「國劇」下的標準定義，即「由中國人用中國材料去演給中國人看的中國戲」，何其「遠哉遙遙」！

　　當然，余上沅對於愛爾蘭民族戲劇運動仍然念念不忘，在《卞崑岡》的序文裡面又把徐、陸二人與葉芝和格里各雷夫人進行了一番激情四射卻又令人傷感悵惘的類比。[42]余上沅等人的「愛爾蘭情結」不難使我們想到葉崇智在〈辛額〉一文中對於愛爾蘭戲劇運動的三類文藝題材的總結：「（一）先民稗史，（二）現在農民的簡單生活，（三）神祕與諷刺的劇本」。[43]雖然歷史沒有「如果」，但從這段文字我們可以清晰地看到，「國劇運動」如果有可能進入真正的創作實踐，那麼其靈感與理論資源的混雜性勢必將其導向一種「民粹主義」的路徑。「國劇運動」終究是一次西方現代性思想以隱喻的方式遠征東方的實踐，而作為為之開路的一員驍將的余上沅，其誓師口號般的「向荒島出發，向內地出發」[44]實踐理想，距離「五四」啟蒙視野中的本土建

40 余上沅：《卞崑岡》〈序〉，載趙遐秋等編：《徐志摩全集第二卷小說・戲劇集》（南寧市：廣西民族出版社，1991年），頁526。

41 余上沅：《卞崑岡》〈序〉，載趙遐秋等編：《徐志摩全集第二卷小說・戲劇集》（南寧市：廣西民族出版社，1991年），頁524-525。

42 余上沅：《卞崑岡》〈序〉，載趙遐秋等編：《徐志摩全集第二卷小說・戲劇集》（南寧市：廣西民族出版社，1991年），頁525-526。

43 葉崇智：〈辛額〉，載余上沅編：《國劇運動》（上海市：新月書店，1927年9月），頁184。

44 余上沅：《國劇運動》〈序〉，載余上沅編：《國劇運動》（上海市：新月書店，1927年9月），頁6。

構僅有一步之遙。但本文要在這裡強調的是，這絕不意味著其「國劇」構想就直接影響了一九四〇年代的戲劇民族形式論爭中的某些觀點，還有一九四九年以後的「寫意話劇」探索。[45]而葉崇智對於愛爾蘭民族戲劇運動題材的概括也同時昭示了「國劇運動」與一九四〇年代的戲劇民族形式論爭根本不屬於同一個話語脈絡，後者其實是「五四」啟蒙敘事在新的歷史格局中改頭換面後的延續。

　　《卞崑岡》的「身分屬性」困境宣告了「國劇」構想事實上的不可能。「國劇」構想作為一種借來的文化激情和標籤，建立在否定中國的當下性意義的二元對立基點上，使其意欲連結中西方戲劇文化的「涉渡之舟」在起點處尚未揚帆即告擱淺，那麼，通過「寫意」去整合「寫實」的實踐規劃終將成為不堪寂寥的夢囈[46]。借來的東西遲早是要歸還的，由其是某種來自於「西方」的特定文化激情，它極易與一觸即爆的本土文化主義聯手合作，共同成就一種時空上的原初置換──這一幽靈至今依然在我們的身邊徘徊。在一定程度上，「國劇運動」內涵的理念正是近代以來西方的殖民擴張給中國留下的一份相當豐厚卻並不怎麼值得珍視的精神遺產，這份遺產使「國劇」的發起人確信中國文化的活力存在於遠古的輝煌之中。在過早地透支了借來的虛幻榮耀之後，我們勢必要背負上將近一個世紀都難以償還的高額利息。也許，這應是並沒有多少實際經驗可以借鑑的「國劇運動」為我們留下的些許教訓吧！

---

45 這一觀點在學界頗具代表性，見胡星亮：《中國話劇與中國戲曲》（上海市：學林出版社，2000年），頁88-95。亦見吳戈：《中美戲劇交流的文化解讀》（昆明市：雲南大學出版社，2006年8月），頁100。

46 余上沅：〈余上沅致張嘉鑄書〉，載余上沅編：《國劇運動》（上海市：新月書店，1927年9月），頁273。

十二
中國崛起與文化本真性：
當代華語電影的國家形象構建

窺視主義與「真實的激情」

　　作為題材，「南京大屠殺」乃至中日戰爭的歷史記憶既考驗著文藝創作，也考驗著相關批評實踐。二○一一年十二月，北京新畫面影業公司投資、張藝謀執導、定位「衝擊奧斯卡」的《金陵十三釵》公映，引起強烈反響。相對於普通觀眾的深深著迷，[1]專業評論則使影片顯現出其極具爭議的一面。

　　為爭取女性權利不遺餘力的呂頻認為，《金陵十三釵》「最可怕的地方」是「它以貞操為界限，離間了婦女的同命與共情。」影片「其實是又一次試圖從民族羞恥中自救的努力，通過以無盡悲憤的口吻將這種羞恥放大演繹作為洗禮，以及通過證明國家、民族和男人已經盡到了拯救『好女人』的責任；也是又一次壓迫——通過把受害者刻劃成一群『自願』的壞女人。總之，女人又象徵性地治療了一番無法癒合的民族自尊心，而且，通過通俗大片的操作，還提供了一次讓觀眾圍觀暴力、消費性受害者驚懼哀惋之美的機會。」[2]與呂頻的側重點不同，戴錦華從性別與種族的接合邏輯出發，進一步指出影片「沒有

1　比如，中國知名歌手韓紅在二○一一年十一月二十九日晚觀看影片時更新其微博，在網上爆粗口罵日本人，並發誓不再使用日貨，後來她刪除了微博。多家媒體報導了此事。據該新聞的留言，我發現多數網友支持韓紅。

2　呂頻：〈《金陵十三釵》，消費處女加消費妓女〉，「網易」「女人頻道」，2011年12月23日。

視覺中心／主體與視覺敘事驅動的視覺結構」，因而具有和《南京！南京！》，甚至是當代中國電影近似的文化症候，即「中國主體的呼喚與建構，印證的卻是中國主體的不在或缺席。」[3]

　　在部分認同上述觀察的同時，筆者認為，這些犀利的評論在跨文化挪用、引申英國女性主義電影理論家勞拉·穆爾維（Laura Mulvey）《視覺快感與敘事性電影》[4]提供的分析框架時，也分享了其固有的理論困境。因此，這些評論尷尬地處於其所不虞的、與影片的價值訴求形成共謀關係的位置上。

　　在《視覺快感與敘事性電影》中，穆爾維宣稱，「有人說，對快感或美進行分析，就是毀掉它。這正是本文的意圖。」[5]如果說穆爾維的問題脈絡中，「快感或美」具有一種隱蔽的（性別指意上的）欺騙性或虛假性，那麼，這句話就迅速令人聯想到現代主義的藝術理念（Make it new！），或布萊希特戲劇中的理論抱負。[6]布萊希特的史詩劇理論同時從戲劇美學和社會學兩個層面對資產階級的夢幻戲劇及其複雜的意識形態展開系統深入的批判。布萊希特的戲劇理論鋒芒所

3　戴錦華、滕威：〈2011年度電影訪談〉，載戴錦華主編：《光影之憶：電影工作坊2011》（北京市：北京大學出版社，2012年9月），頁16、17。孫柏的〈上帝之瞳與「死活人」的黎明：《金陵十三釵》中的西方主義與性別敘事〉（《擺渡的場景：從文學到電影》北京市：中國電影出版社，2012年，頁183-202）與張慧瑜的〈《金陵十三釵》：誰的金陵？〉（載戴錦華主編：《光影之憶》北京市：北京大學出版社，2012年，頁86-95）也提供了近似的觀察角度。

4　〔英〕勞拉·穆爾維著，周傳基譯：〈視覺快感和敘事性電影〉，載李恆基、楊遠嬰主編：《外國電影理論文選》，下冊（北京市：生活·讀書·新知三聯書店，2006年11月），頁643-644。

5　〔英〕勞拉·穆爾維，周傳基譯：〈視覺快感和敘事性電影〉，載李恆基、楊遠嬰主編：《外國電影理論文選》，下冊（北京市：生活·讀書·新知三聯書店，2006年11月），頁640。

6　關於〔英〕勞拉·穆爾維的〈視覺快感和敘事性電影〉與布萊希特的戲劇觀念的深層聯繫，周蕾有過深入、詳盡的論述。See Rey Chow, *Entanglements, or Transmedial Thinking about Capture*, Durham and London: Duke University Press, 2012, pp.22-24.

向，是他命名為「亞里士多德式戲劇」的功能論說，即《詩學》裡面的「憐憫」與「恐懼」，以及隸屬該傳統的資產階級夢幻劇場的「共鳴」效果。在〈對亞里士多德詩學的評論〉中，布萊希特旗幟鮮明地指出，「我們不僅在亞里士多德那裡發現共鳴是觀眾接受藝術作品的方式，今天這種共鳴表現為對發達資本主義的個人的共鳴。另外我們估計某種形式的共鳴就是古希臘人所說的淨化的基礎，在我們今天完全不同的情況下也發生這種『淨化』。觀眾那種完全自由的，批判性的和僅僅考慮世俗的解決困難的辦法的態度不是『淨化』的基礎。」[7]如果說布萊希特揭開「亞里士多德式」戲劇中虛偽的資產階級意識形態面紗，在穆爾維這裡，則是分析經典好萊塢影片的敘事對於女性奇觀不露聲色的整合邏輯，及其中暗隱的性別認同機制。

　　問題的關鍵在於實現該美學效果的方法，即「片段化」、「物化」[8]，或用本雅明的話說，就是「蒙太奇」、「中斷（戲劇）情節，」[9]讓「自然」暴露其生產性、歷史性。根據穆爾維的分析，要把經典好萊塢影片改造成布萊希特式的，只需去掉傳遞女性形象的中介，即取消銀幕上的男性凝視，便可「妨礙故事線索的發展」，使「動作的流程凍結」，「就會凍結觀眾的看，把觀眾定住了，並妨礙他和眼前的形象之間獲得一些距離。」[10]這一思路和本雅明提及電影「震驚效果」時的論斷──「在觀看這些形象時，觀看者的聯想過程

7 〔德〕貝·布萊希特：〈對亞里士多德詩學的評論〉，載丁揚忠等譯：《布萊希特論戲劇》（北京市：中國戲劇出版社，1990年3月），頁92。

8 〔美〕弗雷德里克·詹姆遜著，陳永國譯：《布萊希特與方法》（北京市：中國社會科學出版社，1998年），頁123、149。

9 Walter Benjamin, "The Author as Producer," translated by John Heckman, in *New Left Review*, Issue 62, 1970.

10 〔英〕勞拉·穆爾維著，周傳基譯：〈視覺快感和敘事性電影〉，載李恆基、楊遠嬰主編：《外國電影理論文選》，下冊（北京市：生活·讀書·新知三聯書店，2006年11月），頁644、653。

被這些形象不停的、突然的變化打斷了」[11]——如出一轍。因此，持上述立場的穆爾維同屬「布萊希特的追隨者」[12]行列。藝術史告訴我們，「凍結觀眾」的效果正是諸多現代主義藝術實踐所孜孜以求的。而《金陵十三釵》與其說提供了可供穆爾維的批評框架解析的對象，不如說暴露了穆爾維的理論在跨文化「旅行」中的自反性。

　　可能因為篇幅關係，呂頻的短文有些語焉不詳之處。如果說影片「讓觀眾圍觀暴力、消費性受害者驚懼哀惋之美」，這句評論指涉的應是豆蔻和香蘭返回翠喜樓時被日本兵姦殺的片段[13]。但這個片段（至少對中國觀眾而言）無論如何也無法與「消費」掛鉤。如果該片段包含著看（「圍觀」）與被看的結構，那麼它也是無中介、無距離的，觀眾的視線不可能與日本兵完全發生認同。即使存在些許認同，但B. 安德森所謂的「同胞之愛」（fraternity）[14]喚起的強烈民族主義情緒也會不請自來，堅定地阻撓這一認同機制的形成。這裡的民族主義情緒恰似本雅明在評論布萊希特「史詩劇」時想像的那個闖入資產階級日常生活場景的陌生人，[15]它中斷了影片的進程，使時間在觀眾那裡暫時凍結。一直在場的民族主義情緒有可能取消奇觀與觀眾間的距離，使奇觀本身成為阿爾托「殘酷戲劇」般的場景，使觀眾感到震

---

11 〔德〕本雅明著，張旭東譯：〈機械複製時代的藝術作品〉，載〔德〕漢娜・阿倫特編：《啟迪：本雅明文選》（北京市：生活・讀書・新知三聯書店，2008年9月），頁260。

12 〔美〕弗雷德里克・詹姆遜著，陳永國譯：《布萊希特與方法》（北京市：中國社會科學出版社，1998年1月），頁55。

13 戴錦華也認為，「反觀《金陵十三釵》，野蠻強暴的影片事實發生在兩名妓女身上，……」戴錦華、滕威：〈2011年度電影訪談〉，載戴錦華主編：《光影之憶：電影工作坊2011》（北京市：北京大學出版社，2012年9月），頁21。

14 Benedict Anderson, *Imagined Communities: Reflections on the Origin and Spread of Nationalism*, London and New York: Verso, 1991, p.7.

15 Walter Benjamin, "The Author as Producer," translated by John Heckman, in *New Left Review*, Issue 62, 1970.

驚、不安、恐懼，甚至恥辱。[16]因此，這個片段的觀影效果與其說是觀眾對商業大片提供的美與快感的「消費」，倒不如說是對觀眾的布萊希特式的驚醒或現代主義式的驚嚇與折磨。

相對而言，戴錦華等學者在挪用穆爾維的分析框架時顯得更為適切、圓熟。不同於呂頻，戴錦華等人關注的焦點在於（可轉喻為基督／約翰／西方的）書娟對玉墨等妓女的色情凝視，及該視覺修辭暗示的國族文化主體「中空」。的確如此，影片自始至終都在清晰地強調這一組看與被看的關係。且由於故事發生的地點是天主教堂，以及書娟等人的基督教會學生身分，書娟的凝視最終被「轉接給『聖約翰』」。[17]該解讀思路在學理層面幾乎無可指摘，其令人不安之處在於：如果說《金陵十三釵》意味著，在認識論層面「我們看不到我們所說的」[18]「中國崛起」，上述批評對於這種不可見性的分析，事實上已使其本身成為關於「中國崛起」的「知識」的一部分，不可避免地協調著「權力」。儘管該研究對「中國崛起」及中國新主流意識形態的「中空」中國主體建構持懷疑、批判的態度，但其論述仍假設存在一個「血肉」中國主體。[19]換句話說，「血肉」中國主體正是其批判的參照點，也是該批判思路的根本指歸。正如有論者指出的，「不管

---

16 筆者曾就該片段的觀影體驗在身邊的人群中做過簡單的調查，普遍認為觀看時感到很痛苦。筆者查看網路上相關討論，與前述意見基本一致。

17 孫柏：〈上帝之瞳與「死活人」的黎明：《金陵十三釵》中的西方主義與性別敘事〉，《擺渡的場景：從文學到電影》（北京市：中國電影出版社，2012年5月），頁191。戴錦華（〈2011年度電影訪談〉，載戴錦華主編：《光影之憶：電影工作坊2011》〔北京市：北京大學出版社，2012年9月〕，頁17-18）和張慧瑜（〈《金陵十三釵》：誰的金陵？〉，載戴錦華主編：《光影之憶：電影工作坊2011》〔北京市：北京大學出版社，2012年9月〕，頁94-95）、賀桂梅（《女性文學與性別政治的變遷》〔北京市：北京大學出版社，2014年〕，頁314、317）也有類似的表述。

18 該表述借用自德勒茲。See Gilles Deleuze, *Foucault*, translated and edited by Seán Hand, Minneapolis: Minnesota University Press, 1988, p.67.

19 戴錦華、滕威：〈2011年度電影訪談〉，載戴錦華主編：《光影之憶：電影工作坊2011》（北京市：北京大學出版社，2012年9月），頁18。

《南京！南京！》，還是《金陵十三釵》都選擇借助他者／強勢的目
光來講述中國故事，這是否意味著形成一種文化自覺、文化自信的敘
事形態依然任重而道遠呢？」[20]很不幸，穆爾維在揭示快感認同機制
時的擔憂——「重新構成一種新的快感」——在性別與國族的接合邏
輯中發生了。如果說《金陵十三釵》「複製了中國新主流意識形態中
的『仇日崇美』的情感結構」[21]是需要警惕、批判的，那麼，這種評
論本身所暗示的「西方主義」[22]的「情感結構」至少同樣值得懷疑。
或者說，上述批評實踐正是世界範圍內甚囂塵上的「中國崛起（威
脅）論」的一聲迴響。不妨反躬自問：如果存在一種可見的「血肉」
中國主體，它是否可以外在於（全球主義）意識形態的詢喚而存在？
如果不能，這個可疑的「主體」將以誰為自我的他者？在建構他者過
程中，又包含了什麼樣的權力運作？遺憾的是，在上述評論中看不到
此類思考。至此，我們可以說，穆爾維激進的理論框架在跨文化挪用
中，詭異和它意欲批判的話語一道，達成了「一種保守的意識形態表
述」[23]，義無反顧且無比精準地投入了新主流意識形態的懷抱，從而
走向了自我初衷的反面。

　　可以從「理論旅行」過程中意義與脈絡的互生或錯位關係解釋上
述批評實踐後果的成因。攻擊、摧毀西方父權社會無意識乃穆爾維的
激進鋒芒所向，在西方一九六〇、七〇年代的問題脈絡中，其意義在

---

20 張慧瑜：〈《金陵十三釵》：誰的金陵？〉，載戴錦華主編：《光影之憶：電影工作坊
　　2011》（北京市：北京大學出版社，2012年9月），頁95。

21 戴錦華、滕威：〈2011年度電影訪談〉，載戴錦華主編：《光影之憶：電影工作坊
　　2011》（北京市：北京大學出版社，2012年9月），頁23。

22 這裡的「西方主義」指代東方國家對西方具有敵意的想像。See Ian Buruma &
　　Avishai Margalit, *Occidentalism: the West in the Eyes of Its Enemies*, New York: Penguin
　　Press HC, 2004.

23 張慧瑜：〈《金陵十三釵》：誰的金陵？〉，載戴錦華主編：《光影之憶：電影工作坊
　　2011》（北京市：北京大學出版社，2012年9月），頁93。

於實現了電影理論「從非性別的形式主義符號學分析到對性別認同介入其中的發現的巨大觀念飛躍」[24]。但它一旦「旅行」到其他情境，如果對其理論前提缺乏足夠的謹慎，就難免使其批判「成為一個意識形態陷阱」，「走向自我封閉。」[25]我們首先注意到，穆爾維在批評父權文化的視覺結構時，仍在同一個二元框架中思考問題，即「看的快感分裂為主動的／男性和被動的／女性」[26]，這充分顯示了該框架內涵的敵意。同時，多多少少與其採用的精神分析模式相關，穆爾維幾乎視電影觀眾為被催眠的一群。其次，穆爾維的寫作意圖與理論願景，即暴露快感機制的形成，「解放觀眾的看，使它成為辯證的、超離感情的，」充分顯示了其布萊希特式的抱負。這一抱負假設存在著一個真實的世界，但它暫時被資產階級膚淺而虛假的幻覺戲劇給遮蔽了。[27]在真實與幻覺的對立中，那個未曾過濾的（mediatized）本真性世界，成為對包括穆爾維在內的「布萊希特的追隨者」或現代主義者們永久的誘惑與捕獲。穆爾維所渴求「沒有通過中介」的「直接」，如果借用阿蘭·巴迪歐（Alain Badiou）的表述，其實就是「對真實的激情」，也「總是對新事物的激情」[28]。

與「Make it new」的詩學理念相對應，現代主義藝術實踐的典型特徵就是訴求「一種純粹化的願景」，「它致力復活一個特定的從

24 Maggie Humm, *Feminism and Film*, Bloomington, Indianapolis: Indiana University Press, 1997, p.17.

25 Edward W. Said, *The World, the Text, and the Critic*, Cambridge, MA: Harvard University Press, 1983, p.241, 247.

26 〔英〕勞拉·穆爾維著，周傳基譯：〈視覺快感和敘事性電影〉，載李恆基、楊遠嬰主編：《外國電影理論文選》，下冊（北京市：生活·讀書·新知三聯書店，2006年11月），頁643。

27 〔德〕貝·布萊希特著，丁揚忠等譯：《布萊希特論戲劇》（北京市：中國戲劇出版社，1990年3月），頁17、89、120。

28 〔法〕阿蘭·巴迪歐著，藍江譯：《世紀》（南京市：南京大學出版社，2011年），頁65。

前——遭腐蝕之前，本真失去之前」[29]。為達到「陌生化」效果，現代主義美學實踐對「初次」（或「新事物」）的迷戀使本真性成為無法克服的誘惑。但本真性本身就是神話，作為現代主義美學的目標，它暗示了一種新的「窺淫」。所以，根據現代主義美學的實踐邏輯，其本真性從來都不過是亞里士多德式的模仿，是被媒介化的（mediatized），是第二性的。

當穆爾維的分析框架離開歐洲，被移植到《金陵十三釵》的視覺修辭解讀時，其預設、敵意與困境也一併被移植。由其是當該框架被引申到近代以來的中西方（後）殖民遭遇的脈絡中時，其預設與敵意一旦與「中國崛起」、「文化自覺」等國家主義論述聯手，不僅將使其批判意識瀕於消弭，其固有的困境也將更顯尖銳。「文化自覺」的總問題脈絡是被裹挾進全球化進程的中國對西方主導的世界秩序的一種反彈，而「中國崛起（威脅）論」則是當代西方國家對至少延續了兩世紀的中國想像的再次激活與改頭換面。[30]「看與被看」導向被掏空的民族文化主體時，其中的對立與敵意將轉變為危險的「西方主義」與對本真的「血肉」中國主體訴求。借用穆爾維的表述，這不啻「一種新的快感」。於是我們在這一分析框架中看到，《金陵十三釵》不過呈述了承擔「看」的書娟為西方基督（約翰）「父親」所託管，玉墨等妓女則淪為「被看」的欲望客體。如果說透過穆爾維的理論「濾鏡」，看到的是一個性別化的被西方掏空的中國主體，那麼，這一未經檢討的歐洲理論框架實則悄然利用自身的問題脈絡成功改寫了非西方文化批評實踐的議程。事實上，戴錦華等學者對影片嚴肅而深刻的解讀，已經潛在地承認了西方／男性對「看」／思想的宰制能力。被

---

29 Rey Chow, *Entanglements, or Transmedial Thinking about Capture*, Durham and London: Duke University Press, 2012, p.27.

30 周雲龍：〈西方的「中國崛起論」：話語傳統與表述脈絡〉，載《國外社會科學》2012年第6期。

這一批判激情徹底遮蔽的則是中國的「看」的能動性，它對應著穆爾維（或布萊希特）對觀眾的被動催眠假設。再往前一步，可能就是所謂「失語」恐慌，控訴所謂「西方文化霸權」，進而籲求未被西方「污染」的本真中國主體。諷刺的是，這一景觀正是戴錦華等學者的批評對象影片《金陵十三釵》所要極力呈現的。這等於把後殖民國家的問題和後啟蒙時代的西方理論置換為當代中國的問題與方法，它暗合了把西方的「中國崛起論」轉換為中國本土「崛起的中國論」的邏輯，張藝謀在二〇〇八年北京奧運會開幕式上用高科技向全世界觀眾展示的那場關於中國文明的超豪華表演就是一個絕好的案例。在該過程中，中國自身的立場與角色則是錯亂的。毋寧說，此類批評實踐本身就是當代中國文化症候的一種突顯。

《金陵十三釵》的表演主義

　　筆者在這裡想採用一種可與上述「窺視主義」構成對話關係的「表演主義」來「看」《金陵十三釵》。這一觀看角度將不再把被看者視為被動、沉默的群體，而是將其被觀看的境況視為一種潛在的看的偽裝。我們知道，表演的本質在於：意識到某種目光的在場並給予該目光以回饋。換句話說，被看者已經意識到了自己的被看，於是將計就計，進行自我展示和表演，有效地把自身從被看的客體轉換為看的主體，既有的看與被看的視覺結構將遭遇挪用和反擊。

　　《金陵十三釵》裡面，當玉墨等這群來自「釣魚巷」的妓女得知同胞老顧已是違背了交易協議的「漏網之魚」時，就強行闖入教堂。行至前院，約翰坐在窗戶上輕佻地對她們吹口哨。窗框既突出了約翰是畫面的焦點，也暗示了他將陷入視覺的牢籠。玉墨等人發現約翰「不正經」的「看」的同時，也發現了約翰可利用的價值——「管他正經不正經，能擋住小日本不就行了。」從這一刻起，玉墨等人就開

始了她們的自我展示，對約翰的「看」迅疾做出了毫不掩飾的挑逗性
回饋；也就是在這一刻，約翰已被玉墨等人設定為一尾新「魚」。又
一場交易即將開始。

　　稍後，書娟透過裂縫窺看進入教堂地窖的玉墨等人，她驚奇地發
現玉墨竟在漫不經心地翻看一個小冊子。此時玉墨似乎覺察到有人窺
看，書娟在玉墨回看的目光中倉皇而逃。玉墨的閱讀與語言能力後來
被證明是她們和約翰之間進行交易的重要前提。玉墨等人從地窖裡面
出來後，玉墨用英文和約翰調情，一妓女就奚落滿臉疑惑的教會學
生：「不要以為就你們會說洋文。」其他妓女看到約翰似乎已經上了
玉墨的「魚鉤」，就鼓勵玉墨：「到底是秦淮河的頭牌。玉墨，用勁
笑。讓大鼻子上火！」後半句臺詞（將給預設的西方觀眾看？）的英
文翻譯——Mo, use all of your skills. Seduce him——更直白地表達了
玉墨的動機，即誘惑約翰，達成交易。接下來，玉墨決定把這場交易
的內容講明，她主動登門拜訪約翰。在走廊裡，她再次發覺了書娟的
窺看，把一種幾近誇張的性感姿態先展示給書娟，再展示給約翰。走
廊構成的縱深視覺效果最大化地突出了身著旗袍的玉墨腰部特寫。玉
墨很清楚欲望的延遲原則，約翰未能作出具體幫助她們的行動之前，
玉墨僅僅留給約翰一個性感的自我展示。在一定程度上，玉墨等人調
度著約翰和書娟凝視的目光，並為後者設定了窺視自我的位置。

　　這一交易在日本兵衝入教堂對女學生施暴，約翰英雄般地挺身而
出後，進入實質性階段並開始向另一個層面轉變。首先是書娟稱呼約
翰為「神父」，然後是陳喬治迫使約翰自認為「神父」，並把已故神
父的遺像翻過來對著約翰，強迫他繼承「慈悲」的責任。最後，玉墨前
來繼續談判此前的協議。這個過程中，我們看到約翰對於「神父」／
慈悲角色的承擔。玉墨選擇這個時機前來交易，也正是看透了約翰的
內心。雖無十分把握，但玉墨已經意識到約翰不忍就此離開教堂。所
以約翰「討價還價」之際，玉墨自信地說：We'll see（等著瞧），然

後再次把誇張的性感姿態展示給約翰的眼睛。此時，看者在看被看者，被看者也在看看者。

　　日本軍官長谷川的優雅與狡猾使玉墨和約翰間的交易向另一方向扭轉——約翰幫助玉墨等人易裝成女學生。約翰在質問了上帝「人人生來平等」的教義後，接受了玉墨的建議。這場交易中，最初的性承諾被轉換為人道主義援助，甚至是交易者間的愛情。玉墨最終成功地通過易裝表演，再一次走向自我展示。

　　因此，影片中的教堂不應該被視為一塊「飛地」[31]，它至少是一個中國、西方、日本軍方互為犄角、斡旋協商的「接觸域」（contact zone）。此中，「雖然被征服者不能自如地控制統治者文化所施予他們的東西，但他們確實可以在不同程度上決定他們需要什麼，他們如何應用，他們賦予這些東西以什麼樣的意義。」[32]玉墨等人的自我展示在視覺層面不是臣服，而是策略性的對抗。考慮到影片「衝擊奧斯卡」的定位，在影片內部時空中，它回擊了西方人／日本兵的色情凝視，在全球流通市場和跨文化接受層面，影片則挪用並批判了西方觀眾／男性對中國／女性的色情凝視。福柯所謂的「可見性就是一個捕捉器」[33]在此似乎可以以德勒茲的方式去理解，即「沒有什麼東西是真正被禁閉的」，[34]包括某個視覺結構中的可見物。表演主義視野中，「可見性」對窺看者而言至少同樣「是一個捕捉器」。儘管影片（向全球觀眾）展示了苦難的中國／欲望化的中國女性身體，具有「自我

---

31 戴錦華、滕威：〈2011年度電影訪談〉，載戴錦華主編：《光影之憶：電影工作坊2011》（北京市：北京大學出版社，2012年9月），頁19。

32 Mary Louise Pratt, *Imperial Eyes: Travel Writing and Transculturation*, Second edition, London and New York: Routledge, 2008, p.7.

33 〔法〕米歇爾・福柯著，劉北成、楊遠嬰譯：《規訓與懲罰：監獄的誕生》（北京市：生活・讀書・新知三聯書店，2007年），頁225。

34 Gilles Deleuze, *Foucault*, translated and edited by Seán Hand, Minneapolis: Minnesota University Press, 1988, p.43.

東方化」[35]的嫌疑，但考慮到全球不均衡的「感知分配系統」[36]（比如包括中國電影在內的非西方文化在全球資本流通中的邊緣處境），中國的可見性不能僅僅被解讀為「被看」，它也是一種主動謀求被關注、被承認的策略。因此，《金陵十三釵》的自我表演主義，如豆蔻和香蘭血污的恐怖身體和玉墨等人的性感偽飾、回視、易裝具有布萊希特式的間離效果，它們和民族主義一道構成了對（視覺）暴力的挪用、對抗和控訴，毫無美感或快感可言。在這個意義上，就《金陵十三釵》本身而言，與其說是好萊塢式的，[37]不如說它和前述對它的批評一樣，是現代主義式的。

幾乎無可避免，《金陵十三釵》對西方／男性的色情凝視的批判，最終也清晰地導向了對本真性、也是「對新事物的激情」。這一激情孕育在影片那濃得化不開的鄉愁之中。在南京的愁雲慘霧下，影片中幾乎所有人都患了思鄉病：長谷川大佐彈奏的一曲日本童謠《故鄉》引起教堂內外的日本兵合唱，西方人努力避免「死在中國」，而豆蔻則想像著嫁給小老鄉浦生，返鄉種田。這種鄉愁的濃度在玉墨等人的易裝階段達到了頂峰。其中一名妓女對著鏡子說：「我媽要是活著，看到我這個樣子，不知道有多高興呢！」另一名說：「連我媽見這樣子都認不得我了。」這群易裝後的妓女欣喜的是她們的「女學生」扮相。這裡的「女學生」既暗示了知識的區隔力量，更強調了一種純潔的身體及其象徵意義——玉墨等人象徵性地回歸了本真的、純潔的「處女」自我。影片的敘事導向與前述現代主義美學實踐在謀求「陌生化」效果時對「初次」（或「新事物」）的迷戀如出一轍。正如

---

35 關於「自我東方化」的相關論述，可參見〔美〕阿里夫・德里克著，王寧等譯：《後革命氛圍》（北京市：中國社會科學出版社，1999年），頁289-297。

36 這一表述借用自朗西埃。See Jacques Rancière, *The Politics of Aesthetics*, translated by Gabriel Rockhill, London and New York: Continuum, 2004,p.12.

37 持該觀點的學者很多，無需特別舉例。

玉墨曾向約翰講起的那樣，她過去和書娟一樣，也是教會的女學生，在班上英語成績最好。因此，學生與妓女兩個格格不入的群體在這片鄉愁中合二為一（而不僅僅是呂頻所謂的「離間」），妓女在扮相上回溯到自己的本真階段，正是為了書娟等「本真」的女孩子保有一個本真的前景。書娟這個學生群體既是玉墨等人的往昔，也是即將赴死的她們的未來。

　　帕索里尼（P. P. Pasolini）認為，在放映機制上，電影製造真實的幻覺的祕密就在於它「建立在對時間的連續性地廢棄基礎上」，而「電影中的時間則是完成式的」。[38]也就是說，電影的放映，首先是對一種已完成的時間的回溯，隨著放映的進行，逐步對時間廢棄，而這個過程又是持續向前的。從這個角度看，玉墨等人回歸往昔再前去赴死的命運經過影像化，有效地傳達了一種朝向未來的鄉愁，它在時間上以當下為分界點／起點，既指向過去，也指向未來。書娟等女學生就是玉墨等妓女的前世和來生，因此這份鄉愁中銘寫了對未經污染的本真性自我的渴念。如果在全球後殖民脈絡中思考影片的色情凝視與展示，這份鄉愁則可以解讀為對一種本真的、未經殖民行為蹂躪的民族文化的訴求。這一本真性的民族文化／「血肉中國主體」，既是前殖民時期那個風雅粲然的鄉土空間（如玉墨等人演唱的《秦淮景》裡的世界），又是一個有絕對主體支撐的烏托邦。這正如魯迅小說〈故鄉〉、〈社戲〉中那個無力回天的現代知識分子敘事者不無自戀地寄予記憶與現實中的「底層」孩童的「希望」，[39]由此可以看到影片及前述相關批評與「五四」現代性話語間的一脈相承。

　　《金陵十三釵》中真正區隔了這兩個學生和妓女群體的與其說是

38　P. P. Pasolini, *Heretical Empiricism*, translated by Ben Lawton and Louise K. Barnett, Washington, DC: New Academia Publishing, 2005, p.250、243.

39　詳見拙文〈東方文藝復興思潮中的梅蘭芳訪美演出〉，載《戲劇藝術》2013年第3期。

「貞操」（呂頻語），毋寧說是「知識」，因為「貞操」無法解釋玉墨何以能夠成為妓女群體中的「頭牌」或「精神領袖」。比如玉墨以女王的姿態出場代表妓女群體用英文與約翰談判交易，以及最後以「商女不知亡國恨」的「千古罵名」說服了姐妹們易裝赴死的場景，再次讓我們看到「知識」的力量（權力）。當書娟等人第一次看到玉墨等人時，其第一感覺是「放蕩」，沒有想像中的「優雅」，這（而不是貞操）成為排斥後者的根源。玉墨的知識／受教育背景及語言能力，使其既同時屬於這兩個群體，又不屬於任何一個群體，她成為一處「閾限區域」。因此，正是「知識」，既構成了區隔兩個女性群體的壁壘，也成為最終彌合二者的拱廊。儘管「書娟們」擁有的這份知識已無力自我拯救，正如日本兵侵入教堂時用於堵門的「書籍」一摞一摞地從架上墜落時的絕望場景所暗示的，但它構建了看上去「自明的感知系統」，這個系統對「感知的分配依據人類活動的時空進行，其狀況揭示了誰可以分享哪個共同體。」[40]正是依賴「感知政體」，「玉墨們」的（不）可見性透過影像操作得以分配。學生／知識分子把妓女／底層作為本土的他者，並賦予後者以邁向民族文化本真性的起點性質，加以摒棄、放逐。

　　正如帕索里尼所指出的，借助放映機制電影媒介可以構建出真實的幻覺。對《金陵十三釵》而言，它對民族文化本真性的渴求正是「對新事物的激情」，即對「處女」的拜物。「處女」在這裡是被媒介化並理想化了的民族文化的一個性別意象，在時間上既是過去又是未來，它必須把不純潔的「妓女」建構為自身的本土他者，後者在時間上則是需要廢棄的當下。在持續的運動過程中，當下即是歷史。這個追尋本真性的過程及本真性本身同樣是虛幻的，因為它通過西方之手

---

40 Jacques Rancière, *The Politics of Aesthetics*, translated by Gabriel Rockhill, London and New York: Continuum, 2004, p.12.

對當下易裝，模仿、表演源始，才得以廢棄（也是依賴）當下，進而錯置了一份面向未來的鄉愁。影片最後，書娟透過色彩斑斕的玻璃窗看到玉墨等妓女幽幽向教堂／鏡頭走來的那個幻境，意味著追尋民族文化本真性的工程已經徹底擺脫了歷史幽靈的困擾，穩固地開始了其新的征程——玉墨等人再也沒有機會（向書娟的窺看）自我展示了。這個場景很絢麗，但（所以）也很朦朧——歷史將被（刻意）遺忘並重構。正如影片不經意間洩露的，這一切不過是敘事者／（知識分子）書娟想像的幻境，因為整部影片作為書娟的回憶，本身就已經明示了歷史幽靈的一直在場。和一九八七年《紅高粱》最後那個鏡頭一樣，書娟眼中的幻境也是「民族大神話」。[41]不同之處在於：前者是對革命話語「尋根」式的反思商榷，後者則是「中國崛起」的想像式自我表徵。對民族文化本真性的渴求，使《金陵十三釵》表徵的「感知系統」有效地把玉墨等妓女的可見性定位於一種必須摒棄的不虞階段，而這一過程又需通過記憶來完成。事實上，這正是現代主義的悖論所在：「現代性的欲望形式就是淘汰早期的一切，它渴望最終實現一種所謂的純粹當下，這個當下就成為再出發的新起點。現代性觀念的全部力量就來自這個新起點與刻意遺忘的聯手合作。」但是，「這一超歷史的運動過程的自我欣喜從一開始就被一種深植於歷史因果率的悲觀認識所抵消。」[42]現代主義的「新起點」無法獨立於歷史／「早期的一切」而自足。

---

41 阿城語。查建英：《八十年代訪談錄》（北京市：生活・讀書・新知三聯書店，2010年），頁32。

42 Paul De Man, "Literature History and Literature Modernity", in *Daedalus*, Vol.99, No.2, Spring, 1970. 引文參考了李自修譯：《解構之圖》（北京市：中國社會科學出版社，1998年2月），頁165-189。

奧德修斯的無望歸程：
《色，戒》、《梅蘭芳》與《一代宗師》

　　上文對《金陵十三釵》的解析可作為繼續討論當代華語電影乃至當代中國文化狀況的基本尺度和框架。參照《金陵十三釵》，本文將以《色，戒》（李安導演，2007年）、《梅蘭芳》（陳凱歌導演，2008年）和《一代宗師》（王家衛導演，2013年）為例，在互涉關係中探討當代華語電影的本真性知識狀況。

　　李安遭遇張愛玲無疑是一個噱頭十足的文化事件，有趣的是，嚴肅的文化批評工作面對該事件時竟顯得有些無能為力。這一點主要體現在學界大多對影片《色，戒》的討論走不出李安「填足張愛玲」[43]的「託辭」。其實，李安完全誤讀了張愛玲，借用美國華裔作家蘇友貞的話說，影片《色，戒》「徹底粉碎了張原著對愛情建構出的反諷」[44]。

　　當然，從觀念的角度也可以說李安是對張愛玲「視而不見」，其誤讀是借題發揮。特別是那段成為話題的性愛場面，暴露出李安根本就沒有讀懂或不願理會張愛玲對男性的嘲諷。李安從電影工作者的角度，把小說《色，戒》解讀為一個表演（偽飾）與求真的故事。李安認為，《色，戒》中「女演員王佳芝去扮演一個麥太太，然後從色誘情欲這個戲裡面，她要透過一個審問者易先生……從一個最不信任人的這樣一個角色，去求取真相。從床上的戲裡面去測試一個演員，一個終極的真誠的表演要色誘一個毫不信任任何人的易先生，」這同時也是測試戲外的他本人和演員。[45]從這個意義上，可以說《色，戒》

43 陳志雲對李安的訪談。香港無線生活臺節目《志雲飯局》，2007年第20集。
44 蘇友貞：〈也談《色，戒》裡的性愛場面〉，《當王子愛上女巫》（南京市：南京大學出版社，2008年8月），頁153。
45 陳志雲對李安的訪談。香港無線生活臺節目《志雲飯局》，2007年第20集。

是一部「元電影」，它試圖在戲中戲的結構中思考表演與真實的邊界問題。李安對原著的理解方式暗示了他對影像（表演）的不信任，因此，他才會從「終極的真誠的表演」中「求取真相」。在影片內外的互涉關係中，易先生對王佳芝身體的拷問，與李安對演員表演（影像）的測試是一回事。但是，李安對影像／表演真實性的測試只是手段，其根本目的在於通過影像留存一段歷史記憶。

如果說《色，戒》的原著小說是從殖民歷史中探討性心理學，[46]那麼影片則是從兩性關係隱喻國族歷史。作為電影從業者，李安自覺承擔了一種文化上的使命——「給世界看另外一個中國」，它來自父輩「傳承給他的關於中國的記憶」。[47]面對時間川流中的「人事全非」（李安語），用虛擬的影像復原一個（文化）記憶中的「中國」，本身就是很大的矛盾，也是李安不得不解決的最大挑戰。李安「對世界的了解」，「覺得意義都像在剝洋蔥，一層一層往下剝」，[48]這可以視為李安解決問題的基本思路。就影片而言，這一思路和《金陵十三釵》一樣，是表演主義的——剝開衣服／偽飾，展示演員的肉體／真實，實現「巨大的驚懍效果」[49]。李安說：「其實拍電影時，我們都是在假裝另外一個人，來觸摸心中的自我。」而李安「對這個女主角是非常認同的」，他要做的就是通過王佳芝的角色表達「對祖國的一個永遠的哀思」。[50]王佳芝在港大戲劇舞臺上流連顧盼之際，以鄺裕民為首的愛國學生團體對其發出了「詢喚」（interpellation）[51]：「王佳芝，你上

---

46 陳志雲對李安的訪談。香港無線生活臺節目《志雲飯局》，2007年第20集。

47 馬戎戎：〈李安的色與戒〉，載《三聯生活週刊》2007年第36期。

48 《看電影》雜誌對李安的訪談〈色戒是一種人生〉，載《看電影》2007年第18期。

49 〈王惠玲：編劇就像「世說新語」〉，載鄭培凱主編：《《色・戒》的世界》（桂林市：廣西師範大學出版社，2007年），頁31。

50 馬戎戎：〈李安的色與戒〉，載《三聯生活週刊》2007年第36期。

51 臺灣大學張小虹亦提出該情節中暗隱的「召喚機制」，但和本文論析的側重點不一樣。筆者在閱讀賀桂梅《女性文學與性別政治》（北京市：北京大學出版社，2014年，頁283）中的〈親密的敵人〉部分時方才得知張小虹的觀點。

來！」自此王佳芝的主體性始終都在這種國族主義的詢喚中生成，她在為易先生唱《天涯歌女》時，暗示了她對往昔的懷戀和無法排遣的鄉愁——「人生呀，誰不惜呀惜青春」、「家山呀北望」……最終，王佳芝在易先生「求取真相」的性虐中，脫離了國族主義的詢喚，回歸了本真的自我，離開麥太太的角色，放走了色誘對象。王佳芝輾轉恍惚地走出珠寶店坐上人力車時，車伕回頭問「回家？」，她方寸錯亂地「哎」了一聲。這個場景暗示了李安在姿態上對虛擬的影像世界或（「人事全非」的現實）的想像性克服和對本真「文化中國」的回歸。接著，王佳芝在「回家」的人力車上腦海中閃回了最初接受國族大業「詢喚」她時的場景，意味著她接下來的人生將從加入這項事業前的「純真年代」重新開始，也是在重構另一個為「文化中國」／全球化意識形態詢喚的主體。為了實現對這個本真的「文化中國」新起點的「回歸」，李安也表現出了對「新事物的激情」：「新人的好處就是，她一定很認真，然後她的努力有一種純真感，這對觀眾是很新鮮的。你不覺得湯唯在演誰，湯唯就是王佳芝。」[52]

　　然而，無論影片如何努力，它對純真、新鮮的追求總是已經（always-already）被歷史因果率所消解，因為「只有事先存在的東西——實物，習俗，某種類型的單位——才能被陌生化。這就像只有本來有名稱的事物才會失去它為人所熟知的名稱並突然在我們面前變得陌生得叫人大吃一驚」。[53]影片《色，戒》著力建構的具有本真性意味的歷史新起點／「純真年代」的想像雖然具有改寫歷史的衝勁，但該想像卻是通過色情化的展示手段實現的。這個根本性的悖論使李安／王佳芝奧德修斯式的歸程變得無望——影片最後部分展示了王佳芝飾演的麥太太曾睡過的床鋪：一處即將繼續自我展示的表演（空）舞

52　《看電影》雜誌對李安的訪談〈色戒是一種人生〉，載《看電影》2007年第18期。
53　〔美〕弗雷德里克·詹姆遜著，錢佼汝等譯：《語言的牢籠　馬克思主義與形式》（南昌市：百花洲文藝出版社，1995年），頁58。

臺？

　　二○○八年，梨園行的「一代宗師」梅蘭芳在陳凱歌的執導下登上了影片《色，戒》留下的舞臺，繼續展示了作為「永恆之魅」[54]的民族文化本真性。影片在處理歷史人物梅蘭芳時，賦予其民族精神的象徵意義。影片開始就突顯了一個極具象徵意味的意象「紙枷鎖」，它意味著個人或民族成長過程中必須面對的隱性規範，能夠戴著「紙枷鎖」翩翩起舞的主體必須具備自尊、堅韌的品格。根據影片的提示，梅蘭芳一踏入梨園行，就戴上了大伯留給他的「紙枷鎖」，另外還有十三燕臨終的囑託——「好好地將伶人的地位提拔一下」。因這些先在的使命，可以說影片呈現的梅蘭芳的人生其實是一個伶人歷經磨難的成長過程。

　　少年梅蘭芳登臺成功演唱完《玉堂春》選段退場時，右腳跟被舞臺上一枚釘子刺穿，留下了斑斑血跡，戲班的宋爺看到臺下觀眾呼聲如潮，對著梅翹起大拇指說「畹華，你紅啦」。這段情節充滿了性暗示，釘子恰似一個陽具讓梅蘭芳「見紅」，永久地告別了純淨的孩童世界，跌入髒污的演藝行。但梅蘭芳始終背負著「紙枷鎖」，他明白「紅」的代價是什麼，因此，他「一輩子沒坐過膝蓋頭」，「始終保持完整的尊嚴和風度。」[55]在經歷了諸多壓力和難關後，梅蘭芳戴著「紙枷鎖」迎來了最大的考驗，即中日戰爭。為了「紙枷鎖」的完好，梅蘭芳承受著巨大壓力離開他最心愛的舞臺。八年後，梅蘭芳才重返舞臺，繼續「扮戲」——他的「紙枷鎖」始終完好無損。關於影片《梅蘭芳》的意義的歷史維度，陳凱歌有過明確地說明：「一般來說，作古的人物會在兩個時段被提出來：一是國家興盛的時候，另外就是國家遇到難處的時候。我覺得二○○八年是中國同時遇到這兩個

54　「永恆之魅」係筆者譯自《梅蘭芳》的英文片名 *Forever Enthralled*。

55　陳凱歌：《梅飛色舞》（北京市：鳳凰出版社，2009年1月），頁45、129。

情況的年分。……遇到這麼大的狀況的時候，中國人精神上的後備資源是什麼？我覺得梅蘭芳是其中的一個代表，即使在患難中他身上也有一種力量，一定程度上代表了這個國家。」[56]陳凱歌在另一場合也有過近似的表述：「中國能在過去一百五十年間所經受的苦難中堅持下來，是因為中國人品格中的堅韌，而這個堅韌在梅蘭芳先生身上得到了驗證」。[57]《梅蘭芳》在這個意義上可以說與《霸王別姬》（1993年）一樣，講述的是「政權朝移夕轉，可是中國不變」。[58]換句話說，《梅蘭芳》通過同名主人公展示了一種永恆、本真的民族精神，即「中國人之所以為中國人的心靈史」[59]。梅蘭芳走「紅」後，卻仍然保持著他（民族）純潔、本真的靈魂。中日戰爭期間，梅蘭芳的暫時「離開」是為了留存這份本真不受污染，為了再次「回來」，他成功抵制了撕破「紙枷鎖」的誘惑。影片結束在戰後梅蘭芳「回來」並「初次」粉墨登場之際，然而，影片僅呈現了一個空舞臺。無疑，這個空舞臺和「回家」後的王佳芝的床鋪一樣，是純潔的、新鮮的，其唯一的主角就是這個舞臺本身，只有「她」才能「扮回」本真的民族文化。

　　借用霍布斯鮑姆（Eric Hobsbawm）的觀念，可以說中國人擁有一個「遲來的二十一世紀」，起點在二〇〇八年，正如陳凱歌所言，對中國來說它是個極重要的年分。這一年和梅蘭芳幾乎同時顯影於華語銀幕的另一位「宗師」是李小龍的恩師葉問（《葉問》，葉偉信導演），但這只是同題材「搶灘」，真正構成影響的是五年後上映的王家

56　《南方人物週刊》對陳凱歌的訪談〈患難中，他身上也有一種力量——陳凱歌談梅蘭芳〉，載《南方人物週刊》，2008年第35期。

57　〈新院線：《梅蘭芳》〉，載《電影頻道》2008年12月號，總第12期。

58　林文淇：〈戲、歷史、人生：《霸王別姬》與《戲夢人生》中的國族認同〉，載《中外文學》（臺北）1994年第1期。

59　陳凱歌《梅飛色舞》（北京市：鳳凰出版社，2009年1月）一書附贈的電影海報上的文字。

衛導演的《一代宗師》。影片創作起念於一九九六年，當時王家衛在阿根廷火車站拍攝《春光乍洩》，看到報攤雜誌封面上的李小龍，為其魅力所震驚，他就開始思索是什麼樣的人培養出了李小龍。[60]王家衛這段自白道出了影片《一代宗師》其實是一個「追根溯源」的故事。作為蜚聲國際的明星，李小龍早已成為一個（崛起的）中國文化符號，再現其師承系譜某種意義上也是從全球視野去考掘／發明一段被遺忘的民族歷史。用王家衛的話說，就是「把那個時代重現出來」，「還原歷史的真貌。」[61]

　　《一代宗師》公映後最遭人詬病的地方是其敘事，有一些莫名其妙的片段，如「一線天」的故事。其實，這種詬病彰顯的是觀眾為亞里士多德式的「情節整一」形塑出來的審美惰性。熟悉王家衛影片的人都知道非「情節整一」正是其「話語風格」，那些看似零碎的片段在整部影片的語義集合體中完全是可以理解的。真正稱得上敘事斷裂的地方恰恰存在於符合「情節整一」的主線，即主線葉問的故事中。影片在講述葉問等人「南來」時相當突兀，只是在聲像背景上用字幕「一九五〇年香港・大南街」來交代這個歷史時空的大轉折，至於葉問為何、如何「離家」、「南來」無從得知。用非視覺的方式（主要是字幕旁白）填充沉默影像的匱乏是王家衛的一貫做法，正如他在《宗師之路》中對葉問生前那段影像資料的「傳燈」詮釋，其實是毫無依據的。「……內在化與抽象性是書寫符號的特徵，而這正是影像符號所無法達成的，二者的指意方式完全不同。」[62]和李安一樣，抽象性（深度）的字幕／文字在《一代宗師》中的頻頻出現，暗隱著影片編導對展示性（膚淺）的影像的不信任。但這種做法具有自我指涉的意味，

60　《一代宗師》的拍攝紀錄片《宗師之路》。

61　《一代宗師》的拍攝紀錄片《宗師之路》。

62　Rey Chow, *Primitive Passions: Visuality, Sexuality, Ethnography, and Contemporary Chinese Cinema*, New York: Columbia University Press, 1995, p.7.

其中蘊含著編導的無意識，也為影片構建了一個屬於後設歷史敘事的
話語場域，即華裔流散（diaspora）。這正是《宗師之路》（也是王家衛
其他重要影片如《阿飛正傳》、《花樣年華》、《春光乍洩》等）的複雜
意義脈絡所在，它用字幕迴避對大時代的展示，反而更清晰地展示了
自我的立場——對國族大歷史的拒斥和對「非家」（unhomeliness）[63]
的政治認同。正如葉問在回應宮寶森「國有南北嗎」的反問時，所給
的那個頗具俄狄浦斯意味的回饋：「其實天下之大又，又何止南北？
在你眼中這塊餅是一個武林，對我來講是一個世界。」與葉問的姿態
相呼應的是，「一線天」在港對追殺自己的幫派「同門」／「家」的
堅定拒絕與血腥殺戮。

　　對葉問等流散群體的歷史再現，使影片在空間（space）的規劃
性與地方（place）的真實性辯證中重新測繪了香港的心理領土和歷史
圖譜。宮若梅在一九五三年去世後靈柩回歸北方故園，與接下來葉問
的「回頭無岸」形成了參照。去世後的宮若梅「回歸」之際，正是葉
問在港拍攝身分證件照片之時。宮若梅最後對葉問所言「我心裡有過
你」，暗示了她在影片中是作為葉問另一個自我（「身後身」）出現
的。只有讓「宮二」／塞壬（女性）死去，葉問才能「沒有身後
身」，才能找到一個再出發的新起點，真切地重返凝固時間的照片邊
框。在這個意義上，影片的「非家」身分政治表述從來就沒有真正外
在於「回家」的結構，它在拒斥空間的家時又構建了一個地方的家
（本真性）。葉問的人生不過是一個奧德修斯式的離家—歸家的過
程——「郎心自有一雙腳，隔山隔海會歸來。」影片的「世界主義」
表象只是拒斥空間大敘述、重構地方歷史的一個策略，它從來都沒能
在影片中真正落實。影片對香港五、六十年代的斑駁唐樓和古舊街

63　「非家」（unhomeliness）借用自霍米‧巴巴。See Homi K. Bhabha, *The Location of
　　Culture*, London and New York: Routledge, 2004, p.14.

道，以及武林儀軌等細節展示，以及「詠春嫡系旅港師徒合影」、「白玫瑰理髮廳」等附帶時空文字說明的「刺點」（punctum）的照片傳達出的「憂感」悼亡意味，[64]均成為承載全球—地方歷史記憶的載體。借用龍應台評《色，戒》的表述，《一代宗師》其實也是在「搶救歷史」。但這段歷史其實是「我們對於『過去』的觀念以及觀念化的（典型）看法」的再現，是沒有原本的摹本，[65]是編導「欲望著的欲望」[66]或建構出來的消逝。

結語：鄉關何處？

　　布萊希特的史詩劇孜孜於通過「陌生化」實現「間離效果」，「把事件或人物那些不言自明的，為人熟知和一目了然的東西剃去，使人對之產生驚訝和好奇心。」[67]這一思路暗示了在既有的舊基礎上，對同一事物進行去偽存真式的認識論更新的可能。其「關鍵在於將虛構的力量虛構化，即將偽飾的效果當作真實。」[68]在「獵鷹再也聽不見主人的呼喚」[69]的新世紀，布萊希特的戲劇思想因為對真實與偽飾之

64　「刺點」（punctum）、「憂感」均借用自羅蘭・巴特對照片的相關論述。參見〔法〕羅蘭・巴特著，趙克非譯：《明室：攝影縱橫談》（北京市：文化藝術出版社，2002年），頁20-21，頁67。

65　〔美〕詹明信：〈後現代主義，或晚期資本主義的文化邏輯〉，載詹明信著，張旭東編，陳清僑等譯：《晚期資本主義的文化邏輯：詹明信批評理論文選》（北京市：生活・讀書・新知三聯書店，1997年），頁468、455。

66　Fredric Jameson, *The Seeds of Time*, New York: Columbia University Press, 1994, p.90.

67　〔德〕貝・布萊希特：〈論實驗戲劇〉，載丁揚忠等譯：《布萊希特論戲劇》（北京市：中國戲劇出版社，1990年3月），頁62。

68　〔法〕阿蘭・巴迪歐著，藍江譯：《世紀》（南京市：南京大學出版社，2011年），頁57。

69　〔愛爾蘭〕葉芝著，袁可嘉譯：〈基督重臨〉，載王家新編選：《葉芝文集・卷一・朝聖者的靈魂》（北京市：東方出版社，1996年），頁150。

間關係的思索，成為該世紀的「偉大之處」。[70]面對深度全球化、數字媒介化（mediatized）時代的「人事全非」，當代華語電影及其相關批評同樣分享了這一「偉大的傳統」，不約而同地努力追尋一個本真的、未被污染的、非擬像的「血肉中國」主體，作為民族文化再出發的原初起點。在「中國崛起」的敘事脈絡中思考上述努力，這些被構建的本真民族文化的新起點，其實是當下的文化生產與「中國崛起」、「文化自覺」等國家主義論述間「想像」[71]關係的一種表徵。然而，這個過程暗含著一個自反的權力運作過程，即通過「感知政體」界定某個共同體的准入尺度，進而將某物排斥、放逐出該共同體，達到刻意遺忘（隱喻意義上的）歷史，找到一個「純粹當下」的目的；但只有已經存在的事物才能夠被陌生化為本真性的新起點，[72]那麼這裡的本真性就只能是一個幻象，因為它從來都無法獨立於被刻意遺忘的歷史而生成。這個過程正如詹姆遜所言：

> 「現在」一旦成為「過去」，便需要「歷史」來加以重新構造。而「客觀精神」卻無法凝視、觀察以至於重組這過去的支離破碎的歷史；它所能大約感應到的，只是柏拉圖洞穴裡的虛幻映像──要把握那支離破碎的過去，它必須依靠囚禁此身的牆壁，透過牆上反映的虛幻世界（那另存在於我們腦海中的映像世界），才能稽查出歷史過去的蛛絲馬跡。職是之故，此間若有任何寫實成分依然留存下來的話，這「寫實主義」的效果

---

70 〔法〕阿蘭・巴迪歐著，藍江譯：《世紀》（南京市：南京大學出版社，2011年），頁55。

71 「想像」來自路易・阿爾都塞討論「意識形態」概念時的表述。〔法〕路易・阿爾都塞著，李迅譯：〈意識形態和意識形態國家機器〉（續），載《當代電影》1987年第4期。

72 〔美〕弗雷德里克・詹姆遜著，錢佼汝等譯：《語言的牢籠　馬克思主義與形式》（南昌市：百花洲文藝出版社，1995年），頁58。

> 也必然是來自我們那種被囚禁於密室的經驗，來自我們在獄中
> 力求掌握世界的驚人感受，來自我們慢慢從夢中甦醒、驚覺、
> 進而透視眼前嶄新歷史境況的悟性。我們只能通過我們自己對
> 歷史所感應到的「大眾」形象和「摹擬體」而掌握歷史，而那
> 歷史本身卻始終是遙不可及的。[73]

如果家只是一種「遙不可及」的「虛幻映像」，那麼，回歸本真性的
奧德修斯之旅勢必變得無望。

　　針對該悖論，為了說服觀眾，也許更是為了說服自己本真性的存
在及其純粹，這四部影片在結束時不約而同地為我們設置了「替我們
『相信這類電影』」的「『天真』的觀眾的凝視」。[74]它們分別是象徵著
本真的民族文化的女學生書娟透過教堂彩窗的看，「返璞歸真」後的
王佳芝臨刑前的回看，為京劇瘋魔到了童稚地步的邱如白（另一個程
蝶衣？）對空舞臺的看，以及葉問身邊那個小徒弟（李小龍？）天真
無邪的看。但是，這些天真的凝視本身就屬於本真性知識狀況的一部
分，它們其實是無法外在於被凝視的事物而自足的。結果，我們看
到，《金陵十三釵》中，玉墨等人捧出的一地碎鏡，原本能以德勒茲
式的影像「流」的方式，在不均衡的全球「感知分配系統」中籲求影
像民主、打破影像壟斷的，最終卻被用作刻意遺忘歷史的道具；而
《色，戒》與《梅蘭芳》最終留下一個「新」的空舞臺，本真的文化
中國猶似幻影；葉問／宮若梅的流散經驗原本可以從「紋理化空間」

---

73 〔美〕詹明信：〈後現代主義，或晚期資本主義的文化邏輯〉，載詹明信著，張旭東
　　編，陳清僑等譯：《晚期資本主義的文化邏輯：詹明信批評理論文選》（北京市：生
　　活・讀書・新知三聯書店，1997年），頁468-469。

74 Rey Chow, *Ethics after Idealism: Theory-Culture-Eyhnicity-Reading*, Bloomington and
　　Idianapolis: Indiana University Press, 1998, p.148. 周蕾所引文獻中譯見〔斯洛維尼
　　亞〕斯拉沃熱・齊澤克著，季廣茂譯：《斜目而視：透過通俗文化看拉康》（杭州
　　市：浙江大學出版社，2011年3月），頁194。

中找到通向「平滑空間」[75]的逃逸路線，但歸家的誘惑讓他／她永遠
與其失之交臂。

---

75 「紋理化空間」、「平滑空間」來自德勒茲和加塔利。參見〔法〕德勒茲、加塔利
　　著，姜宇輝譯：《資本主義與精神分裂：千高原》第2卷（上海市：上海書店出版
　　社，2010年，第14部分「1440年：平滑與紋理化」）。

肆
中國的西方知識狀況

十三
普適性的建構：
新、舊劇觀念論爭中的西方知識狀況

　　由二十世紀初的戲曲改良運動與西方戲劇譯介推動的中國現代戲劇理論與批評，已經有一個世紀的歷史。作為中國現代戲劇在理論上自覺的標誌，「五四」時期的新、舊劇觀念論爭對於重大理論問題的提出、戲劇基本理論的譯介與建設、圍繞著時代精神命題展開的戲劇批評，以及對藝術形式的持續不斷的探索，賦予二十世紀中國戲劇理論批評以獨特的思想軌跡與特色，直接指向中國現代戲劇理論體系的建立與現代戲劇批評傳統的形成。新、舊劇觀念論爭涉及的是西方戲劇在本土移植的合法性問題。在中國現代戲劇理論與批評史上，後來的諸多重大理論問題和困擾都能在其中找到其根源或原型。因此，重審新、舊劇觀念論爭中的西方知識狀況，對於系統清理並批判反思二十世紀中國戲劇理論批評和建設中國現代戲劇理論體系，具有奠基性意義。

激進與保守：系統殘缺或結構問題？

　　關於新、舊劇觀念論爭，既往的研究中，「激進」與「保守」的二元解析框架似乎別具魅力。[1]誠然，這種劃分不僅極大地便利了研

1　比如，王永生主編：《中國現代文學理論批評史》上冊（貴陽市：貴州人民出版社，1986年），頁277-289；陳白塵、董健主編：《中國現代戲劇史稿》（北京市：中國戲劇出版社，1989年），頁92-93；胡星亮著：《二十世紀中國戲劇思潮》（南京市：江蘇文藝出版社，1995年），頁77-82；施旭升主編：《中國現代戲劇重大現象研

究本身，而且兩種指稱也有可靠的來源，因為「激進」與「保守」正是論爭雙方為對手貼的標籤，[2]還有就是宋春舫當年也用「激烈派」和「保守派」來指稱論爭雙方。[3]採用這一二元指稱如果僅僅為了表述的便利，亦無不可，但問題似乎沒這麼簡單。沿用這一定性描述，不僅遮蔽了論爭雙方內在的多樣動態和曖昧地帶，我們還可能落入論爭者為對手布置好的修辭陷阱。如果不去嘗試著超越論爭雙方的論述立場及思維模式，「激進」與「保守」就不再僅僅是純粹的描述性指稱，會成為探討該論爭的預設前提，我們的研究也將被論爭者的修辭誘入一種表象的描述，而無法達到深度的闡釋。

　　本文指出既往的研究通過一組二元指稱，把複雜問題化約的做法，並非就意味著本文將試圖「回到現場」並「還原歷史」。[4]因為「回到現場」本身就已經假設了一種賦予史料以意義的敘述結構，因此「現場」能否被覆原十分可疑。根本問題在於：如果有待被「還原」的「歷史」敘事本身未受到任何檢討，那麼，「返回」與「還原」就只能沿著既往的敘述邏輯往回走，仍然無法超越「激進」／「保守」的論述框架。正如有研究者在批評新文化倡導者「根本不顧不同類的文化及其與之相應藝術的特殊性，用普遍的『進化論』來套用類比」之後，仍把戲曲在戲劇史中的邊緣處境歸因於「對固有傳統

　　究》（北京市：北京廣播學院出版社，2003年），頁18；王良成：〈「五四」時期的新、舊戲劇觀論爭及其現代性追求述論〉，載《戲劇（中央戲劇學院學報）》2006年第3期；張婷婷：〈回到「五四」戲劇論爭的現場〉，載《戲劇（中央戲劇學院學報）》2008年第2期。

2　如傅斯年：〈再論戲劇改良〉，載《新青年》第5卷第4號，1918年；張厚載：〈我的中國舊戲觀〉，載《新青年》第5卷第4號，1918年。

3　宋春舫：〈戲劇改良平議〉，載周靖波主編：《中國現代戲劇論》上冊（北京市：北京廣播學院出版社，2003年），頁83-85。

4　如論文〈回到「五四」戲劇論爭的現場〉的研究嘗試，筆者援引該文僅僅是為了舉出例證，實際上這種研究思路相當普遍。

始終抱持過分偏激與片面的態度」。[5]該論述忽略了真正的問題，即這種「態度」與戲劇史敘事之間的互動關係——如果預設了戲劇史的敘事模式，無論我們在其中增補何種「被邊緣化」的內容（如戲曲），永遠都是在同情式的糾偏中強化該敘事邏輯，只能導致「被邊緣化」的內容更加「邊緣」。該研究思路的紕漏在於把敘述結構的問題誤以為敘事系統的殘缺，它在深層次上複製了原本屬於中心的運作機制，其本身就是否定邊緣的。

本文將在此基點上，擯棄從史料中「復原歷史」的努力，從解讀論爭雙方採用的修辭策略入手，探討彼此對立的表象下，是否可能共享著某種思想資源？被共享的資源如何成為論爭的意識形態基礎？這一資源合法性為何竟未受到論爭雙方的質疑？本文將在嘗試回答以上問題的過程中，解析既往的研究與戲劇史敘事的二元對立思維模式及其被遮蔽的意識形態基礎。

本體之外的誘惑

囿於上述「激進」／「保守」的二元闡釋框架，既往的研究似乎總是擺脫不了這樣的套路：努力地探討「新、舊劇」觀念論爭雙方所表述的觀點中的合理與荒謬的成分，[6]以期表達一個中肯的「後見之明」，從而輕易地放過了論爭雙方之間不無曖昧的模糊地帶和互滲層面，無力把問題的探討再繼續深入下去。在本文看來，局限在這個套路中所得出的結論永遠都像是在隔靴搔癢，無法進入實質性的討論，因為其關注的焦點一直落實在論爭者說了什麼，而不去解讀他們是怎

5　張婷婷：〈回到「五四」戲劇論爭的現場〉。

6　比如論文〈「五四」時期的新、舊戲劇觀論爭及其現代性追求述論〉的研究模式，這種研究思路在當前相當普遍。詳見王良成：〈「五四」時期的新、舊戲劇觀論爭及其現代性追求述論〉，載《戲劇——中央戲劇學院學報》2006年第3期。

麼說的，無論如何也擺脫不了研究者自身先入為主的價值判斷。

　　事實上，此次論爭其中的一方，即倡導西式「真正的新劇」的代表人物傅斯年在〈戲劇改良各面觀〉裡面，曾說過這樣一段話：「十日前，同學張謬子君和胡適之先生辯論廢唱問題，我見了，就情不自禁了。但是我在開宗明義之前，有兩件情形，要預先聲明的：第一，我對於社會上所謂舊戲、新戲，都是門外漢。第二，我對於中國固有的音樂和歌曲，都是門外漢」。[7] 在毫不偽飾的「開宗明義」之後，傅斯年進一步說明了他參與戲劇論爭的理由：「據我個人觀察而論，中國人熟於戲劇音樂一道的，什麼是思想牢固的了？不客氣說來，就是陷溺深的了，和這些『門內漢』討論『改良』、『創造』，絕對不可容納的。我這門外漢，卻是不曾陷溺之人。我這篇文章，就以耳目所及為材料，以直覺為判斷，既不是『隨其成心而師之』，也就不能說我不配開口」。[8] 而周作人也表述過類似的言論：「我於中國舊戲也全是門外漢，所以技工上的好壞，無話可說」。[9] 傅斯年等人那驚人的坦誠不無諷刺地把今天的諸多研究置於一個極為尷尬的境地──他們似乎預見到了「門內漢」將會從本體層面有力地質疑其觀點，一開始就把自己的立場設置在一個非戲劇本體的層面上，這種以退為進的論爭策略將會使所有專業性的反批評論述自動無效。當然，傅斯年等人以「門外漢」的身分參與論爭，並非就是絕對純粹的無所「陷溺」，只是他們志不在戲劇，在為自我塑造的論述戲劇的客觀立場的表象下，其實他們心有旁騖；而這種評判戲劇時看似客觀的外在立場不但極有效地掩飾了其參與論爭的內在動機，同時也為潛在的論爭對手設置好了言說陷阱：「門內漢」因其專業，陷溺太深，故只有「門外漢」的觀點才有可能是公允的。那麼，無論在當時還是現在，再去探討傅斯

7　傅斯年：〈戲劇改良各面觀〉，載《新青年》第5卷第4號，1918年10月15日。

8　傅斯年：〈戲劇改良各面觀〉，載《新青年》第5卷第4號，1918年10月15日。

9　周作人：〈論中國舊戲之應廢〉，載《新青年》第5卷第5號，1918年11月15日。

年、張厚載等人關於「新、舊劇」觀念的論爭，如果僅從戲劇美學或歷史的角度去判斷雙方的觀點是否合理，就正好步入了論爭者設置好的言說圈套。其實論爭的參與者所表達的觀點已經是一目了然的了，無須我們再去做描述性的重複，真正需要做的是對「可見的」表象進行一種深度的闡釋。

如果從就事論事的角度看，這次論爭的挑起者是張厚載。在一九一七年刊出的《新青年》雜誌三卷一號和三號上，新文化的倡導者錢玄同、劉半農和胡適分別撰文，對於作為「舊文化」的中國戲曲進行了嚴苛的批評。[10]這引起了「梅黨」「中堅」人物，被時人目為梅蘭芳「左右史」[11]的北京大學法科政治系學生張厚載的異議。張厚載在次年六月刊出的《新青年》四卷六號的「通信欄」撰文，對陳獨秀、胡適、錢玄同和劉半農的「文學改良說」進行了正面的評價後，對新詩創作（特別是胡適的《嘗試集》）「一味效法西洋式」的「矯枉過正」則持保留意見，最後，張厚載重點批駁了錢玄同、劉半農和胡適對於戲曲的苛評。他分別指出了胡適提出的「『高腔』起而代『崑曲』」的常識性錯誤和戲曲「廢唱而歸於說白」的不可能，劉半農對中國戲曲的「十六字」概括的粗率，以及錢玄同對於臉譜的極大誤解與蔑視。[12]不幸的是，張厚載一開始的言論就預示了這場即將開啟的論爭的論題的虛假性。因為張厚載是以一種專業的立場參與這場論爭的，再反觀新文化倡導者的對於他的批評的反饋，就可以看出他們之間論爭的真正內容並不是什麼戲劇，而可能是其他更為隱祕、虛幻、也更具誘惑性的東西。

---

10 錢玄同與陳獨秀的通信，載《新青年》第3卷第1號，1917年3月1日；劉半農：〈我之文學改良觀〉，載《新青年》第3卷第3號，1917年5月1日；胡適：〈歷史的文學觀念論〉，載《新青年》第3卷第3號，1917年5月1日。

11 《中國戲曲志》編輯委員會編：《中國戲曲志‧天津卷》（北京市：文化藝術出版社，1990年12月），頁452。

12 張厚載在「通信欄」發表的文字，載《新青年》第4卷第6號，1918年6月15日。

　　可能對於來自張厚載從戲劇本體層面的專業批評是始料未及的，
某些新文化倡導者的最初的回應文章表現出震驚、急躁甚至極端憎惡
的情緒，對中國戲曲的抨擊言辭演化為低級嘲罵，當然，這種論調完
全是建立在經驗層面上的。錢玄同指出，「舊戲索性把這種『《陽秋》
筆法』畫到臉上來了，這真和張家豬肆記卍形於豬鬣，李家馬坊烙圓
印於馬蹄一樣的辦法。哈哈！此即所謂中國舊戲之『真精神』乎？」
[13] 而劉半農則依據「個人經驗」，談到「平時進了戲場，每見一大夥穿
髒衣服的，盤著辮子的，打花臉的，裸上體的跳蟲們，擠在臺上打個
不止，襯著極喧鬧的鑼鼓，總覺眼花繚亂，頭昏欲暈」。[14] 新文化倡導
者的這種非專業性的回應把最初對中國戲曲進行專業知識辨析的可能
性引向了另一個層面，於是，「新、舊劇」觀念的論爭就出現了階段
性。在這次初步的論爭中，雙方僅僅標示出了各自迥異的立場，而一
九一八年十月十五日由胡適主編的《新青年》五卷四號的刊出，則標
誌著這次論爭真正進入了一個實質性的階段。

合法的「西方」闡釋者？

　　胡適在其〈文學進化觀念與戲劇改良〉一文中說道：「這一期有
了這許多關於戲劇的文章，真成了一本『戲劇改良號』了！」[15] 這一
期上除了主編胡適本人的文章，還有張厚載的〈我的中國舊戲觀〉，
歐陽予倩的〈予之戲劇改良觀〉，更重要的還有傅斯年的兩篇長文
〈戲劇改良各面觀〉和〈再論戲劇改良〉等。在〈我的中國舊戲觀〉
裡面，張厚載沒有繼續他曾經在「通信欄」裡面那樣的做法，即逐條

---

13 錢玄同在「通信欄」發表的文字，載《新青年》第4卷第6號，1918年6月15日。
14 劉半農在「通信欄」發表的文字，載《新青年》第4卷第6號，1918年6月15日。
15 胡適：〈文學進化觀念與戲劇改良〉，載《新青年》第5卷第4號，1918年10月15日。

把對方的常識性錯誤一一指正，而是在胡適的稿約和命題下，[16]跳出對方的論述框架，從宏觀角度對「中國舊戲」的「好處」加以辨析，即「中國舊戲是假象的」，「有一定的規律」，以及「音樂上的感觸和唱功上的感情」。值得注意的是，張厚載在論證「中國舊戲」的三大「好處」時，其理論支點幾乎完全來自西方的戲劇知識。在論述「中國舊戲是假象的」時，張厚載指出，「而且戲劇本來就是起源於模仿（亞里士多德就這麼說），中國古時優孟模仿孫叔敖便是一個證據。模仿是假的模仿真的，因為他是假的模仿真的，這才有遊戲的趣味，才有美術的價值。上回曾看見錢稻孫先生在北京大學畫法研究會講演的紀錄，說：『美之目的不在生，故與遊戲近似，鮮令斯賓塞所以唱為遊戲說也。』又說：『哈德門之假象說曰，畫中風景，勝於實在，以其假象，而非實也。』可見遊戲的興味，和美術的價值，全在一個假字。要是真的，那就毫無趣味，毫無價值。中國舊戲形容一切事情和物件，多用假象來模仿，所以很有遊戲的興味，和美術的價值」；對於中國舊戲的「規律」，張厚載在西方戲劇的「三種的聯合」裡面找到了其「好」的依據：「我看見《百科全書》的戲劇部說外國戲最講究三種的聯合，（Three Unities）就是做作的聯合，地方的聯合，時間的聯合，（Unity of action, Unity of flae, Unity of time）[17]『中國跟印度的戲劇，都沒有這種規律。地方跟時間的聯合，更是向來沒有。』還有身手上的動作，可以表示意思的，（譬如，Gesture）也有種種的法律來整理伶人身體面貌上的做法。這豈不是跟中國舊戲上的『身

---

16 張厚載在其文章開始交代了寫作的緣起，「前天胡適之先生寫信來要我寫一篇文字，把中國舊戲的好處，跟廢唱用白不可能的理由，詳細再說一說。我因此就先在《晨鐘》報上略略說些，跟胡先生頗有一番辯論。現在胡先生仍舊要我做一篇文字，來辯護舊戲，預備大家討論。我也很贊成這件事⋯⋯」當然，胡適的稿約與命題包含著一定的論爭策略，後文將對這個方面的問題詳加論述。張厚載：〈我的中國舊戲觀〉，載《新青年》第5卷第4號，1918年10月15日。

17 Unity of flae原文如此，疑為Unity of place的誤植。——引者

段』、『臺步』都有一定規律，是一樣的道理嗎」；關於中國戲曲的「音樂」的「好處」，張厚載有一個權威性的證據：「何一雁先生《求幸福齋》隨筆裡面，說過有一善吹嗩吶的中國人跟某人到西洋去，在船上吹嗩吶，西洋人多大加歡賞。有一個德國人就拜他為師，學會了之後，就以善吹軍笛出名，而且把中國《風入松》、《破陣樂》等曲牌，翻到德國軍樂譜裡頭去。就這一節，已可見中國舊戲上音樂的價值了」。[18]從張厚載的立論邏輯看，他絲毫不懷疑西方戲劇知識的優越性和權威性，無論他對西方戲劇知識的挪用有多大的刻意成分，但從「西方戲劇」知識中尋找中國戲曲存在的價值依據，這一修辭策略是確定無疑的。

　　有趣的是，在同期刊登的回應文章〈再論戲劇改良〉裡面，傅斯年對於張厚載挪用西方戲劇知識這一點似乎特別敏感。在文章的前半部分，傅斯年調動了其大量的西方美學理論的知識儲存，用來批駁張厚載對於西方戲劇知識的「誤解」。比如，傅斯年通過指出張厚載對「抽象」與「假象」的「混做一談」，提出「中國舊戲」採用的不是「模仿」，而是「代替」；傅斯年還指出中國舊戲的確存在其「一定的規律」，但「僅僅是習慣罷了」，無法與西方戲劇「時間、地位的齊一（Unities of time and place）」相比……[19]胡適也指出，「西洋的戲劇最講究經濟的方法」的最佳例證就是張厚載所挪用的「三種聯合」，而張厚載用它來類比中國舊戲中繁瑣、冗贅的做作，「便大錯了」。[20]從傅斯年和胡適的文章來看，他們與張厚載之間的論爭核心似乎並不是戲劇本身，而是對於「西方戲劇」知識的闡釋的「正確性」或「權威性」問題。因為對他們而言，既然雙方都用「西方」戲劇知識作為立論的依據，只要在這個問題上決出了高下，那麼，諸如舊戲改良、舊

18　張厚載：〈我的中國舊戲觀〉，載《新青年》第5卷第4號，1918年10月15日。

19　傅斯年：〈再論戲劇改良〉，載《新青年》第5卷第4號，1918年10月15日。

20　胡適：〈文學進化觀念與戲劇改良〉，載《新青年》第5卷第4號，1918年10月15日。

戲存廢、新劇創制等一系列問題自然也就無須爭辯了。真正吸引筆者
的興趣的是，為什麼同樣的「西方」戲劇知識可以被論爭的雙方同時
挪用為攻擊對手的理論武器？而且在被雙方挪用時，「西方」的戲劇
知識的意義為什麼會在不同的論述立場間來回地滑動？在「西方」的
戲劇知識的意義的滑移中，被洩露出來的問題又是什麼？

　　如果拋開既往的粗疏成見，再去細讀論爭雙方的論述性文字，就
會發現雙方在觀點與立場上並非我們想像的那樣，呈現為絕對的對
立，而是存在著大量的交叉地帶和曖昧層面；同時，在某一方內部的
不同論爭者之間其實也存在著嚴重的齟齬。胡適在〈文學進化觀念與
戲劇改良〉一文中，通過參照「西洋的戲劇」、「自由發展的進化」，
指出「中國的戲劇便是只有局部自由的結果」，「未能完全達到自由與
自然的地位」，還帶著諸如臉譜、嗓子、臺步、武把子、唱工、鑼
鼓、馬鞭子、跑龍套等「許多無用的紀念品」。在胡適看來，「局部自
由」的「中國舊戲」正是中國黑暗、專制的統治下的產物，而「自由
與自然」的「西洋戲劇」對應的則是西方自由、進步的社會理念。
「中國舊戲」不是沒有進化，而是因為沒能從「西洋戲劇」中取長補
短，「便停住不進步了」。因此，在胡適的進化的文學觀念中，「中國
舊戲」可以說是「西洋戲劇」的低級階段，其未來前景正是廢掉了其
負載的沉重的「遺形物」之後的中國的「西式戲劇」。[21]而傅斯年則認
為，「未來的新劇，唱工廢了，做法一概變了，完全是模仿人生真動
作，沒有玩把戲的意味了，──拿來和舊戲比較，簡直是兩件事。所
以說舊戲改良，變成新劇，是句不通的話，我們只能說創造新劇」，
「所以舊戲不能不推翻，新戲不能不創造」。[22]也就是說，傅斯年根本
就不承認「舊戲」存在的合法性，在他看來，「舊戲」是不可能進化

---

21 胡適：〈文學進化觀念與戲劇改良〉，載《新青年》第5卷第4號，1918年10月15日。
22 傅斯年：〈戲劇改良各面觀〉，載《新青年》第5卷第4號，1918年10月15日。

成「新戲」的,「新戲」的產生必須另行創造,而不是寄希望於「舊戲」的進化。於是,一個非常微妙的論爭局面在此出現了。張厚載在最初的「通信」中就已經表明自己並不反對「舊戲」改良和文學的進化觀念,只是不主張某種過於理想化的改良。[23]從這個意義上說,胡適關於「舊戲」可以進化到「新戲」的論述更接近張厚載,而不是傅斯年。

　　張厚載又進一步指出,「社會急進派必定要如何如何的改良,多是不可能,除非竭力提倡純粹新戲,和舊戲來對抗」,[24]也就是說「舊戲」與「純粹新戲」是可以並行不悖的。反過來再看傅斯年的觀點,他固然口頭上不承認「舊戲」的存在價值,他卻潛在地證明了二者並非屬於同一體系的必然性,無意中表述了「舊戲」與「新戲」是兩種不同的、可並列的(而非階段性的)戲劇類型。因為「舊戲」的存在已經是不爭的事實(否則他們的論爭又從何而來),但是傅斯年又認為它不能夠進化成「新戲」,因此,在這個層面上他的觀點反向地支持了張厚載的「中國舊戲」、「可以完全保存」[25]之說。胡適與傅斯年雖然都反對「舊戲」且主張「進化」,但在這個基本立場趨同的外衣的掩蓋下,二人實質上對於「舊戲」和「新戲」的關係認識和操作方案的設想極不一致,只是在張厚載這個相當專業的「論敵」面前,暫時把他們之間的分歧給轉嫁了。這個問題稍後似乎為錢玄同部分地(當然也是極淺層次地)所察覺,並且使得錢玄同與胡適之間的初步摩擦進一步加深。[26]然而,這些觀念與認識上的趨同或交叉根本上源自於他們參與論爭時所採取的修辭策略的完全一致,這一點使他們自

23　張厚載在「通信欄」發表的文字,載《新青年》第4卷第6號,1918年6月15日。

24　張厚載:〈我的中國舊戲觀〉,載《新青年》第5卷第4號,1918年10月15日。

25　張厚載:〈我的中國舊戲觀〉,載《新青年》第5卷第4號,1918年10月15日。

26　關於錢玄同對胡適的不滿,以及後來又因為《新青年》雜誌刊登了張厚載的文章而與胡適之間的芥蒂進一步深化的過程,倪斯霆曾有專文詳述。詳見倪斯霆:〈張厚載與現代中國文壇第一公案〉,載《縱橫》2000年第8期。

已都沒有意識到彼此間實際上是何等地接近，而這種接近也成為他們彼此間的意識形態互滲的基礎。

　　同樣的西方戲劇知識如何在論爭雙方的挪用中，伴隨著不同的論述立場，其意義來回滑動並悄悄地獲得了論爭核心的地位的情形。這種情形為我們昭示了這樣一個基本的事實：無論「新、舊劇」觀念論爭的參與者對於中國戲曲的優劣存廢持何觀點，都是在「西方戲劇」這本巨大的參考書中尋找各自的權威性的理論支持與言說依據的。胡適在其進化的文學觀念中，把中國戲曲放置在起點，視進步、自由、文明的「西洋戲劇」為「中國舊戲」的進化方向和未來目標；錢玄同批評對手「必須保存野蠻人之品物，斷不肯進化為文明人而已」。[27]從而使他們的論述為西方中心主義思想所左右，中國戲曲成為停滯、愚昧、醜惡、野蠻的本土傳統文化的載體之一。周作人更為明確地從世界戲劇史的角度指出中國戲曲在「文化程序」上的滯後性，他說：「我們從世界戲曲發達上看來，不能不說中國戲是野蠻。但先要說明，這野蠻兩個字，並非罵人的話；不過是文化程序上的一個區別詞，還不含著惡意。……野蠻是尚未文明的民族，正同尚未成長的小孩一般；文明國的古代，就同少壯的人經過的兒時一般，也是野蠻社會時代：中國的戲，因此也免不得一個野蠻的名稱」。[28]而傅斯年等人根本就否認中國戲曲存在的合法性，在他們看來，「中國舊戲」作為中國「舊社會的教育機關」，「不能不推翻」，[29]因此，「舊戲本沒一駁的價值；新劇主義，原是『天經地義』，根本上絕不待別人匡正的」。[30]儘管胡適與傅斯年、周作人等人的改良方案不盡相同，但他們那種由

27 錢玄同回覆劉半農的信件〈今日之所謂「評劇家」〉，載《新青年》第5卷第2號，1918年8月15日。

28 周作人：〈論中國舊戲之應廢〉，載《新青年》第5卷第5號，1918年11月15日。

29 傅斯年：〈戲劇改良各面觀〉，載《新青年》第5卷第4號，1918年10月15日。

30 傅斯年：〈再論戲劇改良〉，載《新青年》第5卷第4號，1918年10月15日。

中國到西方、從傳統到現代的一元戲劇進化圖式卻毫無二致。

　　需要指出的是，新文化倡導者對於西方戲劇知識的挪用，背後是一種民族主義情感在做支撐。胡適在其〈文學進化觀念與戲劇改良〉一文的最後指出，「大凡一國的文化最忌的就是『老性』，『老性』便是『暮氣』。一犯了這種死症，幾乎無藥可醫。百死之中，止有一條生路：趕快用打針法，打一些新鮮的『少年血性』進去，或者還可望卻老還童的功效。現在的中國文學已到了暮氣攻心、奄奄斷氣的時候！趕緊灌下西方的『少年血性湯』，還恐怕已經太遲了。不料這位病人家中的不肖子孫還要禁止醫生，不許他下藥，說道：『中國人何必吃外國藥！』……哼！」顯然，胡適的這段文字是在為他前面的戲劇進化觀念陳述其文化主體性的根據，但這種陳述本身就意味著戲劇改良者內在的矛盾、焦慮的文化心態。近代以來的中國知識分子的民族主義與世界主義往往是水乳交融、一體兩面的，而胡適本人信奉的世界主義就是以民族平等為基準的。[31]如此一來，胡適等人的戲劇進化觀念事實上表達了他們對於（有待於中國現代知識分子創制的）本土文化與西方現代文化分庭抗禮的期望與想像。然而，胡適等人規劃的戲劇進化路徑，事實上可能是一條不問收穫的單程道——它在很大程度上也是一個以「西方戲劇」文化審判「中國舊戲」文化的單向過程。按照胡適等人對於戲劇改良意圖的自我陳述，其民族文化的主體性既是破壞「中國舊戲」的依據，同時又是建設「西式新劇」的指歸，那麼，這種單向的批判很可能使其原本相當在意的「主體性」找不到其容身之地。因為如果「中國舊戲」的未來前景只能是「西式戲劇」，那麼這種戲劇進化觀念也就意味著中國本土文化的未來除了接受西方現代性設計好的世界文化秩序之外，別無選擇。這一潛在的文化困境可能是新文化倡導者所始料未及的。周作人就曾經樂觀地說：

---

31 羅志田：《再造文明的嘗試：胡適傳（1891-1929）》（北京市：中華書局，2006年6月），頁85-109。

「其實將他國的文學藝術運到本國，絕不是被別國征服的意思。……既然拿到本國，便是我的東西，沒有什麼歐化不歐化了」。[32]顯而易見，新文化倡導者最初對於「不含著惡意」的文化進化「程序」以及西方戲劇知識中可能隱含有的話語殖民因素是估計不足的。

上文已經指出，張厚載並不反對文學、戲劇的進化，亦不否認中國戲曲「劣點固甚多」，但他反對「因噎廢食」式的「極端的主張」。在不同於胡適等人對中國戲曲的態度中，張厚載曾觸及到了一個為論爭的另一方所忽略的問題，即中國戲劇文化具備著一種對於西方藝術反向評估的潛力。在〈我的中國舊戲觀〉裡面，張厚載在談到中國戲曲「音樂上的感觸」時，援引了何一雁的《求幸福齋》隨筆裡面，中國的嗩吶受到西洋人的歡賞，以及後來很多曲牌被「翻到德國軍樂譜裡頭去」這一記載。[33]張厚載在這一事件中發現中國戲曲的音樂並非就是「輕躁」得「毫無價值可言」，[34]在西洋人對於嗩吶的歡賞與化用中，暗示出中西戲劇文化可能各有所長，中國戲劇文化未必就是野蠻的代名詞，它在某些方面完全可以與西方戲劇文化互為借用，而不是為「西式新劇」取代。張厚載援引這一事例實際上隱含了一種不同於胡適、傅斯年等人用西方戲劇單向審判中國戲曲的思路，而且，中國戲曲對於西方戲劇的意義呈述極大地挑戰了由中國戲曲到西方戲劇這樣的一元進化圖式，突顯出一種反向的、多元的、動態的中西戲劇文化交流圖景。但是，值得注意的是，張厚載對於中國戲曲的價值的論證依然是以西方的認可為前提的，換句話說，如果缺少了「西方」這個權威性的肯定與支撐，張厚載很有可能就會在論爭中理屈詞窮，甘拜下風，因此，他的論述在邏輯前提上與其論爭對手並沒有根本的區別。

32　周作人：〈論中國舊戲之應廢〉，載《新青年》第5卷第5號，1918年11月15日。

33　張厚載：〈我的中國舊戲觀〉，載《新青年》第5卷第4號，1918年10月15日。

34　傅斯年：〈戲劇改良各面觀〉，載《新青年》第5卷第4號，1918年10月15日。

　　有一種觀點認為，「新、舊劇」觀念論爭的參與者之間的根本問題在於雙方所「使用的概念術語的模糊性，造成一種表面的針鋒相對，事實上又有些風馬牛不相及。張厚載所說的『戲劇』指的是戲曲，新文學倡導者心目中的『戲劇』指的是話劇；戲曲廢唱，當然不可能，話劇廢唱又是自然而然的事」，[35]這一結論的得出顯然是受到了該論爭參與者錢玄同的啟發，錢玄同在一篇〈隨感錄〉裡面指出，「如其要中國有真戲，這真戲自然是西洋派的戲，絕不是那『臉譜』派的戲。……如其因為『臉譜』派的戲，其名叫作『戲』，西洋派的戲，其名也叫作『戲』，所以講求西洋派的戲的人，不可推翻『臉譜』派的戲」。[36]該觀點實際上是基於這樣一個假設，即論爭的雙方可以被截然劃分為兩個完全規整且對立的派別。這一假設在論爭參與者那裡是不言自明的，然而，對於研究者而言，依賴這一假設進行的論述則極不可靠，因為該論爭的參與者的論述之間是一種複雜的、動態的、交錯的構成。忽略了這一相當重要的論爭狀況，就會相應地極大簡化論爭參與者的論述立場，從而把論爭中涉及到的對於中國戲曲與「西式新劇」之間的關係想像排除在研究視野之外，該論述看似一針見血地抓住了問題的實質，但實際上卻步入了自說自話的論證誤區。在前面本文已經論證了該論爭的參與者之間的論述思路所存在的模糊區域，在這些交叉的地帶使他們的趨同並不比歧異要少。特別是努力地為中國戲曲的存在價值辯護的張厚載，他對於「西方戲劇」知識毫不猶豫地挪用和臣服，使他本人在整個論爭中的文化態度顯得異常曖昧。張厚載雖然站在另一立場為中國戲曲辯護，但是他的立場絕非「保守」，他不但不反對戲劇（文學）的進化，而且亦不反對「西式新劇」，需要注意的是，張厚載在論爭過程中，絲毫不避諱使用「舊戲」來指稱中國戲曲。在前面我們已經分析了論爭雙方的真正論題是

---

35 袁國興：《中國話劇的孕育與生成》（臺北市：文津出版社，1993年），頁199。

36 玄同：〈隨感錄〉，載《新青年》第5卷第1號，1918年7月15日。

誰對於「西方戲劇」知識的闡釋更具「權威性」，而其他顯在的論題
都是由這一論題衍生並潛在地決定著其也許根本就不存在的「答
案」。因此，我們應該把論爭參與者之間的趨同因素與模糊區域作出
進一步的解析，才有可能更為清晰地辨認他們之間的論爭的問題究竟
是如何生成的，以及它在該論爭中的意義何在。

作為知識幻象的「西方」

　　法國社會學家皮埃爾·布爾迪厄（Pierre Bourdieu）曾經用「遊
戲」的概念來類比並分析社會場域的微觀互動機制，他認為，「捲入
遊戲的遊戲者彼此敵對，有時甚至殘酷無情，但只有在他們都對遊戲
及其勝負關鍵深信不疑、達成共識時，這一切才有可能發生；他們公
認這些問題是毋庸置疑的。遊戲者都同意遊戲是值得參加的，是划得
來的；這種同意的基礎並非一份『契約』，而就是他們參加遊戲的事
實本身。遊戲者之間的這種『勾結關係』正是他們競爭的基礎」。[37]布
爾迪厄的思路為我們考量「新、舊劇」觀念論爭提供了方法論上的啟
示，我們也可以把該論爭視為一場「遊戲」，而該論爭的參與者的身
分就是「遊戲者」。近代以來西學東漸，西方戲劇知識借助中國近現
代漸次展開的歷史文化格局，明顯地謀得了其宰制性的文化位置。由
於中國現代知識分子的身分擔當，使他們必須在西方戲劇這一文化他
者的參照系下，對中國戲劇文化進行反思重構，進而確認自身並獲得
意義。於是，西方戲劇知識在某種程度上就會成為中國知識分子跨文
化戲劇實踐的唯一「航標」。當西方戲劇知識在中國本土語境中取得
了宰制性的文化位置時，作為「航標」的它所放射出的意識形態光芒
對於舉目皆是「黑暗」的本土知識分子而言，就會變得虛幻起來，從

---

37 〔法〕皮埃爾·布爾迪厄、〔美〕華康德著，李猛、李康譯：《實踐與反思：反思社
　　會學導引》（北京市：中央編譯出版社，1998年），頁135。

而「知識」就滲透進了「想像」的成分。這種介於知識與想像之間的
西方戲劇知識本身就成為一種可以再生產其含蘊的權力因素的神聖符
號和文化資本，而其被建構出來的職能及其履行正是由參與該論爭
「遊戲」的「遊戲者」所賦予的。

　　在關於「新、舊劇」觀念論爭的遊戲中，每一位遊戲者的論述都
力圖證明自己才是「合法」的西方戲劇知識的闡釋者，換句話說，他
們的論爭其實是在爭奪一種「命名」西方戲劇的權力，即自身作為西
方戲劇知識的權威代言人的身分，因為是西方戲劇知識規範著中國戲
劇。藉此，遊戲者便擁有了一種「立法權」，可以用自己的權威身分
仲裁、判決其他遊戲者對於「中國舊戲」與「西式新戲」間的關係論
述的是非對錯，從而在文化生產場中占據一個有利的言說位置。胡
適、傅斯年等人發現張厚載挪用西方戲劇知識作為其觀點的理論支撐
時，極力地要維護自己的合法闡釋者的角色，從而使該論爭的核心悄
悄置換為對於西方戲劇知識的權威解讀。布爾迪厄曾經借用並進一步
發展了馬克斯·韋伯在其宗教社會學研究中對於牧師和預言家的不同
功能的區分，提出了社會場域中的兩種角色的擔當，即牧師和預言
家。牧師往往扮演著現有秩序的捍衛者和得益者的角色，而預言家則
擔當著秩序的顛覆者與重構者的角色。[38]然而，把這一思路借用在
「五四」時期的中國語境，布爾迪厄的兩種角色的界說與區分就需要
加以延伸和補充。在「新、舊劇」觀念論爭的遊戲中，牧師與預言家
的身分是互相混淆的，界限亦是模糊不清的，而且還存在著一種以此
角色的扮演鞏固或捍衛彼角色的擔當的複雜情形。就西方戲劇知識而
言，在表象層面上，胡適等新文化倡導者似乎扮演著牧師的角色，他

---

38 包亞明主編，包亞明譯：《文化資本與社會煉金術──布爾迪厄訪談錄》（上海市：
　　上海人民出版社，1997年），頁129。關於二者關係的研究例證，詳見〔法〕布爾迪
　　厄著，劉暉譯：《藝術的法則：文學場的生成和結構》（北京市：中央編譯出版社，
　　2001年），頁82-83。

們幾乎都有著西學背景，儼然以西學權威的身分自居；而張厚載等人似乎並不具備論爭對手的西方知識優勢，因此在其挪用西方戲劇知識的過程中就扮演了一個預言家的角色。[39]但是，從雙方對於「中國舊戲」的態度看，張厚載似乎擁有著強大堅實的社會基礎（社會資本），正如他本人所明確意識到的，「但是純粹的新戲，如今狠不發達。拿現在的社會情形看來，恐怕舊戲的精神，終究是不能破壞或消滅的了」[40]，此時為中國戲劇的存在價值辯護的張厚載似乎扮演著牧師的角色；而胡適、傅斯年等人面對著強大的中國戲劇傳統以及浸淫其中的中國民眾，在大力引進西方戲劇知識時，使自我——本土的現代性文化創制者顯得勢單力薄。傅斯年的〈戲劇改良各面觀〉的第三部分的標題就是「新劇能為現在的社會容受否？」[41]這一標題本身就暗示了「新劇」在當時是否能夠擁有一定的「語言市場」（linguistic market）[42]是值得懷疑的。傅斯年曾經不無憤懣地說：「中國最沒有的是理想家。然而一般的人，每逢有人稍發新鮮議論，便批評道，『理想的狠』」。[43]其實傅斯年所謂的「理想家」正是「預言家」的一個本土代名詞。每一個「新、舊劇」觀念論爭的參與者都同時扮演著牧師與預言家的兩種角色，而且兩種角色在遊戲過程中互相滲透、互為借

39　比如胡適曾批評張厚載對於「西洋戲劇」是「外行」：「張镠子君說：『外國演陸軍劇，必須另築大戲館。』這是極外行的話。西洋劇從沒有什麼『陸軍劇』，古代雖偶有戰鬥的戲，也不過在戲臺後面吶喊作戰鬥之聲罷了。近代的戲劇連這種笨法都用不著，只隔著一幕，用幾句補敘的話，便夠了」。胡適：〈文學進化觀念與戲劇改良〉，載《新青年》第5卷第4號，1918年10月15日。

40　張厚載：〈我的中國舊戲觀〉，載《新青年》第5卷第4號，1918年10月15日。

41　傅斯年：〈戲劇改良各面觀〉，載《新青年》第5卷第4號，1918年10月15日。

42　「語言市場」（linguistic market）這一概念來自布爾迪厄。See Pierre Bourdieu, *Language and Symbolic Power*, Edited and Introduced by John B. Thompson, Translated by Gino Raymond and Matthew Adamson, Cambridge: Harvard University Press, 1999. pp. 37-42.

43　傅斯年：〈再論戲劇改良〉，載《新青年》第5卷第4號，1918年10月15日。

重，從而使「中心」與「邊緣」、「激進」與「保守」的二元文化位置
劃分框架也在此「遊戲」進行的過程中轟然崩塌。

　　遊戲者對於西方戲劇知識的「命名」權力的爭奪，事實上也就意
味著賦予了西方戲劇知識「存在的權力」，「這是最典型的證實行為之
一」。[44]因為想像因素對於西方戲劇知識的介入，使其演化為一種符號
化了的資本，任何對於該知識的不同的闡釋都可以直接威脅到對手的
邏輯依據，因此論爭的雙方都極力地對其加以挪用並作為攻擊對手的
理論武器。然而，在遊戲進行的過程中，這一被符號化了的知識就不
僅成功地逃避了遊戲者的質疑，而且在論爭過程中得以不斷增值，成
為一個神聖的知識標籤。因為參與論爭的遊戲者「都對遊戲及其勝負
關鍵深信不疑、達成共識時，這一切才有可能發生」，所以這一標籤
的宰制力量就會無限擴大，使每一個遊戲者都自動地捲入其攪動的權
力漩渦之中，共同效力於這一光芒萬丈的虛幻論題，並不斷鞏固其神
聖的地位。西方的戲劇知識此時已經成為論爭參與者追逐的一個知識
幻象，在所有遊戲者的共同效力中使其具備了強大的權力生產和再生
產能力，這一西方戲劇知識的幻象「就是他們參加遊戲的事實本
身」，「遊戲者之間的這種『勾結關係』正是他們競爭的基礎」。正是
在這樣的建構過程和運作機制中，「新、舊劇」觀念論爭的核心論
題，即誰才是「合法」的西方戲劇知識的闡釋者得以生成並不斷強
化，它有效地遮蔽了論題本身的虛假性和不證自明性。

　　當這一極具誘惑力的虛幻論題，成為了該論爭中的牧師與預言家
共享的終極目標時，它就獲得了唯一的「合法性」，成為永遠不會受
到質疑的問題真空。錢玄同曾經因為胡適在《新青年》雜誌發表張厚
載的文章，揚言「要脫離《新青年》」。胡適在回應錢玄同對他的不滿

---

44 布爾迪厄指出，「命名一個事物，也就意味著賦予了這一事物存在的權力，這是最
　典型的證實行為之一」，包亞明主編，包亞明譯：《文化資本與社會煉金術：布爾迪
　厄訪談錄》（上海市：上海人民出版社，1997年），頁138。

時的信件中說道:「我請他做文章,也不過是替我自己找做文章的材料。我以為這種材料,無論如何,總比憑空閉戶造出一個王敬軒的材料要值得辯論些。老兄肯造王敬軒,卻不許我找張謬子做文章,未免太不公了」。[45]限於本文的論題,筆者將不去評述錢玄同與胡適之間的糾葛,在這裡要強調的是,這段文字說明胡適更懂得論爭之道——只有找到了另一個意義對立的「個體」,才能組成遊戲藉以發生的「劇班」,因為在一場遊戲中,「劇班」的表演會比「個體」的表演更具價值。只有組成了「劇班」,在「劇班」成員的齊心協力下,互相配合成為一個有機整體,按照心照不宣的「情景定義」共同展開這場「新、舊劇」觀念論爭的遊戲,[46]胡適及其同道才可以更好地傳達他們文學進化與戲劇改良的倡導意見,同時他們的戲劇文化實踐的意識形態基礎也可以被有效地掩飾,從而實現其遊戲利益的最大化。

需要指出的是,我們不能因為胡適的論爭技巧和編輯策略就把張厚載視為一個被動的受害者的角色。[47]實際上這是一種充斥著外部決定論色彩的觀點,主觀與客觀、學術與政治、知識與權力之間的虛假二元對立正是其立論的邏輯前提,這種論述邏輯的可怕之處在於它輕而易舉地遮蔽了真正具有宰制性的力量的話語運作機制,從而淪為遊

---

45 胡適「致錢玄同」的書信,歐陽哲生、耿雲志整理:《胡適全集・書信(1907-1928)》第23卷(合肥市:安徽教育出版社,2003年),頁271。

46 「劇班」、「情景定義」的概念來自美國社會學家歐文・戈夫曼(Erving Goffman),他曾經把戲劇表演原理引入其「形象互動」的社會學理論體系,藉以分析個體行動與社會結構的互動關係。詳見〔美〕歐文・戈夫曼著,馮鋼譯:《日常生活中的自我呈現》(北京市:北京大學出版社,2008年),第二章「劇班」、第五章「角色外的溝通」以及第七章「結束語」。

47 有研究指出,「以胡適為代表的『新青年』派極力推行西方戲劇的目的,乃是要借戲劇來解決政治問題,而以張厚載為代表的保守派,從審美的角度為戲曲辯護,則更具有內在學術理路的合理性,卻被『新青年』派誘迫引入論爭,形成『學術爭鳴』的熱點,變為政治攻詰的工具」。需要指出的是,這是目前頗具代表性和影響力的論述方式。張婷婷:〈回到「五四」戲劇論爭的現場〉,載《戲劇——中央戲劇學院學報》2008年第2期。

戲者的共謀，無法獲得一種超越於遊戲本身的批判眼光。張厚載同樣
不否認挪用西方戲劇知識的修辭效果和辯論威力，事實上，在對待中
西戲劇文化的態度上，他與論爭對手的共性是深層次的，正是這些深
層的共性決定著他們表面的歧異，即由對於西方戲劇知識的不同闡釋
到對於中國戲曲與西方戲劇的關係的不同理解。否則，這場論爭的遊
戲規則就無法達成共識，從而也失去了其論爭發生的基礎。在該論爭
中，雙方都積極地為對手貼諸如「急進」或「守舊」之類的標籤，其
實這些標籤都是由論爭背後的那個不可見的遊戲規則操縱並生產出來
的，這些意義空洞的能指在論爭中成為遊戲者為其對手設置的修辭陷
阱，其中滲透著中國知識分子對於西方與本土的戲劇文化關係的想像
與塑造。因此，張厚載在論爭過程中，對於作為符號資本的西方戲劇
知識的「命名」權力的爭奪熱情絲毫不亞於其對手，他也同樣地為促
成西方戲劇知識幻象的文化宰制功能而不遺餘力，進而把自己和對手
悉數封閉在由雙方共同編織的權力之網中。

　　宋春舫以其開闊的「世界戲劇」知識視野，居高臨下地指出論爭
雙方各自存在的偏頗：「激烈派」「大抵對於吾國戲劇毫無門徑，又受
歐美物質文明之感觸，遂致因噎廢食，創言破壞。不知白話劇不能獨
立，必恃歌劇以為後盾，世界各國皆然，吾國寧能免乎？」而「舊劇
保守派」「對於世界戲劇之沿革、之進化、之效果，均屬茫然，亦為
有識者所不取也」。[48]這種看似公允的論調背後的邏輯，與其批評對象
實際上如出一轍。在宋春舫對於論爭雙方進行的歸納中，「世界戲
劇」是其評判雙方觀點屬於「激烈」還是「保守」的唯一尺度。在宋
春舫的論述框架中，中國戲劇（包括戲曲和「西式新劇」）的文化主
體性徹底消弭在它對西方戲劇文化的從屬中。如此，所謂的「激烈」
與「保守」在真正所指上都與中國本土戲劇文化實踐無關，被置換為

---

48 宋春舫：〈戲劇改良平議〉，載周靖波主編：《中國現代戲劇論上卷：建設民族戲劇
　　之路》（北京市：北京廣播學院出版社，2003年），頁84-85。

一種臣屬關係與文化等級。宋春舫借助自己專業且全面的戲劇知識優
勢，誠心誠意地履行著西方戲劇知識代理人（agent）或合法闡釋者
所應承擔的權力職能。與此同時，他本人則可能占據了一個為本土知
識分子所豔羨的文化位置，而中國本土戲劇文化主體的前景卻依然渺
茫，因為他的論述框架再度有力地證明了「西方」戲劇知識作為凌駕
於中西方戲劇文化之上的普遍性和作為評判其優劣的唯一尺度的有效
性。西方戲劇知識的優越性位置，成為有著「感時憂國」精神的中國
現代知識分子眼中極具誘惑的幻象，他們在挪用「西方」時，不可避
免地成為其霸權因素的共謀。中國知識分子也正是在牧師與預言家的
雙重身分交錯中，與西方戲劇文化的霸權因素積極地合作並不斷鞏固
其權威性，成功地扮演了「特洛伊木馬」[49]的角色。當前仍然存在著
相當一部分研究，刻意誇大「新、舊劇」觀念論爭參與者之間的歧
異，而對於他們深層次的趨同忽略不計，在筆者看來，這種研究思路
正是當前的中國戲劇史敘事的政治的絕佳體現。在一種本土反思意識
的闕失下，它有效地遮蔽了論爭雙方的意識形態基礎並毫無質疑地認
同了新文化倡導者進步的線性的歷史觀念。如此，中國戲劇文化的主
體性在這種文類進化式的戲劇史敘述結構中永遠付諸闕如。

普適性的建構（或瓦解）

當知識滲透進了想像的成分，並被作為一種符號權力激烈爭奪之
時，這種知識權威的幻象性質就會日益明晰。伴隨著遊戲者的爭奪進
程，這種遊戲規則在不斷強化的同時，其內涵的空洞性亦在不斷加
劇，這似乎是一個悖論——某種象徵性的神聖符號最強大的時候，也
正是它最不堪一擊的時候。西方戲劇知識的權威性在該論爭的參與者

---

49 「特洛伊木馬」借用自布爾迪厄。關於其論述詳見〔法〕皮埃爾・布爾迪厄著，許
　鈞譯：《關於電視》（南京市：南京大學出版社，2011年1月），頁88。

的論述中被不斷強化，但是這種不同的闡釋立場恰恰在證明著其非同質性的一面。此時的「西方」其實也是極端脆弱的，它根本就不是一個意義穩固的知識實體，而是一個其意義可以在不同的論述立場之間來回滑動的想像物，此時，所謂的「西方」戲劇知識的權威性正面臨著被解構的命運。遺憾的是，置身遊戲「之外」的宋春舫當時卻未能意識到這個問題，反而進一步延續了論爭者們秉持的文化權力的邏輯，通過自己的論述體系創制了一種新的權威姿態，繼續鞏固了所謂的「世界戲劇」知識的話語權力，而且，他看似中立的姿態極好地掩飾了與論爭參與者之間的邏輯前提的一致性，為後來的研究者發展出新的二元論述框架樹立了榜樣。然而，不可否認的是，這種發生於本土知識分子之間的論爭核心的存在本身就蘊含著一種解構西方戲劇知識的權力話語的潛力的性質。在該論爭的參與者的不同論述中，呈示出了不同論述立場中的「西方」與「本土」，在這種意義的滑移中，洩露出了所謂的「西方」與「本土」，根本不是什麼非歷史的、本質化的文化範疇，而是一個動態歷史進程的建構物這一基本事實。

　　在此次論爭的初始階段，陳獨秀也在「通信欄」撰文回應張厚載對於新文化倡導者的戲曲改良方案的批評。與其他文章相比，陳獨秀避開了一味就事論事的言說方式，而是從另一個角度說出了每個論爭參與者似乎都想說的話：「且舊劇如《珍珠衫》、《戰宛城》、《殺子報》、《戰蒲關》、《九更天》等，其助長淫殺心理於稠人廣眾之中，誠世界所獨有。文明國人觀之，不知作何感想？至於『打臉』、『打把子』二法，尤為完全暴露我國人野蠻暴戾之真相，而與美感的技術立於絕對相反之地位」。[50]陳獨秀的這段文字似乎可以視為主張廢掉「中國舊戲」的論爭者的民族主義與世界主義依據：首先，因為這種「助長淫殺心理」的戲劇是「世界」上「獨有」的，所以要實現中國本土

---

50 陳獨秀在「通信欄」發表的文字，載《新青年》第4卷第6號，1918年6月15日。

文化與「世界」先進文化的零距離就必須罷黜這種戲劇；其次，這種
「完全暴露我國人野蠻暴戾之真相」的戲劇有損民族形象，特別是不
能給「文明國人觀之」，因此「舊劇應廢」。這是全球語境下的中國現
代知識分子面對強勢的西方文明時那種自卑且自尊、焦慮又困頓的複
雜心態的典型表徵，特別是在「文明國人」的凝視與睥睨之下那種極
度恐懼卻又無力回天的文化處境表述令人過目難忘。如果說倡導「西
式新劇」要以廢掉「中國舊戲」為基礎，那麼反過來，廢掉「中國舊
戲」又必須以倡導「西式新劇」為指歸。為了使「西式新劇」能夠在
傳統文化勢力強大中國本土獲得生存的機會，置身邊緣的新文化倡導
者不得不極力攻詰中國戲曲，於是，野蠻、醜惡、陳舊、落後、「非
人」等一系列負面評價猶如排山倒海般地覆蓋在中國戲曲上，而其背
後卻是一種強烈的民族認同感。悖謬的是，這種原本意在對抗「文明
國人」東方主義式的凝視的文化實踐，同時卻必須付出「自我東方
化」的代價，與之相反，這種反價值的本土建構的另一面則是自由、
進步的美好西方想像。

　　需要強調指出的是，我們不能認為這種「自我東方化」式的本土
建構完全是西方的中國想像的複製，或者說完全是西方的殖民話語形
塑的成果，循此思路很容易得出這樣的結論：中國知識分子的本土建
構不過是一種為西方的東方主義論述代言的毫無主體性的、完全脫離
本土的虛假文化實踐。如此，「自我東方化」就被簡化為「東方化」，
原本與「東方化」膠著在一起的「自我」的那部分意義就被輕易地割
裂、遺忘，直至刪除。事實上自全球進程開啟那一刻，這一假設就不
再成立了，所謂的「本土」與「西方」都具有了混雜的關係特質，使
用這一稱謂必須摒棄本質主義思維，才可能有繼續討論問題的餘地。
上述觀點正是基於這種（在批判西方殖民話語時所製造出的新的）二
元對立的思維框架，忽略了「自我東方化」其實內在地包含著本土的
非語言性經驗及其歷史依據的事實，並由此陷入了話語決定論的泥

淖，雖然我們不能否認「自我東方化」與西方的東方主義論述之間是一種（非完全的）合作的關係。

中國知識分子同時面臨著雙重的壓抑性因素，即西方強勢文化與本土主導的價值系統，他們的跨文化戲劇實踐必須同時包括西方想像與本土建構這兩種彼此關聯的意義面向。中國知識分子在反抗本土壓抑性力量的時候，借助「自我東方化」的同時對於西方戲劇知識進行跨文化挪用，並重新進行意義創制的過程本身就包含著本土的主體意識；同時，西方列強自近代以來對於中國的殖民掠奪是不爭的歷史事實，本土知識分子把自我的跨文化戲劇實踐納入到了民族國家的現代性規劃中去，在這種西方想像的橫向移植過程中，可以被清晰辨認的本土主體性依據卻正是殖民主義本身，因為民族國家和民族主義話語與殖民主義是共生的。正是因為這種與殖民主義共生的民族主義話語吸納了前者的二元對立的邏輯前提，產生了這種本土語境中不無悖論的跨文化戲劇實踐圖景：在對抗殖民話語的過程中，卻把西方的殖民話語落實在本土的權力結構中，並且再生產了其中的知識權力，實現了與之最好的合作。本土知識分子的現代文化實踐中，對抗本身就已經包含著合作，合作亦同時是另一層面的對抗。因此，我們在評估諸如「新、舊劇」觀念論爭這樣的跨文化（戲劇）實踐所處的文化位置時，必須徹底摒棄既有的陳詞濫調，重新思考相關具體文本的複雜性，深入解析其中包含的西方想像、本土建構與西方戲劇知識及其隱含的殖民話語之間的關係圖式。如此可以發現，不同文化實踐之間的對抗與合作、消解與重構是如此地繁複交錯、互為借重。它們相伴相生、互為因果，彼此間既不是絕對的支配與被支配關係，亦非一組相互無涉的絕對文化主體的實踐行為，而是一種近似於幾何學中的「外切」關係。而參與「新、舊劇」觀念論爭的中國現代知識分子文化主體性，就是在這種「外切」關係圖式中得以若隱若現。

十四
娜拉在現代中國：
一項知識的考掘

問題與脈絡

　　作為一個西方文化符碼，娜拉在近代被引介到中國本土以後，從一般的戲劇藝術形象範疇無法清晰地討論娜拉的跨文化意義，因為它往往會流溢到知識分子心態史的層面。中國現代知識分子不但在文本中譯介、生產「娜拉」，更在身體上踐行、表演「娜拉」。娜拉在現代中國是一個意蘊豐贍的話題，其中既暗隱著一代知識分子的精神密碼，同時還可以視為近現代中西（戲劇）文化關係圖式的一個縮影和前沿場域。對「娜拉」在現代中國進行福柯意義上的知識考古，可以從（戲劇）專業角度打開一個回應當代中國文化自覺問題的切口。

　　在知識考古的立場上，本文將不再比較易卜生的娜拉與中國的娜拉間的異同，因為該比較暗含著一個不證自明的預設：存在一個血脈純正的娜拉，其跨文化挪用過程是完全透明的。與該預設相反，本文將在橫向的跨文化傳播和縱向的近現代中國歷史進程中，追問複數的娜拉的意義是如何通過戲劇這一藝術載體再生產的？它作為一個現代的中國文化他者暗示著中國知識分子怎樣的西方想像或本土建構？要探討上述問題，本文首先需要探討娜拉被引介到中國本土以後，如何透過一系列文化體制、文化文本和藝術形象，獲得其意義的延衍再生的過程。

　　根據目前可見的資料，第一次在中國譯介易卜生的是林紓和毛文

忠，最後由林紓把《群鬼》改寫為小說《梅孽》，[1]而最早介紹娜拉的是戲劇界。原春柳社成員陸鏡若，[2]他在《俳優雜誌》的創刊號上發表〈伊蒲生之劇〉，介紹了包括《人形之家》（即《玩偶之家》）等十一部劇作，稱「其文章魄力亦足以驚人傳世已」。[3]這些前期的譯介實踐在當時的中國並未引起真正的思想激盪，這一切需要等到「五四」時期《新青年》雜誌「易卜生號」的編輯出版之後。

目睹了辛亥革命、二次革命的失敗，以及袁世凱稱帝、張勳復辟、軍閥混戰等一幕幕政治「鬧劇」在內憂外患的中國舞臺上漸次上演之後，新一代知識分子在繼承了前輩「借思想文化以解決問題的途徑」的同時，在對待傳統文化的態度上毅然與他們的前輩分道揚鑣——不同於梁啟超等人寄希望於上層的立憲改革，而是從社會底層著手致力於舊制度的摧毀，掀起了「全盤性反傳統主義」的激進思潮，[4]聲稱「不但要引進西方的科學技術、法律和政治制度，對中國的哲學、倫理、自然科學、社會理論和制度也要徹底重新審查，模仿西方同類的東西。」[5]

因此，一九一八年六月十五日的《新青年》雜誌四卷六號，即「易卜生號」的出刊就不是一個獨立的、偶然的文化事件，它是在西方文化進入中國本土，與中國本土文化碰撞、互滲、化合之後，現代

1　嚴格地說，林紓和毛文忠對易卜生的《群鬼》的翻譯、改寫並不能視為最早的，因為《梅孽》由上海商務印書館首次出版是在一九二一年十一月。

2　歐陽予倩在《自我演戲以來》裡面，指出該年「新劇同志會」曾演出《娜拉》一劇（歐陽予倩：《自我演戲以來》（臺北市：龍文出版社，1990年，頁56)，但亦有研究者指出當時陸鏡若曾有意搬演，但後來因病去世，終未能實現（英溪：〈易卜生劇在中國何時開始上演〉，載《中國現代文學研究叢刊》2003年第2期）。

3　陸鏡若口述、馮叔鸞達旨：〈伊蒲生之劇〉，載《俳優雜誌》創刊號，1914年9月20日。

4　〔美〕林毓生著，穆善培譯：《中國意識的危機：「五四」時期激烈的反傳統主義》（貴陽市：貴州人民出版社，1986年），頁16-90。

5　〔美〕周策縱著，周子平等譯：《五四運動：現代中國的思想革命》（南京市：江蘇人民出版社，1999年），頁14。

知識分子以西方戲劇形式為載體，想像和運用西方知識，培植新的國民主體的一個文化表徵。胡適在一九一九年曾寫下這樣一段文字，發表在《新青年》雜誌的「通信」欄裡面：「我們的宗旨在於借戲劇輸入這些戲劇裡的思想。足下試看我們那本『易卜生號』便知道，我們注意的易卜生並不是藝術家的易卜生，乃是社會改革家的易卜生。」[6]這段文字明確地告訴我們，從西方譯介的「娜拉」以及中國本土「娜拉的故事」，最初是中國現代知識分子在想像和運用西方的基礎上的一種建構與發明。這將是我們討論娜拉在現代中國的邏輯起點。

　　《新青年》雜誌以其獨特的編輯策略和龐雜的內容，在當時的出版界有著極其特殊的地位，吸引了大量的中國青年知識分子，擁有著極大的銷量和廣泛的支持，自梁啟超的《新民叢報》以來，還沒有哪個雜誌能夠享此殊榮。[7]這種載體的優勢，使得以娜拉出走為價值核心的個體意識迅速延展，並成為西方強勢文化在中國以改頭換面的方式，再生產知識、權力關係的有效中介。這期「易卜生號」相對系統地介紹了易卜生的生平、劇作與思想，其中包括胡適的論文《易卜生主義》、胡適和羅家倫合譯的《娜拉》、陶履恭翻譯的《國民之敵》、吳弱男翻譯的《小愛友夫》，以及袁振英的文章〈易卜生傳〉，而《娜拉》是三部劇作中唯一被完整譯出的，由此可見其重要性。《娜拉》之外的節譯劇作與文章為我們提供了理解「娜拉」的「副文本」。[8]

6　T. E. C.、胡適：〈通信：論譯戲劇〉，載《新青年》第6卷第3號，1919年3月15日。

7　〔美〕傑羅姆・B.格里德爾著，單正平譯：《知識分子與現代中國》（天津市：南開大學出版社，2002年），頁256-260。

8　「副文本」這一概念由法國文藝理論家熱奈特提出：「副文本如標題、副標題、互聯型標題；前言、跋、告讀者、前邊的話等；插圖；請予刊登類插頁、磁帶、護封以及其他許多附屬標誌，包括作者親筆留下的還是他人留下的標誌，它們為文本提供了一種（變化的）氛圍，有時甚至提供了一種官方或半官方的評論，最單純的、對外圍知識最不感興趣的讀者難以像他想像的或宣稱的那樣總是輕而易舉地占有上述材料」。〔法〕熱拉爾・熱奈特著，史忠義譯：《熱奈特論文集》（天津市：百花文藝出版社，2001年1月），頁71。

作為一種提供基本閱讀氛圍的副文本，我們不能不提「易卜生號」中袁振英的〈易卜生傳〉對於《娜拉》的意義延伸。袁振英在文中指出：「娜拉……本其天真爛漫之機能，以打破名分之羈絆，得純粹之自由，正當之交際，男女之愛情，庶幾維繫於永久，且能真摯！處今日家族婚姻制度之下，男女愛情，必無永久純一之希望；徒增社會之罪惡耳！且家庭中之惡濁空氣，青年子女，日夕所呼吸；其不日趨下流者鮮矣！易氏此劇真足為現代社會之當頭棒，為將來社會之先導也。」[9]袁振英的策略是先將娜拉樹為正面典型，瞬息間把想像中的中國現狀與之對比，從而突顯「娜拉」的當下意義，而且近指「今日家族婚姻制度」，遠涉「將來社會」。

這些先在的「導讀」所營造的閱讀氛圍，將使娜拉的衍生意義通過《新青年》這一有著極高威望的印刷媒介，在其受眾群體中不斷被複製、傳播。當然，我們不應刻意誇大戲劇在「娜拉」的傳播以及推進中國現代化進程中所起的作用，因為搬演「娜拉的故事」的還有文學、電影等，戲劇並非其唯一的載體。但是，在現代中國，其他載體中的「娜拉的故事」在很大程度上都是由胡適譯介的《娜拉》所產生的持久影響的結果，[10]因此，與中國現代戲劇相關的「娜拉」依然可以作為最有效的考察對象。

《終身大事》作為敘事「原型」

一九一九年三月，胡適在《新青年》六卷三號上發表了劇作《終

9　袁振英：〈易卜生傳〉，載《新青年》第4卷第6號，1918年6月15日。

10　Xiaomei Chen, *Occidentalism: A Theory of Counter-Discourse in Post-Mao China* (Second Edition, Revised and Expanded), New York: Rowman & Littlefield Publishers, Inc., 2002, p.124.

身大事》[11]，自此，娜拉正式登上近現代中國的歷史舞臺。在《終身大事》的〈跋〉裡面，胡適諷刺道：「因為這戲裡的田女士跟人跑了，這幾位女學生竟沒有人敢扮演田女士，況且女學堂似乎不便演這種不道德的戲！」這意味著胡適那一代知識分子與本土主導意識形態對立。稱自己創作的西式戲劇為「不道德的戲」，言外之意就是宣告《終身大事》是一種「反話語」（counter-discourse），其精神實質與中國主導的倫理道德和價值觀念是背道而馳的。魯迅在一九二九年八月回想起「五四」時期譯介易卜生的原因時指出：「也還因為Ibsen敢於攻擊社會，敢於獨戰多數，當時的紹介者，恐怕是頗有以孤軍而被包圍於舊壘之感的罷，現在細看墓碣，還可以覺到悲涼，然而意氣是壯盛的。」[12]魯迅強調的那種「以孤軍而被包圍於舊壘之感」的「悲涼」體驗，說明了中國的「娜拉」所極力建構的正是一種與西方強勢文化和本土主流文化符碼系統異質的邊緣意識。這種邊緣意識在劇作《終身大事》裡面就有著極為鮮明的表述。

　　《終身大事》發生的場景是田宅，田宅的會客室的陳設有一處細節：「牆上掛的是中國字畫，夾著兩塊西洋荷蘭派的風景畫。這種中西合璧的陳設，很可表示這家人半新半舊的風氣。」這齣戲的故事就是在這種「半新半舊」的氛圍中展開，可以說「半新半舊」是整齣戲的基調與戲劇性所在。開幕便是田太太，一個負載著沉重的傳統舊觀念的母親，請來一個算命先生為女兒田亞梅及其戀人陳先生的婚姻測八字，結果與田太太在觀音娘娘那裡求的籤十分吻合：「婚姻不到頭」。而「出洋長久」，受到現代教育影響的田亞梅女士對此自然十分反感，這構成了劇作的第一重衝突。田先生的出現，使衝突似乎有和

11　胡適：《終身大事》，載《新青年》第6卷第3號，1919年3月15日。後面出自該篇的　　引文不再另註。

12　魯迅：〈集外集·《奔流》編校後記（三）〉，《魯迅全集》第7卷（北京市：人民文學　　出版社，1981年），頁163。

解的可能，因為他是反對燒香拜佛、求籤算命之類的迷信行為的。但意外的是，田先生同樣反對田女士與陳先生的婚姻，他的出發點雖與田太太不一樣，但在實質上卻無甚區別：他依據的是「中國的風俗規矩」，「祖宗定下的祠規」，即陳田本是一家，「中國風俗不准同姓的結婚」。於是，該劇的第二重衝突形成了。田女士指責父親：「你一生要打破迷信的風俗，到底還打不破迷信的祠規！」這句臺詞暗示出田先生亦是受過現代思想影響的，但是很不徹底，田先生的思想正是「半新半舊的風氣」的絕佳寫照。從第一重衝突的形成與暫時和解，再到第二重衝突的形成，突顯的全是「新」與「舊」之間的協商與撞擊，兩重巨浪堆疊在一起，把田女士沖上了絕望的巔峰，也把該劇的戲劇性衝到了頂點。在這個過程中，田女士由失望而希望，再由希望而絕望，在這種情緒的醞釀和層層鋪墊中，劇作的高潮接踵而至。該劇的結尾有著古希臘戲劇般的「結」與「解」模式，[13]那個始終不在場的、神祇般的「陳先生」的一張字條，使田亞梅幡然醒悟：「我該自己決斷！」於是她坐了陳先生的汽車，像易卜生筆下的娜拉一樣離家出走了。這場「新」與「舊」的角力可以看作是當時中國思想界狀況的一個縮影，在「田宅」這個「半新半舊」的角力場上，無所謂勝負，被著力突顯的乃是一個自我放逐的邊緣姿態。

這個始終不在場的陳先生是我們深層次解讀該劇作的一個核心符

---

13 亞里士多德在《詩學》第十五章裡面援引《美蒂亞》和《伊利亞特》批評了「借用『機械上的神』的力量」為戲劇求「解」的做法：「布局的『解』顯然應該是布局中安排下來的，而不應該像《美蒂亞》一劇那樣，借用『機械上的神』的力量，或者像《伊利亞特》中的歸航一景那樣，借用『機械上的神』的力量，『機械上的神』只應請來說明局外的事，例如以前發生的、凡人不能知道的事，或未來的、須由神來預言或宣告的事；因為我們承認神是無所不知的。情節中不應有不近情理的事，如果要它有，也應把這種事擺在劇外，例如索福克勒斯的《俄狄浦斯王》劇中的不近情理的事」。關於悲劇的「解」與「結」主要在《詩學》的第十八章得以探討。參見亞里士多德、賀拉斯著，羅念生、楊周翰譯：《詩學·詩藝》（北京市：人民文學出版社，1982年），頁49-50、60-65。

碼。顯而易見，陳先生是田亞梅離家出走的關鍵所在，他既是「出走」這一行為的根本目的，亦是這一動作的幕後推手。從劇作內容看，這是一個中國男性知識分子對於中國舊家庭女性進行成功啟蒙的故事，其中暗含的性別政治不言而喻。[14]這樣的解讀不能說沒有道理，因為這是劇作告訴我們的清晰可見的事實，但是，這種觀點僅停留在表層描述的階段，未能提供一種令人滿意的深度闡釋。該觀點無法解釋那個導致女性「出走」的男性不在場的修辭策略意義何在。也就是說，上述解讀的缺陷在於，它僅僅關注了胡適寫了什麼，而忘記了胡適是怎樣去寫這樣一齣關於中國「娜拉」的戲劇的。

　　田亞梅作為一個身處具有全新的價值系統的陳先生和背負著陳舊觀念的田宅之間的邊緣角色，如果說其出走行為是一個「被啟蒙」的結果，那麼，這個「啟蒙」的任務也只能由陳先生擔當。而田亞梅出走時留下的來自陳先生的「個人主義」宣言式的字條，正好履行了這一啟迪中國民眾（如田父母）蒙昧的任務。從這個意義上說，「娜拉」式人物田亞梅在文本之外指涉的正是中國現代啟蒙者自身，其中投射了中國現代知識分子的自我經驗，而始終不在場如神祇般的陳先生則是中國現代知識分子想像中的西方文化的一個表徵。劇中的人物關係編織著「西方-中國知識分子-（想像中的）啟蒙對象」之間的話語關係鏈條。在《終身大事》裡面，陳先生僅僅出現在田太太、女僕李媽和田亞梅的對話中，他「留過學」、「很懂禮」，而且總是開著「汽車」，除此之外，陳先生完全是面目模糊的。從極為有限的幾個特徵來看，陳先生是一個理想的「新人」，但同時，他似乎又是飄忽不定的，沒有人能夠確定陳先生究竟是一個怎樣的人。陳先生不是不能在場，而是無法在場，因為他是一個想像的文化他者，是一種反叛停滯、愚昧的中國傳統的思想資源和文化理想。田亞梅在結尾隨陳先

---

14 周慧玲：《表演中國：女明星，表演文化，視覺政治，1910-1945》（臺北市：麥田出版公司，2004年），頁270-271。

生而去，便意味著對於一種既有的價值系統的背棄，同時對另一種文化符碼系統的接受，而接受後者正是背棄前者的動機與目的，當然，劇作也強調了這只是一種「暫時告辭」，這種離開的姿態背後依然隱隱承擔著家國的責任。

如果說田亞梅的經驗隱喻了中國現代知識分子自身的精神困境與認同危機，那麼其內涵是強勢的西方文化和本土主導價值系統的雙重壓抑。不無悖論的是，他們偏偏需要從對西方文化的挪用裡面去汲取用於建構本土「反話語」的思想資源，這種情形在《終身大事》裡面有著典型地表述。那個面目模糊的陳先生既隱喻著一個先進的價值系統，同時又投射著中國現代知識分子那不無烏托邦色彩的中國現代性想像，比如他的留洋經歷、對僕人的尊重，還有他擁有的象徵著現代物質文明的汽車，提供給「田宅」的完全是一種極具衝擊力的異質的文化符碼系統。而「半新半舊」的「田宅」則瀰漫著一股陳腐的味道，種種可笑、刻板的事件和觀念在這裡以一種博物館美學的方式被次第展出，拼製出一幅衰敗、停滯的中國圖景。

當中國現代知識分子從西方戲劇知識裡面尋求反抗本土壓抑性話語的資源時，正是一個挪用異域強勢文化祛除本土父權壓抑的過程，然而同時又移植了其中的霸權因素，不經意間使自身再度處於另一種象徵性的父親（「易卜生」）的淫威之下。這種結構性的西強中弱的不平衡權力關係在中國現代知識分子的跨文化戲劇實踐中被轉化為一種「中女西男」的性別表述，此時的中國／女性成為西方／男性的知識對象，正如田亞梅之於陳先生。因此，胡適在《終身大事》裡面借田亞梅隱喻知識分子自身，而以陳先生作為一種西方的價值系統，田亞梅的「離家」正是是中國現代知識分子「去國」的形象表述。

但是，敘事者在劇終時提醒我們，生長在「半新半舊」的「田宅」的田亞梅那種娜拉式的出走背後，只是一種「暫時告辭」，也就是說，「娜拉」的「回來」將是必然的。傅孟真（斯年）曾經對胡適

說過這樣的話：「我們思想新，信仰新；我們在思想方面完全是西洋化了；但在安身立命之處，我們仍舊是中國人。」[15]既然「在安身立命之處」、「仍舊是中國人」，那麼「全盤反傳統主義」的背後必然將是一種「感時憂國」的精神在作為支撐，[16]從這種文化心態中我們不難發覺現代知識分子與傳統文人的內在精神聯繫。因此，在中國現代知識分子的疏離傳統和面向西方之間，不僅僅是表面上的互為借重，更多的是深層次的悖論衝突。「五四」啟蒙運動正是在二者的張力結構中進行的。這種不無矛盾的心態背後，將是一種認同的危機。「娜拉」在離去與回來之間的糾葛正暗示出中國現代知識分子的身分焦慮和悖論處境，如反傳統與立足傳統，西方主義與民族主義，個性解放與家國關懷等。田亞梅在出走前後幾乎要面對以上所有的尷尬情形。面目模糊的陳先生的不在場，正是緩解這種壓力的一種有效的修辭手段——西方在《終身大事》裡面幻化為一種飄忽的價值理想，而不再是君臨當下的威脅性壓力。

娜拉在現代中國

　　《終身大事》的敘事策略似乎成為一種原型，其中的修辭在後來的由一系列「娜拉」劇組構的敘事脈絡中就反覆地再現。在陳大悲的《幽蘭女士》[17]裡面，丁幽蘭和田亞梅一樣，生活在土洋雜陳的丁公館，不同於田亞梅的地方在於她沒有留過洋，但已經受到新思想的影

---

15 胡適著、曹伯言整理：《胡適日記全集・第五冊（1928-1929）》（臺北市：聯經出版事業公司，2004年），頁581。

16 夏志清：〈現代中國文學感時憂國的精神〉，載葉維廉主編：《中國現代文學批評選集》（臺北市：聯經出版事業公司，1979年），頁201-223。

17 陳大悲：《幽蘭女士》，中國話劇藝術研究會編：《中國話劇百年劇作選・第1卷（1907-1929年）》（北京市：中國對外翻譯出版公司，2007年4月），頁213-264。後面出自該篇的引文不再另註。

響，內心一直嚮往著美國的教育，而這種理想在劇作中被一位教英文的大學教授汪慧卿給具象化了。汪慧卿在劇作第四幕即將結束時有過極為短暫的出場，但是他仍然和《終身大事》裡面的陳先生一樣，面目極為模糊，我們只能從舞臺指示和丁幽蘭的臺詞裡面了解到他的年齡、職業，以及與丁幽蘭的關係（教過她英文）。在《幽蘭女士》裡面，有過短暫出場的汪慧卿對於整部劇作的戲劇動作沒有任何的實質性的推動和影響，整個人是作為一個文化符號，即西方教育的理想化身而存在的，更談不上對於丁公館，這個道德墮落的罪惡滋生場所有任何啟蒙和救贖意義。

　　與之形成對照的是，有著新思想的丁幽蘭，反而對於丁公館的上上下下，從父親、弟弟到僕人都有一定的思想啟蒙。劇作結尾她的死更是直接呈現出與丁公館的價值系統勢不兩立的姿態，她臨死前「狂喊」：「爸爸！女兒死得好苦呀！但願——爸爸把女兒犧牲了以後，能夠得到一種覺悟。」諷刺的是，丁幽蘭的父親丁褒元在短暫的傷心之後，說出這樣的臺詞：「哈哈！且不要兒女情長，反使我英雄氣短！古人說得好，（高聲慢誦）……『天下無不是的父母！』」儘管劇作中丁幽蘭的啟蒙效果是不令人樂觀的，甚至可以說是失敗的，但是劇作真正指涉的社會啟蒙意義可能會有相反的效果，因為它以丁幽蘭的慘死和劉鳳岡的身體受虐把一種血淋淋的本土形象（丁公館）展示了出來。劇作中的丁幽蘭所象徵的啟蒙者的命運正應了魯迅所指出的《新青年》的「易卜生號」刊出之後的情形：「……戲劇還是那樣舊，舊壘還是那樣堅；當時的《時事新報》所斥為『新偶像』者，終於也並沒有打動一點中國的舊家子的心。」[18]啟蒙者再次由一位身處新舊之間的知識女性扮演，體現出一種「性別曖昧」（gender-ambiguous）[19]

---

18 魯迅：〈集外集・《奔流》編校後記（三）〉，《魯迅全集》第7卷（北京市：人民文學出版社，1981年），頁163。

19 陳小眉指出，「『五四』時期由男性劇作家主導的戲劇創作，雖然關心婦女的問題，

的書寫傾向。丁幽蘭在劇終時亦是娜拉式地「離開」了，但她的離開仍然有著啟蒙並拯救「丁公館」的潛在目的。代表著西方文明的汪慧卿依然是飄忽的，他的存在只是為啟蒙者丁幽蘭樹立一種價值理想。丁幽蘭身處腐敗墮落的「丁公館」，內心卻嚮往著理想化的西方教育，這樣一種不無分裂的生存狀態正隱喻著中國現代知識分子的某種邊緣身分。在郭沫若的《卓文君》[20]裡面，在卓文君對父親和程鄭進行一番啟蒙教育以後，最終投奔了劇終才現身的、面目模糊卻意義並不空洞（「我所渴望著的太陽！我的生命！我的光！」）的司馬相如。

　　歐陽予倩的《潑婦》[21]沒有把一種完全異質的價值系統具象化為某一未出場的男性，而是通過家長陳以禮、吳氏詆毀兒媳于素心的言辭，描述出一種與陳家人敵對的一個全新的價值觀念體系。于素心在得知丈夫陳慎之「討小」之後，不但救出了王姑娘，而且離開了夫家，離開前狠狠地抨擊了「罪惡的家庭」。卓文君和于素心一樣，都是身處「新」、「舊」兩種價值觀念的夾縫中，經過一番努力，最終都背棄了原有的傳統秩序，以其實際行動對身邊的「舊人」進行啟蒙教育，奔向一種全新的理想環境，當然，這種表面的決絕背後依然存在著與傳統秩序間微妙的精神聯繫。在《幽蘭女士》開幕時有這樣一句舞臺指示描述丁幽蘭出場時的心境：「在方寸中轆轤不定」，這種描述正是身處中西文化邊界的「娜拉」自我放逐之後的邊緣身分與認同危機的絕佳寫照。

但最終還是把它作為反抗儒家傳統文化和價值觀念的反官方話語，因此這些劇作具有『性別曖昧』的特徵。」See Xiaomei Chen, *Occidentalism: A Theory of Counter-Discourse in Post-Mao China* (Second Edition, Revised and Expanded), New York: Rowman & Littlefield Publishers, Inc., 2002, p. 123.

20　郭沫若：《卓文君》，《郭沫若全集・文學編》第6卷（北京市：人民文學出版社，1986年），頁17-58。後面出自該篇的引文不再另註。

21　歐陽予倩：《潑婦》，《歐陽予倩文集》第1卷（北京市：中國戲劇出版社，1980年），頁1-20。後面出自該篇的引文不再另註。

　　到了二十世紀三、四十年代，伴隨著新的歷史、文化格局的漸次展開，「娜拉的故事」也出現了新的因素，但這些因素在「五四」時期的「娜拉」身上就已經埋下了種子，後來的社會格局無非是為它們的破土而出提供了適宜的氣候而已。因此，這一階段的「娜拉的故事」實際上依然是繼承了早期的內在演變理路，作為中國現代知識分子的自我精神鏡像被編織進中國「娜拉」的意義脈絡中去的。

　　一九三六年寒冬，夏衍在上海寫下了一部三幕劇《秋瑾傳》（原名《自由魂》）[22]。這次作為娜拉的秋瑾不是從父家逃離的，而是在與丈夫進行一番爭執後，離家去國，到另一個「東方的西方」日本去學習強國之道。在朋友吳蘭石與秋瑾的談話中，我們可以看到「娜拉」的轉變，吳蘭石得知秋瑾的救國志向時說：「（多少有點感嘆）那麼您的志向太大了，您主張的已經不單是家庭革命。」秋瑾的理想正是中國現代知識分子告別「五四」時代個人主義，進而融入一九三〇年代的左翼論述的宣言。丈夫王廷均和朋友吳蘭石與秋瑾在第一幕的對話，其實是個人主義與左翼論述間的話語交鋒的隱喻——「五四」時期「個人」議題裡面暗含的衝突，終於在新的歷史格局中被鮮明地曝光，並且漸次解構了其中「個人」的一極，義無反顧地步向社會國家。

　　似乎是作為對夏衍《秋瑾傳》的一個強有力的註腳，亦是對魯迅關於「娜拉」去向問題的一個不甚遙遠的回音，郭沫若在一九四二年盛夏，寫下了〈《娜拉》的答案〉一文。文章開始就設問：娜拉離開「玩偶之家」，究竟到哪裡去了？郭沫若指出：「關於這個問題的答案，易卜生並沒有寫出什麼。但我們的先烈秋瑾是用生命來替他寫出了」。[23]郭沫若筆下的娜拉與魯迅已經不同，郭沫若的「娜拉」是經過

22　夏衍：《秋瑾傳》，會林、紹武編：《夏衍劇作集》第1卷（北京市：中國戲劇出版社，1984年），頁109-171。後面出自該篇的引文不再另註。

23　郭沫若：〈《娜拉》的答案〉，《郭沫若全集・文學編》第19卷（北京市：人民文學出版社，1992年），頁215。

二度反叛，即反父和反夫之後的「娜拉」，亦是指代大時代中告別了布爾喬亞式的個人主義卻不無迷惘的一代知識分子。在這個意義上，郭沫若的文章不啻為一篇召喚知識分子介入「社會的總解放」這一公共領域的行動指南，而「秋瑾」則具備了符號動員的功能。為救國而犧牲的「秋瑾」作為一個具有多重意義的文化符碼，被夏衍和郭沫若不約而同地編織進「娜拉」的意義脈絡，正是中國現代知識分子對自身曾經秉持的價值觀念所採取的最嚴厲的檢討。而寫就於一九四七年春的田漢的《麗人行》，則直接呈示了「秋瑾」的召喚成果，那已不再是《獲虎之夜》裡面為了自由戀愛與家庭奮力抗爭的蓮姑，而是新一代的「娜拉」李新群，她的新思想不僅再次「啟蒙」並拯救了處於苦難社會底層、身心備受摧殘的劉金妹，更教育了有著小資產階級情調的梁若英。在魯迅的提問與郭沫若的答案之間的一呼一應中，被再度印證的是：置身邊界的「娜拉」的悖論處境，是他們一開始就無可逃避的文化宿命。

「窺看主義」悖論

在《終身大事》裡面，胡適對本土的想像力完全投射在「半新半舊」的「田宅」這個隱喻的空間內。田亞梅的父母愚昧可笑的行為舉止與思想觀念完全成為中國封建傳統的壓抑性力量的代言人。他們在敘事者的操縱下，基本上淪為一個指涉舊中國的符號，其自身的主體經驗完全被掏空。田亞梅則比較活躍，她在劇作裡面擔任著一個啟蒙者的角色，是知識的主體，而其父母和女僕李媽則是知識的對象，但是，他們無一例外地處於不在場的陳先生那上帝般的凝視之下。陳大悲的《幽蘭女士》裡面的丁公館完全是行將崩潰的中國的隱喻，各色人物輪番登場，網織了一個巨大的社會黑幕。丁公館在文本中的敘事功能還不僅僅是要為受眾提供一個展示「舊」中國的罪惡腐敗的「博

物館」，它更是一個隱喻著符號暴力的肉體施虐和窺探女體的場所與舞臺。不同於《終身大事》裡面的女僕李媽的意義的空洞與蒼白，《幽蘭女士》裡面，敘事者對於丁公館的僕人的身體受虐的關注和窺視，使得一種階級議題隱隱浮現。比如第二幕結尾時，丁幽蘭對劉鳳岡的精神愛撫和知識啟蒙，使劉鳳岡跪在丁幽蘭面前說：「我謝您的恩典。你就勝如救了我的命」。

　　劇作裡面的丁幽蘭對劉鳳岡的（文化）態度是非常曖昧的。劉鳳岡作為身處底層的「下等人」，他是丁幽蘭的知識對象和愛撫客體。在一種不無自戀的文化想像裡面，劉鳳岡使身處道德墮落的丁公館的丁幽蘭的無力感得以緩解。表面上看是丁幽蘭在撫慰劉鳳岡，而實際上則是劉鳳岡撫慰了丁幽蘭。但不同於丁幽蘭對於劉鳳岡的撫慰，是一種施動式的，劉鳳岡是被動地作為丁幽蘭的中國想像的投射客體的。喜兒、珍兒，以及張升、劉媽等丫鬟僕人，此刻正扮演了一個本土想像的載體的角色。不同於田亞梅成功地「暫時」離家，投奔陳先生，在《幽蘭女士》的敘事罅隙裡面我們時時可以讀出丁幽蘭／啟蒙者的無力感，她的西方教育夢想最終也沒法實現。丁幽蘭的這種無力的抗爭實際上是中國現代知識分子文化身分的隱喻。「二十世紀初的中國知識分子，給兩種無能感壓迫著：一是意識到他所熟悉的『文學』已不能再維護他的權力；二是作為一個『中國人』，目睹自己的『文化』在西方的衝擊下，變得支離破碎，他卻愛莫能助。」[24]因此，一種「在結構上是自戀和自我意識性的」文化創制必然會將這種無力感導向自身或自身的「變體」。於是，身處底層遭受壓迫的「他者」開始進入現代文藝創作，並被中國知識分子引導向話語渠道，用於符號動員。此時的「自我的他者」，正如田太太、田先生、劉鳳岡、喜兒等，這些蒙昧、孱弱、病態的本土符號成為中國傳統文化中

---

24 〔美〕周蕾著，張京媛等譯：《婦女與中國現代性：東西方之間閱讀記》（臺北市：麥田出版公司，1995年11月），頁208。

的反價值成分的承受載體和罪惡見證。同時，這些「自我的他者」的另一面卻又是中國現代知識分子克服自身的無力感的想像資源。

　　田漢的《麗人行》裡面的劉金妹，一個柔弱的紗廠女工，在敘事者的操控下，幾乎負載了所有可能的時代性災難：被日本兵強姦，憤而自殺，被救起後又被丈夫嫌棄，不時地被流氓調戲，丈夫的雙眼也被流氓用石灰弄瞎，夫妻雙雙失業，用借高利貸的錢擺的小攤子也被沒收，為了活著她只好賣身，又被丈夫趕出家門，只好再度投江自殺……這夢魘般的生存遭際足以令劇作的每一個接受者不寒而慄。作者田漢為劇作接受者解釋在劉金妹的悲劇發生時，為何竟沒有地下工作者幫助她的原因時，無意中道出了其把「劉金妹」用於控訴社會罪惡的符號動員的目的：「由於要抓住當時人民對兩案的憤慨情緒，不能不把苦難集中在金妹身上。」[25]儘管「劉金妹」這一本土想像的文化符號被用於反帝動員，但是其修辭方式卻將「劉金妹」這一女性身體／底層被壓迫者置於一個受虐與被展示、觀看的位置。而劇作中的梁若英，一個美麗的多愁善感的知識女性和過氣的「娜拉」，在某種程度上也被放置在一個被展示、被召喚的客體位置上，在李新群、章玉良等新型「娜拉」們的再度「啟蒙」下，她最終放棄了曾經的「小資產階級」情調，融入了社會鬥爭的洪流，這正象徵著「個人主義」話語的隱退，而她的矛盾與徬徨似乎又暗示著敘事者對於「個人主義」話語並不十分真誠的懺悔。這種「自我的他者」的發明裡面包含的符號動員力量使得中國知識分子找回了失落的話語權力。

　　「娜拉」跨文化旅行至近現代中國，通過啟蒙敘事在現實層面發揮了一定的符號動員的力量，從而使「他者」由私人領域進入公共領

---

25 田漢：〈《麗人行》的重演〉，《田漢文集》第6卷（北京市：中國戲劇出版社，1983年），頁400。這句話中的「兩案」指的是當時的北平美軍強姦北京大學女生的「沈崇案」和上海當局製造的「攤販案」。參見田漢：〈關於《麗人行》的演出〉，《田漢文集》第6卷（北京市：中國戲劇出版社，1983年），頁395。

域，成為反殖力量的重要組成部分。但一個不無悖論的情境卻又在此浮現：無論在虛擬（文本）的起點，還是在現實（社會）的終點，一種被稱之為「窺看主義」（voyeurism）的現代性困境都無處不在。「窺看主義」是這樣產生的：「中國的現代性以一種英雄式的姿態出現，但與此同時，……人們興致勃勃地探索女性、精神和肉體，一種新的窺看主義出現了……對於嚴肅的現代的國家民族觀念來說，卻顯得格格不入。」[26]具有女性氣質的「自我的他者」被召喚至有著男性氣質的公共領域中時，一種「厭女」敘事正好強化了對於他者身上被本質化了的女性氣質的表述，從而使虛擬的文本中建構出來的本土以及現實中「娜拉」的追隨者無時不被暴露在一種被社會性的男性主體「窺看」的客體位置上。魯迅在作於一九三三年的雜文〈關於婦女解放〉裡面就尖銳地諷刺了「五四運動後」、「提倡了婦女解放以來的成績」：「新式女子……從閨閣走出，到了社會上，其實是又成為給大家開玩笑，發議論的新資料了。」[27]魯迅的這段描述極為犀利地捕捉到了「五四」啟蒙話語的內在悖論。就虛擬的書寫層面而言，田太太（《終身大事》）、王姑娘（《潑婦》）、劉鳳岡、喜兒、珍兒（《幽蘭女士》）、劉金妹夫婦、梁若英（《麗人行》）等都處於被窺看的位置。在「娜拉」的感召下以實際行動反叛傳統的青年男女們的現實「社會表演」亦是如此——自一九二〇年代始，在中國像上海那樣的都市中出現的作為物質主義廉價消費品的「摩登狗兒」（modern girl），[28]則是

26 〔美〕周蕾著，張京媛等譯：《婦女與中國現代性：東西方之間閱讀記》（臺北市：麥田出版公司，1995年11月），頁171。

27 魯迅：〈南腔北調集·關於婦女解放〉，《魯迅全集》第4卷（北京市：人民文學出版社，1981年），頁597-598。

28 關於「摩登女子」的相關論述，詳見許慧琦：《「娜拉」在中國：新女性形象的塑造及其演變（1900s-1930s）》（臺北市：政治大學歷史學系，2003年，頁262-286；亦見周慧玲：《表演中國：女明星，表演文化，視覺政治，1910-1945》（臺北市：麥田出版公司，2004年），頁56-94。

這種「窺看主義」的畸形副產品，這個現象同時也暴露了「性別曖昧」的「娜拉」的啟蒙盲點。

中國現代知識分子通過表演娜拉的跨文化戲劇實踐，挪用西方知識以反抗傳統父權文化，建構出一種立足邊緣的文化意識，這種邊緣處境主要來自他們同時承受著的傳統父權文化和西方強勢文化的壓力。因此，娜拉在中國現代始終處於一種邊緣化的位置，這種邊緣處境所導致的無力感，使「娜拉」們極力追尋失落的話語權力。於是，他們把想像力投向本土，借助其西方知識的權威性，將知識轉換為象徵資本，發明並徵用身處底層的不無女性氣質的「自我的他者」，將他們引向話語渠道，從而實現其符號動員的民族主義寫作訴求。此刻的本土建構，就成為知識和權力的對象和被「窺看」的客體，無論是其衰敗、黑暗的一面，還是其古老、輝煌的一面，都為「帝國的眼睛」及其「東方主義」論述那無饜的「窺看」欲望提供了充足的材料。

十五
厭女與憂鬱：
漫筆《傷逝》

前提與方法：作者已「死」

　　在起源神話已遭遇破解的年代，仍執迷於某種假設的「本意」而前索後引，勢必把閱讀實踐導入一個令人苦惱不已的混亂境地。如此，至少要面臨三重困難。第一，任何作品只要以人類的語言為工具和介質，都將無法避免「延異」的運作，因為「延異」是語言和意義的條件；那麼，語言就不是透明的，它從來都無法精準傳達任何人的任何「本意」，而總是某種「本意」的溢逸延宕或指涉中斷。第二，縱使存在著作者的某種「本意」，並且可以借助語言得以精準傳達（這當然是不可能的），讀者的閱讀實踐亦無法直達這一「本意」，其原因在於：除了讀者同樣面對著語言和意義的「延異」外，還必須考慮讀者「前理解」的巨大干擾。其實這前兩個困難中的任何一個作為前提，就足以徹底終止對作者「本意」的執迷與追溯。這裡不妨再仁慈一點，假設還可能存在著「第三」重困難。試著做一反向思考：如果《傷逝》是以小說的形式（浪漫主義意義上的）「表現」了魯迅與周作人或許廣平間的愛恨情仇糾葛，或者是魯迅的其他什麼「本意」，那麼，《傷逝》早就已經「完成」，並向所有人關閉了闡釋的大門。再提出「《傷逝》的讀者」或「閱讀《傷逝》」就是自欺欺人。「讀者」這個名詞此刻已經是荒誕無稽、沒有必要的（不）存在。因此，《傷逝》的作者是魯迅，但並不意味著《傷逝》的意義屬於魯迅，除非《傷逝》一直處於魯迅的「腹語」狀態。

　　既然閱讀《傷逝》，前提就是讀者已經是一種必然的存在。或者說，《傷逝》從未完成，它的意義永遠向他人敞開，有待讀者參與、介入。作為文本，《傷逝》的作者已「死」，《傷逝》屬於讀者。因此，《傷逝》裡面沒有可供讀者參透的「真理」，相反，《傷逝》是某種「表述」。「真理」僅屬於作者，它是封閉的、排他的、反闡釋、反讀者的。《傷逝》的文本牽絆在具體的語言、文化、政治等提供的歷史氛圍中，唯獨不與「真理」相關。

　　在「表述」的知識立場上閱讀《傷逝》，就意味著「互文」將是重要的方法。「互文」方法中，既包括文學文本間的互文，也包括文學文本與社會文本間的互文。而後者往往是最重要的，因為前者的闡釋效力往往體現在印證的層次，而後者則可以提升到論證的層次。

「子君」的性徵與性別

　　「表述」牽連著語言問題。文本《傷逝》作為「涓生的手記」，是敘事者「我」的策略——盡可能混淆敘事者與人物涓生，以增加懺悔的真誠度。但敘事者可能始料未及的是，在「表述」的方法視野中，這一帶有欺瞞性的敘事策略亦可以轉化為讀者對文本的解析策略——像審視涓生那樣審視敘事者。

　　《傷逝》中有兩個重要人物，戀人涓生與子君，但二者並不在同一個語言維度和權力層級上。「涓生的手記」告訴我們，敘事者把言說的權力給予了涓生。文本中的「子君」是在場的缺席，是敘事者的一種表述。文本呈現的「子君」，並不是現實的子君，子君的真實經驗在敘事中已被抹除，讀者無從知悉。讀者看到的「子君」已經經過敘事者「我」或者涓生的代言和過濾。無論文本中的「子君」多麼可悲、多麼可敬、多麼勇敢、多麼悲慘、多麼瑣碎……都是敘事的詭計。當讀者談論「子君」時，究竟在談論什麼？對該問題的認識，決

定著閱讀的自覺程度。「子君」是被表述者，「她」／它在文本中處於被觀察、被建構、被噤聲的位置。從精神分析的角度說，「子君」是敘事者的心理「投射」。「子君」是被欲望著的幻象，甚或是涓生／敘事者本人。因此，從性徵上講，「子君」是女性，而從性別上講，「子君」是男性，或者說至少是中性。

那麼，在「子君」那裡，究竟被「投射」了什麼？

自然主義；或物質的性別指涉

誠如鄭家建教授所言，《傷逝》是最不像「魯迅小說」的魯迅小說，因為其中充滿了瑣碎而冗贅的筆觸，與魯迅既往的簡潔似乎格格不入。這一精準的觀察，從另一角度來講，可能正好意味著其「魯迅性」。

鄭教授所言及的瑣碎和冗贅，主要指涉《傷逝》中大量看似可有可無的日常描寫。魯迅的此類筆法可能也出現過——常常見於其對故鄉風物栩栩如生而搖曳生姿的刻劃，因為其生動和詩意，在審美效果上不會令讀者感到無聊和厭煩。魯迅的醫學背景和美術功力更為此類筆觸提供了基本保障。這種筆觸從藝術手法上講，屬於自然主義式的寫作。借用左拉的話說，創作者就像「一個查考事實的觀察者」。自然主義的手法在契訶夫和梅特林克那裡，體現為日常生活的詩化和抒情，其創作也成為現代主義的典範。但《傷逝》僅有日常的外觀，而袪除了其中的詩意，被構建為日常的「非常」與「變態」。

「我立刻轉身向了書案，推開盛香油的瓶子和醋碟，……」在《傷逝》的文本脈絡中，這句話已經悄然判決了「子君」的必死命運。涓生（因為和子君的自由戀愛）失業後，找到「一條新的路」——通過做翻譯謀生。但這條新路並不像涓生當初籌劃的那般輕鬆。遭遇挫敗後，涓生認為：

　　可惜的是我沒有一間靜室，子君又沒有先前那麼幽靜，善於體
　　貼了，屋子裡總是散亂著碗碟，瀰漫著煤煙，使人不能安心做
　　事，但是這自然還只能怨我自己無力置一間書齋。然而又加以
　　阿隨，加以油雞們。加以油雞們又大起來，更容易成為兩家爭
　　吵的引線。
　　加以每日的「川流不息」的吃飯；子君的功業，彷彿就完全建
　　立在這吃飯中。為了籌錢，籌來吃飯，還要餵阿隨，飼油雞；
　　她似乎將先前所知道的全都忘掉了，也不想到我的構思就常常
　　為了這催促吃飯而打斷。即使在坐中給看一點怒色，她總是不
　　改變，仍然毫無感觸似的大嚼起來。(《傷逝》)

這是一場男性啟蒙者與日常生活之間激烈的競爭，以及男性啟蒙者的
最終挫敗與絕望感，而「子君」／女性則成為競爭雙方爭奪的對象。

　　這兩段文字，甚至是整個文本的後半部分，充滿了上述（被建構
的）二項對立：「我」／涓生／男性／啟蒙者／書案／翻譯／「先前
所知道的」──「子君」／「子君」／女性／被啟蒙者／油鹽醬醋、
瓶瓶罐罐／「吃飯」／「全都忘掉」。一句話，物質與精神、肉體與
理性之間的緊張對立。當「我」、「立刻轉身向了書案，推開盛香油的
瓶子和醋碟」時，敘事者的態度已然明朗。「子君」在生理層面的生
命尚未終結，在符號層面的死亡大門已經開啟──「她」／它在敘事
者的「轉向」中被「推開」了。

　　依據德里達的梳理，西方哲學的形而上學傳統中，從「前蘇格拉
底」一直到海德格爾都認為真理源自邏各斯。物質則是邏各斯的衍生
和影子──這在柏拉圖的「理念說」和古希臘文藝創作中，都有清晰
的體現。比如，在索福克勒斯的《安提戈涅》中，安提戈涅就被克瑞
翁視為「非理性」的化身而被排拒在城邦政治之外。這一古老而頑固

的認識論，借助卡瓦里羅的說法，就是僅把肉身作為思想的物質性工具，因此，肉身要與思想區分。而女性則被貶低到「非理性」、「肉身」、「物質性」的領地，這正是男權主義思想的基礎。

現代中國知識分子的「西方主義」情結，決定了他們無從對上述古老的認識論免疫或反思。指出上述顯而易見的思想與物質間的二元對立及其性別意涵並不困難，在庸俗化的「女權主義」氛圍中，這早已是習見不鮮的陳詞濫調，關鍵在於在此做出闡釋。「子君」身上被「投射」的物質性的「形而下」意義，暗示了敘事者強烈的厭女傾向與自我憎恨。

「子君」是一個尺度和鏡像，是衡量啟蒙效果的尺度和映現啟蒙者自我的鏡像。因為「日常生活」橫刀奪愛，涓生輸了，（期望中的）「子君」義無反顧地投入了「日常生活」懷抱，與之融為一體，結成聯盟。魯迅在一九二八年八月回想起「五四」時期譯介易卜生的原因及《新青年》「易卜生號」刊出之後的情形時寫道：

> ……如青木教授在後文所說，因為要建設西洋式的新劇，要高揚戲劇到真的文學底地位，要以白話來興散文劇，還有，因為事已亟矣，便只好先以實例來刺戟天下讀書人的直感：這自然都確當的。但我想，也還因為 Ibsen 敢於攻擊社會，敢於獨戰多數，當時的紹介者，恐怕是頗有以孤軍而被包圍於舊壘之感的罷，現在細看墓碣，還可以覺到悲涼，然而意氣是壯盛的。那時的此後雖然頗有些紙面上的紛爭，但不久也就沉寂，戲劇還是那樣舊，舊壘還是那樣堅；當時的《時事新報》所斥為「新偶像」者，終於也並沒有打動一點中國的舊家子的心。……（〈《奔流》編校後記（三）〉）

這兩段文字坦誠地記錄了啟蒙者的挫敗。與此對照，反而是新文化運動者極力否定的「舊文學」，借助近代中國興起的傳媒報業和文化市場，在此間不經意地真正履行了啟迪民智的重任。在這個意義上，這兩段「坦白」可視為一九二五年的《傷逝》意義結構的補充性印證和註腳。遭遇挫敗的啟蒙者的動搖與轉向在啟蒙思想退潮期幾乎成為「集體無意識」：最早是「狂人」病癒，後來是呂緯甫、魏連殳……就連《吶喊》〈自序〉的敘事者也曾在鬼魅魍魎的 S 會館抄了一段時間古碑。「人必生活著」！啟蒙營壘的瓦解，此時成為知識群體的威脅與誘惑。因此，「將先前所知道的全都忘掉」與其說是「子君」的軟弱，不如說是涓生／男性敘事者／啟蒙者自身已所不欲、無法克服的某種誘惑性力量，使他們為之深感恐懼且自我憎恨。為了紓解自我的這一精神危機，他們不得不去發明、建構一個自我的他者——女性／物質性／「子君」，進而對之進行符號壓抑、排除——「我覺得新的希望就只在我們的分離；她應該決然捨去，我也突然想到她的死，……」但這一文本實踐邏輯和符號暴力，使男性啟蒙者更為深刻地接近並複製了他們深感恐懼的幾千年來的「吃人」文化傳統。因此，可以說「子君」是涓生的另一個自我，二者一體兩面，二者一起構築了現代中國啟蒙者分裂的精神世界。

「娜拉」是誰？

　　除了要抵禦、紓解啟蒙挫敗和退潮後背叛自我初衷的誘惑與恐懼，現代中國啟蒙者的精神困境還體現於身分認同層面。這一精神困境主要折射在包括《傷逝》在內的現代中國的「娜拉」故事中。

　　作為人物形象，「娜拉」源自一個眾所周知的文本，即易卜生的《玩偶之家》。簡單比較一下《玩偶之家》與中國現代有關「娜拉」的故事情節，二者間的差異昭然若揭：易卜生的《玩偶之家》講述的

是娜拉對資產階級丈夫的離棄，而中國近現代的「娜拉」則是對封建主義「父親」的離棄，而且，「娜拉」離開父親的家後，最終投入另一屬於「子一輩」的男性知識者的懷抱。換句話說，中國的「娜拉」是「反父不反子」的──這正是「五四」婦女解放不徹底的真正癥結所在。在這一思想背景中重新審視《傷逝》的敘事，可以發現，其意義結構中，「伊孛生」、「諾拉」（即易卜生、娜拉）占據著一個不那麼顯眼卻頗為重要的位置。

如果複述中國的「娜拉」故事，娜拉就是這些故事中的女性人物──她們在（性別意義上的）男性知識者啟蒙下，離開封建家庭，追求個人自由（一九三〇年代後是交際花或革命者）。如果闡釋中國的「娜拉」敘事，娜拉就是這些敘事中的男性人物或敘事者──他們在西方知識的啟蒙下，背離傳統文化，追求現代意識。二者在姿態上完全一致，都是離「家」、「出走」。所以，「娜拉」在故事層面是「子君」，但在敘事層面則是敘事者／涓生／男性啟蒙者。

任何反叛，都必須以承認所反叛之物為前提。現代中國啟蒙者的「反傳統」從未脫離「傳統」設定的框架，致使他們窮其一生都糾結在「離開──回來」的拉鋸之中。中國的啟蒙者對民族傳統的反叛是一種「以敵為師」的迂迴策略，其背後是更為深刻的現代國族主義認同。這一悖論式的思想狀況決定了「娜拉」在文化上「弒父」時的原罪意識，因此，在無意識層面，他們必須不斷「回家」，向內心的「父親」致歉。這是中國現代啟蒙者精神焦慮的核心內容。

為解決懸擱在「西方」與「傳統」間的文化認同困境，在文本層面構建一個自我的本土他者（常常由女性、兒童或底層承擔）就成了不二選擇。《傷逝》中的敘事者自導自演了一個本土啟蒙者的角色「涓生」，「未脫盡舊思想束縛」的「子君」則被分配了一個被啟蒙的位置。可是，面對西方的易卜生、雪萊時，現代中國的知識分子自己就是離家出走的「女性」、「娜拉」，面對（發明出來的）本土女性、

兒童、底層時，現代中國的知識分子又搖身一變為西方的代言人——「男性」啟蒙者。在涓生眼裡，不止一次地視「子君」為「孩子」——「孩子」不僅對應著心智上的幼稚、空白和有待銘寫，更投射著民族文化的脆弱、不成熟和亟待拯救（「救救孩子！」）。涓生被西方啟蒙，「子君」被涓生啟蒙，但作為「涓生的手記」的《傷逝》是啟蒙敗績的記錄：「子君」被理性的對立面「吃飯」征服了，並「回」到了「父親」的「家」裡，鬱鬱而終。這一敘事正是中國現代啟蒙者對自身分裂在現代與傳統之間的精神困境的（詹姆遜所謂的）「想像的解決」。在理智層面，現代性啟蒙道遠且阻，在情感層面，傳統的「家」的誘惑揮之不去。只有在符號層面「殺死」想「回家」的自己，才能真正上路。或用「涓生」的話說，就是「我」、「向著新的生路跨進」，進而重構一種現代意義的「家／國」。所以，包括《傷逝》在內的現代中國的「娜拉」敘事其實是一個中國版的「奧德修斯」神話——男性的奧德修斯要想回家，必須讓女性塞壬死去。不同的是，這類中國版的「奧德修斯」神話有一個「反-奧德修斯」的外觀。

「傷逝」的標題令人想起唐朝詩人韋應物的同名詩歌〈傷逝〉中的「斯人既已矣，觸物但傷摧」。小說《傷逝》的「手記」文體除了用於表達涓生的「悔恨」，還賦予文本一個悲悼的氛圍。但《傷逝》結尾涓生／「我」的一系列心理動向則意味著「憂鬱」的情感面向：

> 我仍然只有唱歌一般的哭聲，給子君送葬，葬在遺忘中。
> 我要遺忘；我為自己，並且要不再想到這用了遺忘給子君送葬。
> 我要向著新的生路跨進第一步去，我要將真實深深地藏在心的創傷中，默默地前行，用遺忘和說謊做我的前導……。（《傷逝》）

涓生／「我」失去情愛對象「子君」後，反覆告訴自己「要遺忘」，這恰恰說明了涓生／「我」的「忘不了」。這段引文傳達的掙扎與自虐，暗示了失去「子君」的涓生／「我」的情感「病態」。在弗洛伊德看來，「憂鬱」是一種主體喪失情愛對象後的自處情緒典型：主體過度悲傷而無法自控地自我貶抑、悔恨。涓生／「我」在「處死」、「子君」後，陷入一種情感與行動上的困頓狀態，所以才生發出祥林嫂般的「我要遺忘」、「我要遺忘」、「我要……」在弗洛伊德的學說中，「憂鬱」是一種病態的常態，因為「正常」的人永遠都處在「喪失」的困擾中。由此，可以說涓生／「我」的「憂鬱」症在文本層面，由其是《傷逝》的結尾部分正是一種「閾限」狀態——從病態走向常態的過渡和臨界。在隱喻層面，敘事者「我」作為現代中國的知識者、新文化創造者，在與「傳統」決裂的同時，內心遭遇了文化上的「離家」、「弒父」、「出走」等一系列「喪失」性的情感創傷，但現代「家／國」的時代使命或「齊家治國」的傳統承續，使其必須壓抑、遺忘所「喪失」之物——它在文本層面正是必須「遺忘」之物——幽靈般的「子君」。

希望與階級

　　魯迅在一九二一年的短篇〈故鄉〉結尾，有一句「我想：希望是本無所謂有，無所謂無的。這正如地上的路；其實地上本沒有路，走的人多了，也便成了路」。因為中學教材的選入，「其實地上本沒有路，走的人多了，也便成了路」幾乎成為人盡皆「知」且熟視無睹的「名人名言」，似乎也因此而獲得了不證自明的「真理」性。然而，正如大多數被掛在牆上的「名人名言」一樣，這句話因為被抽離了特定的文本脈絡，常常被從字面意義作以庸俗化讀解。事實上，〈故鄉〉的敘事者在距離此句不遠的地方，就曾反思過所謂的「希望」和

自己暗中嘲笑閏土崇拜的「偶像」並沒有區別，甚至還不及閏土的「偶像」那般「切近」。在一九二五年的散文詩〈希望〉中，魯迅還引用裴多菲的書信，兩次寫到「絕望之為虛妄，正與希望相同」。換句話說，「其實地上本沒有路，走的人多了，也便成了路」的要點可能不在「路」／「希望」到底有沒有，而在於「路」／「希望」到底由誰去走，由誰去希望。

　　「走的人多了……」，這一表述中隱約可聞敘事者召喚「大眾」的聲音。一九二三年的演講中，魯迅在試圖回答「娜拉走後怎樣」的設問時，把「經濟」作為關鍵詞反覆重申。《傷逝》中，在顯在的敘事層面，涓生敗於「經濟」問題，而「雪花膏」、「局長的兒子」、「局長」正是切斷涓生生計最直接的力量和群體，這一階層也許還應該增補上房東和他家的女工。失業後的涓生認識到：「第一，便是生活。人必生活著，愛才有所附麗。」這裡的「愛」不僅是愛情，更是「絕望的希望」。上述內容似乎是「左翼」文學的階級動員主題的雛形和胚芽。但是，無論是〈娜拉走後怎樣？〉中的「娜拉」，還是《傷逝》中的「子君」，其中內涵的「性／別」議題均被抽空。雖然《傷逝》難得地委婉書寫了涓生與子君之間的性愛過程，但女性的「子君們」始終被安放在「希望」的大纛下，成為在場的缺席。當作為階級議題的「經濟」橫空出世，「性別」議題就被其成功遮蔽和置換。

　　人獲得經濟權方可「希望」，這完全正確，正確到空洞的地步──等於什麼都沒有說。但這又「說」出了一切：只有遮蔽掉「娜拉」／「子君」面對的真實「性別」困境，「階級」才能在一九三〇年代順利登場，現代中國的啟蒙者才能完成對自身精神困境的「想像的解決」，並在社會動員中實現其男性主體的確證。

十六
視覺與認同：
《太太萬歲》的時空轉譯及其文化政治

　　中國現代知識分子的戲劇實踐，在作為一種迥異於本土主流文化符碼系統的「反話語」的同時，其內在的民族主義寫作訴求，又潛在地與西方的「東方主義」論述達成了互滲合作的共謀關係，成為製造本土內部殖民的力量之一。這種內部殖民有一個與之相伴相生的重要副產品，就是主動地把中國的現代性敘事納入了黑格爾式的歷史哲學體系而不自覺。在這一論述體系中，「東方」是歷史的起點，「西方」則是終點，「西方」創造了歷史並鑄造著未來，而位於「東方」的中華帝國則是一個專制、野蠻、滯後的古老國度。[1]這種二元對立的「哲理化」表述的真正可怕之處在於其中的時間與空間的邏輯互滲，具體體現為一系列不無價值仲裁意味的二元對立項，如傳統／現代、中國／西方、舊／新、野蠻／文明等之間的可置換關係。這種觀念秩序的確立，為西方帝國主義的殖民擴張準備了意識形態基礎，血腥的劫掠和暴力的入侵反而成為幫助野蠻、停滯的民族進入文明、進步的「正義」工具。[2]本奈迪克特・安德森（Benedict Anderson）曾經指出，「民族所表達的是這樣一種理念，它是一種沿著歷史向下（或向上）進行穩定運動的堅實的共同體，可以被形象地比喻為一個按照歷

1　〔德〕黑格爾著，王造時譯：《歷史哲學》（上海市：上海書店出版社，2003年），頁106-136。
2　關於西方現代性敘事中的「中國」表述話語譜系的轉化及其意義，周寧先生有過極其精彩、透徹的論述，參見周寧：《天朝遙遠：西方的中國形象研究》上、下冊（北京市：北京大學出版社，2006年12月）。

時的方式穿越同質、空洞的時間的社會有機體。」[3]在這個意義上，我們可以說，在中國現代知識分子的跨文化戲劇實踐中，一種迫於西方殖民壓力下的現代民族國家敘事[4]，正是通過把一種歷時的線性時間觀念組織進了不同的空間中，從而使得進步與落後、現時與未來的二元區隔成為解釋中西文化差異的唯一尺度。由於列強的侵略，這種移植來的民族國家的時空觀念，在漸次展開的歷史格局中成為主導的敘事模式。正如在中國本土上演的「娜拉的故事」中，由其是在「五四-左翼」這一敘事脈絡中，現時／本土往往意味著一種反價值，只有背棄現時／本土，轉向一個被建構的「西方」（或有待於被動員的「大眾」），才可能為本土允諾一個「光明」的未來。當然，這種現代性敘事也不能完全被視為是西方的「東方主義」論述宰制的結果，其中亦有本土經驗的參與。需要強調的是，自「五四」以來，在中國處於主導位置的現代戲劇實踐，如「娜拉的故事」，在一種本質化的二元思維框架中，使得西方／本土、現代／傳統均被表述為鐵板一塊。而諸如「西方」、「現代」等想像性的文化符碼無論在美學層面，還是在政治層面，最終都演化為令人望而生畏的知識權力。作為符號資本的「西方」所謂的「文化霸權」，在中國現代知識分子的戲劇實踐中往往被落實為本土內部的權力結構。

　　然而，這不是問題的全部。「西方」在中國現代的敘述中的意義並非一成不變的，不同的跨文化實踐主體可能擁有著不一樣的「西方」與「傳統」，這些戲劇實踐豐富了（或者說複雜化了）中西戲劇文化交流的圖景，從而使一種別樣的時空體驗和另類（alternative）的現

3　Benedict Anderson, *Imagined Communities: Reflections on the Origin and Spread of Nationalism*, London. New York: Verso, 1991, p.26.

4　劉禾指出，「『五四』以來被稱之為『現代文學』的東西其實是一種民族國家文學。」劉禾：《語際書寫──現代思想史寫作批判綱要》（上海市：上海三聯書店，1999年），頁191-195。

代性經驗得以呈示，並且與主導的敘事模式進行著多重的磋商和深層次的對話。其中，張愛玲就是這些另類實踐者之一，本文將以張愛玲在一九四七年為上海文華影片公司編劇的《太太萬歲》為個案[5]，探討另一種不可忽視的另類跨文化戲劇實踐的修辭策略及其意義。

「跨文化性」：前提與問題

　　《太太萬歲》在被洪深批評為不夠重視「自己的戲劇工作的教育作用與社會效果」之後，[6]又被程季華等電影史家在一九六〇年代初再度定性為「消極電影」，因為它「頌揚了一個充滿小市民庸俗習氣的女主人公，渲染了樂天安命的人生哲學。」[7]此後，《太太萬歲》被埋藏在歷史的煙塵中長達三十年之久。一九八〇年代末，海外學者鄭樹森從《太太萬歲》對中國電影類型的開拓意義上高度評價這部影片，指出影片的「部分橋段近乎三十年代好萊塢的神經喜劇」，「在『借鑑』好萊塢之餘，《太太萬歲》也羼雜一些三十年代中國電影常見的題旨」[8]，隨後，這部影片的電影史價值也得以重估[9]，研究成果

5　張愛玲編劇、桑弧導演：《太太萬歲》（上海市：上海文華影片公司出品，1947年）。本文參考的影片DVD由峨眉電影製片廠音像出版社出版發行，下文不再另註。

6　洪深：〈恕我不願領受這番盛情——一個丈夫對於《太太萬歲》的回答〉，載《大公報・戲劇與電影》第64期，1948年1月7日。

7　程季華主編，程季華、李少白、邢祖文編著：《中國電影發展史（初稿）》第2卷（北京市：中國電影出版社，1980年），頁268-269。根據版權頁顯示，該書初版於一九六三年二月，陳荒煤在「重版序言」裡面說為了「還它本來的歷史面貌，再次出版了」，參見陳荒煤：〈重版序言〉，程季華主編，程季華、李少白、邢祖文編著：《中國電影發展史（初稿）》第1卷（北京市：中國電影出版社，1980年），版權頁、頁4。

8　鄭樹森：〈張愛玲的《太太萬歲》〉，載《聯合報》（臺北）副刊，1989年5月25日。

9　比如丁亞平著：《影像中國——中國電影藝術：1945-1949》（北京市：文化藝術出版社，1998年）、陸弘石著：《中國電影史1905-1949：早期中國電影的敘述與記憶》（北京市：文化藝術出版社，2005年3月）、丁亞平：《電影的蹤跡：中國電影文化

多不勝數。《太太萬歲》的重見天日絕非一個偶然、獨立的文化事
件，在它的背後糾纏著一個繁複的歷史語境。張愛玲在戰後極為敏感
的政治身分[10]，賦予她在隨後的冷戰和後冷戰敘事中一個頗為「傳
奇」的文化位置：她在一九四九年以後的中國大陸的文學史敘述中被
「全面蒸發」，同時卻在海外華人世界的論述中被不斷「放大」。然
而，伴隨著冷戰的終結以及中國文化市場的漸次成熟，張愛玲的作品
被大量引進和重印，在「重寫文學史」的文化實踐中，在「多重新主
流建構力量的助推」下，對於張愛玲的評價不斷攀升。[11]最終，張愛
玲及其作品不僅被「經典化」，而且在商業操作下，張愛玲成為文化
生產的焦點之一，「張愛玲」漸漸失去了其原有的豐富內涵，成為一
個有利可圖的文化符號，並且和種種社會經濟因素互動，不無諷刺地
形成了新的「張愛玲傳奇」。在商業性的文化生產和學術研究不斷互
滲的情況下，張愛玲研究也被不斷地庸俗化，嚴肅的學術研究走向了
浮淺和停滯。在這樣的文化格局中檢視《太太萬歲》既有的相關研
究，會發現在「補白」與「鉤沉」工作完成之後，眾多標榜「重估」
或「重寫」的研究不過是在用一種「敘事」替換另一種「敘事」而
已，因為「遮蔽」與「聚焦」在根本邏輯上毫無二致，都是主流話語
建構的表徵。此類研究未能從前提預設上去質疑既往的討論。在鄭樹
森給予《太太萬歲》充分的肯定之後，有相當一部分研究仍在原地踏

史評》（北京市：中央編譯出版社，2005年3月）、〔日〕佐藤忠男著：《中國電影百年》
（上海市：上海書店出版社，2005年12月）、焦雄屏著：《映像中國》（上海市：復
旦大學出版社，2005年）、楊遠嬰主編：《中國電影專業史研究：電影文化卷》（北
京市：中國電影出版社，2006年1月）、張巍主編：《中國電影專業史研究：電影編
劇卷》（北京市：中國電影出版社，2006年1月）、李少白主編：《中國電影史》（北
京市：高等教育出版社，2006年）等，對於《太太萬歲》都給予了充分的肯定。

10 張愛玲戰後曾被認為是「文化漢奸」，主要原因有兩個：其一是與胡蘭成的婚姻；
其二是她在有日偽背景的報刊雜誌上發表文章。

11 戴錦華：〈時尚‧焦點‧身分──《色‧戒》的文本內外〉，載《藝術評論》2007年
第12期。

步，繼續為「張愛玲傳奇」的構築增磚添瓦，使這個原本意義豐贍的論題被徹底地庸俗化了。對於這些後繼性的研究，需要從兩個方面進行反思：其一，在學理上不夠嚴謹，其二，缺乏真正的問題意識。這兩個方面的闕失共享著同一個前提預設，即張愛玲在上海期間可能看過很多好萊塢喜劇影片，而《太太萬歲》正是好萊塢喜劇片影響下的產物。其實這個前提是需要被徹底加以檢討的：首先，鄭樹森並沒有明確指出《太太萬歲》是好萊塢喜劇片影響下的作品，而是非常謹慎地表述為「部分橋段近乎三十年代好萊塢的神經喜劇」；其次，鄭樹森指出，「在『借鑑』好萊塢之餘，《太太萬歲》也羼雜一些三十年代中國電影常見的題旨」，這句話是很有見地的，其中突顯著論者敏銳的問題意識，即《太太萬歲》的「跨文化性」（transculturation）[12]。而以上兩個方面往往為後繼的研究者視而不見，草率地認定《太太萬歲》是好萊塢喜劇影響的產物後，就開始分析其中的「影響成分」，在筆者看來，此類研究模式未免有些不著邊際。

　　「影響—接受」的研究範式要面臨兩重麻煩：第一，必須要有實證，才能確定這種交流模式；第二，即使有了實證，所謂的「影響」已經成為藝術家本人意識深處的文化訊息的一個組成，它們已被整合為藝術家的多重知識修養的一個部分，是一種精神性的狀態，因此，「影響」的成分是不可分析的，而「影響」的線索亦是無法追蹤的。[13]據筆者觀察，到目前為止，學界還沒能提供任何關於《太太萬歲》的

---

12 「跨文化性」是「用來描述從屬的或邊緣的群體如何從支配的或大都市的文化傳播過來的材料中進行選擇和創制。雖然被征服者不能自如地控制統治者文化所施予他們的東西，但他們確實可以在不同程度上決定他們需要什麼，他們如何應用，他們賦予這些東西以什麼樣的意義。」See Mary Louise Pratt, *Imperial Eyes: Travel Writing and Transculturation*, Second edition, London and New York: Routledge, 2008, p.7.

13 陳思和：〈20世紀中外文學關係研究中的「世界性因素」的幾點思考〉，載嚴紹璗、陳思和主編：《跨文化研究：什麼是比較文學》（北京市：北京大學出版社，2007年），頁153-154。

「影響源」的確切證據；當然，亦有研究者聰明地繞開了第一重麻煩，徹底把編劇張愛玲摒棄，從導演桑弧與劉別謙的關係著手分析影片與好萊塢喜劇的關係。[14]桑弧的確在各種不同的場合談到他對於好萊塢導演劉別謙的嗜愛[15]，但是，正如鄭樹森指出的那樣，《太太萬歲》對於好萊塢喜劇「是否借鑑在藝術創作上原難落實」，[16]藝術創作是藝術家把積澱在其潛意識層面的種種經驗、學養訊息調動出來，在特殊的社會文化背景的熔爐中加以熔鑄的結果，其中融合了他本人的知識結構、接受期待和歷史語境的形塑，「影響」並非一般想像的那樣容易辨認。[17]興起於現代民族主義文化背景下的影響研究，暗含著「我施你受」的因果連結和權力關係，它假設在一種二元對立的兩極關係中，其中的一極永遠處於被動、沉默的境地，這是我們在運用該範式進行研究時必須予以反思和超越的。實際上在「影響-接受」的文化交流模式中，處於弱勢的一極並非完全處於被動狀態，它面對強勢文化的覆蓋性衝擊，往往會主動地加以判斷、選擇和創造，同時，它亦會給予強勢文化造成回饋性影響，雖然二者間存在著明顯的話語逆差。這種缺乏反思意識的研究模式依然在二元對立的思維框架中打轉，對於「西方」和「中國」均進行了本質主義的處理，不具備真正的問題意識。鑒於此，本文認為，我們與其陷入混亂而徒勞的猜度與考據，不如及時地從「影響」研究的泥淖中抽身而退，以拓展新的問題域並在理論前提上另起爐灶。

---

14 比如張榮：〈桑弧與劉別謙——以《太太萬歲》為例〉，載《當代電影》2008年第3期。

15 陸弘石、趙梅對桑弧的訪談以及桑弧：〈拍戲隨筆〉，均載《桑弧導演文存》（北京市：北京大學出版社，2007年1月），頁50、302。

16 鄭樹森：〈張愛玲的《太太萬歲》〉，載《聯合報》（臺北）副刊，1989年5月25日。

17 陳思和：〈20世紀中外文學關係研究中的「世界性因素」的幾點思考〉，載嚴紹璗、陳思和主編：《跨文化研究：什麼是比較文學》（北京市：北京大學出版社，2007年），頁153-154。

　　在影片《太太萬歲》上映之前，張愛玲在洪深主編的《大公報‧戲劇與電影》週刊上發表了〈《太太萬歲》題記〉一文，這無疑是我們理解《太太萬歲》的一個前提性文本。在文章中，張愛玲指出：「John Gassnet批評Our Town那齣戲，說它『將人性加以肯定——一種簡單的人性，只求安靜地完成它的生命與戀愛與死亡的循環。』《太太萬歲》的題材也屬於這一類。戲的進行也應當像日光的移動，濛濛地從房間的這一個角落到那一個角落，簡直看不見它動，卻又是倏忽的。梅特林克一度提倡過的『靜的戲劇』，幾乎使戲劇與圖畫的領域交迭，其實還是在銀幕上最有實現的可能。然而我們現在暫時對於這些只能止乎響往，例如《太太萬歲》就必須弄上許多情節，把幾個演員忙得團團轉，嚴格地說來，這本是不足為訓的。然而，正因為如此，我倒覺得它更是中國的。我喜歡它像我喜歡街頭賣的鞋樣，白紙剪出的鏤空花樣，托在玫瑰紅的紙上，那些淺顯的圖案。」[18]在張愛玲這段峰迴路轉般的文字之間，隱藏著一條通往深度闡釋《太太萬歲》的有效路徑，即《太太萬歲》作為一種跨文化的戲劇實踐，其「跨文化性」在於通過挪用「西方」重新解讀、審視並發現傳統，對二者進行了非本質主義的創造性轉換與整合，從而實現空間與時間的轉譯，傳達出一種另類的現代性體驗，進而界定自身的主體位置。

　　接下來本文將通過對於《太太萬歲》的文本解讀，探討影片傳達出的美學觀念是如何突顯一種另類的時空經驗的？而這種時空經驗又隱喻或者說註解著什麼？這種戲劇實踐在中國現代的論述場域中處於什麼樣的文化位置？它是如何與處於主導位置的戲劇實踐的時空模式展開深層次的對話，並在此基礎上有效地解構了中國／西方、傳統／現代等一系列被建構出來的二元區隔，從而為我們提供了一種想像中國的別樣方式和啟示的？

---

18 張愛玲：〈《太太萬歲》題記〉，載《大公報‧戲劇與電影》第59期，1947年12月3日。

時空轉譯與現代性體驗

　　張愛玲是中國近現代最為自覺地進行跨文化書寫的作家之一，讀高中三年級時，她就已經開始嘗試雙語寫作[19]，她在抗戰期間創作的大量小說、散文以及撰寫的文藝批評也都明確昭示了其寫作的跨文化特質，[20]這種自覺的書寫姿態在戰後被延續下去，貫穿了她整個寫作生涯。而她真正的跨文化戲劇實踐則始於一九四四年，她把自己的小說〈傾城之戀〉改編成了舞臺劇，演出時「很普遍的被喜歡」。[21]一九四七年繼影片《不了情》[22]的成功之後，同年，張愛玲再次為文華影片公司編劇的《太太萬歲》，就當時的演出效果[23]及其後來的藝術地位而言，無疑又是一次相當出色的跨文化戲劇實踐。

　　《太太萬歲》共有六十六場戲，[24]主要講述丈夫唐志遠（張伐

---

19 在張愛玲早期的創作中，目前可以看到的有兩篇英文作品：*Sketches of Some Shepherds* 和 *My Great Expectations*，均係作者高中三年級時所作。參見來鳳儀編：《張愛玲散文全編》（杭州市：浙江文藝出版社，1992年），頁502-513。

20 可參見張愛玲的小說集《傳奇（增訂本）》（上海市：山河圖書公司，1946年）以及散文集《流言》（上海市：五洲書報社，1944年）中的篇目。

21 張愛玲：〈寫〈傾城之戀〉的老實話〉，載《張愛玲文萃》（北京市：文化藝術出版社，2003年7月），頁75。

22 張愛玲編劇、桑弧導演：《不了情》（上海市：上海文華影片公司出品，1947年）。本文參考的影片DVD由峨眉電影製片廠音像出版社出版發行，下文不再另註。

23 據陳子善考證，該影片於一九四七年十二月十四日「在上海的皇后、金城、金都、國際四大影院同時上映，引起很大轟動，整整兩週，即使遇上大雪紛飛，仍然場場狂滿。當時上海各報競相報導《太太萬歲》上映盛況，稱其為『巨片降臨』、『萬眾矚目』、『精彩絕倫，回味無窮』、『本年度銀壇壓卷之作』」。陳子善：〈圍繞張愛玲《太太萬歲》的一場論爭〉，載子通、亦青主編：《張愛玲評說六十年》（北京市：中國華僑出版社，2001年），頁111。

24 最近幾年公開出版的《太太萬歲》的對白本錯訛頗多，張愛玲本人在看到這個對白本後，在她的散文〈「嗄？」？〉裡面表示：「在我看來實在有點傷心慘目」，筆者認為該對白本最嚴重的錯誤在於把志遠與思珍在楊律師那裡協議離婚復又和好那一場給完全漏掉了。分別參見張愛玲：〈「嗄？」？〉，載《張愛玲文萃》（北京市：文化藝術出版社，2003年7月），頁412-416；張愛玲：《太太萬歲》，載子通、亦青編：

飾）在妻子陳思珍（蔣天流飾）的幫助下從岳父（石揮飾）那裡借來
一筆錢，創辦了一家公司，而事業蒸蒸日上的志遠卻在外面和交際花
施咪咪（上官雲珠飾）混在一起，思珍傷心之餘佯作不知，最後志遠
的公司被小人搞垮，施咪咪又假裝懷孕勒索志遠，思珍用計成功地為
志遠化解危機，並決定與志遠離婚，然而思珍在最後的關頭卻又為志
遠的悔悟所打動，夫妻和好如初。《太太萬歲》是一部不大容易進行
「情節」複述的影片，正如當年影片公映後，一位影評人所指出的：
「我對張愛玲的寫作技術是欽佩的，像《太太萬歲》這樣沒有『故事
性』的故事，而居然能編成一個電影劇本，誠令人感到驚奇」。[25]因
此，如果一定要像上述的那樣去追蹤其故事線索，將必然會以喪失影
片極為豐富的細節及其隱喻意義為代價。但是，我們僅根據上述的影
片內容梗概，依然可以從中感受到一種極為另類的書寫姿態──顯而
易見，這是一齣「反高潮」[26]的戲劇，這種「反高潮」在她後來那篇
已為華人導演李安搬上銀幕的短篇小說《色，戒》裡面，被再度成功
地運用。[27]在影片的高潮部分，即志遠和思珍在楊律師辦公室協議離
婚那一場，觀眾的接受慣例與觀影期待一併遭遇到了巨大的挑戰──
陳思珍的態度在剎那間來了一個極端的轉折，無論如何也不願與唐志
遠離婚。如果把《太太萬歲》放進「娜拉的故事」這麼一個為中國觀
眾頗為熟悉的敘事脈絡中考察，可以發現陳思珍其實是一個「欲走還
留」的娜拉，因此我們可以得出這樣的結論：《太太萬歲》的「反高
潮」的實質就是「反娜拉」。

　　在〈《太太萬歲》題記〉裡面，張愛玲提到影片與《我們的小鎮》

　　《張愛玲文集・補遺》（北京市：中國華僑出版社，2002年4月），頁3-39。

25　沙易：〈評《太太萬歲》〉，載《中央日報・劇藝》第509期，1947年12月19日。

26　張愛玲曾說過：「我喜歡反高潮，黯異的空氣的製造與突然的跌落，可以感到傳奇
　　中的人性呱呱啼叫起來。」張愛玲：《談跳舞》，載《天地》1944年第14期。

27　關於《色，戒》「反高潮」的相關論述，可參見周雲龍：〈《色・戒》的戲中戲、中
　　年危機與文化記憶〉，載《粵海風》2008年第1期。

（*Our Town*）[28]的題材屬於一類的，並借用了劇評人約翰・加斯納（John Gassnet）對《我們的小鎮》的評論，那就是「將人性加以肯定——一種簡單的人性，只求安靜地完成它的生命與戀愛與死亡的循環。」出於這樣一種寫作指向，張愛玲有意識地挪用了西方現代主義戲劇的某些手法，比如桑頓・懷爾德在《我們的小鎮》中的時空處理，梅特林克的「靜的戲劇」理念等。[29]彼得・斯叢狄在描述典型的幻覺性的戲劇本質時指出，「戲劇是第一性的，它不是被表演的，而是自我展現，不是關於過去的講述，而是當下的發生，戲劇在時間和空間上的一致性體現了戲劇的統一性」。[30]而在懷爾德與梅特林克等劇作家那裡，以上原則幾乎被全面顛覆：戲劇情節遭到了極大的稀釋，戲劇人物的靈魂呈示成為重心，戲劇時空可以自由轉換……就懷爾德與梅特林克而言，他們那不無革命性的戲劇實踐有著相同的旨歸，即探討日常生活的核心價值。懷爾德指出，「《我們的小鎮》既無意提供新罕舍爾（New Hampshire）村的生活圖景；也無意探討人在死亡後的存在狀態（劇中的相關內容我僅僅借鑑了但丁的《煉獄》）。主要是嘗試著追尋日常生活中最微不足道的細節的價值」。[31]而梅特林克則在他的經典著述《謙卑者的財富》裡面，宣言般地肯定日常生活的意義：「在日常生活中有一種悲劇因素存在，它遠比偉大冒險中的悲劇更真實、更強烈，與我們真實的自我更相似」。[32]日常生活的空間具有

---

28 *Our Town*是美國戲劇家桑頓・懷爾德（Thornton Wilder, 1897-1975）的作品，該劇首演於一九三八年，其常見的中文譯名還有《小鎮風光》等。本文參考作品為 Thornton Wilder, "Our Town", *Three Plays: Our Town, The Skin of Our Teeth, The Matchmaker*, New York: Harper & Row Publishers, Inc., 1957, pp.1-64.下文不再另註。

29 張愛玲：〈《太太萬歲》題記〉，載《大公報・戲劇與電影》第59期，1947年12月3日。

30 〔德〕彼得・斯叢狄著，王建譯：《現代戲劇理論（1880-1950）》〈譯者序〉（北京市：北京大學出版社，2006年3月），頁14。

31 Thornton Wilder, "Preface," in *Three Plays: Our Town, The Skin of Our Teeth, The Matchmaker*, New York: Harper & Row Publishers, Inc., 1957, pp.XI.

32 〔比利時〕莫里斯・梅特林克著，孫莉娜、高黎平譯：〈日常生活的悲劇性〉，載

固定、狹窄和封閉的特點，而日常生活的時間則具有凝固、恆常和均勻流逝的特徵。[33]在《我們的小鎮》的帷幕拉開以後，舞臺監督告訴觀眾：「第一幕演出的是我們小鎮的一天，時間是一九○一年五月七日破曉時分」，然後開啟了小鎮那靜如止水般的日常節奏，在這個近乎凝固的時間流程中，展示出一個世外桃源般的空間，小鎮遠離塵囂，溫馨舒適，文明自足。梅特林克（Maurice Maeterlinck）曾經表達了他所期望的舞臺實踐風貌：「我希望在舞臺上看見某種生活場面，憑藉連結起各個環節，追溯到它的根源和它的神祕，這是在我的日常事務中既無力量，也無機會去研究的。我到那裡去，是希望我日復一日卑微存在的美、壯觀和誠摯，在某個瞬間，會向我顯現，我不知道的存在、力量或者上帝始終在我的房間中與我同在。我渴望一個奇異的時刻，它屬於更高的生活，但未被察覺，就倏忽飛過了我極度枯燥的時辰；然而我所看到的，幾乎一成不變，只不過是一個人，讓人厭倦已極地囉嗦著，他為什麼嫉妒，為什麼下毒，為什麼殺人」。[34]對於日常生活的意義的孜孜探求，使懷爾德與梅特林克的戲劇時空觀念突破了幻覺性的戲劇時空「一致性」的限制，而獲得了雋永的美學意味。值得注意的是，懷爾德明確表示他的戲劇實踐借鑑了包括中國戲曲在內的東方表演藝術：「在中國戲劇裡面，一個角色通過跨立在一根棍子上，就能為我們傳達出他正騎在馬背上。幾乎在每一個日本能劇中，一個演員只需在舞臺上環繞一周，我們就明白他在做長途旅行」。[35]由此可見，《我們的小鎮》的自由開放的時空結構以及象徵性

　　《梅特林克隨筆書系：謙卑者的財富智慧與命運》（哈爾濱市：哈爾濱出版社，2004年），頁40。

33 衣俊卿：《現代化與日常生活批判》（北京市：人民出版社，2005年3月），頁18-24。

34 〔比利時〕莫里斯‧梅特林克著，孫莉娜、高黎平譯：〈日常生活的悲劇性〉，載《梅特林克隨筆書系：謙卑者的財富智慧與命運》（哈爾濱市：哈爾濱出版社，2004年），頁42。

35 Thornton Wilder, "Preface," in *Three Plays: Our Town, The Skin of Our Teeth, The*

的舞臺處理手法的靈感即來自於中國戲曲等東方表演藝術，而懷爾德
與中國戲曲的關係淵源則可以追溯到他童年在上海和香港生活期間對
於中國戲曲的接觸。[36]梅特林克提出的「靜的戲劇」理念，作為西方
現代主義思潮興起背景下的一種戲劇實踐，旨在以審美現代性對抗社
會現代性。[37]而《我們的小鎮》則以一種平靜、溫馨、舒緩的風格和
筆致，通過日常生活的溫情展示和詩意開掘，對於功利、浮躁的美國
現代都市生活進行了深刻地反思和溫婉地批評。懷爾德在這部劇作裡
面融入了一個哲學主題：讓人們意識到「日常生活中最微不足道的細
節的價值」。《我們的小鎮》突顯出一種可以和現代工業文明相互參照
的價值體系，其田園牧歌般的情致顯現出對於自然家園、農業文明的
烏托邦式地想像和渴望，整部劇作氤氳著一種淡淡的懷舊情愫。為了
更好地表達劇作的哲學主題與反思、批判意識，懷爾德摒棄主流的幻
覺劇場模式不用，轉向東方古老的戲劇傳統取法就成了必然。

　　〈《太太萬歲》題記〉裡面，張愛玲表達了與懷爾德和梅特林克
近似的戲劇觀念：「這悠悠的生之負荷，大家分擔著，只這一點，就
應當使人與人之間感到親切的罷？『死亡使一切人都平等』，但是為
什麼要等死呢？生命本身不也使一切人都平等麼？人之一生，所經過
的事，真正使他們驚心動魄的，不都是差不多的幾件麼？為什麼偏要
那樣的重視死亡呢？難道就因為死亡比較具有傳奇性——而生活卻顯
得瑣碎，平凡？」[38]這種近似的美學觀念使張愛玲自覺地在影片中再
現了一種以日常生活為核心的「浮世的悲歡」。[39]正是懷爾德對於中國
戲曲藝術的跨文化挪用，使張愛玲發覺了中國傳統與西方現代性整合

Matchmaker, New York: Harper & Row Publishers, Inc., 1957, pp.XI.

36 鄭樹森：《文學地球村》（上海市：上海三聯書店，1999年10月），頁37。

37 周寧：〈導言〉，載周寧主編：《西方戲劇理論史》上冊（廈門市：廈門大學出版
　　社，2008年6月），頁75-76。

38 張愛玲：〈《太太萬歲》題記〉，載《大公報‧戲劇與電影》第59期，1947年12月3日。

39 張愛玲：〈《太太萬歲》題記〉，載《大公報‧戲劇與電影》第59期，1947年12月3日。

的可能。於是，中國與西方、傳統與現代之間的二元區隔的界限在張
愛玲那裡就變得模糊起來——中國傳統文化是與西方文化共時並存的
另一種特殊文化，它在西方現代性話語之外亦享有其合法性，同時西
方文化也不再具有唯一的普遍性。但是，懷爾德的《我們的小鎮》同
樣屬於一種跨文化的戲劇實踐，它從來就沒有取消其為西方代言的權
力結構，其權力運作具體體現為，汲取東方表演藝術的營養以療治西
方文明的痼疾，進而完成西方現代性文化的自我建構。因此，從深層
次看，在這一權力運作的過程中，同樣生產出了另一個不無浪漫色彩
的「東方」，東方與西方的二元劃分依然是清晰可見的事實。我們必
須從中西戲劇文化整合的雙重意義上思考張愛玲在《太太萬歲》中的
跨文化戲劇實踐：它既是對中國／西方、傳統／現代等一系列二元對
立項，以及在此基礎上對於中國和西方的本質化表述的有力解構，同
時亦把自我的戲劇實踐納入了西方現代性的自我建構的話語脈絡中
去。[40]《太太萬歲》的「跨文化性」的第二個層面的意義及其生成將
在本文的後半部分詳加論述，同時還會涉及到張愛玲如何通過她的跨
文化戲劇實踐，在對於中國現代性的想像方式上，與「五四-左翼」
的敘事模式展開了一次深層次的對話。接下來，本文將從《太太萬
歲》的文本分析出發，探討張愛玲是如何在西方的參照系中，重新發
現傳統，並為自己的戲劇實踐找到了新的審美資源，從而實現時空轉
譯，呈示出別樣的中國現代性體驗。

　　張愛玲明確意識到，西方現代主義戲劇的藝術主張「還是在銀幕
上最有實現的可能」。張愛玲的觀點是有道理的。因為戲劇藝術的發
生必須在由三度空間和時間組成的四維時空中進行，而電影則是在由

---

40 本文這一論述思路受益於史書美教授對於中國的現代主義文學創作富於啟發性的研
　究，參見〔美〕史書美著，何恬譯：《現代的誘惑：書寫半殖民地中國的現代主義
　（1917-1937）》（南京市：江蘇人民出版社，2007年4月）。特別是該書的第六章〈未
　曾斷裂的現代性：對新全球文化的建議〉。

敘事造成的時間維度中，在二度空間的銀幕平面上展示連續性的畫面，如此一來，由畫面暗示出來的三度空間依靠攝影機的位移和膠片剪輯，就可以被自由地呈示而不受物質條件的限制。諸如《我們的小鎮》和梅特林克期望的「靜的戲劇」，這類意欲突破時空一致性的戲劇理念，「幾乎使戲劇與圖畫的領域交疊」，用電影作為載體最為切實有效，但問題是它們作為戲劇的基本前提也被否決了。而中國戲曲的具有象徵意味的開放性時空結構則為解決這一難題提供了基本的靈感，懷爾德在《我們的小鎮》裡面已經成功地進行了實驗。張愛玲編劇的《太太萬歲》則無須顧慮太多，因為它原本就是為銀幕呈現而作，蒙太奇手法可以最大程度地滿足其視覺想像與時空切割。張愛玲希望《太太萬歲》「的進行也應當像日光的移動，濛濛地從房間的這一個角落到那一個角落，簡直看不見它動，卻又是倏忽的」，這句話暗示了影片《太太萬歲》是在空間的轉換中感知時間的匀質流逝的。但張愛玲又自覺地「弄上許多情節」，因為她在意的是影片在挪用西方現代戲劇藝術的題材與時空理念之外，它是否「更是中國的」。

　　《太太萬歲》為我們呈示了兩類由社會規劃的空間，即作為個人日常生活空間的家庭（私人領域）以及作為都市生產和消費空間的公司、銀行、律師事務所、咖啡廳、電影院、商店等（公共領域）。在兩類空間的特質與關係上，前者具有封閉、限制、依附的性質，而後者則具有開放、主導、生產的性質。在影片的前半部分，這兩個空間的分野與區隔極度明晰。陳思珍顯然是屬於前者的，正如張愛玲所言：「上海的弄堂裡，一幢房子裡就可以有好幾個她」。[41]陳思珍的生命狀態也是充斥著日常的瑣屑與平淡，「她的氣息是我們最熟悉的，如同樓下人家的炊煙的氣味，淡淡的，午夢一般的，微微有一點窒息；從窗子裡一陣陣的透進來，隨即有炒菜下鍋的沙沙的清而急的流

---

41 張愛玲：〈《太太萬歲》題記〉，載《大公報・戲劇與電影》第59期，1947年12月3日。

水似的聲音」。[42]與陳思珍所屬空間相對應的，是丈夫志遠所處的作為現代都市生產和消費的空間，開始志遠在一家銀行上班，後來遇到機會開了公司，而他出入的消閒場所往往是咖啡廳、電影院、商店等。亨利・列費弗爾（Henri Lefebvre）指出：「空間從來就不是虛空的：它總是表達著某種意義」。[43]影片中兩類空間的分野營造出了一種「性別空間」的意味，「『性別空間』（gendered spaces）將女性與男性藉以生產和再生產權力和特權的知識隔離開來」。[44]正是在「性別」尺度的隔離下，影片清晰地把其中的角色劃分在兩個領域中：陳思珍、婆婆、唐志琴（志遠的妹妹）、陳母等處於以家庭為界限的私人領域中，而唐志遠、陳思瑞（思珍的弟弟）、楊律師、周先生（志遠的朋友）、薛副經理等則出入於公共的銀行、公司、律師事務所、咖啡廳、電影院等場所。列費弗爾那啟人深思的理論體系，令人信服地把我們的注意力從習慣性地關注空間中的事物轉移到了空間的組織方式上，並提醒我們社會空間本身就是一種生產方式：「空間不是諸多其他事物中的某一件，也不是諸多其他產品中的某一個，不如說它把生產出來的事物進行了一番歸類，包括了並存且共時的事物以及它們之間的互動關係——它們相對的秩序或無序。它是一系列連續運作的產物，因此不能被降級到簡單的客觀事物之列。與此同時，它根本不是一個想像物，與諸如科學、再現、觀念或夢想等相比，它是不真實的或者『理想化的』。社會空間是自身過去的行為的產物，它允許新的行為發生，同時它還促進某些行為並禁止另一些行為」，[45]因此，社會

42　張愛玲：〈《太太萬歲》題記〉，載《大公報・戲劇與電影》第59期，1947年12月3日。

43　Henri Lefebvre, *The Production of Space*, translated by Donald Nicholson-Smith, Oxford (UK), Cambridge, Mass: Blackwell, 1991, pp.154.

44　達夫妮・斯佩恩著，雷月梅譯：〈空間與地位〉，載汪民安、陳永國、馬海良主編：《城市文化讀本》（北京市：北京大學出版社，2008年1月），頁295。

45　Henri Lefebvre, *The Production of Space*, translated by Donald Nicholson-Smith, Oxford (UK), Cambridge, Mass: Blackwell, 1991, pp.73.

空間既是實踐發生的場所，同時也形塑著實踐的基本風貌。《太太萬歲》呈示的空間分割及其組織方式，不僅使性別區隔得以實現，反過來，兩類空間中的實踐又強化、鞏固了這種「性別空間」的基本狀況。

需要特別加以分析的是影片中另一位女主人公施咪咪，她在影片中首先以交際花的身分出現，她出入的場所亦屬於公共領域，如咖啡廳、電影院等，但是她的身體節奏卻不斷地洩露出社會空間的組織方式的另一個祕密，即知識資源的分配與職場分工之間的相輔相成關係。在進入討論之前，我們必須首先摒棄一種簡單粗暴的道德判斷，而承認施咪咪的交際花身分亦是一種謀生的職業，正如張愛玲所說的那樣，「以美好的身體取悅於人，是世界上最古老的職業，也是極普遍的婦女職業。為了謀生而結婚的女人全可以歸在這一項下」。[46]在影片的題旨中，陳思珍與施咪咪的差別僅僅在於分工的不同而已。「男性與女性的隔離方式制約了女性獲取知識的機會，使女性的地位在兩性關係中更加卑微」，[47]「性別空間」的隔離控制著知識資源的分配，進而操縱著職場的分工，因此，無論是陳思珍還是施咪咪，只能以取悅男人為生，不同的是，陳思珍用撒謊來潤滑生活，而施咪咪用美貌換取金錢。施咪咪看似身處屬於公共領域的社會空間中，但是因為她的生產空間卻同時屬於男性的消費空間，她本身就是作為消費品而存在於公共領域的，因此她實際上依然是置身在前面所論述的屬於私人領域的衍生空間中，二者具有結構上的同源關係。這個衍生空間的生成、維繫與強化，依靠的仍然是「性別空間」的隔離。

社會空間中的性別區隔及其成功運作從來就離不開女性的合作。由於「性別空間」的隔離與建構，「將女人置於一種永久的象徵性依

---

46 張愛玲：〈談女人〉，載《天地》第6期，1944年3月。

47 達夫妮・斯佩恩著，雷月梅譯：〈空間與地位〉，載汪民安、陳永國、馬海良主編：《城市文化讀本》（北京市：北京大學出版社，2008年1月），頁295。

賴狀態：她們首先通過他人並為了他人而存在，也就是說作為殷勤的、誘人的、空閒的客體而存在」。[48]陳思珍在影片中依靠不斷撒謊，處處委屈自己、成全別人，維護了他人的尊嚴和家庭的短暫穩定，施咪咪則充分發揮自己的美貌優勢，努力迎合職場男人們的獵豔心理而藉以謀生。陳思珍和施咪咪的身體就是在劃定的社會空間中，被不證自明的性別話語結構規定為「為了他人而存在」的客體，同時也是規訓自我實踐的主體，而這種「主體性」反過來又強化著其作為客體的身分。她們把來自於「性別空間」的「壓制自動地施加於自己身上」，「在權力關係中同時扮演兩個角色，從而把這種權力關係銘刻在自己身上」，從而她們「成為征服自己的本源」。[49]

英國女性主義電影理論家勞拉・穆爾維在其頗具影響力的論文《視覺快感和敘事性電影》裡面指出，「在一個由性的不平衡所安排的世界中，看的快感分裂為主動的／男性和被動的／女性。起決定性作用的男人的眼光把他的幻想投射到照此風格化的女人形體上。女人在她們那傳統的裸露癖角色中同時被人看和被展示，她們的外貌被編碼成強烈的視覺和色情感染力，從而能夠把她們說成是具有被看性的內涵」。[50]穆爾維在這裡指出了主流敘事影片的性別表徵手段，即把色情奇觀編織到父權話語主導的秩序中，從而使銀幕上的女性形象成為男性觀眾凝視（gaze）的欲望客體。但是，在《太太萬歲》中，張愛玲通過挪用西方現代主義戲劇的時空觀念，使穆爾維對於銀幕空間與影院空間的性別話語疊合、互動現象的經典論斷顯得捉襟見肘──在

48 〔法〕皮埃爾・布爾迪厄著，劉暉譯：《男性統治》（深圳市：海天出版社，2002年），頁90。

49 〔法〕米歇爾・福柯著，劉北成、楊遠嬰譯：《規訓與懲罰：監獄的誕生》（北京市：生活・讀書・新知三聯書店，1999年），頁227。

50 〔英〕勞拉・穆爾維著，周傳基譯：〈視覺快感和敘事性電影〉，載李恆基、楊遠嬰主編：《外國電影理論文選》下冊（北京市：生活・讀書・新知三聯書店，2006年11月），頁643-644。

影片的內在空間悄無聲息的轉換中，一種「反凝視」的美學效果逐步
得以生成，漸次摧毀了那堵隱形的、用以隔離「性別空間」的銅牆鐵
壁，使影片中的女性掙脫了她們在象徵秩序中作為「意義的承擔者」
的束縛，轉而成為了「意義的製造者」。

　　列費弗爾曾經批評福柯過於強調空間的隔離與監控的無處不在，
以至於忽略了「服務於權力的知識和拒絕承認權力的認知模式之間的
對抗」，作為主體的個人在私人領域中重新構築自我空間及其實踐的
可能，而這個私人空間往往就是個人通過日常生活實踐形成的。[51]
《太太萬歲》的戲在進行到第六十二場時，整個影片的敘事空間發生
了不可思議的逆轉，從而使列費弗爾意義上的個人日常空間的實踐得
以重新建構，影片的這種建構體現在兩個層面上。在施咪咪的兄弟的
安排下，施咪咪佯裝有了志遠的孩子，到志遠家裡意圖敲詐一大筆
錢，還威脅說如果不給，就告志遠誘姦。由於疏於管理，志遠的公司
也被薛副經理給出賣了，此時的志遠四處躲債，施咪咪的勒索無異於
雪上加霜。此刻，思珍挺身而出，將計就計，不僅揭穿了施咪咪的懷
孕謊言，而且發現她的兄弟其實是她的丈夫。施咪咪及其丈夫的騙局
被揭穿，志遠也得以解圍。在這場戲中，我們可以看到私人空間與公
共領域界限的模糊，陳思珍從私人空間進入公共領域，並成功地為丈
夫化解危機，以及施咪咪由交際花到（一個自己賺錢養活丈夫的）太
太的身分置換，無疑是對影片前半部分色情編碼系統的有力解構與顛
覆。正如周芬伶所言，「在一個父不父、子不子的家庭中，父權體制
搖搖欲墜，陳思珍的去色情化，跟男性的凝視是相對的。……陳思珍
和咪咪表面上是賢女／妓女二元分化角色，但是最後她們的身分卻錯
亂了，陳思珍失去賢妻的身分，而咪咪原來也是別人的太太。角色的

51　Henri Lefebvre, *The Production of Space*, translated by Donald Nicholson-Smith, Oxford
　　(UK), Cambridge, Mass: Blackwell, 1991, pp. 10-11.

互換與錯置產生乖訛的效果，改寫了刻板女人的形象」。[52]女性從私人空間進入公共領域的過程，在影片視覺性的隱喻層面上，是一個轉身並前行的姿態，這個姿態隱含著一種「反凝視」的視覺效果——「被看」者回頭去「看」並逼視偷窺者，必然會破壞影片編碼的「被看」的表象結構以及影院空間的觀眾的視覺認同，從而達到瓦解父權秩序的意識形態的效果。值得注意的是，《太太萬歲》的「反凝視」意義是雙重的，我們目前的分析還停留在一個最表象的層次上。

　　上文已經提到這部影片具有「反高潮」的特徵，如果把這種「反高潮」放在主導敘事的參照系中審視，其實質就是「反娜拉」。在影片的結局部分，思珍在受盡了委屈、傷害之後，決意與志遠離婚，然而志遠在律師事務所的一句「沒了你，我真不知自己怎麼活著」，令思珍的態度發生了意想不到的轉折，重新回到了太太所屬的「家庭空間」；同時，施咪咪的太太身分的暴露，也在有意無意地強化著影片中的女性的空間屬性。這樣的結局從表面看，似乎是與父權秩序的妥協並消解了第一層次的「反凝視」意義。於是，嗅覺靈敏卻不敏銳的批評家們，因為沒能從中聽到他們預期的「娜拉」出走關門時那「砰」地一聲，在失望之餘憤而指出，影片的「毛病是在『高潮』變質」，「太太的本事大得很，有主意，有決斷，可是一到丈夫不要她，她就毫無辦法，失去主動，立刻變為一個被丈夫擺布的乏貨！」[53]這種男性中心的解讀方式是不得要領的，其問題不在於沒有注意到「婦女角色的存在，而是婦女問題沒有成為爆發出另一種閱讀方式的出口點。一般而言，婦女知識概括在一些『更大』的標題如歷史、社會、

---

52 周芬伶：《艷異：張愛玲與中國文學》（北京市：中國華僑出版社，2003年），頁358。

53 洪深：〈恕我不願領受這番盛情——一個丈夫對於《太太萬歲》的回答〉，載《大公報‧戲劇與電影》第64期，1948年1月7日。

傳統等之下」。[54]正如影片上映後一位署名莘薤的評論者所批評的，「時代是在『方生未死』之間，反動的火焰正圖燒滅新生的種子，袖手旁觀的人兒是麻木無情呢還是別有用心？」[55]這種立足於民族國家的「大標題」下的批評方式有效地遮蔽了批評本身的性別政治，並漸次成為具有唯一合法性的閱讀方式。本文的意圖不僅僅在於指出這種批評所隱含的性別政治，還要進一步探究「發生在文化閱讀中充滿權力色彩的等級化和邊緣化過程」[56]中，究竟遮蔽了什麼？以及被遮蔽的成分與這種主流話語的關係是什麼？這就涉及到影片《太太萬歲》「反凝視」意義的第二個層面。

福柯認為，「大革命所要建立的」是「透明度和可視性」，「當時不斷興起的『看法』的統治，代表了一種操作模式，通過這種模式，權力可以通過一個簡單的事實來實施，即在一種集體的、匿名的注視中，人們被看見，事物得到了了解。一種權力形式，如果它主要由『看法』構成，那麼，它就不能容忍黑暗區域的存在」。[57]儘管本文的論題與福柯所探討的對象相去甚遠，但是福柯那富於洞見的觀點依然對我們有著深刻的啟發意義。「五四」以降，無論是在虛擬的書寫／表演文本層面，還是在現實的社會政治層面，無數青年男女在「娜拉」的啟蒙與感召下，離家或者去國，在生活模仿藝術的過程中，開始了其並不十分勝任的社會角色的擔當。這種被啟蒙的成果卻生產出了一種與啟蒙自身的初衷格格不入的「窺看主義」（voyeurism）悖

54 周蕾：《婦女與中國現代性：東西方之間閱讀記》（臺北市：麥田出版公司，1995年11月），頁102。

55 莘薤：《我們不乞求也不施捨廉價的憐憫——一個太太看了《太太萬歲》》，載《大公報．戲劇與電影》第64期，1948年1月7日。

56 周蕾：《婦女與中國現代性：東西方之間閱讀記》（臺北市：麥田出版公司，1995年11月），頁105。

57 包亞明主編，嚴鋒譯：《權力的眼睛——福柯訪談錄》（上海市：上海人民出版社，1997年），頁157。

論[58]——當啟蒙對象被召喚至有著男性氣質的公共領域中時，一種「不能容忍黑暗區域的存在」的敘事正好強化了對於啟蒙對象身上被本質化了的女性氣質的表述，從而使虛擬的文本中建構出來的本土以及現實中「娜拉」的追隨者無時不被暴露在一種被社會性的男性主體以及「西方」、「窺看」的客體位置上，形成「一種集體的、匿名的注視」。同時，我們還可以藉此解釋「五四-左翼」話語中的現時／本土為什麼總是被體現為一種具有反價值意味的「黑暗區域」，並作為未來的墊腳石被曝光、再現於文本。在這樣的論述前提下，我們可以看到陳思珍最後對於私人空間的回歸，實際上是否決了另一種男性氣質的凝視，即以民族國家的名義而投射的「一種集體的、匿名的注視」。這種「注視」來自於啟蒙與革命本身對於「敞視」的需求，這種需求「不能容忍黑暗區域的存在」。而作為交際花的施咪咪對於「太太」身分的恢復，同樣否決了社會對於摩登女子凝視的目光，這種作為內在於啟蒙話語的「窺看主義」畸形副產品的摩登女子，不過是「家庭玩物的變相延伸而已」[59]，負載著在民族主義的名義下被編碼的色情意義。張愛玲在她的散文《走！走到樓上去》中，曾經以揶揄的口吻質疑了「娜拉」式的「出走」：「我編了一齣戲，裡面有個人拖兒帶女去投親，和親戚鬧翻了，他憤然跳起來道：『我受不了這個。走！我們走！』他的妻哀懇道：『走到哪兒去呢？』他把妻兒聚在一起，道：『走！走到樓上去！』——開飯的時候，一聲呼喚，他們就會下來的。」她進一步指出，「這齣戲別的沒有什麼好處，但是很愉快，有悲哀，煩惱，吵嚷，但都是愉快的煩惱與吵嚷，還有一點：這至少是中國人的戲——而且是熱熱鬧鬧的普通人的戲。」[60]而

---

58 「窺看主義」借用自周蕾，詳見周蕾：《婦女與中國現代性：東西方之間閱讀記》（臺北市：麥田出版公司，1995年11月），頁171。

59 許慧琦：《「娜拉」在中國：新女性形象的塑造及其演變（1900s-1930s）》（臺北市：政治大學歷史學系，2003年），頁262。

60 張愛玲：〈走！走到樓上去〉，載《雜誌》第13卷第1期，1944年4月。

張愛玲對於《太太萬歲》的評價是：「它像我喜歡街頭賣的鞋樣，白紙剪出的鏤空花樣，托在玫瑰紅的紙上，那些淺顯的圖案」，「出現在《太太萬歲》的一些人物，他們所經歷的都是些注定了被遺忘的淚與笑，連自己都要忘懷的」。[61]把這兩種評價放在一起對讀，不難發現二者間的互文性，它們在日常瑣碎生活／「浮世的悲歡」中的個人實踐的連結點上形成一種相互敞開的、互為印證的網狀關係。正是在這個意義上，張愛玲肯定了陳思珍這個角色：「如果她有任何偉大之點，我想這樣的偉大倒在於她的行為都是自動的，我們不能把她算作一個制度下的犧牲者」。[62]因此，在「娜拉的故事」這樣一個論述前提下，我們可以把陳思珍和施咪咪對於「太太」身分的再度認同，視為影片對於民族主義話語中的性別編碼的「對抗性解碼」[63]，影片的第二個層面的「反凝視」意義正是在這種表面的回歸與迎合中得以深層次地表述，而這個層面意義也正是立足於民族主義的父權意識形態的評論家們的批評實踐的盲區。

　　如果說「太太」對於私人日常空間的回歸是一種深層次的「反凝視」意義的創制和建構的話，那麼，一個隨之而來的問題是，這種回歸是否會在與傳統父權意識形態的重新合作中將影片雙重的「反凝視」意義消解殆盡呢？對於這個問題的解析必須重新回到「反凝視」意義生成的第一個層次上。陳思珍從個人的日常空間進入公共領域，這一行為不僅超越了女性／男性、私人／公共的二元區分，而且瓦解了社會空間劃分所隱含的父權意識形態，使個人日常空間的意義得以突顯並重新建構了女性的空間認同。因此，陳思珍與施咪咪對於「太太」身分的回歸，是在個人通過性別實踐重新組構日常生活並與社會

---

61 張愛玲：〈《太太萬歲》題記〉，載《大公報‧戲劇與電影》第59期，1947年12月3日。
62 張愛玲：〈《太太萬歲》題記〉，載《大公報‧戲劇與電影》第59期，1947年12月3日。
63 斯圖亞特‧霍爾著，王廣州譯：〈編碼，解碼〉，載羅鋼、劉象愚主編：《文化研究讀本》（北京市：中國社會科學出版社，2000年），頁358。

空間的區隔形成對抗的基礎上的回歸。這種性別實踐既不認同既往被
規劃的社會空間的區隔邏輯，同時也在深層次上否決了那種背離個人
日常空間意義的「出走」姿態，因為「娜拉」式的「出走」姿態本身
就是對另一種建基於民族主義的有著男性氣質的社會空間劃分邏輯的
認同，其內在的性別政治與前者並無二致。這種由「日常空間」到
「規劃空間」再回到「日常空間」的情境（而非情節）敘事，使影片
的時間流程體現出連續性和循環性的特質，而這種空間的「回歸」則
隱喻著一種非本質化的「傳統」被「現代」的重新整合。顯而易見，
《太太萬歲》的時空觀念迥然有別於民族國家敘事中的線性時間對於
差異空間的一體化組構模式。當然，影片為了實現這種「反凝視」的
視覺效果，所付出的代價是在另一個層面上又強化了女性詭異、狡
詐、神祕、多變的定型形象，因為「對抗性解碼」實質上顛倒地重複
了性別區隔的二元對立的邏輯。

　　「張愛玲有一種把人物活動的日常場景和日常物品隨時隨地轉成
意義的生產『場地』的本事」，從而使「『中性』的外在物質世界變成
了敘事意義的生產者」。[64]影片中有一個重要的道具折扇就是在這樣的
意義上參與了影片的敘事。影片開始就是一把折扇，不斷地打開、合
攏、再打開……在折扇上依次出現片名及演職員表，而影片的最後一
場，則是施咪咪在用當初欺騙志遠的那套言辭欺騙另一位男性，然後
施咪咪用她的折扇遮住半張臉，對著鏡頭／觀眾詭異地眨了眨眼睛。
在這樣一個意義「生產場地」上，折扇這一日常物品至少負載了四個
層面上的隱喻意義：首先，「扇子」在中國傳統文化裡面往往是作為棄
婦的象徵，[65]張愛玲通過作為現代媒體技術的電影將之加以呈現後，

---

64 孟悅：《人・歷史・家園：文化批評三調》（北京市：人民文學出版社，2006年9
　　月），頁347。

65 比如，相傳（學界對於〈怨歌行〉的作者有異議）漢成帝后妃班婕妤為趙飛燕所
　　譖，失寵後住在長信宮，曾寫過一首〈怨歌行〉：「新裂齊紈素。鮮潔如霜雪。裁為

其傳統意義發生了翻轉，施咪咪用扇子遮面，恰似一張「面具」，不僅使其身分極為曖昧（已不再是傳統意義上的棄婦），而且施咪咪／上官雲珠從折扇上面向攝影機／觀眾投射的詭異眼神，直接穿透了橫亙在影院空間與銀幕空間中的「第四堵牆」，從而極大程度地干擾了男性的色情凝視；其次，片頭的折扇的不斷開合，與施咪咪在片尾的曖昧身分呼應，暗示了影片中不斷撒謊、不斷揭穿的近乎「重複」的情境段落，以及整部影片的圓形結構；再次，折扇的技術特性決定了其可以從任何一邊打開，再聯繫影片的空間敘事的循環結構，可以看出折扇本身就是影片敘事流程的隱喻，它營造出一種非線性的時間感知經驗；最後，電影作為一種舶來的現代視覺媒體，其單向的、不可逆的畫面疾速變動改變了鑑賞傳統藝術時的靜觀（contemplation）模式，由此在觀眾身上就產生了一種本雅明意義上的官能「驚悚效果」[66]，但是，如果把這種與現代性相關聯的視覺性「驚悚」從歐洲都市移植到中國文化語境中，就具有一種與文化殖民相結合的權力指向的意味，因此，傳統的折扇技術特質（如其可反覆性／回味性）對於影片時空結構的介入和承擔，使張愛玲對於「戲劇與圖畫的領域交迭」的嚮往在一定程度上得以落實，從而在隱喻層面紓解了這種舶來的新媒體技術所造成的視覺性暴力。再聯繫影片的結尾部分，在香山咖啡廳裡面，施咪咪告訴對面的男人她最喜歡看電影，但是也最怕看電影，當那個男人問及原因時，施咪咪說：「因為有時候看到苦片子，我就會想起我自己的身世來。我的一生真是太不幸了，要是拍成電影，誰看了都會哭的」。施咪咪的言辭對於坐在她附近偷聽的志

合歡扇。團團似明月。出入君懷袖。動搖微風發。常恐秋節至。涼風奪炎熱。棄捐篋笥中。恩情中道絕。」其中的扇子意象就寄託著作者失寵後的自傷。參見〔南朝陳〕徐陵編、吳兆宜註：《玉臺新詠》（上海市：上海書店出版，1988年），頁14-15。

66 〔德〕瓦爾特·本雅明著，李偉、郭東編譯：《機械複製時代的藝術》（重慶市：重慶出版社，2006年7月），頁22-26。

遠、思珍以及銀幕空間之外的觀眾而言，顯然是騙人的謊言，然而坐在其對面的男人卻渾然不覺，於是就產生了同時指涉著銀幕內外的雙重的認知距離，製造出一種「戲劇性的反諷」（dramatic irony）效果。值得注意的是，影片中這類反諷手法曾被反覆使用，但這裡施咪咪的謊言與作為現代媒體技術的「電影」之間發生了意義關聯，因此使得負載著技術現代性意義的電影及其視覺性暴力被其「謊言」本質有力地加以嘲諷並再度消解。折扇這一道具在影片《太太萬歲》裡面巧妙地整合了傳統與現代、本土與西方兩套文化符碼，隱喻著影片的循環往復的空間轉換中的非線性敘事流程。在個人日常空間與社會規劃空間的關係演繹中，影片實現了對於時間的轉譯，這種非線性的時間感知經驗寓言性地註解著一種想像中國現代性的另類方式。

　　張愛玲在〈《太太萬歲》題記〉裡面指出影片的主題與懷爾德的《我們的小鎮》屬於一類，即「將人性加以肯定——一種簡單的人性，只求安靜地完成它的生命與戀愛與死亡的循環」，而「戲的進行也應當像日光的移動，濛濛地從房間的這一個角落到那一個角落，簡直看不見它動，卻又是倏忽的」，近乎「靜的戲劇」理念中的「戲劇與圖畫的領域交迭」。在這樣的表述中，其實蘊含著一種圖畫與戲劇（性）、安靜與倏忽、永恆與完成的辯證法。張愛玲與影片導演桑弧在美學觀念上的共鳴，[67]使〈《太太萬歲》題記〉中的視覺想像在銀幕

---

67 桑弧曾經指出，「幾年前看了愛得門戈亭導演的《人海冤魂》和山伍德導演的《花好月圓》，我深深地愛上了他們那種抒情的、清麗的筆觸。他們所傳寫的全是一些日常的瑣事，故事裡絕對沒有傳奇式的英雄或美人，但通過他們的精湛的手腕，觀眾卻嚐到了一種人生的雋永的情趣，我希望我自己能做一個拙劣的學徒」。柯靈有一段評論文字非常精準地把握了桑弧的影片的美學特質：「藝術的色相是繁複的，正如人世的色相。壯闊的波瀾，飛揚的血淚，衝冠的憤怒，生死的搏鬥，固足以使人激動奮發；而從平凡中捕捉雋永，猥碎中攝取深長，正是一切藝術製作的本色。大多數的人生是瑣瑣的哀樂，細小的愛憎，善惡相摩擦，發著磷磷的光。他們幾乎百分之九十九不能超凡入聖。……多平凡的『浮世的悲哀』啊！它像一面看不見的網，卻幾乎籠蓋著無極的時空」。以上兩段文字分別出自桑弧：〈《人海雙珠》題

上得以完美呈示。結合影片本身，在瑣屑、靜止的日常生活空間情境的展示背後，隱匿著一個急遽變動的中國大時代背景，而這個背景的變動訊息卻是透過前景的日常生活得以傳達的，正如著名電影學者焦雄屏所指出的，「中產社會的娛樂，未必一定與時代社會脫節，在中國面臨政治體系大分裂的前夕，《太太萬歲》承載了諸多除了政治／經濟以外的道德／社會危機」。[68]張愛玲對於自己寫作的時代以及個人所居的座標點有過極為清晰的描述和認知，她說：「這時代，舊的東西在崩壞，新的在滋長中。但在時代的高潮來到之前，斬釘截鐵的事物不過是例外。人們只是感覺日常的一切都有點兒不對，不對到恐怖的程度。人是生活於一個時代裡的，可是這時代卻在影子似地沉沒下去，人覺得自己是被拋棄了。為要證實自己的存在，抓住一點真實的，最基本的東西，不能不求助於古老的記憶，人類在一切時代之中生活過的記憶，這比瞭望將來要更明晰、親切。於是他對於周圍的現實發生了一種奇異的感覺，疑心這是個荒唐的，古代的世界，陰暗而明亮的。回憶與現實之間時時發現尷尬的不和諧，因而產生了鄭重而輕微的騷動，認真而未有名目的鬥爭。」[69]在張愛玲的筆下，中國的現代性是一種「未完成的現代性」[70]，其基本特徵是新舊雜陳，生活在此間的人們的記憶與現實發生了嚴重的齟齬與暌違，「時代的車轟

記〉、柯靈：〈浮世的悲哀〉，均載《桑弧導演文存》（北京市：北京大學出版社，2007年1月），頁45，頁309。

68 焦雄屏：〈孤島以降的中產戲劇傳統——張愛玲和《太太萬歲》〉，載焦雄屏：《映像中國》（上海市：復旦大學出版社，2005年），頁57。

69 張愛玲：〈自己的文章〉，載《苦竹》第2期，1944年11月。

70 「未完成的現代性」這一表述借用自李歐梵，參見李歐梵：《未完成的現代性》（北京市：北京大學出版社，2005年）。張愛玲本人也曾指出她喜歡的「蒼涼」相對於「悲壯」是一種未「完成」，她說：「悲壯是一種完成，而蒼涼則是一種啟示」，「我知道人們急於要求完成，不然就要求刺激來滿足自己都好。他們對於僅僅是啟示，似乎不耐煩。但我還是只能這樣寫。我以為這樣寫是更真實的」。張愛玲：〈自己的文章〉，載《苦竹》第2期，1944年11月。

轟地往前開」[71]，「人覺得自己是被拋棄了」，於是，「他們唱歌唱走了
板，跟不上生命的胡琴」[72]，無法「掙脫時代的夢魘」。[73]因此，張愛
玲說：「我的作品，舊派的人看了覺得還輕鬆，可是嫌它不夠舒服。
新派的人看了覺得還有些意思，可是嫌它不夠嚴肅。但我只能做到這
樣，而且自信也並非折衷派。我只求自己能夠寫得真實些」。[74]在影片
《太太萬歲》裡面，日常空間的陳設與生存在這一空間的人們的行為
方式共同勾畫出了一個「參差對照」的價值系統。比如神像、點燃的
香蠟、祝壽的禮儀、扇子、嗜看苦戲的習慣，以及無線電、飛機、電
影院、咖啡廳、青年男女的新型戀愛方式、金錢門第觀念，還有社會
道德的隱隱崩壞等等，都被併置在影片所呈示的社會空間中，更重要
的是，這些新舊雜陳的空間意象與此間人們的行為方式一併參與了影
片的敘事，勾畫出一個「一切堅固的東西都煙消雲散了」[75]的荒唐奇
異且矛盾分裂的時代。

　　一個「急於要求完成」的時代[76]是「倉促的」，也是充滿著「破壞
性」的。張愛玲認為，時代「已經在破壞中，還有更大的破壞要來。
有一天我們的文明，不論是昇華還是浮華都要成為過去。如果我最常

---

71 張愛玲：〈爐餘錄〉，載《天地》第5期，1944年2月。

72 張愛玲：〈傾城之戀〉，載《雜誌》第11卷第6期，1943年9月。

73 參見張愛玲：〈自己的文章〉，載《苦竹》第2期，1944年11月。

74 張愛玲：〈自己的文章〉，載《苦竹》第2期，1944年11月。

75 「一切堅固的東西都煙消雲散了」（all that is solid melts into air）借用自美國社會學
　　家馬歇爾・伯曼（Marshall Berman），伯曼的表述借用自馬克思，用來描述這樣一
　　種現代性經驗：「發現我們自己身處這樣的一種環境之中，這種環境允許我們去歷
　　險，去獲得權力、快樂和成長，去改變我們自己和世界，但與此同時它又威脅要摧
　　毀我們所擁有的一切，摧毀我們所知的一切。……這是一個含有悖論的統一，一個
　　不統一的統一：它將我們所有人都倒進了一個不斷崩潰與更新、鬥爭與衝突、模稜
　　兩可與痛苦的大漩渦」。〔美〕馬歇爾・伯曼著，徐大建、張輯譯：《一切堅固的東
　　西都煙消雲散了──現代性體驗》（北京市：商務印書館，2003年10月），頁15。

76 張愛玲：〈自己的文章〉，載《苦竹》第2期，1944年11月。

用的字是『荒涼』，那是因為思想背景裡有這惘惘的威脅」。[77]因此，
張愛玲「喜歡參差的對照的寫法，因為它是較近事實的」，在她眼
裡，「極端病態與極端覺悟的人究竟不多。時代是這麼沉重，不容那
麼容易就大徹大悟。」《太太萬歲》裡面的人物「不是英雄，他們可
是這時代的廣大的負荷者。因為他們雖然不徹底，但究竟是認真的。
他們沒有悲壯，只有蒼涼。悲壯是一種完成，而蒼涼則是一種啟
示。」不難看出張愛玲的「啟示」中的「末世」意味，因此她極力地
從瑣碎的日常生活中尋找一種永恆的「簡單的人性」，「我以為這樣寫
是更真實的。……而且我相信，他們雖然不過是軟弱的凡人，不及英
雄的有力，但正是這些凡人比英雄更能代表這時代的力的總量。強調
人生飛揚的一面，多少有點超人的氣質。超人是生在一個時代裡的。
而人生安穩的一面則有著永恆的意味，雖然這種安穩常是不安全的，
而且每隔多少時候就要破壞一次，但仍然是永恆的。它存在於一切時
代。它是人的神性，也可以說是婦人性。」[78]以一個「一切堅固的東
西」都行將「煙消雲散」的「未完成」／過渡的時代為隱匿性背景，
張愛玲書寫了現代與傳統「參差對照」的日常空間中的永恆人性，以
此緩解急遽變動的大時代對於個體所造成的「驚悚效果」，這其實是
一種「現代性」經驗的隱喻性表述。由此，我們可以看到影片《太太
萬歲》的空間敘事與中國現代性圖景之間的互文性關係——循環往復
的非線性時空轉喻性地傳達了一種想像中國現代性的另類方式，其基
本內涵就是「過渡中的永恆」。

---

77 張愛玲：〈《傳奇》再版的話〉，載《張愛玲文萃》（北京市：文化藝術出版社，2003
　　年7月），頁167。
78 張愛玲：〈自己的文章〉，載《苦竹》第2期，1944年11月。

與主流話語的共享基點

　　影片《太太萬歲》在其銀幕時空的轉譯中，對於中國現代性體驗的寓言性註解，即過渡中的永恆，與法國詩人夏爾・波德萊爾為現代性所下的經典定義有著驚人的相似。波德萊爾在其美術評論集〈現代生活的畫家〉裡面指出：「現代性就是過渡、短暫、偶然，就是藝術的一半，另一半是永恆和不變」。[79]波德萊爾在評論與其同時代的一位畫家貢斯當丹・居伊（Constantin Guys）時寫道：「他尋找我們可以稱為現代性的那種東西，因為再沒有更好的詞來表達我們現在談的這種觀念了。對他來說，問題在於從流行的東西中提取出它可能包含著的在歷史中富有詩意的東西，從過渡中抽出永恆」。[80]其實這段評論文字同樣適用於張愛玲，[81]正如我們上文所分析的，《太太萬歲》注目於一個處於過渡中的大時代背景下的日常生活片段，在傳統與現代、劇變與永恆的「參差對照」中，「從流行的東西中提取出它可能包含著的在歷史中富有詩意的東西，從過渡中抽出永恆」，表述了作家的時空感知經驗與現代性體驗。福柯認為，對於波德萊爾來說，「成為現代人並不在於認識和接受這個永久的時刻；相反，它在於選擇一個與這個時刻相關的態度；這個精心結構的、艱難的態度存在於重新奪回某種永恆的東西的努力之中，這種永恆之物既不在現在的瞬間之外，

79　〔法〕波德萊爾著：〈現代生活的畫家〉，載郭宏安譯：《1846年的沙龍：波德萊爾美學論文選》（桂林市：廣西師範大學出版社，2002年1月），頁424。

80　〔法〕波德萊爾：〈現代生活的畫家〉，載郭宏安譯：《1846年的沙龍：波德萊爾美學論文選》（桂林市：廣西師範大學出版社，2002年1月），頁424。

81　李歐梵教授曾指出，張愛玲「自己的生命也在模仿她的人生哲學：快樂的時間還是『短暫的，易變的，臨時的』，這畢竟是『現代性』藝術的一部分，而另一部分卻要追求永恆」。本文的寫作和觀察角度深受李歐梵教授的啟發。參見〔美〕李歐梵：《蒼涼與世故》（上海市：上海三聯書店，2008年6月），頁13。

也不在它之後，而是在它之中」。[82]張愛玲在《太太萬歲》裡面，對於未完成的時代中永恆人性的關注，可以視為一種在劇變中「重新奪回某種永恆的東西的努力」，並由此導致了她本人對於當下的一種緊迫感[83]，而這種緊迫感反過來又使她的書寫極為放恣地沉醉於瑣細的日常物質生活，從而放棄了對於強烈的「戲劇性」的追求。二者是一種互為因果的關係。因此，張愛玲就像波德萊爾筆下的「現代生活的畫家」那樣，極力捕捉並繪製著當下「中國的日夜」，[84]傳達著她「過渡的」美學觀念。

　　在散文〈中國的日夜〉裡面，張愛玲記下了一次去小菜場買菜的所見所聞，恰似一幅中國社會的印象主義式速寫，似乎是為這幅速寫寫下的一個註腳，她說：「我們中國本來就是補釘的國家，連天都是女媧補過的」。[85]這句話暗示了《太太萬歲》繪製出的時空圖景與中國現代性之間的互文關係。影片中的陳思珍身處一個傳統與現代參差並置的奇異氛圍中，社會道德千瘡百孔，她用自己世故與圓滑不斷地縫縫補補，如此，影片呈示的中國普通家庭的倫理故事成為時代的隱喻。[86]這種對於整個時代「縫縫補補」的「婦人性」智慧[87]，顯然與

---

82 〔法〕米歇爾・福科著，汪暉譯：〈什麼是啟蒙？〉，載汪暉、陳燕谷主編：《文化與公共性》（北京市：生活・讀書・新知三聯書店，2005年3月），頁430。

83 比如，張愛玲曾經在〈《傳奇》再版的話〉裡面寫道：「快，快，遲了來不及了，來不及了！」參見張愛玲：〈《傳奇》再版的話〉，載《張愛玲文萃》（北京市：文化藝術出版社，2003年7月），頁167。

84 張愛玲：〈中國的日夜〉，載《傳奇（增訂本）》（上海市：山河圖書公司，1946年），頁388-394。

85 該句中的「補釘」二字原文如此，其他地方同樣寫作「補釘」，可能應作動詞理解，也可能是用字習慣，後來的選本往往把它改為「補丁」，似乎有失嚴謹。張愛玲：〈中國的日夜〉，載《傳奇（增訂本）》（上海市：山河圖書公司，1946年），頁389-390。

86 李歐梵教授認為，「《太太萬歲》中幾個非常細微的場景，可以看出張愛玲頗有用心。……比如一開始為什麼女工把碗打碎之後，這個太太要把碎片掩飾起來，藏在沙發墊子下面。這個時候我們不知道太太的性格是什麼，只知道這個女工不小心打

具有著男性氣質的民族國家宏大敘事中的革命式的線性時空演進觀念格格不入，正如周蕾所指出的，「在張愛玲文字裡這些『破壞』中，我們所遇到的整個世界，其實也只是一件細節，是從一個假設的『整體』脫落下來的一部分。而張愛玲處理現代性的方法的特點，也就是在於這個整體的概念。一方面，『整體』本身已是被隔離，是不完整和荒涼的，但在感官上它卻同時是迫切和局部的。張愛玲這個『整體』的理念，跟那些如『人』、『自我』或『中國』等整體的理念不一樣」。[88]然而，要有效地把握張愛玲的跨文化戲劇實踐的意義，僅僅停留在對其美學觀念及其隱喻意義的分析是遠遠不夠的，我們必須把它回歸到一個想像中國現代性的座標系中，繼續考察它究竟處於一個什麼樣的文化位置。

接下來，本文將在全球跨文化語境中論證張愛玲的寫作與「五四-左翼」之間如何展開了一次深層次的對話，以及這種對話何以發生？同是跨文化戲劇實踐，在二者的歧異之外，它們是否有可能共享著某種同樣的邏輯前提？這種共享又意味著什麼？

張愛玲「過渡的」美學觀念寓言性地註解著她的中國經驗和想像方式。對於當下的一種緊迫感，使她很容易與西方的審美現代性（反「現代性」）而不是社會現代性產生共鳴，因此，張愛玲在西方現代主義戲劇創作中看到了表述她的中國經驗的依據與資源。於是，《太太萬歲》對於梅特林克和懷爾德的戲劇實踐經驗的借鑑，使影片表達

碎了花瓶。這個裡面有一個小的主題顯示出來：或許東西碎了，這個太太要修補一下。由此聯想到她的婚姻整個過程就是貼補，貼家用，然後補足她丈夫的不足」。〔美〕李歐梵：《蒼涼與世故》（上海市：上海三聯書店，2008年6月），頁135。

87 張愛玲指出，「超人是生在一個時代裡的。而人生安穩的一面則有著永恆的意味，雖然這種安穩常是不安全的，而且每隔多少時候就要破壞一次，但仍然是永恆的。它存在於一切時代。它是人的神性，也可以說是婦人性。」張愛玲：〈自己的文章〉，載《苦竹》第2期，1944年11月。

88 周蕾：《婦女與中國現代性：東西方之間閱讀記》（臺北市：麥田出版公司，1995年11月），頁105。

出近乎波德萊爾的「過渡中的永恆」這樣的另類現代性想像。影片的敘事流程猶如一幅可以從任何一端緩緩展開的卷軸圖畫，從而把傳統與現代進行了「參差對照」的詩意整合。由於張愛玲很少對於自己的思考進行直白地剖析，無疑這增加了我們探討其思想軌跡的難度，但是，從其感性迷人的筆觸中，我們依然能夠追蹤出她本人對當下的緊迫感的一個最重要的催生因素，那就是戰爭。

　　張愛玲的一生與戰爭有著不解之緣。中學畢業，張愛玲考取了英國倫敦大學，因為太平洋戰爭的爆發，改入香港大學，一九四二年十二月，日本人轟炸香港，徹底中斷了她的學生生涯，回到上海，上海早已淪陷，形同「孤島」。[89]對於現代性的線性進程的巨大破壞性及其冥頑凶險、陰晴難測的歷史文法，張愛玲有著切身的體驗，在一篇描寫港戰的散文〈燼餘錄〉裡面，背景是「漫天火光」，前景卻是「飲食男女」。在這個期間，張愛玲發現：「去掉了一切的浮文，剩下的彷彿只有飲食男女這兩項。人類的文明努力要想跳出單純的獸性生活的圈子，幾千年來的努力竟是枉費精神麼？事實是如此。香港的外埠學生困在那裡沒事做，成天就只買菜，燒菜，調情——不是普通的學生式的調情，溫和而帶一點感傷氣息的」。[90]於是，「圍城的十八天裡，誰都有那種清晨四點鐘的難挨的感覺——寒噤的黎明，什麼都是模糊，瑟縮，靠不住。回不了家，等回去了，也許家已經不存在了。房子可以毀掉，錢轉眼可以成廢紙，人可以死，自己更是朝不保暮。像唐詩上的『淒淒去親愛，泛泛入煙霧』，可是那到底不像這裡的無牽無掛的虛空與絕望。人們受不了這個，急於攀住一點踏實的東西，因而結婚了」。然而，張愛玲並非一個虛無主義者，面對歷史的直線型破壞，她極力放大日常生活細節，並努力從中發現意義：「到底仗打

89 余斌：《張愛玲傳》（海口市：海南國際新聞出版中心，1995年），頁36-48。
90 張愛玲：〈燼餘錄〉，載《天地》第5期，1944年2月。以下引文均出自該篇，不再另註。

完了。乍一停，很有點弄不慣；和平反而使人心亂，像喝醉酒似的。
看見青天上的飛機，知道我們儘管仰著臉欣賞它而不至於有炸彈落在
頭上，單為這一點便覺得它很可愛，冬天的樹，淒迷稀薄像淡黃的
雲；自來水管子裡流出來的清水，電燈光，街頭的熱鬧，這些又是我
們的了。第一，時間又是我們的了——白雲，黑夜，一年四季——我
們暫時可以活下去了，怎不叫人歡喜得發瘋呢？就是因為這種特殊的
戰後精神狀態，一九二○年在歐洲號稱『發燒的一九二○年』」。正是
這種絲毫不加掩飾的真切經驗的鋪墊下，張愛玲突顯了當下的緊迫和
日常的意義，她說：「想做什麼，立刻去做，都許來不及了。『人』是
最拿不準的東西」，「清堅決絕的宇宙觀，不論是政治上的還是哲學上
的，總未免使人嫌煩。人生的所謂『生趣』全在那些不相干的事」。
〈燼餘錄〉可以看作是張愛玲全部作品的一個總起——「燼餘」的意
象暗示了她在現代性的「廢墟」重構文明的願景和努力，這導致了其
作品背景中那無處不在的「惘惘的威脅」，前景卻又是恆常的「浮世
的悲歡」，而其中國經驗正是在二者的張力結構中形成的。戰爭的破
壞造成的幻滅感，使她轉向稍縱即逝的當下，也就是過渡中的永恆。
張愛玲在《太太萬歲》裡面對於西方現代主義戲劇理念的共鳴與參
考，使她與「五四-左翼」在敘事策略上分道揚鑣。

　　在「五四」新文化運動先驅那裡，中國的「現代」主要意味著一
種時間價值，中國走向「現代」的途徑只能以一整套全新的價值體系
取代原有的基礎。這一現代觀藉由五四新文化運動的傳播，並在左翼
文藝實踐中得以承續，形成了對於文化實踐極具左右力的話語。而這
一話語往往把「現代」絕對化為一個不可分的時間單位，從而把中國
與西方「現代社會」的文化差異表述為時間問題。[91]這一話語對於現

---

91 孟悅：《人・歷史・家園：文化批評三調》（北京市：人民文學出版社，2006年9
　月），頁341-342。亦可參見陳獨秀：〈法蘭西人與近世文明〉、汪淑潛：〈新舊問
　題〉、李大釗：〈東西文明根本之異點〉、毛子水：〈國故和科學的精神〉等文章，均

代文藝中的中國經驗的表述方式有著兩個方面的影響：「其一，中國
社會與『現代』之間的關係被想像成某種時間與空間的『錯位』，後
來甚至形成了一種特定的『現實觀』」，「其二，由於『時代』成了
『現實』的單位，『時代』的不可分無形中決定了『現實』也不可
分」。[92]這種想像中國現代性的敘事特徵，也突出地體現在「五四-左
翼」作家的跨文化戲劇實踐中。「娜拉的故事」[93]的敘事焦點在於其時
間性，其「出走」即意味著對於傳統／「舊」的背離和對於現代／
「新」的追尋，「現時」意味著一片「黑暗區域」，「未來」才可能是
光明的「現代」社會。在一種時間敘事中，其現代性的體驗主要被呈
示為「空間化」了的「時間經驗」，其中隱含著傳統／現代與本土／
西方之間的對等關係。線上性時間中感知空間中國的方式，不經意間
把自我的論述納入了薩義德意義上的「東方主義」[94]敘事脈絡中去，
這種移植自西方的現代觀在中國本土的宰制意味著中國知識分子在知
識層面對於歐洲中心主義的臣服。但是，我們又不能不加反思地批評
這種現代性想像方式完全就是毫無主體意義的「自我東方化」，換句
話說，這種中國經驗的表述模式不能被完全視為是西方現代性影響下
的產物。具體到中國經驗表述的問題，我們不能忽略的是自近代以來
中國為列強殖民的歷史。如果說上述線性時間敘事作為一種西方現代
性的產物，其實質就是民族國家的敘事模式的話，那麼它被移植到中
國語境，既具有其合理性，也具有其必然性——民族主義與殖民主義
從來就是一體兩面的。正是因為這種歷史的合理性及其解放性意義，

載陳崧編：《五四前後東西文化問題論戰文選》（北京市：中國社會科學出版社，
1989年）。

92　孟悅：《人・歷史・家園：文化批評三調》（北京市：人民文學出版社，2006年9
月），頁341-342。

93　可參閱拙文〈娜拉在現代中國：一項知識的考掘〉，載《戲劇藝術》2014年第4期。

94　〔美〕愛德華・W.薩義德著，王宇根譯：《東方學》（北京市：生活・讀書・新知三
聯書店，1999年）。

在漸次展開的文化格局中，它被賦予了唯一的合法性，轉而成為一種壓抑性的力量。近代以來中國所面臨的民族危機，使民族國家敘事像一個可以釋放出無比能量的星球，中國現代知識分子紛紛被吸聚其下或改道易轍，形成了一個類似於福柯所說的「話語社團」（the society of discourse），「它保存或製造話語，但其目的是令話語在一封閉的空間流傳，且根據嚴格的規則來分配它們，言語主體卻不會因此種分配而被剝奪了權力」。[95]「五四-左翼」的民族國家敘事既具有雄厚的文化資本（「西方」作為知識依據），又擁有著顯在的社會資本（本土的歷史合理性），在社會的不斷演進和運作中這些資本被不斷積聚，最終成為一種象徵資本，從而在文化場域中具備了無以匹敵的符號動員力量與區隔功能。這是張愛玲的跨文化戲劇實踐所面臨的一個基本事實和強大背景。

一九四四年五月，著名法國文學翻譯家傅雷化名「迅雨」，在柯靈時任主編的《萬象》雜誌第三卷第十一期上發表了評論文章〈論張愛玲的小說〉，該文在褒揚了張愛玲的寫作技巧與才華後，進而對其題材批評道：「我不責備作者的題材只限於男女問題，但除了男女以外，世界究竟還遼闊得很。人類的情欲也不僅僅限於一二種。假如作者的視線改換一下角度的話，也許會擺脫那種淡漠的貧血的感傷情調；或者痛快成為一個徹底的悲觀主義者，把人生剝出一個血淋淋的面目來。我不是鼓勵悲觀。但心靈的窗子不會嫌開得太多，因為可以免除單調與閉塞」。[96]同年，張愛玲寫下了〈自己的文章〉，未必是針對傅雷的批評所做的回應，但是其中與民族國家的宏大敘述事的「對話」意味極其明顯，她說：「我發現弄文學的人向來是注重人生飛揚

---

95 〔法〕米歇爾·福柯著，肖濤譯：〈話語的秩序〉，載許寶強、袁偉選編：《語言與翻譯的政治》（北京市：中央編譯出版社，2001年），頁15。

96 迅雨：〈論張愛玲的小說〉，載子通、亦青主編：《張愛玲評說六十年》（北京市：中國華僑出版社，2001年），頁69。

的一面，而忽視人生安穩的一面。其實，後者正是前者的底子。又如，他們多是注重人生的鬥爭，而忽略和諧的一面。而人是為了要求和諧的一面才鬥爭的」，「文學史上素樸地歌詠人生的安穩的作品很少，倒是強調人生的飛揚的作品多，但好的作品，還是在於它是以人生的安穩做底子來描寫人生的飛揚的。沒有這底子，飛揚只能是浮沫，許多強有力的作品只予人以興奮，不能予人以啟示，就是失敗在不知道把握這底子」，「鬥爭是動人的，因為它是強大的，而同時是酸楚的。鬥爭者失去了人生的和諧，尋求著新的和諧。倘使為鬥爭而鬥爭，便缺少回味，寫了出來也不能成為好的作品」。[97]接著，張愛玲以米開朗琪羅的雕塑「黎明」為例，說明在當下的中國，不可能產生那種「大氣磅礡」的作品：「Michael Angel的一個未完工的石像，題名『黎明』的，只是一個粗糙的人形，面目都不清楚，卻正是大氣磅礡的，象徵一個將要到的新時代。倘若現在也有那樣的作品，自然是使人神往的，可是沒有，也不能有，因為人們現在還不能掙脫時代的夢魘」。我們依據福柯對於波德萊爾的評論，如果說「現代性」不是某種簡單的「認識」或「接受」，而是體現為一種「態度」和「努力」，[98]那麼，我們可以看到，在張愛玲對於其潛在「對話者」的言說中，所表述的正是她本人對於當下的「態度」和「努力」——她要完成一種對於現實的「啟示」，也就是她的另類現代性想像。

影片《太太萬歲》的第二場裡面有一個意味深長的細節：婆婆過生日，僕人張媽和思珍在準備祝壽的香蠟和酒菜，婆婆想知道最近袁雪芬在演什麼戲，思珍告訴她在演祥林嫂，婆婆的反應是「祥林嫂？沒聽說過嘛」，思珍告訴婆婆說這是一齣「苦戲」，婆婆接著說「啊，

---

97 張愛玲：〈自己的文章〉，載《苦竹》第2期，1944年11月。以下引文均出自該篇，不再另註。

98 〔法〕米歇爾·福科著，汪暉譯：〈什麼是啟蒙？〉，載汪暉、陳燕谷主編：《文化與公共性》（北京市：生活·讀書·新知三聯書店，2005年3月），頁430。

苦戲，越苦越好，我就愛看苦戲」。從這個不無反諷意義的細節，我
們可以看出宏大的「啟蒙」敘事是如何在瑣碎的市民日常生活空間中
被解構的。更有意味的是，影片在接下來的場景中對於《祝福》裡面
的情節的「戲仿」（parody）：祥林嫂的「祝福」與《太太萬歲》裡面
的僕人張媽的「祝壽」被影片巧妙地並置在一起，構成一種文本內外
的互文性效果。在家庭中張媽雖然身價卑微，但是為了整個家庭考
慮，太太思珍仍然要百般地「討好」她（每月悄悄地用私房錢給張媽
作補貼），以免張媽總是對婆婆抱怨。這種「戲仿」潛在地顛覆了啟
蒙敘事通過發明、敵視「底層」，把「現時」建構為「黑暗區域」的
模式。值得注意的是，西方城市物質文明與殖民凝視[99]在張愛玲那裡
被兩種截然相反卻並行不悖的態度，即放恣與警覺區分地異常清晰。
張愛玲既會放恣地沉醉於現代物質文明的官能享受中，[100]同時也會犀

99　這裡的論述受到了史書美教授對於「都市西方」和「殖民西方」概念分化研究的
　　啟發。參見〔美〕史書美著，何恬譯：《現代的誘惑：書寫半殖民地中國的現代主
　　義（1917-1937）》（南京市：江蘇人民出版社，2007年4月），頁43。

100　比如，散文〈我看蘇青〉，載《天地》第19期，1945年4月，「生在現在，要繼續活
　　下去而且活得開心，真是難：所以我們這一代人對於物質生活，生命的本身，能
　　夠多一點明瞭和愛悅，也是應當的」；〈燼餘錄〉，載《天地》第5期，1944年2月，
　　「我記得香港陷落後我們怎樣滿街的找尋冰淇淋和嘴唇膏。我們撞進每一家吃食
　　店去問可有冰淇淋。只有一家答應說明天下午或許有，於是我們第二天步行十來
　　里路去踐約，吃到一盤昂貴的冰淇淋，裡面吱格吱格全是冰屑子。街上擺滿了攤
　　子，賣胭脂，西藥、罐頭牛羊肉，搶來的西裝，絨線衫，素絲窗簾，雕花玻璃器
　　皿，整匹的呢絨。我們天天上城買東西，名為買，其實不過是看看而已。從那時
　　候起我學會了怎樣以買東西當作一件消遣」；〈公寓生活記趣〉，載《天地》第3
　　期，1943年12月，「我喜歡聽市聲。比我較有詩意的人在枕上聽松濤，聽海嘯，我
　　是非得聽見電車響才睡得著覺的。在香港山上，只有冬季裡，北風徹夜吹著常青
　　樹，還有一點電車的韻味。長年住在鬧市裡的人大約非得出了城之後的才知道他
　　離不了一些什麼。城裡人的思想，背景是條紋布的幔子，淡淡的白條子便是行馳
　　著的電車——平行的，勻淨的，聲響的河流，汩汩流入下意識裡去」、「我們的公
　　寓鄰近電車廠，可是我始終沒弄清楚電車是幾點鐘回家。『電車回家』這句子彷彿
　　不很合適——大家公認電車為沒有靈魂的機械，而『回家』兩個字有著無數的情
　　感洋溢的聯繫。但是你沒看見過電車進廠的特殊情形罷？一輛銜接一輛，像排了

利深刻地諷刺西方的殖民文化對於「東方」的凝視。[101]這種對於西方現代文明並行不悖的態度，使「傳統」在西方現代文明的參照下，被重新賦予了「現代性」的意義，同時這種本土現代性的表述框架本身又不會受到來自主體自身的文化身分的質疑。就像「太太」陳思珍最終的「回來」所隱喻的那樣，張愛玲並非要回歸一種本質主義的傳統，而是肯定了那個可以被納入其本土「現代性」表述框架的「傳統」。從《太太萬歲》想像中國的方式中，我們可以看到，張愛玲既非一個維護傳統的保守主義或虛無主義者，更不是一個社會達爾文主義者，而是意欲「努力」地「選擇一個與這個時刻相關的態度」，並「在現在的瞬間」之中「重新奪回某種永恆的東西」。

隊的小孩，嘈雜，叫囂，愉快地打著啞嗓子的鈴：『克林，克賴，克賴，克賴！』吵鬧之中又帶著一點由疲乏而生的馴服，是快上床的孩子，等著母親來刷洗他們。車裡的燈點得雪亮。專做下班的售票員的生意的小販們曼聲兜售著麵包。有時候，電車全進廠了，單剩下一輛，神祕地，像被遺棄了似的，停在街心。從上面望下去，只見它在半夜的月光中坦露著白肚皮」等篇。

101 比如，〈桂花蒸　阿小悲秋〉，載《傳奇》增訂本（上海市：上海山河圖書公司，1946年），「榻床上有散亂的彩綢墊子，床頭有無線電，畫報雜誌，床前有拖鞋，北京紅藍小地毯，宮燈式的字紙簍。大小紅木雕花几，一個套著一個。牆角掛一只京戲的鬼臉子。桌上一對錫蠟臺。房間裡充塞著小趣味，有點像個上等白俄妓女的妝閣，把中國一些枝枝葉葉銜了來築成她的一個安樂窩」、〈沉香屑　第一爐香〉，載《紫羅蘭》第2期，1943年5月，「也有幾件雅俗共賞的中國擺設，爐臺上陳列著翡翠鼻煙壺與象牙觀音像，沙發前圍著斑竹小屏風，可是這一點東方色彩的存在，顯然是看在外國朋友們的面上。英國人老遠的來看看中國，不能不把些中國給他們瞧瞧。但是這裡的中國，是西方人心目中的中國，荒誕，精巧，滑稽」、〈鴻鸞禧〉，載《新東方》第9卷第6期，1944年6月，「廣大的廳堂裡立著朱紅大柱，盤著青綠的龍；黑玻璃的牆，黑玻璃壁龕裡坐著的小金佛，外國老太太的東方，全部在這裡了」、散文〈道路以目〉，載《天地》第4期，1944年1月，「有個外國姑娘，到中國來了兩年」，「她特別賞識中國小孩，說『真美呀，尤其是在冬天，棉襖、棉褲、棉袍、罩袍，一個個穿得矮而肥，蹣跚地走來走去。東方人的眼睛本就生得好，孩子的小黃臉上尤其顯出那一雙神奇的吊梢眼的神奇。真想帶一個回歐洲去』」，「我們聽了她這話，雖有不同的反應，總不免回過頭來向中國孩子看這麼一眼」等篇。

　　正是秉持著對於中國這個「未完成」的時代的這種「態度」與「努力」，她選擇了完全不同於主流書寫的「參差對照」的寫法，而放棄了嘗試寫作「時代的紀念碑」：「我寫作的題材便是這麼一個時代，我以為用參差的對照的手法是比較適宜的。我用這手法描寫人類在一切時代之中生活下來的記憶，而以此給予周圍的現實一個啟示。我存著這個心，可不知道做得好做不好。一般所說『時代的紀念碑』那樣的作品，我是寫不出來的，也不打算嘗試，因為現在似乎還沒有這樣集中的客觀題材。我甚至只是寫些男女間的小事情，我的作品裡沒有戰爭，也沒有革命。我以為人在戀愛的時候，是比在戰爭或革命的時候更素樸，也更放恣的。戰爭與革命，由於事件本身的性質，往往要求才智比要求感情的支持更迫切，而描寫戰爭與革命的作品也往往失敗在技術的成分大於藝術的成分。和戀愛的放恣相比，戰爭是被驅使的，而革命則有時候多少有點強迫自己。真的革命與革命的戰爭，在情調上我想應當和戀愛是近親，和戀愛一樣是放恣的滲透於人生的全面，而對於自己是和諧」。[102]在這一論證基礎上，張愛玲面對潛在的「對話者」，把自己的美學觀念和盤托出，鮮明地表達了自己的寫作立場：

　　　　我喜歡素樸，可是我只能從描寫現代人的機智與裝飾中去襯出人生的素樸的底子。因此我的文章容易被人看作過於華靡，但我以為用《舊約》那樣單純的寫法是做不通的，托爾斯泰晚年就是被這兩個犧牲了。我也並不贊成唯美派。但我以為唯美派的缺點不在於它的美，而在於它的美沒有底子。溪澗之水的浪花是輕佻的，但倘是海水，則看來雖似一般的微波粼粼，也仍

---

102 張愛玲：〈自己的文章〉，載《苦竹》第2期，1944年11月。以下引文均出自該篇，不再另註。

　　然飽蓄著洪濤大浪的氣象的。美的東西不一定偉大，但偉大的
　　東西總是美的。只是我不把虛偽與真實寫成強烈的對照，卻是
　　用參差的對照的手法寫出現代人的虛偽之中有真實，浮華之中
　　有素樸，因此容易被人看作我是有所耽溺，流連忘返了。雖然
　　如此，我還是保持我的作風，只是自己慚愧寫得不到家，而我
　　也不過是一個文學的習作者。

這種對於「人生的素樸的底子」進行「參差對照」的書寫，以給中國
的現實一個「啟示」，完全在《太太萬歲》裡面被實現了。

　　《太太萬歲》呈示的市民社會的日常生活場景，正是一個新舊混
雜、中西並置的空間，張愛玲借助攝影機放大了生存在這個空間的瑣
細的平凡人生百態，記錄下了一個急遽動盪的「戲劇性」時代中那恆
常的一幕，讓它「安靜地完成它的生命與戀愛與死亡的循環」。在
《太太萬歲》裡面，「空間」成為分割當下的基本單位，任何一個空
間都被賦予了與眾不同的意義，它們共同地繪製著一個中國「未完
成」的現代性圖景，而個人空間與社會規劃空間的關係，則隱喻著時
代過渡的訊息以及個體對於時代變遷的微妙感應，這其實就是一種現
代性的體驗。因此，不同於「五四-左翼」的線性時間敘事，張愛玲
的《太太萬歲》是一種空間敘事：個體由社會規劃的「私人空間」到
「公共領域」，再返回超越意義上的「個人空間」，這種敘事本身就意
味著線性時間邏輯的崩潰，它不僅傳達了一種另類的想像中國現代性
的方式，而且極大的拓展了中國現代文學藝術的美學視野。

　　張愛玲的《太太萬歲》作為一次跨文化戲劇實踐，在書寫姿態上
與「五四-左翼」的民族國家敘事的深層次對話，至少蘊含了以下四
個層次上的意義。首先，《太太萬歲》對於新舊雜陳的瑣屑日常生活
的放大，突顯了一個為宏大敘事所刻意遺忘／否定的區域／空間，而
且這種零散、去中心的敘事使傳統與現代並置的日常生活空間被重新

賦予了「現代」的意義；其次，《太太萬歲》的空間敘事有效地傳達
了一種不同的本土時空經驗，以及由其美學觀念所暗示的另類中國現
代性想像，對於「五四-左翼」的敘事主導的想像中國的方式是一種
補充和拓展；再次，從「性別空間」的社會規劃以及中國現代文化場
域格局的角度看，《太太萬歲》的跨文化戲劇實踐具有「反話語」的
解放性和制衡性意義；最後，把《太太萬歲》的書寫方式放置在全球
語境中審視，無疑是對黑格爾式的歷史哲學框架的一次有力地拆解和
批判，從而有效地界定了書寫者自身的主體位置。以上分析是立足於
《太太萬歲》與「五四-左翼」敘事對於中國經驗表述之間的歧異這
樣一個前提之上的，這種分析只能解釋張愛玲的跨文化戲劇實踐的一
個層面的意義；然而，問題遠非表象所呈示的這麼簡單，它還有其更
複雜、深刻的一面，即張愛玲在《太太萬歲》中的跨文化戲劇實踐與
「五四-左翼」敘事也可能共享著某種邏輯前提。

　　張愛玲在〈《太太萬歲》題記〉裡面明確指出她對於西方現代主
義戲劇實踐（諸如梅特林克、桑頓・懷爾德）的借鑑和挪用，其中的
相伴相生的西方想像與本土建構使得《太太萬歲》在跨文化挪用「西
方」的同時，影片本身「更是中國的」，因此，《太太萬歲》的美學觀
念所暗示的文化政治意義與西方現代主義戲劇有著根本的差異。這種
跨文化挪用使傳統與現代、本土與西方被有效地整合，人為建構的二
元對立在影片中不復存在，同時被賦予了獨特的中國「現代性」意
義。特別是本土「傳統」文化在西方現代性話語之外亦獲得其合法性
位置，《太太萬歲》的跨文化戲劇實踐對於西方文化的普遍性既是一
次深度的質疑，也是一次有力的解構。在西方現代文明的進程中，民
主政體、都市化、普遍主義的進步觀以及現代科學技術等，在歐洲陸
續地得到完成與印證之後，人們對於「技術文化」的樂觀逐漸為人類

文化記憶消失的恐懼所代替，[103]而第一次世界大戰帶來的巨大破壞更使西方社會蔓延著一種幻滅的情緒。[104]於是，以審美現代性對抗社會現代性的現代主義文藝思潮應運而生。本雅明曾經指出，波德萊爾在其十四行詩〈致一位交臂而過的婦女〉裡面書寫的是這樣一種情愫：「使城市詩人愉快的是愛情──不是在第一瞥中，而是在最後一瞥中。這是在著迷的一瞬間契合於詩中永遠的告別」。[105]其實，現代主義藝術家們的藝術實踐就是在對於行將被摧毀的記憶、文化、傳統的「最後一瞥的著迷」中，書寫著他們的傷逝情懷。在這樣的文化背景下審視諸如梅特林克、懷爾德等西方現代主義戲劇實踐，可以看到這種非主流的、先鋒性的戲劇實驗，不僅是美學上的革命，還是對流行意識形態的顛覆，這裡的流行意識形態主要體現為資本主義社會現代性。張愛玲對於線性歷史進程的破壞力量的「驚悚」體驗，使她很容易與之發生共鳴，然而，正如我們在前面所分析的，這些戲劇理念在中國本土語境的挪用，使二者的意義有著本質的區別，作為與主導敘事在美學觀念上的一次深層次對話，《太太萬歲》的話語制衡性意義自不待言。但是，《太太萬歲》的敘述策略依然極為生動地體現著這個權力運作中介的代言性質。

　　諸如梅特林克、懷爾德等西方現代主義戲劇實踐，在顛覆作為資本主義社會現代性的主導意識形態的同時，在本質上仍然是對西方文明的痼疾的療治行為，進而完成西方現代性文化的自我建構，它與主導的西方現代性進程只是在形式與途徑上存在差別而已，根本上屬於西方文化的一種內省意識。西方現代主義藝術作品在其教育系統中，

103　〔美〕安德魯・芬伯格著，陸俊、嚴耕等譯：《可選擇的現代性》（北京市：中國社會科學出版社，2003年），頁1。

104　可參見梁啟超：〈歐遊心影錄（節錄）〉，載陳崧編：《五四前後東西文化問題論戰文選》（北京市：中國社會科學出版社，1989年），頁349-390。

105　〔德〕本雅明著，張旭東、魏文生譯：《發達資本主義時代的抒情詩人：論波德萊爾》（北京市：生活・讀書・新知三聯書店，1989年），頁139-140。

經常被講授為暴露西方資產階級社會矯揉造作以及呼籲重返人性本能
的創造性努力，而這些作品的靈感往往來自非西方藝術，其形式創新
亦是對非西方「原初化」的過程，西方現代藝術的追求實際上可以與
人類學的學科基礎互相印證。[106]特別是桑頓・懷爾德的《我們的小
鎮》對於中國戲曲美學的發現和挪用，在這種中西兩種異質戲劇文化
的碰撞與匯流中，依然製造出了另一個浪漫、神祕的「東方」，中西
方之間的二元對立的認識論前提並沒有得到顛覆，「東方」依然是作
為「西方」的知識客體而存在的。因此，當《太太萬歲》以西方的審
美現代性作為重新發現傳統的意義的依據和前提時，在中西文化匯流
的起點上就把「中國」他者化了。張愛玲在《太太萬歲》中的跨文化
戲劇實踐固然有效地解構了西方現代性的線性歷史哲學體系，但並不
拒絕現代性本身，她建基於傳統與現代的整合之上的本土現代性表述
框架依然來自於西方。所以，張愛玲與「五四-左翼」的主導敘事在
表面的歧異背後，實際上分享著同一個邏輯前提，毋寧說他們的區別
僅僅在於因為二者挪用的文化資源的背景的差異，進而導致了彼此對
於中國現代性的感知方式發生了齟齬而已。當然，如果說這種齟齬的
本質在於用一種「西方」質疑或補充另一種「西方」，那麼，這種齟
齬本身在一定程度上就打破了那個作為普遍價值的合法承擔者的被本
質化了的「西方」幻象；然而，不無悖論的是，這兩種不同的西方想
像以及對於本土經驗的把握與再現，同時又如此鮮明地表徵著中國作
為西方現代性的文化他者的事實。這一跨文化戲劇實踐的困境，正是
影片中陳思珍和施咪咪的「視覺造反」／「對抗性解碼」所產生出的
悖論的隱喻意義所在，即東方／女性的主體意義突顯，是以潛在地強
化自我作為西方／男性所構建的他者的刻板形象為代價的。因為這種

---

106 周蕾著，孫紹誼譯：《原初的激情：視覺、性慾、民族誌與中國當代電影》（臺北
　　市：遠流出版事業公司，2001年），頁39-40。

「反凝視」的視覺性隱喻意義的生成複製並吸納了父權意識形態／「東方主義」的二元對立的思維模式。

　　張愛玲的跨文化書寫與「五四-左翼」的民族國家敘事之間，在挪用西方文化資源上的差異，不僅是促成二者進行深層次對話的契機，同時也是終止他們進一步對話的根源。

　　「二十世紀二十年代中後期革命文學運動興起以後，一直到抗戰爆發，上海作為中國現代文學中心的歷史地位從未受到過懷疑。抗戰結束後，上海恢復其中國現代文學中心地位的運作也非常引人注目，歷史地看效果也特別明顯」。[107]也就是說，因為抗戰的爆發，大批文人離開上海，導致了上海作為中國現代文學「中心地位」的失去，因此，在上海淪陷時期，上海文壇的「非中心」狀況是「荒蕪」的，正如傅雷所感受到的：「在一個低氣壓的時代，水土特別不相宜的地方，誰也不存在什麼幻想，期待文藝園地裡有奇花異卉」。[108]文藝期刊的盛衰是衡量文藝創作繁榮與否的重要指標。從日軍進入租界到一九四二年底，上海文壇一度沉寂──凡帶有抗戰色彩的文藝報刊都經歷了被查抄、停刊或改造，「繼續出版的僅有《小說月報》、《萬象》和《樂觀》三、四種。在一九四二年間，上海出版的文學期刊不過五、六種：《古今》創刊於三月，《萬象十日刊》出版於五月，八月是《雜誌》復刊，年底則有《大眾》、《綠茶》露面」。[109]這種情況從一九四三年起開始改觀。[110]在文學場域中，作為媒體的期刊是聯繫文藝

---

107 朱壽桐：〈論作為中國現代文學中心的上海〉，載《學術月刊》2004年第6期。

108 迅雨：〈論張愛玲的小說〉，載子通、亦清主編：《張愛玲評說六十年》（北京市：中國華僑出版社，2001年），頁55。

109 陳青生：《抗戰時期的上海文學》（上海市：上海人民出版社，1995年），頁358。

110 陳青生指出，「一九四三年先後出版的有《春風》、《萬歲》、《中藝》、《紫羅蘭》、《風雨談》、《人間》、《文友》、《全面》、《碧流》、《天地》、《春秋》、《文協》、《天下》等十餘種。一九四四年間相繼問世的有《文藝生活》、《文潮》、《眾論》、《一般》、《詩領土》、《千秋》、《小天地》、《文藝世紀》、《飆》、《光化》、《文史》、《語

作品生產和消費的紐帶，因此它們在文學場域中勢必要背向作家，面向讀者／市場，此時上海文藝期刊的創辦者大多「在精神與物質日益艱難的條件下極力掙扎，只求生存而已」。[111]在面對「真實的是不帶理想主義的生存至上」、「不是羅曼蒂克的」淪陷了的上海的讀者大眾時，她的作品「除了」「那點蒼涼的人生情義」，「此外」「人家要什麼有什麼」[112]──既滿足了「象牙塔中的讀者」，包含了知識分子的現代性思考，又迎合了「十字街頭上的讀者」，尊重市民社會的趣味。因此，張愛玲能夠「把虛擬的都市民間場景：衰敗的舊家族、沒落貴族、小奸小壞的小市民日常生活，與新文學傳統中作家對人性的深切關注和對時代變動中道德精神的準確把握，成功地結合起來，再現出都市民間的文化精神。……她不是直接描寫都市市民的生活細節，而是抓住了社會大變動給一部分市民階層帶來的精神惶恐，提升出一個時代的特徵『亂世』。那些亂世男女的故事，深深打動了都市動盪環境下的市民們」。[113]總之，張愛玲的世界裡面的「拘拘束束的苦樂是屬於小資產階級的」，[114]「既是通俗的，又是先鋒的」，具有「雅俗共賞」的特點。[115]張愛玲的書寫姿態使其在這個時期的的文學場域中「如魚得水」，她的文化習性與場域的內在規則取得了高度的一致

林》等十餘種；還有《新地》、《第二代》、《潮流》、《文藝春秋》等幾種叢刊。此外，一些電影、戲劇雜誌和各種兼載文學作品的青年、婦女讀物、政治時事或學術性刊物，也紛紛出現」，「顯示出紛至沓來的繁雜景象」。陳青生：《抗戰時期的上海文學》（上海市：上海人民出版社，1995年），頁358。

111 〔法〕白吉爾著，王菊、趙念國譯：《上海史：走向現代之路》（上海市：上海社會科學院出版社，2005年5月），頁321。

112 張愛玲：〈寫〈傾城之戀〉的老實話〉，載《張愛玲文萃》（北京市：文化藝術出版社，2003年7月），頁76。

113 陳思和：〈民間和現代都市文化──兼論張愛玲現象〉，載楊澤編：《閱讀張愛玲》（桂林市：廣西師範大學出版社，2003年），頁238-239。

114 張愛玲：〈童言無忌〉，載《天地》第7、8期合刊，1944年5月。

115 錢理群、溫儒敏、吳福輝：《中國現代文學三十年（修訂本）》（北京市：北京大學出版社，2005年），頁397。

性，張愛玲的創作幾乎成了此時期的文學場域的「遊戲規則」的最佳體現者而處於場域的中心位置，她因此也獲得了相應的社會資本和文化資本，不僅「自食其力」，而且成為上海灘的耀眼明星，就連一些演藝界名流也為之側目。[116]更重要的是，張愛玲也因此獲得了「符號資本」，她很快成為一個「品牌」與「象徵」。隨便涉獵一下當時發行的幾種較重要的文學、文化期刊，幾乎都能毫不費力的看到「張愛玲」這三個醒目的漢字／「符號」，這些期刊也不失時機地強化著「張愛玲」的「品牌效應」。

抗日戰爭結束以後，上海由國民黨政府接管，大批的抗戰時離開的文化人又重新返回上海。大批新的文化力量的加入，不僅使原有的作家的隊伍得以重組，同時也意味著戰後的文學場域也將面臨著新的區隔邏輯和「遊戲規則」的重新設定。

由於「當權國民黨政府的上層的極端腐敗、內戰的硝煙及其造成的低層次百姓的幻滅感。於是，厭倦戰亂、渴望和平的人們不約而同地把希望的目光投向了代表著時代進步方向、意味著新生的共產黨。這時，中共不失時機地以她的清明形象、民主的政治理念、高度的統一戰線的智慧，以及雖然政治氣息較濃重但泥土的清新更為濃重的文學、藝術、文化，深刻地影響了中國、上海的作家、文藝家和他們的創作」，「大批抗戰時期離開上海的著名作家郭沫若、茅盾、葉聖陶、夏衍、巴金、胡風、戈保權、葛一虹、吳祖光、葉以群等相繼回歸；抗戰時遷入內地的大量文學期刊也陸續遷回。無論在還是不在上海的作家，重新開始充滿信任地把他們的新作送到上海發表、出版。上海一度又成為全國矚目地文學中心」。[117]上海作為中國現代文學「中心」的回歸，預示著戰後上海文學場域將要重新「洗牌」，刷新其原

---

116 如當時的電影明星李香蘭、明星電影公司的巨頭周劍雲就曾慕名約見。
117 陳伯海主編：《上海文化通史》下卷（上海市：上海文藝出版社，2001年），頁1327。

有的「遊戲規則」。張愛玲除了要面對來自其極度敏感的政治身分的
壓力，還將面臨新的區隔邏輯對她在文學場域中的固有文化位置的邊
緣化。行動者在場域中的位置是由其所擁有的資本決定的。張愛玲在
上海淪陷時期的文學場域裡面是最大量資本的擁有者，處於場域的中
心位置；戰後，原來發表她的作品的期刊大部分停辦，再加上她敏感
的政治身分，以及文學場域的規則的刷新和重新設定，使她原有的種
種資本頃刻失去，其文化習性與新的文學場域顯得格格不入，處於文
學場域的邊緣位置。張愛玲很快在上海文藝界銷聲匿跡，從而她與
「五四-左翼」的敘事在想像現代中國的方式之間的不無精彩的潛在
對話也變得緘默下來。

　　擱筆踰年之後，繼改編舞臺劇《傾城之戀》，張愛玲在一九四七
年再次開始了其跨文化戲劇實踐。她為文華影片公司編劇的「《不了
情》和《太太萬歲》的接連成功，顯示張愛玲已經找到另一種藝術媒
介來表現自己」，[118]更重要的是，張愛玲的跨文化戲劇實踐使得她與
左翼敘事之間的對話再次成為可能。

　　《太太萬歲》對於個人日常生活空間的視覺呈現，以及由其空間
敘事所註解的「過渡中的永恆」的現代性體驗，對於中西戲劇文化交
流圖景的豐富以及想像中國的方式的多元化格局的促成，無疑有著無
法忽視的意義。然而，影片上映之後，「上海《大公報》、《新民晚
報》、《中央日報》等連篇累牘發表評論《太太萬歲》的文章，雖然那
些作者身分各異，觀點也不盡相同，但大都注重其歷史和主題方面，
注重其社會意義和教化作用，並且不同程度地聯繫作者本人的生活經
歷，以至對影片基本上持否定態度」。[119]特別是在當時的戲劇電影界

---

118 陳子善：〈圍繞張愛玲《太太萬歲》的一場論爭〉，載子通、亦青主編：《張愛玲評
　　說六十年》（北京市：中國華僑出版社，2001年），頁111。

119 陳子善：〈圍繞張愛玲《太太萬歲》的一場論爭〉，載子通、亦青主編：《張愛玲評
　　說六十年》（北京市：中國華僑出版社，2001年），頁113。

有著重要地位的洪深，在其主編的《大公報·戲劇與電影》上發表的〈恕我不願領受這番盛情——一個丈夫對於《太太萬歲》的回答〉一文中，批評《太太萬歲》「作為『生的鬥答爾』作品，又打了自己的嘴巴，且把人們的道德生活，開上玩笑了」之後，[120]「圍繞《太太萬歲》的這場論爭」也落下了帷幕，同時也意味著影片「結論性」的文化定位的形成，從而為隨後的電影史敘述提供了一個基本的參照框架。此時，國家民族主義敘事對於張愛玲而言，已經由作為其跨文化戲劇實踐時所面臨的背景和潛在對話對象，轉變為將她裹挾其中的話語激流。「圍繞《太太萬歲》的這場論爭」恰似張愛玲眼中的大規模的交響樂演奏，「那是浩浩蕩蕩，五四運動一般地衝了來，把每一個人的聲音都變了它的聲音。人一開口就震驚於自己的聲音的深宏遠大；又像是初睡醒的時候聽見人向你說話，不大知道是自己說的還是人家說的，感到模糊的恐怖」。[121]體驗著大時代急遽變遷的陣痛和恐懼，張愛玲最後認同了「太太」陳思珍的選擇——「回去」，而不是「出走」，[122]注目於「現在」，而不是「瞭望將來」。任何「符號」化了的資本對於他人而言都帶有「幻象」的性質，張愛玲卻在其固守的希翼中，對於周圍的批評不置一詞，保持了令人難以置信的沉默。立足於國家民族主義立場的批評家把「教育作用」和「社會效果」作為

---

120 洪深：〈恕我不願領受這番盛情——一個丈夫對於《太太萬歲》的回答〉，載《大公報·戲劇與電影》第64期，1948年1月7日。

121 張愛玲：〈談音樂〉，載《苦竹》第1期，1944年10月。

122 戴錦華教授在論述抗戰結束後為官修電影史指稱為「中間路線」的影片（如文華影片公司出品的《太太萬歲》、《小城之春》等）中的「太太」形象時，深刻地指出，「在影片的意義結構中，女主角最終在出走與留守間選擇了後者，與其說是出自對父權的依賴和信仰，不如說，是出自某種認可中的抗拒：抗拒大時代的裹挾，以個人宿命的消極，抗拒選擇已被選定的社會宿命。核心家庭，同樣被用作最後的個人空間的指稱，對婚姻的最後選擇與認可，成為某種面對大時代，無力而無奈的固守」。戴錦華：《性別中國》（臺北市：麥田出版公司，2006年），頁49-50。

衡量文藝創作價值的唯一尺度，以追求可置換為權力的符號資本的增值，這種不無「獨白」意味的話語運作，其實已經在挑戰著文藝場域的基本遊戲規則（即文藝場域的相對自律性），而其所屬的「話語社團」內部的精心部署也將面臨著自我解構的危險。

十七
欲望香港：
娛樂文化的北上與中國後革命轉型

問題與方法

　　香港作為國際化的大都會和貿易港，位於「祖國」與英國之間，是多重歷史經驗、文化流脈、身分意識的交匯之地，任何有關本土主義的陳詞濫調在此都將噤聲；或者說，香港是一個「後殖民的反常體」[1]。因此，「香港（文化）研究」可能是當代最具挑戰性、也最能激發人文想像力的思想前沿場域之一。後結構主義哲學提示的反本質主義認知路徑，為我們重新思考處於「全球流體」[2]中的區域間文化關係，帶來了新的思想範式。鑒於此，討論香港時慣常使用的參照框架，諸如「中國（內地）」、「西方」、「東方」、「中原」、「南亞／印度」、「東南亞」等，甚至也包括「香港」在內的區域符指，在「延異」（différance）的運作前提下，也許都必須要被打上問號。然而，這些文化、政治的地理區域／參照框架依然（暫時）有效。首先因為「『本土』的觀念必須被疑問化」[3]，香港的文化、社會不是同質的，其意義亦無法自足、自明，它必須依賴「他者」（other）的構建才能重返自身。與此同時，這些文化、政治的地理區域／參照框架作為「香港」意義的「替／補」（supplement），也將使其自身（所假定

1　周蕾：《寫在家國以外》（香港：牛津大學出版社，1995年），頁94-95。
2　John Urry, "Mobile Sociology," *British Journal of Sociology*, 2000, Volume 51, Issue 1.
3　朱耀偉：《本土神話：全球化年代的論述生產》（臺北市：臺灣學生書局，2002年5月），頁250。

的）自足、同構型（比如「大中華主義」）受到有力地質詢。

　　想像「他者」是構建「自我」的有效方法；反之亦然，認知「自我」必須通過研究「他者」達成。中國內地是香港研究中出現頻率相對較高的文化、政治、地理區域／參照框架之一。本文仍然把中國內地作為理解香港的一個參照框架，將在香港與中國內地漫長而錯綜的關係中，截取一段特殊的歷史時期，探討香港多元多姿而又生機盎然的大眾娛樂文化，在一九八〇年代中後期「北上」以後，對中國內地而言，究竟意味著什麼，藉此回應「誰的香港」[4]問題。但本文不再簡單地把中國內地與香港設定為印證彼此身分的「他者」，而是要避開這一二元對立的操作，把香港作為「欲望香港」的中國內地的自反性「他者」。「欲望香港」是本文對一九八〇年代中後期，中國內地通過挪用香港娛樂文化，實現自我轉型的文化實踐的理論化表述（將在後文具體展開）。而這個「欲望香港」的「他者」維度，恰恰在諸多香港「自我」身分構建／解構中遭到排斥。這一「排斥」的文化實踐背後的政治無意識，正是周蕾所批評的那種執迷——本土人天然地擁有某種「內在的真實」與「『確真的』形象」[5]。該「排斥」的文化實踐的後果之一是：很多學院文化批評工作者在把中國內地作為香港的參照框架時，竟與其批評對象共謀合作，被再度引誘至另一種二元對立的論述陷阱中。比如，對有關香港資本、香港流行文化在一九八〇年代中後期「北進」的相關研究中，很多學者視其為對中國內地的「殖民」[6]。此中香港與中國內地被重構為剝削與被剝削、殖民與被

4　朱耀偉：〈引言〉，朱耀偉主編：《香港研究作為方法》（香港：中華書局，2016年），頁37。

5　Rey Chow, *Writing Diaspora: Tactics of Intervention in Contemporary Cultural Studies*. Bloomington: Indiana University Press, 1993, pp.29-30.

6　這是葉蔭聰在〈邊緣與混雜的幽靈：談文化評論中的「香港身分」〉、孔誥烽在〈初探北進殖民主義：從梁鳳儀現象看香港夾縫論〉、譚萬基在〈沒有陌生人的世界：佐丹奴的世界地圖〉中共享的觀點，三篇論文均收入陳清僑編：《文化想像與意識

殖民的關係，這無非是在政治經濟層面顛倒地複製了「大中華主義」之類的「宏大敘述」（grand narrative）所內涵的邏輯，而「香港在族群文化上不夠純粹，中國內地在政治經濟上不夠現代」的刻板形象（stereotype）／「內在真實」竟依然穩如磐石。更為弔詭的是，有學者從其他層面就上述二元對立論調做出商榷性回應時，仍在重蹈覆轍。香港資本和娛樂文化的「北進」，即使是「資本主義全球化浪潮之下的一個願打、一個願捱」[7]，「資本主義世界」的「『市場經濟』與『物質生活』領域逐漸延展至大陸」[8]，抑或是「附和了官方現代化大論述的目的」[9]，均在殖民與被殖民或者把「他者」同質化的大前提下討論問題。本文的工作是要對既往遭到排斥的香港的「欲望香港」的「他者」的歷史經驗加以描述並解析，探討香港娛樂文化「北上」後，參與中國內地文化轉型時生成的解放性意義，從而呈示另一種更為複雜的闡釋脈絡。

香港娛樂文化與中國內地之間，果真是主動地征服與消費，或被動地引進與抵制嗎？它與當代中國內地社會變遷之間有何微妙的關聯？大眾娛樂文化中的「香港」在中國內地社會、文化大轉型中，被勾畫為何種形象？扮演了何種角色？這些問題的提出與思考，將豐富既往研究所倚重的單向的「他者」再現（representation）模式。有望把印證「自我」的「他者」轉換為有具體歷史經驗支撐的、有意義的（互為）「他者」。既往「自我（香港／內地）——他者（內地／香

形態：當代香港文化政治論評》（香港：牛津大學出版社，1997年），頁31-52、53-88、89-102。

7　李小良：〈「北進想像」斷想〉，陳清僑編：《文化想像與意識形態：當代香港文化政治論評》（香港：牛津大學出版社，1997年），頁103-114。

8　許寶強：〈世界資本主義下的「北進想像」〉，陳清僑編：《文化想像與意識形態：當代香港文化政治論評》（香港：牛津大學出版社，1997年），頁115-126。

9　史書美：〈「北進想像」的問題：香港文化認同政治〉，陳清僑編：《文化想像與意識形態：當代香港文化政治論評》（香港：牛津大學出版社，1997年），頁151-158。

港）」間的二元對立敘事，在此前提下亦可能轉化為瑪麗・路易斯・普拉特所闡發的「文化交匯」（transculturation）理論圖式[10]。本文擬在此一思路中，揭示香港文化與中國內地的政治、經濟、社會、歷史、文化的轉型之間，常常為人漠視卻又充滿意義的複雜關係向度。同時，本文也試圖把這段「香港-中國內地」文化互動的歷史，視為全球化在在地的一個縮影，或者說是一個「全球／在地化」的過程，進而突顯這段歷史的全球性意義。這對我們理解既有的香港、中國內地和其他區域間的歷史性互動及其相關論述，應是一個必要而有益的補充。

脈絡與圖像

這段「欲望香港」的「他者」歷史至少要追溯到一九七〇年代末期。

一九七八年十二月，第十一屆三中全會召開，會議提出「撥亂反正」，決心把工作重點從階級鬥爭轉移到經濟建設上來，並堅定不移地實施「改革開放」政策。該政治背景直接促生了形形色色的、令中國內地民眾睽違已久又興奮不已的事物：現代主義文學、流行音樂、情愛功夫影視片、「奇裝異服」……諸如此類的「新」事物固然隸屬於不同範疇、孕育於不同階層，卻共享著同一種文化政治實踐指向——張揚「資產階級情調」。這一指向顯然依託了「撥亂反正」的政治氣候，因為，再度興起的「資產階級情調」的核心，其實是對制定於一九四〇年代初期並一直延續下來的延安農村文化生產模式的反駁。不同於學院知識菁英倚重的西方學術、文學、文化經典，普通民

---

10 Mary Louise Pratt, *Imperial Eyes: Travel Writing and Transculturation*. London: Routledge, 2008, p.7.

眾更傾向於在「大眾流行文化」中宣洩或寄託其被壓抑多年的情緒和
情感，以達到（可能是無意識的）療治創傷與政治實踐的雙重效果。
因此，一九八〇年代以來，中國內地流行的大眾文化在情感政治實踐
中，曾扮演過舉足輕重的角色。

　　瓊瑤、鄧麗君、金庸、崔健、電影《少林寺》（1982）、費翔、高
倉健、席慕蓉、汪國真、山口百惠等，也許是一九八〇年代初期中國
內地青年一代經驗地圖上最為顯著的地標。然而，這些流行一時的文
化偶像及產品，在文化生活極度單調匱乏的年代，限於其昂貴的傳播
媒介（紙媒、電影和錄音卡帶），遠沒能構成大批量生產的樣態，其
影響力在深度、廣度和持續性上，均不及稍後借助電視機在中國內地
的普及，而對大眾日常生活構成覆蓋性衝擊的香港娛樂文化。而且，
名義上的「俗文化」徹底遁形三十多年後，這些文化符號並未真正使
其在中國內地重煥生機。最終完成這項使命的還是香港娛樂文化。

　　亞視一九八一年出品的《大俠霍元甲》兩年後更名《霍元甲》登
上內地螢幕。「十七年」（1949-1966）和「文革」期間文藝創作的最
高美學原則是「革命浪漫／現實主義」，長期浸淫其中的中國內地大
眾，突然面對一部集緊湊的劇情編排、凌厲的打鬥動作、悱惻的兒女
情長於一體的電視劇，審美慣性在遭遇巨大挑戰的同時，長期自我壓
抑的情緒也從中找到宣洩的出口。於是出現了《霍元甲》一旦播映即
萬人空巷的局面。其主演黃元申、梁小龍和米雪也成為中國內地觀眾
最早熟悉並熱愛的香港藝人。《霍元甲》主題曲《萬里長城永不倒》
一夜間響徹大江南北的同時，更是在粵語區以外的內地觀眾中普及了
另一種發音和句法，並獲得了一種相對漢語普通話的「陌生化」效
果。其實大部分觀眾並不真正明白這是粵語發音和句法，僅在一種神
祕、好奇中廣為模仿、傳唱，而這種發音也成為當時中國內地想像、
辨識「香港」的一個標識。在《霍元甲》構成的審美期待中，《上海
灘》（1980）、《射鵰英雄傳》（1983）被陸續引進中國內地。這兩部電

視劇真正孕育了中國內地一九八〇年代以來的「粉絲（fans）文
化」。內地街頭在農曆春節開始出現一種新商品：明星貼畫（比如影
片《秋菊打官司》中的街景所暗示的時代背景）。周潤發、趙雅芝、
黃日華、翁美玲和苗僑偉成為青年男女追捧的藝人。特別是周潤發的
許文強造型中的那條白圍巾，一度成為當時大學校園男生爭相追蹤的
「時尚」。彼時的訊息渠道還很單一，「追星」的常見方式就是蒐集心
儀的明星剪報，購買地攤上的明星貼畫，再黏貼做成影集，在那時的
小學到中學、大學生中，幾乎人手一冊。自製的明星影集成為學生逃
避威嚴的教育制度的精神烏托邦。

　　與此同時，中國內地的影像消費市場上出現了一個獨特而熱門的
類型——「香港武打片」，它幾乎就是高質量影視的代名詞和收視率
的保證。當時中國內地電影業還是一片荒蕪，拜金主義風潮中，精明
的內地商人迅速發現新的商機：廉價購買盜版香港電影錄像帶，以電
影院的營銷模式經營「錄像廳」，攫取驚人的高額利潤。於是，不滿
足於追守斷斷續續的電視劇的年輕人，覓得了他們的新去處，在錄像
廳揮霍其青春激情和「力比多」（libido），以躲避社會的無情壓力，
由此構成一種獨特的青年「亞文化」（subculture）類型：「錄像廳文
化」。這裡是「不良」青少年的聚居地，也是他們體驗逃學、早戀、
抽菸、打架等各種挑戰社會禁忌的行為「飛地」（enclave），而周潤
發、劉德華、萬梓良、成龍和周星馳成為這一代青少年極力效仿的偶
像（比如賈樟柯的《站臺》、《三峽好人》，以及王一淳的《黑處有什
麼》中就委婉地再現了這段歲月）。中國內地的錄像廳在本世紀初電
腦和網路興起後方告式微。

　　伴隨著冷戰終結，全球化進程再度全面啟動，中國內地的改革開
放政策推向深入，社會主義市場經濟體制逐步確立，勞動就業開始由
市場主導。一九九二年中共十四大報告明確指出，要「積極擴大我國
企業的對外投資和跨國經營」，全球化意識形態成為主導，香港財團

開始大規模北上，裹挾其中的娛樂業也積極開拓內地文化市場。此間，香港歌壇「四大天王」和演唱《瀟灑走一回》的葉倩文成為全民偶像，他們的歌曲和影像幾乎全面覆蓋了中國內地，其儀態髮型、衣飾風格、媒體訪談更是直接形塑了成長於這個時期的內地幾代人的價值體系及生活方式。號稱「文痞」的內地作家王朔，一九九九年在《中國青年報》上公開撰文批評所謂的「四大俗」，其中「四大天王」和成龍電影就在其中，[11]這反證了香港娛樂文化在內地民眾日常生活中的超常分量。

香港財團、製造業北上「珠三角」後，廣州及其周邊成為最「開放」的前沿城市以及中港的過渡地帶（比如影片《不朽的時光》中從未出現但一直在場的「廣州」）。特別重要的是，香港影視和流行歌曲傳遞給內地民眾的都市形象，是一個光鮮刺激、蓬勃富足、高端時尚的所在：那裡滿街都是劉德華、周慧敏般靚麗而深情的面孔，摩天寫字樓，超級商場，海港倒映著霓虹，一擲千金的大富豪，身手敏捷的皇家警察，義薄雲天的黑社會……當然，還有「勤力就能搵到食」的成功神話。當時，不僅僅對一九九〇年代初因國企改革而失業的大批工人，連同有著穩定收入的體制內人員，還包括北方內地未能完成學業或家境貧窮的青年而言，「瀟灑走一回」、「下海」、「去南方打工」已成為他們共同的集體無意識。一九九〇年代初期，去香港旅遊對中國內地絕大多數人來說還相當困難，所以，彼時的「打工」一詞的含義和當下不盡相同，而是有著特殊的經濟地理學指向：它不僅是另謀生計、逃離鄉村的一種出路，更多寄託著「走近香港」的浪漫想像（比如影片《三峽好人》、《榴蓮飄飄》中的內地鄉村女孩對「南方」的渴念）。同時，在中國內地也逐漸形成南方對北方的地域優越意識：南方意味著活力、開放、富有、機會、精明、勤奮，北方則傳達

---

11 王朔：〈我看金庸〉，《中國青年報》，1999年11月1日。

著停滯、閉塞、貧窮、僵化、木訥、怠惰的負面暗示。而這種浪漫的都市情結，既是一九八〇年代初張揚「資產階級情調」的情感遞續，更是一九九〇年代隨著全球化和中國政府的改革進程而北上的香港娛樂文化形塑的後果之一。

欲望及其投射

　　這幅由香港娛樂文化碎片拼起來的活色生香的香港形象，事實上是文化社會大轉型時期的中國內地的欲望的自我「扭曲呈現」（anamorphosis）。拉康在討論「凝視」（gaze）的運作機制時，以漢斯‧荷爾拜因（Hans Holbein）的畫作為例指出，作為看畫者的我們的凝視事實上是處於被誘捕的位置，畫作折射了觀看者自身的「欲望」（desire），或者說「我看見正在看自己的自己」[12]。一九八〇年代以降的中國內地民眾「看見」的香港形象，正是中國內地的欲望在「香港」的扭曲投射，這幅香港形象與香港的現實無關，在其中顯影的是中國內地的理想化自我。中國內地在觀看香港時，完成了對自我欲望的凝視，進而看到自我（的欲求），此時此地的香港是作為欲望而存在的。那麼，香港何以成為此時期中國內地的欲望？「欲望香港」在全球化全面啟動的歷史脈絡中，對中國內地而言，有何種意識形態意涵？

　　新中國成立之後，「冷戰」的國際政治格局使「西方」、「資本主義」陣營的文化觀念成為「社會主義」陣營必須防範、免疫、警惕的東西。一九八〇年代伊始，中國內地的社會文化結構發生變化，此後的歷史時期被稱為「新時期」。這一實踐策略是：反思土黃色的大河

---

12 Jacques-Alain Miller (ed.). *The Seminar of Jacques Lacan, Book XI: The Four Fundamental Concepts of Psycho-analysis*. Trans. Alan Sheridan. New York: W. W. Norton & Company, 1998, pp.80-92.

文明，擁抱蔚藍色的海洋文明，「西方」成為各種社會「場域」
（field）中最關鍵的「象徵資本」（symbolic capital）。在「實現四個
現代化」的論述中，中國歷史被橫切為三段，晚清到一九四九年、一
九四九到一九七六年、一九七六年之後，它們分別對應著「現代」、
「反現代」與「現代（化）」的性質描述。這樣的歷史切分與敘述，
暗示了中國只有在與西方發生聯繫時才可能是「現代」的，或者說，
「閉關鎖國」的中國就是落後、蒙昧、非「現代」的。這種思維方式
不僅繼承了「五四」、「反傳統主義」的遺產，而且參與了自「新時
期」就已經開始的「現代化」話語構建。如果過去的歷史時期，對應
著「封建」、「落後」，那麼，「新時期」則毫無疑問地對應著「現
代」。把這種論述放置在「後冷戰」、「現代化」以及疾速啟動的「全
球化」脈絡中觀察，不難發現其中與全球意識形態共謀的成分。這種
「現代化」論述中暗含著一種「時間空間化」的邏輯，即「封建」與
「中國」、「現代」與「西方」的一一對應，在價值上，則分別指涉著
「落後」與「進步」，這完全符合歐洲自近代以來確立的世界觀念秩
序。香港因其被殖民的歷史與混雜而多元的文化，被理想化為一個被
「中國」、「媒介化的」（mediatized）「西方」，或者說是「中國化了的
西方」，其大眾文化對中國內地普通民眾而言，有種難以言名的、既
近且遠的超凡魅力──（在全球化時代的民族主義視野中）它比真實
的西方更親切，又比中國內地更「西方」，因此，借助香港娛樂文化
構建的香港形象，很容易被內地社會普遍想像為未來自我城市化以後
的藍圖。在上述意義上，此時期的香港形象被整合到了全球主義和中
國的現代化意識形態之中，並成為其中的一個組構部分而被主流論述
利用，這是「扭曲呈現」的香港形象在當時中國內地履行的最為顯著
的意識形態功能之一。然而，問題遠未如此簡單，還存在著另一種
「欲望香港」的形式。

　　「新時期」更多是一種命名的策略和修辭的權宜，與過去決裂無

法在「命名」的瞬間即刻實現。「新時期」的歷史其實是新思潮與舊觀念之間發生話語爭奪的歷史，而「建設有中國特色社會主義」作為中共的施政綱領，其中巨大的彈性也為此類話語爭奪提供了微妙的空間。另一方面，這種新舊交替的話語爭奪致使社會迅速分化。香港娛樂文化在此時期的中國內地，被引進、利用的同時，其中的都市、暴力、色情和怪誕等「禁忌」元素，不期然間被普通民眾從各個層面「挪用」（appropriated）為反正統、反權威、反主流的文化想像。社會主義話語實踐對新進的香港娛樂文化始終懷著莫名的敵意和恐懼。一九七九年頒布的中國刑法第一六〇條規定一種罪行叫「流氓罪」，公安部的多次「嚴打」中，行為上有自由主義作風（比如集體跳交際舞）的青年就可能被定罪、逮捕，該罪行直到一九九七年修訂刑法時才取消並分解。甚至在一九九九年王朔還把所謂「四大俗」，即四大天王、成龍電影、瓊瑤電視劇和金庸小說歸於「中國資產階級」藝術（王朔，1999）。在乍暖還寒的歷史氛圍中，香港娛樂文化最初是對「革命文藝」構建的美學趣味的翻轉，它在普通民眾中承擔的療治效應可能遠遠超越「傷痕文學」。稍後，香港娛樂文化中呈示的香港形象，更多地是對中國內地一九八〇年代成長起來的民眾的日常生活方式和價值系統的重塑，青年一代在衣飾髮型與行為方式上開始背叛父輩及「社會主義」話語的設計和預期。由其在學校這個具有象徵意味的權威機構，香港娛樂文化構建的「亞文化」，清晰映現並有力質疑了威嚴、僵化、同質的「社會主義」教育體制中存在的問題和裂痕。此時期中國內地青年的青春期壓抑、創傷和躁動，均在香港娛樂文化中找到了寄託，或者說被欲望著的香港構成了他們自我救贖的想像空間。然而，這一文化實踐恰似影片《無因的背叛》（*Rebel without a Cause*）中的紅色夾克衫一樣，在象徵層面的意義遠遠大於現實層面，它畢竟與全球資本主義和現代化論述有著共謀的一面，而且它的確也是未來的社會樣態。一九九〇年代中國市場經濟體制逐漸成熟，

新富階層開始出現，階層分化帶來的戾氣和壓抑，使香港娛樂文化中呈示的香港形象繼續履行著反主流的意識形態功能。如果說有什麼不同，那就是：一九八〇年代的香港形象反駁的是社會主義正統文化，而一九九〇年代的香港形象更多地成為底層發洩其對（全球資本主義意識形態下的）冷冰冰的市場理性的不滿的「誤指」（catachresis）。比如，賈樟柯的影片《天注定》中，大海、三兒、小玉等社會邊緣群體以暴制暴的行為方式雖然在素材上有現實依據，但影片觀眾卻能夠在真實與象徵之間填充自己的經驗。考慮到導演本人也是浸淫在香港娛樂文化中成長起來的一代人，可以說這部影片中的角色身上均銘刻著一九九〇年代香港動作電影的印記。

　　上述歷史經驗中，香港娛樂文化作為一九八〇年代以來中國內地的欲望，與全球資本主義意識形態和內地現代化論述之間，既是一種合作，又是一種潛在地顛覆關係——它在看似僵硬的「內部」結構了一個抗衡主流話語的空間，映現出中國內地社會文化的異質互動，並參與了中國內地文化社會的轉型。此時期中國內地民眾對北上的香港娛樂文化的想像和重組，構成了一個文化協商的過程。這個過程正是一種「文化交匯」，可以「用來描述從屬的或邊緣的群體如何從支配的或大都市的文化傳播過來的材料中進行選擇和創制。雖然被征服者不能自如地控制統治者文化所施予他們的東西，但他們確實可以在不同程度上決定他們需要什麼，他們如何應用，他們賦予這些東西以什麼樣的意義」[13]。香港娛樂文化與中國內地之間這段獨特的歷史關係，在全球（後）殖民時代的「殖民／被殖民」框架之外，為「文化交匯」提供了別樣的內涵。

　　在世界範圍內的「中國崛起／威脅」的喧囂聲中，香港於當下的中國內地而言，似乎已經成為諸多海港城市中並不那麼矚目的一座。

---

13 Mary Louise Pratt, *Imperial Eyes: Travel Writing and Transculturation*. London: Routledge, 2008, p.7.

香港娛樂文化和資本「九七」後再次「北上」，但與上個世紀末期的
「憧憬未來的人文願景」的「北進」相比，如今更多是「只重眼前經
濟機會」[14]的「融入」。當下中國內地的新生代已不再豔羨香港，他們
的偶像是內地的「小鮮肉」或韓國「歐巴」，香港娛樂文化的光環在今
天的內地已然消失。「他者」的意義不在於自我印證，而在於促使自我
反思。曾經「欲望香港」的歷史也許在「中國崛起」的潛意識中已被
當事人遺忘、埋沒，儘管如此，當我們思考目前中國內地相對成熟的
文化市場時，那段「欲望香港」的歷史便會再度浮出水面。同時，那
段「欲望香港」的歷史中顯現的中國內地文化社會的異質性、多層次
性，亦可以作為當下的「香港研究」更為有效的參照框架之一。

---

14 朱耀偉：〈引言〉，朱耀偉主編：《香港研究作為方法》（香港：中華書局，2016年），
　　頁33。

作者簡介

周雲龍

　　文學博士，現任福建師範大學文學院教授，博士生導師，博士後合作導師，美國杜克大學文學系訪問學者，從事比較文學（跨文化形象學、異域形象的指意實踐、比較文學學科理論、中外文學關係）、戲劇（跨文化戲劇、中國現代戲劇文化）等領域的教學和研究。長於從跨文化、跨學科和理論化的方法路徑，對文學藝術／社會歷史文本的話語構型進行表徵分析。學術論文見於《文藝研究》、《學術月刊》、《中國比較文學》、《跨文化對話》、《戲劇藝術》、*Contemporary Chinese Thought*等中英文期刊。已出版《越界的想象：跨文化戲劇研究》（2010）、《天地大舞臺：周寧戲劇研究文選》（選編，2011）、《大陸的神話：元地理學批判》（合譯，2011）、《呈述中國：戲劇演繹與跨文化重訪》（2012）、《歐洲形成中的亞洲，VOL.1.1》（翻譯，2013）、《二十世紀中國戲劇理論批評史》（合著，2013）、《他鄉是一面負向的鏡子》（合著，2014）、《孤意在眉：一九四六和一九四七年的張愛玲》（2014）、《中外文學交流史：中國——美國卷》（合著，2014）、《別處的世界：早期近代歐洲旅行書寫與亞洲形象》（2021）等。

本書簡介

　　本書意在勘探「比較文學形象學」這一傳統學科領域的觀念與方法的邊界，試圖開放「比較文學形象學」，使不同學科的理論視野在該領域相互挑戰、借力並重組。異域形象在本書的寫作中，既是研究對象，亦是研究方法。本書把異域形象作為現象學意義上的跨文化空間，解析其中的指意實踐與表徵策略。本書的寫作在文學、藝術、社會、歷史、媒介等不同類型的文本中擷取有關異域形象的素材，採用跨文化、跨學科的理論化視角，對其中的話語構型進行解析，探討西歐-北美-東亞在現代性情境中的話語遭遇。

福建師範大學文學院百年學術論叢·第六輯 1702F10

別處另有世界在——邁向開放的比較文學形象學

作　　者　周雲龍

總 策 畫　鄭家建　李建華

發 行 人　林慶彰

總 經 理　梁錦興

總 編 輯　張晏瑞

編 輯 所　萬卷樓圖書股份有限公司

　　　　　臺北市羅斯福路二段 41 號 6 樓之 3

　　　　　電話 (02)23216565

　　　　　傳真 (02)23218698

發　　行　萬卷樓圖書股份有限公司

　　　　　臺北市羅斯福路二段 41 號 6 樓之 3

　　　　　電話 (02)23216565

　　　　　傳真 (02)23218698

　　　　　電郵 SERVICE@WANJUAN.COM.TW

香港經銷　香港聯合書刊物流有限公司

　　　　　電話 (852)21502100

　　　　　傳真 (852)23560735

ISBN 978-986-478-404-2

2020 年 6 月初版

定價：新臺幣 600 元

如何購買本書：

1. 劃撥購書，請透過以下郵政劃撥帳號：

　　帳號：15624015

　　戶名：萬卷樓圖書股份有限公司

2. 轉帳購書，請透過以下帳戶

　　合作金庫銀行 古亭分行

　　戶名：萬卷樓圖書股份有限公司

　　帳號：0877717092596

3. 網路購書，請透過萬卷樓網站

　　網址 WWW.WANJUAN.COM.TW

大量購書，請直接聯繫我們，將有專人為

您服務。客服：(02)23216565 分機 610

如有缺頁、破損或裝訂錯誤，請寄回更換

國家圖書館出版品預行編目資料

別處另有世界在：邁向開放的比較文學形象
學 / 周雲龍著. -- 初版. -- 臺北市 ：萬卷樓,
2020.06

　面；　　公分. -- (福建師範大學文學院百年學
術論叢. 第六輯 ；1702F10)

ISBN 978-986-478-404-2(平裝). --

1.比較文學

　　　　　819　　　　　　109015598